| 中国当代研学丛书 |

文化

无形的传承

中国口头剧本研究

郑劭荣 | 著

中央编译出版社
CCTP Central Compilation & Translation Press

图书在版编目(CIP)数据

无形的传承:中国口头剧本研究 /郑劭荣著. —
北京:中央编译出版社,2020. 3
ISBN 978-7-5117-3795-3

Ⅰ. ①无…
Ⅱ. ①郑…
Ⅲ. ①剧本—研究—中国
Ⅳ. ① I207. 3

中国版本图书馆 CIP 数据核字(2020)第 004793 号

无形的传承:中国口头剧本研究

出 版 人: 葛海彦
责任编辑: 郑永杰
责任印制: 刘　慧
出版发行: 中央编译出版社
地　　址: 北京西城区车公庄大街乙 5 号鸿儒大厦 B 座(100044)
电　　话: (010)52612345(总编室)　　(010)52612339(编辑室)
(010)52612316(发行部)　　(010)52612346(馆配部)
传　　真: (010)66515838
经　　销: 全国新华书店
印　　刷: 三河市华东印刷有限公司
开　　本: 710 毫米×1000 毫米　1/16
字　　数: 359 千字
印　　张: 20
版　　次: 2020 年 3 月第 1 版
印　　次: 2020 年 3 月第 1 次印刷
定　　价: 99. 00 元

网　　址: www. cctphome. com　　**邮　　箱:** cctp@ cctphome. com
新浪微博: @中央编译出版社　　**微　　信:** 中央编译出版社(ID: cctphome)
淘宝店铺: 中央编译出版社直销店(http://shop108367160. taobao. com)(010)55626985

本社常年法律顾问:北京市吴栾赵阎律师事务所律师　闫军　梁勤
凡有印装质量问题,本社负责调换,电话:(010)55626985

Contents

目 录

引　言

一、口头剧本的剧史地位

关于传统戏曲创作剧目的方法、渠道，著名戏剧艺术教育家陈多先生曾提出一个有意思的问题：如果将剧目演出比作鸡而将剧本比作蛋，那到底是"鸡生蛋"还是"蛋生鸡"呢？依照现代戏剧活动流程，通常先有剧本，后有演出，舞台表演要以剧本为基础。但在陈多看来，在我国戏曲史上，"蛋生鸡"式的剧目创作方式不过存在于元代后期的杂剧、明代嘉靖以后的昆剧和19世纪中叶以后的京剧、川剧等少数剧种而已，更多的剧种采取的是"鸡生蛋"的创作方法。①

上述问题涉及我国戏曲史上一个具有本源性、普遍性的艺术现象。长期以来，在民间一直有表演"提纲戏"的传统，这种演出没有固定的文字剧本，只有一个包含剧情梗概、角色、场次等戏剧要素的表演提纲（有的没有文字提纲），唱词、念白、唱腔和舞台动作均由演员即兴发挥。我们将这类表演中生成、使用的剧本称为"口头剧本"（稍后对此有专门阐述）。在地方戏中，"提纲戏"又称"幕表戏""路头戏""搭桥戏""爆肚戏""水戏""活词戏"等。在历史上，民间艺人通过这种表演方式编创了无数的剧本剧目。其中有些作品经过长期演出，广泛流播，逐渐形成定本戏，引起文人学士的关注，便加以记录、整理和刊刻，产生了文学剧本。这便是"鸡生蛋"式的剧目营造方式。现有研究表明，我国早期的戏曲便可能采取即兴演剧的方式，没有文字剧本。② 经过明清两代发展而来的数百种地方戏中，除昆剧和部分高腔、乱弹、梆子以外，口头剧本的运用非常普遍。

据我国台湾学者林鹤宜对《中国戏曲剧种大辞典》相关记载和描述的统计，发

---

① 陈多：《戏史何以需辩》见《剧史思辨》，中国戏剧出版社2006年版，第22页。

② 例如，洛地指出：徐文长《南词叙录》"宋元旧篇"记的戏目中就有"路头戏"，如《赵贞女》并不是"剧本"没有流传下来，而是它原无所谓"剧本"。参见《我国古典戏曲的传递方式和编演方式》，载《戏剧艺术》，1989年第2期。

现该书明确提及演出幕表戏（包括使用提纲戏、搭桥戏、路头戏、口述剧本、口头剧本、即兴演出等相关字眼的）的剧种有27种，即祁太秧歌、沪剧、锡剧、扬剧、越剧、婺剧、温州和剧、湖剧、黄梅戏、庐剧、皖南花鼓戏、高甲戏、芗剧、赣剧、抚州采茶戏、吕剧、柳琴戏、河南曲剧、襄阳花鼓戏、辰河戏、常德花鼓戏、粤剧、琼剧、正字戏、白字戏、西秦戏、高山剧等。① 尽管《剧种大辞典》的载录不够完整、详细，但幕表戏的普遍性亦可见一斑。事实上，在我国317个戏曲种类②中，曾经历过幕表戏阶段的剧种当不占少数。以湖南地方戏为例，据《湖南地方剧种志丛书》（以下简称为《丛书》）的叙述，包括上面所提及的辰河戏、常德花鼓戏在内，采取幕表制的总计有10个剧种（见表1）：

表1 《湖南地方剧种志丛书》所载幕表制剧种（搭桥戏）一览

剧种	相关描述引文
湘剧	还有少数结构、内容基本固定的常演的连台搭桥戏，如《薛仁贵征东》《薛丁山征西》《粉妆楼》《唐明皇游月宫》《二度梅》等。③ ……过去湘剧班，大都只有"说戏"和"牵乔"的老艺人。[《丛书》（五）24页]
长沙花鼓戏	传统剧目多属艺人的口头创作，以民谣、民歌、俗话、歇后语以及朴素的生活语言为基础提炼、加工。[《丛书》（五）337页]
花灯戏	湘北花灯戏的形成和发展过程中，有几个较明显的特征：一是带有即兴发挥性的表演，不少剧目中，几乎都是笑闹、逗趣的噱头，人物多为一丑一旦，或一丑二旦，丑和摇旦的表演，任其自便，可从平日的生活和演出现场汲取笑料，即兴表演。[《丛书》（四）523页]
常德花鼓戏	沅水流域花鼓戏受汉戏影响较深，多大本戏和"条纲戏"，约占全部剧目的三分之一以上。[《丛书》（四）626页]据湖南省戏曲研究所1982年的不完全统计，常德花鼓戏的传统剧目约124个。其中条纲戏和连台本戏约50个。……条纲戏规模长短不一，如《四下河南》可连演十夜。[《丛书》（四）628页]
衡州花鼓戏	衡州花鼓戏早期的传统剧目多无固定脚本，小戏只有小调唱词固定，白口全凭演员即兴创作，大戏只有故事梗概，艺人叫"乔路"。[《丛书》（三）340—341页]

① 林鹤宜：《中西即兴戏剧脉络中的歌仔戏"做活戏"：艺术定位、研究视野与剧场运用》，载《民俗曲艺》，2013年第179期。

② 据中国艺术研究院戏曲研究所1980、1981年的统计。

③ 湖南省戏曲研究所编：《湖南地方剧种志丛书》（五），湖南文艺出版社1992年版，第13页。

续表

剧种	相关描述引文
阳戏	还有一种“打求财”的表演形式,演出剧目就叫《打求财》。它以一丑一旦扮演夫妻……夫妻见面时互相盘问对唱,对唱无固定唱词,全凭演员即兴随口编唱。[《丛书》(二)265 页]
辰河戏	艺人根据历史故事、民间传说编演条纲戏时,往往从《目连》中借用曲牌、唱词与排场。[《丛书》(二)26 页]《双麒麟》高腔条纲戏。为《上天梯》之续集。[《丛书》(二)48 页]《竹节山搬兵》高腔条纲戏,连台本《五虎平南》之一。……《朱砂印》高腔条纲戏,又名《李旦与凤姣》。《红灯记》高腔条纲戏。……常演剧目,已唱成固定剧本。[《丛书》(二)53 页]
侗戏	传统侗戏演出前,先由带队戏师上场作开台白表演。开台白的台词不固定,有较多的随意性,可以根据当天演出的剧目内容予以概况,也可以由戏师傅依据当时情况即兴创作。[《丛书》(二)456 页]
傩堂戏	各类剧目,各地均无一定台本,随意性较大,多保存即兴创作的某些部分。[《丛书》(二)490 页]
祁剧	《西游记》。近 50 年中作连台本戏演出时,多以“搭桥”形式连缀而成,唱弹腔。[《丛书》(一)67 页]《孟丽君》连台本桥纲戏。源于同名小说及弹词《再生缘》,用南北路演唱。[《丛书》(一)73 页]

需要强调的是,以上所述还只是真人扮演的戏剧,尚未包括皮影戏、木偶戏等傀儡戏。在湖南,多数影戏是演提纲戏的,目前,所知的有望城影戏、湘潭影戏、浏阳影戏、衡山影戏、衡东影戏、攸县影戏、平江影戏、永兴影戏、益阳市赫山区影戏等。如果从全国范围来看,影戏中提纲戏的分布更为广泛,笔者曾对此有专文论述。影戏的口头剧本分为两种存在形态:第一类为口传本,没有任何文字形式的记录,口传是剧本传播的唯一方式,如河南桐柏皮影、青海河湟皮影,以及河北、北京、东北等地历史上的“流口影”等;第二类有文字脚本,表现为“提纲本”的形式,主要见于湖南、湖北、安徽、福建、四川北部、甘肃南部、青海东部、山东以及云南腾冲等地的影戏,冀东早期的“腹影”亦属于“提纲本”演出。① 据学者们的调查研究,近几年来,木偶戏“提纲戏”依然散见于民间,如:广东高州木偶戏②、福建大腔

① 郑劭荣:《论我国影戏口头剧本的形态特征》,载《西夏研究》,2010 年第 4 期。

② 倪彩霞:《一个人的艺术盛宴——高州单人木偶戏艺人梁东兴专访》,载《文化遗产》,2012 年第 1 期。

傀儡戏①、浙江遂昌木偶戏②等。

总之,在中国传统戏剧中,无论是真人扮演的戏剧还是影戏、木偶戏,口头剧本的演出是一种广泛存在的戏剧现象。

我国是一个戏剧大国,剧目浩如烟海,尤其自清代中叶以来,随着花部的兴起,地方戏剧目大量出现。如京剧素有“唐三千、宋八百”之称,剧目达五千余种,秦腔传统剧目亦达五千多个。流传各地的剧目数也是非常惊人的,仅福建一省已经查明的剧目就有一万以上。全国近三百个剧种共有多少剧目,目前尚无法统计。③ 中国戏曲何以拥有如此丰厚的剧目资源?个中原因很多,从剧目生产者的角度看,除文人曲家贡献了大批剧作以外,恐怕主要还是历代伶人创造的,其创造的途径又主要是舞台表演。民间戏班拥有的剧目动辄数十上百,或者总在源源不断地推出新剧,有的甚至一年之内绝少有重复上演的戏,很显然,这不是单纯依靠文字剧本的创作所能做到的。

提纲戏的表演脚本(即“提纲”“条纲”)有两种形成途径:一是伶人依据老艺人的口传,或者已有的演出内容来编写;二是伶人自出机杼,通过移植、改编小说、说唱、传说、姊妹剧种以及时事新闻的故事题材来编构“条纲”。无论哪种途径,均能让戏班在较短的时间内编排、上演一出新戏,而无剧本短缺之虞。在一定历史条件下,几乎可以完全脱离文人剧作家的创作,实现戏剧生产的自力更生。这一点对于民间戏班保持正常的经营运作非常重要。深层次而言,它是民间戏剧摆脱大传统附庸地位,获得独立文化品格的重要保证。这种演出方式可以让广大艺人依据自身的价值观、知识水准以及具体的演出场合来自由创作,从而建立起自身的文化与艺术传统。

现有文献遗存表明,口头剧本在中国早期戏剧中便已孕育成形,如汉唐时代的古剧——角抵戏、优戏、参军戏等大多为即兴表演,无文字剧本可稽。宋元时期的南戏、杂剧虽然出现了文学脚本,但宾白、科介往往“伶人自为之”。俞为民认为,最早的南戏艺人表演时也没有完整的文字演出本,而只是一个提纲。④ 李昌集提出:“在文人大规模地介入戏剧文本创作以前,‘戏剧文学’至少应存在一个具有‘口头文学’形态‘剧本’的阶段,《张协状元》保留的浓厚口头文学色彩即是明证。……如果联系古代口头文学的典型——‘话本’(或曰‘话文’)的情形加以考

---

① 叶明生:《福建傀儡戏史论》(上),中国戏剧出版社2004年版,第176—177页。

② 方莹:《遂昌木偶戏的调查与研究》,中国艺术研究院硕士论文,2007年。

③ 郭汉城:《中国剧目词典》(序),见《中国剧目词典》,河北教育出版社1997年版,第1页。

④ 俞为民:《南戏通论》,浙江人民出版社2008年版,第25页。

察，承认古代戏剧有一个‘口头剧本’阶段更有成立的理由。”①在明清时期的民间戏班里，口头剧本演出肯定也是最为常见的表演形制，尽管具体情形还不是很清楚，但从技艺传承规律及相关零星记载来看②，这一判断应该离事实不远。考察戏剧的传承谱系，同样可以看出明清时代口头剧本的兴盛。在目前已知的采用口头剧本的地方戏中，实际上大多是从明清时期（包括清末民初）发展起来的。作为一种戏剧史规律，戏剧体制一般遵循着从简单到复杂、从低级到高级、从模糊到明晰的演变路径。地方戏在发展的早期，往往主要采取即兴演剧的方法，没有文字剧本的存在。这一点可参看本书后面的相关章节。

总之，口头剧本不仅仅是补充了戏曲史中无文字记录的部分，丰富了戏曲史，更是我国戏曲发展的主渠道。从历史和现状来看，我国戏曲存在两条并行不悖的线索，一是书面创作的历史，二是口头编创的历史。前者主要与文人相关，体现为书面文本、戏剧文学的发展史；后者体现在口头剧本上，它具有深远的民间文化背景。在一定历史阶段，两者还呈现出错综复杂的互替发展态势。

二、口头剧本的概念、特征及相关术语的运用

在传统社会，演员文化水平普遍不高，有的根本不识字，许多剧目也没有文字“写定本”，都装在艺人的心里，一旦在舞台上表演完后，便又归之于无形（当然也有部分剧目用文字记录、流传下来）。对于此类形式的戏剧，学术界尚无统一的称谓。日本学者河竹登志夫在《戏剧概论》中谈道：“有人把这种未见之于文字的台词，叫做‘无形剧本’。”③在我国民间，许多剧目全凭师徒间口传心授，演出时没有片言只语的文字依据，学者们亦以“无形剧本”称之。④ 有的将文明戏幕表戏中表演内容已经固定的剧目也称“无形剧本”。⑤

目前，学术界所使用较多的专有名词是“口述剧本”“口头剧本”，用以指称口头传承的、没有形诸文字的剧本。这在相关典籍及学者们的表述中很常见，试举几例：“徽剧传统剧目非常丰富，建团后记录口述剧本八百余出，外省婺剧保存大

---

① 李昌集：《中国古代曲学史》，华东师范大学出版社 1997 年版，第 464 页。

② 据《乾隆四十六年江西巡抚郝硕覆奏遵旨查办戏剧违碍字句》载：“查江右所有高腔等班，其曲词悉皆方言俗语，鄙俚无文，大半乡愚随口演唱，任意更改，非比昆腔传奇，出自文人之手，剞劂成本，遐迩流传，是以曲本无几。”可证清代高腔戏班多用口头剧本，以致政府“禁戏”时几乎无本可查。

③ ［日］河竹登志夫：《戏剧概论》，陈秋峰、杨国华译，中国戏剧出版社 1983 年版，第 41 页。

④ 李跃忠：《影戏》，中国社会出版社 2008 年版，第 118 页。

⑤ 王凤霞：《文明戏考论》，广东高等教育出版社 2011 年版，第 364 页。

戏107个、小戏229个……”①“这可能是据口传本整理的,恰如20世纪五六十年代梨园戏老艺人口述剧本的情形一样,不少曲白有音无字,难解其意。”②“河北省艺术研究所有渔家乐艺人的口述剧本及唱腔。”③也有学者将其称之为“口头剧本”,如:“《卜牙》是壮剧唯一流传下来的口头剧本。”④“苏北琴书的长篇书目多取自有关‘话本’,经艺人的加工整理成为口头剧本。词属非固定词,为提纲性书目。中、短篇则有严格的规范。”⑤“在广大民间,演出藏戏的人们仅仅根据说唱故事本进行改编、发展,形成‘口头剧本’。”⑥以上所云“口头剧本”,一般也是指口头传承的、非文字化的剧本。可见,在现代典籍文献中,人们在运用“口述剧本”与“口头剧本”时,两者的含义并无本质上的区分。因此,本书行文中一般以“口头剧本”作为关键词,为避免表述上的重复,有时亦以“口述剧本”“口头本”“口述本”等来称呼。

稍加分析,“口头剧本”似乎是一个经不起推敲的术语,因为“口头”(包括“口述”“无形”等词)与“剧本”是两个互相矛盾的词。一般认为“剧本”是指文学文本,它必然是文字的、物质的。《辞海》解释“剧本”云:“文学作品的一种体裁,是戏剧艺术创作的基础。主要由人物的对话(或唱词)和舞台指示组成。”按此理解,没有形诸文字和书写载体的戏剧似乎不能称为“剧本”。如果从文学家的眼光、案头文学的角度看确实如此。但是,我们需要注意的是,作为演员记忆中的表演内容,尽管没有形成文字,作为表演的脚本,无论是其文体特征、结构内容还是实际功用,与文字剧本几乎没有什么区别,都是舞台演出的依据和根本。如果进入传统戏剧的生存原境,剧本所呈现出来的形态远比辞典上的描述要丰富,绝非一般意义上的“剧本”所能涵盖的。古代戏剧剧本从起源到成熟,“不同时期、不同戏剧形态、不同表演形式、不同表演功能,都有相应的不同的剧本形态。按剧本的曲体来分,有曲牌体与诗赞体;按性质来分,有提纲本、演出脚本、演出记录本、案头本”⑦。因此,我们认为要从更宽泛的意义上来认识传统“剧本”的内涵,而不拘泥于它是文字的还是口头的。

尽管“口头剧本”(或“口述剧本”)一词被广泛使用,到目前为止,其概念内涵

---

① 王平著:《安庆戏剧文化》,合肥工业大学出版社2011年版,第161页。

② 泉州地方戏曲研究社编:《梨园戏·小梨园戏》(上),中国戏剧出版社1999年版,第251页。

③ 中国戏曲志编辑委员会:《中国戏曲志·河北卷》,中国ISBN中心2000年,第120页。

④ 张庚主编:《当代中国戏曲》,当代中国出版社1994年版,第190页。

⑤ 查双禄主编:《南京曲艺志》,江苏文艺出版社1996年版,第123页。

⑥ 刘志群:《中国藏戏史》,西藏人民出版社2009年版,第101页。

⑦ 戚世隽:《中国古代剧本形态论稿》,北京大学出版社2013年版,第13页。

尚不清晰。综合人们对该术语的运用实践以及笔者的研究，我们不妨对“口头剧本”做出如下界定：“口头剧本”是指在表演过程中生成、使用的，以口头为传承媒介的剧本。就文体性质而言，口头剧本与书面剧本没有本质上的区别，如果不考虑其艺术的精致度与演出水准，两者在舞台呈现上也没有太大的差异。因此，我们看到，普通观众在欣赏戏剧时，他们基本没有“剧本戏”和“幕表戏”的概念，也不太容易区分舞台演出究竟采取了何种戏剧形式。

口头剧本与文学剧本无论是创作机制、传承方式，还是表现形态均存在显著的差异。如就存在形态而言，口头剧本留存于演员的心里和口头，必须在舞台表演之后方能为人们所感知，在未演出前，人们见不到剧本的存在；而文学剧本通常以印刷文本、手抄文本等为物质表现形式，现代社会则出现了电子文本。换言之，口头剧本与文学剧本的信息载体和传播媒介不一样，前者是以人（演员）作为戏剧内容的载体，剧本的传承要通过活人来实现，表现为非物质化的剧本形式；后者则凭借文字、印刷、电脑等技术手段，以书面文献、电子文献的形式来传播。如果以文学剧本为参照系，口头剧本呈现出以下几个鲜明的特点：

1. 口头性。它包括两个层面的意思，其一，指戏剧的传播媒介是口头，不依赖于文字，所有的演出内容均存留在演员的心里，主要通过口传心授来实现技艺的传承。换言之，无论是戏剧的物质载体、表现形态还是传承方式，均是口头的。其二，戏剧是在口头表演中创作完成的。应该说，这是所有民间口头文学的共性，也是口头文学区别书面文学至关重要之处。美国学者阿尔伯特·贝茨·洛德认为：“‘口头的’并不仅仅意味着口头表述，口头史诗是口头表演的，的确是这样，可是任何别的诗也可以口头表演。重要的不是口头表演，而是口头表演中的创作。”① 口头剧本在这一点上与口头史诗是相通的，戏剧的表演与创作同时进行，在开演之前，并没有“剧本”的存在，一个作品非得到表演结束时才能完整地呈现在观众面前。

2. 即兴性。口头剧本的演出主要依靠演员个人的临场即时创作，唱词、念白、唱腔、舞台动作等均包含着浓厚的即兴色彩。香港学者陈守仁考察粤剧演员对即兴运用之观念时，如是解释“即兴”：“汉语‘即’字的意思是‘即刻’或‘立即’；‘兴’字有‘开始’及‘制造’之意思。‘即兴’可解作‘即时之创作’。汉语中其他与此有关联意思的名词是‘即席’‘即景’‘即兴赋诗’。据《辞海》（1979年版）所说，‘即兴表演’是与剧本有出入或没有彩排过之演出；‘即兴’是根据当下之感情

① ［美］阿尔伯特·贝茨·洛德：《故事的歌手》，尹虎彬译，中华书局2004年版，第6页。

来创作。”①需要强调的是,虽然文学剧本的演出也穿插有即兴的成分,但这种“即兴”是局部性的、点缀性的,即兴内容在整个表演中处于辅助地位。与此不同,口头剧本的即兴是一种结构性的、整体性的即兴,即兴表演是戏剧的主体,它是戏剧的一种营造方式或者创作方法,与现场抓哏式的即兴相去甚远。

3. 集体性。“民间文学与作家文学不同,它基本上是一种集体创作、集体流传的特殊文学。……集体性是民间口头文学与作家书面文学相区别的重要特征。”②作为生成于舞台上的活态艺术,口头剧本没有固定的文字文本,属于典型的民间口传文学,集体性同样是其基本的特征。口头剧本的集体性主要表现在两个方面。其一,创作过程的群体性。一般来说,文学剧本属于剧作家的个人独创,整个创作权归属于个人,作品包含着作家特定的旨趣与审美追求,并体现出某种完整的艺术格调。譬如关汉卿、汤显祖意义上的创作就是如此。与之不同,口头剧本由承担表演任务的演员共同参与创作而成,舞台上的演员既是角色扮演者,又是“剧作家”,拥有双重的身份。他们依据事先约定的故事框架,你一句、我一句临时拼凑、编织台词,随机选唱合适的音乐曲调,歌之舞之,集体演述同一个故事。大多数作品也不追求什么艺术个性,呈现出鲜明的程式化、模式化的审美风格。其二,流传方式上的群体性。集体性的一个重要含义“指的是任何民间文学都为一个特定的群体所共有”③。就口头剧本而言,它有两大共享群体。一是戏班成员。在传统社会,包括表演提纲、戏曲套语、音乐唱腔、表演技艺以及梨园行话等均只在师徒之间口耳相授,一般不对外公开,具有很强的行业封闭性。二是剧场的观众。我们知道,任何戏剧演出都离不开观众的参与,从某种意义上说,戏剧是演员与观众共同创造的艺术。“在剧场里,演员所扮演的舞台形象与观众直接接触,观众不断地从演员那里接受信号,同时又不断地给演员以信息反馈,促使演员以饱满的激情完成舞台形象的创造。”④作为一种当场的、即时的创作,这在口头剧本中表现得尤为突出。演员要根据观众的喜好、表演场合的变化顺口编词、即兴发科,或者临时增减、改换剧情。

众所周知,民间文学具有口头性、集体性、传承性和变异性等四个本体特征。实际上,与文人剧做比较,口头剧本同样具有以上基本特性,其中有的问题留待后续章节讨论。当然,任何民间文艺有其独特的发展历程、生成机制和艺术属性。

---

① 陈守仁:《香港粤剧研究》(上卷),广角镜出版有限公司 1988 年版,第 35—36 页。

② 钟敬文主编:《民间文学概论》,高等教育出版社 2010 年版,第 18 页。

③ 万建中:《民间文学引论》,北京大学出版社 2006 年版,第 69 页。

④ 赵山林:《中国戏曲传播接受史》,上海人民出版社 2008 年版,第 11 页。

口头剧本尽管不形诸文字，但它诞生于有文字的历史背景之下，它从先秦俳优戏弄发展而来，孕育、诞生于先秦至唐五代及宋代的宫廷，可以视为当时的一种宫廷艺术。从上层文化昌盛之所发展起来的艺术，必然要受到书面文学的浸润和滋养，这无疑有别于生存于不知文字为何物环境下的口头文学。事实也证明，书面文学深刻地影响到了戏曲的口头传统，如戏剧的题材、语言就有许多源自小说和戏剧文本，有的口头剧本甚至直接从书面剧本蜕化而来。其文体规范也是由文学剧本建立起来的。① 总之，口头剧本不全是口传的，其中也有许多书面的成分。此外，口头剧本较之其他口头文学有着更为规范、严谨的艺术体制和传承方式，有一整套系统的演出技术要求。

最后，需要交代"口头剧本"与"提纲戏""幕表戏""搭桥戏"等术语的关系。如前所论，"口头剧本"是指与"书面剧本""文学剧本"相对应的剧本形式，它强调的是戏剧采用何种载体和传播方式。"提纲戏"是创作剧目的方法，或者说是表演方式，它是"口头剧本"的舞台呈现和艺术展现，正如"剧本戏"之于"文学剧本"的关系。不同在于，口头剧本是经由提纲戏而产生的，是真正的场上之作；而文学剧本由剧作家编创，未搬演之前，表现为一种案头之作。因此，本书在强调剧本的形态特征时，使用"口头剧本"一词，如果侧重阐述戏剧的表演方式，则用"提纲戏""幕表戏"等语。有时两者难以做到泾渭分明的区分，只能统而论之。

三、已有研究综述

如前所述，口头剧本存在的历史相当早，它是我国戏曲发展的基础。但自元明清以来，在戏曲艺术格局中，戏剧的文学性始终占据着主导地位，以文学剧本质量的优劣来衡量艺术水准高低的戏剧观根深蒂固，因此，口头剧本的演出一直不为文人士夫所关注和重视，在古代典籍中更鲜有正面的载录。新时期以来，这种戏剧形式依然命运多舛。在20世纪50年代初期，它广受批评，被认为是粗糙落后、对观众极不负责任的表演方式，并随着戏曲导演制的建立和社会制度的变革而陷入前所未有的生存困境。长期以来载录口头剧本的文献极少，更鲜有整理和研究。1949年后在政府主导下整理出版了一批口述本。直到20世纪70年代，学术界尚未重视理论上的研究。20世纪80年代后，海外学者较早涉及了口头剧本的研究。自21世纪初以来，非物质文化遗产的理论和实践受到学者们的高度关注，重视戏曲的活态研究，口头剧本的研究成果逐渐多了起来。现有的研究主要从三个层面展开：

---

① 如湘西辰河戏条纲戏不少剧目的前身是明清传奇。本书相关章节有论述。

首先,从文献文本的角度,研究口头剧本的剧目流传、演出形态,揭示戏曲发展规律。陈多的《〈白兔记〉和由它引起的一些思考》①通过对《白兔记》三个文本系统即明代成化永顺堂本、汲古阁和富春堂本与地方戏本的比较,发现《白兔记》留存的书面文本实际是口述文本的物质化形态,基本保留了口述文本的原貌。汪晓云《民间狂欢仪式:黄梅戏的相对原生态》通过黄梅戏《闹花灯》《打猪草》等剧目的老艺人口述本与20世纪50年代改编本的比较,认为口述剧本更能反映出戏剧的原生态和民间狂欢色彩。② 俞为民《南戏文本形态的特征及其演变》通过版本比较,提出最早南戏艺人在演出时,并没有完整的文字演出本,而只是一个提纲。③ 王馗《排场、提纲戏与粤剧表演艺术》则结合粤剧的舞台演出阐释"排场"丰富的内涵及其功能,认为排场是粤剧提纲戏文本、剧目编演的基础和前提,在粤剧史上发挥了至关重要的作用。④

其次,在田野考察的基础上,开展地方戏即兴演剧的形态与功能研究。20世纪80年代,海外学者开风气之先。陈守仁的专著《香港粤剧研究》(上卷)以粤剧神功戏的即兴为讨论中心,探讨粤剧演员对即兴运用的看法和即兴技巧的运用等。容世诚在著作《戏曲人类学初探——仪式、剧场与社群》对上述研究做了较全面系统的评价。王嵩山的著作《扮仙与作戏》考察了歌仔戏表演的即兴成分和口传特征。尤其值得注意的是近20年来台湾学者的研究,他们从即兴角度出发,重点研究了歌仔戏、客家戏和北管戏等剧种的即兴演剧形态,涉及音乐、剧目以及表演和导演等多个层面的研究,产生了一批单篇论文、学位论文。用力较勤的有林鹤宜、刘南芳、蔡欣欣等学者。如林鹤宜的代表性成果有:《歌仔戏"幕表"编剧的创作机制和法则》(《成大中文学报》第16期)、《"做活戏"的幕后推手:台湾歌仔戏知名讲戏人及其专长》(《戏剧研究》创刊号)、《歌仔戏"活戏"剧目研究:以田野随机取样为分析对象》(《纪念俞大纲先生百岁诞辰戏曲学术研讨会论文集》)、《东方即兴剧场:歌仔戏"做活戏"的演员即兴表演机制和养成训练》(《戏剧学刊》第13期)、《台湾歌仔戏"做活戏"的演员即兴表演与剧目创作参与》(《民俗曲艺》第175期)、《中西即兴戏剧脉络中的歌仔戏"做活戏"——艺术定位、研究视野与剧场运用》(《民俗曲艺》第179期)、《台湾歌仔戏与后场乐师的即兴伴奏技巧与人才养成》(福建师范大学音乐学院"海峡两岸戏曲学术研讨会")、《歌仔戏即兴

---

① 陈多:《〈白兔记〉和由它引起的一些思考》,载《艺术百家》,1997年第2期。

② 汪晓云:《民间狂欢仪式:黄梅戏的相对原生态》,载《戏曲艺术》,2003年第4期。

③ 俞为民:《南戏文本形态的特征及其演变》,载《戏曲艺术》,2007年第4期。

④ 王馗:《排场、提纲戏与粤剧表演艺术》,载《学术研究》,2013年第1期。

戏剧研究的田野资料类型与运用》①。

20世纪90年代以后,大陆学者对口头剧本的研究得到了长足发展。傅谨深入考察了浙江台州20世纪80年代以来重新复苏的民间戏班,在《草根的力量——台州戏班的田野调查与研究》中对民间戏班路头戏产生的必然性、艺术价值、演出实践、艺术结构、观众审美等问题做了全面的阐述和分析。赵宗福《论河湟皮影戏展演中的口头程式》、林玮《福建上杭木偶戏剧本初探》、卜亚丽《论信阳影戏剧本创作的"内部知识"》及其博士论文《中国影戏剧本形态叙论》、叶明生《福建傀儡戏史论》(著作)、日本学者稻叶明子《从影戏采访的经验看"口头文化"与"写字文化"》等基于田野调查考察了民间皮影戏、傀儡戏的口传过程、口头剧本的类型与形制、口头演出情景及书写局限性等问题。其中越剧"路头戏"受到较多的关注,如沈勇《来自民间的声音——浙江地区路头戏现状调研》《"路头戏"的价值考量——演员的创造力》等论文集中探究了越剧即兴演剧的现状、机制及其价值等问题。

值得提出的是,近几年学人们尤其注重濒危剧种口头剧本形态研究,在相关专著中进行专节论述。如詹双晖《白字戏研究》、刘怀堂的《正字戏研究》阐述了白字戏与正字戏"提纲戏"的历史、剧目和表演形态。朱恒夫《滩簧考论》考察了申滩的"幕表戏"和滩簧中的"赋子"。

最后,从学术史的角度阐述口头剧本的研究价值。21世纪初,陈多先生在《古代戏曲研究的检讨与展望》中专门提及了20世纪70年代以前口述剧本整理的情况,认为这类剧本是研究剧种史和演出形态的极宝贵的资料,"很值得下大力气去研究"②。(韩国)吴秀卿《从"文本"问题看中国戏剧研究的本质回归》力主要调整学术观念,把研究范畴和对象从文学剧本扩大到口头传承的资料上。③ 宋俊华《中国古代剧本的生成与分化》提出口头剧本与书面剧本的分化是我国古代

---

① 林鹤宜:《歌仔戏即兴戏剧研究的田野资料类型与运用》,见成功大学《台闽民间戏剧国际学术研讨会论文集》,2013年5月,第226—227页。另,提纲戏是这次会议的一个研讨重心,相关论文有马紫晨《"活词戏"及其在现当代的复活与传播——兼谈"戏串"的审美价值》、姚溪山《幕表戏在地方戏曲发展中的定位与贡献——以漳州芗剧为例》、陈龙廷《台湾布袋戏的口头表演与即兴特质》、刘文峰《清末民初梆子"提纲戏"探析——以中国艺术研究院图书馆藏本为例》、沈勇《路头戏赋子的程式研究——以越剧为例》、刘南芳《活戏的即兴表现与定型书写》及笔者的《从书场走向舞台——民间说唱与戏曲口头剧本的形成》等。

② 陈多:《古代戏曲研究的检讨与展望》,见《戏史辩》(第三辑),艺术与人文科学出版社2002年版,第75页。

③ [韩]吴秀卿:《从"文本"问题看中国戏剧研究的本质回归》,见《戏史辩》(第四辑),艺术与人文科学出版社2004年版,第159页。

剧本分化的重要层面;其《非物质文化遗产与戏曲研究的新路向》提倡要从非物质遗产的角度来看戏曲,开展口述剧本口传过程的研究。①

此外,学者们注意到中国早期话剧文明戏与传统戏曲口头剧本艺术的继承关系,代表性的论述如欧阳予倩《谈文明戏》②、石艺的《文明戏对中国传统戏曲的继承——以幕表为中心》③等。

综上所述,学术界对"口头剧本"的研究已取得了许多宝贵成果,但总体而言比较零散,还不是全面、系统的专题性研究,有三个方面需要进一步加强:

1. 要加强口头剧本的记录和整理,做好资料的基础性工作。1949 年以来至现在,在政府部门与学术界的共同努力下,整理出版了大批口述本,但散落民间的抄本依然不少,尤其是还有大量濒危剧种的史料和剧目停留在老艺人心中和口头,要抓紧时间搜集、整理和出版。此外,20 世纪 50 年代以来整理的一批口述剧本不少被损毁,或处于闲置状态,没有得到充分的利用。这种资料建设既是学术研究的基础,也是一次积极主动地抢救民间文化的行动。

2. 要进一步加强口头剧本的理论与实践研究。在理论层面,除了借鉴外来口传诗学理论外,更重要的是从我国口传文化出发,结合戏曲自身的特点,研究口头剧本的生成历史、内在结构、编创艺术、传承模式、审美特征、文化价值等深层次问题,力争理论上的创新。在实践层面,要研究如何记录、收集、整理、保存口头剧本,探索一套科学有效的田野作业方式。

3. 要对前人虽已涉及,但尚未深入开展的课题做全面、细致的研究。除了对具体剧种的个案考察,还要从宏观层面来阐述戏曲口头剧本的形态,综合运用多学科的理论和方法进行纵深突破。扩大视野,开展不同剧种、不同戏剧品种的即兴表演研究,譬如戏曲与文明戏、汉民族戏剧与少数民族戏剧、中西即兴戏剧之间的比较研究等。

与之相关的是口述戏剧史料的研究和运用。目前的戏剧史主要是基于书面文献的历史,口述史料还没有得到应有的重视。戏剧的口头传承是戏剧史的重要组成部分,可以预见,口头剧本将成为未来戏剧史研究的"新材料",其史料价值不容低估。此外,立足于戏曲的口头传统,还可以拓展戏剧史研究的新领域,如口述剧本与书面剧本及其他口传文学的比较研究、艺人的记忆研究、传播媒介研究等。

---

① 宋俊华:《中国古代剧本的生成与分化》,载《中山大学学报》(社会科学版),2006 年第 4 期;《非物质文化遗产与戏曲研究的新路向》,载《文艺研究》,2007 年第 2 期。

② 欧阳予倩:《谈文明戏》,见《欧阳予倩戏剧论文集》,上海文艺出版社 1984 年版。

③ 石艺:《文明戏对中国传统戏曲的继承——以幕表为中心》,载《文艺争鸣》,2010 年第 10 期。

四、本书采用的材料

本书采用的材料主要包括两部分。

1. 文献资料。除了传统文献典籍、学术著作、学术论文外，主要包括各类戏曲志、地方史志、已经出版的艺人口述史料等，还涉及古代戏剧作品、各地方剧种《传统剧目汇编》所收集的剧本。

2. 田野资料。这是本书的主体材料。这部分资料有两大来源。其一，笔者于2004年至2007年在广州中山大学读博期间，参与了康保成教授主持的教育部重大课题"我国皮影戏的历史和现状"的研究，获得了不少关于即兴影戏的田野实证资料。其中有的是笔者现场考察所得，有的来自同门师兄妹的辛勤劳动。尤其要指出的是，中山大学中国非物质文化遗产研究中心为本课题的研究提供了许多宝贵资料，引文注释一般都有说明。其二，笔者自2010年以来在全国各地的十余次田野考察，所采集的资料有：艺人的口述录音、演出实况录像、现场拍摄的相片，采访戏班、艺人的笔记，地方戏的"提纲本"，艺人各类抄本以及一些文学剧本和戏剧实物。

在资料的引用上也要说明三点：其一，田野调查的口述资料在首次引用时，一般注明采访时间、地点、采访对象的基本情况等，当再次引述同一人的口述资料时，注释中只注明采访时间、采访对象的名字等信息；其二，书中征引的参考文献（著作）在首次引用时注明作者名、文献名、出版单位、出版时间及页码等，再次引用时只注明作者名、文献名及页码；其三，本文使用的图片资料，除特殊说明外，均为笔者田野考察时所采集。

五、本书的主要内容与研究方法

本研究主要探讨口头剧本的源流、形态结构、编排与表演、生存现状、技艺传承等问题，具体从四个方面展开。

第一，口头剧本的起源、形成及其发展史。讨论口头剧本的起源、形成及其产生的条件；从古代剧本形态演变史的角度，重点阐述古代优戏、说唱技艺对口头剧本形成产生的影响。同时分析戏剧艺人的社会处境、文化素养以及戏班的活动方式等外部因素对口头剧本的催生作用。梳理自元至清末民初时期口头剧本的发展脉络。

第二，口头剧本的形态与结构。研究口头剧本的种类、文体特征以及剧本的构成要素。重点阐述演出提纲的类型、形态特征以及定型书写问题。戏曲套语是口头剧本非常重要的艺术表征与戏剧构件，研究"赋子""水词""肉子"等戏剧构件的来源、题材类型及其戏曲套语的体式、艺术手法及其属性特征。

第三,口头剧本的编创与演出。这是本课题的核心内容。主要阐述口头剧本在舞台上的生成过程与规律,诠释口头剧本独特的存在方式。结合具体剧种,研究民间提纲戏编、导、演的流程与艺术机制,揭示口头剧本的编演规律。具体包括:戏班的剧目及其编创、戏词与剧情的即兴编创、音乐声腔与舞台动作的临场运用、提纲戏"说戏"制、舞台上的协作与交流等内容。

第四,提纲戏技艺传习与活动现状。阐述艺人的习艺历程、内容,学艺的途径与方法及目前传承人构成情况,目的在于说明提纲戏艺人是如何养成的;进入新时期以来,提纲戏(幕表戏)所处的社会环境面临诸多的起伏变化,深刻地影响了这种表演形式的命运、活动方式和艺术形态。

本选题主要从戏剧戏曲学的角度,综合运用口头诗学、文献学、民俗学、文化人类学等学科理论,通过田野调查、文本分析、文献佐证、版本比较等手段研究口头剧本。

1. 运用不同于传统书面文学的评价标准来衡量口头剧本的价值和历史地位,深入分析口头剧本的内部结构、功能与生存特点。

2. 运用多层次比较研究的方法,分析不同时期、不同剧种的口头剧目,揭示口头戏剧传承和变异的规律;开展不同戏班与艺人之间的口头剧本、提纲戏与剧本戏之间的比较辨析,探求戏曲发展演化的历史脉络。

3. 整体研究与个案考察相结合,既考察戏曲口头剧本的一般规律,又针对一些具体剧种和代表性的技艺传承人进行周密细致的个案调查,由"点"及"面"地开展实证研究。

第一章

口头剧本的产生及其成因

20世纪80年代以来,学者们在研究中国戏剧的起源、形成时,随着对戏剧本质、戏剧定义、戏曲与戏剧的区别等问题讨论的深入,非常关注"起源""形成""成熟"等几组概念的内涵及其运用。① 因为,对这些概念本身的不同界定和理解,涉及对中国戏剧形态演变的不同判断和认识,如果不厘清这些概念,就可能产生"关公战秦琼"的混乱局面。②

同样,在探究口头剧本的"起源""形成"时,亦有必要区分其内涵。在绪论中我们指出:"口头剧本"是指在表演过程中生成、使用的,以口头为传承媒介的剧本样式。即兴性、非文字化是其与书面剧本相区分的本质属性。因此,本书所谓"口头剧本的起源",其内涵为:蕴含即兴因子、以口头为主要创作与传播媒介的"前戏剧"或"真戏剧"的出现,即意味着口头剧本的起源。在戏剧研究领域,"形成"自然不同于"起源",也与"成熟"有别,"形成"是指戏剧"成熟"之前的状态和过程。③ 有的认为是指"一个事物已经具备了它的基本形态和基本特征","戏剧的形成便是当它具备了代言体的模仿功能,同时又拥有演员和观众这两个因素之后"④。这里暂且不深究何谓"戏剧的形成"。具体到"口头剧本的形成",应该与王国维所云的"真戏剧"的出现相表里,形成的主要标志是口头创作的表演脚本能演述有一定容量的完整故事,并且是可以重复使用、上演的。可以说,口头剧本与戏剧形态史的演变形影相随,在戏剧发展的不同阶段有不同的表现形态。

---

① 黄仕忠:《戏曲起源、形成的若干问题之讨论》,见《中国戏曲史研究》,中山大学出版社1997年版,第7—10页。

② 黄天骥、康保成:《中国古代戏剧形态研究》,河南人民出版社2009年版,第8页。

③ 黄仕忠:《中国戏曲史研究》,中山大学出版社1997年版,第9页。

④ 廖奔:《关于中国戏曲的起源与形成》,载《河北学刊》,1991年第1期。

第一节 俳优戏弄与口头剧本的起源

一、学术界关于优戏有无“剧本”的争议

关于口头剧本的起源,迄今,学界尚未正面探讨这一问题。但是,针对宋元文学剧本产生之前,戏剧演出有“本”无“本”的问题已有不少讨论,实质上已触及我国戏剧口头剧本的发生。

这一争议最早是围绕优戏、参军戏、宋杂剧等古剧有无固定剧本来展开的。王国维认为,唐五代的“滑稽戏”乃“优人恒随时地而自由为之”,与歌舞戏相较,“则一以歌舞为主,一以言语为主;一则演故事,一则讽时事;一为应节之舞蹈,一为随意之动作;一可永久演之,一则除一时一地外,不容施于他处”①。在王氏看来,“滑稽戏”乃伶人随口编创,缘事生发的即兴之作,而且演过一次便不再上演。很显然,这是一种无固定戏本的表演。蒋伯潜明确提出:“唐五代的优伶,并没有一定的脚本。在演出的时候,可以由演员自己穿插。而穿插的语言,大都有讽谏滑稽之意,或新颖成趣,讨观者的欢喜。”②关于宋代杂剧、院本的演出,亦有不少学者认为是由优人临场发挥的。如周贻白云:“宋代的俳优,既能随时造作故事而借题发挥……可见当时所演,多由优人自己编作。”③青木正儿持类似观点:“滑稽讽刺之科白,当为优伶在场,见景生情之自作。”④上述观点遭到任半塘的一一批驳,认为“任何优谏之戏,必先有本……彼临时信口编造之说,实太皮相!”“(唐宋优戏)表面似临时结构,实际所谓临时,乃对彼采用旧剧、传有成本者而言,事前依然有其旧本,并非迫致揭幕登场之时,优人随编随演耳。”⑤

任半塘的意见值得高度重视。一些学者认为,就现有掌握的资料看,不排除唐五代优戏具有某种形式的文字脚本。唐段安节《乐府杂录》“俳优”条载:“开元中有李仙鹤,善此戏,明皇特授韶州同正参军,以食其禄。是以陆鸿渐撰词云韶州参军。”⑥《全唐文》卷四百三十三《陆羽自传》有类似载录,陆羽以身为伶正,弄木

① 王国维:《王国维戏曲论文集》,中国戏剧出版社 1957 年版,第 14、16 页。
② 蒋伯潜:《小说与戏剧》,世界书局 1947 年版,第 95 页。
③ 周贻白:《中国戏剧史长编》,上海书店出版社 2004 年版,第 77—78 页。
④ 青木正儿著、王古鲁译:《中国近世戏曲史》(下),作家出版社 1958 年版,第 24 页。
⑤ 任半塘:《唐戏弄》(下),上海古籍出版社 1984 年版,第 892—893 页。
⑥ (唐)段安节:《乐府杂录》,中华书局 1985 年版,第 20—21 页。

人、假吏、藏珠之戏,写作三本参军戏。又,《唐才子传·沈佺期》云:"帝诏学士等,为回波舞,佺期作弄辞悦帝。"①此处"弄辞"即为"戏弄之词",似为剧本。五代时可能还曾出现过一个剧本集,宋代《崇文总目》(卷一)曰:"周吏部侍郎赵上交,翰林学士李昉,谏议大夫刘陶、司勋,郎中冯古,纂录燕优人曲辞。"②其"曲辞"疑为戏曲之词。以上推论是否可靠暂且不论,即便早期戏剧存在脚本,其体制形式是否与后代剧本一样,具有完整的宾白、唱词与科介已不得而知。当今学者认为:"剧本"是一个历史的、处于动态发展的概念,其文体规范的形成是随着戏剧表演的兴盛和成熟而产生的。研究早期戏剧的剧本,不能以后世成熟剧本的标准来审视。在当时,只要能用于表演的,都可以是"剧本"。③ 确实如此。我们完全有理由怀疑,即便早期戏剧有"剧本",是否一如后世的"剧本"? 焉能不会只是一个简单的剧情梗概、表演提纲? 尤其值得商榷的是:"任何优谏之戏必先有本"吗?

剧本有多种存在形态,正如任先生所云:"剧本者,演出以前,对于情节、场面、科白、歌唱之具体决定也。其存在方式,有口传、笔写、印行三种。虽未印行,而经笔写;虽未笔写,而经口传;皆不得谓之无本。至于有本而不传于今日,有作而不著于今时,更不得谓之当日无本、或当时无作。"④此论甚是。上述所谓"口传"之本,即包括口头剧本在内。按照任先生的理解,伶人所演之"本"均是在演出前经过了深思熟虑,表演内容也是事先精心设计好的。事实上,在他极力主张有"本"的古优戏中,不难找到一些相反的例证。如,《新五代史》卷三十七载:

> 庄宗尝与群优戏于庭,四顾而呼曰:"李天下,李天下何在?"新磨遽前以手批其颊。庄宗失色,左右皆恐,群伶亦大惊骇,共持新磨诘曰:"汝奈何批天子颊?"新磨对曰:"李天下者,一人而已,复谁呼邪!"于是左右皆笑,庄宗大喜,赐与新磨甚厚。⑤

后唐庄宗在表演中竟然挨了伶人的耳光,令围观的大臣与群伶大为惊恐。显然,这一戏剧动作是参与演出的庄宗及观众所始料未及的,及至敬新磨发科"李天下者,一人而已,复谁呼邪",众人笑且喜,产生出人意料的戏剧效果。即兴演剧的一个特点是演出内容存在一定的不可预料性,演戏双方要视对方的语言、行动做

---

① 傅璇琮主编:《唐才子传校笺》,中华书局 1987 年版,第 82 页。
② (元)马端临:《文献通考》(下册),中华书局 1986 年版,第 1592 页。
③ 戚世隽:《中国古代剧本形态论稿》,北京大学出版社 2013 年版,第 63、93 页。
④ 任半塘:《唐戏弄》(下),上海古籍出版社 1984 年版,第 892 页。
⑤ (宋)欧阳修:《新五代史》(第二册),中华书局 1974 年版,第 399 页。

出相应的反应。在这场表演中,至少庄宗挨打后的反应是伶人难以准确预见的。依照生活常理,庄宗的表现当然是"失色",伶人顺势提出诘问,引发敬新磨的发科之语。这恐怕就是伶人早已构思好的"剧情"。但也存在另一种可能,即庄宗将挨打理解为一种正常的表演行为,大度处之,并不"失色"。因为,在参军戏里,演员互相殴击是一种表演惯例,嗜好俳优的庄宗对此不可能不了解。倘若出现这种情况,敬新磨后面的戏就很难演下去,或者只能临时改变表演内容。总之,这场演出的脚本难以固定下来,具有很大的不确定性,伶人大概只能见机行事,即兴发挥了。

有的优谏之戏还有演员和观众之间的临时互动。刘绩《霏雪录》载:"宋高宗时,饔人沦馄饨不熟,下大理寺。优人扮两士人,相貌各异。问其年,一曰'甲子生',一曰'丙子生'。优人告曰:'此二人皆合下大理。'高宗问故,优人曰:'餗子、饼子皆生,与馄饨不熟者同罪。'上大笑,赦原饔人。"在这场优戏中,宋高宗既是讽谏的对象,又是观众,同时也是表演的参与者。高宗将要说什么、做什么,优人很难预料。这样,使得演出同样具有很多变数,优人只能在演出中根据高宗的态度和言行便宜行事,临场抓词。

由此可见,在君王面前表演此类讽谏性优戏,在大多数情况下很难事前预设剧情,遑论有"剧本"的存在。因此,我们有必要重新思考古优表演有"本"无"本"的问题。

二、古优技艺与优戏

关于优戏的起源,较早见于《列女传》。北宋高承《事物纪原·俳优》引述云:"夏桀既弃礼义,求倡优侏儒而为奇伟之戏,则优戏已见于夏后之末世。晋献公时有优施,鲁定公会齐侯于夹谷,齐宫中之乐有俳优戏于前,此盖优戏之始也。"①元末杨维桢认可《列女传》的说法,其《优戏录序》云:"侏儒奇伟之戏,出于古亡国之君。"事实上,优的来源非常古老,不少学者认为古优出于巫。王国维《宋元戏曲考》云:"巫觋之兴虽在上皇之世,然俳优则远在其后。"冯沅君更为明确地提出:"如果有人问我什么人是古优的远祖,我将回答道:那是巫。"②这一结论大体是可信的,康保成先生对此论述甚详,不赘述。③

我们要讨论的问题是,俳优戏弄具有怎样的表演风格?古优技艺与后代戏剧

① (宋)高承撰、李果订:《事物纪原》,中华书局1985年版,第351页。
② 冯沅君:《古优解》,《冯沅君古典文学论文集》,山东人民出版社1980年版,第81页。
③ 黄天骥、康保成:《中国古代戏剧形态研究》,河南人民出版社2009年版,第39—40页。

的即兴表演有何亲缘关系？从文献记载看，古代优戏多以滑稽、戏谑、斗口为特色，要求演员一定要有迅捷的反应能力和便捷的口才，要能就地选材，随口编造说辞。古优的这种技能最初表现于政治性的“优谏”之中。在先秦时代，优人的一项重要职能是通过滑稽戏谑、诙谐机敏的言辞来制造笑料，对君主进行委婉的讽谏，所谓“谈言微中，意在言外”。优人在讽谏君主时，非常讲究“优谏”艺术。他们精于歌舞、音乐、杂技，常常以此取悦君主，尤其注重言说的技巧，运用谐音、夸张、归谬等方式，寓讽谏于戏谑，在说说笑笑中达到规劝君王的目的，产生诙谐滑稽的娱乐效果。马令《南唐书·谈谐传》云：“秦汉之滑稽，后世因为谈谐。而为之者多出乎乐工优人。其廓人主之褊心，讥当时之弊政，必先顺其所好，以攻其所弊。虽非君子之事，而有足书者。”①如著名的优孟“葬马之谏”：

楚庄王之时，有所爱马，衣以文绣，置之华屋之下，席以露床，啗以枣脯。马病肥死，使群臣丧之，欲以棺椁大夫礼葬之。左右争之，以为不可。王下令曰：“有敢以马谏者，罪至死。”优孟闻之，入殿门，仰天大哭。王惊而问其故。优孟曰：“马者王之所爱也，以楚国堂堂之大，何求不得，而以大夫礼葬之，薄，请以人君礼葬之。”王曰：“何如?”对曰：“臣请以雕玉为棺，文梓为椁，楩枫豫章为题凑，发甲卒为穿圹，老弱负土，齐赵陪位於前，韩魏翼卫其后，庙食太牢，奉以万户之邑。诸侯闻之，皆知大王贱人而贵马也。”王曰：“寡人之过一至此乎！为之奈何?”优孟曰：“请为大王六畜葬之。以垅灶为椁，铜历为棺，赍以姜枣，荐以木兰，祭以粮稻，衣以火光，葬之於人腹肠。”於是王乃使以马属太官，无令天下久闻也。②

上述记载生动地展示了优孟“谈笑讽谏”的过程与其“善辩”的本领。面对楚庄王不可理喻的决定，优孟不是从正面直谏，而是采取迂回战术，正话反说，欲擒故纵，以充满智慧的辩才使得楚庄王幡然醒悟，终止了“贱人贵马”的错误做法。优孟这番颇具讥讽性的规劝之词以及夸张性的表演（仰天大哭）显然为即景生情之作。原因很简单，优孟面对的是一起意料之外、悖于常理的事件，而且势态颇为紧急而严重。“马肥病死”，按理应以“六畜葬之”，岂料庄王竟要以“棺椁大夫礼葬之”，不合常理；群臣争谏，楚庄王非但不听，而且下令谏马者死！可以想象，情急之下，优孟来不及细想，闯入宫门，依凭其过硬的“讽谏”功夫成功地阻止了楚庄

① （宋）马令：《南唐书》，中华书局1985年版，第165页。
② （汉）司马迁：《史记·滑稽列传》，中华书局1982年版，第3200页。

王的荒唐行为。纵观全过程,尽管这还不是戏剧,但优孟的言行无疑具有强烈的表演色彩。

敏于应对、辩才出众是先秦古优共有的显著特征。据司马迁《史记·滑稽列传》载录:齐淳于髡"滑稽多辩,数使诸侯,未尝屈辱"。秦国优旃"善为笑言,然合于大道"。汉武时的郭舍人"发言陈辞虽不合大道,然令人主和悦"。同时代还有一位"滑稽无穷"的东方朔,据《汉书·东方朔传》载,他与郭舍人经常开展射覆(猜隐语)比赛,"舍人所问,朔应声辄对,变诈锋出,莫能穷者"。稍后对此有详述。我们注意到,在文献典籍中俳优常与"滑稽"一词相联系,如《史记》把主要记载优人事迹的篇章称之为"滑稽列传"。古代"滑稽"的含义是指能言善辩,言辞流利,与后世所理解的言语、动作或事态令人发笑不同。司马贞《索隐》引用邹诞、崔浩、姚察三人的解释云:

邹诞云:"滑,乱也;稽,同也。谓辩捷之人言非若是,言是若非,谓能乱同异也。"①

崔浩云:"滑音骨。滑稽,流酒器也。转注吐酒,终日不已。言出口成章,词不穷竭,若滑稽之吐酒。故杨雄《酒赋》云:'鸱夷滑稽,腹大如壶,尽日盛酒,人复藉沽'是也。"

又姚察云:"滑稽犹俳谐也。滑读如字,稽音计也。言谐语滑利,其知计疾出,故云滑稽。"②

从三家对"滑稽"的解释来看,均强调优人口才极好,言语流利,论辩机智敏捷。

尽管古优的谲谏谐弄还不是真正的戏剧,但其表演技艺深刻地影响了后世戏剧滑稽娱人风格的形成。冯沅君认为,无论是唐代滑稽戏、宋杂剧与宋元院本诙谐笑乐的审美取向,还是元明杂剧、传奇中的插科打诨,均为古优技艺的遗留。就戏剧角色演变而言,在"净"这个角色上,还"可以看出古优对于后代戏剧的双重影响"③。在我们看来,后世即兴式戏剧的演出同样受到了古优技艺的影响。在戏曲口头剧本的演出中,所有的戏词均是伶人现场编创,即兴发挥,这无疑要求表演者必须口齿伶俐、思敏词捷。

---

① (汉)司马迁:《史记》,中华书局1959年版,第2307页。
② (汉)司马迁:《史记》,中华书局1959年版,第3203页。
③ 冯沅君:《古优解》,见《冯沅君古典文学论文集》,山东人民出版社1980年版,第58页。

如前所述，古优大多具有出口成章的本领、超常的捷才言辩和临场应变能力。后世优伶与之非常相似，表演时巧为言笑，以临场发挥为特色。陈旸《乐书》卷一八七“俳倡下”条载：“故唐时谓优人辞捷者为斫拨，今谓之杂剧也。有所敷叙曰作语，有诵辞篇曰口号，凡皆巧为言笑，令人主和悦者也。”刘晓明认为，此处“优人辞捷”的“辞”，并非指一般的话语，而是用韵语的形式作戏，“辞捷”是一种迅捷临场发挥的谐谑性韵语。① 分析颇为中肯。唐五代伶人反应敏捷，其嘲拨性韵语大多均为应景生发的“急就章”。如南唐优伶王感化少聪颖，善为词。据《杨文公谈苑》载，王感化“口谐捷急，滑稽无穷。会中主引李建勋、严续二相游苑中，适见系牛于株枘上，令感化赋诗，应声曰：‘曾遭宁戚鞭敲角，几被田单火燎身。独向残阳嚼枯草，近来问喘更何人。’因以讥二相也”②。可以推想，此类优人在戏剧演出时同样会施展其应答如流、聪敏机智的表演才华，现场应景，即兴发挥。

事实上，自宋元以来，除冯沅君所论“净”外，如“捷讥”“付末”等同样明显具有古优之遗风。明代朱权《太和正音谱》载录杂剧院本角色云：“杂剧院本，皆有正末、付末、狚、狐、靓、鸨、猱、捷讥、引戏九色之名。”所谓“捷讥”，“古谓之‘滑稽’，院本中便捷讥谑者是也”③。王国维认同这一解释：“《武林旧事》卷六‘诸色伎艺人商谜’条，有捷机和尚。捷机即捷讥，盖便给有口之谓。”④两者均强调了“捷讥”具有口齿便捷、滑稽戏谑的表演特色，应该说比较符合我国戏剧史实。张炎《蝶恋花》“题末色褚仲良写真”：“诨砌随机开笑口，筵前戏谏从来有。”表明“末色”具有较强的即兴表演能力，能够随机科诨，承袭了古优的“戏谏”传统。元末明初汤式《新建构栏教坊求赞》云：

> 【二煞】捷剧每善滑稽能戏设，引戏每叶宫商解礼仪，妆孤的貌堂堂雄赳赳口吐虹霓气。付末色说前朝论后代演长篇歌短句江河口颊随机变，付净色腆嚣庞张怪脸发乔科冷诨立木形骸与世违，要探每未东风先报花消息。⑤

此处所谓的“捷剧”，即朱权所指的“捷讥”，其表演以“滑稽”为主导风格。值得注意的是“捷剧”“能戏设”。康保成先生认为“戏设”即“设戏”，是指设置、创

① 刘晓明：《杂剧形成史》，中华书局2007年版，第117页。

② （宋）杨亿口述、李裕民辑校：《杨文公谈苑》，上海古籍出版社1993年版，第20页。

③ 中国戏曲研究院编：《中国古典戏曲论著集成》（三），中国戏剧出版社1959年版，第53—54页。

④ 王国维：《王国维戏曲论文集》，中国戏剧出版社1957年版，第192页。

⑤ 隋树森：《全元散曲》（下），中华书局1964年版，第1495—1496页。

意、提议和示范表演的意思,并引证了朱有燉《献香添院》院本为例予以阐释。①若此说成立,则"捷讥"还承担类似于后代导演、"说戏人"之类的职能,由其构建大体的戏剧框架,演员在其启发、引导之下完成即兴演出。"付末""江河口颊随机变",意指该角色以言辞伶俐见长,在舞台上自由发挥,口若悬河,滔滔不绝地演述故事。

古剧角色即兴表演的方式一直流传后世,尤其是丑角的插科打诨无疑远绍优戏而来。近人徐珂《清稗类钞》"戏剧类"云:"趣剧以丑为主,以'活口'为贵——见景生情,随机应变,谓之'活口'。往时言者,如连升三级,最为丑角难题。"②又,清吴焘《梨园旧话》云:"京师梨园丑角戏,有所谓'抓哏'者,无论何人、何事,均可随时扯入,以助诙谐。"③丑角在表演时即兴抓哏、妙语连珠的演出风格,基本上是从古优发展而来的。董每戡谈到旧戏班中"丑"之所以有崇高的地位,原因之一在于其祖辈是优孟、优旃、淳于髡等古优,尊"丑"等于是尊祖。④

在俳优戏弄活动中,有的只是展现优人单方面的口才技艺,如以"讽谏"为目的"优孟衣冠""优孟谏马""优莫谏襄子"等;有的则是对立双方,或多方之间"斗口",参与者均需出色的即兴辩才,才能达到某种政治的或宗教的目的。这种俳优戏弄更需具备语言上的临场应变能力,娱乐性色彩更为浓厚,此类优戏有的已是雏形的戏剧。一般认为,具有代言体和角色扮演性质的汉代角抵戏《东海黄公》和汉魏优戏的出现,标志着我国戏剧的形成。如果说前者是以角力、竞技为表演中心的话,后者则以辩难、斗口为突出特色。《三国志》卷四十二《许慈传》记载许慈、胡潜两位学士有隙,"更相克伐,谤讟忿争,形于声色;书籍有无,不相通借"。刘备召开群僚大会,"使倡家假为二子之容,效其讼阋之状,酒酣乐作,以为嬉戏。初以辞义相难,终以刀杖相屈,用感切之"。两位优人装扮成许慈、胡潜的样子,先以言语诘难,最后挥动干戈打斗。这出优戏可说是"戏"之本义的生动注脚。正如姚华释"戏"所云:"戏始于斗兵,广于斗力,而泛滥于斗智,极于斗口。是从戈之意也。""戏"之本义,不仅在于武力的角逐,也包括智慧口舌之争。⑤ 可以推断,那些深受汉末文士辩难之风浸染的优戏无疑具有临场表演的性质,对立双方围绕若干

① 康保成:《中国古代戏剧形态与佛教》,东方出版中心 2004 年版,第 105 页。

② 徐珂:《清稗类钞》(第 11 册),中华书局 2010 年版,第 5024 页。

③ 引自张次溪编:《清代燕都梨园史料》(下),中国戏剧出版社 1988 年版,第 823 页。

④ 董每戡:《说"丑""相声"》,见《董每戡文集》(上),广东高等教育出版社 1999 年版,第 44 页。

⑤ 姚华:《说戏剧》,转引自《历代曲话汇编·近代编》(第二集),黄山书社 2009 年版,第 209—210 页。

命题互相诘难、辩驳，以嘲诮对方为能事，形成戏剧看点。可见，它与古优的表演一样，同样强调演员要有逞才口辩、随机应对的本领。

三、优语的口头性与俳优戏弄的即兴形态

我们认为，在中国戏剧史上，早期优戏大多是直接"敷衍"生活场景，不太可能有现代意义上的表演底本，文人把表演者的言语记录下来，便是现在所看到的"优语"，我们可以视之为一种原始形态的口头剧本。

从优语的形成途径看，它经历了一个从口头文学至书面文学的转变过程。正如康保成先生所指出的："最早的戏剧文学应该以口述形态呈现。由于种种限制，迄今所知最早的戏剧文学样式，应当是先秦的'优语'。'优语'本为古代俳优口述，后人记录成文字资料流传下来。"①确如所言，先秦优语属于典型的口述文学，其最初的创作者是优人。任半塘编选《优语集》时便指出，所选优语"指优人之口语，或散，或骈，或叶韵，或否，俱以优人自撰自发之创语，或自选自用之成语为限"②。也就是说，从语体特征看，优语是口语；从产生途径看，乃由优人自编自演而成。又，冯沅君注意到：《史记·滑稽列传》所载诸人的口语多是协韵的，优孟爱马之对即是一例，其中"棺"和"兰"协，"光"和"肠"协。又如淳于髡说齐王道："国中有大鸟，止于王庭，三年不蜚又不鸣。王知此何鸟也?"其中"庭""鸣"相协。③ 口耳相传的文学多采用韵文形式，便于人们传诵和记忆，优戏中韵语的使用正是口述文学的重要表征。

还有学者提出：《滑稽列传》所载淳于髡、优孟、优旃三个人的故事原本是优人自己用来讲诵的一种滑稽诙谐"韵诵体"杂赋，这些故事查无实据，代代口耳相传，现在所看到的传记，是太史公采录其口传改编而成的。④ 优人所讲诵的是不是杂赋暂且不论，但将"优孟衣冠"等早期优戏视为优人的口传故事，这一看法颇具创建性。众所周知，在无文字的远古时代，人类文明存在一段很长的口传历史，知识和历史的传承主要依靠口头传播；随着社会的发展、文字的大量使用，口头传说被文人以文字的形式记录下来，形成各种文献典籍。司马迁在写《史记》时便采用了不少口传史料，如《史记·刺客列传》荆轲刺秦王的材料就是来自朋友相告："公孙季公、董生与夏无且游，具知其事，为余道之如是。"韩信的事迹也是太史公亲临淮

① 康保成：《中国戏剧史研究入门》，复旦大学出版社 2009 年版，第 78 页。
② 任二北：《优语集》，上海文艺出版社 1981 年版，第 21 页。
③ 冯沅君：《古优解》，见《冯沅君古典文学论文集》，山东人民出版社 1980 年版，第 25 页。
④ 伏俊琏：《俗赋研究》，中华书局 2008 年版，第 70—74 页。

阴打听到的:“吾如淮阴,淮阴人为余言,韩信虽为布衣时,其志与众异,其母死,贫无以葬,然仍行营高敞地,令其旁可置万家。余视其母冢,良然。”以此类推,“优孟衣冠”很可能原本就是一个优人之间互相传诵的口述故事,该故事既有令人解颐的娱乐价值,又具讽喻劝导的政治效用,故得以广泛流播,引起太史公的关注,经过记录、整理和加工后,形成了书面化的优语文学。

从唐前优语的表现形态来分析,不少显系临时捏合而成,没有事先排练和预演的可能。如“隐语”和“论难”是俳优戏弄常见的两种表现形式,临场现编的痕迹十分突出。猜隐语是古优具有的一项重要技能,它具有谲谏和娱乐的双重功效,能充分展现优人的机敏和口才。古代俳优不少善于隐语,东方朔便是其中的高手。《太平广记》卷一七四载:

> 东方朔常与郭舍人于帝前射覆,郭曰:“臣愿问朔一事,朔得,臣愿榜百;朔穷,臣当赐帛。曰:‘客来东方,歌讴且行。不从门入,踰我垣墙。游戏中庭,上入殿堂。击之拍拍,死者攘攘。格斗而死,主人被创。’是何物也?”朔曰:“长喙细身,昼匿夜行。嗜肉恶烟,常所拍扪。臣朔愚赣,名之曰蚊。舍人辞穷,当复脱裈。”①

这场在武帝王面前争强好胜的隐语比赛对双方来说关系重大,如果败给对方,不仅要挨板子,而且名誉扫地,丧失在帝王面前邀宠获禄的机会。毫无疑问,竞争双方会使出浑身解数,想方设法击败对方。在这种情形之下,很难设想表演双方会事先通气,练习台词,预演一番,唯有依靠各自的敏捷,现场发挥。可以肯定,这是典型的即兴表演。另如《三国志 · 魏书四》中云午等优人唱“青鸡头”劝谏君主,同样属于口头现编之剧。优戏表演隐语的传统持续至宋代,演变成为百戏的一种,周密《武林旧事》卷六“诸色伎艺人”中“商谜”与“覆射”条即载有专门从事猜谜表演的艺人。

魏晋以来,兴起了三教论难的活动,儒教、道教、释教之间互为驳难,发明义理,讲经宣教。至南北朝时,这种学术论议、宗教讲经活动开始技艺化、戏剧化,演变成为以插科打诨为主的特殊戏剧形式。此类演出至少由两人参与,论难双方围绕若干命题互相诘难、辩驳,在唐代尤为盛行,出现了“弄孔子”这一专门的优戏品种。表演“论难”类优戏时,双方逞才口辩,互相责难,以嘲诮对方为能事,北齐著名优人石动筩便善于这种表演。《启颜录 · 论难篇》所记颇多,试举一例:

---

① 李昉等编:《太平广记》(第四册),中华书局 1986 年版,第 1292 页。

高祖又尝以四月八日斋会讲说，石动筩时在会中。有大德僧在高座上讲，道俗论难，不能相决。动筩后来，乃问僧曰："今是何日？"僧答曰："是佛生日。"动筩即云："日是佛儿？"僧即变云："今日佛生。"动筩又云："佛是日儿？"众皆大笑。①

上述看似笑话的插曲实则为一场俳优表演，石动筩巧妙地运用汉语的歧义来渎侮佛祖，制造出"众皆大笑"的演出效果，颇具优戏之三昧。依情理而言，这样灵机应变、妙趣横生的演出亦不存在预演的可能，显系临现场编而成。

事实上，即兴表演不限于上述两类优戏，应是优戏史上一个普遍现象。仔细分析，如果参与优戏表演的都是优人，自然可以预先排练，准备台词。假如优戏用来劝谏、娱乐君上和权臣等强势群体，优人怎么可能与他们事先排练表演呢？双方将要说什么，相互之间很难揣测得到。优人再有本事，也不可能预卜先知，自然只能临场应对，信口编造了。再一次证明，任半塘先生"任何优谏之戏，必先有本"的推论是值得商榷的。

总而言之，至少在唐代以前，我们没有找到优戏演出"剧本戏"的迹象，也没有发现关于剧本创作的确切记载，那只有一个解释，优人都是使用口头剧本，进行即兴演出的。优戏创作的程序大概是在一个粗略思路指导下由演员临场发挥、任意驰骋，演出前也无须事先排练。

俳优戏弄经历了从即事性表演至命题性演出的转变过程。所谓即事性表演即优人即事而发，逢场作"戏"，戏弄存在于某一特定的情境之中，不可重复和再现。先秦至汉代时期的优戏大多属于此种类型。如秦始皇、秦二世时期优旃的优谏表演即是如此。有一次，天下大雨，秦始皇在室内饮酒，却让"陛楯郎"（执盾武士）在寒雨中站立。侏儒优旃甚怜之，说："我即呼汝，汝疾应曰'诺'。"当臣子们在大殿上为始皇上寿高呼"万岁"时，优旃大呼"陛楯郎"，武士答曰："诺。"优旃曰："汝虽长，何益？幸雨立。我虽短也，幸休居。"于是始皇便安排武士们轮流值班。

这场由优旃主导、武士配合的"优谏"是特定场合下的即兴"表演"。无论是表演情境还是言语动作均具有很大的偶然性，从头到尾都是"临时起意"，"除一时一地外，不容施于他处"。之所以"不容施于他处"，一则"讽谏"的对象是具体的，针对的是秦始皇本人，而且是直接面对面的表演。二则"讽谏"的场景是即时性

---

① 曹林娣、李泉辑注：《启颜录》，上海古籍出版社1990年版，第5页。

的，难以事先布置和安排。三则“讽谏”中的言语行动转瞬即逝，不可重现。其他如优旃“令麋鹿触寇”与“漆城荡荡”的两次讽谏均属即事性“优谏”表演。

在后来，这种表演不绝如缕。如汉代郭舍人救武帝乳母之谏、唐玄宗时旱魃之戏、五代时敬新磨谏庄宗“奈何纵民稼穑”、宋高宗时“与馄饨不熟同罪”等，均属于直面君主的即兴式讽谏表演。它们往往是伶人见到君主存在某种过失，及时讥刺，匡正时弊。

魏晋时期，出现了应命而作的俳优戏弄，一般是由观众（君主、贵族）规定演出的大致主题、表演形式，优人据以即兴发挥。如，《三国志·魏志·王粲传》裴注引《吴质别传》云：

> 质黄初五年朝京师，诏上将军及特进以下皆会质所，大官给供具。酒酣，质欲尽欢。时上将军曹真性肥，中领军朱铄性瘦，质召优，使说肥瘦。真负贵，耻见戏，怒谓质曰：“卿欲以部曲将遇我邪？”骠骑将军曹洪、轻车将军王忠言：“将军必欲使上将军服肥，即自宜为瘦。”真愈恚，拔刀瞋目，言：“俳敢轻脱，吾斩尔。”遂骂坐。质案剑曰：“曹子丹，汝非屠几上肉，吴质吞尔不摇喉，咀尔不摇牙，何敢恃势骄邪？”铄因起曰：“陛下使吾等来乐卿耳，乃至此邪！”……铄性急，愈恚，还拔剑斩地。遂便罢也。①

从上述记载看，非常遗憾，优戏“说肥瘦”最终没有上演。尽管其具体的表演形制已不得而知，有两点可以明确。其一，这是比较纯粹的娱乐性表演，是人们在聚会筵席上为了“尽欢”而插演的小节目。其二，整个表演有规定情境和人物。演出形式大概是二位优人分别扮演“肥”者与“瘦”者，互相嘲诮、戏谑，很可能优人会模仿曹真等人的体貌特征与言谈举止，营造笑料。可以断定，如果这出优戏上演了，俳优一定会插科打诨，借题发挥，以曹真之“肥”与朱铄之“瘦”为戏。

总之，“说肥瘦”属于命题性质的表演，主人规定了演出题材、表演形式以及扮演对象，至于具体如何演出，则由伶人即兴发挥。这在三国刘备时的“许胡克伐”中表现得也很明显，限于篇幅，不赘述。其他如后赵君主石勒“使俳优著巾帻、黄绢单衣”，扮演参军周延“以为笑”，北齐神武（高祖）“令优者石董桶戏之（景尉）”等均属此类。这表明，从先秦古优到魏晋南北朝俳优，优人的滑稽调笑技艺，由即兴发挥渐向命题表演方向演进。优人演剧已不再是随意的、散漫的滑稽言行，而

---

① （晋）陈寿撰、（宋）裴松之注：《三国志》（第三册），中华书局 1982 年版，第 609—610 页。

是受到固定题材内容、规定情景及表演形式等限定的戏剧行动。① 需要补充一句的是，这并不意味着优戏演出已有了某种形式的脚本，它只是从"一次性"的演出活动演化为可以多次反复上演的艺术形式，虽然演出内容、人物、动作乃至服饰装扮等均逐渐固定下来，但即兴演出的性质依然没有改变。

四、唐宋优戏的口头编创特征

如前所述，唐宋优戏中可能出现了文字脚本，但戏剧口头编创的传统并未中断。《金华子杂编》载唐武宗时伶人孙子多的一次表演："……既而出家乐侑之，舞者年老。伶人孙子多献口号以讥之曰：'相公经文复经武，常侍好今兼好古。昔日曾闻阿武婆，如今亲见阿婆舞。'赵公輾然久之。"②又，宋张世南《游宦纪闻》载："唐庄宗时，有进六目龟者。敬新磨献口号云：'不要闹，不要闹，听我龟儿口号：六只眼儿睡一觉，抵别人三觉。'"③

上述所云"口号"，在古代一般是指口号诗，即不用笔起稿、随口吟成的诗歌。此种诗始于南朝梁代的简文帝萧纲，此后代有人作。吴曾《能改斋漫录》卷二《事始》中《口号》云："郭思诗话以'口号'之始，引杜甫《欢喜口号绝句十二首》，云：'观其辞语，殆似今通俗凯歌，军人所道之辞。'"④杜甫题为"口号"之诗便为即兴口占之作。唐代盛行口号诗，据统计，《全唐诗》中存四十余首，杜甫一人即有22首；此外，李隆基、张说、张九龄、李峤、孟浩然、王维、李白、裴迪、包佶、皇甫曾、元稹、柳宗元、刘禹锡、吕温、白居易、杜牧、李群玉等三十余人均有作品留存。流风所及，优人临场编创的韵语亦称"口号"。由此来看，前面所提及的孙子多与敬新磨是在即兴表演。

我们还注意到，宋代优戏出现了口头文学中常见的套语。宋释文莹《湘山野录》载："杨叔宝郎中与眉州人言：顷眉州视事后三日，作大排。乐人献口号，其末句云：'为报士民须庆贺，灾星去了福星来！'喜，召优者问曰：'大排致语谁做？'对曰：'本州自来旧例，只用此一首。'"⑤这是由教坊乐工与优人共同表演的戏剧。优人云"只用此一首"，含有嘲讽乐工之意，也透露出"为报士民须庆贺，灾星去了福星来"是一种程式化套语，演员只要遇到类似的戏剧情境，就可以反复套袭，用以组织故事、编创戏词。

---

① 孙崇涛、徐宏图：《戏曲优伶史》，文化艺术出版社1995年版，第51页。
② （五代）刘崇远：《金华子杂编》，中华书局1985年版。
③ （宋）张世南：《游宦纪闻》，中华书局1981年版，第18页。
④ 吴曾：《能改斋漫录》（上册），上海古籍出版社1979年版，第22页。
⑤ （宋）文莹：《湘山野录》卷上，中华书局1984年版，第11页。

由上所述,在唐五代,优人使用的“口号”尚属于临时编创的韵语,至宋代,“口号”渐渐变成了一种因袭的套话,伶人将其运用于新的口头表演中,成为戏剧中程式化的表达方式,体现出口传文学发展的固有规律。此外,在宋代优戏中有不少专演时事的剧目,如“二圣环”“大小寒”“我国有天灵盖”等大多不是固定剧目的表演,而是优人针砭时政的即兴之作,针对性强,时过境迁,便不再演。

如前所论,优语存在一个从口述文学演化为书面文学的嬗变过程。事实上,优戏的题材内容也存在类似的演变轨迹。如果临场现编的故事精彩出色,受到观众喜爱,优人便争相仿效,广为传播。宋岳珂《程史》十三记载了一出宋宁宗嘉定年间蜀伶表演的“钻遂改”节目,用以讥刺官场钻营取巧、干谒求人的丑陋现象。该剧至宋理宗宝庆年间,被改编成杂剧“钻弥远”,讽刺丞相史弥远。在明代,这出戏又被改编成宫戏“钻遂改”,用以讥嘲杨一清;明人又因袭宋杂剧大意,编撰“弄孔子”话本。① 上述表演均从孔子“钻弥坚”语生发开来,既保留了“钻”的核心意蕴,又依据具体演出情景的变化灵活改造,用以讥刺不同的对象,主题相同,演法各异。

上述演出不仅以口述形式流传于演员中间,而且被文人关注,用文字记录下来,保留在史书、笔记等典籍之中。宋岳珂《程史》、周密《齐东野语》)元李有《古杭杂记》,明田汝成《西湖游览志余》、冯梦龙《古今谭概》等均有相关记载。这可视为戏剧史上口述文学演变为书面文学的又一例证。

由此可见,我国戏剧在口头剧本时代往往积累了大量演出素材,它们以两种方式传承下来:一方面,由优伶代代口传,活跃于戏剧舞台之上;另一方面,逐渐凝固为书面文学,成为后世剧本文学、说唱艺术、小说创作的素材,或者载于史书、子书之中,最终完成了从口头文学至书面文学的形态变迁。

我们知道,在戏曲成熟之前,文献典籍所记载的剧目大都没有剧本传世。笔者以为有两个重要原因。其一,我们现在所看到的“优语”,实际上只是当初优戏演出的一个片段,因而显得粗糙简略;加之古人没有“剧本”的概念,文人的记录往往掐头去尾,仅留存最核心的一些片言只语,而疏于书录动作、舞台提示等,这些“优语”就是当时“科白”戏的脚本。其二,优人演唱的是口头剧本,它停留在演员的口头与脑海里,师徒之间口传心授,容易失传、流失,难以像书面文学那样能完整保存下来,这恰好显示出我国戏剧的早期形态特征。然而,正是这些原始形态的“无本之本”构成了我国戏曲口头剧本发展的起点,并影响到了后世剧本体制的形成。

---

① 任二北:《优语集》,上海文艺出版社 1981 年版,第 139 页。

综上所述,俳优戏弄是我国戏曲口头剧本产生的源头,从古优的技艺、优语的口头性及优戏的表现形态等层面均能找到口头剧本的艺术因子。早期的优戏演出大多属于在某一具体情境下就某一事件、人物的即兴调谑,这种缘事而发的戏剧思维与后代口头剧本同出一辙。至唐宋时代,优戏尽管有使用某种文字脚本的迹象,但戏剧的口头编创依然在继续发展,并且呈现出套路化的表演趋势。总体看来,优戏还处于我国戏剧的雏形时期,其表演体制尚不足以演述完整而复杂的故事,情节相当简单,既无演述故事之功能,亦无文学性之文本。因此,严格来说,优戏还不是真正的口头剧本表演,它的形成还要等待另一种即兴表演技艺——说唱艺术的滋养和培育。

第二节　说唱技艺与口头剧本的形成

研究我国古代的戏剧史,如果抛开古老的说唱技艺,有许多艺术现象便无法得到合理的解释,也不容易探明它们的艺术源流和基本规律。宋元说唱技艺与金元戏剧有着类似的发展演变轨迹,即从口头的表演技艺到"梗概式"的文本,经过记录、整理,形成书面化的案头之作。二者无论是文体特征还是脚本编创方式均有不少相通之处。我们知道,宋元说唱技艺早于北曲杂剧与南戏的流行,前者在很多方面影响了后者的艺术体制与审美形态。这种艺术规律在后代新剧种的发生、演变中再一次重现,不少戏剧直接源自书场的即兴说唱,它们不仅承袭说唱时代的诗词套语、故事题材,而且采用编创唱本的手法来营造戏剧脚本。种种迹象表明,说唱技艺是催生我国戏曲口头剧本至关重要的因素。

一、关于宋元说唱与戏曲即兴问题的讨论

宋元说唱究竟有无文学性底本,或者其底本是否就是"话本"小说?学术界对此聚讼纷纭,莫衷一是。与此密切相关的是话本的创作方式,它是由说唱艺人在表演中即兴敷衍,然后经由文人记录、加工而成的呢?还是先有完整的书面唱本,艺人再据"本"说唱?

20 世纪 20 年代,鲁迅提出:宋代话本乃说书艺人底本,"说话之事,虽在说话人各运匠心,随时生发,而仍有底本以作凭依,是为'话本'"①。经历一个时期后,这一观点逐渐受到后学的质疑。石昌渝认为:

① 鲁迅:《中国小说史略》,人民文学出版社 1976 年版,第 90 页。

> “说话”作为口头文学,它的一个特点是口耳相传。说话人有一些是瞽者,他们只能靠耳闻心受,依赖不了底本,即使有底本,那底本也不是今天看到的话本的样子,大概只是一个故事提纲和韵文套语以及表演程式的标记。“说话”行里有专门编辑脚本的书会才人,他们为说话人提供题材,编写的脚本既如上文所说,只是提纲性质的本子,与实际的表演有很大的距离,一切都要靠说话人三寸不烂之舌临场发挥。①

持类似看法的还有程毅中,尽管其基本观点依然是“话本是说话艺人的底本”,但对这一传统说法有所修正,提出底本有“简本”“繁本”两种类型:话本指说话人的底本,这只是一个比较概括的解释。如果对其中作品做一些分析,至少可以分为两种类型。一种是提纲式的简本,是说话人自己准备的资料摘抄,有的非常简单,现代的说书艺人称之为“梁子”。另一种是语录式的繁本,比较接近于演出本的样式,基本上使用口头,大体上可以说是一种新型的白话小说。提纲式的简本,实际上只是一个提要。……另一类语录式的繁本,则是以说话人的口气写的,中间往往采用了说话人的插花和自问自答的叙事法,基本上用口语讲述,但还夹杂了许多文言语汇。② 上述两家均认为宋元说话存在某种提纲式的底本,其表现形态不同于现存的文学话本。应该说,将说话人依凭的底本与作为案头文学形式的话本相区分,这是认识上的进步。

那么,说话艺人的底本应是何种形态的文本?周兆新指出:“说书艺人主要用口传心授的方法带徒弟。师傅也往往把自己的秘本传给徒弟,如果我们认为说书艺人有底本,那么这种秘本就是底本。秘本的内容大致包括两部分。一是某一书目的故事梗概,二是常用的诗词赋赞或其他参考资料。北方评书的秘本又叫梁子,就是提纲的意思。总之,说书艺人的底本至少具备两个基本特征:从体裁上看,它是一种简单扼要的提纲;从内容上看,它必须具备可演性,能够叫座儿。”③ 纪德君对宋元说话“底本”做了比较详细的“蠡测”,认为宋元说话人既可以直接参照“书史文传”加以演说,也可以自己(或请人)摘编“书史文传”,辑录一些备用

---

① 石昌渝:《中国小说源流论》,生活·读书·新知三联书店 1994 年版,第 230—231 页。

② 程毅中:《宋元小说研究》,江苏古籍出版社 1999 年版,第 241 页。

③ 周兆新:《“话本”释义》,见《国学研究》(第二卷),北京大学出版社 1994 年版,第 196—197 页。

的诗词赋赞等，纂弄一个提纲式的"底本"，如《绿窗新话》《醉翁谈录》等。①

总之，关于宋元说话技艺体制，形成了两点新的认识：其一，说话人有自备的"底本""秘本"，这种"底本"有的可能只是一个"梗概式""提纲式"的文本。其二，具有即兴创作的特点，需要说话人在"底本"的基础上"各运匠心，随时生发"。前辈时贤对此已做了比较深入的探讨，本文不再重复论证。

严格来说，即兴式的故事说唱不始于宋，唐代即已出现这种讲唱形制。《敦煌变文集》出版说明："早在公元七世纪末期以前，我国寺院中盛行一种'俗讲'。记录这种俗讲的文字，名叫'变文'。"②路工云："变文是僧徒——职业的唱导者宣唱的记录本。"③近来，这些看法越来越受到重视，如有学者认为：就变文发生与形成的过程而言，应该是讲说佛经故事的口头文学的记录。④ 或以为变文是使用或根据一定的程式，在表演过程中口头创编的作品。⑤ 应该说，变文在诸多方面表现出了即兴口述的特征，最显明的证据是具有强烈现场口说色彩的诗前套语的运用，以及变文中反复出现的一些比较固定的表达手段、情节内容。当然，也有学者不赞同这种看法，如梅维恒认为："变文的大部分距其自身萌芽始来源的口述演说已有数代之隔……深以为变文中的诗前套语是其直接由口述演说蜕变而来的证据，因为它出现得很规则。相反较简单的讲经文则可能是口述文学的直接后代。"⑥不管如何，变文本身或其前身属于口头即兴之作。

由上所见，金元北曲杂剧、南戏产生之前，我国已存在悠久的即兴讲唱传统，其表演技艺已得到充分的发展，并形成了比较成熟的口头文本编创机制。接下来的问题是，说唱的技艺机制是否影响到了宋元戏曲的创作和演出？毋庸讳言，这是一个比较棘手的问题。因为现存宋元剧本大多属于剧作家所创作（或经后代文人改定、整理）的文学性文本，显然不能简单视为伶人在舞台上的即兴作品。换言之，在宋元时代，就技艺与底本的关系而言，说唱与戏曲似乎不同，前者先行讲唱，再记录下来成为文本；后者有预制的剧本，伶人再据"本"演出。

不过，我们注意到，文人写定的剧本和演出本在形态上存在不少差异，形成这种差异的原因很可能与伶人舞台创作相关。最典型的例证是《元刊杂剧三十种》，

---

① 纪德君：《在书场与案头之间——民间说唱与古代通俗小说双向互动研究》，文化艺术出版社 2009 年版，第 41 页。

② 王重民、周一良：《敦煌变文集》（上），人民文学出版社 1957 年版，第 1 页。

③ 路工：《唐代的说话与变文》，见《敦煌变文论文集》（上），上海古籍出版社 1982 年版，第 401 页。

④ 俞晓红：《佛教与唐五代白话小说研究》，人民出版社 2006 年版，第 143 页。

⑤ 富世平：《敦煌变文的口头传统研究》，中华书局 2009 年版，第 8 页。

⑥ ［美］梅维恒：《唐代变文》，中西书局 2011 年版，第 104 页。

该刊本最大的特征是曲词较全，而科白仅余梗概，显得残缺不全，有的剧目甚至宾白全无。据此，学者们认为元刊杂剧系正末、正旦用的演出本①，或认为《元刊杂剧三十种》是一种剧团刻本，是艺人为了演出或传授剧目而自刻②。应该说，上述说法并非毫无依据，无论是从剧本的舞台提示语，还是从文字书写特征来看，均具有明显的舞台本特征。剧本中凡是省略角色宾白之处，往往用“了”“等……了”“科”“作……科”“某某一折了”等语标志。即便有宾白，亦非常简略，不像是完整的舞台语言，很可能需要伶人据此即兴敷衍戏词。故臧晋叔《元曲选序》云：“或谓元取士有填词科……或又谓主司所定题目外，止曲名及韵耳，其宾白则演剧时伶人自为之，故多鄙俚蹈袭之语。”就书写形式看，剧本中的错字、别字、讹字、俗字、丢字、生造字、省笔字、代字符等普遍存在，口头记录的特征十分明显。因此，以《元曲选》为代表的戏曲文本去探究其舞台形态，并不一定可靠。伊维德认为：我们今天所读到的“元”杂剧文本实际上与元代的演出脚本已经相去甚远。元代可能根本不存在完整写出的剧本，正旦或正末的脚本也许就是剧作家创作的最初形式，而像明万历年间那样完整写出的本子在元代是根本不存在的。③ 类似情形同样存在于南戏文本中。总之，宋元戏曲的舞台演出本呈现出鲜明的口头编创特色，后面有专节探讨，不赘述。

二、宋元说唱技艺对金元戏曲口头编创的影响

宋元戏曲的创作与演出接受了说唱技艺的诸多艺术因子，包括外在体制、诗词赞语的运用、穿插即兴式的说唱体等。

从文体发生学的角度看，戏曲的生成既受制于其内在的发展规律，又受周边艺术样式的深刻影响。正如吴承学所言：“文学的体裁及其体式规范是人类在长期文学实践过程中的产物，它从萌芽、产生到成熟往往经过漫长的历史进程。在这期间，个别作家的努力对于某些文体可能起了画龙点睛的作用或者有综合集成之功，但是从根本上讲，文体形态的形成及演变是集体长期创作实践和理论探索相结合的结果。”④戏曲文体的形成同样如此，在长久的艺术实践中，文体意识经历了一个从自在走向自觉的过程。在一定历史阶段，在某些戏剧样式中，说唱与

① 小松谦、金文京撰：《试论〈元刊杂剧三十种〉的版本性质》，黄仕忠译，载《文化遗产》，2008年第2期。

② 杜海军：《〈元刊杂剧三十种〉的刻本性质及戏曲史意义》，载《艺术百家》，2010年第1期。

③ [美]伊维德：《我们读到的是“元”杂剧吗——杂剧在明代宫廷的嬗变》，载《文艺研究》，2001年第3期。

④ 吴承学：《中国古代文体形态研究》，中山大学出版社2000年版，第10页。

戏剧拥有共同的“脚本”,彼此借用,互通有无。随着戏剧文体意识的增强,唱本与戏本趋于分野,形成了各自的文体规范,实现了从叙述体至代言体的变迁。两种文体的同根同源是宋元话本与戏曲存在文体共性的根本原因。

从文体特征看,宋元话本,尤其是“小说”话本与杂剧存在诸多的文体共性。小说话本在正文之前,先讲小故事引发听众兴趣,或吟诵诗词起首。这些诗词、故事与正文的联系或疏或密,起一个引发下文的作用。其功能类似于民间歌谣常用的修辞手法——“兴”。有学者提出,“兴”本身是口头性明显的证据,也是汉语口述传统下的即兴口头活动的产物。起兴在即兴的口头活动中起着“前奏”的作用,让听众产生某种“接受预期”。① 与此类似,话本篇首的诗词、小故事是书场中说书人等待听众进场、讲说“正话”前的铺垫,亦相当于一种“前奏”。如果是作家的案头文学,除非是故意的模拟,否则这种可有可无的内容是根本不会使用的。北曲杂剧则有开场诗、定场诗,人物上场时念二句或四句诗作为开场,然后自报家门,正式展开剧情,其功能近似歌谣的“起兴”与话本起首之“入话”。而南戏有“副末开场”,如《张协状元》【满庭芳】云:“暂息喧哗,略停笑语,试看别样门庭。……斯锣响,贤门雅静,仔细说教听”,并唱了一段诸宫调作为引首。《宦门子弟错立身》开场有“……贤每雅静看敷演,《宦门子弟错立身》。”其口吻与说书人的“开场白”毫无二致。

小说话本末尾通常有收束语,用二句或四句诗作为散场。有的还最后点明话本题目,或总括全文,以评论收场。同样,北曲杂剧有题目正名,亦用两句或四韵语作结,拈出全剧题旨,确定剧本名称。胡士莹认为,这种形式也是从话本汲取来的,可能是在全剧终了时总结剧中的主要情节。② 两者确实有较高的相似度。如《合同文字记》(《清平山堂话本》):

> 李社长不悔婚姻事,刘晚妻欲损相公嗣;
> 刘安住孝义两双全,包待制断合同文字。

再看北曲杂剧《合同文字》(《元曲选》本)剧末的题目正名:

> 刘安住归认祖代宗亲,包龙图智赚合同文字。

---

① 林岗:《口述与案头》,北京大学出版社2011年版,第85页。
② 胡士莹:《话本小说概论》,中华书局1980年版,第97页。

小说与戏曲的结语没什么两样,最末一句均点明作品的标题。关于"题目正名"的表演形态,徐扶明认为是正戏开演之前的"报幕",向观众介绍剧情提要。① 孙楷第认为属于全剧结束时打散的小节目,是由"众念"的。② 康保成不同意上述看法,认为金元杂剧中的题目正名只是剧本的文学结构,无须剧中人或场外人唱念,因为题目正名前已有演员下场的提示。③ 在我们看来,题目正名当是仿袭自小说话本的收束诗,在戏曲中最初可能是念诵的,后来逐渐脱离口述形态,凝固成为剧本的一种文学格式。它也许仅仅起到标志戏剧文体的作用,是戏剧承袭说唱技艺所残留的"尾巴"而已。换言之,金元杂剧的书写、刊印格式及其文体形态的前身并不在剧场,而在书场,是口头说唱的产物。

再如,说话人讲说完毕,常用"话本说彻,权做散场",宣布终场。《元刊杂剧三十种》中不少剧本在结尾处亦有"散场"或"终场"字样。如《闺怨佳人拜月亭杂剧》剧末为"(孤云了)(散场)";《新刊关目诸葛亮博望烧屯》结尾有"(驾断出)散场",然后为"题目正名";《公孙汗衫记》末刊有"出场"字样。这种书写形制亦源自说唱的实践活动,散场语原本需要说书人宣讲,被戏剧吸纳后,从口头语演变为书面语,成为剧本的书写惯例。场上演员也不用宣布"散场",因为在此之前,剧中人或角色已"下",或"断出""云了",再说"散场",显系多余。

如前所述,在金元杂剧中,剧中人上场时要念两句或四句上场诗,下场时则有下场诗。其内容按照戏剧人物的身份、职业、地位、年龄的不同,形成公式化的诗赞套语,只要出现同类型人物,便可反复套用。如农夫、小商贩出场往往念"万事分已定,浮生空自忙";老年人则念"月过十五光明少,人到中年万事休",或是"花有重开日,人无再少年";清官上场为"冬冬衙鼓响,公吏两边排。阎王生死殿,东岳摄魂台"。与此类似,宋元话本、《水浒传》及《金瓶梅词话》中套语现象非常普遍。套语内容广泛,有的是生活的哲理名言,如"要想人不知,除非己莫为"(见《错认尸》《戒指儿》《三现身》等);有的是自然、社会现象的描写,如形容时过境迁之语:"时间风火性,烧了岁寒心"(《简帖和尚》《金鳗记》);有的是关于人生观点的阐发。④ 这些词句或为历代流传的格言谚语、文人诗句,或为书会才人所编,《杨温拦路虎传》话本云:"才人有诗说得好:'求人须求大丈夫,济人须济急时无。渴时一点如甘露,醉后添杯不若无。'"《简帖和尚》篇尾云:"一个书会先生看见,

---

① 徐扶明:《元代杂剧艺术》,上海文艺出版社 1981 年版,第 315 页。
② 孙楷第:《也是园古今杂剧考》,上杂出版社 1953 年版,第 232 页。
③ 康保成:《中国古代戏剧形态与佛教》,东方出版中心 2004 年版,第 209 页。
④ 范丽敏:《互通·因袭·衍化——宋元小说、讲唱与戏曲关系研究》,齐鲁书社 2009 年版,第一编第一章对此有详细的归纳,可参看。

就法场上做了一只曲儿，唤作《南乡子》。"话本套语体现这样一些特点：其一，运用灵活，遇到类似语境，可在不同的小说中通用，或原句照搬，或稍做文字上的变动而套用；其二，语句整饬，通俗简易，口头色彩浓厚，易学易记。有学者认为，说书套语可能是当说话行业发展蓬勃时，书会才人多编写故事，说话人便借用套语来描述相似的情事。① 总之，话本的套语艺术明显影响了金元杂剧上场诗的编创方式。

说话人善于铺叙故事，口才极佳，而且有较强的临场穿插能力。南宋初郑樵《通志·乐略》云："又如稗官之流，其理只在唇吻舌间，而其事亦有记载。虞舜之父，杞梁之妻，于经传所言者不过数十言耳，彼则演成千万言。"在故事讲唱中，艺人添枝加叶，口指手画，能将数十言的故事梗概铺陈为鸿篇巨制。同时，说话人还要"说得话，使得砌"。"使砌"即插科打诨说笑话。如董解元《西厢记》卷三《木兰花》曲："法师笑道：休打砌！我道舂了几升米，煮下半瓮黄"。话本《宋四公大闹禁魂张》："如今再说一个富家，安分守己，并不惹是生非；只为一点悭吝未除，便弄出非常大事，变做一段有笑声的小说。……这员外有件毛病，要去那（以下使砌）：虱子背上抽筋，鹭鸶腿上割股，古佛脸上剥金，黑豆皮上刮漆……""砌"不仅仅是简单的"打诨"，宋元戏曲中的"砌"还指一些短小的滑稽性表演。张炎《山中白云词·蝶恋花》"题末色褚仲良写真"中云"诨砌随机开笑口，筵前戏谏从来有"，"诨砌随机"表明"砌"是现场发挥的，与后世"丑"角"抓哏""活口"近似。南戏《宦门子弟错立身》第十二出【天净沙】曲有"做院本点个《水母砌》"。《张协状元》中亦有两段"砌"的表演。《错立身》南戏《六幺令》曲："管甚么抹土搽灰，折莫擂鼓吹笛，点拗收拾。更温习几本杂剧，问甚么妆孤扮末诸般会，更那堪踿索扑旗。"胡忌认为"点拗"应为"点砌"。② 可备一说。《醉翁谈录·小说开辟》载艺人"说收拾寻常有百万套"。"收拾"可能与"砌"同类，属于能随时嵌入说话与戏剧的套语，有些是较固定的表演套式。艺人只要熟记这些套语、套式，表演时根据戏情或故事的需要，可灵活插入，随机组合。又，王骥德《曲律·论插科第三十五》云："古戏科诨，皆优人穿插，传授为之。本子上无甚佳者。"清楚表明"科诨"用于表演中的"穿插"。总之，"诨砌"早先常用于说话技艺，后来被戏剧借鉴，成为伶人即兴表演的工具和手段。

宋元戏曲表演中即兴穿插的艺术形式还有很多。有的属于非戏剧类表演技

---

① 陈炳良：《话本套语的艺术》，见《小说戏曲研究》（第1集），（台湾）联经出版事业公司1988年版，第162页。

② 胡忌：《宋金杂剧考》，古典文学出版社1957年版，第260—261页。

艺,如杂耍、唱曲、隐语、词话、仪式等;有的是"戏中戏",如在正戏演出中临时插入院本、傀儡戏等。不少插演与剧情并不相干,由伶人自由发挥,在剧本中亦无明显体现。明顾起元的《客座赘语》指出:"南都万历以前,大席则用教坊打院本(即元杂剧),乃北曲四大套者,中间错以撮垫圈、舞观音、或百丈旗、以跳队。"而臧晋叔认为"北剧每折间以爨弄队舞吹打"。黄天骥先生提出:元杂剧每折之间插演的各类杂技不载于元剧本子,究竟如何安排,并无明文规定,可以由艺人即兴发挥。① 另如,"吊场"亦为重要的插演形式,《宦门子弟错立身》第十二出:"生旦下,净末卜吊场,下。"《琵琶记》第二十九出:"贴下,生吊场白。"刘晓明认为:"吊场"就是占住场子进行插演,是可以脱离剧情主线的临时性表演。② 至于舞台上如何"吊场",有的剧本亦未作具体说明,《宦门子弟错立身》便是实例。

由此,不难见到,宋元时代的文字剧本其实遮蔽了不少生动的舞台事实,文人出于文学性考虑,只重视曲词的写作和记录,而那些由伶人即兴编创和插演的科诨、杂艺、宾白往往被忽略。如果我们再豁达一点,从伶人的角度来看,不妨将文人写定的以"曲词"为主体的文学剧本视为表演的"底本",经过舞台第二度创作,伶人不断对"底本"加以充实、丰富,镶嵌门目繁多的技艺,才算真正完成了一部戏剧作品。伶人的口头创作不是修饰性的、局部性的,在整个作品中占有较大的比重,仅就戏词部分而言,可能包括宾白、上下场诗以及一些赋赞,表演动作绝大多数也是伶人自己编排的。这种创造方式、手法与说唱技艺可谓异曲同工,殊途同归。

三、即兴说唱到即兴演剧:口头剧本的生成路径

众所周知,我国不少剧种是在说唱技艺的基础上演化形成的,经历了一条从书场走向舞台的艺术化蝶之路。李家瑞《由说书变成戏剧的痕迹》列举了诸宫调、打连厢、灯影戏、弹词、滩簧等五个实例,认为其前身是说书,后来才变成了戏剧。③ 张紫晨认为我国民间小戏产生的途径之一是以叙事说唱体为基础,逐渐转为代言体。④ 曾永义亦探讨了说唱技艺演变为戏剧的诸多事实,如以曲艺为基础

---

① 黄天骥:《元剧的"杂"及其审美特征》,见《黄天骥自选集》,广东高等教育出版社 2003 年版,第 43 页。

② 刘晓明:《论古代戏曲中的插演》,载《戏剧艺术》,2005 年第 3 期。

③ 李家瑞:《由说书变成戏剧的痕迹》,见《历史语言研究所集刊》第七本第三分,"国立中央研究院",1937 年。

④ 张紫晨:《中国民间小戏》,浙江教育出版社 1989 年版,第 28 页。

形成了无锡滩簧、扬琴戏等小戏，由大型说唱形成了杭剧、黔剧、龙岩杂戏等大戏。① 施德玉沿袭了上述观点，并以越剧小歌班、浙江湖州小戏、江苏常锡滩簧为例阐述了曲艺发展为戏曲的演变轨迹。② 可见，说唱进化为戏剧是我国戏曲史上一个较为普遍的现象，至于间接受到说唱艺术影响的剧种更多。

从剧种发展的历史和现状来看，采用幕表制的戏剧的前身往往是即兴说唱技艺，如越剧、评剧、滩簧戏以及一些影戏剧种等。如越剧在发展为大戏之前，经历过落地唱书、小歌班、绍兴文戏等阶段。落地唱书是流行于浙江嵊县一带的曲艺形式，其早期形态是"沿门唱书"，唱书人只在人家"大门口一站或一蹲，用烟管敲击门槛来掌握节奏，随口唱上一段，得些施舍。唱的内容，当时还没有固定的唱本，全凭唱者随编随唱"③。所唱的内容一种是"彩头话"，如"客到此地会成仙，罗汉堂上赦金钱，赦呀赦在贵府地，荣华富贵万万年"。另一种是短小的"段子"，类似弹词"开篇"，如"十稀奇""十古怪""败子回头金不换"等。④ 后来，"沿门唱书"逐渐专业化，表演形式和唱腔有了新的发展，从说唱"彩头""段子"发展到说唱故事，出现了《珍珠塔》《白玉带》《卖婆记》《龙图卷》等曲目。1906 年春，南派唱书艺人李世泉、钱景松、高炳火等人用稻桶、门板搭成临时舞台，穿上从农家借来的长衫马褂、竹布花裙，脸涂胭脂花粉，演出了《十件头》《绣荷包》《赖婚记》等剧。越剧从此步入"小歌班"（亦称"的笃戏"）时期，又经过三十多年，嬗变为今天的越剧。

我国江浙一带曾广泛盛行"滩簧"曲艺形式。滩簧兴起于清乾隆年间。乾隆六十年（1795 年）成书的《霓裳续谱》已有"南词弹黄调""滩黄调"之称。钱泳《履园丛话》等书又称作"滩王"。滩簧孕育于江南吴歌，后来接受了弹词、昆剧及花部等剧种的影响而发展为戏剧。即兴发挥是滩簧突出的艺术特色。其最早的源头吴歌采取盘歌的表现方式，以"赋子"来叙事抒情，如叙事山歌《鲍六姐》有描述春光的"赋子"，曲目《庵堂相会》便采用了民歌中的《春光赋》。可见，滩簧中的"赋子"是由民歌而来的，而"赋子"正是口头文学的重要表征。此外，弹词、"说因果"、唱春、宣卷等曲艺对滩簧的形成亦产生过影响。⑤ 洛地将"滩簧"划分为"南词摊簧"和"唱说摊簧"，它们的音乐结构和编演方式均有出入。前者的"基本调"

---

① 曾永义：《中国地方戏曲形成与发展的径路》，见《戏曲源流新论》，中华书局 2008 年版。

② 施德玉：《中国地方小戏之研究》，（台湾）学海出版社 1999 年版，第 88—90 页。

③ 嵊县文化局越剧发展史编写组：《早期越剧发展史》，浙江人民出版社 1983 年版，第 11—12 页。

④ 张继舜：《落地唱书》后记，见《落地唱书》，浙江文艺出版社 1992 年版，第 181 页。

⑤ 朱恒夫：《滩簧考论》，上海古籍出版社 2008 年版，第 10、17 页。

为【南词本调】,后者“基本调”的结构为“起、平、落”。两者的编演方式差别较大,“南词摊簧”只唱“折子”,所唱的往往有刻本或抄本,艺人有一个共同的“定本”;而“唱说摊簧”无论何时何地,一直是以“路头—幕表”为其编演的基本方式和状态,从来没有完全的“定本”。① 至清末民初,各地滩簧相继仿效戏曲形式,化妆登台演出,形成各种滩簧剧种,如苏剧、甬剧、姚剧、湖剧、锡剧、沪剧等,它们均采取“规定情境赋子化”的创作方式营造剧本,其“编剧法”无疑可追溯至滩簧时代。

近代以来,由曲艺发展而来的影响较大的新剧种还有很多,如评剧的前身是说唱“莲花落”,吕剧源于“山东琴书”,陕西、山西等地的道情戏源于说唱道情等。事实上,历史上不少形态古老的戏剧可能亦由叙述体的说唱转化而来,如池州傩戏、陕西地戏、贵州地戏、晋西南“锣鼓杂戏”等。最直接的证据是它们的早期剧本往往直接搬用民间说唱本或稍加改动后演出,其表演形态具有浓厚的说唱痕迹。据王兆乾等学者研究,池州傩戏在历史上曾以明成化本《说唱词话》为演出本②。贵州地戏老艺人收藏有乾隆时期的抄本《十三穿关》,内容描写关羽之子关索和鲍三娘入川随诸葛亮南征的故事。这是一部地地道道的说唱文学本,据老艺人说,以前就是用它演出地戏,不做任何整理、改编就由演员唱。③

我国影戏最早也是从说话技艺辗转形成的。据吴自牧《梦粱录》卷二十《百戏技艺》条载:“更有弄影戏者……熟于摆布,立讲无差。其话本与讲史书者颇同,大抵真假相半。”宋代影戏艺人大多使用“话本”作为演出脚本,故事的性质与“讲史书”颇同。当时的影戏不一定拥有专门的“演出脚本”,可能是从说话艺术“借本”表演。当然,也不排除这种情况,即宋代影戏还不是真正的戏剧,不过是以影偶操纵作为演说故事的辅助手段的一种说唱技艺而已。有的学者认为,俗讲、宝卷亦与影戏存在密切的渊源关系。孙楷第以滦州影戏为例,认为其影词的结构、用韵与俗讲的吟词甚合,二者均称“卷本”;影词中多讲演口气,不纯为代言体,且都需临文讲唱。④ 顾颉刚认为:“元明以来,宝卷多作为影戏的剧本,其体制极为合度,似非偶尔采用者所能做到。因此可知其在变文尚未成为宝卷时代即已与影戏结

---

① 洛地:《“摊簧”名义、结构及其他》,见《中华艺术论丛》第 2 辑,上海辞书出版社 2004 年版。

② 王兆乾:《在假面的背后——安徽贵池傩文化研究》,安徽大学出版社 2000 年版,第 243 页。

③ 曲六乙:《中国戏曲史里一种怪现象——说唱文学输入戏曲》,载《中国戏剧》,1995 年第 1 期。

④ 孙楷第:《近代戏曲原出宋傀儡戏影戏考》,见《傀儡戏考原》,上杂出版社 1952 年版,第 63—64 页。

缘,或者即为宣传者所利用,以之宣传教义,因之两者并盛行焉,亦属意中之事。"①此论颇是。佟晶心亦非常注重影戏和宝卷的关系,认为影戏"在宋朝所使用的剧本便是当时的话本,但近代的使用宝卷。影戏的剧本组织和故事的结构很有宝卷的意味,但已采用对话的形式"②。

影戏与说唱的血缘关系在后代影戏中体现得很明显。如北京影戏旧称"蒲团影",艺人以宝卷作为剧本,照本宣科,称为"宣卷"。陕西皮影戏在早期叫作"隔帘说书"。广泛流行于陕西关中、陕南、安康以及甘肃与河南灵宝的道情灯影系列是在说唱道情的基础上产生的。此外,湖南、湖北的渔鼓影戏也经历了从曲艺形式至戏剧的转变过程。目前,我国影戏剧种有许多依然在使用口头剧本表演,下文将会述及。

总之,民间"提纲戏"大多具有深厚的说唱艺术背景,不少剧种经历了从即兴说唱至即兴演剧的转变,在这一过程中生成了口头剧本,成为与剧本戏并驾齐驱的表演形式。

四、口头剧本沿袭了说唱脚本的编创方式

如前所述,文学性文本并非说唱技艺产生的前提,自宋元时代始,民间艺人便通过口头编创来讲说故事。

应该说,上述分析并非臆测。任何一种民间艺术均有其固有的发展规律和传承谱系,从后代说唱技艺亦可窥见前代艺术的历史真相。如旧时评书艺人说书,大都没有文学脚本,多凭口传心授。说书所依据的提纲式的故事梗概,业内俗称"梁子",这种说书形式称为"道儿活"。有的由文学作品改编而成,称作"墨刻儿"。无论"道儿活"还是"墨刻儿",都需经过说唱艺人的"蹚",才能成为有血有肉、活灵活现的说唱艺术作品。所谓"蹚",即从"梁子"变为实地演唱,艺人俗称"跑梁子"。③ 早期的评弹脚本亦是提纲式的,弹词的本子只有唱词,很少或没有说白部分。说白部分变动性较大,"各家各说",同一部书目,有不同的说法。④ 当代说书艺术家王文玉亦谈到,说书没有底本,均是师徒传授,只需记住一个故事梗概,一切都是临场发挥。这个故事梗概不叫"底本",而称为"梁子",也不一定形诸文字。⑤ 目前,不少民间说唱依然保持着这种古老的创作传统,如岫岩地区东

① 顾颉刚:《中国影戏略史及其现状》,见《文史》第十九辑,中华书局 1983 年,第 112 页。
② 佟晶心:《探讨"宝卷"在俗文学上的地位》,载《歌谣》,1937 年第 73 期。
③ 汪景寿:《说唱:乡土艺术的奇葩》,北京大学出版社 1994 年版,第 89 页。
④ 周良:《苏州评弹艺术初探》,中国曲艺出版社 1988 年版,第 29、38 页。
⑤ 孟昭连:《宋代文白消长与小说语体之变》,载《中国社会科学》,2011 年第 3 期。

北大鼓艺人在习艺过程中要记录或抄录“书梁子”,以供临场发挥。总之,历史和现状均表明,即兴编创是我国说唱技艺普遍使用的创作手法,并为戏剧所仿效,成为口头剧本体制发生的起点。

在表演文本的编创方式上,可以明显看出戏曲对民间说唱的继承性。越剧从“沿门说唱”演变为戏剧后,在很长一段时间内,“路头戏”是其最主要的存在形式。20 世纪 40 年代初期开始,剧本制代替幕表制,表演文学剧本,但“路头戏”依然盛行于民间,其剧目的生产流程为:演员上台之前,没有文字剧本和固定的唱词说白,全剧只有一个故事框架,艺人把它写成分场的提纲,列出每场戏的上场人物及人物之间的关系,剧中人扮演者名字,该场、幕的主要情节、事件等均列在簿表上。这种分场或幕的提纲,由戏班熟知该戏故事情节的师傅写成,并由他分配角色、向演员详细讲解戏文故事的全过程,以及每个角色在戏中的主要事件、人物角色间关系等,为演员到台上做戏、如何做、做什么指条戏路。演员到台上唱什么词,念什么白,具体如何行动等均要台上即兴发挥。① 这种表演方式俗称“掼路头”。早期越剧新剧目几乎均是如此编演的。倘若该剧目演熟了,甚至根本不用提纲,所有的戏都装在艺人心里,直接“台上见”。

其他如锡剧、沪剧、评剧以及某些影戏、木偶戏演出脚本的创作与此大同小异。我国北方一些剧种习惯称“提纲戏”为“跑梁子”,其演出方式的名称亦借自评书、评弹。如黑龙江有“跑梁子”戏班,演员按剧中大意排戏,又称“串纲活”。② 评剧草创时,除了成兆才手中有剧本外,一般演员的戏词大多没有准词。著名评剧演员新凤霞回忆,她小时所演的戏大多是“跑梁子”,顺口编词,“没有导演,没有台词,就凭演员的本事演;演员本事越大,在台上唱的、说的也越多”。③ 从中不难看出说唱艺术与评剧的亲缘关系。

我国影戏与说唱技艺有着千丝万缕的联系,其脚本的营造手段亦深受其影响。以湖南影戏“搭桥本”为例,脚本编演的程序一般有以下几步。演出前,一般要由经验丰富的艺人“说戏”,介绍剧情概要、人物出场先后、人物关系、身份地位等;然后,艺人舞台上即兴发挥,在基本的故事架构中填充宾白、唱词,充分利用各类诗词套语,编制戏词,展开戏剧叙述。在河南罗山影戏演出中,艺人们具有一套比较固定的艺术程式。如文场开场戏的演出程序一般有以下几步。首先,角色念出场白(站立说),一般为两句,如文生出场念:“一等人忠臣孝子,两件事耕种读

---

① 钱宏主编:《中国越剧大典》,浙江文艺出版社 2006 年版,第 21 页。

② 中国戏曲志编辑委员会:《中国戏曲志 · 黑龙江卷》,中国 ISBN 中心,2000 年,第 353 页。

③ 新凤霞:《新凤霞回忆录》,百花文艺出版社 1980 年版,第 271 页。

书”。其次,念安身白(坐下说),即说四句坐场诗。接着,念道白、开辟,自报家门,交代家事背景、叙述故事缘起等。语言千篇一律,如:小生(或老夫、本帅)姓某某名某某,家住何方、去往何处等。然后“打开辟”,即演奏过门音乐,接着开唱一段“纲鉴头”或“偈子”,从三皇五帝一直叙述至故事发生的当下。最后进入正戏的演唱。在正戏演唱中,“牌子”与“飞词”相互交融、混杂,前者一般为“呆词”,即一些格式化的套语,如英雄牌子、将军牌子、书生牌子、道姑牌子、和尚牌子等;后者是艺人根据情节的需要,临场现编的唱词,称为编“飞词”。编“飞词”时,多仿照牌子的句式、板式和用韵。①

从以上述论看,可见,即兴式说唱与“提纲戏”在脚本编创程序、艺术手段等方面几乎毫无二致,均以“梗概式”的故事提纲为基础,通过艺人的临场发挥,营造脚本,演述故事。这种相似性主要源自后者对前者的沿袭、仿效。

五、说唱技艺“赋赞”与戏曲“赋子”的套用

说唱艺人从事口头创作时,经常会用到历代积淀下来的“经典表述”,近似于西方口头诗学中的“程式套语”。“程式套语”是口头文学最显著的形态特征,它本质上是一套帮助记忆和在临场演唱中创编的工具,在形式上表现为重复出现的句子和核心词组。

宋元话本小说在正文之前,通常以诗词开头,这种诗词往往在不同的话本里出现,显见是说话人常用的熟套。说话人描写各类人物、事物及景色时,则用一些骈偶的赋赞。如《西湖三塔记》开头有一篇描写西湖的赞词:“江左昔时雄胜,钱塘自古荣华。不惟往日风光,且看西湖景物。有一千顷碧澄澄波漾琉璃,有三十里青娜娜峰峦翡翠……”再如描绘傍晚景色,可用这样的赋赞:“十字街荧煌灯火,九曜庙香霭钟声。一轮明月挂青天,几点疏星明碧落。六军宫内,呜呜画角频吹;五鼓楼头,点点铜壶正滴……”(《金瓶梅词话》第一百回、第八十一回,《水浒传》第三十一回)。这种类型的、雷同的诗词韵语源于“留文”,常见于元明小说戏曲。关汉卿《救风尘》杂剧第三折有“那唱词话的有两句留文,咱也曾‘武陵溪畔曾相识,今日佯推不认人’”。又,《水浒传》第四十五回写道:“偈曰:‘朝看楞伽经,暮念华严咒。’……话说这一篇言语古人留下云云。”王利器认为:留文是书会积古师师相传的枕中秘本,是书会才人们“馈贫之粮”的随身宝。②

---

① 笔者同门卜亚丽博士于2005年暑假在河南罗山的调研,资料源自中山大学中国非物质文化遗产研究中心。

② 王利器:《水浒》留文索引,见《文史》第十辑,中华书局1980年版,第225页。

"赋赞"广泛用于后代评话、弹词等曲艺,穿插于说表中,用以写人、绘景、描声、状物。山东评书评话、大鼓书坠子书中的歌赋赞语十分丰富,就表现形式而言,分为歌赋类和赞语类,举凡有美人赋、披挂赋、过街歌等。如《美人赋》:"蓬松松桂花油头梳三把,曲折折蝴蝶水鬓抿两旁。黄澄澄落凤金钗分左右,黑阵阵蟠龙抓髻脑后仰。玲珑珑八宝耳环衬玉坠,光灿灿两朵鲜花珠翠镶。"①东北大鼓书称提纲为"书道",艺人说书时按照书道走。男的见着女的,有词;女的见着男的,也有词。这个词就叫夸相篇。② 江浙地区"落地唱书""滩簧"中的"赋子"更为常见,尤其值得一提的是,许多"赋子"直接为后来的越剧、摊簧戏所搬用。河南曲艺、戏曲中存在大量的水词、戏串子,同样的"戏套子"既用于曲剧、豫剧、二夹弦、落腔、花鼓、坠子戏等地方戏,亦见于大弦书、牌子曲、坠子书、二弦书等曲艺形式中。③ 诗词赋赞这种因袭、共享现象无疑可见"程式套语"是曲艺、戏剧艺人共有的编创工具,其最初使用者当是书场的艺人,原因很简单,早在戏曲形成之前,宋代说话已有陈套熟语的运用。

在说唱技艺中,"赋赞"被称为"成套的设备",艺人全靠此随机应变,见景生情,随口编词。只要遇到类似的人、事、物、景,便可套用这些习惯性的表达方式来描述。对于身处书场的艺人而言,绝不可能慢工出细活,而要运用"书套子"出口成章。有一位西河大鼓艺人说:我拿起鼓槌子开始打鼓,脑子里才出现要说的词。这种条件式的反射或许有些夸张,但实际情况确乎如此。④ 早期"落地唱书"进入茶楼后,故事题材有限,艺人仓促编词,形成了一种简单、省力的"套子"(即赋子)。艺人在即兴编词时,只要心里有了故事梗概,便可利用"套子"来组织唱段。艺人在套用"赋子"时往往改动几个字,或前后句加以适当调整,或者巧妙地变换韵辙,形成新鲜的艺术美感。⑤

戏剧演员运用诗赞套语的手法与说唱技艺没什么两样。越剧艺人为便于即兴表演,常要记诵大量唱词套语——"赋子"。"赋子"一般为对某一典型场景或情节的描述,如"街坊赋子""厅堂赋子""茶坊赋子""寿堂赋子""春景赋子""夜景赋子""花园赋子"等。演出时艺人根据剧情需要,灵活运用于不同剧目,移花接

---

① 山东省戏曲研究室、济南市文化局编:《说书赋赞选》,内部资料,1983 年,第 2—3 页。

② 2005 年 7 月,笔者同门张冬菜博士采访瓦房店文化馆退休馆长、市政协副主席牛正江(男,84 岁)。

③ 马紫晨:《水词、"戏串"的艺术价值》,见《河南戏曲史论文集》,中州古籍出版社 1989 年版。

④ 汪景寿:《说唱:乡土艺术的奇葩》,北京大学出版社 1994 年版,第 31 页。

⑤ 嵊县文化局越剧发展史编写组:《早期越剧发展史》,浙江人民出版社 1983 年版,第 35 页。

木,临场编词。锡剧早在大、小同场戏时期便大量运用“赋子”,有专门铺陈历史朝代的“朝代赋”、叙写花园的“花园赋”、描绘花草的“花赋”,内容包罗万象,几乎任何常见的场景、事物均有对应的固定套语可用。戏剧中的“赋子”具有实用性和灵活性两大特点。所谓实用性即“赋子”能应用于任何剧目中,只要情境相同或相似便可。如遇见大花园唱“花园赋”“花赋”,见山唱“山赋”,灯会唱“灯赋”等。灵活性即艺人可唱整段“赋子”,亦可唱其中几句。演员记诵“赋子”越多,戏路越宽。

不仅越剧、滩簧系列剧种是如此,而且还体现于与说唱技艺相隔较远的诸多剧种之中。东北二人转“篇”的形式与功能与“赋赞”相似。老艺人称“篇”为“宝藏库”“成套子词”或“扎心段”,内容丰富,有“人物赞”“风火赞”和“美人赋”“新婚赋”等。在具体的演出中,采取“摘挂”的方式构建新的唱词,即从旁的段子摘来一段,运用于新的篇目当中。如《游宫》《赔妹》就常常互相摘用。① 河北赛戏剧中人第一次出场以及道白结束时,均要念诗,诗前有“恐君不信,有诗为证”的套语,颇似曲艺,并较明显地带有说唱文学“赞”的性质,如对文武官员服饰兵甲仪仗之类的描写。②

我国不少影戏剧种也是运用套语来组织唱词的,如豫南影戏、湖北影戏、安徽影戏、湖南影戏等。豫南影戏艺人认为:艺人在演出前时必须明了各种“套路”“套词”,表演前只要记住山名、动物名、人名、事情等,便可运用“套词”自由发挥③。湖南湘潭影戏也是典型的即兴式口头表演,“引”“白”中的陈词套话也很常见。“引”“白”要求能体现人物的身份、地位、性格等。如元帅出场,可用“为国为民,劳心劳力”“威威元帅府,亚赛广寒宫”“两国不和,屡动干戈”等语。艺人可灵活选择其中任何一种来说,但在同一剧目中要避免重复使用。坐白亦是如此。譬如元帅在剧中出场若干次,需记住出场序数,使用不同的念白。如第一场便说“一”字开头的句子:“一颗元帅印,本是国之宝,落在本帅手,要把狼烟扫。”出第二场就说“二”字头句:“二十年前摆战场,好似猛虎赶羊群。光阴不催人自老,不觉两鬓白如霜。”或说:“二十年前挂铁衣,曾与皇家立帝基。辕门打罢祭将鼓,雀鸟不敢问空飞。”以下以此类推。④

综上所述,口头剧本中的“赋子”,无论是其来源、表现形式还是使用方式均深受说唱技艺的影响。尽管上文所涉及的主要是说唱艺术对板腔体剧种的影响,其

---

① 吉林省戏曲研究室编:《二人转史料》第一集,吉林人民出版社 1962 年版,第 52 页。

② 中国戏曲志编辑委员会:《中国戏曲志·河北卷》,中国 ISBN 中心,2000 年,第 106 页。

③ 笔者 2006 年 7 月于河南罗山采访影戏艺人李世宏(男,1973 年生)。

④ 笔者 2012 年 5 月于湖南湘潭县访谈影戏艺人吴昇平(男,1937 年生);另,亦可参见吴昇平著作《湘潭特色纸影戏》,内部资料,2007 年,第 27—28 页。

实,曲牌体戏曲亦不例外,如辰河高腔条纲戏。①

六、从改编小说的技法看说唱艺术对口头剧本的影响

明清以来,民间说唱多据通俗小说来加以敷衍。如《三国演义》《西游记》《水浒传》等书在明代便作为讲说故事的文本。胡应麟《少室山房笔丛》卷四十一云:"近一名士听人说《水浒》,作歌谓奄有丘明、太史之长。"徐渭《徐文长逸稿》卷四《吕布宅诗序》:"始村瞎子习极俚小说,本《三国志》,与今《水浒传》一辙,为弹唱词话耳。"通俗小说故事丰富,雅俗共享,大多从说唱发展而来,易于转化为口头文学,因而一直是说书的重要题材来源。胡士莹《话本小说概论》云:"我国古代的白话小说是在说话的基础上形成的,它一旦形成,便又反过来影响说书。到了清初,《水浒》《三国》《说岳》《西游记》等渊源于说话的长篇小说……这些都为说书提供了丰富的材料。"②

评弹艺术研究专家周良在探讨什么样的小说最适合改编成评话书目时,曾指出:"情节比较曲折,故事性要强。如果能有一定的传奇性,改编演出后,更容易受到欢迎。矛盾比较尖锐,正反面人物的冲突比较剧烈的作品容易改编。如果主要人物突出,性格鲜明,再能贯穿全书就更好。"③因此,历代流传的演义小说往往是说唱艺人热衷改编的对象,这些作品在历史上原本从说唱文学发展而来,现在,再由演义小说还原为说唱文学,自然不存在太大的技术问题。

关于改编、移植小说的技法(严格来说是构建故事提纲),著名评书艺人李少霆的说法颇具代表性:

> 一个有经验的评书艺人,必须具备有会看书说书、对原有的文学脚本进行再创作的本领。如何看书说书呢?一部小说到手之后,必须通看一遍,找出书胆,理出书纲,记住有多少球子和扣子,再考虑如何突出书胆和书纲,如何使用这些扣子,如何开头才能入门见扣,将听众扣在书场上不走。然后再细看一遍,确立和掌握书中主要人物的形象和个性,再根据突出书胆和书纲的需要做出安排,有话则长,无话则短,繁简得宜。看第三遍时,将正反两个方面的人物,故事的来龙去脉,时间地点都记住,然后就可以上场说书了。④

---

① 郑劭荣:《辰河高腔"条纲戏"编创及其演剧形态探究》,载《文化遗产》,2012年第4期。

② 胡士莹:《话本小说概论》,中华书局1980年版,第614页。

③ 周良:《苏州评弹艺术新探》,中国曲艺出版社1988年版,第139页。

④ 李少霆口述,徐世康等整理:《"五字歌"——说书技法散谈之二(上)》,见《曲艺艺术论丛》第八辑,中国曲艺出版社1987年版,第122页。

图1　云南腾冲影戏艺人用以改编戏剧的传统小说(中山大学中国非物质文化遗产研究中心提供)

这里讲的就是如何从原著中提炼故事情节、编制说书提纲和划分情节单元等问题,并强调要设置悬念,以突出和强化故事的连贯性和传奇性等。著名京剧大师周信芳亦谈到设置故事悬念的重要性:“说书要有关子,才能让人听了这一回,还想听下一回,一回一回地听下去。就是在一回书里,也要抓得住人。戏曲也一样,过去演连台本戏,也要有关子,让人看了这一本还想看下一本,一本一本地看下去。在一出戏里,也得要抓得住人。也就是说,要有悬念。”①

在演出提纲戏时,艺人同样习惯于从历代史传笔记、白话小说中提炼故事,负责编剧的艺人手头均有一定数量的小说文本,作为剧目题材的重要来源。伶人改造、移植小说的技法、思维方式与说书艺人极为相似。改编过程中主要面临两个问题:其一,文体形态的转换,即如何将小说的叙述体转换为戏剧的代言体;其二,故事的提炼与整合,即如何处理叙事文学所提供的素材,包括故事情节、结构以及语言材料等。一般而言,转换文体对于戏剧艺人来说并非难事,他们只需按照角色扮演的要求,将第三人称的叙述改换为第一人称口吻便可。关键在于故事情节的提取和凝练。尽管长篇白话小说与说书具有与生俱来的密切关系,但是,作为阅读的案头文学,无论是文体语体还是叙事方式究竟不同于口头文学,小说的文辞相对雅驯,叙事手法多样,除了线性叙事,还有倒叙、插叙、跳跃等错综时序的手法。因此,伶人必须按照戏剧的要求,使小说的情节、人物以及语言符合舞台格范,换而言之,从小说中提炼出的“戏纲”必须具有可演性。其具体编创技法包含两个主要方面。

其一,构建完整的故事框架,突出关键性情节和人物。评书艺人改编小说时要寻找“书胆”,理出“书纲”。戏剧也不例外,在纷繁的故事中要突出关键性情

① 苏州评弹研究会:《周信芳同志与评弹》,见《评弹艺术》第三集,中国曲艺出版社1984年版,第49—50页。

节，在众多人物当中突出主要角色，这从民间艺人编制的演出“提纲”就看得很清楚。为做具体说明，我们不妨摘抄辰河高腔老艺人依据小说《说岳全传》编制而成的“条纲”①。第一出戏为：

第一场　岳和妻姚氏为了缺嗣对天焚香求子

第二场　送子天仙观凡到西天求佛

第三场　跳四金刚四小和尚和大鹏鸟　佛祖临殿讲经说法　大鹏三次扰乱佛殿　下红尘

第四场　大鹏金枝（翅）鸟上　送子天仙传旨脱化

第五场　驼背囚（虬）龙和蚯蚓仙上表白　带四小水旗走圆场　对龙虎笑大鹏　过场　抓驼眼睁（睛）　蚯蚓仙表白　水淹汤阴　下

第六场　姚氏叹场　水族引驼背囚（虬）龙二次过场　生子　道人上留名　下

家院上报江水范（泛）滥　岳和夫妻别　水淹汤阴　下

第七场　王明上（启河北大名府内黄县麒麟村）乡老上报信　河里涨水王明摇船救姚氏母子　圆场（完）

上述内容相当于小说第一回“天遣赤须龙下界　佛谪金翅鸟降凡”和第二回“泛洪涛虬龙报怨　抚孤寡员外施恩”。与小说比较，大致可以看出艺人遵循的艺术原则：注重故事的完整性，凸显主要情节。本场戏重点演述岳飞出世的前因后果，其他次要的、描述性的情节一概删削。突出主要角色的戏份，如姚氏、大鹏金翅、驼背虬龙均安排有二到三场戏。按照可演性的原则，对小说情节顺序做了颠倒和调整，甚至还有所重构，如第一场戏是小说没有的，增设的目的是加重姚氏的戏份和交代其得子的缘由。在戏剧关目构建上，重视设置闹场戏，从“条纲”的繁简便可知，第三、第五、第六场戏是重点场次，尤其是其中的打斗性情节非常符合观众对开场戏的审美期待。限于篇幅，本文不能完整征引该剧的剧情纲要。总体来看，艺人在处理曲折回环、枝繁叶茂的小说故事时，注意繁简得当，抓住故事看点，并将长篇叙事整合为若干个情节单元，形成所谓的“戏胆”。

其二，保留并突出小说中的主要科白和诗词韵语。通俗小说对话较多，艺人通常会保留或改造主要人物的科白，说戏人在“说戏”时会对此反复交代，让演员熟悉并在演出中使用。尤其是小说中的诗词韵语，艺人往往直接搬用，作为戏剧

---

① 笔者2011年8月在湖南溆浦县采访刘德书（男，1916年生，溆浦县辰河戏剧院艺人）。

的“引”、上场诗、下场诗或者“赋赞”。在笔者的一次田野考察中，衡阳影戏艺人快速浏览小说《薛仁贵征东》后，即兴编唱了一段戏词：“（唐太宗唱）寡人今早登早殿，文武爱卿听分明：为王昨夜得一梦，梦中情况记得清。打马青骢郊外游，突然来了青面汉，手拿大刀砍为王。为王大叫喊救驾，来了白袍小儿郎。手持方天画戟枪，打败青面汉儿逃。为王问他名和姓，留下四句说分明：家住遥遥一点红，飘飘四下影无踪。三岁孩童千两价，保主跨海去征东。随即跳入龙口内，不知此梦吉和祥。”上述剧情源自第十五回“龙门县将星降世　唐天子梦扰青龙”，其中“家住遥遥一点红”即为小说中的原诗。艺人强调，这首诗谜是本段戏的看点和悬念，影戏观众对类似的剧情非常喜好。①

我们在实地考察中发现，口头剧本中的“诗”“引”和“赋赞”很大一部分来源于小说。粗通文墨的艺人阅读小说后，从中摘录诗词韵语，记载在小本上，以备演出所需，颇具古代伶人“掌记”之遗风。因此，我们看到，自宋元以来，大量雷同的诗词韵语辗转流传于小说、戏曲和说唱艺术之中，这种文辞相互因袭的现象无疑显示了三者之间彼此渗透、相互影响的亲缘关系。

综上所论，说唱技艺是我国戏曲口头剧本形成的主因。自宋元时代开始，戏曲的口头编演便受到了当时说唱技艺的影响，如元杂剧、南戏的剧本形态，诗词赞语的运用和即兴插演等艺术体制均可从说话艺术中找到根源。后代新剧种的形成再次彰显了即兴说唱与即兴演剧的渊源关系。从书场走向舞台，这是我国戏剧形成的重要途径，在这一过程中，说书人说书的方式、技法无疑会为戏剧艺人所沿袭、仿效，因此，两者无论是演出脚本的即兴编创、诗词赋赞的程式化套用还是故事题材的提炼构建等均具有高度的相似性。我国说唱技艺要早于戏曲流行，这种相似性当然是戏曲传承说唱的结果。

研究表明，即兴演剧很早便已出现，汉魏优戏、唐参军戏、宋杂剧等均无文字剧本可稽，可以推论，即兴发挥当为最常见的表演方式。② 但是，在古剧时代，口头剧本并未成熟，其艺术体制尚未定型，大多为片段性表演，缺乏完整的故事情节，难以演述长篇说部。这一切要等待说唱技艺高度发达之后，在其影响、浸润下，口头剧本才最终发育成形。总之，故事性的说唱技艺是口头剧本产生的前提性条件，没有即兴式的说唱艺术，口头剧本便无从诞生。

---

① 笔者于2011年12月11日采访湖南衡山县影戏艺人欧阳新年（男，1948年生）。

② 参看本章第一节相关论述。

第三节　口头剧本的社会基础与艺术成因

口头剧本的生成、存在不是偶然的,有其固有的社会基础,它深深受制于戏曲生存的社会背景,并与戏剧艺人的社会处境、文化素养以及戏班的活动方式密切相关。就艺术成因而言,除了说唱技艺的影响外,口头剧本的产生与戏曲自身的艺术体制亦有深层的关联。

一、伶人的社会处境、文化素养与口头剧本的生成

在我国民间,下层艺人是传统戏曲创作和演出的主要承担者,戏曲的艺术形态、活动方式以及审美风格等,在很大程度上不是取决于历史上的文化精英——知识阶层,而是由那些职业的、半职业的戏曲艺人决定的,与广大艺人的文化素养、社会处境息息相关。

在历史上,优伶是一个备受轻贱的职业,他们被称为倡优乐户,社会地位卑贱低微。上古时期,优作为君主的弄臣、家奴,是供贵族们玩弄的工具。王国维云:"古之优人,其始皆以侏儒为之。"①古优大多有生理缺陷,要么身材十分矮小,要么相貌极为丑陋。这恐怕也是优人深受歧视的一个重要原因。在宋代,洪迈沿袭了这一颇具轻蔑性的称呼,将戏剧演员称为"俳优侏儒",其《夷坚志·优伶箴戏》云:"俳优侏儒,固伎之最下且贱者。"②元代,关汉卿被视为"优谏",元末杨维桢《元宫词》云:"开国遗音《乐府》传,白翎飞上十三弦,大金优谏关卿在,《伊尹扶汤》进剧编。"总之,自上古至近代,戏剧艺人的社会地位一直不高,始终处于"贱民"之列。

对于大多数艺人而言,戏剧表演只是他们谋食的一种职业和手段,许多人往往是在迫不得已、难以生存的情况下才跨入梨园行的。真正出于娱乐审美需要而唱戏的人不是很多。因此,旧时从业人员通常以下层民众居多,低下的经济地位决定了他们很难享受到文化教育的权利,大多数人是文盲、半文盲,对书本知识所知甚少,所具备的艺术审美力也非常有限。文化水平低下,文学素养的缺乏,导致他们对剧本文学的理解和接受能力普遍偏低。甚至可以说,艺人总体上不具备阅读、使用书面剧本的能力,他们主要依靠口耳相传,死记硬背台词,对剧本的含义

---

① 王国维:《宋元戏曲考》,见《王国维戏曲论文集》,中国戏剧出版社 1984 年版,第 102 页。

② 洪迈:《夷坚志乙》卷四,中华书局 1981 年版,第 822 页。

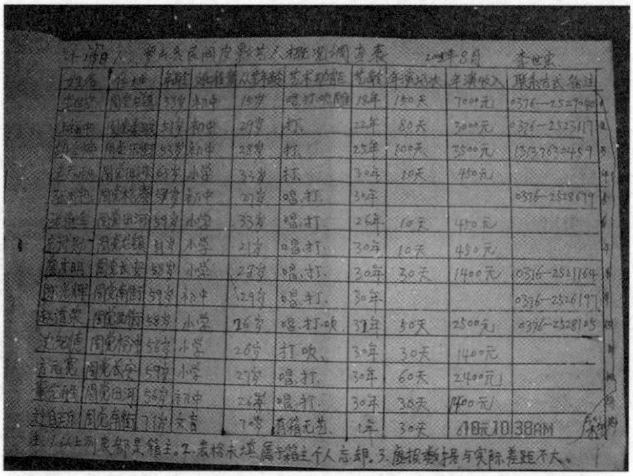

图 2　河南罗山影戏艺人李世宏 2005 年对该县艺人的调查表(部分),从中可见当今艺人的文化程度(笔者 2005 年 7 月在罗山的考察)

一知半解,知其音而不辨其义,常常因口传而产生诸多讹误。明代文人对此早有关注。何良俊《四友斋丛说》云:“乐府辞,伎人传习,皆不晓文义。中间固有刻本原差,因而承谬者;亦有刻本原不差,而文义稍深,伎人不解、擅自改易者。如《两世姻缘》金菊香云:‘眼波眉黛不分明。’今人都作‘眼皮’。”①王骥德亦云:“《西厢》《琵琶》二记,一为优人、俗子妄加窜易,又一为村学究谬施句解,遂成千古烦冤。”②文人眼中的“俗优”在演唱剧本戏时,从自身的文化程度、理解能力及表演水平出发,惯于改窜词句,其中自然难免有背离、误解文学剧本之处。而且,文人剧作倾向于追求文辞的典雅、深奥,使事用典,崇尚文采,客观上增添了艺人领悟曲意的难度。有的曲词即便在文人看来也属“曲高和寡”之作,典型的如汤显祖《牡丹亭》中《惊梦》首句“袅晴丝吹来闲庭院,摇漾春如线”,尖新奇巧,涩奥难懂,李渔因此批评道:“以游丝一缕,逗起情丝,发端一语,即费如许深心,可谓惨澹经营矣。然听歌《牡丹亭》者,百人之中有一二人解出此意否?”③文人剧作对文学性的过度迷恋,一直在给表演者们的接受制造着障碍。直到 20 世纪 30 年代依然如此。昆剧著名艺人周传瑛回忆,他扮演《长生殿》唐明皇时,开口第一句“端冕中天”就弄不清是什么意思。唱《牡丹亭》饰演柳梦梅,在“拾画”“叫画”中除了对杜丽娘的画像叫几声“姐姐呀”,其余半个钟头的唱词、念白,诸如“打叠腰肢斗沈郎”“为甚的不

① 何良俊:《曲论》,转引自《中国古典戏曲论著集成》(四),中国戏剧出版社 1959 年版,第 10 页。

② 王骥德:《曲律》,见《中国古典戏曲论著集成》(四),中国戏剧出版社 1959 年版,第 181 页。

③ 李渔:《闲情偶寄 · 词采第二 · 贵显浅》,见《中国古典戏曲论著集成》(七),中国戏剧出版社 1959 年版,第 23 页。

栽紫竹,不放鹦哥"等实在都不懂。① 当然,戏班里的艺人在学徒阶段和以后的演出中,通常有文人、教戏师傅或"说戏人"在旁边阐释,帮助他们去理解、记诵那些深奥难懂的唱词。即便如此,能真正进入剧本的文学世界,领悟剧作家苦心孤诣的,恐怕也为数不多。

不仅昆曲如此,较为通俗的"花部"亦不例外。这方面的例子随处可见。著名京剧演员李洪春在《京剧长谈》中讲到:在前清,宫廷戏班演出称为"内学",尽管剧本一般经过了昇平署的加工、修订和增删,词句典雅,但问题同样很大。比如,《浣纱记》有一句唱:"娘行若肯周济我,胜似看经念弥陀。"从韵脚看是合"棱波"辙的,可从道理上看,就不对头了。伍员是春秋战国时人,当时佛教还没有传到中国,伍员怎能唱出晋朝才有的"弥陀"呢?像这样为了凑辙,就不考虑词句的事例很多,如"马走战""跨金镫"等。还有的是抄本子时,文字潦草,过于简化,再加上演员没文化,就照唱了。比如把"妈妈娘"唱成"马二娘",把"赏他十两纹银"念成"赏他十两文良",把"贪官污吏法不饶"唱成"贪官亏史法不饶"。② 演员识字少,有的目不识丁,弄不懂唱词的含义,演唱中出现各种讹误、笑料也很正常。

尽管艺人们短于文学审美,但他们长于技艺,通常具有较高的表演水平,临场应变能力也较强,其文学理解力上的欠缺在舞台表演中得以弥补,最典型地体现在他们对文学剧本的增删改动。这种改易有的是因艺人知识与文字素养有限所导致的,如上述李洪春所谈及的那样。有的是优人、俗子主动调整、改编文人提供的剧本,按照可演性的原则,使之通俗浅近、明白晓畅,以满足演唱的需要,并能为贩夫走卒、愚夫愚妇所理解和接受。王骥德《曲律》云:"剧戏之行与不行,良有其故。庸下优人,遇文人之作,不惟不晓,亦不易入口。村俗戏本,正与其见识不相上下,又鄙猥之曲,可令不识字人口授而得,故争相演习,以适从其便。"③这则为人所熟知的材料说明,与文人之作比较,"村俗戏本"更为流行和受欢迎,俗伶们乐于表演的是那些"与其见识不相上下"的"鄙猥之曲"。当戏班上演文人剧作时,往往以这类"俗本"为参照,"改调歌之",加以再创作。这种情况在明代非常普遍。如祁彪佳感叹《孤儿》一剧:"词颇古质,虽曲名多未入谱者,然与今信口之词,正自不同。……惜今刻者、演者,辄自改篡,益失真面目矣。"④《新金印》为俗伶所

① 周传瑛口述,洛地整理:《昆剧生涯六十年》,上海文艺出版社 1988 年版,第 55 页。

② 李洪春述,刘松岩整理:《京剧长谈》,中国戏剧出版社 1982 年版,第 415—416 页。

③ 王骥德:《曲律》,见《中国古典戏曲论著集成》(四),中国戏剧出版社 1959 年版,第 154 页。

④ 祁彪佳:《远山堂曲品》,见《中国古典戏曲论著集成》(六),中国戏剧出版社 1959 年版,第 24 页。

演,“较原本十改五六,一经抹涂,色泽大减”①。伶人演出时对文学剧本的改动幅度很大,有的甚至面目全非,完全成了新的作品。不仅是明代,清代同样如此。《长生殿》在当时颇受伶人欢迎,一些戏班对原作的故事情节、人物形象、戏剧服饰等肆意篡改,引起洪昇的极度不满:“近唱演家改换有必不可从者,如增虢国承宠、杨妃忿争一段,作三家村丑态,既失蕴藉,尤不耐观。其《哭像》折,以哭题名,如礼之凶奠,非吉祭也。今满场皆用红衣,则情事乖违,不但明皇钟情不能写出,而阿监宫娥泣涕皆不称矣。”②洪昇出于“义取崇雅”“情在写真”的目的来构建戏剧的关目情节,认为创作要充分考量人物性格、人物关系、戏剧氛围的合理性。但是,伶人们毫不买账,在他们看来,与其使戏剧“蕴藉”“雅致”,毋宁使之“荒唐”“低俗”,使之更具观赏性和娱乐性。

总之,文学剧作并不能完全主宰舞台和伶人,舞台表演具有相当大的独立性和自主性,伶人可以扬长避短,以较高的表演技能来弥补文学素养的不足,在戏剧活动中展现自己的艺术才能,确立其主体地位。即兴表演便是艺人展现艺术技能、体现自我价值的重要方式。一般认为,现存的元杂剧剧本均经过了伶人的改窜。明人王骥德、臧懋循等提出元剧“文人作曲,伶人自为宾白”的创作模式,后人尽管对此颇多疑义,但亦不会轻易否定。正如傅谨所云:“也许更接近真相的解释是文人们大抵只写曲,而所有宾白,或者大部分宾白,尤其是不重要之处的宾白,都可以由演员在现场演出时任意增添,随意发挥,更可以灵机一动,就加上一段插科打诨。”③应该说,这种推测并非臆测。明清时期文人创作有一个习惯,凡是常见的熟套排场和一些不太重要的插科打诨,剧作往往略而不书,任由伶人自由发挥。第二章对此有论述,可参看。在后代提纲戏演出中,艺人重视的也是唱词,尤其是一些重点场次的戏词,艺人将其抄录下来,熟练记诵,演出时不能轻易改动。久而久之,这些唱段形成所谓的“铁词”,至于宾白,艺人可以“放水”,即依据剧情的需要临时发挥。

口头剧本的出现还与戏班文学剧本的相对短缺密切相关。我们知道,作为表演技艺的戏剧早于戏剧文学的出现,宋末元初,以“书会才人”为代表的下层文人开始介入剧本创作,为戏班提供剧本。在元代,作剧制曲之风盛行于知识阶层,文人与戏班的联系非常密切,艺人基本上可以获得比较充足的、适合于舞台演出的

---

① 祁彪佳:《远山堂曲品》,见《中国古典戏曲论著集成》(六),中国戏剧出版社 1959 年版,第 80 页。

② 洪昇:《长生殿》(例言),见洪昇《长生殿》,人民文学出版社 1998 年版,第 2 页。

③ 傅谨:《中国戏剧艺术论》,山西教育出版社 2003 年版,第 83—84 页。

剧本。元末至清初,文人总体上保持比较高的创作热情,新的戏剧作品层出不穷,无论是商业戏班还是官宦富贵之家豢养的家班,一般拥有比较丰富的剧本资源。那些规模小、实力弱的民间班社,虽然没有剧作家专门为其创作剧本,依然可以通过多种途径获得现成的剧作。譬如,当宫廷教坊、文人家班的艺人流落民间时,他们会夹带一些剧本进入戏班。或者根据搬演的需要,增删改编文人之作,营造新的剧目。清代前期,尤其自清中叶以后,文人普遍丧失创作剧本的热情,各地新剧种纷纷涌现,在演出市场活跃的地方,剧本供需矛盾变得空前突出。1840 年以后,一些有实力的戏班可以聘请下层文人充任专职编剧,少数有财力的艺人还向文人墨客"定购"新剧。但普通戏班和艺人只能自己编戏,或通过"偷戏"的方式来解决剧目的短缺。①

无论是编戏还是"偷戏",其编剧方式和剧本的表现形式与文人之作截然不同。伶人主要基于舞台上的各类"套子""程式",从小说演义、说唱以及口传故事中汲取故事题材,在表演中营造剧本。换言之,剧目的表演和创作是同时进行的,剧目的表现形式即口头剧本。这方面本书已谈得较多,不再赘述。很明显,伶人之所以采取口头编剧的手法,主要原因是他们的文化水平不足以胜任戏剧文学的创作。

总体而言,艺人限于自身的社会处境和文化素养,对文学剧本始终存在难以消除的文化隔膜,在演出时经常有意无意地予以篡改、加工,呈现出与文人化戏剧疏离的倾向。在这一过程中,他们依靠自己的演技,对文学剧本进行重组、变形、修饰,进行舞台上的二度创作。与此同时,艺人积累了丰富的编剧经验和创作素材,为口头剧本的出现奠定了厚实的艺术基础。当文人集体性地退出戏剧创作队伍后,艺人不得不承担起剧本创作的重任,另辟蹊径,最终开创出口头剧本一途。

二、戏班经营活动与口头剧本的生成

众所周知,商业化竞争是推动我国戏曲成熟和发展的重要动力。宋元戏剧之所以能够异军突起,迅速走向成熟和繁盛,正是因为它身处诸种表演技艺竞相争夺观众和娱乐市场的商业化环境中,不断创新艺术形式,在借鉴、融汇说唱艺术、百戏技艺的基础上发展起来的。可以说,市场法则始终是推进我国戏曲艺术变革的主要根源之一。它要求每个戏班除了要有精湛的表演技艺、整齐的演员阵容、完备的演出设施以外,还需拥有相当数量的拿手好戏,尤其要不断推出新戏,才能在激烈的演剧市场中立足和生存。

---

① 路应昆:《中国戏曲与社会诸色》,吉林教育出版社 1992 年版,第 33 页。

在剧目编创、适应市场方面，与书面创作比较，口头创作占据十分明显的优势。一方面，戏班可以根据观众的需求，大量推出新剧，而且创作周期短，更新速度快，一个剧目从编剧到搬上舞台只需很短的时间；另一方面，编创口头剧本的成本非常低廉。除了规模较大的戏班需要专职编剧外，一般的戏班由能戏较多的艺人兼任，其成本与购买书面剧本的支出相比，几乎可以忽略不计。当然，还有其他一些客观原因，诸如文学剧本的短缺、传统剧目的失传等，但总体而言，民间戏班的运作方式与演出环境，是戏班和艺人创造、表演口头剧本更具决定性的因素。

戏班要在市场中赢利，必须要提供符合观众审美趣味的表演和作品。观众的审美焦点因人而异：有的看重演员的表演技巧以及戏剧中表现的情感内容，而对其所叙述的故事并不十分在意，其实不少情节早已妇孺皆知。最典型的是折子戏，人们主要津津乐道于艺人的演技，尤其是歌唱和舞蹈的技巧，而不太考虑剧情是否完整、曲折。与此不同，许多观众希望看到闻所未闻的故事，痴迷于曲折离奇的戏剧情节，最好还有一些火爆、新奇的排场。一般来说，全本戏、连台本戏能满足这类观众的需求。我们知道，折子戏是一出戏的精华部分，经过艺人长期的打磨，表演艺术锤炼得相当精致，演员的一招一式，均有相当严格的规范和要求。因而，折子戏大多为定本戏，譬如昆曲、京剧中的折子戏便是如此。全本戏、连台本戏便不一样了，它们长于演述长篇故事，有的还以新颖、刺激的表演和场景来满足观众的感官娱乐。这类戏主要不以演技取胜，不少剧目属于“快餐”式的，随演随逝。在频繁换演新戏的情况下，戏班根本没有足够的时间去撰写剧本。连台本戏在这一点上表现得尤为突出。

清中叶以来，连台本戏是颇具市场号召力的一种剧本形态和演剧方式。民间地方戏中的连台本戏一般为提纲戏。它的特点是故事性强，剧情曲折完整，通俗易懂，角色齐备；既有文戏，也有武戏，排场热闹。剧目一般连日接演，短的演三五天，长则数十日甚至更长的时间。内容庞杂，结构松散，演出随意性较大。清代乾隆、嘉庆年间，北京剧坛已有连台本戏的演出，如四大徽班中的“三庆班”便以演整本大戏著称。《梦华琐簿》载：“三庆曰‘轴子’……所演皆新排近事，连日接演，博人叫好，全在乎此。”①连台本戏一直很受观众的喜爱，尤其是下层民众，同书载：“大轴子皆全本新戏，分日接演，旬日乃毕。……其徘徊不忍去者，大半市井贩夫走卒。然全本首尾，惟若辈最能详之。”②如“三庆班”曾邀请卢胜奎根据《三国演

① 蕊珠旧史：《梦华琐簿》，见张次溪：《清代燕都梨园史料》（上），中国戏剧出版社 1988 年版，第 352 页。

② 见张次溪编：《清代燕都梨园史料》（上），中国戏剧出版社 1988 年版，第 354—355 页。

义》排演了三十六本连台轴子戏,这出戏一般要到隆冬之际,戏园子掉座儿的季节才拿出来,仗着这出戏来拉生意。① 另如,王瑶卿在福寿班演出时,戏班排演了《儿女英雄传》《混元盒》《雁门关》《德政芳》等连台本戏。其中有些是老艺人根据传统故事改编的,有的甚至无剧本,只有表演提纲,即所谓"跑梁子"。戏班几乎每个月要演一两台连台本戏,否则上座情况就不会景气。②

清同治六年(1867 年),上海丹桂茶园建成,从北京、天津聘请名艺人铜骡子、夏奎章等到上海演出"十本新戏"《五彩舆》,此后,京剧连台本戏迅速开始流行,形成"海派"京剧的一大特色。连台本戏之所以盛行于上海,除了观众审美上的偏好以外,与剧团的活动方式密切相关。据周信芳介绍:上海的演出团体一般长期在一个固定的剧场演出,单靠折子戏,无法持久,只有新戏才能够扩大观众面。"戏院老板是采取资本主义的经营方式,唯利是图。"③如果一个戏卖钱,就一直编下去。演出商经营剧场的目的非常明确,即追求利润最大化。当时的连台本提纲戏新剧迭出,剧情引人入胜,机关布景炫人耳目,观众趋之若鹜。一大批名艺人纷纷加入连台本戏的演出行列,如王鸿寿、夏月珊、夏月润、周信芳、盖叫天等人均颇负盛名。昆剧演员周传瑛、王传淞在新中国成立前后至少唱了十年的"路头戏"。流风所及,先后入沪的地方戏无不仿效这种演剧方式。如越剧、锡剧、淮剧、沪剧、黄梅戏等剧种原本属于民间小戏,为跻身上海演剧市场,不惜放弃自身的优长,亦编演连台本戏。在 20 世纪 20 年代末,安徽黄梅戏艺人闯荡上海,排演了《蜜蜂记》《四美图》《九美图》《粉妆楼》等戏。30 年代末 40 年代初,越剧演员尹桂芳在同乐、龙门戏院上演《天雨花》《狸猫换太子》等剧。④ 可以说,清末至新中国成立前,上海是提纲戏演出最繁盛的大都市之一,剧坛上几乎所有的剧种都尝试过这一演剧体制,连昆剧亦不例外。⑤ 此外,20 世纪初,上海流行文明戏幕表戏,曾一度畸形繁荣,后因沾染了浓郁的商业色彩,最终走向糜烂、堕落之途。

近代以来,在市场这只看不见的双手控制下,城市戏院、剧团越来越注重演出的商业运作,编演提纲戏普遍成为追求商业利润的重要手段。在南方,粤剧的商业化比较具有代表性。进入城市戏院前,粤剧戏班对演出剧目的数量需求不是很

---

① 萧长华述,钮骠记:《萧长华戏曲谈丛》,中国戏剧出版社 1980 年版,第 58 页。另,这出戏应该属于提纲戏,该文又提到:萧长华先生后来得到"三国戏"的部分抄本,但是并不完整,已有残缺,最初的本子可能就是一份比较详细的提纲细目。

② 郭永江:《王瑶卿的舞台生涯》,见《北京文史资料精华 · 梨园往事》,北京出版社 2001 年版,第 213 页。

③ 周信芳:《周信芳文集》,中国戏剧出版社 1982 年版,第 346—347 页。

④ 傅骏:《青年时代的尹桂芳》,《戏曲菁英》(下),上海人民出版社 1989 年版,第 24 页。

⑤ 胡忌、刘致中:《昆剧发展史》,中华书局 2012 年版,第 393 页。

大。因为戏班一般作流动性演出,四乡演戏的场所多,不少演员终生也只到过某地方演出一两次,所以不怕擅长的剧目数量少,只怕演得不精彩。名演员一生,大多数擅长三几出首本戏(即拿手戏)就够一生受用。① 换言之,戏班较少到同一个台基演出,一般在一个台基演完几场就转到下一个台基,因为观众不一样,可在不同的台基演相同的戏。光绪二十四年(1898 年),广州出现了商业性戏院,售票卖戏,戏班由受聘演出转为卖票营业。粤剧戏班活动方式开始从传统走向现代,走向了城市化、商业化的道路。接着出现了专门经营戏班业务的戏班公司,它们一般拥有几个著名戏班。这些商业化的戏班如宝昌公司、宏顺公司、怡顺公司、太安公司等。

民国初年至 20 世纪 20 年代,进入戏院演出后,粤剧戏班的流动性极大减弱,观众相对固定,看戏往往喜新厌旧,旧戏的上座率远远低于新戏,各戏班纷纷编演新剧、扩大剧目数量。当时在省港演出的戏班有几十班,为了竞争,不约而同地以新戏作为票房的号召。至 30 年代,粤剧"爆肚戏"十分流行,老艺人陈非侬谈道:"原因是当时的观众,喜新厌旧。如果演旧戏便不卖座,只有演新戏才能满座。而且当时粤剧戏班有几十班之多,为了争生意,大家竞开新戏,平均两日一出。"②在市场需求的刺激下,提纲戏大批上演,成为粤剧商业资本逐利的"主打产品"。当时粤剧艺人往来广州、香港以及东南亚和美洲的一些地区演出,不仅面对同行的竞争,而且面临电影等其他娱乐形式的市场挤压。为争取观众,戏班请来"开戏师爷"(编剧家)编戏,除了整理传统剧目,还大量改编移植电影、小说或其他剧种的作品,千方百计编写新戏。③ 为迎合部分观众追奇猎异的观赏要求,谋求更高的票房价值和利润,粤剧一度陷入光怪陆离、庸俗色情的污泥。剧本创作追求新奇怪诞,编剧有的在书本报纸和故纸堆里翻资料找题材,有的到各个电影院看电影找灵感或"戏桥",一个晚上或一个下午就编出一个新戏。④

总之,口头剧本(提纲戏)是戏班演出市场化的必然产物,不仅大城市如此,广大中小城镇、乡村亦不例外。譬如,在传统社会,民间盛行赌戏,一般由聚赌者出面邀请戏班演戏,吸引四乡八邻,聚众诱赌,牟取暴利。如 1912 至 1921 年,广西大小城镇、乡间赌风盛行。赌头为招徕赌客,包请戏班搭台演戏,形成了"无戏不成赌"的局面。由于班社在赌场日夜演出,上演剧目场场求新,于是"搭桥戏""连台

---

① 欧阳予倩:《谈幕表戏》,见《欧阳予倩戏剧论文集》,上海文艺出版社 1984 年版,第 103 页。

② 陈非侬口述,伍荣仲、陈泽蕾重编:《粤剧六十年》,中山大学出版社 2007 年版,第 123 页。

③ 中国戏曲志编辑委员会:《中国戏曲志 · 广东卷》,中国 ISBN 中心,2000 年,第 17 页。

④ 赖伯疆:《广东戏曲简史》,广东人民出版社 2001 年版,第 261—262 页。

本戏”应运而生。尤其是桂剧、彩调“搭桥戏”盛行,《包公案》《彭公案》《施公案》《济公传》《七侠五义》等小说,成为演出剧目的主要来源。①

事实上,不管是坐城班还是流动的草台班,也不论是戏院茶馆还是在广场、祠堂庙宇演出,戏班能戏越多,保留剧目越丰富,越能占据更有利的市场地位。这客观上要求戏班选择低成本高产出的剧目生产方式。如在广东海陆丰地区,民间酬神演剧市场对正字戏(包括白字戏、西秦戏等)、武戏(提纲戏)的需求量大,因为武戏中的大锣大鼓很适合这种热闹场面。庙宇神头为了追求剧目演出的新奇,要求不能上演旧剧,戏班只得改编或创作新的武戏剧本,每年拿出新的武戏剧本以招徕神头或雇主,因而产生了大量新的武戏剧本。②

需要补充的是,就戏班生存环境与内部运作来说,满足市场需求并非导致口头剧本形成的唯一原因,至少还有三个因素是不容忽视的。其一,民间戏班剧作家的极度缺乏,尤其是那些穷剧团、戏班,根本无力聘请剧作家写戏,只能由演员自编自演。直到现在,大多数民间戏班依然如此。其二,口头剧本的演出时间伸缩性较大,戏班容易控制演出进度,满足特定的表演时间。如,同一出戏有的观众要求表演两个小时,有的要求两个半小时甚至更长时间,戏班在这方面很容易操作。其三,可以应付一些突如其来的情况。譬如主家点戏时,恰好是戏班比较生疏的剧目,只要戏班中某位艺人知道大致剧情,即可在短时间内编排演出。

三、戏曲艺术体制与口头剧本形成的基础

口头剧本的形成,除了受制于伶人教育程度不高、戏班生存所需以及戏曲特定的文化生态等社会因素外,戏曲自身的艺术体制也是值得重视的因素。如果说前者是外因的话,那么,后者就是内因,或者说,从艺术层面而言,正是戏曲独有的艺术体制使得口头剧本的产生具有某种必然性。

1. 戏曲文本的“框架”特质为口头剧本提供了生成基础。我国古典戏曲具有相当深厚的文学传统,历史上尽管不乏兼顾场上、案头之作,就总体而言,文人化的剧作家更倾向于追求文辞的华美和雅致,而不太顾及戏剧的舞台性。主要表现在大多只重视曲词的创作,而宾白、科诨往往寥寥数言,塞责而已。恰如李渔所云:剧作者“只以填词自任,留余地以待优人,谓:引商刻羽我为政,饰听美观彼为

---

① 中国戏曲志编辑委员会:《中国戏曲志·广西卷》,中国 ISBN 中心,2000 年,第 13 页。

② 刘怀堂:《正字戏研究》,中山大学出版社 2009 年版,第 185 页。

政。我以约略数言,示之以意,彼自能增益成文"①。事实上,自明代万历以来,曲界便流传一种说法:元代剧作家只撰写曲词,而宾白、科介则"演剧时伶人自为之"。此说尽管还有待进一步证实,但这种疏于科诨的剧作传统一直延续了下来。明清戏曲之中,"插科打诨之词句,文人往往不编,由角色随意说之,故传奇中对于此等地方,往往注明'随意科诨'字样,盖因此皆不甚重要之处,虽费力编之,亦无大意义,且科诨更有随机应变之必要也"②。因此,从某种意义上说,作为文学形态的戏曲剧本,只提供了一个表演构架,需要优伶进行装饰性的二度创造,才能形成完整的戏剧作品。正如有学者所提出的,中国戏曲的文本"是所谓的'间架'式文本,赋予表演一定的自由发挥度。对中国戏剧来说,文本只是为舞台表演提供了一个间架,具体内容需要由演员进行创造性填充"③。可以推想,当这个"间架"的主体部分是文字形态的曲词时,伶人便"填充"宾白、科诨等内容;而当"间架"简化为一个剧情梗概或若干表演条目时,需要伶人"填充"的内容则扩大至全剧的戏词与科介,从而出现了"口头剧本"这种剧本样式。

2."演员中心制"为口头剧本提供了创作主体。众所周知,在我国戏曲艺术生产活动中,演员居于艺术创造的核心地位,表演对于书面剧本具有相当大的独立性。这一点与西方传统戏剧的文学本位不同。尽管戏曲的文学叙事也很重要,但有时,故事只是戏剧的外壳与形式,而技艺展现才是戏剧的内核。尤其自清代中叶"花部"勃兴以来,地方戏"以戏为主","本无与于文学之事"。④ 尚小云对此亦有深刻的认识:"质量较高的剧作,固然是奠定整个戏的成功基础,但有时剧本虽较平凡,经过演员的艺术表演,却对人感染很深。如《明妃记》中《出塞》一场,本来戏并不多,我就着重在表演方面,如趟马、陷马、台步、亮相等,下了不少功夫,演出的结果,这一场倒成了全剧的重心。"⑤可见,戏曲的生命力和价值主要在于伶人场上的"搬演",而非剧作家的"案头"创作。观众欣赏戏曲,相较于对文学性追求来说,更看重戏剧的形式美和技艺性,演员的"演技"往往成为观众的欣赏焦点。当演员与观众对表演技艺的价值追求达到一定程度时,演员的地位愈加突出,甚至可以抛开剧作家独立完成戏曲艺术的生产:没有文学剧本,艺人可以依据表演

① (清)李渔:《闲情偶寄·宾白第四》,见《中国古典戏曲论著集成》(七),中国戏剧出版社1959年版,第55页。

② 齐如山:《京剧之变迁》,辽宁教育出版社2008年版,第42页。

③ 刘晓明:《中国古典戏剧形式的限制、突围与理论意义》,载《中国社会科学》,2008年第3期。

④ 卢前:《卢前曲学四种》,中华书局2006年版,第84页。

⑤ 尚小云:《略谈戏曲的表演艺术》,载《陕西戏剧》,1959年第7期。

提纲编创台词和音乐;没有导演,“说戏人”可以排戏、攒戏。就这一点而言,口头剧本是“演员中心制”发展的必然产物。

3. 戏曲成熟稳定的“角色制”为口头剧本提供了体制保证。我们知道,戏曲塑造人物的方式与西方戏剧不同,它不是由演员直接扮演剧中人,而要通过角色行当这一中介来塑造戏剧人物形象,演员则按照行当的技术要求来搬演人物。角色制有一个重要的体制功能,即将伶人在场上即兴创造、受到观众欢迎的某些具体表演技艺固定化、格式化,将伶人偶然成功创造的表演艺术积淀固化为可以反复上演、运用于不同剧目的技艺,形成相对稳定的表演套路。在此基础上,众角色产生了各自的形象内涵与表演程式,演员只要遵守其所属家门的规范,按照各自所演角色的要求去编造曲白、设计戏剧动作,即使没有文字剧本,也能按一个大致的故事框架完成剧目的编创演出。同时,角色制还能约束个体表演的随意性,确保戏班每位成员按照约定俗成的艺术范式演出,集体完成舞台创作,不致因缺乏书面剧本的规约而各行其是,或漫无节制地自我发挥。

在很多情况下,角色制还决定了口头剧本排场结构的基本模式。民间艺人在编写“幕表”时,常依据剧种角色体制的特点来安排表演场次,编撰戏剧情节。如粤剧“戏班编剧的方法,是‘度桥写戏’‘因人(演员)写戏’……把古今中外、天南地北的人物和故事,主观地加以拼凑、捏合、编排,制造出一条曲折离奇、荒诞不经的‘戏桥’,然后按照卖座力强的大佬倌的特长(做工或唱功)和‘六柱制’的要求,安排戏份和唱段”①。高甲戏则以三生三旦三花脸为主体,将各行当的表演套路凑成幕表戏。

4. 戏曲表演“程式”为口头剧本提供了丰富的技艺手段。口头剧本的创作是基于一定章法规范的临场发挥,需要依赖于一系列习惯的、暗含的规则和手段,即戏曲“程式”。“程式”与“程式”的运用一直是我国戏曲的一种传统,明人王骥德云:“(古之)优人自造科套,非如今习现成本子,俟主人拣择,而日日此伎俩也。”这里所指的“科套”便是明代戏剧家眼中的“程式”。它由伶人自创,可重复使用,所以“日日此伎俩也”。

口头剧本演出中的“程式”无所不在。如唱词念白中的“套诗套语”便是一种典型的“程式化”词句,它们相当于“预制”的、标准化的唱词“构件”,可在不同剧目的类似情境中反复袭用。在表演方面,演员的一招一式、一举一动亦各有大致固定的表演样式或套路。单个“程式”还可构成更大的、综合性的“程式群”或“程式组合”,如粤剧、高甲戏、正字戏等剧种中的“排场”。各类音乐唱腔、锣鼓谱均各

---

① 赖伯疆:《广东戏曲简史》,广东人民出版社 2001 年版,第 262 页。

有其特定的表现功能，只要遇到大致类似的剧情、身段动作，都可选择相应的现成音乐，而无须制作新的曲调。

总之，艺人在舞台即兴创作中，根据戏剧故事的需要从“程式库”中选出合适的表演工具，进行加工、变通，把它们“组装”起来，即可形成新的作品。其中所蕴含的艺术原则，焦菊隐形象地称之为“拼字体系”原则。编制旧剧剧本时，“比如哪一场应当接哪一场，什么地方应当用什么调子，人物如何上场，何时应当按牌子，何处当添过场，何处用唱，何处用白，都不必劳作者另出新裁去一出一出地单独想办法，只要把演技中各种动作、音乐、腔调等单位预先懂得清楚，把它们随着剧情的穿插，适当地拼合凑拢起来，便可称为一个剧本”①。如果说文人剧作家是以文学的语言为自己的艺术工具，那么，伶人则是以戏剧程式、演技作为他们作品的艺术语言。这种语言生成于舞台之上，以活人为载体，通过师徒间的口耳相传，或者现场观摩、反复模仿来传承，它们基本与文学剧本无关，也难以诉诸文字。

① 焦菊隐：《旧剧新诂》，见《焦菊隐文集》（第二卷），文化艺术出版社 1988 年版，第 147 页。

第二章

口头剧本的历史传统

20世纪90年代末，学者们在反思数百年来的戏剧观与中国戏剧史的现代书写时，曾敏锐地指出：人们大多只注意到了中国戏剧史的明河，而忽视了其潜流，诸如民间戏剧、少数民族戏剧与戏曲的关系，戏剧与宗教、民俗的关系等。① 这一观点启发我们，传统戏剧的演变史异常丰富和复杂，戏剧史的潜流也不只有一股。以前我们认为是支流的，也许恰恰是主流。譬如，以前我们将文人的创作史、戏曲文学史视为主流，而将艺人的口头创作史、舞台表演史视为细枝旁节，甚至根本无视它的存在。现在看来，历史的真相也许并非如此。自戏曲成熟以来，由宋至清代前期，口头创作一直深潜于民间，或者为文字剧本所遮盖。然而，只要仔细探寻，在历史和文字的缝隙间依稀可见其活动的身影。至清代中叶花部乱弹兴起，这一条暗河才涌出历史的溶洞，真正显露其庐山真貌，并呈现出旺盛长久的艺术生命力。

第一节　元杂剧口头编创形态与特征

一、问题的提出

元杂剧中的唱词，自为剧作家所写，而宾白的作者，历来颇有争议。学界对此有两种意见。其一，宾白与曲词均为剧作家所为。此说以王国维为代表："填词取士说之妄，今不必辨。至谓宾白为伶人自为，其说亦颇难通。元剧之词，大抵曲白相生；苟不兼作白，则曲亦无从作，此最易明之理也。"②后代曲家徐朔方、徐扶明

---

① 康保成：《中国戏剧史的明河与潜流》，见《傩戏艺术源流》，广东高等教育出版社2005年版，第6页。

② 王国维：《宋元戏曲考》，见《王国维戏曲论文集》，中国戏剧出版社1957年版，第102页。

等持类似观点。其二,作家制曲伶人作白。明万历时王骥德即云:“元人诸剧,为曲皆佳,而白则猥鄙俚亵,不似文人口吻。盖由当时皆教坊乐工先撰成间架说白,却命供奉词臣作曲,谓之填词。凡乐工所撰,士流耻为更改,故事款多悖理,辞句多不通。”①臧懋循亦谓:“或谓元取士有填词科。……或又谓主司所定题目,止曲名及韵耳,其宾白则演剧时伶人自为之,故多鄙俚蹈袭之语。”②该说得到了郑振铎、唐文标、洛地、任光伟、傅谨等一大批学者的认同。如郑振铎提出:“元曲一般有一个特点,即曲子极好,而说白极其庸俗、重复。这是因为原来只有曲子,而说白是明人后加的。《元刊杂剧三十种》中就只有曲无白,白只是‘云云了’,这是让演员自己根据当时的情节自由发挥的。”③

王国维否认伶人作白的一个主要理由为:杂剧是“曲白相生”的。何谓“曲白相生”?通常的理解是“曲”与“白”具有互相生发、补充的作用。曲生白,白生曲,或者曲词呼应,回答宾白,或者宾白召唤,引发曲词。宾白叙事,曲文抒情。总之,“曲白相生”确实是传统戏曲一种重要的文体特征。问题在于,王国维以曲白俱全的《元曲选》为参照系所得出的结论是否可靠?

现有研究表明,科白俱全、曲白完整的剧本形制是杂剧发展到一定历史阶段的产物。换言之,元代可能并无曲白完整的文学剧本,直到明代才出现以《元曲选》为代表的剧本形式。《元刊杂剧三十种》正旦、正末有简要的宾白,而次要角色念白之处一般只注明“等……云了”“……云了”“等……云住”等语,大多没有具体的说白内容。可见,元刊本“曲白相生”的特征还不十分明显。明代初期,减省宾白依然是剧本的体制惯例。明初人刘东升所撰《娇红记》杂剧,其宣德刊本常用“……一折了”“……云了”等形式省略宾白。朱有燉的杂剧,凡宣德、正统年间所刻,在剧名之下均标注“全宾”,说明当时有些杂剧仍可能是宾白不全;即使在朱有燉的杂剧里,一些老套角色的程式化自我介绍同样被省略,有的插科打诨没有具体内容,只注明“净打诨科”。很显然,这是让演员自己去措辞说白。④

曲白俱全的元人杂剧选本出现于明代,但明本杂剧与元刊本可能并不存在直接的继承关系。孙楷第在研究《脉望馆钞校本古今杂剧》时提出:《改定元贤传奇》《古名家杂剧》《元人杂剧选》《阳春奏》等与《元曲选》属于不同系统,前者“其

---

① 王骥德:《曲律》,见《中国古典戏曲论著集成》(四),中国戏剧出版社 1959 年版,第 148 页。

② 臧懋循:《元曲选》(序),见《元曲选》(第一册),中华书局 1996 年版,第 3 页。

③ 郑振铎:《中国古典文学中的戏曲传统》,见《郑振铎说俗文学》,上海古籍出版社 2000 年版,第 132 页。

④ [美]伊维德:《朱有燉的杂剧》,张惠英译,北京大学出版社 2009 年版,第 37 页。

文皆大同小异，知同出一源。其所据底本今虽不能尽知，然余意当直接自明内府或教坊本出。明内府本曲与教坊本同，故亦可云自明内府本出。……(《元曲选》)师心自用，改订太多，故其书在明人所选元曲中自为一系"①。换言之，我们今天所见到的明本元人杂剧，大多反映的是明代宫廷舞台演出情形，把经过后代加工改造的文本视为元代剧作家的原创自然是不妥的。同样，依据明人杂剧选本来研究元代剧目的编创机制亦须谨慎。

在古代戏剧史上，戏剧文体、剧本体制总处于一个动态的发展演化过程中，文体意识的自觉是随着长期的舞台实践和理论总结才形成的。因此，我们不能以明代的戏剧观来审视元人杂剧，更不能以现代的、外来的戏剧观去审视古代戏剧。正如解玉峰所云："今人以成熟的'真戏剧'的观念解读元人杂剧，认为杂剧曲、白自杂剧之初便相辅相成、密不可分，由杂剧作家一手完成，可能是有很大问题的。"②总之，在中国戏曲中，"曲"和"白"是否具有与生俱来的"相生"关系，在元剧中两者是否由同一作者完成，依然是一个值得继续探讨的话题。由此提出一个研究元剧的重要问题，元代伶人究竟在戏剧的哪些层面、以何种方式参与了杂剧的编创工作？

二、元杂剧诗词套语的运用

王国维认为：元曲为活文学，明清之曲，死文学也。③ 此语尽管有一点偏激，却也揭示出元杂剧与明清传奇在文学性质上存在的巨大差异，其实两者在文本与演出的关系上也是不同的，前者可以在剧作家文本的基础上加以改动、变异，后者基本上是"照本宣科"式的表演，甚至要求伶人演唱"一字不易"。④ 从这一意义上说，元曲是"活戏"，明清曲是"死戏"。

诸多迹象显示，如同后代民间戏剧，元杂剧亦"剧无定本"，主要原因在于元代伶人参与了剧本的创作工作，他们的创作不是案头式的写作，而是在舞台演出中完成的，具有明显的口头编创特征。最明显的佐证是元剧中存在大量的因袭雷同现象，举凡人名、上下场诗、家门、情节、剧目等皆有现成熟套可供搬用，体现出与文人剧作迥异不同的审美特征。

在现存元剧中，最典型的是上场诗中陈词套语的运用。大体上只要戏剧人物

---

① 孙楷第：《也是园古今杂剧考》，上杂出版社 1953 年版，第 150—151 页。

② 解玉峰：《元曲杂剧"题目正名"推考》，载《民俗曲艺》，2003 年第 140 期。

③ [日]青木正儿：《中国近世戏曲史》(上)，王古鲁译，作家出版社 1958 年版，第 1 页。

④ 当然也要看是什么戏班演出，如果是文人的家班、宫廷戏班或者某些庄重场合下，一般要求严格按本演出；而民间戏班却可改窜戏词，即兴发挥，并非"照本宣科"式的表演。

的性格、身份、年龄、职业相似,就可念诵相同或相近的上场诗。如衙内出场,其上场诗中常有“花花太岁为第一,浪子丧门世无对”这两句,然后便是“则我是权豪势要某衙内”。如《望江亭》中的杨衙内、《燕青博鱼》中的杨衙内、《陈州粜米》中的刘衙内、《生金阁》中的庞衙内等均有这种公式化的上场诗。在演出当中,杂剧艺人可以灵活地选取、变化这些套话,充分发挥舞台上的临场创造性。如《看钱奴买冤家债主》店小二上场诗为:“酒店门前三尺布,人来人往图主顾。做下好酒一百缸,倒有九十九缸似头醋。”《包龙图智勘后庭花》中为:“酒店门前七尺布,过来过往寻主顾。昨日做了十瓮酒,倒有九缸似头醋。”

比较元刊本和明代抄本、刻本,在不同版本中,同剧目同场次的人物上场诗往往存在差异。如《醉思乡王粲登楼》第一折店小二上场诗,脉望馆本为“买卖归来汗未消,上床犹自想来朝。为甚富家头先白?晓夜思量计万条”,而《元曲选》本作:“酒店门前三尺布,人来人往图主顾。好酒做了一百缸,倒有九十九缸似滴醋。”再如《秦脩然竹坞听琴》第一折梁公弼的上场诗,顾曲斋本、古名家本中作:“白发刁骚两鬓侵,老来灰尽少年心。等闲赢得贪天梦,但得身安抵万金。”而《元曲选》本后两句为“虽然赢得官犹在,怎奈夫人没处寻”。《元曲选》本《看钱奴买冤家债主》第三折贾长寿诗为:“一生衣饭不曾愁,赢得人称贾半州。何事老亲恁善病,教人终日皱眉头。”息机子本作:“四脉八肢身带俏,五脏六腑却无才。村入骨头挑不出,俏从胎里带将来。”该诗还用于《东堂老劝破家子弟》中的扬州奴、《风雨像生货郎旦》中的魏邦彦、《黑旋风双献功》中的白衙内等。两相比较,《元曲选》本中的上场诗更切合剧情,明显有后人加工改造的痕迹;息机子本采用的是市井浪子的陈套熟语,更符合艺人舞台演出时的口吻。类似现象在元剧中非常普遍,不一一赘述。

笔者以为,上场诗在不同选本之间形成的差异,恐怕不能简单地归结于版本问题,较为合理的解释是因舞台演出本的不确定性和可改易性造成的,是伶人按照当时的演出套路加以改编、移植的结果。上场诗的编演大致呈现以下规律:首先要求诗句合仄押韵,尤其与核心诗句的韵脚必须保持一致;其次,与戏剧情境是相关联的,切合剧中人物的身份、年龄、性格等。最后,它是一种类型化的表达方式,具有较强的普适性,可以灵活运用于不同的剧目之中。可以推想,只要伶人掌握了以上规律,就可轻松自如地口头编创上场诗,无须剧作家的写定。

元剧中高度雷同的陈词套话是怎么来的?唐文标认为可归之于优伶间自相成立的“行会”。伶人们的技艺代代相传,所学所闻皆有“宗谱”,父子师徒往往口传心授一些技艺口诀。《武林旧事》书中所载“掌记”即为类似口诀的梨园随身宝。① 这种分析不无道理。王利器先生注意到元明小说、戏曲中存在一种“留文”现象。关汉卿《赵盼儿风月救风尘》第三折写道:“那唱词话的有两句留文:咱也曾‘武陵溪畔曾相识,今日佯推不认人。’我为你断梦劳魂。”《水浒全传》第四十五回亦云:“……话说这一篇言语,古人留下云云。”王利器先生认为,“这种留文是书会积古师师相传的枕中秘本。是书会才人们‘馈贫之粮’的随身宝。《醉翁谈录·小说开辟》所说的:‘说收拾寻常有百万套’。就是指的这种留文”②。我们认为,留文中可能即包含有用于戏曲的诗词韵语,它在伶人间辗转传抄,供编演新剧所用。留文绝大多数是由下层艺人所编制,当然也不排除有文人的写作。总之,留文以及近似于梨园口诀的材料是元杂剧中陈言套语的重要来源。

我们还注意到,同一诗词不仅在不同剧目中反复使用,而且存在于宋元说唱艺术中。据相关学者研究,北曲杂剧上场诗、下场诗与宋元讲唱文学中的入话诗、段落收束诗、文中赞词相类,因袭的痕迹十分鲜明。③ 如官员坐衙时的上场诗多用:“冬冬衙鼓响,公吏两边排。阎王生死殿,东岳吓魂台。”(如《崔府君断冤家债主》第四折中崔子玉、《王月英元夜留鞋记》第三折中包公、《包龙图智赚合同文字》第四折中包公、《包待制智斩鲁斋郎》第四折中包公)。宋元小说话本《陈可常端阳仙化》描写临安府尹升厅:“冬冬衙鼓响,公吏两边排。阎王生死殿,东岳摄魂台。”《皂角林大王假形》赵知县坐衙亦用到同样的诗句。戏曲中老年人常用“月过十五光明少,人过中年万事休”诗句,小说话本《种瓜张老》亦有同样的表述。类似情形比较普遍。

不妨这样推测:高度雷同的上、下场诗是艺人事先编好、记好或载录在本子上的,它们是编撰故事的通用构件,不仅用于戏剧演出,还可用在说唱艺术中。我们有理由相信:元杂剧中的陈词套语主要来自口头传播,是舞台演出的产物,其编创者就是历代的勾栏艺人。

三、元杂剧临场插入性表演

元杂剧艺人临场发挥的内容不局限于上场诗这类套词,剧中的插科打诨、插入性的表演片段不少也是由伶人所编制。王骥德云:“古戏科诨,皆优人穿插,传

---

① 唐文标:《中国古代戏剧史》,中国戏剧出版社 1985 年版,第 184—189 页。

② 王利器:《〈水浒传〉留文索隐》,见《文史》第十辑,中华书局 1980 年版,第 268 页。

③ 范丽敏:《互通·因袭·衍化——宋元小说、讲唱与戏曲关系研究》,齐鲁书社 2009 年版,第 187 页。

授为之，本子上无甚佳者。”①在王氏看来，伶人所造的科诨要胜过固定剧本所写的，它们为艺人历代传承。伶人自造科诨的传统源远流长，自先秦优戏至宋代杂剧，优人一直以滑稽戏谑见长。早期的优戏演出没有脚本，仅靠演员临场发挥，具有明显的即兴编创特征。王骥德亦注意到这一点：古之“优人自造科套，非如今日习现成本子，俟主人拣择，而日日此伎俩也。如优孟、优旃、后唐庄宗，以迨宋之靖康、绍兴，史籍所记，不过葬马、漆城、李天下、公冶长、二圣环等谐语而已”②。

考察现存元剧，不少科诨显系伶人场上所为。如《玎玎珰珰盆儿鬼》中张撇古领盆儿鬼去包待制前诉冤的一段对白：“（正末云）你恰才在那里去？（魂子云）我恰才口渴的慌，去寻一钟儿茶吃。（正末云）还打诨哩，你恰才不来呵，唬的俺一柄脸倒焦黄似茶色也。”③清楚表明这是伶人临场发科。稍后又将该科诨套用一次：“（正末做恼科，云）你又在那里来？（魂子云）我害饥，去吃个烧饼儿。（正末云）你恰才不来呵，险些儿被包待制打出俺屁来哩。”下面这段科诨的现场性更为强烈。《朱砂担滴水浮沤记》第一折中邦老、王文用、店小二有一段对白：“（邦老云）你家几口儿？（正末云）小人三口儿。（店小二云）带我四口儿。（邦老云）那三口儿？（正末云）我有父亲，有浑家，带小人可不是三口？（邦老云）你多大年纪了？（正末云）小人二十五岁。（邦老云）不是我占便宜，我可三十岁。（店小二云）和我儿子同岁。（邦老云）打这村弟子孩儿！”这段对白仿佛是现代对口相声，递相问答，制造笑料。虽然与剧情关联不大，但能活跃剧场气氛，激发观众的欣赏兴致。接下来还有一段表演：邦老“（做入门科，云）兄弟，咱都是捻靶儿的，你唱一个，我喫一碗酒。（正末云）您兄弟不会唱。（店小二云）你不会唱，我替你唱。……（正末递酒科，云）哥喫一碗酒，您兄弟今日与哥哥是初相会，就唱个【喜秋风】。（邦老云）你唱你唱，我便喫。（正末唱）【喜秋风】……”这段对话首先由喝酒引出唱曲，并在唱曲这个问题上反复纠缠，最后正末跳出剧情告诉观众：“就唱个【喜秋风】”，水到渠成地进入唱曲的表演。又如《小尉迟将斗将认父归朝》第二折：“（李道宗云）气杀我也！不要我做元帅，又不要我做副帅，两个老头儿则是赶我，难道我就这等罢了？且唱个曲儿，出这一肚子不平之气。（唱）【清江引】房玄龄徐茂公真老傻，动不动将人骂。”插科打诨与演唱之间结合得自然、巧妙。这种关目设

---

① 王骥德：《曲律》，见《中国古典戏曲论著集成》（四），中国戏剧出版社 1959 年版，第 141 页。

② 王骥德：《曲律》，见《中国古典戏曲论著集成》（四），中国戏剧出版社 1959 年版，第 150 页。

③ 王季思主编：《全元戏曲》（六），人民文学出版社 1990 年版。注：本节所引元剧原文，如未作特别说明，均引自《全元戏曲》。

置,与其说是出自剧作家之手,还不如说是伶人即兴发挥更合乎情理。

元剧宾白中存在不少惯常的表达方式,它与诗词套语不同,是一种散语套话,只有遇到类似戏剧情境,便会出现于伶人口中。如需要提示重要角色出场,则在人物开场白的结尾处说“看有什么人来”。获得不正当利益的人常会感叹:“天那!我有这一片好心,天也与我半碗儿饭吃”,或者说“凭着我这片好心肠,天也与我条儿糖吃”(如《河南府张鼎勘头巾》中的道士、《朱砂担滴水浮沤记》中的邦老、《罗李郎大闹相国寺》中的侯兴)。当表现剧中人走街串巷时,便说“蓦过长街,转过短陌”(如《张天师断风花雪月》《锦云堂暗定连环计》等剧)。

第一,杂剧艺人常将他们擅长的技艺有机融入戏剧演出,诸如口技、杂耍、说唱、隐语、滑稽小戏等。有的与剧情相关,有的明显游离剧情之外。不管何种情况,它们均留下了伶人创造的痕迹。插入性的演出有三类。第一,穿插与剧情相关的非戏剧类的表演技艺。如《逞风流王焕百花亭》表演“叫果子”:“(正末提查梨条从古门叫上,云)查梨条卖也!查梨条卖也!才离瓦市,恰出茶房,迅指转过翠红乡,回头便入莺花寨,须记的京城古本老郎传流。这果是家园制造,道地收来也。……”“叫果子”是北宋即已流行的市井技艺,以模仿各种叫卖的市声为乐。据宋高承《事物纪原》卷九“吟叫”条载:“市井初有叫果子之戏。其本盖自至和、嘉祐之间叫‘紫苏丸’,洎乐工杜人经‘十叫子’始也。京师凡卖一物,必有声韵,其吟哦俱不同。故市人采其声调,间以词章,以为戏乐也。今盛行于世,又谓之吟叫也。”①耐得翁《都城纪胜》称这类技艺为“叫声”。南宋后依然流行,吴自牧《梦粱录》载:“今街市与宅院,往往效京师叫声,以市井诸色歌叫卖物之声,采合宫商成其词也。”②孟元老《东京梦华录》卷八载:六月六日崔府君生日时,“自早呈拽百戏,如上竿、趯弄、跳索、相扑、鼓板、小唱、斗鸡、说诨话、杂扮、商谜、合笙、乔筋骨、乔相扑、浪子、杂剧、叫果子、学像生、倬刀、装鬼、砑鼓、牌棒、道术之类,色色有之”③。杂剧明确交代叫卖“查梨条”是“京城古本老郎传流”,可以肯定,在这里,杂剧艺人按照历代流传下来的表演套路,将“叫果子”运用到了戏剧演出中。此外还有《风雨像生货郎旦》中的“说唱货郎”、《吕洞宾三醉岳阳楼》第三折中的“说唱愚鼓”(渔鼓)均属于同性质的演出形式。这些表演形式是历代勾栏艺人流传下来的,艺人临场搬演,无须剧作家来设计。

---

① 高承撰:《事物纪原》,李果订,中华书局 1985 年版,第 353 页。

② 吴自牧:《梦粱录》卷二十,见《东京梦华录》“外四种”,上海古典文学出版社 1958 年版,第 310 页。

③ 孟元老:《东京梦华录》卷八,见《东京梦华录》“外四种”,上海古典文学出版社 1958 年版,第 48 页。

第二，在剧情演绎中融入院本演出。胡忌先生在元杂剧中找到一些宋金杂剧的残留，有"先生家门"下的"清闲真道本"和"卒子家门"下的"针儿线"两种。前者见于李文蔚《张子房圯桥进履》中乔仙化身道士所云，后者见于元无名氏《飞刀对箭》第二折净扮张士贵上场的一段念白。"清闲真道本"不论哪位道士出场都可套用，"针儿线"则凡是庸将也无不可念。① 陶宗仪《南村辍耕录·院本名目》"打略拴搐"目下"先生家门"载有"清闲真道本"，"卒子家门"有"针儿线"。毫无疑问，它们在元剧之前就存在，当然不应归为元杂剧作家的创造。可以推想，宋金时代这类体制短小的院本一直在勾栏艺人口头流传，当新兴的元杂剧盛行以后，只要与戏剧情节大体扯上联系，就可任意穿插到相关剧目中去，成为杂剧艺人编创新剧的现成材料。

第三，在杂剧的折与折之间插演歌舞杂技。黄天骥先生提出：元剧在演出时，折与折之间往往穿插爨弄、队舞、吹打之类的技艺，用来填补因演员换装所出现的舞台时间上的空白。这些杂艺究竟如何表演和调度，剧本上并没有明文规定，很可能是由艺人即兴发挥的，后代的剧本选家们也就无从记录。② 此论甚是。剧本选家关注的是戏剧的文学性，他们看重的是出自剧作家之手的曲词，对于伶人的艺术创作，是不屑于记录在案的。

需要补充的是，元剧情节关目与剧情结构雷同现象亦非常突出，徐朔方《金元杂剧的再认识》所论甚详。举凡如：文人落魄，让其受亲故冷落，被迫出走。文人由此发奋读书，成就功名后准备报复时，则由旁人道破实情：原来亲人为激励自己上进，表面上故意为难，实际上却暗中资助盘缠，最后误会化解。《冻苏秦》《王粲登楼》《渔樵记》《举案齐眉》《裴度还带》《破窑记》等剧均使用该关目。原以为死去的亲人，忽然出现在眼前，为了验证对方是人是鬼，就会说："你是人呵，我叫你，你应的一声高似一声；是鬼呵，一声低似一声。"有时恰好堵了一口气应不出声来，或者对方故意低声回应，制造有鬼的误会，产生滑稽诙谐的舞台效果。该关目见于《合汗衫》《桃花女》《货郎旦》《罗李郎》等剧。剧中人物原本平静地生活，在街上碰见算命先生，告知有"一百日血光之灾，必须外出躲灾"，然后远走他乡，结果反而遭遇不测。如《朱砂担滴水浮沤记》《张孔目智勘魔合罗》《梁山七虎闹铜台》《玎玎珰珰盆儿鬼》等剧便是如此。有时甚至一折或整本雷同或因袭，如《梧桐雨》因袭《拜月亭》，《还牢末》因袭《酷寒亭》，《勘头巾》与《魔合罗》雷同等。

---

① 胡忌：《宋金杂剧考》，上海古典文学出版社 1957 年版，第 249—250 页。

② 黄天骥：《元剧的"杂"及其审美特征》，见《黄天骥自选集》，广东高等教育出版社 2003 年版。

如何解释上述现象？徐朔方认为金元杂剧是世代累积型集体创作，“当时传统剧目有的可能只有口口相传的简单梗概，或几支主要曲牌，然后由各书会才人写定全剧的曲白”①。徐朔方先生分析颇具创建性，元剧的雷同因袭与其剧目的营造方式密切相关。众所周知，元剧不少故事题材早已在民间艺人口头辗转流传，故事在传播中必然有相互之间的借鉴、套用，剧作家据此编创剧本，剧目情节的雷同因袭也就不难理解。因此，王骥德所云“教坊乐工先撰成间架说白，却命供奉词臣作曲”的传闻可能并非空穴来风。

由上所见，元代杂剧艺人广泛参与了戏剧脚本的编创工作，举凡上场诗、科诨笑料、插入性的表演片段，均可以按照伶人自己的套路临场发挥。即使有文字剧本，也并非全部按照剧作家设置的规定动作来表演，宾白可以增删、更改字句，舞台动作可以按照一定演出程式灵活处理。这提醒我们，戏剧史上的文字剧本往往遮盖了许多生动的历史细节，其中既有传统文人戏剧观和后代“真戏剧”观的影响，也与伶人口头编创的即时性、易变性所带来的文字记录上的缺失相关。

四、关于《元刊杂剧三十种》刊本性质的讨论

《元刊杂剧三十种》何以宾白不全，有的剧目甚至科白全无？

学界有两种较典型的看法。一则认为宾白最初是存在的，后被刊刻者删除。如王国维云：“至《元刊杂剧十三种》，则有曲无白者诚多；然其与《元曲选》复出者，字句亦略相同，而有曲白相生之妙，恐坊间刊刻时，删去其白，如今日坊刊脚本然。盖白则人人皆知，而曲则听者不能尽辨。此种刊本，当为供观剧者之便故也。”②我们认为，这是王氏囿于“真戏剧”观并参照曲白俱全的明人选本得出的结论，否定“伶人自为宾白”的说法需要谨慎，上文已有探讨，不赘述。一则认为元代早期杂剧宾白原本就比较少，着重唱曲；至元代中期，宾白才渐渐增多。③ 翻检《元刊杂剧三十种》，元代中、后期作品与前期相较，总体上宾白并无明显地增多。元代早期戏剧如《关张双赴西蜀梦》《赵氏孤儿》与后期的《大都新编楚昭王疏者下船》同样科白全无。比较明人不同时期的元剧选本，同一剧目的宾白在数量上虽然各有增益删减，但这属于刊刻、传抄所致，应归结于版本上的差异，而不是戏剧体制问题。

---

① 徐朔方：《金元杂剧的再认识》，见《徐朔方集》第一集，浙江古籍出版社 1993 年版，第 118 页。

② 王国维：《宋元戏曲考》，见《王国维戏曲论文集》，中国戏剧出版社 1957 年版，第 102 页。

③ 徐扶明：《元代杂剧艺术》，上海文艺出版社 1981 年版，第 202 页。

笔者认为,产生上述认识偏差的原因是没有注意到元刊杂剧的口头本性质。

现存元剧从文本形态上看,主要存在两大类型。一类剧本具有较完整的曲文,而科白简略,有的甚至没有一点科白,看起来像“残本”,以《元刊杂剧三十种》为代表。另一类是明代的刻本、抄本,剧本的唱词、宾白、舞台提示等内容均很完整,有的还详细注明了演员的角色行当和“穿关”,属于元杂剧剧本中的“足本”。目前通行的明刊元剧均属于这一类型,如《脉望馆抄校本古今杂剧》《元曲选》等。

元刊本与明抄本、刻本戏剧文本形态的差异,从表面上看是属于版本问题,实则反映出两种不同的戏剧编演方式。早期的元杂剧演出,可能并没有完整的文字剧本,除了曲词以及正旦、正末的宾白相对固定外,其他如次要角色的科白、表演均可由杂剧伶人临场发挥。换言之,当时的剧本属于包含有不少即兴表演成分的“口头剧本”。北曲杂剧演出以剧作家写定的文字剧本为“本”,伶人依照“书面剧本”表演应是后起的事情,此时才出现曲、白、科俱全的明刊杂剧。

《元刊杂剧三十种》是我们今天研究元杂剧最重要的原始资料。正如王国维所云:“凡戏剧诸书,经后人写刊者,往往改易体例,增损字句。此本虽出坊间,多讹别之字,而元剧之真面目,独赖是以见。”①《元刊杂剧三十种》的重要性不仅因其具有很高的版本价值,更具戏曲史意义的是,从中还可探寻元剧的演出形态与营造剧目的原始方式。

关于《元刊杂剧三十种》的性质与功用,学界有多种说法。或认为元刊本属于建本②,即用以出售牟利的文化商品;或认为元刊本并非坊本,而是一种剧团刻本,是艺人为了演出或传授剧目而自刻的。③ 就元刊本的功用来说,有日本学者提出,元刊杂剧系正末、正旦用的演出本。书坊虽然为满足知识人的需求而刊行杂剧曲文,但当时文字化的本子其实只有演出本。而且,在当时由演员即兴表演的宾白占很大部分,可能并不存在正末、正旦外的台本。④ 这一猜测颇具启发意义。洛地先生认为元刊本为“正角单关本”,是戏师傅给正角教戏时所用的本子,“因为元刊本所录,基本上全是正角的唱词、说白,所做的动作,也大部分是正角所为或与正角相关”。“了”“等……了”“科”“作……科”等,均是戏班子里戏师傅

① 王国维:《元刊杂剧三十种序录》,见《王国维戏曲论文集》,中国戏剧出版社 1957 年版,第 351 页。

② 汪诗佩:《从元刊本重探元杂剧———以版本、体制、剧场三个方面为范畴》,台湾“清华大学中国文学研究所”博士论文,2006 年。

③ 杜海军:《〈元刊杂剧三十种〉的刻本性质及戏曲史意义》,载《艺术百家》,2010 年第 1 期。

④ 小松谦、金文京撰:《试论〈元刊杂剧三十种〉的版本性质》,黄仕忠译,载《文化遗产》,2008 年第 2 期。

对正角讲戏教戏时口中的话语,记录下来供正角用的文字。①

洛地认为元刊本为“正角单关本”,这是对的。但《元刊杂剧三十种》是否为戏师傅教戏所用的“教科书”,尚值得商榷。康保成先生发现:元刊中有少量提示透露出,“等”有时并不是对正角说的。例如《遇上皇》第二折开场为:“等卖酒的上,云住。驾引一行上,坐,云了。正末扮冒风雪上,放……”这就不像是“正末”在等,而像是“驾”在“等”。“等外……了,正……”的句式未必是戏师傅教戏的用语,“了”“科”等术语当亦与戏师傅无关。② 此论甚是。

笔者以为,“等……了”程式中“等”的主体一般为正末、正旦,说明元刊本是提供给主要演员看的,由其统领、掌控整个剧目的演出。次要角色在舞台上处于从属地位,配合、服务于主角的表演,其科白自然不受重视,在剧本中无须记录,他们只需按场上一般套路表演即可。因此,“等……了”“科”等语大概与戏剧的即兴编创相关,后人视为“残本”的元刊本对于元代伶人而言,当为完整的演出本。下文拟作具体分析。

五、《元刊杂剧三十种》口头剧本特征

从《元刊杂剧三十种》中可以看到元杂剧原始文本形式即口头剧本的诸多表征。如剧本中存在不少提示语,在需要人物念白处注明“某某云了”“等某某云了”;需要伶人表演某一动作或制造舞台效果时,便注明“做某某科”“做某某”“做某某了”等语。至于具体如何表演,则由演员按照戏师傅的传授以及自身的艺术经验去演出。显然,剧本中的提示语即是一种演出提纲。以下按照元刊剧本形式的不同来分析其口头形态特征。

从剧本形态看,元刊本有两种形式。其一,只录曲词,宾白、科范全部省略。其二,记录曲词、正角简单的宾白以及科范,而副脚的科白阙如。先看第一类。如《关张双赴西蜀梦》《楚昭王疏者下船》《赵氏孤儿》等。这种记录形式与后代艺人只抄录唱词的习惯非常类似,相当于戏剧的“准词”。它由师傅所传授,供艺人平时温习、记诵,只需按照一定演出程式添加科白,即可搬上舞台。

第二类剧本形式在元刊本中占多数。为说明问题,以《新刊关目好酒赵元遇上皇》第一折为例,录其曲词、宾白、科范如下(注:为节省篇幅,曲文部分只录曲牌):“(等孛老、旦一折了。)(等净一折了。)(正末扮醉上,便放:)【仙吕 · 点绛

① 洛地:《关目为本、曲为本,掌记为本、正为本——元刊本中的“咱”“了”及其所谓“本”》,载《中华戏曲》,1988 年第 5 期。

② 康保成:《中国古代戏剧形态与佛教》,东方出版中心 2004 年版,第 259 页。

唇】【混江龙】(做入酒务吃酒科。)(等孛老、旦上,云了。)(正末唱:)【油葫芦】【天下乐】(等孛老云了。)(正末云:)这三日吃呵,有些人情来。(唱:)【那吒令】(云:)这酒有好处。(唱:)【鹊踏枝】(等旦云了。)(正末云:)交我断酒!(唱:)【寄生草】(带云:)断不得!(唱:)愿情云阳闹市伸着脖项!(等旦云了。)(正末云:)交我断一年,断不的!我说,这四季断不的!"①剧本中只有正末赵元有宾白,次角的宾白均无,用"等……云了""……云了"等术语来提示该处某个角色有说白。这些未交代具体宾白的术语,应是一种剧本提示,即表演提纲,具体怎么说,则由伶人依据剧情去临时发挥。

元刊本有时还注明次要角色的宾白提要。如《张千替杀妻》楔子有一句科白语:"外末云往直西索钱了"(徐本校勘为"外末云往浙西索钱了")。"往直西索钱"显然不是外末在舞台上念白的原话,而只是其言说的内容梗概,具体说辞可由伶人据此添枝加叶,即兴表演。类似情况颇多,如《大都新编关目公孙汗衫记》第一折"等外末云交净看库了"、第二折"等净上,说外末躲灾了",《看钱奴买冤家债主》第四折"外末上,提贾员外死了",《汉高皇濯足气英布》第一折"等外末云三个死字了""等外末云降汉了"等,这些舞台提示语实际上相当于宾白的提纲。

元杂剧的有些情节和表演场次在剧本中也不做具体说明,只注明"说关子了""说计了"等语。如《晋文公火烧介子推》第一折"净、旦说计了"、第二折"太子说关子了",第三折"楚使说关子了";《古杭新刊关目霍光鬼谏》第四折"二净说计一折";《闺怨佳人拜月亭》第二折"正旦做说关子了";《好酒赵元遇上皇》第二折"正末做说关子了";《公孙汗衫记》第三折"等外末扮相国寺长老上,开关子下了",第四折"等外旦说关子了"等。

"说计"好理解,无非是指商量计谋和行动计划之类,问题在于"关子"的含义。顾学颉、王学奇的解释是:"一般指故事情节而言……现在说唱家的习用语'卖关子',则是专指故事情节发展到使听众欲罢不能、急待知晓的地方,而故意暂时放下不说明。习称'卖关子'。"②龙潜庵释"关子"为"戏剧中的关键情节"。③其实,只要比堪一下明人选本与元刊本,便可大致推测"说关子"的性质与内容。如《好酒赵元》第二折正末"做说关子了",查看明代选本同处内容可知,是指赵元诉说遭受岳父母、妻子和臧府尹凌辱、迫害的经历。此处"说关子"与元剧中习见的"你再说一遍咱"的功用类似,即提示演员复述剧情。《公孙汗衫记》第四折"等

① 徐沁君:《新校元刊杂剧三十种》(上册),中华书局1980年版,第123—126页。
② 顾学颉、王学奇:《元曲释词》(一),中国社会科学出版社1983年版,第676页。
③ 龙潜庵:《宋元语言词典》,上海辞书出版社1985年版,第362页。

外旦说关子了”,所说的内容是指李玉娥向儿子陈豹讲述其身世遭遇。可见,“说关子”是指角色对剧情的某种陈述,对于熟悉全部剧情的伶人来说,自然无须在剧本中再做具体说明。有的“说关子”前还冠以表示身段动作的术语“做”,说明它还具有一定的表演性,不只是陈说而已。总之,在元刊杂剧中,“关子”并不含有“卖关子”的意味,它是元剧舞台本省略剧情、科白的常用术语,伶人演至此处,自然心领神会,知道如何处置。

元刊本中还有不少“某某说一折了”“某某一折了”“某某一折”“某某开一折”等语。如《诈妮子调风月》开场有“老孤、正末一折”“正末、卜儿一折”,这些“一折”指什么?据王季思先生分析,其表演内容应是小千户的父亲吩咐小千户去探亲,小千户听了父亲吩咐后再跟母亲作别,然后他们先后下场。① 显然,此“折”与明人选本“一本四折”的“折”是两个不同的概念。元刊本之“折”是场上演员的表演单元,表明角色在舞台上的活动状态。而明刊本的“折”是文字剧本的结构量词,是剧本案头化的结果,当为剧本形制演变过程中剧本书写、刊刻习惯与演出形态分离造成的。

孙楷第对北曲之“折”的含义归纳得非常全面,认为它应有三意:“一以套曲言,所谓一折等于一章。一以科白言,所谓一折等于一场或一节。一以插入之歌曲舞曲乐曲言,所谓一折等于一遍。”②该分析很对。元刊本中的“折”即指演员表演“一场或一节”科、白。与“等……云了”“……云了”“说关子”等对宾白、科范的省略形式类似,不过其留空的表演内容更多,伶人演出发挥的余地更大。

在有些剧目中,“折”并不是固定的,可增可减。如元刊《马丹阳三度任风子》第一折开场戏为“等众屠户上一折下”,继之以马丹阳登场。明人选本中均无“众屠户”的戏:脉望馆本开场为冲末扮东华帝君率八仙上场,《元曲选》本则为马丹阳直接登台。又,《单刀会》第三折正末扮关羽登场前,元刊本有“净开一折”“关舍人上开一折”两场,而明人选本均无。同样,《薛仁贵荣归故里》元刊本楔子中正末扮薛大伯上场前有“驾上开一折”“净上一折”“外末一折”,《元曲选》本亦无此三折。笔者以为,明人选本不约而同删去正角登台之前的表演,不是因文本刊刻、抄写之误造成的,而是由于这些关目排场大多为伶人所编创,不为明代戏剧选家所重视,文人士夫出于剧本文学性的考虑,故加以删改整饬。这种剧本形式还可见于明代。孙楷第发现周宪王《诚斋乐府》中有“吹箫一折了”“相打擂一折了”,认

① 王季思:《〈诈妮子调风月〉写定本说明》,见《王季思学术论著自选集》,北京师范学院出版社1991年版,第389页。

② 孙楷第:《元曲新考·折》,见《沧州集》,中华书局2009年版,第212页。

为这类排场为“循例或寻常做作,可于场上自由运用”①。可见直至明代初期,杂剧依然存在口头编创、即兴发挥的演出成分。

元刊杂剧中角色登场念诵诗词或说白,每用提示语“开”字。如《看钱奴买冤家债主》第一折起首“净扮贾弘义上,开。做睡的科”“圣帝一行上,开了”,《气英布》第一折有“等使命开了”。这些“开”后没有具体台词,所“开”的内容不得而知。有的剧目“开”后附有念白,正如孙楷第所云:“开”或指念,或指白。其指念者下文为诗,其指白者下文为通姓名道本末之语。② 前者如《陈季卿悟道竹叶舟》第三折:“(正末扮渔翁披着蓑衣摇船上,开:)月下撑开一叶舟,风前收起钓鱼钩。箬笠遮头捱日月,蓑衣披体度春秋。俺这打鱼人好快活。”后者如《看钱奴》第一折:“(正末披秉扮增福神上,开:)小神乃天曹增福之神。今闻圣帝呼召,不知有甚事,只索走一遭去”,第二折:“(正末蓝扮,同旦、徕儿上,开:)小生姓周,名荣祖,字伯诚,洛阳居住……”《马丹阳三度任风子》第一折:“(正末扮屠家引旦上,坐定。开)自家姓任,任屠的便是。嫡亲三口儿,在这终南山居住。为我每日好吃那酒,人口顺都叫我任风子。”以上的“开”用于角色登场时自我介绍。有的“开”指示角色交代剧情,如《霍光鬼谏》第三折:“(正末做暴病扶上,开:)自从打了二贼,一卧二旬而不起。好是烦恼人咱!从前许多功劳,今日一笔都勾。”第四折:“(正末扮魂子上,开:)霍山、霍禹造反,须索奏知天子去咱!哎!阴司景界,好与人世不同呵!”《东窗事犯》中正末扮岳飞在楔子、第一折、第三折中均有“开”,除楔子中为自我介绍外,其他均用以叙述事情本末。

通过上述分析,“开”的性质与功能基本清楚了,它是提示角色念白,进行自我介绍以及陈述剧情的术语。虽然有的“开”后未附具体内容,但演员是知道如何表演的。笔者以为,“开”可能是元代伶人用于编创口头剧本的行业习语,主脚“开”后常附有说白,而副脚所“开”内容一般不予记录,与元刊本“正角单关本”的体例是一致的。需要补充的是,孙楷第认为“开”为角色初上场时开端语的说法是不准确的,因为同一角色“开”了之后还可再“开”。如《薛仁贵衣锦还乡》第一折“驾上开,一折”,稍后又“驾上开住”;《霍光鬼谏》第二折中的“驾”亦“开”了两次。

总之,《元刊杂剧三十种》中诸多具有提示功能的舞台语言是其口头剧本形态的重要表征,其本质与书面剧本不同,它包含有不少即兴表演的内容。但其表演形态与后代民间戏班的“提纲戏”“幕表戏”又不完全相同。“提纲戏”几乎没有文字剧本为依凭,而在元刊杂剧中,主角的唱词与科白是预先编制好的,次要角色的

---

① 孙楷第:《元曲新考》,见《沧州集》,中华书局2009年版,第213页。
② 孙楷第:《元曲新考》,见《沧州集》,中华书局2009年版,第218页。

科白则交由伶人依据自身的艺术经验与剧情去设计,在舞台上临场发挥。元杂剧在生成之初可能经历过“提纲戏”时期,所以,《元刊杂剧三十种》虽然经过后人的加工,依然残留着“提纲戏”的一些痕迹。如果这种推断成立,我们认为,《元刊杂剧三十种》是元杂剧从“提纲戏”演化至“剧本戏”过渡时期的文本形式。科白俱全的剧本在元代很长一段时间内并不存在,元剧现存的完整剧本直至明代才由戏剧选家们写定。

从剧本的文字书写面貌也能看出杂剧艺人营造脚本的痕迹。民间艺人文化水平较低,识字不多,加上剧本是依据伶人口述记录而成的,在文字书写上具有很大的随意性和临时性,剧本中的错字、别字、讹字、俗字、丢字、生造字、省笔字等普遍存在。尤其是同音代字现象较为常见,如《诈妮子调风月》第三折以“倒”代“捣”,“娥”代“蛾”,“清”代“青”,“老”代“劳”,“查”代“踏”,“践”代“贱”,“谢承”写作“谢成”,“赌”写成“覩”等。① 其他如“瑶阶”作“尧街”,“挪”作“那”,“兢兢战战”作“惊惊战战”,“嘱咐”写作“祝付”,“爷”作“耶”,“甫能”作“付能”,“贯串”作“灌串”,“够”作“勾”等。而且,相同的同音替代字不局限于在某一剧本中使用,在其他剧目中同样存在,成为一种书写通例。如“嘱咐”写成“祝付”的例子有:元本《魔合罗》第一折【赚煞】:“是必记心怀,休疑虑,祝付了重祝付。”《铁拐李》第二折【倘秀才】:“不索我多祝付你千言万言。”《赵氏孤儿》第三折【鸳鸯煞】:“我祝付你个程婴,想着那横亡的赵朔。”高明《琵琶记》第五出【前腔】:“亲祝付,知他记否空自语惺惺。”可见,同音代字是元剧书写的习惯。同样,元刊本中的省笔字、俗字、生造字等书写现象无疑也是当时记录口头剧本时所形成的。

元刊本文字书写错误的大量存在,很显然,不太可能是由文化水平相对较高的剧作家造成的。尽管不排除剧本在传抄中出现鲁鱼亥豕之误,但其主要原因,应是剧本从口述至书面记录过程中造成的。剧本的记录、整理者根据台上艺人的表演唱念现场记录,通常只记字音,而不易辨明字义,故造成了大量的文字讹误现象。其实,立足于伶人的角度,后人所认为的讹误可能有许多并不是错误,而是当时剧本书写的惯例。正如宁希元对元刊本杂剧假借字的分析:“历代民间用字的传统习惯,多用字音表示字义,是重音不重意的。故民间写本中的假借现象远较文人写本为多。”②此论甚是。在戏剧表演中伶人更注重曲文的发音、唱念,要求“字正腔圆”,而往往不太顾及曲词的文意。元刊剧本的文字讹误便是此种戏剧观在剧本书写上的表现。

---

① 徐沁君:《新校元刊杂剧三十种》(上册),中华书局1980年版,第112—113页。

② 宁希元:《元刊杂剧三十种新校》,兰州大学出版社1988年版,第13页。

元刊本有的还用某些特定的符号来代替文字。如重复的字词大多以“ = ”“〃”来表示，有的画长曲线或短线表示文字省略。如《单刀会》第一折开场“（正末云）……（驾又云）（云：）‘不可去’”，此“不可去”三字下两折笔以后即是长曲线。剧本中“圣旨”“皇帝”二字惯用讳文符号“○○”代替，或用“圣○”“皇○”等形式。如《薛仁贵衣锦还乡》第一折“官里圣旨宣微臣定夺诸将功劳”、第二折“见他的开圣旨”中的“圣旨”便均以“○○”代之。这些用于省略的符号在演剧界是约定俗成的，其含义外人可能无从知晓，但熟悉演出的伶人自然明白它们所指代的意义。如果作为一种文学读本，罕有上述现象的出现，结论只有一个：元刊本是当时的演出台本，艺人使用代字符是为了更为便捷地记录口头剧本。

总之，元杂剧剧本编创问题的提出，使我们对元杂剧剧目的营造方式、伶人在编创剧本上所起的作用等问题产生了新的认识。在元代，伶人不只是被动地接受剧作家书写的文字剧本，他们广泛参与了杂剧的创作工作，在表演中融入了历代口传的表演技艺和戏剧元素。因袭、套用和临场发挥是艺人编创剧本的常用方法，它既延续了技艺的传承谱系，又重塑了戏剧作品，使之符合舞台艺术的要求，剧目常演常新，富于鲜活性和创造性。这在很大程度上弥补了案头文学与舞台脚本之间的裂缝。通过这种艺术实践，伶人掌握了大量的剧本文学资源，提高了编剧技巧，为他们独自营造戏曲剧目积累了丰富的艺术经验。

《元刊杂剧三十种》为我们提供了元杂剧艺人即兴演剧的重要线索和佐证。元刊本中用于省略科白的提示语，可能是伶人编创口头剧本的专用术语。由此看来，依托文人写定的曲词来制作科白、编演戏剧是元代剧坛较为普遍的现象。元刊杂剧不是固定的文字剧本，它是以曲词为常量、以科白为变量的演出脚本，与后代“半铁半水”的口头剧本没有本质上的区别。这种特殊的剧本体制无疑是由当时特定的编剧方式所决定的。需要提出的是，宋元南戏文本同样具有口头剧本的特征，表明南戏艺人亦深度参与了剧目的编创工作。① 它再一次提醒我们，要重新审视伶人在演剧史上的作用与地位，研究古代戏剧，既要关注文字书写的历史，也要重视戏剧的口传史。

---

① 俞为民先生专著《南戏通论》对此有周到深入的探讨，可参看，我们这里不再做重复的研究。

第二节 明清戏文即兴演剧形态

作为文人戏曲的明清传奇,首先强调的是剧本文学,关心如何以语言文字去充分展现剧作家的创作主旨和意蕴,追求文辞形式的美化和表情达意的深婉含蓄。至于未来如何将戏剧文本呈现在舞台上,文人往往考虑不多,客观上为伶人在表演中从事口头编创留下了不少空间。尤其当传奇在民间演出时,伶人总要按照可演性的原则,对它进行种种加工改编,使之通俗化、地方化,满足普通民众的欣赏趣味。可以说,伶人的口头创作是文人案头写作的必要补充和延伸,也是文学剧本获得舞台生命的重要途径。基于上述认识,我们拟从即兴插演、关目排场与诗词套语的运用以及演出台本的语体风格和文字书写特征等三方面阐述明清传奇的即兴演剧与口头编创。

一、明清戏文中的即兴插演

插演是古代戏曲习见的一种表演手段,它往往游离于剧情之外,或与剧中人关联不大,其中不少显系伶人即兴之作。元杂剧便已有不少插演,前节对此已有探讨,不赘述。明清舞台上继续活跃着插演艺术,尤其在民间演剧中还相当多,形式多样。就插演内容而言,大体可分为两类:一为戏剧类的表演技艺,最常见的是"插科打诨",或者夹杂其他戏剧样式的表演,戏中有"戏";二为非戏剧类的表演技艺,诸如说唱、杂耍、歌舞等。

明清戏曲在表演中临时插入宾白科诨的现象非常普遍,比较同一剧目不同版本之间的差异,不难发现这类插演的性质和特征。与文人创作偏重于曲词不同,伶人的演出重视营造科白,强化净丑戏份,以活跃剧场氛围,增强舞台效果,体现出与文人剧作迥然不同的审美取向。以《琵琶记》元刊本第六出"牛相教女"①与《缀白裘》"训女"为例,两者的科诨出入颇大。在元刊本中,扮演媒婆的净和丑先围绕牛太师"不拣什么人,但是有才学,一笔扫尽千张纸的,方可中选"一语恣意发挥,戏谑调弄,接着互相撕扯庚帖婚书,结果两人遭到吊棚拷打,"干吃十八下黄荆杖"。在《缀白裘》中,这一情节被删除,改换的情节为:当牛相责问老姆姆疏于管理使女时,老姆姆与惜春借机百般调闹,互相推诿,并将牛相也拉扯入戏弄之中,语言鄙俗,不避亵谑。不但科诨内容与元本迥异,且篇幅大大加长,这场戏事实上

---

① 钱南扬:《元本琵琶记校注·南柯梦记校注》,中华书局2009年版。

成了本出戏的重心。再如，在《缀白裘》本《琵琶记》“坠马”一出戏中，删去了元本中丑角“赋马”的大段科白，而将“包有功”为“丑”疗坠马之伤及吟“龙凤鱼龟”诗一段表演设置为重头戏。《缀白裘》“刘唐”源自明本《水浒记》第五出“发难”，前者同样增饰了大段科诨。扮演刘唐的“净”先是抱怨“酒淡”，店家“丑”云：“淡没放点盐拉哈”；尔后两人就下酒菜、买单打折等琐事反复调嘴饶舌，营造笑料。类似添枝加叶的科诨在《缀白裘》中比比皆是。在舞台上，演员可以根据表演的需要，道白科诨长短随意，不受文学剧作的拘束。《缀白裘》第十二集卷二《四节记·嫖院》剧前说明云：“是出游戏打诨，原无定准，不拘丑副，听其所长，说白小曲，亦可随口改易。”明确提示丑副的表演可以即兴发挥。有的在说白前还备注有“随口说”“随口”等字样，提示演员在此处可以顺口编词。

众所周知，《缀白裘》是以戏班的演出本为依据整理而成的，比较真实地反映了当时的舞台形态。上述现象表明，跳脱文学剧本而即兴插演科诨是当时舞台表演的一种常规和风尚。

插科打诨是伶人的特长，往往比文人之作更为精彩，故王骥德《曲律·论插科》云：“古戏科诨，皆优人穿插，传授为之。本子上无甚佳者。”事实上，文人曲家一般不太重视科白的创作，正如李渔所云：“自来作传奇者，止重填词，视宾白为末着”①，认为科诨戏谑之语有违雅道，非文人分内之事。这种戏剧观早在宋元时期便已见端倪。毛声山云：“传奇中插科打诨，俗眼所乐观，名手所不屑。今之演西厢者，添出无数科诨，殊觉伤雅，而实则原本未尝有也。西厢且然，况琵琶乎？高老自言‘休论插科打诨’，彼固不屑以科诨见长。”②因此，我们看到，文人之作经常疏于宾白科诨的编制，留下表演空白，交由伶人在演出时自由发挥。凌濛初云：“故古本时以一‘介’字概之，以俟演者自办。”③这种现象在明清剧坛上非常普遍。相较伶人舞台演出本，文人传奇中的科诨明显要简略，有的仅有舞台提示，至于具体如何表演，没有明确交代。以汲古阁本剧目为例，邵灿《香囊记》第二十六出《义释》“下净末上诨介外上”、第二十九出《邮亭》“外作睡介净末诨介贴”等均提示有“诨介”表演，至于角色究竟演什么，没有说明。类似情形在汲古阁本中还有不少，如梁辰鱼《浣纱记》第十三出“丑诨介净丑下小生”、第二十三出《迎施》“众上请旦

① 李渔：《闲情偶寄·宾白第四》，见《中国古典戏曲论著集成》（七），中国戏剧出版社 1959 年版，第 51 页。

② 毛声山：《第七才子书琵琶记》，见《历代曲话汇编——新编中国古典戏曲论著集成·清代编》第一集，黄山书社 2008 年版，第 487 页。

③ 凌濛初：《〈琵琶记〉凡例十则》，见蔡毅编著：《中国古典戏曲序跋汇编》（二），齐鲁书社 1989 年版，第 594 页。

诨介小净丑同上小净丑”,王錂《春芜记》第十三出《定计》“丑诨介”,郑若庸《玉玦记》第二十九出“商嫖”中有“净诨下丑”等。

吴梅《曲学通论》云:“前人院本遇科诨处,辄书‘随意作科诨’数字,令伶工自作。俾得即景言情,可以一新耳目。但今伶工,辄不能文,于作者之旨,不能领会,点金成铁,所在多有。惟孔东堂《桃花扇》科诨出自己作,不许伶人增损,其意诚是。”①相较其他文人,孔尚任算是比较重视剧本可演性的。他担心伶人胡乱添油加醋,损伤原剧的旨趣和风格,一改常规,说白也写得很完整。其《桃花扇·凡例》云:“旧本说白,止作三分,优人登场,自增七分。俗态恶谑,往往点金成铁,为文笔之累。今说白详备,不容再添一字。”②从某种意义上说,这是文人对舞台主导权的一种争夺,剧作家企图以缜密、完备的文学剧本来限制、剥夺艺人的表演创作权,恰好从另一侧面反映出当时即兴演剧的普遍性和常态性。

值得注意的是,经过长期的舞台实践,科诨表演出现了套路化的倾向。王骥德《曲律·杂论下》云:“优人自造科套,非如今日习现成本子,俟主人拣择,而日日此伎俩也。”③伶人自创的科诨经过口耳传授,相沿成习,演出套路陈陈相因,面目雷同,故“日日此伎俩也”。李渔对此极为不满,将其归诸为一种舞台“恶习”。其《科诨恶习》云:“插科打诨处,陋习更多,革之革不胜革。且见过即忘,不能悉记,略举数则而已。如两人相殴,一胜一败,有人来劝,必使被殴者走脱而误打劝解之人——《连环》‘掷戟’之董卓是也;主人偷香窃玉,馆童吃醋拈酸,谓寻新不如守旧,说毕,必以臀相向,如《玉簪》之进安、西厢之琴童是也。”④可见,科诨套演现象在清代舞台上相当普遍,只要遇到类似的戏剧情境,伶人便可使用固定的戏剧套式,即兴表演,编构剧情。

伶人在演出中还经常穿插其他杂戏,戏中串戏,戏中演戏,俗称为“戏中戏”。“戏中戏”一般为片段性表演,具有一定的独立性,与正剧剧情的关联不是很紧密。在明清杂剧、传奇演出中,插入的杂戏有院本、弋阳戏、梆子戏、傀儡戏、猴戏、徭僮戏等。⑤ 以弋阳腔插演为例,自明中期后,弋阳腔广泛流播,因其艺术风格鄙俗,

---

① 吴梅:《曲学通论》,见《历代曲话汇编——新编中国古典戏曲论著集成·近代编》第三集,黄山书社 2009 年版,第 487 页。

② 孔尚任:《〈桃花扇〉传奇凡例》,见蔡毅编著:《中国古典戏曲序跋汇编》(三),齐鲁书社 1989 年版,第 1606 页。

③ 王骥德:《曲律·杂论第三十九上》,见《中国古典戏曲论著集成》(四),中国戏剧出版社 1959 年版,第 150 页。

④ 李渔:《闲情偶寄》卷五,见《中国古典戏曲论著集成》(七),中国戏剧出版社 1959 年版,第 112 页。

⑤ 李扬、齐晓晨:《清中期以前“戏中戏”的发展》,载《文化遗产》,2010 年第 2 期。

土腔土调，昆腔戏班表演时便插入一段弋阳腔，调节气氛，以资笑乐。陈与郊《袁氏义犬记》、张琦《金佃盒》、李玉《占花魁》等剧均有弋阳腔的串演。如《袁氏义犬》杂剧第一出演"弋阳腔"："（净）今朝席上，且请老师少宽。（外）正是，但有水竹，苦无声伎。闻得初到'弋阳戏子'，杂剧颇新。唤来侑下一觞何如？（净）最妙！（左右唤科）（末上）'弋阳戏子'磕头。（外）你晓得甚么杂剧。（末）旧杂剧不过是《鸿门宴》《凤仪亭》《黄鹤楼》这几套。（外）新的呢？（末）新的是近日大中书令王献之老爷编《葫芦先生》。小的门学不全，大略记得几段。（外）就作《葫芦先生》。"这是在杂剧演出中串演弋阳腔剧目，演员可能只需随口唱上几句，博取观众一粲。再如《金钿盒》传奇第六出《丑合》描写贡家串戏："（净）晓得弋阳腔么？（小旦）也晓得。（净）串几折弋阳腔倒好。（末）串折《活捉张三郎》如何？（净）也好。你打起弋阳腔鼓板来。（末打介，净易衣，小旦扮阎婆惜介）。"李渔云："戏中串戏，殊觉可厌，而优人惯增此种，其腔必效弋阳，《幽闺》'旷野奇逢'之酒保是也。"①弋阳腔原本具有较大的灵活性，可以加以自由发挥。此处明言"戏中戏"为"优人惯增"，不是剧本规定的表演行为。按，查毛晋汲古阁本、《缀白裘》本并无酒保出现，李渔所见当为另一舞台演出本，可证该段"戏中戏"确为伶人临时添设的。除弋阳腔外，其他戏剧的插演形态与此大同小异。

还有一类插演为学界所未注意的，即在正戏演出中借题发挥，即兴表演一段短剧，用以讥刺某种社会现象或人物。冯梦龙载录："万历丙午浙试，一有力者以钱神买初场题中式，主试者锁闱日，得罪杭郡公，郡公衔之。撤棘后，郡公宴主试，密令优人刺之，其日演《荆钗记》，无从发挥，至'承局寄书'出，李成问足下何来，局答曰：'京城来。'成曰：'有新闻否？'曰：'关白内款矣。'成曰：'旧闻。'曰：'贡方物矣。'成曰：'一猪。'成曰：'猪何奇而贡之？'曰：'绝大。'成曰：'驴大乎？'曰：'不止。''牛大乎？'又曰：'不止。''象大乎？'又曰：'不止。'成曰：'大无过此矣。'曰：'大不可言，且无论其全体，只猪头猪肠猪蹄，你道易价几何？'成曰：'多少？'曰：'只头肠蹄，亦卖千金。'成曰：'何人买得起？'曰：'一收古董人家。'盖指中式者董姓耳。主试闻之，赤頳，不欢而散。"②这种表演与一般性的插科打诨不同，戏剧讽刺具有较强的针对性和现实性；表演内容游离于剧情之外，即事发科，"除一时一地外，不容施于他处"，就其形态和功能看，其实就是插入优戏表演。类似现象在明清剧坛当不少见。据徐复祚《花当阁丛谈》载，时有程、郑二生为同窗好友，

① 李渔：《闲情偶寄》卷五，见《中国古典戏曲论著集成》（七），中国戏剧出版社 1959 年版，第 112 页。

② （明）冯梦龙：《古今谭概》，天津古籍出版社 1995 年版，第 998—999 页。

程生先中科甲,任咸阳令。郑生因贫求助程生,未果。后郑生得中二甲,程生调任获鹿丞,被人举报有贪贿行为。郑生受命巡察程案。二人叙旧后,“至晚,命戏子演戏宴程,郑私唤戏子具言前事。戏子领命,因扮二虎:一虎先衔一羊,自食,傍有饿虎踞地视之;虎怒吼,衔羊去。他日,饿虎得一鹿,前虎尤饿甚,欲分食;乃扮山神出判之曰:‘昔日衔羊不采揪,今朝获鹿敢来求?纵然掬尽湘江水,难洗当初一面羞。’程遂解印,步行以归”①。伶人依据程、郑故事临时演绎了一出动物寓言剧,讥刺程生贵而忘友、薄情寡义的行为。这出戏同样是掺入正戏演出中的一则短剧,其性质与“戏中串戏”相同。

第二大类为非戏剧类表演技艺的插演。即在演出过程中或利用演剧间隙来表演各种杂要、技艺,在宋元戏曲中便已较常见,本章第一节已有相关阐述。明清戏曲沿袭了这种表演体制,张岱云:“余敕小傒串元剧四五十本。演元剧四出,则队舞一回,鼓吹一回,弦索一回。其间浓淡繁简松实之妙,全在主人位置,使易人易地为之,自不能尔尔。”②顾起元《客座赘语》亦有类似载录:“若大席,则用教坊打院本,乃北曲大四套者,中间错以撮垫圈、舞观音,或百丈旗,或跳队子。”③这些技艺性表演在剧本中很少有体现,究竟如何表演,没有明文规定,大多可由伶人即兴串演。民间演出《目连救母戏文》时,通常与许多杂技一同表演,如度索、舞、翻棹、翻梯、筋斗、蹬坛、蜻蜓、蹬臼、跳圈、跳索、跳索、窜剑、窜火等等。除了杂要、歌舞等插演形式,有的还插入说唱、猜谜等杂艺。如《绣襦记·鹅毛雪》有郑元和唱四季莲花的情节。据研究,明清戏曲中还有一种名为“打咤”的临时性的插演,是一种谐谑性韵语和动作性诨科,其内容一般与剧情没有直接关系,属于“正本”之外的“杂戏”。

有的民间演剧插入当地的民歌、民谣,以强化戏剧的娱乐性和趣味性。如《缀白裘》本《玉簪记·秋江送别》净云:“小师父,坐定子,得我唱只山歌你听听吓。……(净)【吴歌】你看风打船头雨又来。”《千金记·跌霸》:“(丑上)【山歌】种田道业弗为低,年年弗脱了吓弄黄泥。……(外上)【山歌】杨柳青青,江水子个平。忽闻四下唱歌声。东边日出西边雨,道是无情却有情。”这些民歌小调虽然不完全排除是剧作家所写定的,大部分应当是演员从民间歌谣中借用而来,加以适当改造,随机融入表演之中。风月锦囊本《祝英台》“送别登途”选录了大量民歌体诗,语言鲜活生动,充满浓郁的乡土情调。如“哥哥送我到池塘,池塘一对好鸳

---

① 周光培:《历代笔记小说集成·明代笔记小说》,河北教育出版社1995年版,第514页。
② 张岱:《陶庵梦忆》,中华书局1985年版,第33页。
③ 陆粲、顾起元:《庚巳编·客座赘语》,谭棣华、陈稼禾点校,中华书局1987年版,第303页。

鸯。两个不得成双对，前生烧了断头香。”“哥哥送我到长河，长河一对大白鹅。雄的便在前头走，雌的后头叫哥哥。”“（诗）可笑哥哥痴又痴，说起头来全不知。我今效取赵贞女，连篮滞（带）水不占泥。”据研究，这些戏词原为歌咏梁祝故事的民歌，在民间广泛传唱，深受百姓喜爱，民间艺人为了吸引观众便把这些歌谣照搬来演唱。①

总之，在明清传奇的舞台呈现中，溢出剧本之外的表演内容相当丰富，伶人可以即兴掺杂各种表演技艺，丰富舞台艺术。刘晓明提出：从文本与表演的关系看，中国古代戏曲的文本与表演的关系相对随意，其文本是所谓的“间架”式文本，赋予表演一定的自由发挥度。② 文学剧本与舞台演出本之间形态差异的产生，在很大程度上正是由我国戏曲文本自身特质所决定的。在大多数情况下，文字剧本只是演出的基础和框架，它很难对舞台上所有的表演行为进行规定和设计。可以说，戏曲文本的特征是插演艺术生成的重要根源，加上文人剧作对舞台艺术的不重视，更增强了这一表演形制存在的必要性。

二、关目排场与诗词韵语的套用

如果说文字是剧作家的编剧工具，那么，戏曲演员却是以各种“程式”手段来编排剧作。路应昆认为：“程式”相当于一种“预制”的构件，同一程式可以套用于不同作品或不同剧情场合中的同类对象。编创新作品的最初工序，便是根据作品的需要从“程式库”中选出大致合用的程式，并把它们“组装”起来。③ “程式”的内容十分丰富，举凡角色行当、音乐、唱词、人物装扮、表演等无不具有程式化的特征。“程式”是我国戏曲表演发展到一定历史阶段的产物。艺人在长期演出实践中，不断地提炼、加工和组织戏剧的形式材料，在这一过程中，那些精彩的、具有较高审美价值的“材料”得以保留下来，并使之规范化、系统化，成为便捷实用、可以传承的艺术工具。

从本质上说，“程式”主要与舞台相关，与艺人的表演创作相关，它“别是一家”，存在于文人和书写之外。对于识字不多、文学理解力普遍有限的艺人而言，其重要性自不待言：一方面，可以在不依赖文字的情况下，通过口传身授来传承剧目和技法，延续艺术谱系，在此基础上，伶人还可自编自演新剧；另一方面，艺人需

---

① 马华祥：《明代弋阳腔传奇考》，中国社会科学出版社 2009 年版，第 55 页。

② 刘晓明：《中国古典戏剧形式的限制、突围与理论意义》，载《中国社会科学》，2008 年第 3 期。

③ 路应昆：《戏曲艺术论》，北京广播学院出版社 2002 年版，第 61 页。

要借助“程式”来实现文学剧本的舞台化,弥补剧作家对表演艺术的疏忽。以下拟从关目排场、陈词套语等“程式”的运用来阐述传奇口头编创技艺。

在古代戏曲中,“关目”是指剧本结构、关键情节的安排和构思。所谓“排场”,是由有一定规范的锣鼓、唱腔、音乐曲牌、工架、舞台调度、人物、心理描写、情节、特定情景等组成,它由优秀的传统剧目中的精彩段落撷取提炼出来,既是一个表演片段,又可以独立成为一出折子戏,还可以作为演员、导演、编剧应该掌握的基本功。① 排场是粤剧的基本演技和表演方法,艺人演出提纲戏时,根据剧情的需要,灵活地镶嵌、组合排场,编排新戏。其他如高甲戏、邕剧等剧种演提纲戏时,亦以“排场”作为编演剧目的基本手段。事实上,明清戏曲亦存在类似的表演体制。

徐朔方认为:金元杂剧是世代累积型的集体创作,不同剧目的情节、关目不避雷同和因袭。以“遇鬼”为例,为验证是人是鬼,通常会说:“你若是人呵,我叫你三声,你一声高一声。你若是鬼呵,我叫你三声,你一声低似一声。”②在明清戏曲演出中,表演套路的因袭现象依然存在。如明成化本《刘知远还乡白兔记》第九出:“(虚下,生上)三姐那里去?(旦)有鬼!哦!(生)娘子,行步有影,衣衫有缝,焉能是鬼?(旦)你既不是鬼,一声高似一声;你是鬼,一声低似一声。”③几乎原封不动地搬用了金元杂剧的情节关目。徐朔方先生在另一篇文章④中指出:各本南戏在未成型前流传于戏班与艺人之间,彼此相互渗透、仿效、移植和交叉影响,因此出现戏剧的雷同、因袭现象。明代戏剧依然如此。如刘希必故事便深受《琵琶记》的影响,男主人公均是新婚不久便上朝应试,中状元后也同样遭受权臣逼婚。其他如,《荔镜记》第二十九出女郎应约前往约会,结果情郎却在熟睡,与《郭华胭脂记》同;潮剧《金花女》荆钗为聘、投江等关目是《荆钗记》的翻版。

明代万历以后,文人酷爱昆腔新声,新戏不断上演。为满足娱乐市场的需要,一些戏班艺人现学现演,有的可能连剧本也来不及写。沈璟《博笑记》中《假妇人》一段对白便透露出此中信息:“(净、丑)请问足下记得多少戏文?(小旦唱〔北仙吕寄生草〕)……还记得彩楼跃鲤和孙膑。(众:‘都是妙的。却怎么没有新戏文呢?’小旦:‘新戏文好的虽多,都容易串,我只在戏房里看一出,就上一出。数不

---

① 赖伯疆、黄镜明:《粤剧史》,中国戏剧出版社 1988 年版,第 227 页。

② 徐朔方:《金元杂剧的再认识》,见《徐朔方集》第一卷,浙江古籍出版社 1993 年版,第 121—122 页。

③ 俞为民校注:《明成化本〈刘知远还乡白兔记〉校注》,载《艺术研究》,1985 年第 3 期。

④ 徐朔方:《南戏的艺术特征和它的流行地区》,见《明本潮州戏文论文集》,艺苑出版社 2001 年版,第 293—294 页。

得许多。’)”很明显,艺人可能是通过“偷戏”的方式来学演新戏,依样画葫芦,“看一出,上一出”。这样演出的新戏还不少,“数不得许多”,与后代提纲戏的营造方式同出一辙。陆萼庭在谈到上述现象时认为:由于盛行新戏,艺人不得不注意积累一些基本程式,以便随时应付,像庆寿、闺思、考试、请医、算命等生活场面,艺人们表演起来很有办法,后来碰到这类场面索性就照规定科范来演。① 在传统戏剧故事里,养儿必读书,读书必赶考,“考试”是明清戏曲舞台上常见的排场。明本潮州戏文《刘希必金钗记》第十三出中的“考试”排场比较典型,其表演方式为:首先,考生入场,“但有来应举秀才都进来”;接着,考官一一询问考生姓名、籍贯:“(末白)这位秀才姓甚么?报名来。(净白)我姓何。(末)名甚么?(净)名足用。(末)禀相公得知,这位秀才姓何名足用。”演员此时会就考生的姓名打趣戏弄。询问完毕后,考官命题,考试开始。由净丑饰演的考生自吹自擂,吹嘘自己的文才如何了得,“文来文对,武来武对”,结果写出来的诗文鄙俗不通,出丑弄怪。最后才是主角书生出场,文采出众,高中状元。同类考试“排场”在明清戏剧中经常用到,成为彼此蹈袭的演出套式,伶人只需按定规演出即可,无须剧本交代。毛声山云:“作传奇者每至文场选士,则多阙焉,但曰‘考试随意’。”②“随意”即由伶人在场上自由发挥。周贻白在论及王骥德《曲律》“曲禁四十条”时亦云:“又‘蹈袭’一项,王氏仅指‘旧曲语意’,实则并全出关目亦有此病。如《幽闺记》第三十三出作‘照例开科’,李日华《南西厢》第三十一出则作‘扮考试随意照常做’,皆无曲白,则明为熟套的袭用了。”③这里说的同样是“考试”排场的因袭套演现象。

诗词韵语的套用是戏曲口头编创的重要表征。一般而言,文人剧作偏重于辞藻华美,崇尚戏剧的意境美、声韵美,避熟趋生,以营造陌生化的艺术美感。而伶人口头之作浅近鄙俚,搬用熟在人口的陈词套语,以大众化、生活化的表达方式演述剧情。冯梦龙《双雄记》“序”云:“坊本彗出,日益滥觞,高者浓染牡丹之色,遗却精神,卑者学画葫芦之样,不寻根本………老优施腹烂数十种传奇,亦效颦而奏技,中州韵不问,但取口内连罗,九宫谱何知,只用本头活套。作者逾乱,歌者逾轻,调罔别乎宫商,惟凭口授,音不分乎清浊,只取耳盈,或因句长而板妄增(如荆钗记小梅香之类),或认调差而腔并失。”④这反映出明代戏曲活动的真实情形:一

---

① 陆萼庭:《昆剧演出史稿》,上海教育出版社 2006 年版,第 57 页。

② 毛声山:《第七才子书琵琶记》,见《历代曲话汇编——新编中国古典戏曲论著集成·清代编》第一集,黄山书社 2008 年版,第 510 页。

③ 周贻白:《中国戏剧史长编》,上海书店出版社 2004 年版,第 279 页。

④ 冯梦龙著,魏同贤主编:《冯梦龙全集·墨憨斋定本传奇》(一),上海古籍出版社 1993 年版,第 4—6 页。

些老艺人识字不多,只能依靠口耳传授,死记硬背剧本,音乐唱腔与发音吐字均欠准确和规范。所谓“但取口内连罗”“只用本头活套”等句,是指这些艺人只会套用现成的音律、戏词,知其音而不辩其义,“活套”即包括诗词套语在内。

翻检明清舞台本,韵语俗套的使用非常普遍,无论是上下场诗还是人物的散白,同样的套语只要遇到类似的戏剧情境,便可反复袭用。如院公、丫鬟等身份低微的人物上场常用“有福之人人伏事,无福之人伏事人”(见《刘希必金钗记》第三出、第八出、第三十二出等),或对词句稍加变动,改为“有禄之人人伏侍,没福之人伏侍人”(见明成化本《刘知远还乡白兔记》第六出)。店家上场用“买卖归家汗未消,上床犹自想来朝”(如《缀白裘》本《烂柯山》“寄信”等,此语在元杂剧中也非常普遍)。描绘人物行路常用“串长街,陌短巷”“转弯抹角”“行行去去,去去行行”等语。表现打探消息则可用“眼望捷旌旗,耳听好消息”(见《牧羊记》“颁诏”、《望湖亭》“照镜”、《荆钗记》“说亲”、《白兔记》“回猎”等出。)王骥德考辨此语云:“‘眼望旌节旗,耳听好消息’。出元人杂剧,今皆讹作‘旌捷旗’,然似不如‘捷旌旗’与下‘好消息’对,为的。……大抵刻本中误处,须以意理会,不可便仍其误。彼优人俗子,既不能晓,吾辈又不为是正,几何不令千古之聩聩耶!”①此语自元代以来一直流传于艺人口头,极易产生口耳之误;加上艺人文化水平有限,对套语一知半解,往往生搬硬套,不辨戏词讹误。戏曲中的散说套语亦比比皆是。如凡有客人来,主人必说:“未曾远迎,当面恕罪。”官员升堂,衙役便云:“堂上一呼,阶下百诺。”表现恼怒之情,常以“可恨”发端。这些均是艺人常用的“水词”、套话,显然难以归诸文人剧作家的创作。

民间口头文学中有大量的格言、谚语,伶人对此非常熟悉,在表演中张口即来。以《缀白裘》第二集为例,引用的格言、谚语有:“世间好物不坚牢,彩云易散琉璃碎”“人是衣装,佛是金装”“怒从心上起,恶向胆边生”“姻缘姻缘,事非偶然。谋事在人,成事在天”“千军容易得,一将最难求”“天有不测风云,人有旦夕祸福”等,可谓举不胜举。都穆《都公谭纂》(卷下)记载了明代优人运用格言套语的实例:“吴优有为南戏于京师者,锦衣门达奏其以男装女,惑乱风俗。英宗亲逮问之……一优前云:‘国正天心顺,官清民自安’云云。上大悦曰:‘此格言也,奈何罪之?’遂籍群优于教坊。”②这句格言常被戏曲艺人和说唱艺人引用。如关汉卿《哭存孝》第二折【南吕一枝花】:“常言道‘官清民自安,法正天心顺’,他那里‘家贫显

---

① 王骥德:《曲律·论讹字第三十八》,见《中国古典戏曲论著集成》(四),中国戏剧出版社1959年版,第146页。

② 都穆:《都公谭纂》,中华书局1985年版,第49页。

孝子'，俺可便各自立功勋。"早期戏文《张协状元》第三十四出末角上场诗亦有这两句。明成化本《白兔记》第一出开场诗即为："国正天心顺，官清民自安。妻贤夫祸少，子孝父心宽。"《金瓶梅词话》第三十一回叙"笑乐院本"演出："当先是外扮节级上开：'法正天心顺，官清民自安。妻贤夫祸少，子孝父心宽。'"此外，成化说唱词话《石郎驸马传》末、《薛仁贵跨海征东白袍记》（富春堂本）第二十二折、《胭脂记》（文林阁本）第四十出、《射柳垂丸记》杂剧（脉望馆钞校本）第一折皆有此语，文字大同小异。① 上述情况表明，套语是民间艺人通用的表达方式，不仅戏曲演员在用，说唱艺人也在用，可见它是口头表演技艺的常用手段。

三、演出台本的形态特征与戏剧的口头性

民间戏班在演出文学剧本时，总要按照可演性的原则，从当时的演出实际、戏班条件、活动地域等因素出发，对剧本进行必要的加工、改造，形成戏班的舞台演出本。考察演出本的形态特征，亦可寻觅到不少口头编演的痕迹，其中较能说明问题的是演出本的语体风格和文字书写特征。

关于宾白科诨的即兴演出，上文已有论述，以下从剧目版本比较的角度，再做一些补充分析。一般而言，民间戏班比较重视曲文的传承，艺人在抄录剧本时重点记录的是唱词，在学艺时首要记住的也是曲文，因而剧目的曲词部分相对要稳定。而宾白则因可以随意发挥，变异性就较大，比较《元刊杂剧三十种》与明刊杂剧同一剧目，就可明显看到这一点。类似情形亦见于明清戏剧中。据孙崇涛考释，锦本《伯喈》保留了不少明代舞台的演出特征，与通行本《琵琶记》比较，最大的不同是锦本《伯喈》宾白极为简略，诗词成分甚少，仅为通行本的十之二三，曲文比重明显要大。对比两者同一关目宾白的使用情况更能看清楚这一点。如"蔡母嗟儿"一出，各本《琵琶记》在【忆秦娥】与【金索挂梧桐】二曲之间，均安排有外（蔡公）、净（蔡婆）争吵和旦（赵五娘）从中劝解的大段对白，而锦本则显得比较简略："老贼！没事□（教）孩儿出去赴选，今日没饭吃，如何是了？"再如"金闺愁配"，各本《琵琶记》在开头贴（牛小姐）唱【剔银灯】与净（老姥姥）唱【桂枝香】之间，都有贴、净大段对白。而锦本处理得非常简单，其对白为："（贴）姻缘姻缘，事非偶然。好笑俺爹爹将奴家招取蔡状元为婿，状元不肯相从，真个羞也！（净暗地上探介）（白）惭愧惭愧，今日能勾得小姐闷也，不知你想着甚么？"②这种现象在锦本中比

① 孙崇涛：《成化本〈白兔记〉艺术形态探索》，见《南戏论丛》，中华书局2001年版，第283—284页。

② 孙崇涛：《风月锦囊考释》，中华书局2000年版，第73、86页。

较普遍,如《北西厢》“借厢”“哭宴”等出的宾白均较其他各传本要简略。

广东潮州揭阳县出土的嘉靖抄本《蔡伯喈》,是现存最早的舞台演出本,为我们了解明代中叶舞台演出提供了历史证据。与陆抄本比较,该写本在念白方面的增减和改动同样较大。如“逼试”一出,蔡公蔡婆的大段对白便多有删节。尤其是与情节关系不大的诨白场面被大量删削,如“牛相奉旨招婿”一出,陆抄本【醉太平】与【琐窗郎】二曲之间有一大段丑(媒婆)与外(堂候官)的科诨,“媒婆”大肆夸饰其“职业招牌”鞋、秤、斧、绳等物的功用。嘉靖抄本删除了这段科诨,由净饰演的媒婆只有简单的几句对白:“这个有何难处,一来奉圣旨,二来托相公之威名,三来小姐才貌兼全,世人知道状元有何不可。”语言显得中规中矩,反不及陆抄本那样诙谐有趣。嘉靖抄本中删削的内容还有很多,如“义仓赈济”出里正社长的独白对白、“新进士宴杏园”(钱南扬《元本琵琶记校注》第九出,嘉靖抄本第十出)中的“马赋”等。之所以产生这种差异,虽然不完全排除刊刻、抄写方面的因素,主要原因恐怕还是剧目在舞台传播中造成的。如前所述,由于宾白不像唱词那样受到曲律、词格严格约束,容易为伶人所篡改,可以随口编词,因此,相同剧目的宾白往往相差较大。从本质上说,这不是一个版本问题,而是一个戏剧演出体制的问题。

当然,曲文同样具有一定的变异性,可在演出中增删、改写。如《琵琶记》“辞朝”一出,陆抄“元本”有大曲一套,包含【入破第一】【破第二】【衮第三】【歇拍】【中衮第四】【出破】【煞尾】七只曲文,而嘉靖写本改为【折桂令】【滴溜子】【寄生草】三支曲调来演唱。钱南扬先生曾谈道:“戏子唱戏,或者贪图省力,或者因时间匆促,往往任意把脚本删节。相沿既久,益发把原来脚本改了。这是常有的事。”①他列举了一些戏子删节脚本的实例,如《西楼记·楼会·懒画眉》“谁叩朱门”一支,通行曲谱把他删去三句,当作引子;《疗妒羹·题曲》,原有《桂枝香》六支,现在曲谱把他省去二支,只剩四支。又如《邯郸梦·度世》,原系一出,现在却分做《扫花》《三醉》二出了。诸如此类,不胜枚举。可以说,艺人的每一次演出均可能使剧本发生或大或小的变异,产生新的演出脚本,从某种意义上说,这也是一种口头创作。

文学剧本的创作主体是文人,戏剧语言以典雅的文学语言为主;口头剧本是由文化水平较低的艺人所编创,他们习惯于使用当地的方言俗语来演唱。在民俗学者看来:只要有口头语言,就存在口头创作。口头语言的存在是决定民间文学口头性的基本原因。② 虽然文人士夫也有口头创作,但文字写作毕竟是主体,而

① 钱南扬:《目连戏考》,见《汉上宧文存续编》,中华书局2009年版,第121页。

② 钟敬文:《民间文学概论》,上海文艺出版社1980年版,第35页。

对于没有掌握文字的艺人来说,口头创作却是唯一的方式,即便在演出文人剧作时,也要加以增补删改,有许多背离原本之处。在很多情况下,从戏剧语体就可大致分辨出一个作品所包含的民间创作成分究竟有多大。顾起元《客座赘语》云:“大会则用南戏,其始止二腔,一为弋阳,一为海盐。弋阳则错用乡语,四方士客喜阅之;海盐多用官语,两京人用之。”“错用乡语”可谓是弋阳腔的重要特征,从现存剧本来看,宾白的民间色彩十分明显。马华祥《明代弋阳腔传奇考》对此做了深入的研究。据其分析,戏曲散出选本《风月锦囊》《大明天下春》以及富春堂本、世德堂本、文林阁本中的弋阳腔传奇充满赣方言色彩,用语通俗鄙俚,戏剧中的民谚、民歌、民间谜语、民间俗诗随处可见。① 该著援引的实例相当丰富,可以参看。毫无疑问,弋阳腔传奇与文人传奇有着不同的创作主体和剧本生成方式,“错用乡语”的弋阳腔表现出了浓郁的口头文学特征。口述剧本的一个重要特征是随意性很强,戏剧内容及形式经常发生一些变化,甚至衍生出许多不同版本,戏剧因此具有很大的不确定性。明末凌濛初《谭曲杂札》称:“江西弋阳土曲,句调长短,声音高下,可以随心入腔,故总不必合调,而终不悟矣。”所谓“随心入腔”即戏剧演出灵活、随意,这里虽然强调的是音乐唱腔,其表演形式亦何尝不如此。

在传奇戏曲的地方化中,值得注意的是明本潮州戏文,民间气息浓厚,语言风趣,方言俗语时有所见。如宣德写本《金钗记》第四出末与净对白:“这□你说不打,打我一下,叫□甚么我便教你。(末)你做甚么。(净)你叫我老爷我便和你说。(末)老爹。(净哭)这蛮子不是人。(末)怎么不是人?(净)你是人还打你爹!”类似的插科打诨在第五出也有:“(净)村鸟,各人有名姓,只管叫我做脚夫!(末)不,便叫你做甚么?(净)你叫我做你老婆丈夫。”语言粗俗,肆口而出,明显出自下层伶人之口。有学者认为该剧是一个潮剧演出本,一个重要理由是剧本中出现了大量的潮州方言。如,第三出方言词有:无过(果然、不出所料之意)、诚心;第四出方言俗语:又着、走来、过来、咗、二支、择好日(选吉日)、夜来同宿日同行;第六出:老狗、相看未饱、就理、乡里。② 其他几本戏文亦不同程度地掺杂了潮语以及客家话。有的甚至全用潮州方言,如《荔镜记》等。演员用方言俚语来演唱,无疑能拉近与观众的审美距离,让人倍感亲切。如《荔》剧中两人答歌:“恁今向片阮障片,恁今唱歌阮着还,恁今还头阮还尾,恰是丝线缠竹片”,充满浓郁的地方特色和乡土气息。

---

① 马华祥:《明代弋阳腔传奇考》,中国社会科学出版社2009年版,第16页。

② 吴国钦:《潮泉腔、潮剧与〈刘希必金钗记〉》,见《明本潮州戏文论文集》,艺苑出版社2001年版,第122页。

在《缀白裘》中，更能明晰地看到伶人对剧本的地方化改造，大部分的说白均被改成为苏州话，胡适先生对此做过细致分析。如《六十种曲》的《水浒记》说的全是官话，而《缀白裘》选《水浒记》的《前诱》《后诱》中的张文远说的全是苏州话。又如，《六十种曲》中《义侠记》说白均为官话，而《缀白裘》选的《戏叔》《别兄》《挑帘》《做衣》里的武大和西门庆说的都是苏州话，非常生动。再如，《缀白裘》在《牡丹亭》中《叫画》增加了这样一段说白，柳梦梅对画上美人说："呀，这里有风，请小娘子里面去坐吧。小姐请，小生随后。——岂敢？——小娘子是客，小生岂敢有僭？——还是小姐请。——如此没，并行了罢。（下）"①这样的对白恐怕不是文人在书房里创作出来的，应是伶人根据其舞台实践，在表演中即兴发挥的结果。《缀白裘》中原汁原味的乡音土调随处可见，艺人热衷于将当地的风土人情、身边的逸闻琐事等融入剧情，迎合观众的看戏需求。不妨引述一二例，以见一斑。《钵中莲》第十四出《补缸》中净（补缸匠）对贴（王大娘）夸口自己手艺高超："（贴）好说。你的手段如何？（净）不是夸口说，三十六天罡都是我补好的。（贴）啐！这是星斗。（净）武松打虎景阳冈，难道不是我补好的？（贴）这是地名。……（净）还有整夫纲、炼口纲，加说纲，用急纲，久炼成钢，纸糊金刚，扛来，扛去，扛上，扛落，扛东，扛西，扛猪，扛狗，脱出肛门，跌落粪缸，率性打句绍兴乡谈把你听听：伯嚭过钱塘江。"伶人巧妙地运用谐音双关的手法打趣逗乐，尤其是末了一段，语句简洁、精练，表演时语速一定较快，一气呵成。"打句绍兴乡谈"，即说句绍兴的家乡土语。使用吴语方言的戏曲还有一个特点：由净、丑扮演的戏剧人物多用方言，如身份低微的丫鬟、仆人等，或者是品质不好的角色；正面人物如小姐、秀才则绝不用方言土语。据统计，全书中有吴语方言的折子戏共有160多出。多的几乎整出戏均是方言，少的则只有几行。② 方言的运用既是戏剧地方化的结果，也是艺人口头创作的体现。演员在临场编词时必须脱口而出，出口成章，使用他们最熟悉的口语来表演，自然便捷得多。有的方言话白篇幅冗长、重复啰唆，言词不事修饰，显然属于舞台上的"急就章"。

舞台演出本一般是由文化水平较低的艺人抄写，有的是从旁人口述得来的，有的可能是对剧目现场演出的记录，抄写速度较快，字迹潦草，剧本中存在不少错别字、俗体字和一些特殊符号。如明抄本《金钗记》曲文中，"万福"作"万覆"，"万世"作"万四"，"既然"写成"记然"，"折"写成"拆"，"团圆"作"专员"，"堂堂相府"写为"谭谭相府"等。嘉靖写本《蔡伯皆》为明代人书写的艺人演出本，同音

① 胡适：《缀白裘》（序），《缀白裘》（第一册），中华书局2005年版，第6页。

② 石汝杰：《明清吴语和现代方言研究》，上海辞书出版社2006年版，第206—207页。

字、错别字亦相当多,如“能够”写成“能勾”,“面貌”为“面儿”,“蔡伯皆”有时写成“蔡伯偕”等。再如,明成化本《白兔记》第二出中,“枉”误作“往”,“旦”误为“担”,“睬”误为“采”等。相关例子很多。许多错别字是发音相同或接近造成的。俞为民认为,这是记录者根据台上演员的唱念当场记录所造成的,艺人只记其音,而不辨其义,故造成了错别字。① 此论甚是。艺人在记录口述剧本时还常用到一些代字符,代表某些特定的字词。以明本潮州戏文为例:如“○”代表“圆”,“○○”代表“重圆”。例如:“十朋夫妻会合再○”“今旦返魂来相见,亲像花再重开,月再○○”(《金花女》);“双亲未老时归来○○”“胜如新月上初弦,等到十五夜再○○”(《金钗记》)。另有“×”字符,含义多样,均与读音有关。例如:“娘仔呀!是我说×了”“那条路恐怕是行×了”(《金钗记》),“卜认又不敢,认来又畏×”(《荔镜记》),以上的“×”意指“差”。在“×冷饭不肯食”(《金花女》)中意为“炒”,“满街锣鼓闹××”(《荔枝记》)中“××”读为“猜猜”,意为“咳咳”,像锣鼓声。此外,还有钩倒字符,用来纠正抄倒了的词句,以及重文号、重句号等。② 它们实则是通行于戏班的速记符号,这些符号约定俗成,便于艺人快速记录剧本。总之,舞台本的书写特征表明,这类剧本可能并非过录于仅供阅读的案头文本,而是直接录自演员的口头。

四、小结

综上所述,在明清传奇的表演中有许多即兴的成分,从演出手段看,主要采取临时穿插的形式,在剧目中增添、改换或删减宾白科诨,插演各类戏耍杂艺,它们大多是原文学剧本所未写定的,由伶人自主编创而成。演员常运用套演、因袭的手法,以陈词熟套来即兴编词。舞台演出本还存在大量的格言、谚语、民歌、民谣等口头文学成分,是戏曲口头创作的重要表现。艺人在组织剧情、编构关目时,灵活运用程式化的演出套子来表现一些常见的生活场景,它们属于表演技艺的范畴,亦与文学剧本不相关联。从舞台演出本的形态来看,不少剧本的口头性也非常明显,主要表现在两个方面:其一,剧目辗转流传各地后,艺人要改换语体风格,使用当地方言俗语来演唱;其二,舞台演出本中充满错别字、同音字以及各种替代性符号。上述特征表明,一些传奇剧本可能并非过录于仅供阅读的案头文本,而是直接录自演员的口头。总之,在明清传奇发展史的背后,潜藏着一部深厚的民

---

① 俞为民:《南戏通论》,浙江人民出版社 2008 年版,第 34 页。

② 曾宪通:《明本潮州戏文所见潮州方言述略》,见《明本潮州戏文论文集》,艺苑出版社 2001 年版,第 383—384 页。

间口头创作史,还有待我们继续探求,揭幽显隐,从口头和书写的视角重新认识我国传奇戏曲的形成与特性。

从现有研究看,尚没有正面的、直接的材料来证明明清戏文表演提纲戏,但这种可能性不能完全排除。一般来说,在民间演剧活动中,剧目在形成文字之前,往往要经历过相当长一段时间的口头流播阶段。当剧目产生广泛影响,受到文人或粗通文笔的艺人的关注,他们就将其记录、整理成文字剧本。如敷衍妙善传说的明刊本《香山记》,便有学者认为它经过一个无文字记录的时代,该剧本“可能是一个从提纲戏充实形成的舞台演出本,是戏剧演员把流传的妙善故事与当时戏剧舞台上的一些固定的演出套式、一些经常上演的戏剧舞台场景连贯而形成的”①。陈多先生在考察《白兔记》的三种明刊本以及明清戏曲选本后认为:《白兔记》的诸多版本很可能是以演员的口述记录作为底本的,剧目的演出永远处于变动不居之中,因而彼时彼地刻、抄的剧本必然各不相同,有的甚至曲白全异,文字风格迥然有别。② 我们相信,上述判断是正确的。明清戏曲除了文人创作,肯定还有艺人们自编自演的生产方式。虽然目前尚未搜罗到当时的“演出提纲”,但舞台演出本的即兴形态已清楚表明:口述剧本一直潜隐于文字剧本背后。

需要补充的是,由于视野所限,我们暂时还只关注到了明清戏文的即兴演剧,对其他戏剧样式尚未深入考察,诸如木偶戏、皮影戏、傩戏、目连戏以及各种古老的地方剧种等,即兴表演一定也是它们最常见的活动方式。如在明代,湖南衡州民间傩舞盛行,据明嘉靖《衡州府志·祠祀》(卷四)载:“衡人赛槃瓠,病及仇怨重事,设祈许盘古。赛之日,巫者以木为鼓,圆径,手一握,中小而两头大……鸣锣,击鼓,吹角。巫一人以长鼓绕身而舞,两人复以短鼓相向而舞……所舞之节,随口而唱,无复本据。”“岁晚用巫者鸣锣鼓,吹角,男作女妆,始则两人执手而舞,终则数人牵手而舞。从中翻身轮作筋斗,或以一人仰卧,众人筋斗从腹而过,亦随口歌唱。黎明时起,竟日通宵乃散。”③所谓“随口而唱,无复本据”“随口歌唱”,十分清楚地指出傩戏是“无本可据”的,完全依靠表演者的即兴发挥。类似情形还有不少,俟贤者继续探求。

① 周秋良:《明刊本〈香山记〉的剧本形态及演出特征》,载《中南大学学报》(社会科学版),2011 年第 6 期。

② 陈多:《〈白兔记〉和由它引起的一些思考》,载《艺术百家》,1997 年第 2 期。

③ 天一阁藏明代方志选刊:《衡州府志》(卷四),上海古籍书店 1963 年版。

第三节　清代以来口头剧本繁盛概况

清代中叶以后,以昆剧为代表的雅部逐渐式微,弋腔、梆子、皮黄等花部“乱弹”异军突起,口头剧本成为最为常见的剧本形式。以下拟从大戏剧种、民间小戏、京剧等三个方面,择其要者,介绍清代至民国年间口头剧本发展的总体风貌。

一、大戏剧种口头剧本发展概况

清代初期,弋阳诸腔趋于繁盛,广泛流布各地,产生了系列高腔腔系剧种。至清中叶,各地方剧种蓬勃兴起,高腔成为新兴的多声腔剧种的重要组成部分,如四川的川剧、湖南湘剧、辰河戏、祁剧等,浙江婺剧、江西赣剧、瑞河戏等。

弋阳腔在艺术形式上原本具有“随心令”“顺口可歌”的特点,表演上“错用乡语”,具有浓郁的地方特色。在剧目来源上以“改调歌之”的办法移植、改编传奇剧本。其中不少剧目出自民间艺人之手,罕有文字剧本的遗存。据《乾隆四十六年江西巡抚郝硕覆奏遵旨查办戏剧违碍字句》:“查江右所有高腔等班,其曲词悉皆方言俗语,鄙俚无文,大半乡愚随口演唱,任意更改,非比昆腔传奇,出自文人之手,剞劂成本,遐迩流传,是以曲本无几,其缴到者亦系破烂不全钞本,现在检出之三种内……”①这段话是目前十分难得的有关古代戏曲口头剧本的正面记载,所谓“随口演唱”“任意更改”正是即兴式戏剧的典型特征。遗憾的是,目前尚未发现即兴演出脚本的遗存,无法对当时具体的表演形态做进一步分析。尽管如此,我们依然可从后代高腔的舞台活动中寻觅到若干线索。

辰河高腔源于弋阳腔、青阳腔,约于明中叶自江西传入湘西辰河一带,经与当地方言、民歌、号子、傩腔及宗教音乐等的长期结合,逐步衍变而形成了辰河高腔。据统计,在现存的高腔剧目中,有部分定本的“条纲戏”71 个。② 早期的辰河高腔多演唱连台本《目连》,艺人根据历史故事、小说、民间传说编演新剧时,常从《目连》中借用曲牌、唱词与排场,目连戏因此有“戏娘”之称。在辰河目连戏基础上发展起来的川剧目连,亦有演出提纲戏的传统,下文将会述及。

地方戏兴起于民间,罕有文人染指,艺人顺口而歌,自编自演。徐珂《清稗类

---

① 转引自王利器:《元明清三代禁毁小说戏曲史料》,上海古籍出版社 1981 年版,第 116 页。
② 指条纲戏剧目中有的单折或唱段经过长期演唱,部分唱词已经固定,但全剧依然属于条纲戏。

钞》之《今剧之始》云:“大抵今剧之兴,本由乡鄙,山歌樵唱,偶借事以传讴;妇解孺知,本无心于考古。故剧词自为一类,过雅转觉不伦;本事全出稗官,正史绝无所采。”①源自乡间“山歌樵唱”的地方戏,无论是“剧词”还是“本事”均与文人剧作不相品类,戏剧的编创者与欣赏者都是乡鄙民众。

因此,戏剧演出带有很大的随意性,民众自娱自乐,土腔土调,嬉戏调弄,不管风化宏旨。据《雍正六年二月河南总督田文镜禁止演唱啰戏》载:“今更访有啰戏一种,并非梨园技业,素习优童,不过各处游手好闲之徒,口中乱唱几句,似曲非曲,似腔非腔音调,携带妻子为囮,经州过县,入寨闯村。”②从这段记载,可窥见啰戏活动的一些实际状况:从业者多为半职业化的民间艺人,没有经过专门的演艺训练,他们冲州撞府,四处流动演出。演出时“口中乱唱几句,似曲非曲,似腔非腔音调”,明显具有即兴歌演的特征。按,啰戏亦称“鑼腔”“啰腔”“逻逻”等,清初已颇流行。据1918年编修的《河阳县志》卷八“风俗物产考”所刊清康熙十八年(1679年)河阳知县岑鹤《劝俭》载:“俳优演戏……至鑼腔、铙钹等戏,村俚不堪,易学易扮。”③

以上载录虽然难以掩饰士夫文人对民间戏剧的轻蔑和偏见,但在客观上也透露出民间演剧稚拙、鄙俗的艺术风格。民间戏剧体制规模小,艺术形式简单、质朴,以民歌小调入戏,唱词俚俗浅白,“易学易扮”。可以肯定,这类戏剧对剧本的要求是不高的,即使有文字剧本,那些文盲的艺人也使用不了,多数情况下是顺口编词,演出口头剧本。这在早期地方戏中表现得非常明显。

据昭梿《啸亭杂录》“秦腔”载:“近日有秦腔、宜黄腔、乱弹诸曲名,其词淫亵猥鄙,皆街谈巷议之语,易入市人之耳。又其音靡靡可听,有时可以节忧,故趋附日众。”④既言戏词为“淫亵猥鄙,皆街谈巷议之语”,显见秦腔、宜黄腔、乱弹等剧使用的是民间口语,不是典雅的书面语言。李调元《雨村剧话》(卷上)有云:“俗传钱氏《缀白裘》外集,有‘秦腔’,始于陕西,以梆为板,月琴应之,亦有紧、慢,俗呼‘梆子腔’,蜀谓之‘乱弹’。金陵许苞承云:‘事不皆有征,人不尽可考。有时以鄙俚俗情,入当场科白,一上氍毹,即堪捧腹。’”⑤伶人在表演时即事发科,见景生

① 徐珂:《清稗类钞》第37册,商务印书馆1928年版,第2页。注:以下所引该书材料出自同一版本。

② 转引自王利器:《元明清三代禁毁小说戏曲史料》,上海古籍出版社1981年版,第106页。

③ 见《中国戏曲剧种大辞典》,上海辞书出版社1995年版,第1032页。

④ 昭梿:《啸亭杂录》,中华书局1980年版,第236页。

⑤ 李调元:《剧话》,见中国戏曲研究院编:《中国古典戏曲论著集成》(八),中国戏剧出版社1959年版,第47页。

情，将眼前物、身边事编成戏词，娱乐观众。赵翼《檐曝杂记》“梨园色艺”载，著名秦腔演员魏长生以现编现演见长，“演戏能随事自出新意，不专用旧本”。20世纪30年代，学者们考察西安戏剧现状时还谈到：秦腔、山二黄、徽调等剧所演者“多系教忠教孝及荒诞淫秽之下流戏剧。词句亦系口传，错字讹语，时有发见”。① 可以说，这是民间口传剧本中普遍存在的现象。

早期地方戏留存下来的文字剧本极少。以秦腔而言，目前所知的较早的本子有乾隆三十八年（1773年）的手抄本《回府刺字》、嘉庆十年（1805年）手抄本《画中人》及嘉庆十三年（1808年）手抄本《刺中山》等。② 这些剧本中残留了不少口头编创的痕迹，其中尤以《刺中山》表现得最突出。首先，剧本中存在大量的诗词套语和“赋赞”。剧中人的上场诗显然是一种套话，如李渊、李世民出场用：“满腹经纶为帝王，驾前兵将个个强。扫灭烟尘清宇宙，一统山河归大唐。”大将用：“志气骁勇贯世杰，累战功业镇三台。恐君不知吾名姓，威震中山薛万海。”民间艺人特别喜好在戏剧中述说朝代更替、历史兴亡，该剧也不例外：“盘古初分立帝基，三皇五帝并华夷；尧舜禹汤民乐业，夏商桀纣民不逸。七雄并吞十八国，秦汉三分两晋息；宋齐梁陈坐天下，东西两衡争社稷。乱棒打死隋炀帝，吾父长安才登极。”无论是从戏词的形式还是内容看，与后代地方戏中的“朝代赋”毫无二致。在旧时，秦、晋、豫一带的民间艺人中流传一种抄本，上面载录着天地、朝廷、官府、寺庙、闺阁等各种资料，这些知识口口传授，为艺人编演提纲戏剧目提供参考，其抄本称为“通百本”，陕西安康道情影戏艺人冯成秀便收藏有这种本子。其中“朝顺”口诀中有这么一段：“盘三五尧舜夏商，周朝列战秦始皇。西东汉中新王莽，三国两晋南北忙，北齐要分东西魏，南陈又有宋齐梁；杨广灭了陈后主，江山出隋又到唐；唐周之后又下唐，五代周汉晋唐梁；宋朝在分南与金，元灭明兴万古长。”③两相比较，几乎没有太大的差异。该剧本中还存在许多“赋赞”，用以描摹景物，刻画人物的容貌、服饰等。如描写高林的披挂：“头戴金盔耀日光，川甲山铠响叮当。大黄征袍黄柏叶，腰围青带海金镶。……一马闯开长蛇阵，附子槟榔遍地亡。”秦琼的披挂为：“戴一顶紫金盔二龙戏珠，披三层鱼鳞铠尽是金玉。穿一领锦战袍百禽朝凤，穿一双熊皮靴登云踏雾。”剧中几乎每位将军出场，均要对其披挂描绘一番。剧中“赋赞”句式整饬，合辙押韵，以排比、夸张、比喻、铺叙等手法来描绘事物，细腻传神。有类“赋子”常以一至十的数字开头，便于艺人记诵，常见于江浙越剧、锡

---

① 陈光垚：《最近西安之戏剧》，载《剧学月刊》，1932年第1卷第12期。

② 孟繁树、周传家编校：《明清戏曲珍本辑选》（下）之《说明》，中国戏剧出版社1985年版。

③ 黄笙闻：《陕南秘藏类书〈通百本〉初探》，载《戏剧（中央戏剧学院学报）》，1994年第2期。

剧,河南、湖北、湖南影戏之中。这种形式在《刺中山》同样也有,高林号令众将云:“一员将先锋破敌,两路兵左右久怕。三声炮把乾坤震动,四下里埋伏人马。五方旗撒花盖顶,六阵前阵阵不差。……九股索忙套上将,十分胆努力截杀。”

另一个值得注意的是该剧具有浓厚的说唱痕迹,剧本中有不少带有说书人口吻的提示语,如“恐君不信,有诗为证”“可赞几句”等语,用以引出后面的诗词套话。如在头场戏中,李渊云:“……共反了六十四处烟尘,内有十八家擅改年号。恐君不信,有诗为证。(诗)隋炀帝昏君无道,普天下烟尘斗闹;共反了六十四处,十八家擅改年号。”再如,“(道当)则见披挂起来,可赞几句”“(吉当)见将军披挂起来,可赞几句”等,接下来就是大段的“赋赞”。我们曾谈到,我国一些地方剧种是从说唱技艺发展而来的,或曾深受说唱艺术的浸润。说唱文本的编创方式深刻影响了口头剧本的形成。上述情况表明,《刺中山》借鉴了说唱技艺的一些艺术形式,尤其是借鉴了说唱艺术表演脚本的编创方式。有理由相信,《刺中山》的前身应为口头剧本,当时的秦腔采取了即兴演剧的方式。

在广东海陆丰地区,观众习惯上称提纲戏为“武戏”,它是只有念白,没有唱腔,用大锣大鼓和大唢呐伴奏的一种演出形式。这类提纲戏存在于正字戏、西秦戏和白字戏等稀有剧种之中。它们各有其擅长的剧目,正字戏常演“三国戏”,西秦戏则常演“封神榜戏”,白字戏以“本头”为代表。其中影响最大的提纲戏是“三国戏”。据90多岁的老观众回忆,当时涌现出不少以饰演三国人物驰名的红角,如著名武生林妈章有“活吕布”之称,著名正生许三英叫作“活孔明”,著名乌面陈呀为“活张飞”,20世纪30年代前后著名白面林友平为“活曹操”、正生孙禄为“活刘备”等。① 另,据《正字戏志》介绍,目前存留的较早的武戏剧本出现在宣统年间:“正生郑乃二遗下、由何妈永保存的提纲戏演出本,封皮中题‘宣统元年岁次己酉二月十五日置’……纸色多样,字迹不一。前面部分,纸色、字迹一致,应属宣统元年抄录。”②由此推断,至迟在清末民初,正字戏已有“武戏”(提纲戏)“三国戏”的演出。正字戏著名艺人陈春淮认为“武戏”出现于清代乾隆年间,他的根据是:“海陆丰几个较有影响的‘大棚脚’(演出场所),如陆丰碣石的玄武山戏台(建成于清乾隆十五年)、海丰的城隍庙台(建成于明洪武二十八年)和捷胜隍庙台(亦是建于明初)等,一年一度、一连几十天的神诞戏,都喜欢于‘正出’(即‘首出’)演‘三国’连台本戏;特别是玄武山戏台,演‘三国戏’不但是铁定的,而且还得两班

① 陈春淮:《海陆丰提纲戏探索》,见《正字戏大观谈艺录》,花城出版社2001年版,第57页。
② 陆丰县正字戏志编写组:《正字戏志》(修改稿),1987年5月,第6页。按:本材料由中山大学中国非物质文化遗产研究中心提供,特此说明。

名牌合一演出。这种习俗，自清乾隆十五年一直持续到 1951 年才中止（终止）。”①刘怀堂对此做了较为细致的考辨，认为“正字戏武戏可能在乾隆初年就已产生”②。

西秦戏提纲戏的艺术形态与正字戏提纲戏近似。据刘红娟研究，西秦戏源于秦腔，明末清初时传入广东。西秦戏南下广东后，为适应南方观众的“看戏”习惯，大力发展提纲戏，以纯科白或科白为主，吸收南派武功的武打表演艺术，形成独具特色的西秦戏提纲戏。在流传下来的一千余剧目中，属于提纲戏的草传戏、本传戏占七百多个，多演列国、封神、隋唐、扫北、征东、征西、水浒等传奇演义故事。③在提纲戏活动时间上，白字戏与正字戏、西秦戏大体同期，可能勃兴于清代中叶，盛行于清末民初。据光绪二十九年（1903 年）无涯生《观戏记》载录：“潮州班用福潮佬方言，故乡俗谓之福佬班。其所演乃与广州班大异。广州班往往取小说之一节、一茎、一花、一木而牵合之，潮州班其所演小说，积日累月，尽其全部而后已。《三国演义》《水浒》《隋唐演义》等书，当其常演之本，不独只字不遗，即其声音笑貌偶有差错，万目哄之，故观其演《三国》也，如置身于鼎足之场，而亲其雄君、杰士、武臣、健卒，设谋致勇，以争割据土地也。”④詹双晖据此认为：这里描述的应当是潮州、海陆丰一带风行的提纲戏，表演的剧目改编自三国、水浒、隋唐等小说。⑤所论甚是。民间戏班在演出提纲戏时，常以古代小说为题材，提炼故事情节，编制戏剧提纲。无涯生所载录的与后世戏班的活动情形如出 辙。

琼剧传统戏亦有文戏、武戏之分。“武戏”称科白戏，即提纲戏，剧目无文字脚本，流传靠口传心记。戏剧题材以争斗类居多，表演上重视武功，注重使用武打、杂技等手段来增强戏剧的观赏性。据琼剧老艺人相传，海南当地有白天演武戏，夜间演文戏的习俗。武戏不用唱腔，只有吹打牌子加科白，武打用真刀真枪。流传有《关王会》杂剧六折等剧目，观众称之为“军戏”。⑥ 据研究，琼剧武戏经历了由“军”戏到“里长”戏，由土音土语试演武戏再到正式用“梆簧”演出武戏等几个阶段。⑦ 它最早可以追溯到古代的“军戏”，即军人演出的戏剧。大约在元代时“军戏”传入海南岛，使用“军话”演唱。“军话”指元明时期的“官话”，发中州韵。

---

① 陈春淮：《海陆丰提纲戏探索》，见《正字戏大观谈艺录》，花城出版社 2001 年版，第 57 页。

② 刘怀堂：《正字戏研究》，中山大学出版社 2009 年版，第 158 页。

③ 刘红娟：《西秦戏研究》，中山大学出版社 2009 年版，第 173 页。

④ 转引自阿英：《晚清文学丛钞》（小说戏曲研究卷），中华书局 1960 年版，第 69 页。

⑤ 詹双晖：《白字戏研究》，中山大学出版社 2009 年版，第 154 页。

⑥ 陈之也：《琼剧事略》，见《海口文史资料》第 2 辑，1985 年，第 150 页。

⑦ 赵康太：《琼剧文化论》，中国戏剧出版社 1998 年版，第 177 页。

明代中叶,海南岛的“军戏”已十分流行。清代初期,文戏产生后,武戏与之同台演出,但已不是军人扮演,依然是牌子加官话科白,没有唱腔,直到咸丰年间还没有改变。①

早期粤剧没有文字剧本,由“提场”(粤剧工作人员,类似现代的舞台监督)编写“提纲”,规定每出戏的场次,每场戏的出场人物,用什么锣鼓、音乐,剧中人由何人扮演等。演出时由演员“爆肚”,围绕主要剧情来自由发挥。粤剧著名老艺人刘国兴说:“粤剧剧目,原无定本,最初的所谓剧本,只有简单的情节而无曲,戏行内称之为‘桥’。演员接到‘桥’后,只彼此聚在一起搭一次‘桥’,由各演员按照剧情提出准备使用的曲牌,互相关照各自应如何衔接等。甚至各人所唱的曲调如何,演出前彼此尚不了了。反正彼此都有一定的功底,再加上一点小聪明,便应付过去。”②那么,粤剧提纲戏究竟兴起于何时?著名艺人陈非侬认为:提纲戏是 20 世纪 30 年代及以前的粤剧演出形式。③ 在此之前,粤剧提纲戏早已流行。李文茂在咸丰年间响应太平天国运动起事以后,清廷下令禁演粤剧,直至同治七年才解除禁令,粤剧史上称为“同治中兴”。这时,为满足观众的要求,约在 1840 年前后,由艺人自己编了一批“正本戏”,或称“整本戏”,实际上是长篇的提纲戏。因为艺人都很熟悉戏中常见的“排场”,改变姓名事迹,赋以新的内容,编出了一批新戏,形成粤剧“新江湖十八本”。④ 俞洵庆《荷廊笔记》“清代广东梨园”载录了当时“整本戏”的编演情况:

> 整本者,全本也,其情事联串,足演一日之长。然曲文说白,均极为鄙俚,又不考事实,不讲关目,架虚梯空,全行臆造,或窃取演义小说中古人姓名,变易事迹,或袭其事迹,改换姓名,颠倒错乱,悖理不情,令人不可究诘;且千篇一律,依样葫芦,是以整本情事,观者咸可默揣,如开场首出必系蕃酋入寇,边将鏖兵,继则议国是于大庭,党分牛、李;设阴谋于私第,迹类操温;衅端每起于红颜,逆状胥呈于蓝面,拔剑喧争于殿上,汉家之朝礼全无,带甲大索于宫中,秦国之奸人斯得:若此者,几如印板文字矣。其中段下节,则奇情杂出,凑合不伦,如英布为盗以封王,吴起杀妻以求将,两军交战,巾帼能当一队之师,歧路相援,匹夫定有万人之敌,摹男女之情好,冶容曲尽衾裯,状草野之遭逢,

① 陈之也:《琼剧事略》,见《海口文史资料》第 2 辑,1985 年,第 152 页。
② 赖伯疆、黄镜明:《粤剧史》,中国戏剧出版社 1988 年版,第 158 页。
③ 陈非侬口述,伍荣仲、陈泽蕾重编:《粤剧六十年》,香港中文大学音乐系粤剧研究计划出版,2007 年,第 19 页。
④ 郭秉箴:《粤剧艺术论》,中国戏剧出版社 1988 年版,第 151 页。

布衣即登卿相:若此者亦为题中必有之义。虽间出新意,别构佳篇,仍不外此数端。①

"整本戏"的艺术形态完全符合提纲戏的特征:剧目改编自演义小说,戏词俚俗,剧情牵强附会,凭空虚构,难以稽考;不同剧目之间,关目和情节因袭雷同,千篇一律,戏剧故事也是模式化的。由此看来,至迟在同治、咸丰年间,粤剧已有提纲戏的演出。

清乾隆初年,豫剧盛行于河南。乾隆十年(1745年)《杞县志》云:"愚夫愚妇,多好鬼尚巫,烧香拜佛,又好约会演戏,如逻逻、梆、弦等类,尤鄙恶败俗,近奉宪禁,风稍衰止,然其余俗,犹未尽革。""梆"即豫剧前身"梆子戏"。其时豫剧具体如何表演,已不得而知。清末民初徐珂《清稗类钞·戏剧》载:"土梆戏者,汴人相沿之戏曲也。其节目大率为公子遭难,小姐招亲及征战赛宝之事。道白唱词,悉为汴语,而略加以靡靡之尾音。其人初皆游手好闲之徒。略习其声,即可搭班演唱,以供乡间迎神赛会之传演。"②由此可见当时豫剧活动的一些特点:首先,剧目题材趋于公式化,无非"公子落难、小姐招亲"之类;其次,使用河南方言演唱,"道白唱词,悉为汴语",具有浓郁的地方特色;最后,表演者是下层民众,"皆游手好闲之徒",他们大多没有经过正规的职业训练,"略习其声",便登台献艺。豫剧的上述表现形态,非常符合口头剧本的活动特征。至民国时期,豫剧剧目为数众多,很难做出确切的统计,原因在于各戏班演出的剧目都是"口传身授",极少有文字脚本流传于世。在20世纪30年代的相关调查研究中,可以明确看到这一点。邹少和(1872—1945年)《豫剧考略》云:"伶工多不识字,向无脚本,师弟授受皆以口传,不通文义以讹传讹,相沿既久,其错误不可思议,为人诟病者此也。"③建勋丙《梆戏之调查》"脚本"条亦云:"戏词大都口传,无一定脚本"④,明确指出豫剧"剧无定本"。马灵泉《梆子戏》云:"所演各剧类皆口授,并无剧本,盖艺员多目不识丁者,纵有剧本,亦无所用也。剧词明白通俗,尤切合乡农口吻,虽妇人孺子亦皆能明瞭,尤能随时代环境而变化。"⑤此处谈论的尽管是20世纪30年代的豫剧情

---

① 俞洵庆:《荷廊笔记》卷二,光绪十一年(1885年)刻本,国家图书馆藏本。

② 徐珂:《清稗类钞》第37册,商务印书馆1928年版,第16页。

③ 邹少和:《豫剧考略》,见韩德英、赵再生选编:《豫剧源流考论》,内部资料,中国民族音乐集成河南省编辑办公室,1985年,第72页。

④ 建勋丙:《梆戏之调查》,见韩德英、赵再生选编:《豫剧源流考论》,内部资料,中国民族音乐集成河南省编辑办公室,1985年,第17页。

⑤ 马灵泉:《梆子戏》,见韩德英、赵再生选编:《豫剧源流考论》,内部资料,中国民族音乐集成河南省编辑办公室,1985年,第19页。

形,但是,作为一种表演体制,豫剧无疑早已形成。事实上,清末民初的豫剧整体上处于“粗梆戏”阶段,先由老艺人或角儿“说戏”,即进行剧情解说、带领念唱、教练示范动作等。接着便是几个主要演员与打鼓师商量定了,根据剧情的发展次序和人物思想感情的变化,安排场上的锣鼓点、唱腔板式和大的台上步位及调度等,然后拉拉场子,在台上顺着走几遍就算排好了。对于角色行当比较齐全、阵容实力较强的戏班,有时只需列一个场次、事件和登场人物的大致纲目即可,演员则按照行当套路和一定的程式照纲演戏。①

除了上述剧种,高甲戏、雷剧、歌仔戏、川剧、邕剧、瓯剧等大戏剧种均有口头剧本的演出。如高甲戏的提纲戏俗称为“桶戏”,没有剧本,只有人物、场口的大纲,动作、台词均由演员即兴发挥。这种戏清末民初发端于东南亚,后来盛行于晋江一带的侨乡。②

此外,值得注意的还有为数众多的宗教戏剧、少数民族戏剧。它们虽然历史长短不一,在清初至民国年间,同样进入了活跃繁荣期。宗教戏剧以祈福禳灾、酬神还愿为目的,其剧本体制与娱乐性戏剧有不少相通之处,提纲戏也是其最常见的表演形式,诸如傩戏、目连戏以及其他形形色色的宗教戏剧,包括夹杂于正戏表演中的一些仪式剧目等。少数民族戏剧如壮剧、藏戏、傣剧等,均经历了即兴演剧阶段。下面依次加以阐述。

梓潼戏也叫子童戏,用于司傩时驱疫逐鬼,为傩戏的一种,流行于四川梓潼县、云南文山等地。梓潼阳戏的花戏剧目现存有六十多个,其中有些即属于无剧本的“提纲戏”。③ 江苏南京一带的“香火戏”是淮剧、扬剧、淮海戏的前身或重要组成部分。“香火戏”专事驱邪降福、酬神祭鬼,大约形成于清乾隆年间。在进入城市之前,“香火戏”的形式十分简单,服装化妆也极不讲究;它用十字句和七字句的唱法,也可以不受限制,任演员自由发挥。采用大锣大鼓演出,声音粗犷雄壮,称为“大开口”。④ 湖南的傩堂戏是由巫师还愿酬神的歌舞发展而成的宗教戏剧。清末民初,一批地方戏剧目进入巫傩活动,逐渐傩戏化。傩堂戏剧本的特点是:唱多白少,唱词冗长,且多重复。按剧目的表演形式,有说唱型的,有丑旦型的,有属于大戏型的,“各类剧目,各地均无一定台本,随意性较大,多保存即兴创作的某些

---

① 韩德英、杨扬、杨健民:《中国豫剧》,河南人民出版社 1999 年版,第 358 页。

② 白勇华、李龙抛:《高甲戏》,浙江人民出版社 2010 年版,第 35 页。

③ 姚光普:《文昌祭祀与梓潼民俗》,内部资料,绵阳市文艺创作办公室,2000 年,第 157 页。

④ 宋词:《扬剧》,见华东戏曲研究院编:《华东戏曲剧种介绍》第 1 集,新文艺出版社 1955 年版,第 34 页。

成分”①。傩戏口头剧本是宗教仪式长期实践的结果，以广西师公戏为例，早期上演的都是神的故事。师公每请一位尊神就要唱唱这位神的来龙去脉，久而久之就形成了关于神的故事，也就有了一个“游神唱本”，即故事梗概。演出时，师公就根据游神唱本加以发挥、补充。②

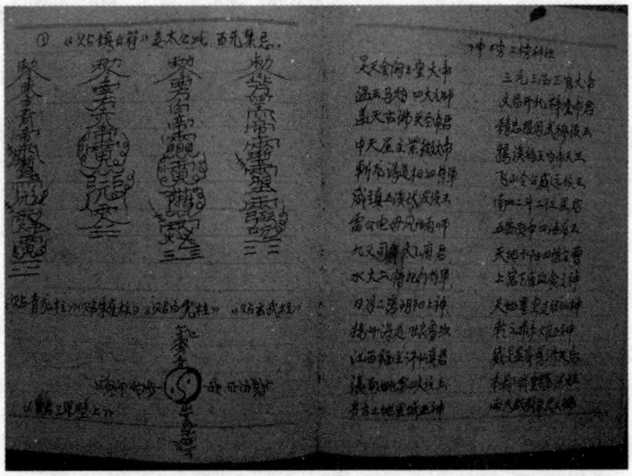

图 3　辰河戏艺人的“道戏神事”抄本（本资料为溆浦县老艺人刘德书提供）

目连戏是湘西辰河高腔的主要传统剧目，据称有“四十八本目连戏”，其实并非指《目连》一剧而言，而是包括所有大愿戏剧目在内，即《梁传》《香山》《目连》《封神》和《金牌》五大本高腔连台戏。其中《梁传》全剧系“条纲戏”，重要单折及唱段多已固定；《香山》（亦名《观音》《南游记》等）全剧亦作条纲演唱，部分单折已固定，如《採芹脱化》《观音扫殿》两折中的一些唱段；《目连》全剧八本均做条纲演唱，重要的本目、单折或唱段已有定本；《封神》全剧为条纲；《金牌》除部分条纲本外，还有一些“半死半活”的条纲戏（有部分固定唱词的口头本）。③ 在旧时，目连戏的仪式性表演没有详细的剧本，只有简单的提纲戏脚本。每个戏班总有一两个人专门学过，这人称为“包台师”或“掌教师”。④ 由其开列表演“条纲”，为演员分配角色，演员再根据这个“条纲”去演唱。川剧目连戏与此类似。1957 年，重庆市川剧院发现了一本由老艺人许音遂收藏的《川剧“目连传”江湖本演唱条纲》。该本系清光绪三十二年（1906 年）抄本，收录《白花岛》《双鸾飘》《灌湖城》《反台城》《三家店》《降二星》《降白螺》《刘氏开斋》《烧葵花》《盂兰会》等 10 个剧目。据研究，川剧目连与辰河目连有着非

① 湖南省戏曲研究所编：《湖南地方剧种志丛书》（二），湖南文艺出版社 1989 年版，第 489—490 页。

② 向群、梁丽容：《清代以来贵县师公戏演出活动情况》，见《广西地方戏曲史料汇编》第十三辑，中国 ISBN 中心，1986 年，第 22 页。

③ 李怀荪：《辰河戏〈目连〉初探》，见湖南省戏曲研究所、中国艺术研究院《戏曲研究》编辑部：《目连戏学术座谈会论文选》，内部资料，1985 年，第 51—55 页。

④ 文忆萱：《湖南“目连戏”演出本辩证》，载《艺海》，2002 年第 4 期。

常亲近的渊源关系,可能是在明末清初由辰河高腔艺人传入四川的。①

少数民族戏剧也采用了条纲戏的表演形制。以壮剧为例,该剧种是在壮族民间歌舞、说唱艺术的基础上发展形成的,清同治光绪年间已有演出。壮剧提纲戏与一般戏曲的搭桥戏相似,演出前由开戏师傅拟出提纲,再向演员从头至尾讲解一遍,各自按照提纲上的提示即兴表演。如《陈世美不认妻》,编戏师傅依据小说内容写出二十六条戏剧情节,各角色就按照这些提纲做戏。清末至民国初年是壮剧提纲戏最盛时期。② 事实上,少数民族戏剧基本处于无剧本的状态,有的剧种不仅是无剧本,甚至也无台词。云南双柏彝族的"跳虎节"中装扮成八虎的八个人都是一言不发,然而观众都知道是"虎祖"创世、教人耕作的故事。③

二、民间小戏口头剧本发展概况

清代是我国民间小戏发展的繁荣期,新剧种大量兴起,尤其在清末民初,新剧种在我国剧坛上占据着十分重要的地位。最引人注目的如南方的越剧、锡剧、沪剧、扬剧、淮剧、楚剧、庐剧、黄梅戏和北方的评剧、吕剧等。其他戏剧样式如影戏、傀儡戏等亦相当活跃。这些民间戏剧大多采用过口头剧本演出,可以说,这是传统戏曲提纲戏的黄金时代。

除了剧种自身艺术传统的影响外,形成这种局面有三个主要因素:其一,不少民间小戏是从说唱艺术发展而来,新剧种尚未完全摆脱说唱技艺的影响,往往沿袭了即兴说唱的艺术手法,以提纲戏为主要表现形式,如越剧、锡剧、沪剧、评剧、吕剧等;其二,小戏开始进入城市,在商业化竞争激烈的演出环境下,为满足观众娱乐需求,以提纲戏来提升市场竞争力;其三,有的是受到外来戏剧形式文明戏的影响。试以越剧、锡剧、沪剧为例说明:

20 世纪初,越剧经由说唱艺术"落地唱书"发展而来。清光绪年间,"落地唱书"进入茶楼演唱,为满足听众的需要,说书艺人多方寻找题材,仓促编成唱词。有时来不及准备,只好随编随唱,久而久之,形成了迅速编唱书段的"套子"。艺人们只要心中有了故事的梗概,即可利用"套子"来组织唱段。这种程式化的"套子"就是后代越剧"路头戏"的"赋子"。④ 随着说唱形式的不断发展,表演上有了分档演出,说唱有了音乐伴奏,"落地唱书"迅速向戏曲形式转化。1906 年春节期

---

① 王跃:《川剧"目连传"江湖本演唱条纲的内容、特点及学术价值》,见重庆市川剧研究所编:《四川目连戏资料论文集》,内部资料,1990 年,第 52 页。

② 韦苇、向凡:《壮剧艺术研究》,广西人民出版社 1990 年版,第 74 页。

③ 王胜华:《云南民族戏剧论》,云南大学出版社 2000 年版,第 247 页。

④ 嵊县文化局越剧发展史编写组:《早期越剧发展史》,浙江人民出版社 1983 年版,第 32 页。

间，嵊县农村几名说唱艺人首次化妆登台，串演《十件头》《倪凤扇茶》《赖婚记》等剧目，越剧由书场走向了舞台，进入“小歌班”时期。1917 年以前的“小歌班”，剧目大多来自“落地唱书”的书目，或从新昌高腔、徽班、东阳婺剧、鹦歌班移植而来。其中不少剧目是艺人根据故事梗概，用落地唱书时期已经形成的“赋子”串缀而成的，即越剧“路头戏”（幕表戏）。① 20 世纪 30 年代后期，著名艺人姚水娟着手越剧改革，聘请樊篱撰写剧本，开启越剧文学剧本时代。40 年代初期，在话剧、申曲、昆曲、电影等艺术形式影响下，袁雪芬亦走上了越剧革新之路，据其回忆：“改革从编演新剧目开始，我们改掉幕表制，建立了剧本制，强调有准词准本。为什么要这样改呢？因为越剧以前演的大多是‘路头戏’，演员在台上可以随意发挥。”②此后，越剧从“路头戏”跨入了“幕表制”与“剧本制”并行不废的时期。

锡剧俗称“无锡滩簧”，一般认为源于太湖地区的民间说唱，当地乡民用民歌、小调说唱故事自娱自乐，称为“东乡调”，后于清乾隆年间发展为曲艺形式“滩簧”。到清同治、光绪年间，这一说唱形式逐渐向戏剧表现形式“对子戏”“同场戏”过渡。大约在辛亥革命前后，滩簧戏进入上海，正式搬上舞台，衍变成为戏曲形式“常锡文戏”，至 1952 年定名为“锡剧”。从锡剧发展史来看，无论是其源头民歌小调还是后来的“滩簧”，均以即兴编词为特色。锡剧沿袭了民歌小调、“滩簧”的表现手法，剧目以口头剧本居多。在小同场戏时期，采用宣卷和章回体小说上的故事，编成剧目演出。大同场戏则从街坊宝卷、弹词中改编过来。演员大多不识字，需要请人排戏，演员依据故事编出口头的唱词，排一段演一段。“当时的同场戏剧目，实际上是一种口头文学。不仅没有剧本，就连幕表也没有产生一张。”③

沪剧初名“花鼓戏”，进入城市后改称“滩簧”“本地滩簧”“申曲”等。“申曲”时代，幕表戏颇为盛行，“弹词戏”“时装戏”类剧目一般没有书面剧本。沪剧幕表制的形成主要受到文明戏的影响。20 世纪 20 年代初，文明戏演员范志良、宋掌轻、王梦良等人陆续担任申曲班社的“说戏先生”，引进文明戏剧目及其表演形式。其中宋掌轻是将幕表制引进申滩的第一人。他原为文明戏旦角演员，1924 年，开始为本滩戏班编排幕表戏。1928 年前后，将文明戏幕表制引进申曲，编排了《恶婆

---

① 嵊县文化局越剧发展史编写组：《早期越剧发展史》，浙江人民出版社 1983 年版，第 53 页。

② 袁雪芬：《越剧革新之路》，见《戏曲菁英》（下），《上海文史资料选辑》（第六十二辑），上海人民出版社 1989 年版，第 9 页。

③ 李祺：《从滩簧到锡剧》，见《中华艺术论丛》第 2 辑，上海辞书出版社 2004 年版，第 60 页。

婆与凶媳妇》《珍珠塔》《玉蜻蜓》《刁刘氏》等剧。① 此外，幕表时装新戏亦相当流行。这类剧目有的取材于当时发生的社会新闻，有的改编于言情小说，甚至移植美国影片与外国戏剧的故事题材，受到观众的热烈欢迎。剧院为吸引观众的眼球，每几天就换一个新的剧目，幕表戏应运而生。此类剧目如《阮玲玉自杀》《黄慧如与陆根荣》《啼笑因缘》《秋海棠》《乱世佳人》《茶花女》等。

从艺术发生机制来看，近代新剧种幕表制的产生，直接受到了其前身说唱艺术或文明戏的影响。此外，源于民间歌舞的小戏亦普遍采用口头剧本来演出。就小戏的形成途径而言，民间歌舞与民间说唱的影响有时是重叠的，难以截然区分。小戏的创作者和表演者均是下层艺人，表演形式自由灵活，大多处于自生自灭状态，不为文人所关注，遑论为其编创文学剧本了，可以说，它们绝大多数属于即兴的口头创作。兹举例说明如下：

扬剧：扬剧是从扬州的花鼓戏和苏北一带的香火戏发展而来，最早可追溯至清代康熙、乾隆年间扬州花鼓节的花鼓表演。1919 年，扬州花鼓戏被杭州的大世界戏院邀请上演，颇受观众欢迎，开始商业性的演出。然而，原有的四十多出小戏不能满足观众新的需求，于是向京剧学习，吸收京剧的化妆方法、服装、音乐场面，在剧目上也添了很多“部头本戏”，产生了大量的没有剧本和唱词说白的“路头戏”。②

黄梅戏：黄梅戏的具体形成年代，无文字资料可考，大致形成于清嘉庆以前。早期黄梅戏究竟使用何种剧本，已不得而知。据对老艺人的访问，道光年间以前，黄梅戏剧目的传播全靠口传心记，有的剧本只流传一个提纲，唱词则根据剧情随编随唱。③ 由此可知，早期黄梅戏无疑是使用口头剧本的。1926 年，黄梅戏进入安庆后，出现了连台本幕表戏。20 世纪 20 年代末，黄梅戏艺人陆续进入上海演出，丁永泉、王鑫泉等人借鉴沪剧、淮剧、扬剧、京剧以及从北方来的评剧等兄弟剧种的经验，跟风“连台好戏”，大量排演“连台本”幕表戏，推出了《蜜蜂记》《四美图》《九美图》《文素臣》《粉妆楼》等剧。但是，这种亦步亦趋的做法并未获得成功，“黄梅戏第一次到上海，放了个哑炮”④。

广西彩调：彩调亦称“调子”“采茶戏”，或称“花灯”“嗬嗨戏”，是一种歌舞性

---

① 宋掌轻口述、范华群记录：《漫话幕表戏》，见《中国戏曲志·上海志》编辑部：《上海戏曲史料荟萃》第 2 集，内部资料，1986 年，第 20 页。

② 宋词：《扬剧》，见华东戏曲研究院：《华东戏曲剧种介绍》第 1 集，新文艺出版社 1955 年版，第 36 页。

③ 陆洪非：《黄梅戏源流》，安徽文艺出版社 1985 年版，第 140 页。

④ 陆洪非：《黄梅戏源流》，安徽文艺出版社 1985 年版，第 176 页。

质的小戏。1955 年后定名为“彩调”。彩调剧目从最早的“对子调”到后来的“大戏”,“搭桥戏”(亦称“打桥戏”)均是其最主要的表演形式。剧目都存留于艺人的肚子里,靠口口相传来传播,艺人自身就是活剧本。彩调早期的对子调演唱灵活,可长可短,长则半个小时,短则十几分钟不等,长短视观众的情绪和要求而定。如果原定的内容唱完了,观众兴致还浓,还想接着看下去,演员就即兴编演,先由生角逗乐旦角:“妹子,哥哥要换鞋子!”旦角风趣地回答:“哥子,要换牌子(桂林话“鞋子”和“牌子”是谐音)嘛,那就再唱起来呀!”就这样,本来快要结束的对子调,又继续演下去了。① 民国初年,彩调入城后,因观众喜爱劝善积德的小说故事,艺人排演“连台大戏”,一本戏能演数天甚至十数天才结束。彩调艺人大多文化程度不高,一般由富有演出经验的艺人按照小说本向演员讲解每一回中的故事、人物、情节,按角色分配好扮演人物。演员随即登台即兴演唱。“搭桥师傅”(即“说戏人”)立在后台或“马门”旁催促演员上下场和复述桥路。代表性的剧目有《包公奇案》《聊斋志异》《济公传》及“三言”“二拍”等。②

其他歌舞类民间小戏的演出体制与上述剧种大同小异。如湖南、湖北、安徽等地的花鼓戏,江西、广东、广西等地的采茶戏,云南、四川、贵州等省的花灯戏,陕西、山西、河北、山东、东北等地的秧歌戏,晋北、陕北、内蒙古西部、冀北等地的二人台,东北的二人转,以及在江西、山西、甘肃、河南、陕西等省的道情戏等。这些剧种创造于民间,演唱于民间,小巧灵活,形式自由散漫,“满心而发,肆口而出”,没有固定的台词,情节、表演动作等均可随时变更,演员有很大的即兴发挥余地。

影戏和木偶戏是我国戏剧大家族中特殊的戏剧形式,戏班规模较小,表演体制相对简单,亦可归诸民间小戏的范畴。这里仅以影戏为例来说明。影戏是我国流传久远的民间戏剧,盛行于宋代,明代时遍布我国城乡,进入分化发展期。清代中叶至民国初期,影戏步入繁荣期。从其活动现状来看,许多影戏剧种采用了口头剧本,举凡有:青海河湟影戏;陕西华阴影戏;北京西城派影戏;山东枣庄影戏;河南桐柏影戏、信阳影戏、罗山影戏;安徽宣城影戏;湖南浏阳影戏、望城影戏、湘潭影戏、衡阳影戏;湖北云梦影戏、荆州影戏及四川川北灯影、云南腾冲影戏等。

早期影戏中,表演口头剧本有冀东的“福影”、辽南影戏、冀中和冀南皮影,早期北京西城皮影等。据调查,冀东早年存在过一种“福影”,亦称“腹影”“大影”。福影的“影卷”(即剧本)只有一部《封神演义》,影卷里只有道白,没有唱词,该唱的地方,由演员按影卷的意思即兴编词。“福影”也称“腹影”,就是演员由腹中掏

---

① 蔡定国:《彩调艺术研究》,广西人民出版社 1988 年版,第 70 页。

② 《彩调剧辞典》编辑委员会:《彩调剧辞典》,广西民族出版社 1999 年版,第 404 页。

词的意思,20 世纪 20 年代初期尚还流行。① 辽南影戏是在冀东影戏基础上辗转形成的影戏剧种,清乾隆至道光末年,大体经历了唱"影经","流口影"(或称"溜口影"),"翻影卷"三个阶段。"流口影"的演唱无影卷,亦即提纲戏。清末民初,皮影戏曾传入大连营城子双台沟一带,当时的艺人只能唱"流口",没有固定唱本,演出时临时抓口"跑梁子"(即兴表演),依某个故事情节或神话写"梁子"(提纲)。②《围场县戏曲志》有类似载录:"围场的皮影,属边外影的'北路',经历了影经、流口影、翻卷影三个历史阶段。"③1929 年,该县先后成立 19 个班社,逐渐从影经转化为唱流口影,白天按《封神榜》《西游记》《三国演义》等书编排故事,晚上在影窗前信口唱念,无准词、准唱、准卷可依。④ 20 世纪七八十年代,辽南一些地方还有"流口影"活动。据艺人回忆,"流口影"唱民歌小调,曲调有"耍孩儿""一枝花""太平鼓词"等;表演者 5—7 人,或者 3、4 人也可,没有影卷,自编自唱,"跟说书一样,你唱一句,我唱一句,根本就不照本"。⑤ 再看北京西城派皮影。清道光、咸丰年间,尤其自同治后,北京影戏有东城派和西城派之分。东城派的剧目表演与滦州影戏完全相同,演出时需要盯着影卷"照本宣科",而西城派皮影所用脚本则多为口授,没有文字剧本。顾颉刚对两者的脚本做过比较:"甲:无,口授。乙:有,不口授,演时看本,戏有极长者。"⑥按,"甲"指西城派,"乙"指东城派。此外,河南、山东、江苏、上海、浙江、湖北、湖南、广东、四川、云南等地的早期影戏,剧本亦多为口传,不一一叙述。

三、京剧口头剧本发展概况

京剧是我国近代戏剧史上影响最为深远的剧种,下面加以重点论述。

从历史上看,早在孕育形成期,京剧便具备了即兴编创的特点。据艺兰生《侧帽余谭》云:"时下盛尚黄腔。黄腔起于湖北黄冈县,词意俚鄙,皆若辈随口诌成。不经文人笔墨,宜无当于大雅。"⑦此处"黄腔"即"二簧腔",为徽调主要声腔之一。

---

① 王大勇:《福影调查记》,见唐山市戏曲志编辑部:《唐山戏曲资料汇编》第 3 集,内部资料,1986 年,第 62—63 页。

② 李心信:《流传于我区的皮影艺术》,见《甘井子区文史资料》第 2 辑,1993 年,第 93 页。

③ 《围场县戏曲志》,见《承德戏曲全志》编辑部:《承德戏曲全志》,内部资料,1986 年,第 285 页。

④ 庞彦强、张松岩主编:《河北皮影木偶》,花山文艺出版社 2005 年版,第 367 页。

⑤ 2005 年 7 月笔者同门张冬菜博士于岫岩县石灰窑乡龙宝峪村费家堡组采访影戏艺人刘德生(男,69 岁)。

⑥ 顾颉刚:《中国影戏略史及其现状》,见《文史》第 19 辑,中华书局 1983 年版,第 119 页。

⑦ 转引自《清代燕都梨园史料》(上),中国戏剧出版社 1988 年版,第 602 页。

所云"词意俚鄙""随口诌成""不经文人笔墨",正反映出京剧形成之初戏无定本、全凭口编的重要事实。在早期京剧小戏中,不少唱词、念白都有一定文学套路可以遵循,即兴套演的特征也较明显。以嘉庆抄本《探亲》中乡下妈妈与儿子对唱和《背娃入府》李平夫妇对唱做比较,二者除了辙口不同之外,曲牌、行文、句式近乎一样。① 如《探亲》:"婆唱〔大过雁〕翻身又把毛驴上;丑唱:常寿拿起毛驴筹。婆唱:佳人骑驴头里走;丑唱:常寿跟在驴后头。……"再看《背娃入府》,"旦唱〔大过雁〕佳人就把毛驴上;丑唱:切货拿起赶驴鞭。旦唱:佳人催驴头里走;丑唱:切货忙忙跟在后边……"两者唱词均是模式化的,只需根据剧情、人物的不同稍加调整便可套唱。京剧小戏大多是从民间说唱、歌舞的基础上发展而来,演出形式灵活,演员具有充裕的自由发挥空间。如《小放牛》《一匹布》《连升店》《小上坟》《张三借靴》等,唱词中夹杂俚语方言,语言鄙俗,风格诙谐幽默,充满浓郁的市井和乡土气息。毫无疑问,这些小戏绝大多数出自民间艺人之手,是戏班的集体创作。

京剧跨入谭鑫培、余三胜时代后,剧本极不稳定,戏词伸缩性较强,演员在台上临场编唱的情况比较常见。据徐珂《清稗类钞》"余三胜为老生中不祧祖"条载:

且知书,口才甚隽,能随地选词,滔滔不绝。……一日,唱《坐宫盗令》,喜应扮公主,已出场,适喜以事迟至……及开板,唱杨延辉坐宫院一段,旧本有"我好比笼中鸟,有翅难展;我好比失水鱼,困在沙滩;我好比中秋月,乌云遮掩;我好比东流水,一去不还"四句,余随口编唱,连唱"我好比"至七十四句之多。②

该段按照一般的唱法,其中有十个"我好比",五个"只杀得",四个"思老娘",全段唱词共三十句。谭鑫培的演唱又有不同,只留下了四个"我好比",三个"只杀得",两个"思老娘",全段唱词计十八句。③ 在京剧舞台上,演员临时改词的情况比较普遍,如谭鑫培、余三胜、张玉奎、卢胜奎等均喜改词、编词。齐如山关于这方面的记载有不少:

---

① 颜全毅:《清代京剧文学史》,北京出版社 2005 年版,第 62—63 页。

② 徐珂:《清稗类钞》第 38 册,商务印书馆 1928 年版,第 38 页。

③ 北京市艺术研究所、上海艺术研究所:《中国京剧史》(上卷),中国戏剧出版社 1999 年版,第 155 页。

张玉奎也极能改词,如在四喜班演《打渔杀家》时,他就把“昨夜晚吃醉酒”一段唱功,由梭拨辙,改成江阳辙了,其改词大致如下:昨夜晚吃酒醉身体不爽,架上鸡惊醒了梦里黄粱,二贤弟在河下对我言讲,他劝我丢渔网速速改行,我早有意弃渔舟把豪杰来访,怎奈我家贫穷难把愿偿……①

一般来说,京剧老角能戏较多,一出戏往往会两三种词,而青年角色大多数都是一出戏只会唱一种词。如:

《长坂坡》糜夫人跑箭一场后见赵云之词,就有三种之多,有的唱人辰辙,有的唱幺条辙,这种地方,旦角得听武生的,因为武生先唱,他用什么辙,旦角就得跟着唱什么辙,所以有时唱“大将无马怎能行”,有时唱“大将无马怎能逃”,等等的这种情形很多。这还只是说同别人合唱,有时自己唱,其词句也不一样,老角会的多,听见说过的也多,他改念词句,不但不甚难,且也不觉得新奇,倘使青年角色改念词句,他便以为是很大事情。②

在京剧演出中,有经验的演员还能灵活运用陈词套话,使之既符合剧情的需要,又避免重现迭出之弊。萧长华曾对齐如山谈起过:

戏中遇有照例应念之词,也要看上两出是何戏,是否与自己应念之词有无犯重之处,倘或有之,即应躲避。比方地方上场之数板,照例有几种念法,如第一种为“地方地方,差使难当;一时不到,两腿遭殃”。第二种为“结彩悬旗,鲜明要整齐,两旁站立,莫要笑嘻嘻”。以上三种,性质虽不同,但若上一出有人念过第一种,则自己便须念第二种或第三种,倘能自己现编则更妙矣。③

以上说的是京剧格式化套语使用的一些具体规则,说明艺人已熟练掌握了京剧口头编创的规律。

京剧插科打诨继承了以往戏剧的传统,由伶人自由发挥。倦游逸叟《梨园旧话》云:

---

① 齐如山:《京剧之变迁》,辽宁教育出版社 2008 年版,第 127 页。
② 齐如山:《齐如山回忆录》,宝文堂书店 1989 年版,第 294—295 页。
③ 齐如山:《齐如山回忆录》,宝文堂书店 1989 年版,第 42 页。

京师梨园丑角戏，有所谓抓哏者，无论何人何事，均可随时扯入，以助诙谐，殆即宋元明平话之遗意。京丑刘赶三往往以此博观者嗢噱。甲戌会试，题为"君子坦荡荡"。三场毕后，某园演《连升三级》，刘饰店主人，诘问王名芳曰："谅尔不知闱中命题之意，乃指十三旦也。坦字右乃旦字，荡荡各一旦字，又坦字加土旁，为十一旦，加荡荡两旦字，则十三旦矣！"彼时唱秦腔之十三旦，艳名正噪，故刘以此题抓哏。①

京剧丑角能见景生情，即事发科，戏曲界称为"活口"，刘赶三在这方面颇具盛名。《清稗类钞》"刘赶三敏于口"云："赶三敏于口，片语能欢座人，如扮《闯山》中之周鼎，《查关》之中娑罗院，皆尽扫陈言，独标新谛。"②同光时期虽然有不少文人参与京剧剧目的编排，但这些插科打诨之语往往不编，即使费力编之，有时未必如优秀的演员编制得那样独出心裁，"如二本《虹霓关》，小花脸被打后之四'几几乎'，各人各次，皆有不同。戏中此等地方极多，是较文人预为编制者为有趣多矣"③。

总之，京剧自孕育形成至成熟的历史发展过程中，即兴发挥在整个表演格局中占有举足轻重的地位。从文本形态看，伶人编演的剧目大多存在于舞台之上，少有文字剧本的留存。齐如山曾谈道："在梨园世家中，我以为这些人家中，一定可以见到许多剧本，岂知不然，戏界几百年来学戏，都是口传的，有本子的人很少。"④换言之，伶人使用的绝大多数是非文字化的口头剧本，所有的表演内容均留在艺人的心里和口头。实际上，京剧史上的一些经典剧目并非出自职业剧作家之手，而是艺人采取集体"攒戏"的方式创作而成的。所谓"攒戏"，就是由演员、词作者、曲作者以及戏剧的策划者和经营者一起商讨，然后分头写"单片"，即各角色的唱词，再把这些"单片"攒起来，谱上曲子，设计好身段动作，一出新戏就算创作完了。最后把它记录下来，形成所谓的"剧本"。如周信芳早年在上海所表演的连台本戏即采取这一方式，编排了《铁公鸡》等剧。后来夏月珊、夏月润兄弟沿袭此法，先"拟定一个总的提纲，然后由各个主要演员分头去写，写的时候也可与这段戏有关的演员一起讨论，写完以后，再由一个人归总，从头到尾理一理"⑤。王瑶卿的福寿班亦曾上演了许多连台本戏，如《儿女英雄传》《混元盒》《雁门关》《德

---

① 转引自《清代燕都梨园史料》(下)，中国戏剧出版社1988年版，第823页。

② 徐珂：《清稗类钞》第38册，商务印书馆1928年版，第64页。

③ 齐如山：《京剧之变迁》，辽宁教育出版社2008年版，第42页。

④ 齐如山：《齐如山回忆录》，宝文堂书店1989年版，第160页。

⑤ 周信芳：《谈谈连台本戏》，载《上海戏剧》，1962年第9期。

政芳》《五彩舆》《得意缘》《四进士》等。上述新编历史剧有些是老艺人根据传统故事改编的,有的无剧本,只有个提纲,即所谓"跑梁子",在表演上无章可循。①当然,这类戏剧因为缺乏文字剧本基础,无论是戏词还是表演均有不少纰漏,冯叔鸾《戏病篇》便指出了这一现象:"戏中有漏洞,而不自知也。如旧戏中往往睡觉而不卸妆,入门而忘逾槛;新剧中脚本无定,甲乙说白,往往不能符合,皆漏洞也。漏洞一出,观者即意味索然矣。"②应该说,这些瑕疵在即兴演剧中是难以完全避免的。

综上所论,清代至民国初期,口头剧本进入了十分繁盛的时代。各地方戏在其产生、发展和成熟过程中,无论是大剧种还是民间小戏,不管是真人扮演的戏剧还是影戏、木偶戏,亦无论是汉族戏剧还是少数民族戏剧,大多经历了即兴演剧的阶段。尤其在剧种兴起之初,无不以提纲戏为发展的起点,成为民间最常见的表演方式。即使后来出现了文字剧本,这种演剧体制依然广泛存在于民间戏班之中。流风所及,文人化色彩浓厚的昆剧也在仿效这一演剧形式。在同治光绪年间,为应对梆子、皮黄的冲击,昆剧不得不在表演和剧本创作上求新求变,寻求新的出路。上海昆剧"小本戏"一度受到当时剧坛流行连台本戏的影响,曾尝试过昆剧连台本戏,排演新剧。如近代著名昆旦周凤林在天仙茶园演出《文武香球》时,曾排至十一本。能在短期内"排至十一本",可见它必然是临时凑合的"跑情节",表演上也难见精彩细致。所谓一时编演的"新戏",虽然篇幅较短,但随编随演,没有不断加工的余裕。③ 众所周知,编演新戏是一个剧种不断发展的标志,是戏剧维持市场生命力的重要基础。在这一点上,口头剧本无疑占据明显的优势,这恐怕也是清代"花部"战胜"雅部",得以勃兴强盛的重要根源。

---

① 北京市政协文史资料委员会选编:《梨园往事——北京文史资料精华》,北京出版社 2000 年版,第 213 页。

② 转引自邬国平、黄霖:《中国文论选·近代卷》(下),江苏文艺出版社 1996 年版,第 617 页。

③ 胡忌、刘致中:《昆剧发展史》,中华书局 2012 年版,第 393 页。

第三章

提纲本的形式特征及提纲戏的定型书写

在民间,“提纲本”又称为“桥本”“搭桥本”“桥路本”“戏路子”“条本”等,它以十分简省的文字来记录剧情梗概、戏剧角色以及舞台提示等内容,是专用于提纲戏的演出脚本。与文学剧本比较,提纲本是一种未完成状态的剧本(严格来说只是底本),演员以此为基础,通过舞台上的唱、念、做、打等表演手段,演述故事,抒发情感,使戏剧有血有肉,曲白科俱全。在演员看来,提纲本的功能与文字剧本没有本质上的区别,均是演戏的依据和基础。了解提纲本的形式特征有助于我们进一步认识其功能及其在即兴演剧中的作用。

具体展开论述之前,有必要再强调一下“提纲本”与“口头剧本”的关系。简单来说,口头剧本是提纲本在舞台上经过演员的艺术创造所呈现出来的、内容完整的剧本形式,后者是前者的基础和骨架。就文体特征而言,口头剧本与书面剧本其实没有本质上的区分,两者均有完备的唱词、对话和舞台提示等内容,不同之处在于戏剧的载体与表现形式:前者以活人为载体,形诸舞台上的形(演员的形体、动作)、声(音乐、对话等)、色(脸谱、服饰的色彩)等艺术媒介,欣赏者需要综合调动视觉、听觉来感悟艺术之美;而后者以纸张(或其他书写材料、电子文本)为载体,戏剧形诸文字符号(有的还有插图),人们要靠视觉并调动文学审美来感知艺术。“提纲本”又不一样,它仅仅是戏剧的一个“间架”,不具备现代意义“剧本”的文体特征,或者这种特征是不明显的。

从口头到书面,从提纲戏到剧本戏,是民间戏剧的重要演进之途。提纲戏与剧本戏之间存在几种过渡形态,它们是口头剧本定本化、书面化的关键环节;其定型书写具有多种渠道,有的属于戏剧演进的自然现象,有的是人为干预的结果,现代科技也在推波助澜。1949 年后,在政府文化部门的主导下,我国广泛开展传统剧目的发掘,大量的口述本被记录整理为文学本,客观来看,这一文化工程既取得了可观的历史功绩,也有一些值得检讨的地方。

第一节 提纲本的形式特征(上)

在传统社会,提纲本一般只在戏班内部流传,业内通常视为谋食的“秘笈”“宝典”,不肯轻易示人或外借,加上纸质抄本不易保存,罕有提纲本流传后世,更未见有相关文本的刊刻、整理。目前,所能见到较早的演出提纲大概是清末至民初期间的。有些剧种虽然没有提纲实物的留存,但可依据老艺人的口传资料来加以研究。至于近30年来的资料相对容易找到,尤其是当今民间戏班正在使用、传抄的提纲。下面,拟据笔者见到的实物、抄本及相关文献载录来阐述提纲本的类型与文本特征。

表演提纲记录每场(出)戏的简单情节、出场人物,因为各剧种传统不同,演员对文字提纲的依赖程度也不一样,种种因素导致提纲本在书写形式、内容详略上存在极大的差异,大体可分为“条列式”与“叙述式”两种类型。需要说明的是,这两个名词是笔者的姑妄之言,说法是否恰当,尚俟贤者的批评。

一、“条列式”提纲

所谓“条列式”提纲,是指用简要的文字概述、点明剧情大意,一般以“条列”的形式区分每场(出)戏,一场(出)戏只有一行或数行文字。每场戏标明有场数,或以角色上下场来分“出”,有的还有“出”目。提纲的文字没有多少可读性,语句断断续续,如果是外人,不易看懂提纲所要表达的内容。① 目前,这类提纲见于黄梅戏、锡剧、越剧、辰河戏、台湾歌仔戏等剧种,此外,京剧、粤剧、正字戏武戏的提纲本亦可归入此类。

(一)形式特征

1. 有较明确的场、幕划分

在传统文学剧本中,表演场次均有其特定的划分方式,如明人将元杂剧具有独立情节和音乐单元的一场戏称为“折”,宋元戏文、明清传奇的一段戏(场或幕)称为“出”。近代戏曲出现了分“场”或“幕”的形式,有的则无“场”“幕”之名,只注明每场戏的“出”目。

在“条列式”提纲中,艺人根据剧情发展、人物登场的先后顺序,将剧目分为若

① 为方便论述,以下称“条列式”提纲本为“条列本”,“叙述式”提纲为“叙述本”。

干情节单元,各“条列”前习惯上以序数词注明场数。以黄梅戏《窦娥冤》为例①,其“条列”形式为:

1. 窦天章登场
2. 蔡婆叹家事
3. 追父
4. 赛卢医登场

…………

这是一种非常粗略的表演提纲,仅从文字来看,每场戏即便是骨干情节都不清楚,只注明了上场人物。辰河高腔提纲本相对要详细,如《花烛泪》第一本为:

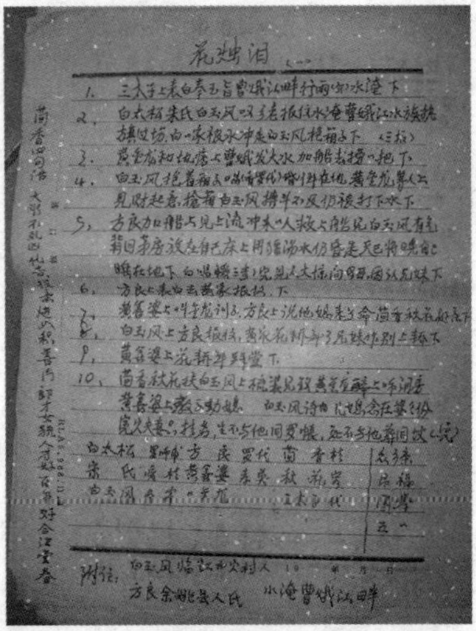

图4　辰河高腔《花烛泪》表演提纲(辰河高腔老艺人刘德书提供)

1. 三太子上表白奉玉旨曹娥江畔行雨(介)水淹下;

2. 白太松朱氏白玉凤叹乡老报信水淹曹娥江水族执旗过场白一家被水冲走白玉凤抱箱子下(三板);

3. 黄金龙和地痞上曹娥发大水加(驾)船去捞一把下;

4. 白玉凤抱着箱子唱【香罗代(带)】昏倒在地黄金龙等人上见财起意抢箱白玉凤搏斗不及仍被打下水下;

5. 方良加(驾)船上见上流冲来一人救上船见白玉凤有气背回茅房放在自己床上用疆(姜)汤水仍昏迷天已将晚自己睡在地下白唱(慢三步)完见人大惊问明原因认兄妹下;

…………

有的艺人在每场戏前标明“第一场”“第二场”等字样,以示条理清晰。文化水准较高的艺人,更注重表述的规范性和条理性,每场戏的提纲除了抄录剧情内

① 2012年9月笔者于湖北省黄梅县蔡山镇采访“黄梅戏青年艺术剧团”所得,团长洪斌。

容,还注明故事发生的“时间”“地点”。有的提纲不仅有明晰的场次划分,而且还有整齐的出目。重庆市川剧院收藏有老艺人许音遂提供的清代光绪三十二年(1906年)郑紫儒抄本《川剧“目连传”江湖本演唱条纲》,该条纲首尾连贯、主线清晰、故事完整。每出戏都以四字句标明出名,整齐规则,体例统一。① 以《白花岛》剧为例,全剧总计20场,标明的出目有“阳春烟景”“别家会友”“聚友观花”“郗姑游园”“畅叙幽情”“节女受逼”等。② 应该说,这是一份比较详细的提纲本。每出戏有情节概要、上下场提示,主要人物所唱的曲牌、伴奏音乐锣鼓及角色调度等,讲白的大致内容也做了说明。有的剧目还抄录有诗词韵语。

广东省海丰县档案局收藏有一批正字戏武戏剧本,几乎每本武戏都盖有陈邦吉的印章。③ 据刘怀堂考析,陈氏乃清末民初海丰正字戏大笔(戏班剧务),旗军头,曾在永丰、双喜、联福、梅盛等戏班待过,1976年去世。④ 据此推断,这批剧本至迟产生于清末。其中不少剧本为陈邦吉辗转抄录而来,它们早已在戏班流传,产生的时间可能还会更早。

就提纲的形式和内容而言,正字戏武戏不属于典型的“条列本”,它兼具“条列本”和“叙述本”的特征。与黄梅戏、越剧、锡剧等剧种提纲明确分“出”不同,在武戏连台本中,一个剧目分为若干本戏,每本戏用序数词一(有的用“头”字,意为头本)、二、三……或者大写的壹、贰、叁,或者写为壹号、贰号、叁号等来标注“本”数。在每本戏中,一般没有注明“场”数,分“出”的标志不是很明显。常用手法是以人物上下场来区分,在一场戏结束处,用比较醒目的“下”字提示人物下场,即为一场(幕)戏。据粗略统

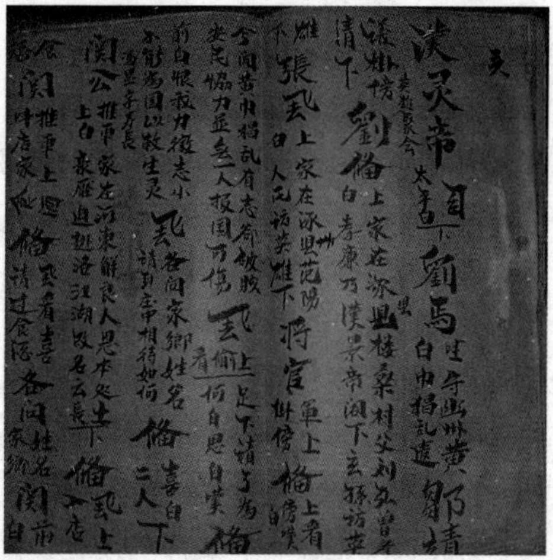

图5 正字戏武戏剧本《三国演义》(本图片为中山大学中国非物质文化遗产研究中心提供)

① 王跃:《〈川剧“目连传”江湖本演唱条纲〉的内容、特点及学术价值》,见重庆市川剧研究所编印:《四川目连戏资料论文集》,内部资料,1990年,第55—56页。

② 重庆市川剧研究所编印:《四川目连戏资料论文集》,内部资料,1990年,第214页。

③ 注:这批武戏资料由中山大学中国非物质文化遗产研究中心提供,在此感谢该中心的帮助以及相关学者田野调查所付出的艰辛劳动。

④ 刘怀堂:《正字戏研究》,中山大学出版社2009年版,第180—181页。

计，一个单本戏有七八幕至十几、二十几幕不等。当然，有的剧本也有出目，如《三国》《封神》《隋唐传》等剧。

2. 提示剧情的文字极为简省

“条列本”对剧情的介绍非常简略，一幕戏长则几十字或百来字，短则两三字亦可，一般只提供戏剧最基本的信息，语句不太连贯，语意的跳跃性较大。如上引黄梅戏《窦娥冤》提纲本，一个剧情片段只有几个字，它们其实还谈不上是剧情梗概，充其量只是演员的上下场提示而已。再如，锡剧《慈云走国》提纲，剧写慈云太子遭奸臣陷害，落难又复国的故事。全剧 71 幕，提纲上的情节非常简单，往往只有几个字：如“出门游玩”“出门卖唱”“哭告受打”“父子商谈”，以及“父女公堂叫冤”“收下慈云太子做书童”，等等。① 根据收藏者的叙述，这应属于早期锡剧的提纲。文字相对较多的提纲本，每场戏一般亦不过一两行或数行字而已，如锡剧、越剧、辰河高腔、黄梅戏、湖南望城影戏等剧种使用的提纲本。

也有相对详细的提纲，写有特别重要的对话大意，可串联为完整情节。如 20 世纪 50 年代后期台湾歌仔戏的一份幕表（亦称“台数”）②（见表 2）：

表 2　台湾歌仔戏幕表

1	施金花	新调出去（注：指唱新编曲调出场）。身为群（郡）主地位，要往前堂向父亲请安下台。
2	施光辉、施金花	出皇叔。接金花来请安。皇叔说女儿长成了，要对你皇兄奏，高挂彩楼，抛绣球招亲之事。金花说父亲注（主）意就可以。
3	郭国雄、郑之龙、道光、光辉、彩楼官	出郭、郑双人排班。皇登殿。接皇叔上奏。宣彩楼官出来。说了。彩楼官下台，叫回去准备，退班了。郭国雄在殿外，喜二位子儿在少林武馆学武，今天会回，对子应会得球。
4	郑二郎	跑马。在少林武馆三年到要回家。
5	郭云天、郭丰年	跑马。兄弟在少林武馆今天要回家。

据介绍，这是一份供说戏人作为讲戏底本的幕表（台数），文字虽然也很粗略，但能据此推测出基本剧情。

---

① 李祺：《从滩簧到锡剧》，见《中华艺术论丛》第 2 辑，上海辞书出版社 2004 年版，第 64 页。

② 林鹤宜：《歌仔戏即兴戏剧研究的田野资料类型与运用》，见《台闽民间戏剧国际学术研讨会论文集》，台湾成功大学闽南文化研究中心，内部资料，2013 年，第 230 页。

3. 整齐、规范的书写格式

在书写格式上,文字或横排,或竖排,无论何种方式,均以"场、幕"为单位,分行分段、逐条逐目地书写排列。有的相对要复杂。如海丰县档案局藏正字戏武戏本,为竖排文字,每列文字中有的是单列书写,有的是双列书写,如戏剧人物的名字一般单列抄写,字体较大;而科介提示、剧情概要及一些排场、吹打牌子的名称等则多用较小的字体双列书写。之所以采取这种抄写格式,除了考虑节省篇幅外,可能主要是为了艺人使用上的方便,使之容易识别文本内容,根据字体大小、排版方式的不同,一眼即可分辨出哪些是人名,哪些是科白动作提示语以及剧情梗概。

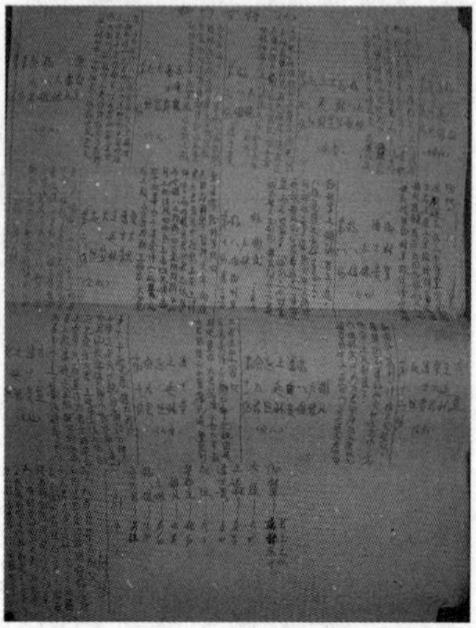

图6 锡剧《杨门女将》表演提纲(郑双英提供),挂在后台所用

20世纪30年代的粤剧提纲有其特定的抄录格式:提纲最右边写戏名,戏名左边分为若干格。每一场戏占一格,八场戏就有八格。右边第一行的第一格是第一场,下一格是第二场,依次类推。每一格内有四行字。第一行写的是锣鼓、音乐或排场的名称。第二行,亦即在第一行的左下边写剧中人名字。而第三行,即在第二行的左下边写上角色(京剧叫行当)的名称。第四行,即在第三行的左边,写出饰演各角色的艺人的名字,有的不写全名,仅用缩写。提纲的每一格,都写有这四项内容。①

(二)文本内容

1. 叙述剧情梗概

"条列本"对剧情的书写极为简约,一般只择取故事情节最主要的几个要素,包括故事发生的时间、地点,登场人物及其戏剧行动。1926年,黄梅戏进入安庆市区后,开始上演提纲戏;在30年代,一些艺人赴上海演出,受京剧、越剧等剧种的影响,排演连台本戏,返回安徽之后,提纲戏在黄梅戏中更为盛行。从当时艺人使用的提纲来看,所谓的剧情差不多只有故事发生的地点、上场人物以及一些粗线条的故事梗概。如连台本戏《秦雪梅》(王剑锋、桂椿柏保存的提纲),头本中第一

① 陈非侬口述,伍荣仲、陈泽蕾重编:《粤剧六十年》,中山大学出版社2007年版,第87—88页。

场的“幕表”为：

地点：商府。

人物：商荣、商夫人、家院、四公曹。

情节：商荣夫妇年迈无子，到花园焚香祷告求子，四公曹查听到，回天庭奏禀玉帝。①

目前，常州锡剧艺人也采取同样的剧情叙述方式，如徐伯明提供给笔者的《玉蜻蜓》提纲②：

《玉蜻蜓》

地点：苏州

人物：金贵升（南敖）金秀英（沈塘湾）三师太（半山塘）张国勋　文萱　方兰　素琴　朱三姐　徐尚珍　徐妻　普善　佛婆　徐元宰　老总管　周青　尼姑若干　家丁若干　群众

第一场

时间：某年正月半

地点：金府

内容：金贵升合家团聚，喜谈家中四个16岁（贵升、大娘、文萱、方兰）大娘有意将文萱配与方兰，贵升有意外出玩，大娘劝阻，贵升敢怒不敢言。

第二场

时间：三月三

地点：金府

内容：金贵升好友沈金春来金家约贵升去白蛇会馆庙会看甘罗开花，三教九流热闹非凡，贵升怕大娘不允，沈激将法说贵升怕老婆，贵升只得去找大娘，请大娘答应。

…………

从上引提纲看，艺人除了关注时间、人物、行动等叙事要点外，人物的身份、地位、职业、称呼以及人物之间的关系也至关重要，而且需准确无误。提纲本中绝少

---

① 陆洪非：《黄梅戏源流》，安徽文艺出版社1985年版，第217页。

② 笔者于2012年6月于江苏常州采访锡剧艺人徐伯明所得。

有具体的唱词、对白,也不描述故事的细节、过程。

"条列本"在叙述剧情时有一个特点,即将戏剧故事与演员上下场、表演动作等舞台提示混杂在一起,并非单一的剧情介绍。① 如上引台湾歌仔戏"新调出去。身为群(郡)主地位,要往前堂向父亲请安下台"、辰河戏"三太子上表白奉玉旨曹娥江畔行雨(介)水淹下"等两场戏的幕表,笔者加着重号的词句即为舞台提示语。很显然,艺人是按照剧本的文体格式来编制提纲,具有十分明确的文体意识。

2. 戏剧角色的安排

提纲本一般要分配每个角色的扮演任务,尤其是主要角色的演出任务要落实到各演员的头上。如前引辰河高腔《花烛泪》第一本,在提纲最后附录有扮演者名单:

白太松　罗师甫(傅)　方良　罗代　(岱)　茴(即茴香)　桂(即爱桂)
宋氏　爱桂　黄善婆　孝英　秋花　容(小容)
白玉凤　冬霞　金龙　三太子　代(即罗岱)
众乡亲　昌福　国峯　五一

在上述演员表中,对艺人名字的书写比较随意,一般少有写出全名,或有名而无姓,或用名字中的某个字来指代全名。戏班成员彼此都很熟悉,一看就知道谁是谁。演员表具有多重功能。首先,使得每个演员明确各自的扮演角色,不至于因分工不明确而出现落场之类的混乱现象。开演前,艺人首先要看看本场戏中自己扮演什么剧中人,查看表演提纲内容,了解出场顺序,及时做好登台准备。在没有出场任务时,可在后台喝茶、闲聊。万一艺人有时分神,忘记上台,剧团的监戏人或其他艺人会及时提醒。其次,演职员表还相当于一份戏班成员的考勤表,演出结束后,还可作为分配戏酬的账本。在笔者见到的一些提纲中,有的在末尾附有本场演出的总收入,当天请假的演员,也会登记在表演提纲之后。目前,一些戏班采取按日计酬的制度,演出一天获得一天的薪酬。将演员的出勤情况记录在案,无疑可避免日后的劳资纠纷。需要补充的是,在戏班人员流动性较大的情况下,演员的安排都是临时的,提纲上所见到的可能只是某次演出的具体安排。

并非所有的提纲均有演员表,有的只在提纲前注明剧中人名字,具体由谁扮

① 注:这里指用于实际演出的提纲本,如果是艺人抄录用作资料性质的本子不一定有舞台提示。

演则在说戏环节安排，如越剧《双血衣》提纲①：

《双血衣》

人物：王国忠，王燕燕，王太龙，王夫人，李时春，李时正，李夫人，王卓（杵作），赵生，金华虎（府）台，胡秀琴，孙子文，两省巡安（按）张三理，四丫头

第一场　王国忠下朝。

第二场　李夫人儿女三人过场站落王来说明带回府。

第三场　王夫人登台王李来说明叫玉龙带时春到房。

第四场　赵生登台到王家花园游。

艺人作为资料保存用的提纲，演员表亦往往略而不书。

二、“叙述式”提纲

“叙述式”提纲无论是书写形式还是结构内容均与“条列式”提纲存在明显的差异，其文字具有一定的可读性，对剧情的交代比较细致、具体，有较完整的故事情节，一些脚本甚至还有人物的对话、心理活动的描述。从文本形式看，其剧本特征却不是很明显，有的反而近似小说。就目前所见，这种提纲本一般用于我国影戏、木偶戏之中，如安徽影戏、豫南影戏，湖北云梦、天门、仙桃一带的影戏，以及湖南衡阳、郴州、湘潭、望城等地影戏，此外还见于福建、广东等地的木偶戏。真人扮演的戏剧则少有这种提纲本。

（一）书写样式

“叙述本”提纲在书写形式上表现为一篇（段）完整的文字，语句连贯，情节首尾相连，一般没有“场”（幕）的划分。剧本的字数相对要多，一出戏短则数百字，长则达上千、数千字。有明确的剧目标题。安徽影戏提纲戏便属于典型的“叙述本”。当地称影戏剧本为“路

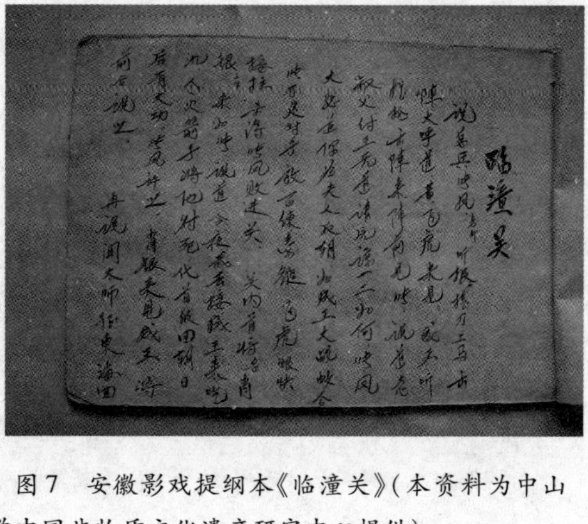

图7　安徽影戏提纲本《临潼关》（本资料为中山大学中国非物质文化遗产研究中心提供）

① 温岭青年越剧团金利香提供。转引自傅谨：《草根的力量——台州戏班的田野调查与研究》，广西人民出版社2001年版，第243页。

子”,文学剧本称为“大路子”,提纲本为“小路子”。下面不妨摘录一段“小路子”,如《封神演义》之《临潼关》开头部分为①:

> 说总兵张凤老奸听报,提刀上马出阵大呼道,黄飞虎来见。成王听提枪出阵来阵前见张,说道老叔父纣王无道请原谅一二如何,张凤大怒道你为夫人反朝,与成王大战数合张不是对手。放白练素锤,飞虎眼快接住,杀得张凤败进关,关内首(守)将名肖银三生来如张,说道今夜我去接成王来吃酒,令火箭手将他射死,代(带)首级回朝日后有大功。张凤许之。肖银来见成王将前后说之。
>
> 再说闻太师征东海回朝,见纣王一时未见成王……

在文字的排列方式上,或横排,或竖排,与艺人的书写习惯相关,无定例可循。

(二)文本内容

1. 叙述较完整的故事情节

相较于“条列式”提纲,“叙述本”对剧情的讲述详细得多。除交代登场人物、人物关系、时间、地点等基本要素外,还有故事的前因后果、过程、结局,情节脉络清晰,剧情相当完整。有的叙事还比较细致,人物情绪、心理活动乃至对话内容均有表现。如上引安徽影戏剧目《临潼关》,细节性的叙述语有“大呼道”“大怒道”“眼快接住”等语,对话则有“黄飞虎来见”“你为夫人反朝”“今夜我去接成王来吃酒,令火箭手将他射死……”等直接引语。文本的叙述方式近似于评书和话本小说,如剧本中惯用“且说”“话说”“说”等词,显系说书人的口吻。福建大腔傀儡戏提纲本与之相似,如《五虎平南》的开篇:

> 南天国差臣达进表,平南王夜燕观星。诗曰:暴床边书屡不知,[贪](贫)吞疆土动干戈。攘攘[未](米)息兵遭困,征投无休将士磨。却(说)五虎将征[伐](代)西辽国,各人受封自回家,日后有事要上朝叩主。太[原](源)府(却)狄龙登台,庆寿,酒毕。说八宝公主,仝上楼观星,南方天星正照,下楼与说明不表。却说南天国狼王侬知高,左相昆仑尚,右相孟号,说大贡南朝。说一遍。孟号曰:[罢](霸)贡,我今万夫之国□□写阵书②

---

① 安徽影戏艺人吴金陵1985年9月抄本。

② 叶明生:《福建傀儡戏史论》,中国戏剧出版社2004年版,第177页。

上文笔者加有着重号的词句明显具有说话人的语气，口头讲说色彩非常浓厚。

提纲本语言简朴，平铺直叙，文白相杂，不施藻绘，文学性不是很强；故事有筋骨而少血肉；用语以散文为主体，个别也夹杂有诗词韵语。以湖南衡东影戏《琵琶记》为例，全剧计有八百余字，我们摘录戏剧开头一段来说明①：

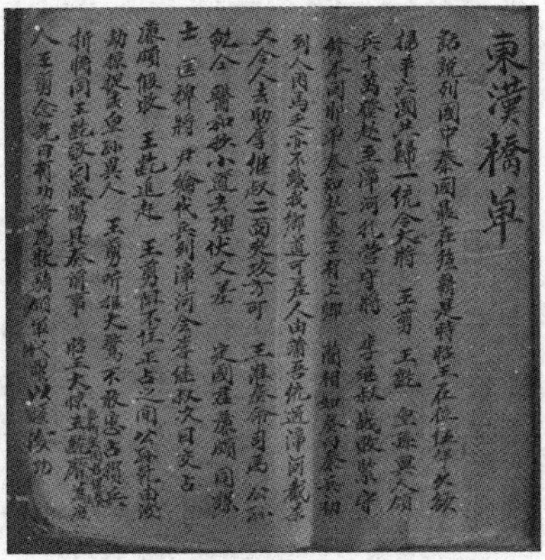
東漢橋单

图 8　云南腾冲影戏《东汉》“桥单”（提纲），刘上升藏（本资料为中山大学中国非物质文化遗产中心提供）。

蔡伯喈报台住醮国陈留县父名从简母秦氏妻赵氏五娘蔡公先日家富爱修阴功如今贫了伯喈功（攻）书出近邻张广才员外至蔡家通信要伯喈入京伯喈思无家赀路费张公结（借）银一概应允出伯喈拜别张公并父母训妻孝翁姑伯喈上京主考牛吉士点伯喈状元奉旨参拜牛相恩师出月老仙人算牛相之女秀英与蔡状元有二房之缘使蔡状元昏沉不知人事牛相接入款待问状元年纪妻室状元昏沉回说无元配牛相主婚状元醒来说有妻不敢再娶出牛相不信骂状元有嫌父女之意状元实告牛相依礼有元配牛女为次若无元配牛女为元配状元依允状元私哭探小姐心事好求银子送交父母状元与小姐言明赐银接翁姑并元配同居令家人送银子至陈留县家家人拐银逃走……

剧本文字简练，情节的条理、层次清晰，将长达四十二出的元本《琵琶记》故事浓缩为八百余字，可见艺人具有较强的情节概述能力。全剧文字以书面语、散文为主，其中有诗一首，即赵五娘抵京后在翁姑画像上的题诗：“有缘结发曾相会，无缘对面不相逢。视图挥笔有思念，毕竟一齐赴东风。”纵观全剧情节，与元本《琵琶记》出入颇大，体现出民间特有的叙事风格和旨趣。如蔡伯喈被牛相逼婚一场戏，影戏中有月老仙人现身，令蔡伯喈昏迷，在不省人事的情况下与牛小姐成婚，构成事实婚姻，为蔡伯喈的负心行为制造了一个闻所未闻的借口，是一种典型的“戏不够，神仙凑”的叙事方式。再如上引题画诗，在元本中为：“昆山有良璧，郁郁玙璠姿。嗟彼一点瑕，掩此连城瑜。人生非孔颜，名节鲜不亏……”在影戏艺人看来，该诗显然过于深奥雅致，很难为底层观众所理解、接受，取而代之使用宋元戏曲中

① 湖南衡东向登高艺人收藏，2005 年 8 月 21 日笔者同门李跃忠博士访谈所得。

常见的几句陈套熟语。① 两相比较,一雅一俗,影戏剧本显见是元本《琵琶记》通俗化改造的结果。

一般来说,这种提纲是艺人实际演出所用,或为说戏人说戏,或为演员即兴演剧时的底本,其作用与说书人使用的"梁子"没有什么区别。事实上,这类剧本很多源自小说、评书,艺人在阅读故事文本后,将情节大意摘录下来,稍加整理,便形成一个剧目的演出提纲。因此,可以看到,剧本的文体风格、叙事方式与小说非常接近,有的文字甚至直接过录自小说原文。如湖北仙桃市影戏《呼家将》《薛刚反唐》等剧均改编自评书②,比照提纲本与小说文本,二者具有高度的相似性。以剧目《呼家将》为例,第一出为"献美女庞文媚天子　救无辜双王惩奸佞",即小说第一回的标目;不少文字也是雷同的,如剧本中有一段为:

> 庞虎告知庞父,命上轿追赶上双王评理。呼曰,你治家不严,管家无方,你庞家全凭庞妃的淫威,用舌尖舔来的乌纱,杨柳腰挣来的蟒袍,小金莲勾来的玉带,胭脂粉换来的威风……
>
> 庞怒,你呼延赞落草为寇,你贼子贼做王位可耻,呼怒打了庞文,溜了……

将上述内容与长篇大书《呼家将》比较,可见二者的承续关系(见表3):

表3 《呼家将》提纲本与评书比较

提纲本	评书③
呼曰,你治家不严,管家无方……	呼千岁微微一笑:"……你身为国丈,又是执法命官,有如此枉法之子,皆是你治家不严、教子无方之过。……"
你庞家全凭庞妃的淫威,用舌尖舔来的乌纱,杨柳腰挣来的蟒袍,小金莲勾来的玉带,胭脂粉换来的威风。	呼王爷用手一指骂奸佞:……献女媚上不知耻,反觉自己有光荣。你庞家是舌尖舔来的乌纱帽,杨柳腰挣来的袍大红。小金莲勾来的白玉带,搽胭脂抹粉换来的威风……
庞怒,你呼延赞落草为寇,你贼子贼做王位可耻……	把庞文骂得脸色青:"呼丕显,你揭老夫我的底,你呼家老底我知情:当年你爹呼延赞,落草为寇在山峰。你本是山贼之子坐王位,比我们庞家更稀松。"

① 见于元本《琵琶记》第35出赵五娘所唱【醉扶归】以及第12出、第15出的下场诗。

② 与其说是改编,不如说是浓缩、提炼小说故事。

③ 刘书琴、刘济祥、刘琳:《长篇章回大书呼家将》(上),山东文艺出版社1983年版,第7—9页。

提纲所述故事大意基本没有偏离小说原文。艺人经过一番删繁就简的工作，保留了小说的故事背景、主要人物及中心事件，构建起该出戏的情节骨架。这些提纲其实就是小说的缩写版。当然，小说、说唱不是艺人取材的唯一来源，还有来自民间传说、兄弟剧种、社会新闻的故事素材。不管何种渠道，提纲文本对故事的叙述形式大同小异，均采取连贯而又简省的、近似小说的表述方式。

2. 舞台提示

"叙述本"提纲的主体是故事概要，戏剧术语使用较少，提示语也比较简单。主要涉及角色、上下场次等两个方面的安排。如安徽影戏，戏剧人物的人名后往往用小于正文的字体注明角色名称，如"雷必豹小生""万太太之母岳太太老旦""大金山施天图黑巾"等①，提示操纵影偶的艺人选择相应行当的影偶演出。剧本一般只对戏剧主要人物做出说明，次要角色略而不写。在湘潭影戏提纲本中，人物所属行当亦有提示，如"小生丁山登场""禁子张正（大三花）""野狐仙（道巾）"等。② 剧中人首次出场，也有舞台提示，湘潭影戏用"登场"、衡阳影戏称为"报台"。此后，当再有人物出场时，则在人名前用小字注一"出"字，可参看上引衡东影戏《琵琶记》剧本。在豫南影戏中，主人公初次出场的表演称"×××场"，如"小生徐文俊场""秦英场"等，表示徐、秦为开场戏人物。③

需要说明的是，以上所述只是"条列式"与"叙述本"提纲的常态特征与一般情况，在具体的运用中，二者有时趋于交叉、重合，你中有我，我中有你，很难做出泾渭分明的区分。如正字戏武戏和锡剧的一些提纲，既有人物的上下场次，或有场、幕的划分，同时对剧情的概述也比较详细、完整，具有"叙述本"的一些特点。事实上，当艺人对剧目还不是很熟悉时，对剧情的交代往往比较细致、详尽；如果演熟了，便可大大简化提纲，粗陈梗概即可。

① 见安徽影戏艺人吴金陵《地宝图》（上）提纲本，1982 年 12 月抄本。

② 见湘潭影戏艺人吴升平抄本《寒江关》《金牛关》等剧的提纲本。

③ 罗山影戏李世宏提纲本《下西洋》《踩仙桥》，笔者与同门卜亚丽博士等于 2006 年 7 月采访所得。

第二节 提纲本的形式特征(下)

一、演出提纲中的舞台提示

各剧种的演出提纲在内容上繁简有别,体制也不尽相同,但总体上注重舞台提示的交代,尤其是"条列式"提纲。这些提示涉及舞台艺术的很多层面,诸如人物上下场、唱念、科介动作、音乐锣鼓、排场与场面(过场、连场戏)等。一些剧种还有其独有的提示语及相关符号。在即兴演剧体制下,提纲是舞台演出的基本依据,除了交代剧情,舞台提示一定也要有明确的说明,使演员的表演有章可循。以下介绍表演提纲中几种常见的舞台提示。

(一)上下场提示

凡需要演员上下场时,便注明"出场""出""登场""退场""上""下"等字样。如锡剧《唐僧出世》第三本提纲①:

1. 金山寺老方丈造宝塔不能结顶　命江去京都化缘。

2. 老龙阴曹告状　地王拿人王地府对质　老龙投胎唐王还阳　阴王托人王送南瓜到地府。

3. 王妈妈出篇借银。

4. 刘全夫妻小孩一家出在堂上　刘要出门做生意　下场准备　王妈上借银妻李翠莲不允　刘上借银于王　并托关照　王走　夫妻分别。

5. 江流子来到刘家化缘　只化金针　李上盘问后施舍家传金针　正在送针时　王妈上见　江、李下　王表要搬弄是非。

6. 刘收账回于王　王百般挑唆　说李结情小和尚　刘大怒进家　问金针　李一时难以启口　刘逼李自尽　儿上劝父　李气愤自尽。

7. 刘同儿上　问明情由　再来见妻　见妻亡　父子痛苦　化纸大烧房屋　无家可归　王妈上　刘把儿托王　出门收账。

在上述提纲中,指示演员上下场的词语有:第4幕"下场""(王妈)上借"等语,第5幕"(王妈)上见""(江、李)下",第6幕"(儿)上",第7幕"(刘同儿)上"

① 常州风华锡剧剧团徐玉春先生提供。

“(王妈)上”等。可见,艺人编制表演提纲时,脑海中装着的不仅仅是戏剧故事,还有剧中人的表演行为,体现出艺人自觉的舞台意识。演员上场时有的还要求带着符合规定情境的情绪、神态或表演动作,如在辰河高腔中,人物心情忧闷、有所感怀时,常用“×××叹上”;需要戏剧角色边唱边登台,则用“×××唱上”。演员下场,则在相应的剧中人或剧情后用“下”“退场”等标示。

(二)唱念提示

古典戏曲剧本一般有唱念提示,如元杂剧“唱”“云”“曰”“开”等术语。在提纲本中,同样有唱念提示语,除了常用的“唱”“念”“云”等词,一些剧种还有其惯用的提示语。如辰河高腔用“表”(或“表白”)来提示人物自我介绍、交代身世、叙述事情原委等方面的念白;“叹”指情绪较为低落,感叹性、抒情性的唱念。另,锡剧“出篇”也类似于唱念提示语,意指剧中人介绍自己的基本情况。如上引锡剧《唐僧出世》第一本第2幕“丞相殷开山父女出篇　陈子春得中拜客许婚成亲”,“出篇”意为父女先上场唱一段,一般都是唱家中的情况,交代给观众,演唱的具体内容一般即“出篇”后所述情节。该剧第8幕“刘洪兄弟出篇　原来读过书　后因坐吃山空　只好在湖中做强盗”,第三本第3幕“王妈妈出篇　借银”等均有“出篇”的运用。

在正字戏武戏剧本中,“白”是常见的念白提示语。根据戏剧气氛、人物情绪、表演动作的不同,有“喜白”“座白”“对白”“问白”“惊白”“骂白”“怒白”“喊白”等术语,“白”前有限定词,使之符合某种具体的戏剧情景。武戏演到某一情节时,如需后台的艺人配合前台艺人答话、帮腔,则在相应处用“内白”“内喊”“内报”“内应”等词表示。值得注意的是,正字戏武戏有一些比较特殊的科白提示,如“念腔仔”“吟”“真本白”等。其中“吟”字好理解,即吟诵诗词之类,其他两种还需略加辨析。“念腔仔”出现在《封神提纲头》《西汉传》《昭君和番》等剧目中,其含义可能是指用“腔仔”调来吟诵戏词。不少剧本中有音乐提示语“腔仔”,如封神戏《北海班师提纲》开头为:“费仲上　腔仔　坐科白　请尤浑上　腔仔　接入　坐科　对白　言太师回朝事……”。“真本白”如《西汉传》中《项羽出世》:“(项)羽:我今欲王于关中,未知尊号。闻尔多读诗书,必历代帝号可服诸侯也。(张)良真本白　羽:帝号恐未稳,汝可说王号,如何?良言真本,言三王。”在正字戏文戏中,“真本”主要指该戏班演员演技高而能演出的看家剧目,即拿手戏,它是衡量一个戏班演出水平的标志。① 据此,所谓“真本白”可能包括一些比较固定的、较为经典的戏词,这些戏词来源于文戏(有文学剧本),为即兴演出的武戏所套用。

---

① 以上见刘怀堂《正字戏研究》,中山大学出版社2009年版,第164、126页。

在叙述性提纲本中,舞台提示相当简略,甚至完全没有提示语。如在豫南影戏的一些提纲本中,舞台术语只有“场”“打表”等语。“场”用于剧首登场人物名字之后,意为上台讲定场白。例如《苏门五贵》首场戏为“刘伯温场”,列国戏《雷炮兴兵》为“孙五(武)子场”,杨家将戏《救三关》为“杨六(六郎)场”等。“打表”即“表白”。如《苏门五贵》全剧①:

刘伯温场 北国齐王打表文中代(带)胡大海打败齐王父子 太宝定计 粉石基芦苇 砍倒引明将入内围困 河北尖阳县苏家庄 苏子义伍氏生全温 全良 全共(恭)全俭 全让 在学攻书 回 伍氏问子开科功名如何 儿曰 名不成 伍氏训子 五人回学内 全温 全良曰 你三人攻书 我二人学上毛山 见黑河桥 菩提传法 不表 三小弟入京 二长兄下山 相会 刘伯温奏 首状元 次探花 三文状元 四榜眼 五探花 全共(恭)帅 状元先行 北海一战成功 追北海虹桥 逃走元达(鞑)子 见岸边石牌上 七九六十三 洪武赶大元 赶到洪眼山 遇见一路单 海内虹桥现 胡人度北番 元朝不绝后 大明坐江山 大兵回 封苏门五贵

湘潭影戏、衡阳影戏与之类似,一般也是在戏剧开场时有舞台表演的提示。湘潭影戏常用“登场”“叹”等,如隋唐戏《寒江关》有“小生丁山(即薛丁山)登场”,《玄武关》有“(小生)元帅丁山叹朝”,还有×××(剧中人)“叹家贫”“叹功名”“叹书”等。这里的“叹”指人物自思自叹。在衡阳影戏中,主要剧中人首次出场,则用×××“报台”,即开场白,自报家门,叙述身世。如《珍珠塔》提纲:“方卿报台:祖住河南开封府,祥府(符)县。祖方天爵,妣皇氏。父正升、叔正元。母罗氏,姑金定。”②

总之,两类提纲本在唱念提示语的运用上有着明显的差异:“条列本”提纲运用的术语较多,且较频繁;而在“叙述本”中则较少使用。如前所述,前者多见于真人扮演的戏剧,而真人扮演的戏剧非常重视舞台调度、表演编排,需要演员在场上彼此协调、密切合作。因此,艺人在表演中什么时候唱念,以及怎样唱念,演员的上下场与表演动作等,事先均须有大致的设计、安排,使得演出的各个环节衔接紧密,有条不紊,尽可能保持舞台艺术的完整性。叙述性提纲多见于影戏、傀儡戏中,戏剧的唱、念往往由一人承担,“一口述说天下事”,一边演唱一边操纵影人,演

① 源自河南罗山影戏艺人李世宏的抄本。

② 向国政:《衡山地方影子戏》,内部资料,2006年,第458页。

员独自决定何处唱念和怎样唱念。尤其是形态比较古老的影戏,演出体制简单,三两个艺人便可演一台戏,相对于真人扮演的戏剧,演员之间的配合不是很多,提示语也就显得不那么重要了,可以少用甚至不用。

(三)表演动作提示

在宋元戏曲中,表演动作、舞台效果等称为“科”或“介”。这一戏曲术语为后代地方戏所承袭,运用于一些表演提纲中。辰河戏《张四姐闹东京》(下集)便将表演动作称为“介”,如第十二场有“大姐上　引四姐上　对介　叫崔文瑞介　放出桂英三人夫妻做别　崔母上追四姐下”,《六郎斩子》第四场:“宗宝(保)寻营会二将对介　宗宝(保)与桂英二比许婚”。① “对介”意为该处有人物对话。正字戏武戏的动作提示语为“科”,如《王昭君提纲》第九部分有“醉科”“入帐睡科”“醒科”等语。

除以“科、介”指示表演动作外,大量的是一些具体的身段做工提示语,如辰河高腔中的“坐场”“叫板”“抖色”等。“坐场”意为演员登台后,要坐定后演唱;“叫板”为演员在说完话白之后、歌唱之前对乐队的暗示,“抖色”表示演员要做出生气、激动、脸上变色的样子。

(四)场面调度提示

有的提纲本注有场面调度提示,如“连场”“过场”“坐场”等词。在辰河高腔中,所谓“连场”,是指演员在一场戏演完后不退场,留在舞台上继续演出接下来的戏。“连场戏”的剧情一般是指在一天之内发生的故事。“坐场”指角色坐下唱念,一般用于比较正式、庄重的场合。“过场”即“过场戏”,即在重点场子之间穿插一些角色较少、情节简单的零碎场子,起到衔接、过渡的作用。在近代传统戏中,过场戏同元杂剧中的“楔子”类似。② “过场戏”也常见于越剧提纲本,如本章第一节所引《双血衣》第二场、第八场、第十场、第十五场均有“过场戏”。

在正字戏武戏中,常用术语有“场后”“大场后”“场后做”等,意为将明场转为暗场处理。武戏的打斗戏较多,需要有用于表演武打、争战场景的提示语,如“三场做”,“四场做”(有的写为“做四场”,如《王昭君提纲》中的头出戏),“五场做”等。所谓“三场做”,指演出中对垒双方上下场三次打仗,上场演员较少,演出时间较短;“四场做”“五场做”则相应增加上下场打斗次数、演员人数及表演时间。③

---

① 笔者于 2011 年 7 月采访辰河高腔老艺人刘德书(男,1916 年生)。

② 上海艺术研究所、中国戏剧家协会上海分会:《中国戏曲曲艺词典》,上海辞书出版社 1981 年版,第 69 页。

③ 以上见刘怀堂《正字戏研究》,中山大学出版社 2009 年版,第 166—168 页。

(五)排场提示

在邕剧、粤剧、高甲戏、正字戏等剧种的提纲戏演出中,“排场”是艺人编戏演戏的结构单元和手段。一般认为,排场是从常演剧目中提炼出来的有相对固定的情节、人物行当、音乐以及做工的程式化表演片段,并可套用于其他剧目的一场(或数小场)戏。据统计,正字戏武戏排场有三十余种,大部分用于表现古代军事斗争和军事生活,如“高台场”“行兵场”“祭纛场”“摆阵场”“操演场”等。戏里用什么排场,除有传统规定外,一般都由旗军头(龙套首)根据演出具体情况临时决定。① 排场是艺人经过长期加工和舞台实践而产生的,同一排场可在不同剧目中反复套用。在编制提纲时,艺人非常重视“排场”的安排。以《王昭君提纲》为例,第三本戏中有“生子场”、第四本有“文点江”、第五本有“考试场”,这些均是正字戏武戏的惯用排场,它们经常上演,是舞台上的“熟场”,具体如何表演无须说明,艺人自会。有的则注明“依熟场、依熟场作”等字样,如“依韩信熟场”“摆四方阵熟场”“摆长蛇阵熟场”等。排场提示语一般用框格框住,比较醒目。如《缚亚哑》提纲头本中排场有:“军将搜山 依熟场 熊追下军走下……”,第 2 本有:“哑追下 依马如(?)场做 ……”,第三本有:“正宫退下 依姚章藏子场做 ……”。此外,“依真本场”“真本做”“真本”“真本场”等亦是常见的武戏排场,所谓“真本”“真本场”即某种固定的表演套路。

邕剧提纲里也有系列排场,如“水战排场”“会阵排场”等。演职员见到这些提示语,便心领神会,在剧情推进过程中融入这个“排场”的表演。如传统剧目《芦花河》,就运用了“观阵”“罪子”“哭尸”“破阵”等排场。② 粤剧提纲中同样有排场提示,一般在每场戏第一行中予以注明。

(六)音乐锣鼓提示

在内容比较详细的提纲本中,凡须演员演唱某一音乐唱腔,或须乐队给出某种锣鼓点子时,便在相应处注明唱腔名、锣鼓名。如在粤剧提纲中,每场戏第一行就写有锣鼓、音乐名。属于锣鼓的:“点”——“撞点”,也就是中板,“慢点”——慢中板,“大撞点”——剧锣鼓之一。属于音乐的:“花”——“滚花”,“二王”——“二王”“二王长序”等。③ 书写形式各异,有写全称的,有简称的,或用音近、同音字代替原字。如在邕剧提纲本中,“小开”即曲牌“小开门”,“六六上”即“北路慢

---

① 彭美英《正字戏》,浙江人民出版社 2009 年,第 131 页。

② 洪琪、洪珏:《邕剧“提纲戏”初探》,载《南宁职业技术学院学报》,2012 年第 17 卷第 4 期。

③ 陈非侬口述,伍荣仲、陈泽蕾重编:《粤剧六十年》,中山大学出版社 2007 年版,第 87—88 页。

板”（过门音乐第一小节的三个音），“地”即锣鼓点“地锦”的省略。① 为示区别，音乐锣鼓点一般用括号、圆圈、框格等形式标注，如正字戏武戏习惯用框格来注明。当然，并非每个剧种的提纲本均有音乐锣鼓提示，事实上，就笔者所见，有音乐唱腔的提纲本为数不多，尤其在“条列式”中更是少见，大多由艺人依据剧情的需要临时决定。

二、表演提纲的书写特征、式样与作用

（一）文字书写特征

提纲本一般由戏班的排戏先生或略通文墨的下层艺人所写。编写者的文化程度不同，文字书写的水平也不一样。比较常见的是普通艺人编写的提纲，文本中的错字、别字、简写字等非常普遍。有的语句不通，病句连篇，有的随意书写，字迹潦草，难以辨认。一些艺人还惯于使用特殊的符号，如桂剧提纲本中有瓜字形如“△”式的符号，为“唱”字的代号，“⌣⌣”为各种“曲牌”的代号。② 这类符号对于行外人而言，如同天书。而艺人几乎每天都要面对这些符号，自然不存在辨识上的困难。著名粤剧演员靓少佳回忆，20 世纪 20 年代末至 30 年代，他在新加坡演出提纲戏时的情形：

> 什么叫“提纲戏”呢？那时任何剧团的后台，近“虎道门”的地方，都有一张二尺多长的纸条挂着，这张纸条叫“提纲”，取提纲挈领之意。按照提纲来演戏就叫“提纲戏”。纸条上的字非常奇怪，任你翻遍《康熙字典》也查不出来。比如“手”和“亶”，这是些什么字呢？内行人即使文盲，也能看懂。为什么呢？原来“手”就是“手下”两字的合并；“亶”也是“堂旦”两字的浓缩。那些纸条除了这些怪字之外，还有像画符那样圈圈划划，比如圈着一个“冲”字，就表示打“冲头锣鼓”；圈着一个“拜”字，就表示某些演员用“拜上”的形式出台。至于划，就是在那张纸条上划几道不相符的线，其实就是把这张纸条长条短用，分它做一撅撅，是下撅接上撅的意思。奇怪的是，这样简单至极的怪文字，却指挥着一出变化多端、色彩纷呈的大戏！③

---

① 洪琪、洪珏：《邕剧“提纲戏”初探》，载《南宁职业技术学院学报》，2012 年第 17 卷第 4 期。

② 黄淑良：《谈桂剧》，见《广西戏剧史论文集》（上），广西壮族自治区戏剧研究室、中国戏剧家协会广西分会，1981 年，第 117 页。

③ 靓少佳：《提纲戏和总纲戏——靓少佳回忆录之五》，见广州市文艺研究室编：《戏剧研究资料》第 6 期，1982 年，第 89 页。

（二）提纲的式样

不同剧种、不同时期的提纲规格大小不一。如靓少佳所见到的粤剧提纲“大约二尺多长”，用土纸书写。欧阳予倩先生也谈到，其大小“丁方二尺许”。也有型号更大的，“约摸三尺多高”①。早期越剧的提纲一般写在“经折”里，经折是可以折叠起来的长条白纸，两头有硬纸为壳，被用作随身携带的一种账册。② 笔者在江苏常州见到几张20世纪80年代的锡剧幕表，大约为A3纸大小的白纸，正面用钢笔密密麻麻写满文字，字体较小。而早前锡剧的大号幕表有一张报纸那么大，正反两面均写有出场人物和情节。③ 20世纪20年代，梅兰芳、程砚秋等演出用提纲多以宣纸写成，比较经久耐磨。

目前，戏班很少张贴幕表，如果演出有需要，将提纲内容抄写在学生所用的练习册上，或者是硬皮封面的笔记本，摆在后台供演员查看。就笔者在戏班的考察情况看，艺人私人抄录提纲只是为了保存资料、以备遗忘之需，使用的纸张材质也较随意，诸如信纸、练习册、笔记本或者是艺人自己装订的小册子。书写工具有毛笔、钢笔、圆珠笔等。据林鹤宜教授考察，新加坡歌仔戏班还保留张挂提纲的做法，一般为A4（297毫米×210毫米）到A3（420毫米×297毫米）左右大小，特别大的有三或四张A3纸的长度，小号提纲至B5（250毫米×176毫米）大小。④

（三）表演提纲的作用

总体来看，表演提纲有两大作用：一是演出实际所需，即作为说戏人说戏、演员演戏的脚本；二是艺人保存剧目的资料。当然，在具体运用中，这两种功能难以截然分开，如演出用过的提纲即可作为资料留存下来。

具体而言，提纲的功用有三种。

1. 说戏人说戏、排戏的底本。

在演出前，传统戏班一般有说戏的环节，说戏人依据预先编好的提纲，向演员介绍剧情大意、分派角色、解说人物关系以及上下场次等，启发、引导演员表演。表演剧目虽然有文字说明，但是，不少艺人是不识字的，需要有人帮助他去理解剧情。而且提纲对剧情的介绍也相当简单，不少故事细节需要说戏人去解说、补充和丰富。周传瑛回忆1943年秋在朱国梁国风新型剧团表演幕表戏的情景：

---

① 何建青：《粤剧唱词、剧本略说》，载《南国红豆》，1994年第6期。

② 嵊县文化局越剧发展史编写组：《早期越剧发展史》，浙江人民出版社1983年版，第54页。

③ 李祺：《从滩簧到锡剧》，见《中华艺术论丛》第2辑，上海辞书出版社2004年版，第64页。

④ 林鹤宜：《歌仔戏即兴戏剧研究的田野资料类型与运用》，见《台闽民间戏剧国际学术研讨会论文集》，内部资料，台湾成功大学闽南文化研究中心，2013年，第236页。

刚进去，一眼就看见墙上挂着一块牌子，上面写了这本戏的分幕，还有每一幕出场的人物，以及谁先谁后、如何表演啥等样剧情；各色人物的姓名、籍贯、年龄、身份，人物与人物间的关系等。……朱国梁让我先看看这块幕表，而且大家都在看，不识字的听别人边读边讲。快开场了，朱国梁把幕表又详细地讲了一遍，演员一边化妆一边听。经过这番过程，个人便自认角色上场做戏了。①

幕表一般需要公开张贴，供戏班全体人员查阅。与此不同，旧时京剧和地方戏编排新戏时，提纲往往保密，谁排戏谁就保管那个提纲，不许人抄。② 目前，这种情形依然一定程度存在。艺人个人抄写、收藏的条纲通常被视为谋食的“秘笈”，也不随便示人，对业内同行更要防范。对抄写资料的小本子也是小心收藏，因为里边也许抄录有师傅传授的一些拿手好戏，或者是艺人自己编创的新剧。如果戏班需要该艺人说戏，也只是口头说说而已，文字提纲则不透露出来。

2. 演员演戏的依据

提纲既是艺人说戏的底本，也是艺人演戏的依据和“备忘录”。以溆浦辰河高腔班演出为例，艺人演出前要温习、揣摩提纲，了解剧情，查看自己在剧中扮演什么角色，在哪一场戏中出场，与谁唱对手戏等。然后穿戴、化妆，做好上台前的准备。在演出过程中，艺人下场后如果暂时没有演出任务，可以在后台小憩一会，但要密切关注演出进程，查看下场戏的剧情、出场时间等。粤剧艺人靓少佳对此也有详细描述：

我在新加坡当手下，日日夜夜去望那张长纸条，当然是向“手”字望去，看那张纸条吩咐我们趯手下的这场戏怎样趯，那场戏怎么跑。比如在“手”字下边写“花开门”（按“花门”即京剧“挖门”的讹音），“禾花出水”，“走蚺蛇”……就照此上场。至于其他角色如小生就向“生”字望去，“生”字之下，写了“游花园”，出的台去，就大游其花园，谁也不得违反。违反提纲，就是“反纲”，人们就要对他大兴问罪之师。③

---

① 周传瑛口述，洛地整理：《昆剧生涯六十年》，上海文艺出版社1988年版，第78页。

② 欧阳予倩：《谈幕表戏》，见《欧阳予倩戏剧论文集》，上海文艺出版社1984年版，第134页。

③ 靓少佳：《提纲戏和总纲戏——靓少佳回忆录之五》，见广州市文艺研究室编：《戏剧研究资料》第6期，1982年，第89页。

为使演出顺利进行,戏班还有"监戏人"负责督促、提醒演员按照提纲演出,"监戏人"大多就是说戏人,也可是提纲的编撰者。

影戏、傀儡戏在即兴演剧时,负责操纵、唱念的艺人可将提纲本放在身边,随时查看。操纵影人的艺人依据提纲上的角色提示,选择相应的影偶出场,或临时将合适的影人头茬与身子组装在一起,以备演出所需。唱念艺人则直接以提纲本为演唱底本,按照剧情大意即兴编唱戏词。在湖北云梦县的一些影戏茶馆中,艺人在演唱之前看一遍提纲,然后把它放在前台边,以防遗忘出错。当然,一个戏如果演熟了,则完全可以脱离提纲。

需要注意的是,用到提纲的演出不一定都是提纲戏,演定本戏时也有用到提纲的(或者台词是部分固定的)。据梅兰芳介绍,在京剧中,"提纲是把所有全剧的场子分幕写出,排戏的时候和演出的那天,都要挂在后台,便于大家可按图索骥地上演,免得错误"①。这种提纲文字简约,书写整齐规范。齐如山对此亦有较详细的介绍:"国剧处处都有特别的规定,所以一切事情都有提纲,提纲者把该事预先详列一表,以防遗忘差错也。如新排一戏,则所有场子先列一表,第一场某人上,第二场某人上等等,该场谁先谁后,都详列表上,此种名曰场子提纲,这种提纲,归后台管事经理。"②从下两图梅兰芳、程砚秋保存的两张提纲实物③来看,他们即属于典型的"场子提纲",提纲上有明确的场次划分,每场戏写有两排文字,上排注明剧中人的名字,下排用红色纸注明演员的名或姓,非常醒目;没有剧情梗概和舞台提示语。有意思的是,《霸王别姬》提纲末尾书有"诸位辛苦"字样,大概是勉励演员努力工作之意吧。

① 梅兰芳述,许姬传记:《舞台生活四十年》第二册,中国戏剧出版社1961年版,第65页。

② 齐如山:《齐如山回忆录》,宝文堂书店1989年版,第234页。

③ 中国艺术研究院刘文峰教授提供,在此致谢。据云,这些提纲大概是梅兰芳、程砚秋在20世纪二三十年代所用。具体时间待考。笔者以为,虽然不排除梅、程可能演过提纲戏,但就这两张提纲而言,应该只是演出的工作安排表,与即兴演剧的提纲性质不同。因为《霸王别姬》《锁麟囊》均有文人参与了编剧,虽然也有即兴表演的成分,但台词大多是预先编排好的。

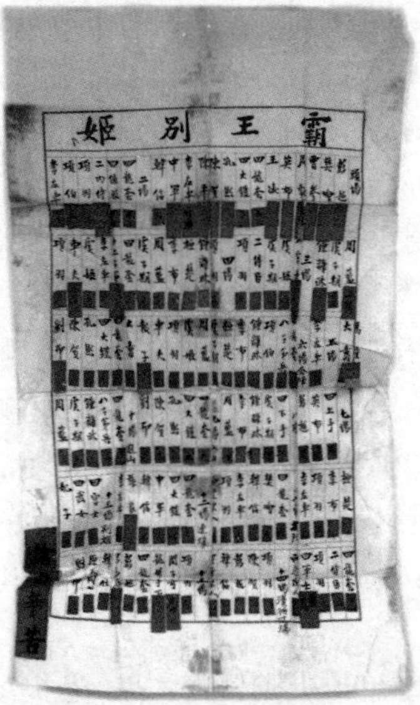

图 9　梅兰芳演出的《霸王别姬》戏剧提纲(中国艺术研究院刘文峰先生提供)

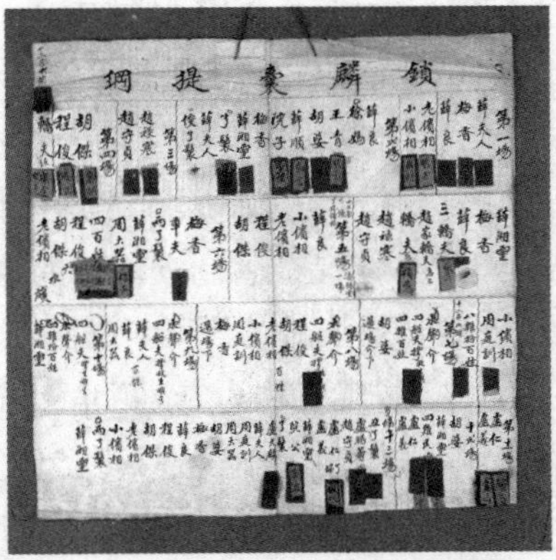

图 10　程砚秋演出的《锁麟囊》戏剧提纲(中国艺术研究院刘文峰先生提供)

据齐如山介绍,除了场子提纲,在排新戏的时候还有几种提纲也是必要的,如场面提纲(由打鼓人写记)、检场提纲(检场人写录)、把子提纲、龙套提纲等,有的还有行头提纲,每场应穿何种行头,也都列清。① 《故宫珍本丛刊》载录有各种提纲,可参看。目前,民间戏班演出剧本戏时,同样也有用到提纲的。如辰河高腔班便是如此,提纲的内容、格式与作为即兴表演的提纲没有什么两样。

图 11　湖北省仙桃市张沟镇皮影戏茶馆艺人将提纲本放在后台,以防遗忘剧情(本资料为中山大学中国非物质文化遗产研究中心提供)

① 齐如山:《齐如山回忆录》,宝文堂书店 1989 年版,第 234—235 页。

但两者的性质是不同的,剧本戏的表演提纲不是演戏的脚本,仅相当于戏班的“工作安排表”或“演出流程表”,目的为了使演员各司其职,保证演出的顺利进行。

即兴戏剧中的提纲就不一样了,它是演剧的底本,具有剧本的功能。而且两者在内容上也有较大的差异。即兴戏剧中的提纲是依照剧本的规格来编排的,涉及戏剧多方面的舞台要素;剧本戏的提纲则只侧重于表演任务的安排,而不是表演剧目的结构框架和艺术设计。

在传统戏班里,通常要将幕表张挂在后台,方便演员查阅剧情,明确各自的演出任务,及时登台演出。悬挂的具体位置也有一定惯例。以粤剧为例,据靓少佳回忆,当时提纲挂在“近‘虎道门’的地方”。有的则挂于后台近“师傅位”处,以便其他工作人员及演员参考。① 据陈非侬介绍:提纲写在普通的粗纸上,写好后张贴在后台左侧(戏班称为“杂箱角”,即对正舞台左面的出入口处)近华光祖师神位附近。② 两人的说法比较接近。

也有直接将其粘贴在后台墙上的。粤剧界曾流传一则轶闻:某一老提场(近似导演)临开演前,凭着一肚子老程式,从口袋里掏出几张卷熟烟的纸条,马上就编出新戏的上下场次、内容顺序,用口水贴在后台上,新剧的创作便告完成。演员登台前望望这顺序,马上可以即兴(“爆肚”)演出。③ 目前,新加坡歌仔戏演出夜戏时,台数(提纲)挂在台口或戏神“孩儿爷”的供桌上。总之,提纲所处的位置要醒目,便于艺人随时浏览、查阅。

3. 作为存留剧目的资料

提纲是保存、传承戏曲剧目的重要载体。纯粹的口头传授因年长月久,艺人记忆模糊,剧目很容易失传,或者内容变得不完整。因此,艺人常常将演出过的剧目提纲、重点唱段等记录下来,或保管好使用过的幕表,以备今后演出所需。据常州锡剧艺人介绍,不少传统戏因为找不到当初的幕表,导致这些戏难以再次搬上舞台。当然也可以请教老艺人,了解一些大致的剧情,问题是老艺人经常回忆不起那些关键性的、细节性的内容,诸如人名、官职,故事发生的时间、背景、人物关系以及某些固定的唱词等。譬如,以前演出的老版锡剧《珍珠塔》,故事从方卿祖辈说起,演述方家三起三落,要交代珍珠塔的来龙去脉,比国营剧团的本子要多出

---

① 陈守仁:《仪式、信仰、演剧:神功粤剧在香港》,香港中文大学粤剧研究计划,1996 年,第 31 页。

② 陈非侬口述,伍荣仲、陈泽蕾重编:《粤剧六十年》,中山大学出版社 2007 年版,第 86—87 页。

③ 王建勋:《对三十年代粤剧评价的浅见》,见广东省戏剧研究室编:《粤剧研究资料选》,1983 年,第 449 页。

不少内容。目前,因幕表的失传,这出戏在当地已很难恢复到老本的演出规模了。①

这是一个值得重视的情况。在戏曲的传承过程中,仅仅依靠口传心授有时并不可靠,只有辅之以文字记录,才能保证剧目传承的完整、准确,维持原有的艺术风貌。对于民间艺人而言,一份文字提纲,就是一场生动的戏。即便戏已久未上演,如果艺人要将其重新搬上舞台,只要保存有表演提纲,就不是一件很难的事情。这也是艺人重视抄录和留存提纲的原因所在。

最后,需要补充的是,在民间戏班并非所有的提纲均有文字抄录,还有大量流传在口头的、非文字形式的提纲。我们知道,口传心授是戏剧传承的主要途径之一,尤其在民间艺人中非常普遍。这种传播方式的特点是以口头为媒介,以活人为载体,戏剧的唱词、宾白、唱腔、身段等在师徒之间口口相授,由此产生了"无形"剧本。以影戏为例,河北冀东曾流行一种"腹影"(亦称"福影"),剧目没有任何文字记录,即便最简略的剧情提纲也没有。其他如北京、东北等地历史上的"流口影",河南桐柏皮影、青海河湟皮影等剧种与此类似。当然,"无形剧本"不仅仅是一个演出提纲,有时还包括了场上所有的一切,优秀的艺人能熟记大量这样的"剧本"。如昆剧"传字辈"老艺人周传瑛,肚子里有一百多部戏的四百多个折子戏的"总纲"。一本或一出戏中的所有的各个人物的角色、穿戴、上下场,唱、念、做、打,以及锣鼓、音乐、布景、道具等等,都在他肚子里。② 正因为有这样的艺术积淀,触类旁通,周传瑛在很短的时间内便能得心应手地表演苏滩幕表戏。现在,一些民间艺人全凭记忆来编剧,将曾经演过戏的大致情节记录下来,形成提纲,便算完成了一个剧目的编造。他们所掌握的其实就是无形剧本、无形提纲。

第三节　提纲戏的定型书写

口头编创是民间演剧的重要传统。如前所述,我国地方戏普遍经历过提纲戏阶段,演出时没有文学剧本,戏词、唱腔及舞台动作等均由演员即兴发挥。当剧种发展到一定历史时期,随着定本意识的增强,表演有了准词准谱,提纲戏便全部或部分被剧本戏取代,先前在演员口头流传、生存的一些口述剧本被以文字的形式记录下来,写定成为文学剧本。这是民间戏曲剧目生成的基本途径。

---

① 笔者于2012年6月江苏常州采访锡剧艺人郑双英(女,1946年生)。

② 洛地:《说破·虚假·团圆》,吉林美术出版社1999年版,第4—5页。

1949 年后，在政府文化部门的主导下，我国开展了规模浩大的传统剧目发掘工作，大量的口述剧本被记录整理为文字剧本，客观来看，这一文化工程既取得了可观的历史功绩，也有一些值得检讨的地方。

一、从提纲戏向定本戏过渡的几种形态

提纲戏剧无定本，通过反复的表演实践，又经过艺人的集体修改和创造，逐渐衍化为剧本戏。尤其当戏班成员长期合作演出时，那些常演的即兴剧目便会趋于定型化。作为一种自然的戏剧现象，这种变化是缓慢的、阶段性的，两者之间还存在一些过渡形态。它们既有口述剧本的基本特征，又呈现出明显的定本化趋势，主要表现为剧目中存在一些固定的台词、音乐唱腔、表演套路等，或者是某些重点场次大体定型，有规定的戏词和演法。

（一）“半活戏”

提纲戏经过长期反复演出，剧目中一些唱词、念白不断丰富加工，形成定制，其中某些主要折子，也逐步固定下来，形成了“半活戏”。民间俗称为“半水半铁”戏，这是一种局部定型的剧本。在湖南地方戏中，民间艺人主要使用两种剧本演出：一是“水本子”，或称“搭桥本”，它没有固定的唱词、说白，全凭艺人临场发挥。另一种是“铁本”，戏剧的唱词、说白全都固定，需要艺人照本演唱。① 实际上，“水本子”不全是“水词”，而是“水中有铁”，夹杂有不少“铁词”（固定了的台词）。“铁词”一般是戏中关键性的诗词以及某类角色的专用唱段。在湘潭影戏中，《铁凤山》《五朝会》《双包案》等剧中包公的唱词、引白即为“铁词”，内容基本固定下来，其他角色也不能借用。一些与剧情有着特定关联的诗词、对白也是约定俗成，不能随便改易。如《白鹤洞》（又名《刘伯温访主》）中便有不少需要艺人熟记的诗词、口白。譬如朱元璋在沙滩的题诗：“天为罗帐地为毡，日月星斗伴吾眠；平生不敢伸足睡，踏破山河社稷川。”此外，白鹤仙人的几首拦马诗、元顺帝在铜桥上的道白均属铁词。②

其实，提纲戏中的“上下场诗”“引”以及描写风景、人物等所用的戏剧套语（“赋子”）并非出自艺人的原创，这类戏词陈陈相因，大多早已存在，只要演出相关剧目，就要用到特定的台词。因此，我们看到，艺人抄录的表演提纲除了剧情梗概、科介提示等内容，还有用于该剧的诗词、唱段。如，清代光绪年间川剧“目连

---

① “铁本”与文学剧本有稍微区别。“铁本”是艺人在长期演出中固定下来的剧本，也不一定写定为文学剧本，许多本子流传于艺人口头。当然，文学剧本都是“铁本”。

② 上述资料为湘潭影戏艺人吴昇平提供。

传”江湖本演唱条纲，《降二星》中“洞房花烛”一场有大段的“丑说诗”：

> 一张桌子四角方，张良设计鲁班装。四面雕着云牙板，中间焚起一炉香。儒教弟子不可闻，今朝回奉车马神。外家车马请回去，婆家车马出来迎。儒学弟，哭哀哀，迎请新人下轿来，一拜堂上高曾祖，二拜公婆福寿来，三拜夫妻多和睦，四拜列位诸多发财。（叫）请会首去拜钱。①

此外，《降白螺》中的“朝阳施金”“解字受职”，《三家店》中的“白鹤刁心”等折均有固定的诗词、话白，这些都被艺人视作“死词”，不能轻易改动。

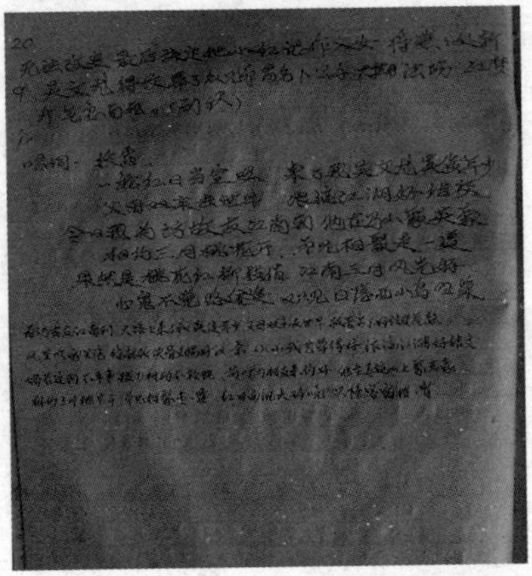

图 12　锡剧艺人在《红楼夜审》提纲末抄录的重点唱词（笔者在江苏常州锡剧戏班的采访）

目前，类似情形依然存在于地方戏提纲中，如笔者见到的锡剧《半把剪刀》（下）提纲第 5 幕：“天赐出篇：‘紫竹调’清晨喜鹊喳喳叫　向我天赐喜讯报　爹爹和妈妈　当我是珍宝　送我上学日后龙门跳。”②很显然，这几句戏词是固定用于天赐的念白。有的提纲后附有戏剧的重点唱段，艺人标注为“唱词选”。如《红楼夜审》提纲末便附有“唱词　投霜”：“一轮红日当空照，来了我吴文龙英俊年少。父母双亲去世早，浪迹江湖好结交。今日我为访故友江南到，他在马山聚英豪。相约二月桃花开，弟兄相聚走一遭。果然是桃花红柳枝俏，江南三月风光好。心宽不觉路途遥，又只见日落西山鸟归巢。”这类唱词有两种来源：一是艺人自己的创作，他们在某次演出时即兴编出一段满意的唱词，于是将其记录下来，留待日后演出所用；二是从其他艺人处辗转传抄而来。同一剧目往往有不同的戏班、艺人在演出，一段戏有时出现几种不同的演唱版本。如上引“投霜”一出戏，艺人便附录了另一种唱法：“为访古（故）友江南到，大路上来了我英俊少年。父母双亲去世早，孤苦另丁（伶仃）受煎熬。风里吹雨里泡，练就我侠骨义肠好汉一条。从小武艺学得好，浪迹江湖好结交。倘若遇到不平事，拔刀相助不轻饶。前时与朋友来约好，他在马迹山上聚英豪。相约三月桃花开，弟兄相聚走一

① 重庆市川剧研究所编：《四川目连戏资料论文集》，内部资料，1990 年，第 230 页。
② 下述资料摘抄自锡剧艺人徐伯明的笔记。

遭。红日西沉天将晓,兴隆客寓投一宵。”两相比较,虽然剧意大体相同,但具体词句有明显的出入。这些唱段经过不断地演出实践,日趋成熟、完善,其中比较精彩的段子广泛传播,受到观众喜爱,逐渐固定下来,演变为口头剧本的“铁词”。

当然,铁本戏(或剧本戏)也并非一字不易,而是“铁中有水”,包含有不少临时发挥的成分。常见的表现形式是添设一些趣味性内容,用幽默、滑稽的语言动作来逗乐观众,湘潭影戏行话称作“加花”。如表现两军大战,出场的小兵可插入这样的对话,宛如一段双口相声:

甲:你算什么角色,我学打学了三个师傅,打土地的,打草鞋的,打豆腐的。我上打乌云盖顶,下打黑虎偷心,左打左插花,右打右插花,上面来哒是嘴巴,后面来哒有屁股劲,前面来哒还有自由棍(注:亵语,指男性生殖器官)。

乙:你这算什么,我还有好多功。(做动作:将双手摆横)

甲:这叫什么功?

乙:这叫扁担功。(动作:把腰一弯)

甲:这叫什么功?

乙:这叫鸡鸡公。(动作:把胡须一抹)

甲:这叫什么功?

乙:这叫你祖公。①

即兴插科打诨在传统戏曲中很常见,即便上演剧本戏,也不一定能做到一字不差,文学剧本与舞台呈现之间总会出现或大或小的差异。

“半活戏”在辰河高腔中亦表现得相当典型。该剧种的“条纲戏”存在三种形态。其一,纯粹的即兴演剧,所有的戏词均为“放水”“放流”。其二,唱“铁”了的“条纲戏”。即条纲戏在长期演出后,台词已经固定,虽然没有形成书面剧本,其实已是定本戏。直到20世纪60年代,根据老艺人的口述,当地文艺工作者们才记录、整理了一批文字剧本。② 第三种即“半水半铁”本,它有两种表现形式:

其一,整本戏(一本戏演一个故事,可演一至两天)中有部分场次属于“铁本”。据文忆萱考察:“每本戏中,一、二折重点场次,从曲文到宾白都是铁本,其他则除交代情节的过场戏而外,曲文是固定的,戏中需用的诗或对联,也是固定的,

---

① 吴昇平:《湘潭特色纸影戏》,内部资料,2007年,第24—26页。

② 2011年7月笔者于湖南省怀化市采访文化馆退休干部李怀荪所得。

只有宾白是演出时由演员依条纲临时编说。”①老艺人称这类高腔条纲戏为“半死半活”。如，由矮台班（辰河高腔木偶戏）移植而来的剧目《织回纹》，整本为条纲，旦角主唱的“织锦”一折为铁本。《剖心孝》（《葵花井》下本）中的“剖心”“开方”等场次，《天台山》中“八百八年”一折均为铁本，其他部分为条纲。

其二，连台本戏中夹杂单折“铁本”。辰河高腔连台本多数是条纲戏，故事完整，情节曲折。其中一些艺术造诣较高，得到观众喜爱的单出“本戏”经过长期打磨，成为可单独上演的定本戏。如《香山》共六本，整体做条纲唱，而其中的《观音扫殿》《采芹脱化》等重要单折、唱段多系固定剧本，做定本戏演唱。出自连台本的定本单折戏还有：①《重台别》《落园》《失钗见钗》等（出自《二度梅》）；②《观花》（出自《五虎平西》）；③《大审柏玉霜》《闹镇江》等（出自《粉妆楼》）；④《竹节山搬兵》（出自《五虎平南》）。当连台本戏不能完整上演时，有固定曲文的本戏得以保留下来，被写定为文学剧本，成为戏班的常演剧目。

湖南影戏同样如此，同本戏中“水本戏”与“铁本戏”混杂在一起，“水中有铁”，“铁中有水”。如湘潭影戏《下河东》，其中只有《龙虎斗》一折为铁本，其他为水本；《陈桥立帝》前段为桥本，最后一折为铁本。

值得注意的是，并非所有的“半活戏”来源于提纲戏，有的恰好相反，是由剧本戏蜕变而成的。按照辰河高腔老艺人的说法，一些条纲戏剧目最初是有文学剧本的，后来在流传中逐渐失传。但是，其中少数重点场次常作单折演出，这部分留下了铁本，其余则只传曲文和剧情，形成条纲，产生了一批“半死半活”的剧目。② 这种说法是可以相信的。在传统社会，艺人识字不多，全凭口传心授，对文字剧本的记忆往往不完整；加上曲词更容易受到艺人的重视，得以世代流传，而宾白则可自由发挥，无须死记硬背，由此蜕变为戏中的“水词”。

剧本戏的提纲化现象还见于广东正字戏文戏。20 世纪 50 年代以后，文戏武戏化、提纲化趋势逐渐增强，表现在文戏的曲文减少而科白大量增加，武戏场面、动作程式以及锣鼓介引入文戏，从而减弱了文戏以唱为主的特征。其原因除了武戏的冲击及演出市场不景气外，可能主要因文戏的丢失引发的。③ 这表明，提纲戏与剧本戏之间可能并非单向度的衍生关系，一方面，提纲戏可以逐渐固化为剧本戏，另一方面，在一定的历史条件下，剧本戏亦可演变为提纲戏，二者此消彼长、

---

① 文忆萱：《奇葩异卉　琳琅满目——辰河戏的传统剧目》，见湖南省辰河戏教学演出会、湖南省戏曲研究所编：《辰河戏教学纪念册》，1982 年，第 65 页。

② 文忆萱：《奇葩异卉　琳琅满目——辰河戏的传统剧目》，见湖南省辰河戏教学演出会、湖南省戏曲研究所编：《辰河戏教学纪念册》，1982 年，第 65—66 页。

③ 刘怀堂：《正字戏研究》，中山大学出版社 2009 年版，第 199、202 页。

生死轮回,显示出戏曲演变史的复杂性和多样性。

(二)肉子戏

肉子戏是我国江南地区的“路头戏”走向定本化的一种表现形式。关于肉子戏的概念与特征,学术界的认识大同小异。《中国戏曲曲艺词典》认为,它是与“路头戏”相对的戏剧体制,指在剧本上、表演上有骨有肉,艺术性较高的戏,其含义与骨子戏相同。① 傅谨认为,“肉子戏”(“骨子肉戏”)是指已经形成了大致规范的唱法与演法的段落。所谓“肉子”,就是路头戏里关键场次的核心唱段,或者是那些已经基本定型的大段对白。② 也有人认为,传统越剧中的“肉子戏”有两种含义:一是指古装大戏中的某一场或几场,它具有固定的唱词和道白,如《碧玉簪》中的“三盖衣”“送凤冠”,《双金花》中的“大堂认妻”等;二是指从原来唱书节目中搬来的中小剧目,它不但有固定的唱词与道白,而且有固定的韵脚、曲调和演出风格,如《王小二过年》《卖婆记》等。③

“肉子戏”的形成需要较长的孕育期,如越剧早期的肉子戏便产生于“小歌班”时代。以《梁山伯与祝英台》为例,最初以“路头戏”的形式演出《十八相送》《楼台会》,经过几代艺人的演出实践,成为有名的“肉子戏”;上演《梁山伯与祝英台》剧时其他地方可以“掼路头”(现场编词),唯独这两场戏必须按照肉子戏来演唱。此外,《盘夫索夫》中“官人好比天上月”唱段、《双珠凤》中的“倪凤扇茶”、《珍珠塔》中的“前见姑”、《赖婚记》中的“赖婚”以及《碧玉簪》中玉林娘唱的“手心手背都是肉”等都是较早出现的肉子戏。再如著名越剧艺术家尹桂芳演过的《何文秀》一剧,何文秀的唱与白基本上有准词,其中“桑园访妻”“哭牌算命”“除奸团圆”是“骨子老戏”。④

总之,肉子戏是从路头戏、提纲戏发展而来的,是即兴演剧规范化、定型化的结果。无论是肉子戏还是肉子,讲究唱做并重,台词基本固定,扮演的各方面均有既定规格。这些唱段代代相传,长演不衰,成为戏班的保留剧目和“看家戏”。同时,肉子戏也是特定剧目中最精彩、最流行的唱段,观众非常熟悉,是戏剧演出必需的场子。肉子戏套路重重,演出的难度大,对演技的要求高。范瑞娟认为:“‘肉

① 上海艺术研究所、中国戏剧家协会上海分会编:《中国戏曲曲艺词典》,上海辞书出版社1981年版,第70页。

② 傅谨:《草根的力量——台州戏班的田野调查与研究》,广西人民出版社2001年版,第258页。

③ 嵊县文化局越剧发展史编写组编:《早期越剧发展史》,浙江人民出版社1983年版,第53页。

④ 尹桂芳口述,卫明记录整理:《谈谈越剧〈何文秀〉》,载《中国戏剧》,2001年第10期。

子戏’特别要演足，演准。演足是指戏的浓度、深度；演准讲的是戏的分寸尺度。”①剧目经典地位的确立和维持，在很大程度上取决于肉子戏的艺术水准及其精致度。

广义来看，“肉子戏”与湖南搭桥戏中的“铁词”“铁本”没有本质上的区分，亦多见于其他地方剧种。如粤剧提纲戏虽然没有完整的文字剧本，但是，其主要场次仍有流传下来的一定排场和曲词。② 豫南皮影戏的唱词是活口词，剧本肉口相传，经过长期演唱，逐步形成部分“呆词”，如某个剧目某人物的某段唱词，或者是描绘山川秀丽、公堂威严、兵马雄壮的“篇子”。③ 尤其在传统老戏中有不少深受观众喜爱、广为传唱的经典名段。《珍珠塔》是锡剧中的名剧，1917 年由锡滩艺人袁仁义编创，以连台本幕表戏的形式演出。该剧中的“赠塔”“跌雪”“十好”“十不好”等唱段是该剧的“名段子”。④ 譬如“十不好”唱段：

我把你上下通身看周到，
看得你，从头到脚全不好。
张天师画符法(发)不好，
杭州引线眼不好，
雨淋小麦麺(面)不好，
西山牯牛鼻不好，
用坏粪桶耳不好，
宜兴茶壶嘴不好，
年青孤孀手不好，
嘉兴镗锣脐不好，
大做笆斗臂不好，
江北驴子脚不好。⑤

这一段生动地刻画出势利的姑妈陈翠娥对侄子方卿的极度尖酸、刻薄，历来是《珍珠塔》的必演节目。目前，老艺人依然能较完整地唱出这段“十不好”，仅个别唱词和句子的顺序略有出入。这些老段子观众非常熟悉，是他们欣赏的焦点，

① 范瑞娟：《我演焦仲卿》，载《戏文》，1982 年第 4 期。
② 陈非侬口述，伍荣仲、陈泽蕾重编：《粤剧六十年》，中山大学出版社 2007 年版，第 122 页。
③ 中国民族音乐集成河南省编辑办公室：《豫南皮影戏音乐》，内部资料，1983 年，第 12 页。
④ 朱恒夫：《滩簧考论》，上海世纪出版社 2008 年版，第 253 页。
⑤ 匡耀良、王嘉大、梅兰珍等编：《珍珠塔(锡剧)》，上海文化出版社 1957 年版，第 3 页。

艺人为赢得观众的喝彩,卖力表演,不能随意发挥。肉子唱段还是演员在舞台上临场创作的重要构件,它在艺人之间辗转传抄、流播,成为延续剧种传统、维持剧种风格的重要保证。

(三)唱腔本

就戏剧文本形态而言,"唱腔本"也是值得关注的中间环节。相比于戏曲的宾白,民间艺人更加重视唱词的传承和演唱,演员上台前首要记住的是曲词,艺人抄录剧本的重点也是曲词。至于宾白,则不太受重视,在舞台上可以随机发挥,戏剧抄本中的宾白很少甚至没有,由此产生了戏曲"唱腔本"。任光伟认为:"民间艺人在记录剧本上一般有两种方式:一种称之为'准纲'(或总稿),即除记录唱段(曲词)韵白外兼记场上科白的主要顺序及少数关键宾白,余者则由艺人场上发挥;一种称为'准词',即只记唱段(曲词)和韵白,余者均由艺人根据口传心授之'准纲'临场发挥。"①无论是"准纲"还是"准词",有一个共同的特点,即剧本有曲无白,或者宾白不完整。剧本的唱词、韵语部分比较固定,而道白可以随演随编。

"准纲""准词"式的剧本在元刊杂剧中已大量存在,主要表现为两种形式。其一,曲词部分记录比较完整,宾白部分则只录主要角色的、关键的词句。这种形式在元刊本中占多数。其二,只录曲词,宾白、科范全部省略,或者只有很少的几句宾白。如《关张双赴西蜀梦》《楚昭王疏者下船》《赵氏孤儿》《严子陵垂钓七里滩》《尉迟恭三夺槊》等剧。《西蜀梦》全剧由 41 支曲子构成,无任何宾白和科介提示语;《疏者下船》记录有 46 支曲文,除了楔子、第一折、第三折每部分末尾有提示语"下"外,没有一句宾白、科介语。宾白不全的部分,交由伶人演出时临时补充。

这种即兴形制的"唱腔本"为后代地方戏所沿袭,比较典型的是广西的牛娘剧。据载:"初时牛娘剧没有完整的剧本,只有'戏桥本'(写出戏主要情节),演出时,按照戏桥,随演随编。……一百年前左右,开始出现'唱腔本'(只写出唱词部分),道白部分仍需要随演随编。解放后,才整理出部分完整的剧本。"②与之类似,湖南衡州花鼓戏早期传统剧目亦多无固定脚本,小戏只有小调唱词固定,白口全凭演员即兴发挥。③

① 任光伟:《谈传统戏剧之剧目营造》,见《戏史辩》第四辑,中国戏剧出版社 2004 年版,第 197 页。

② 王其鹏:《牛娘剧初探》,见《广西戏剧史论文集》(下),广西壮族自治区戏剧研究室、中国戏剧家协会广西分会,1981 年,第 233 页。

③ 湖南省戏曲研究所编:《湖南地方剧种志》(三),湖南文艺出版社 1989 年版,第 340—341 页。

目前,民间剧团依然有“唱腔本”的使用。有些剧团将即兴发挥的唱词记录下来,形成所谓的剧本戏。即唱词是现成的,表演时显示在字幕机上,而道白依然临场发挥。在湖北黄梅戏民间剧团中,有字幕的“水戏”(提纲戏)达到80%。剧本大多是电子版,拷贝非常便利,它们在不同戏班之间广泛流播,形成为各戏班共享的权威版本。如《仁义状元》第一场“投亲”,登场人物有王凤英、王凤鸣、丫鬟、家院、夫人、老爷、李文忠等人,每人均有唱词,整场戏由十段曲文构成,没有一句道白。①

二、提纲戏的定型书写之途

关于提纲戏的定型书写途径,学者们已有所研究。台湾学者刘南芳总结了“活戏”(即提纲戏)定型的途径及一些基本规律,探讨了讲戏先生定型、“半活戏”产生的必要性以及“字幕”对于“活戏”的影响等一系列问题。② 下面拟在此基础上做进一步阐述。我们认为,提纲戏的定型有的是戏曲自然演进的结果,有的是在人为干预下促使提纲戏固定化、书面化。概而言之,其定型书录有以下四种途径。

(一)在表演中定型

口头剧本是一种活态的剧本,戏剧的唱词、道白以及与之相关的音乐唱腔、表演动作等均具有很大的不确定性。其中那些偶然出现的或由杰出艺人临场创编的唱段,因为演出效果好,受到观众喜爱,得以保存流传下来,成为固定的表演内容。日后上演同类剧目时,这类成功编创的唱段被反复借鉴、搬唱,并为其他艺人、戏班所仿效,逐渐演化为戏曲的经典老段。绝大多数的“肉子戏”“半水半铁”本便是这样产生的。

以越剧为例,在路头戏时代,剧目的基本内容是由“赋子”和“单片”两部分构成的。根据剧目情节的需要,用一些特定的内容把“赋子”贯通起来,称为“单片”。用“赋子”和“单片”表演的剧目称为“路头戏”。当某一“赋子”成为某一剧目的固定化唱段时,则成为向剧本戏过渡的雏形——“肉子戏”。③ 一些肉子唱段也是历时久远才逐步定型的。如传统老戏《梁山伯与祝英台》中“送别”一段,民间艺人在表演时随口随心编唱,一路看见什么唱什么,想到什么唱什么。尽管弹

① 2012年9月笔者在湖北黄梅县采访黄梅戏青年艺术剧团。

② 刘南芳:《活戏的即兴表现与定型书写》,台闽民间戏剧国际学术研讨会论文,2013年5月。

③ 金向银:《女子越剧第一班——施家岙女班》,见嵊县政协文史资料委员会编:《越剧溯源》,浙江文艺出版社1992年版,第56—57页。

性较大,但其中的核心唱段在民间口头传承了数百年。如明代风月锦囊本《祝英台》“送别登途”有:

哥哥送我到墙头,墙内一树好石榴。欲待摘个哥哥吃,只恐知味再来偷。

哥哥送我到井东,照见一对好颜容。有缘千里能相会,无缘对面不相逢。

哥哥送我到池塘,池塘一对好鸳鸯。两个不得成双对,前生烧了断头香。

哥哥送我到长河,长河一对大白鹅。雄的便在前头走,雌的后头叫哥哥。①

清初浙江忠和堂刻本《梁山伯歌》“相送”为:

携手双双院中玩,院中几树好石榴,本当摘个与哥吃,有些滋味在里头,恐怕吃了又来偷。

三程来到古井边,拨开青苔照容颜,哥哥却像吕布样,就把我做女貂蝉,千里姻缘一线牵。

四程来到一河坡,坡上一对好娇鹅,公的前来引水路,母的后面走如梭,口口声声叫哥哥。②

类似的唱词还见于清乾隆间苏州弹词抄本《新编金蝴蝶传》:

望梁兄,四送到花亭。一树石榴红似火,欲采花枝相送君,梁兄不是戴花女。……望梁兄,六送到河边。你看一对鸳鸯交头连,月下雌雄来戏水,飞来飞去两心牵。望梁兄,七送到桃园。欲采仙桃哥哥吃,望兄回味忆桃甜。望梁兄,八送到江头。只见江中一对白鹅意相投,雄的前边游走了,雌的后面叫哥哥。③

后来,经过袁雪芬、范瑞娟口述和徐进等改编,“十八相送”最终成为定型化的文学剧本:

祝英台(唱):青青荷叶清水塘,

① 孙崇涛、黄仕忠笺校:《风月锦囊笺校》,中华书局2000年版,第538页。

② 路工编:《梁祝故事说唱集》,上海古籍出版社1985年版,第24—25页。

③ 路工编:《梁祝故事说唱集》,上海古籍出版社1985年版,第244页。

鸳鸯成对又成双。
梁兄啊！英台若是女红妆，
梁兄愿不愿配鸳鸯？
梁山伯(唱)：配鸳鸯，配鸳鸯；
可惜你，英台不是女红妆！
银心(唱)：前面到了一条河，
四九(唱)：漂来一对大白鹅，
祝英台(唱)：雄的就在前面走，
雌的后面叫哥哥。①

由上可见，尽管不同时代的"十八相送"在具体词句上有一定出入，但主要的戏剧场景、意象没有根本上的变化，诸如"摘石榴""照古井""鸳鸯戏水""雌鹅恋雄鹅"等情景始终是唱词表现的主体。

演员表演提纲戏时，其实并非每句戏词都要即兴现编，他们在多次重复上演同一剧目后，不断地积累、完善各自的唱词，使之逐渐固定下来。根据艺人郑双英的经验，如果第一次没唱好，就仔细琢磨，加以改进。经过三四次演出后，唱词就基本确定，日后即可照此演唱。比如，自己所演《玉蜻蜓》金大娘临死前分家产的一段唱词就是"呆"的。② 不难看出，个别艺人的优秀创作历经长期舞台检验后，随着演员的流动很快得以传播开来，成为一出戏中不可或缺的熟段子，最终形成提纲戏的"铁词""肉子"。

成型的唱词经过艺人的书写、抄录，促进了其书面化的进程。正如上文所提及的，在艺人记录的提纲本中，常附有相应剧目的一些重点唱词。《玉蜻蜓》是锡剧的传统名剧，虽然已有文字剧本，目前民间戏班一般多做幕表戏唱。就笔者见到的提纲来看，全剧分为上下两本演出(上本15场，下本10场)，其中小生(饰演金贵升)戏③的重点场次有"贵生训妻""游庵""送四方""托孤""详血书""游庵认娘"等。每场戏均抄录有几段唱词，如"贵生训妻"中一段为："夫妻争吵寻常事，为何出丑告父亲。自从盘古到如今，哪有岳父把女婿训。横畜牲来竖畜牲，骂我贵生象畜牲，既然女婿是畜牲，为何养了女儿配畜牲。"类似情形亦多见于豫南

---

① 袁雪芬、范瑞娟口述，徐进等改编：《梁山伯与祝英台(越剧)》，上海文艺出版社1979年版，第19页。

② 锡剧艺人郑双英提供。

③ 抄写提纲的艺人是小生，本中的唱词是小生的"单片"。

影戏,惟抄写格式稍有不同,固定化唱词夹杂在剧情梗概之间。如《铁弓园(缘)·梅山聘将》提纲,开头为剧情概要“杨徐场 铁花国王命回回进铁玉弓到中原 限百日开弓……上梅山杨洪接坐开皮”,接下来便是剧中人的大段对唱:“迎接亲翁高山寨,叫声奴兵听心怀。忙办山珍和海菜,上等酒宴排上来……”总计抄录了16段唱词。最后又为剧情梗概“杨洪命子杨龙杨虎去拉开弓……”①很显然,艺人抄录的这段唱词是该剧的“铁词”“肉子”,是艺人经过无数次的表演后形成的核心唱段。

(二)说戏先生定型

在提纲戏表演体制下,舞台赋予艺人很大的自由发挥度,虽然情节框架与人物关系有大致的规定,大部分戏词依然需要伶人即兴编唱。毋庸讳言,这种没有文学剧本依据的表演有时难免缺乏品质上的保证,诸如情节松散、拖沓,戏剧无重点、无看点,戏班主角的特长得不到充分展现等;尤其是语言缺乏文学色彩,表达不流畅,艺人要么漫无边际地胡编乱造,要么呆立台上“卡壳”。为了弥补上述缺陷,提纲戏具有一种自我完善、纠偏的机制,即由说戏先生或者戏班中的资深艺人预先编好部分唱词、话白,让演员熟悉、记诵,以确保重点场次的演出质量,让戏班主角充分施展演技,并能达到一定的艺术水准。

20世纪30年代,粤剧戏班开始形成“六柱制”,要求编剧者按照六个主演者来“度桥”,每位主演都要有一定的戏份和独自表演的“介口”,其重点台词由戏班的“说戏先生”来预制。据粤剧演员靓少佳回忆,在新加坡演出时,戏班的“开戏师爷”对新旧江湖十八本以及许多排场戏无不烂熟如泥。但他并不是写了提纲一挂了事,还写一些曲,每月分派给主要演员及打锣师傅,作为“提纲”外的“加料”。那些曲白虽然也很一般,但主演者把它看作“私伙曲白”,视如珍宝,无不一一认真照做。② 如薛觉先的《白金龙》,便只有“花园相会”一场才有新撰的曲和词,其他都为“流水场”,让演员自说自唱。③ 几乎在同一时期,新式知识分子开始参与河南豫剧的编剧工作。剧作家樊粹庭在为戏班编戏导戏时,要求演员按角色各人编各自的水词,其中的诗词、对联、状子之类文学性较强的唱词,仍由他来编写。④在台湾内台歌仔戏“半活戏”“半讲纲戏”中,部分场次的演出内容是也定型的,部分则保留让演员自由发挥。其定型剧本分为两种类型:

---

① 罗山影戏艺人李世宏提供。

② 靓少佳:《提纲戏和总纲戏——靓少佳回忆录之五》,见《戏剧研究资料》第6期,内部资料,广州市文艺研究室,1982年,第89页。

③ 黎键:《香港粤剧口述史》,三联书店(香港)有限公司1993年版,第80页。

④ 韩德英、杨扬、杨键民:《中国豫剧》,河南人民出版社1999年版,第359页。

第一种类型是全剧大部分为即兴演出，但是重要关键的场次加以定型，例如生旦求亲、离别，或是公堂冲突等需要环环相扣的对唱，这时候排戏先生，或是资深演员就会将唱词或是说白固定，以防演员在台上即兴编词时离题太远。……另一种类型是全剧大部分的场次和主要说白、四句联等已经定型，但是一些串场式的不重要说白，交给演员在台上即兴发挥，因为这些地方说白多少无碍于全剧发展，所以也没有定型的必要。①

由说戏先生定型的主要是唱词、诗词对联等文学技巧性较高的韵文部分，同时也包括一些重要的口白。笔者曾旁听了辰河高腔戏班说戏人讲述"条纲戏"《墨盖珠(朱)》的全过程，剧情大意是：书生韩水龙得罪岳父家的仆人王兴，遭诬陷入狱。韩生向时任云南总兵的舅舅求救，总兵用朱笔修书一封给当地官府，替外甥求情："我是韩水龙亲舅舅，韩水龙是我亲外甥。官官相卫，手下留情。"未料，该信落入王兴之手，被其用墨笔涂抹，篡改为："我不是韩水龙亲舅舅，韩水龙不是我亲外甥。只准打死，不准留情。"说戏人向演员介绍剧情时，反复强调这段对白，让演员记住台词。在其后的演出中，这段台词几乎原封不动地出现在演员的口中，并成为剧情发展的重要关节点。

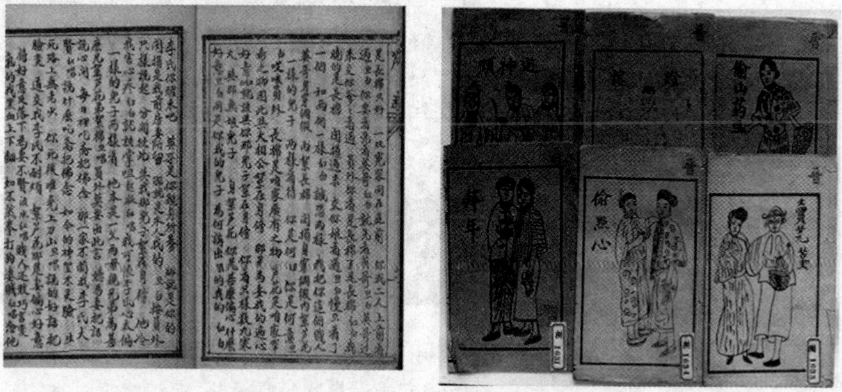

图 13　清末民初太原刊印的祁太秧歌剧本(刘文峰先生提供)

(三)舞台记录定型

早在宋元时代，舞台记录本便已出现。王季思在论及元杂剧文本的流变时，认为一般杂剧的本子都经过舞台记录本阶段，这种本子大多出自艺人手笔或勾栏

① 刘南芳：《台湾内台歌仔戏定型剧本的语言研究——以拱乐社剧本为例》，台湾"清华大学"中文系博士论文，2011 年，第 56—57 页。

雇用的书手,错漏讹误较多,如今传元刊本和脉望馆钞校本中的大部分剧本。①俞为民认为,早期南戏的文本形态只是一个提纲,剧目在舞台上逐步流传,别的戏班也为了演出,便聘请一些下层文人按别的戏班的演出实况记录下来,就有了舞台记录本。尔后引起文人学士的兴趣,对其加以整理并由书坊刊刻,这样才产生了文学读本。②

应该说,上述推论并非臆测。在旧时,四川目连戏以演提纲戏为主,据载:如果名演员、好先生唱某角还不错,就由文化人记下来,顺一顺,去掉水词,形成本子,以前在地摊上卖的"地羊子"(石印剧本),很多就是这么"创作"出来的。③ 传统戏班、票友在偷戏时采取的办法就是现场记录舞台演出:两人分工合作,一个记唱法,一个记身段,或则一人记腔,一人记词,戏散后两人回来一对,对于这出戏就算会个三两分。下次再听,就可得到六七分。④ 中国艺术研究院保存了一批由北京、西安、太原等地民间书坊刊印的清末民初梆子戏著名艺人和山西祁太秧歌的舞台演出本,总计有 52 种,44 个剧目。据刘文峰研究,这批剧本是通过舞台记录形成的本子。清末民初,梆子戏流传全国各地,山陕商人不仅在财力、物力上支持梆子戏班,而且在众多商业行会中成立了"自乐班",吹拉弹唱,粉墨登场。他们要欣赏、要学习,但在书肆上买不到梆子戏的剧本,艺人又不肯轻易将自己肚里的玩意传授给人,于是就有一些粗通文墨的戏迷在剧场内分工合作,将当时舞台上流行的剧目记录并刻印出来,供梆子戏爱好者看戏和学戏时参

图 14 黄梅戏演出使用字幕显示屏。有的在舞台前沿还有一块横卧的显示屏,专供演员观看(笔者在湖北黄梅县的采访)

① 王季思:《辨析元明间失名剧本的初步设想》,见《王季思学术论著自选集》,北京师范学院出版社 1991 年版,第 332 页。

② 俞为民:《南戏通论》,浙江人民出版社 2008 年版,第 25、32 页。

③ 王跃:《四川部分地区目连戏调查》,见重庆市川剧研究所编:《四川目连戏资料论文集》,内部资料,1990 年,第 162 页。

④ 徐慕云:《梨园外纪》,生活 · 读书 · 新知三联书店 2006 年版,第 66 页。

考。① 虽然我们不能确定这批剧目在形成文字之前,其表演形式究竟是提纲戏还是剧本戏,至少有一点是可以大致肯定,即这批刊印本经历了这样的发展路径:口头表演(包括表演提纲戏和剧本戏)—记录本—刊印本。

当然,舞台记录本并非均在演出的第一现场完成。在传统社会,受技术条件的限制,在无摄影录音设备的情况下要做到在剧场同步记录演员口中吐出的戏词,操作起来不是很容易。比较可行的办法是发掘艺人的记忆,即将熟悉某出戏的艺人召集起来,口述各自掌握的表演内容,由文化人记录下来,加以综合、整理,最后形成文字剧本。1949 年后新文艺工作者通过这种方法发掘、刊印了大量的传统剧目,稍后有详细的论述。

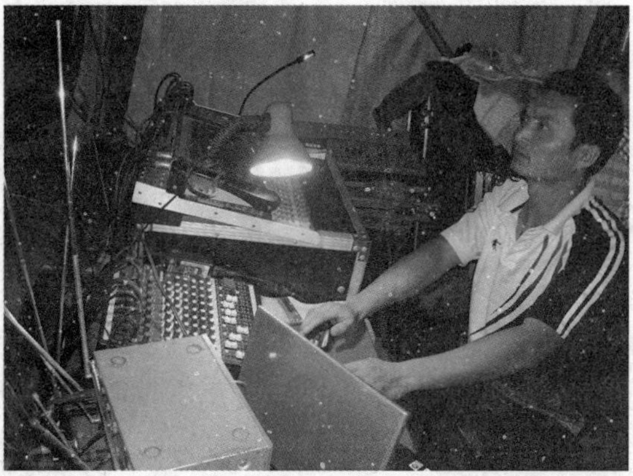

图 15　黄梅戏后台艺人要密切关注前台屏幕的显示情况(笔者摄于黄梅县)

(四)电子字幕定型

近二十年来,规模较大、财力较雄厚的戏班一般购置了音响、电脑、舞台灯等设施,尤其是字幕机成为民间戏班追捧的技术装备,它不仅普遍用于剧本戏的演出,而且大量出现在即兴演剧的舞台上,成为口头剧本定型的助推器。戏班通行的做法是,将一些深受观众喜爱、经常上演的提纲戏的台词记录下来,输入电脑,形成电子文本,表演时随着剧情的进展,逐字逐句将唱词显示在电子屏幕上,供观众和演员观看。

这种诞生于现代技术背景之下的剧本定型方式呈现出一些引人注目的特点。首先,戏词传播非常便捷,流播范围广,加速了提纲戏的定型化。在传统戏班中,即兴演出的成功之作往往秘而不宣,只限于本戏班上演,或在师徒之间相授。传统的口头、纸质传播方式也限制了剧本的流播速度和区域。现在,戏班所演的戏不一定就是自己的原创,只要某个戏班记录了提纲戏的台词,其他戏班借助电脑、移动硬盘、U 盘等工具,便可轻松地复制、拷贝剧本,获得新的演出剧目,演员无须自己去即兴编词。以笔者考察过的"黄梅戏青年艺术剧团"为例,他们所使用的电子剧本来自近二十家(剧本的电子版上依然保留有原剧团的名号,演出时再予以

① 2013 年 5 月,笔者于台湾成功大学台闽民间戏剧国际学术研讨会期间采访刘文峰教授。

更换),不同的剧团,大部分属于湖北省内的,也有安徽、浙江、江西等地的剧团,如“蕲春红牡丹黄梅戏剧团”“安庆市青年黄梅戏剧团”“湖北省黄梅县《华雨》黄梅戏剧团”“椒江区越剧一团”等。剧本来源也不限于黄梅戏剧团,还有越剧、婺剧戏班。类似现象不是个案。在湖北及周边省份,电子剧本经常在不同戏班、艺人之间广泛流传,共同使用,彼此沿袭,互相认同。在这一过程中,提纲戏发生了本质上的变化,事实上已成为定型剧本。需要提及的是,剧团往往拥有同一剧目的多个演出台本,台本的选择要依戏班主角(花旦、小生)而定,主角熟悉什么样的演出本,就在电子屏幕上显示相应的唱词。这反映出黄梅戏“水戏”依然处于剧无定本的状态。

其次,从剧本的表现形态来看,经由现代传媒技术推动的定型剧本呈现出电子化、模板化的特征。正如笔者在湖北黄梅戏剧团所见到的那样,戏班80%的“水戏”均为电子文本,采用记事本的模式来载录戏词,保存于戏班专用电脑中。因此,当笔者在戏班搜寻印刷本、手抄本时,几乎找不到几个像样的本子。电脑复制、粘贴技术不仅将艺人从繁重的剧本抄录工作中解放出来,而且使得剧本呈现出格式化、模板化的特征。电子剧本的文本要素包括:一、剧团名称;二、客套语、演出时间提示语,如“感谢大家的厚爱,欢迎朋友们光临。恭祝父老乡亲们:合家欢乐,万事如意!今晚(日)演出×××(剧目名)”等字样。三、演出剧目名,如“大型传统古装黄梅戏《三请樊梨花》”等。四、演职员表(包括负责文武场面、灯光、音响、电脑的艺人)。五、正戏唱词。六、演出结束语,如“剧终”“今日演出结束,明天再见”等。各部分的内容可以依据表演场合的不同灵活替换、更新,敲击一下键盘,便可修改电子剧本,非常便捷。

在即兴演剧的环境下,字幕机带来的便利是显而易见的,演员临场编词的压力大大缓解,也无须像演剧本戏那样逐字逐句地记诵台词。事实上,即使即兴吐出的戏词被字幕给固定下来,也不像剧本戏所要求的那样,必须严格照本演唱。在很多情况下,演员依然可以脱离字幕即兴发挥。譬如,艺人认为自己所编或所记的唱词较字幕所提供的要出

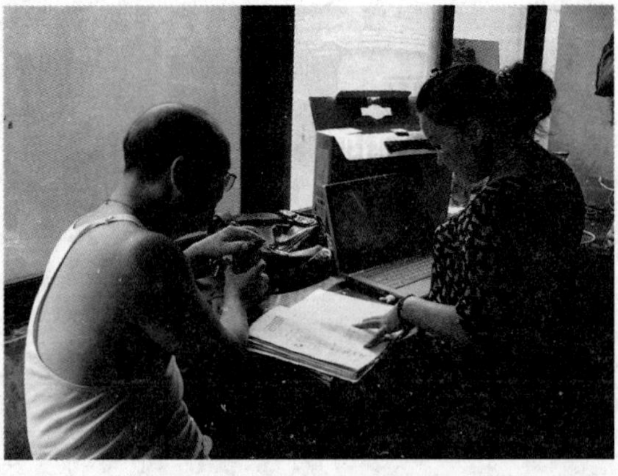

图16 辰河戏演剧本戏时使用字幕机,图为演出前艺人核对电脑字幕是否与剧本相符(笔者摄于溆浦县辰河戏剧院)

色，即便事先没与戏班沟通，也可临时改词。此时，控制电脑的艺人不得不清空字幕，等待艺人即兴唱完，再恢复到原有的戏词。遇到设备出现故障，字幕不能显示时，同样需要艺人自己编词。

三、传统剧目的发掘整理与提纲戏的记录定型

1949 年后，在政府文化部门的主导下，各地开展抢救性的传统戏发掘工作，将长期流传于艺人口头的戏剧记录下来，进行整理、汇总和出版。这种大规模、有组织的传统剧目抢救工作最直接的功绩是留下了一批数量可观的剧目遗产，与此同时，也在很大程度上导致了戏曲口头传统的死亡。

20 世纪 50 年代初期，整理口头剧本的最初动因是为了抢救、留存文化遗产，推进新戏曲的建设。1951 年，《政务院关于戏曲改革工作的指示》强调："应广泛搜集、记录、刊行地方戏、民间小戏的新旧剧本，以供研究改进。"1961 年 9 月，文化部发出了《关于加强戏曲、曲艺传统剧目、曲目的挖掘工作的通知》，针对新中国成立以来挖掘继承中存在的问题提出了进一步的工作意见。提纲戏剧本化的另一重要背景是戏曲导演制的建立以及新中国如火如荼的"戏改"运动。1950 年，《新戏曲》月刊召开"如何建立新的导演制度座谈会"，时任文化部戏曲改进局局长的田汉提出，戏曲须"建立有效的导演制度"。1952 年 12 月 26 日，文化部在《关于整顿和加强全国剧团工作的指示》中明令："戏曲剧团应建立导演制度，以保证其表演艺术上和音乐上逐步的改进和提高。"①随着行政命令的强力推行，各地戏曲剧团纷纷建立导演制，幕表制被视为一种落后的、对观众不负责任的表演体制广受批评，强调演戏要有准词准本，剧本化、书面化被普遍认为是提纲戏的发展方向。由此肇端，自 20 世纪 50 年代至 80 年代，长期流传民间的一批有影响的传统提纲戏纷纷被记录、整理为文字剧本，结束了它们的口头传承史。

提纲戏的记录、整理工作集中在 20 世纪 50 年代中期至 60 年代初期。在当时，提纲戏尽管作为一种表演体制遭到限制、取缔，由于不少传统戏具有较为广泛的受众基础和审美价值，各地文化部门依然将其纳入旧剧"翻箱底""抖包袱"的行列。云南省在《1957 年 7 月—1958 年 6 月戏曲剧目工作规划》中提出："'连台本戏'和'条纲戏'不能轻率地加以否定，也不要盲目说它什么都好，应加以分析。其中好的东西，也可以提出来加以整理。省内今年考虑整理一个两本或两本以上

① 文化部：《关于整顿和加强全国剧团工作的指示》，见中国艺术研究院戏曲研究所《戏曲研究》编辑部、吉林省戏剧创作评论室评论辅导部编：《戏剧工作文献资料汇编》，内部资料，1984 年，第 40 页。

的‘连台本戏’。”①江西省文化局在1956年(包括1957年)剧目工作计划中提道:“越剧主要任务是在消灭幕表戏,必须将这些剧目加以记录和清理。”②

然而,要将历来口传心授、剧无定本的提纲戏转化为文字剧本并非一件轻而易举的事情。在传统戏班里,戏剧的“总纲”一般掌握在戏班班主、说戏先生或主角手中,普通艺人只了解各自的“单片”,他们很难将全剧的台词完整地口述出来;有的艺人年齿较高,记忆力衰退,吐出的戏词也不够准确。因此,在记录剧本时,要将熟悉剧目的艺人召集在一起,集体复述剧本,并互相补充、完善。焦菊隐在谈到桂剧整理时便提出:“有些演员,自己存有许多‘总讲’不轻易示人。又有些演员,只知道自己的角色。要想凑成某一整本戏剧,非把此戏里所有角色的‘单篇’集在一起,根据上下场提纲攒起不可。”③有些剧目久未上演,知之者甚少,整理难度更大,浙江温州的做法是:“采取互相启发、回忆,先凑情节,写好本事,分好场次,然后各人搞自己扮演的那个角色的唱词、道白,再拼凑完成。”④从某种意义上说,口述剧本的整理其实是一种基于集体记忆的戏剧重塑,力图通过汇集众多艺人的记忆,让戏曲尽可能接近老本原貌。提纲戏的传承、表演者以文盲居多,他们完全依靠死记硬背来学戏、演戏,因而往往只知字音,不辨字形字义;某些词句艺人念音不准,让人难以听懂。在记录过程中,艺人一字一句地口述,整理者们逐字逐句地记录。完成后还需及时地复核、修订笔录,将其加工成为具有可读性的文本。

演出版本的确定也是记录者们面临的棘手问题。有的剧目属于戏班的拿手好戏,经过长期的舞台表演,有了准词准腔,剧本已基本定型,如粤剧《方世玉打擂台》《打闹扬州》《定唐业》《孖仔惑双娥》等;辰河高腔中的《双麒麟》《红灯记》《掉白扇》《梨花崭子》等。这类剧目只要照本笔录即可。有的剧目存在多个演出版本,需要记录者以科学的态度,加以细致的选择和全面的综合。在传统戏班中,艺人师出多门,师承不同,“戏路”和唱词道白也有很大的不同。应该说,当时的整理者们充分注意到了这一点。辽宁省在《戏曲传统剧目发掘工作办法要点》中强调:“笔录时,应详尽、耐心地听取口述者的叙述,并应随时帮助他解除顾虑,保持老本

① 中国戏曲志编辑委员会:《中国戏曲志·云南卷》,中国ISBN中心,2000年,第682—683页。

② 中国戏曲志编辑委员会:《中国戏曲志·江西卷》,中国ISBN中心,1998年,第926页。

③ 焦菊隐:《桂剧之整理与改进》,见《焦菊隐戏剧散论》,中国戏剧出版社1985年版,第257页。

④ 叶大兵:《记1956年对温州乱弹传统剧目的发掘整理》,见温州市政协文史资料委员会编:《温州文史资料》第11辑,1997年,第73—74页。

原样,不得因笔录者的个人兴趣或主观好恶而随意增删。不同'路子'(或'蔓')的同一剧目应分别搜集笔录。"①吉林省也采取了类似的做法,《吉林省传统戏曲剧目发掘记录征集办法》(1956 年 8 月)提出:对于剧种相同的同一剧目的各种不同"路子'(或"蔓")的剧本要分别记录、收集,以保存其独特的风格特点。② 应该说,这是尊重艺术规律的可贵做法,在一定程度上保留了提纲戏活态性、易变性的特点。

发掘者们所记录的内容,除了戏剧的整本准词外,还包括唱腔、音乐、锣鼓以及角色安排等,纯粹的"水词"一般不予记录。其中如何处理"赋子"是一个突出的技术难题。口述剧本中存在大量赋子,然而,有的赋子偏离主题,与剧情关系不大,有的重复、累赘,语言俚俗,缺乏文学色彩,与新时期的戏剧审美观相距甚远。在当时,人们基本上是站在书面文学的立场来决定赋子的取舍。在历史上,台州乱弹乱弹剧本都是口头相传,没有文字记录,剧本中经常穿插"赋子"。整理者在记录时要分析这段"赋子"和这本戏的情节是否协调,否则记下来本本相同。③ 有的"赋子"过于鄙俗,或者涉嫌情色,自然一概删除。譬如锡剧《珍珠塔》,在 1957 年的整理本中,删去了"十不好"唱段。应该说,在剧目发掘的顶层设计中,对工作中可能出现的偏差有着比较充分的估计。1961 年文化部明确指示:"戏曲、曲艺传统节目的唱词、道白中有不少优秀的健康的东西,但是其中也有不少封建、迷信的思想,低级、猥亵、不健康的情调和文理不通的辞句。在记录时,不论是精华部分或者是糟粕部分,都应全面地如实地记录下来,先不要随便修改,以便于以后能对剧目、曲目作全面的研究。"④但事实上,人们出于政治立场、审美观上的种种顾虑,在实际操作当中依然扬弃了戏曲中的大部分"糟粕";或根据书面剧本的格范对口述内容加以更改,譬如删除累赘重复的道白,将口语、俚语改写成为书面语,对唱词及诗的韵辙进行调整,将一些文理不通的词句修饰得文从字顺。因此,无论从文本内容还是书写形式来看,经过书面化改造的提纲戏基本上抹除了口头表演的痕迹。

新中国成立后,一批优秀的提纲戏剧目经过剧作家的改编整理,成为新的经典之作,以另一种方式完成了口头剧本的定型书写。黄梅戏《女驸马》的祖本《双

---

① 中国戏曲志编辑委员会:《中国戏曲志 · 辽宁卷》,中国 ISBN 中心,2000 年,第 524 页。
② 中国戏曲志编辑委员会:《中国戏曲志 · 吉林卷》,中国 ISBN 中心,2000 年,第 635 页。
③ 胡来宾编:《台州乱弹》,浙江摄影出版社 2009 年版,第 61 页。
④ 文化部:《关于加强戏曲、曲艺传统剧目、曲目的挖掘工作的通知》,中国艺术研究院戏曲研究所《戏曲研究》编辑部、吉林省戏剧创作评论室评论辅导部编:《戏剧工作文献资料汇编》,内部资料,1984 年,第 121 页。

救主》最初为提纲戏,大约来源于说唱。1957 年,王兆乾从老艺人手中得到该剧的抄本后(老本非常单薄,只能算是一个剧本“提纲”),1958 年将其改编为《女驸马》。据编者自述:“(剧本的改编)并未拘泥于原本,而是做了新的构思。因此,原本的唱词一句也没有采用。”①可见,这样的改编除了保留原作的一些情节框架外,与老戏已没有多大关联,属于脱胎换骨式的再创作。20 世纪 50 年代中期,海陆丰的文艺工作者则尝试将正字戏武戏(提纲戏)“演变”成有唱腔的文戏。艺人陈春淮改编了《金叶菊》,他以原剧主要情节为基础,重新编构故事,发展新的情节,组织新的戏剧冲突,赋予戏剧新的主旨。② 当然,也有一些尊重原作的改编。1978 年,湖南衡阳文化馆干部向国政根据影戏《陈士美不认妻》改编成“铁词”本《三官堂》。改编的第一步是确定基本的“桥路”,他是这样考虑的:各艺人师承不同,不同流派艺人所掌握的桥路虽有共同之处,但在故事发生的时代、人物出场的报台词、内容情节上均有相异。因此,必须对原有的桥路进行梳理,确定桥路。接下来,在原有桥路的基础上,将艺人过去演唱的盲词记录下来,进行删改、整合,使之保持影子戏的原有风格。改出的本子,既是铁词铁本,又可作“半桥半铁本”唱。③

发掘传统剧目无疑是一项意义深远的文化遗产抢救工程,它最直接的功绩是许多濒临失传的优秀剧目得以留存下来,极大地丰富了中国的戏曲资源。然而,平心而论,并非没有值得检讨的地方。提纲戏原本是极具活力和创造性的演剧形式,一旦将其记录成文字,“活词”戏变成了“死词”戏,艺人只能照本演出。因此,艺人在舞台上的创作主体地位必将丧失,沦为剧本的傀儡和传声筒。作为当场创作的提纲戏,无疑孕育着很多创新的契机,每一次演出均可能有新的创造。而且,记录者们所书写的剧本,也不一定就是最经典、最能体现艺术造诣的版本。同时,他们难免受到主流意识形态的影响,删削那些体现底层民众趣味的戏词,最终会遮蔽许多剧史真相。提纲戏的书写,意味着口头传统的终结,对于很多剧目来说,人为制造的定本戏,催生的可能只是一个先天不足的早产儿,真正经得起历史和观众检验的还是自然成熟、瓜熟蒂落的作品。

综上所述,口头剧本的定型书写经历了与文人创作截然不同的过程。过渡形态的戏剧是由口头向书面转换的关键,它促使表演趋于规范、成熟,也是孕育戏曲

---

① 王兆乾:《〈天仙配〉和〈女驸马〉的发掘和改编——答陈荣升同志》,载《黄梅戏艺术》,2000 年第 2 期。

② 陈春淮:《海陆丰提纲戏探索》,见《正字戏大观 · 谈艺录》,花城出版社 2001 年版,第 63 页。

③ 向国政:《衡山地方影子戏》,内部资料,2006 年,第 475—482 页。

经典的重要母体。伶人的舞台表演是戏剧定型的主体,可以说,在民间戏班里,绝大多数传统戏首先不是“写”出来的,而是“演”出来的,当然,文化人在文本书录上也发挥了不可或缺的作用。提纲戏的定型书写,有的是戏曲演进的自然现象,有的是人为干预的结果,甚至现代科技也在推波助澜,体现出戏曲发展史的复杂性、多样性。值得注意的是,这种变化并非单向度的衍生关系,一方面,提纲戏可以逐渐固化为定本戏、剧本戏;另一方面,在一定条件下,书面剧本亦可蜕变为口头剧本,或者原已唱“铁”的定本戏变成提纲戏,譬如随着戏班成员的流动,往往引发演出路数、戏剧台词的更改,使原本定型的戏剧结构趋于解体。因此,在一个戏班中,提纲戏定本化的一个重要前提是必须在一段时间内有相对稳定的演出阵容和长久的合作关系。总之,提纲戏与定本戏、剧本戏的关系较为复杂,二者此消彼长,处于一个动态的转化过程中。我们思考上述问题,不仅有助于探寻民间剧目的生成机制与历史脉络,也能加深对不同戏曲传统的形成与特性的认识,并为戏曲口传史的研究提供有益的借鉴。

第四章

口头剧本的套语艺术

戏曲套语是编创口头剧本的重要手段,目前,尚无一个能准确揭示其内涵、为学术界所公认的名词术语。在现代编撰的艺术辞典中,一般称作“水词”。《中国戏曲曲艺词典》解释为:“任何剧中都可以使用的词句,喻其淡而无味,形同白水。”①《中国曲学大辞典》的解释是:“由于历史原因而形成的在许多剧目中都可以通用的词句,如‘××打马奔家乡,行人路上马蹄忙’‘翻身下了马能行’之类。因其淡而无味,形同白水,甚至文理不通,故称其为‘水词’。”②两者的诠释大同小异。③

真正大量使用“套语”一词的是西方史诗学者,他们从荷马史诗中发现了与同时代的文人创作很不一样的特征,即诗歌中往往会使用大量重复的、循环出现的词句。人们一般称之为“套语”“常备的属性形容词”“史诗套语”以及“惯用的词句”等。米尔曼·帕里为消除这类字眼的轻蔑意味,更加精确地揭示这些术语的内涵,创造出“程式”概念来指称口头表演者的重复词句:“在相同的格律条件下为表达一种特定的基本观念而经常使用的一组词。”④也有学者认为,“套语”一词是可行的,沃尔特·翁(Walter J. Ong)便将“套语”“套语式成分”及“严格的套语式语汇”熔为一炉,用以泛指诗歌散文里或多或少严格重复的固定词组。⑤ 不可否认,戏曲中的套子与史诗的“程式”“片语”“套语”有诸多相通之处,譬如都是一些重复、雷同、固定的词句,均是口头表演者使用的临场编词工具。

---

① 上海艺术研究所、中国戏剧家协会上海分会:《中国戏曲曲艺词典》,上海辞书出版社 1981 年版,第 86 页。

② 齐森华、陈多、叶长海主编:《中国曲学大辞典》,浙江教育出版社 1997 年版,第 827 页。

③ 其他辞典的解释亦出入不大,如《京剧知识手册》(吴同宾编,天津教育出版社 2001 年版,第 396 页)、《中国文化辞典》(施宣圆等主编,上海社会科学院出版社 1987 年版,第 1004 页)以及《中国俗文学辞典》(王文宝等编,吉林教育出版社 1990 年版,第 130 页)等。

④ [美]阿尔伯特·贝茨·洛德:《故事的歌手》,尹虎彬译,中华书局 2004 年版,第 40 页。

⑤ [美]沃尔特·翁(Walter J. Ong):《口语文化与书面文化——语词的技术化》,何道宽译,北京大学出版社 2008 年版,第 18 页。

在地方戏曲中,固定的、重复的戏词有各种称谓。马紫晨将河南地方戏中的套语称为"通词",又细分为"戏串"和"水词"两类。前者亦称"戏套子",或写景,或抒情,或比古人,或咏物……单独阅读,俨然一篇通俗的诗歌;若嵌入戏中,则自成一段优美的唱词。后者是指流水似的唱词,只要在相同的故事情节下,均可通用。① 换言之,两者的区别主要在于文学审美价值的高低。在民间,艺人对此一般不做明确的区分,如越剧、沪剧、锡剧统称为"赋子",河南信阳影戏称作"牌子"或"偈子",福建傀儡戏谓之"通词",东北影戏和二人转称之为"篇";广西彩调称为"课子";湖南地方戏叫"铁词",虽然称谓不一,其内涵大致相同。在没有找到更具概况性的术语之前,"套语"恐怕还是比较适当的表述方式。

第一节　戏曲中赋的渊源

赋与戏曲之关系,渊源极为古老。自戏曲处于孕育状态,便与赋结下了不解之缘。戏曲成熟后,在宋元南戏、杂剧和明清传奇里,不少戏剧的宾白是用赋体写的。清代中叶以后产生的地方戏中,许多剧种采取了提纲戏的演剧形态,艺人搬用固定的赋体套语来编创口头剧本。那么,戏曲中的赋究竟是怎样产生的?它在早期民间戏剧中具有怎样的表现形态?下面拟在前辈学者研究的基础上,对这些问题做进一步的分析。

一、俗赋与戏曲中赋体文的形成

徐扶明先生认为:戏文、传奇作品中的赋体文来自汉赋。② 诚如所云,明清传奇中的赋大多具有汉赋的审美特征,举凡铺叙场面、摹画人物、描绘景色、介绍生活物品等,无不以赋的笔法来铺排刻画。如写宫廷府邸气象的有《琵琶记》中的《黄门赋》,《荆钗记》中《相府赋》。描绘山川景物的如《水浒记》中的《梁山赋》,《玉玦记》中的《西湖赋》。摹写人物的有《玉簪记》中《美人赋》,《狮吼记》中的《泼妇赋》等。如《明珠赋》第四出咏长安:

---

① 马紫晨:《水词、"戏串"的艺术价值》,见《河南戏曲史论文集》,中州古籍出版社 1989 年版,第 264—265 页。

② 徐扶明:《古代戏曲作品中的赋体文》,见《元明清戏曲探索》,浙江古籍出版社 1986 年版,第 302 页。

(丑)官人,你看京师好景致。(生)怎见得?(丑)只见六街车马,三市人烟。慈恩寺金刹参天,灞陵桥垂杨拂地。花簇簇三百六十行买卖,锦重重十万八千户人家。朱楼绣槛,有十里香风;水阁凉亭,没半星暑气。酒肆中卖的是莲花白、竹叶青,都解金龟同一醉;勾栏内坐的是李端端、苏小小,笑歌新曲解留人。金章紫绶,达官贵戚去朝天;白狗苍鹰,公子王孙来打猎。八柱巍峨标玉阙,五云缭绕拥王居。果然是好景致。①

整段宾白句式整饬,多骈偶对仗,以夸张和铺陈的手法,刻画长安闹市之繁华、人烟之辐辏,写出了大都市的气派;文辞典丽,讲究音律美和节奏感,俨然一篇小型汉赋。总体来看,用赋是明清文人传奇创作一大特色,类似赋文还有不少,据统计,仅明汲古阁刻《六十种曲》中便有35篇之多。

赋是怎样与戏曲结缘的?它通过何种途径进入戏曲?徐扶明对此没有深入探究,他提出"汉赋"源头说后,又提供了另一种看法:"古典戏曲作品中的赋体文,乃是来自宋元话本。因为,宋元话本中描写人物的服饰、体态、行动以至环境,往往采用赋体文。其实,赋有两种,一为民间赋(民间说话艺术),一为文人赋。这两者,对后世话本、戏曲,都有过影响。"②这话只说对了一半。剧中赋并非源自宋元话本,戏曲和话本中的赋有着共同的源头,两者是"兄弟"而不是"父子"关系。下文将会述及。值得重视的是民间赋(俗赋)对戏曲的影响。③

现有研究表明,赋起源于民间,在其形成之初主要以口头文学的形式存在。尤其敦煌俗赋面世后,人们发现不少作品可用来当众演唱。《初学记》卷二十引刘谧之《廓郎赋》,开篇云:"座上诸君子,各各明君耳。听我作文章,说此河南事。"可见此赋是说给人听的。又,《北梦琐言》卷七载:"皮日休曾谒归融尚书,不见,因撰《夹蛇龟赋》,讥其不出头也。而归氏子亦撰《皮靸鞋赋》,递相谤诮。"所撰之赋既然是为了"递相谤诮",无疑是供说唱用的。④ 此外,《敦煌变文集》卷三载录《燕子赋》第二篇首云:"此歌身自合,天下更无过;雀儿和燕子,合作开元歌。"⑤既言

① 陆采撰,张树英点校:《明珠记·南西厢记》,中华书局2000年版,第7页。

② 徐扶明:《古代戏曲作品中的赋体文》,见《元明清戏曲探索》,浙江古籍出版社1986年版,第303页。

③ 补记:在本文完成、刊发后,学者们继续研究这一问题,较深入地探讨了俗赋在古代戏曲中的遗存情况和表现形式。可参看吴晟《俗赋在中国古代戏曲中的遗存》,载《河北学刊》,2012年第6期。

④ 周绍良:《谈唐代民间文学——读〈中国文学史〉中〈变文〉节书后》,见《绍良文集》(下册),北京古籍出版社2005年版,第1495—1496页。

⑤ 王重民、周一良等:《敦煌变文集》(上),人民文学出版社1957年版,第262页。

赋为“歌”，说明俗赋是可唱的。事实上，俗赋不仅在唐代有，南北朝以前至魏晋、汉代以至先秦时代均有俗赋。

众所周知，在我国戏剧发展史上，说唱艺术对戏曲的形成发挥了十分重要的孵育作用。讲唱与戏剧是两种非常接近的表演艺术，前者是“说法中现身”，以叙述为主，辅以代言和生动的表情、动作；而戏剧表演是“现身中说法”，演员扮演剧中人，代剧中人说话。两者在表现形态、文本形式、故事题材等诸多方面均有交叉、重叠之处。在各类文体中，讲唱与戏剧是最为亲近的姊妹艺术，也是最易互相渗透和转化的。近代以来不少地方剧种的前身就是说唱艺术，如越剧、评剧、锡剧等。因此，与文人化的汉赋比较，作为说话艺术的俗赋无疑与戏剧的关系更为密切，它是戏曲中赋的远祖。

目前，有不少学者认为敦煌文书中存在戏剧脚本，某些俗赋具备剧本的性质。如赵逵夫提出，俗赋与戏剧关系密切，前者转变为后者，“只是由一个人诵读变为三个人分别说，再加上表演而已；如果要更完善一些，再加上装扮”①。他又指出，俗赋《茶酒论》为晚唐时人模仿俳优戏写成的，后来又被俳优用作演出脚本。② 如果此说可靠，不排除另一种可能，即历史上存在赋体形式的戏剧，戏曲中的赋是赋体戏剧的遗留。

应该承认，作为说唱技艺的俗赋演变为戏剧，或者某些赋以戏剧化的方式来表现，这种可能性是存在的，但目前尚没有更多的证据来证实它。笔者认为，戏曲中的赋与其说是前代赋体戏剧的残留，不如说是戏剧吸收了赋的说唱技艺更可靠些。如浙江“落地唱书”发展为越剧后，说唱阶段使用的“赋子”大多被越剧沿袭、借鉴。任何艺术均有其固有的发展规律，从技艺传承与发展谱系的角度来分析，上述推论应该与事实相去不远。下文考察早期戏剧的用赋情况，将更清楚地看到这一点。

二、早期戏剧中赋的演出形态

唐代以后，赋的说唱技艺为戏剧与“说话”所吸纳，并构成了二者艺术肌体的有机组成部分。“说话”用赋情况暂且不谈，就戏剧而论，宋金杂剧中便已出现赋的表演形式。杜善夫套曲《庄家不识勾栏》描述金末爨体演出时云：

---

① 赵逵夫：《论瞍矇、俳优在俗赋形成中的作用》，载《陕西师范大学学报》（哲学社会科学版），2009 年第 3 期。

② 赵逵夫：《我国唐代的一个俳优戏脚本——敦煌石窟发现〈茶酒论〉考述》，见《古典文献论丛》，中华书局 2003 年版。

【四煞】一个女孩儿转了几遭,不多时引出一伙。中间里一个央人货,裹着枚皂头巾顶门上插一管笔,满脸石灰更着些黑道儿抹。知他待是如何过?浑身上下,则穿领花布直裰。

【三煞】念了会诗共词,说了会赋与歌,无差错。唇天口地无高下,巧语花言记许多。临绝末,道了低头撮脚,爨罢将幺拨。

以上说的是金院本《调风月》的演出情形。据钱南扬解释,爨是院本的异名,“爨罢将幺拨”中的“爨罢”是指院本的上半段艳段演出结束。① 由上可见,爨体演出中有“念了会诗共词,说了会赋与歌”的环节,清楚地表明爨体有“说赋”的技艺展示。

金元院本中有不少带有“赋”字的表演名目,陶宗仪《南村辍耕录·院本名目》“打略拴搐”所记甚详:“秀才家门”条下有《大口赋》《风魔赋》《疗丁赋》,“列良家门”有《由命赋》,“大夫家门”有《伤寒赋》《便痈赋》,“良头家门”有《方头赋》,“司吏家门”有《罢笔赋》。这些表演几乎形成了一个剧目类群,可以称之为“赋剧”。据胡忌、李啸仓等学者研究,“打略拴搐”是穿插于院本中的由一人所担任、以念诵为主的说唱艺术形式,近似于北京过去的“数来宝”。② 刘晓明认为,“打略拴搐”是比较简陋的院本表演,以数名打诨和笑耍戏乐为主,基本上没有故事情节。“这种表演并无严格的剧本需要遵循,只有一个基本框架,并可根据需要作调整。”③此论甚是。

笔者认为,“打略拴搐”近似于后世的提纲戏演出,可能没有完整的文字剧本,表演具有一定的通用性、普适性。院本中“赋剧”的某些唱词是相对固定的、类型化的,可以反复运用于不同的表演剧目。尽管“赋剧”没有文字遗留,但我们依据同类剧目能推测其表现形式。

胡忌《宋金杂剧考》从元杂剧中考证出“先生家门”中“清闲真道本”和“卒子家门”中“针儿线”两种,前者通用于道士出场,后者用于庸将。我们认为,与此类似,在表演“赋剧”时,只要是秀才出场,就可用《大口赋》《风魔赋》;大夫出场用《伤寒赋》《便痈赋》。换而言之,“赋剧”具有程式化片段的性质,是表演“梗概式”戏剧的重要手段。在这里,我们看到了后代口头剧本中赋体套语的身影。

---

① 钱南扬:《宋金元戏剧搬演考》,见《宋元明清戏曲研究论丛》第二集,香港大东图书公司1979年版,第64页。

② 胡忌:《宋金杂剧考》,古典文学出版社1957年版,第249—250页。

③ 刘晓明:《杂剧形成史》,中华书局2007年版,第403页。

院本中的“赋”不是通常的口头念诵，而是以戏剧化的方式来表现的，诙谐逗趣，悦人耳目。试以《风魔赋》为证：“风魔”为宋元俗语，本指对事物的追求非常痴迷，引申为行为举止放浪、轻狂。董解元《西厢记诸宫调》卷一云：“秀才家那个不风魔；大抵这个酸丁忒劣角，风魔中占得个招讨。”王实甫《西厢记》中的张生为接近莺莺，冒失轻狂，在红娘面前自我介绍：“小生年方二十三岁，不曾娶妻。”活脱脱一个“风魔”形象。由此可推想院本《风魔赋》的演出情形。《疗丁赋》与此类似。所谓“疗丁”，市语指“钱”，秀才赋钱，无论伶俐或是迂腐，都会有丰富的戏剧内容。①

“列良家门”下有《说卦象》《由命赋》等名目。关汉卿《山神庙裴度还带》杂剧第二折的“风鉴相面”，也许就是《说卦象》或《由命赋》：

> (正末云)此人见小生身上褴褛，故云如此，特地藐视于小生，好世情也呵！(野鹤云)秀才，你休怪。我是肉眼通神相，看你面貌上无一部可观处。你看你五露、三尖、六极。五露者，是眼突、耳反、鼻仰、唇掀、喉结。经曰：一露二露，有衫无裤；露若至五，夭寿孤苦；五露俱无，福寿之模。六极者：头小为一极，夫妻不得力；额小为二极，父母少温习；目小为三极，平生少知识；鼻小为四极，农作无休息；口小为五极，身无剩衣食；耳小为六极，寿命暂朝夕。我与你细细的详推。

类似的以表现人物职业、身份特征为内容的“赋剧”还见于戏文、传奇当中，如《琵琶记》第二十五出中的《拐儿赋》，《张协状元》第八出《强盗赋》。胡忌认为《强盗赋》是“邦老”的“打略”，甚是。

“打略拴搐”中还有一种“数名”表演，它以列举某类事物名称为演出内容，如“星象名”“果子名”“草名”“军器名”等。刘晓明在《杂剧形成史》中提出：从技艺的角度看，“数名”不仅仅是单纯罗列事物之名，而更应该带有戏剧性的方式。如《五伦全备记》采用猜谜语打诨的方式数果菜名，元杂剧《百花亭》用唱白相间、夹杂诨谐的形式数果子名等。

除了上述表演形态，我们还注意到，“数名”还有一种表现形态，即与“念赋”交叉进行表演。如元本《琵琶记》第九出，演员先念诵“骏马赋”，接着开始表演“数颜色名”“数骏马名”“数马厩名”，然后又以赋文夸饰马的装扮，下文还对劣马进行了嘲谑调侃。演出以丑角为主，末在一旁提示、帮腔，其关系宛如后代相声表

① 薛瑞兆：《论打略拴搐》，载《文学遗产》，2007年第1期。

演中逗哏和捧哏的。这段表演应与院本“打略拴搐”相去不远。至于“念赋”的表现形式,与“数名”近似,它是一种展现艺人口头功夫的技艺。“念赋”与“数名”配合使用,还说明两者在艺术功能上比较接近,均具有铺陈、数说、描绘事物名称、种类和形貌的作用。

近年来,在山西发现了明清时期抄写的民间赛会演出用的“口号”“祝词”,“说词”等。明万历二年《迎神赛社礼节传簿》记录民间演出时“前行”(即“竹竿子”)诵念的“祝词”“说词”中有《百花赋》。① 又,据清嘉庆二十三年(1818 年)之前的《唐乐星图》,赛社“头场”有《讲百花盏》,实即为《百花赋》。从长子县东大关牛家发现的赞词藏本看,其内容先讲“茶、果、香、灯、花”五种祭祀用品的名称类别,再细述《百花头盏》,仅“天花地花盖世琼花”部分就有 62 句,每句都有“花”字。② 很明显,无论是《百花赋》还是《百花盏》,其本质与“数名”是一样的。金院本有《讲百花爨》,亦属此类。

山西赛会演出“前行”说词中还有《祝寿讲山赋》《百寿赋》《古论赋》《讲古赋》等。试以《祝寿讲山赋》为例,进一步探析其文体形制与演出形式:

> 夫南山者,丹青巧笔彩色妆成。描上境之云台,岩峰叠翠;画南山之草木,松柏常青。东西密排侵碧汉,南北成行彻云霄。穿林过涧猿猴跃,倘壁岩前虎哨吟。越岭爬山狐兔奔,黑龙潭内雾云生。老梅枝上鸟啼月,怪石岩前水流清。麋鹿衔花来供寿,猿猴献果奉神灵。正是精怪潜身处,虎豹彪熊家业门。花香稀处松花会,共祝南山万万春。③

这是赛社中“前行”念的“祝赞”,赞词属于韵文,多骈语,句式整饬,铺排夸饰,具有典型的赋体风格。据介绍,正赛开始时,村民集聚寿场迎请寿星前来添寿,该赋为祝寿时“前行”所念之词。念诵祝赞时,有的还装扮寿星、王母、八仙等形象进行表演,与宋代宫廷乐舞中的“参军色”致词、院本爨体中艳段的表演十分相似。

由上所见,民间戏剧演出很早就有赋的演唱形式,最早见于宋金杂剧演出之中,较戏文、传奇用赋要早。在表现形态上,剧中赋一方面延续了说唱时代的一些

---

① 寒声、栗守田等:《〈迎神赛社礼节传簿四十曲宫调〉注释》,载《中华戏曲》,1987 年第 3 辑。

② 李天生:《〈唐乐星图〉校注》,载《中华戏曲》,1998 年第 13 辑。

③ 李天生:《〈唐乐星图〉校注》,载《中华戏曲》,1998 年第 13 辑,本文中的引文据李注做了部分校勘。

形式特征，另一方面，开始脱离说话艺术的原初形态，多以戏剧化的方式呈现，风格诙谐嘲谑，展现了艺人博闻广记和伶牙俐齿的口头技能。其内容与传统的故事俗赋不同，剧中赋主要用于对人、事、物、景的描述和数说，近似咏物类俗赋；有的表演还热衷于介绍实用性知识，使之娱乐化、游戏化，经过长期的、反复的表演，这类赋文逐渐凝固为程式化的演述板块，成为编组口头剧本的构件。总之，至迟在宋金时代，俗赋经历了一个从说唱艺术至戏剧技艺的蜕变历程。

赋的说唱传统不仅在戏剧中得到了延续，还影响了宋元“说话”以及小说话本、明清白话小说的创作。有学者胪列了古代白话小说中描写风景、人物的赞词，认为这些描写的性质是定型的、雷同的，具有程式化套语的倾向。① 这里所说的赞词，其中不少属于赋体文。我们认为，赋体文介入“说话”、小说话本以及白话小说的途径和戏剧是一样的，同样是借助说唱的方式，而且技艺上的因袭和承续较戏剧显得更为容易和便利。戏曲中的赋与宋元话本中的赋属于同源异流的关系，其源头均是俗赋。

三、俗赋、变文与口头剧本的渊源关系

从口头剧本的历史和现状看，赋的运用非常普遍，它是艺人编创口头剧本的重要手段。表演提纲戏的艺人，通常要熟练记诵和灵活运用名目繁多的定型化的赋文，这类赋文俗称“赋子”“偈子”“戏串”等（以下统称“赋子”）。以皮影戏而言，在湖南衡阳、浏阳，河南罗山、信阳以及安徽南部、湖北云梦、仙桃等地影戏口头剧本演出中，“赋子”是不可或缺的戏剧元素，诸如人物上下场所用的定场诗、下场诗，剧中人抒发情感、叙述身世、描绘景物等，均要用到赋文。从功能特征来看，“赋子”具有程式套语的性质，它是围绕某种特定内容编写的固定文辞或篇章，可在不同剧目的类似场景中反复套用。如衡阳影戏描绘集市风貌时，一般会用到这样的段子：“一本万利开典当，二龙抢珠珠宝藏。山珍海味南货店，四季发财水果行。五颜六色绸缎店，六六顺风开米行。七巧玲珑江西碗，八仙楼上是茶坊。九曲桥畔中药店，十字街头闹嚷嚷。”除了影戏，越剧、锡剧、豫剧等不少剧种均使用程式化赋文来编演口头剧本。本书稍后有详述。

纵观我国口头文学发展史，口头剧本形成之前，在诸种成熟的叙事表演艺术门类中，与口头剧本体制最为接近的是变文、俗讲，其中也包括俗赋在内。

目前，学界对“变文、话本是说唱人的底本”这一权威观点提出不少质疑，认为

---

① 范丽敏：《互通·因袭·衍化——宋元小说、讲唱与戏曲关系研究》，齐鲁书社 2009 年版，第 39 页。

就发生与形成的过程而言,现存书面形式的变文、小说话本实际上是口头演述的记录本。如梅维恒在深入分析变文的诗前套语后,"深以为变文中的诗前套语是其直接由口述演说蜕变而来的证据"①。有的学者则提出,变文并不是转变、俗讲的底本,而应该是俗讲的记录本,寺僧、学士郎、孔目官、知术院弟子和一些普通百姓出于发愿、修持或辅助教化的需要,书写记录俗讲内容,导致变文出现。② 而周育德径直把唐末五代流传下来的那些俗讲底本"变文"式的说唱本称作"准剧本",认为它相当于后世戏曲表演的"总纲""总讲"或"幕表"。"③

诚然,上述研究大多只是针对变文而言的,然而,变文与俗赋原本具有深厚的亲缘关系,正如程毅中先生所提出的:变文和赋之间并无不可逾越的界限,变文作为说唱文学之一种,远可以从古代的赋找到来源。④ 因此,从变文身上可以推想俗赋的表现形态。即使撇开变文不谈,从现存为数不多的俗赋中也能寻觅到其即兴编创特征。任光伟提出敦煌遗书中对话体的抄本均是演出底本的观点,并以《下女夫词》为例做了细致分析。认为从书写方式上看,该写卷从"儿家初发言"至"若论成大礼,请须自状来"止,为全剧的主体部分,近似于后世戏剧的"准纲、准词";后半部分"至中门咏""至堆诗"等韵语,则类似于艺人演出时所共用的诗篇,如评剧、东北二人转的夸路景、夸相片、夸陈设、报花名等。⑤

《下夫女词》是否就是一个戏剧演出脚本,暂且不论,但任氏认为写卷由故事提纲与诗篇套语构成,这一看法值得重视。很明显,如果是作为一种表演用的完整的书面文本,无论是戏剧还是说唱的脚本,其文本结构一般是散语与诗词韵语交替进行,前者叙述故事,后者咏物抒情,如剧本的曲白相生,很少有将二者剥离开来的。《下夫女词》后半部分的诗篇应该是穿插于前部对话中间的,其性质类似于后世戏剧、说唱表演者抄录的"赋子"。换而言之,《下夫女词》可能只是一个表演用的提纲,而不是完整的书面文本。

据梅维恒等学者研究,变文是使用或根据一定的程式,在表演过程中口头创编而成的,最直接的证据是诗前套语的使用,它的基本程式为:"[且看]某处,若为

---

① [美]梅维恒:《唐代变文》,中西书局 2011 年版,第 104 页。
② 俞晓红:《佛教与唐五代白话小说研究》,人民出版社 2006 年版。
③ 周育德:《中国戏曲文化》,中国友谊出版公司 1995 年版,第 58 页。
④ 程毅中:《关于变文的几点探索》,载《文学遗产》,增刊第十辑,1963 年。
⑤ 任光伟:《敦煌石室古剧钩沉——〈下女夫词〉考证》,见《戏曲研究》第 33 辑,文化艺术出版社 1990 年版。

陈[说]。"①考察敦煌变文,该基本程式之外存在多种变体,如《八相变》中"于此之时,有何言语""当尔之时,道何言语",《破魔变》中"魔王当尔之时,道何言语""当去之时,道何言语"等。在每一段唱词之前,有的用"……处"或"……处若为陈说""……处若为"之类的公式。

变文中这些提示故事行进时间和图画空间的形式影响到了戏曲用赋(也影响了说唱话本),在戏曲赋文前面同样有程式化的提示语。戏文、传奇中"赋前套语"基本模式为"怎见得""但见"。试举几例:

柯丹邱《王十朋荆钗记》第十七出《科考赋》:

(末上开试科,白)……怎见得设科取士?但见开设着茂才科、孝廉科、贤良科、方正科,齐齐整整;印卷所、弥封所、对读所、誊录所,密密严严。委请主考官、同考官、《易经》考官、《书经》考官、《诗经》考官、《春秋》考官、《礼记》考官,人人饱学。……

《新刊元本蔡伯喈琵琶记》第三十五出《书馆赋》:

怎见得好书馆?但见明窗消洒,净几端严。明窗消洒,碧纱内烟雾轻盈;净几端严,虎皮上尘埃不染。……

陆采《明珠记》第四出《京师赋》:

(丑)官人,你看京师好景致。(生)怎见得?(丑)只见六街车马,三市人烟。慈恩寺金刹参天,灞陵桥垂杨拂地。花簇簇三百六十行买卖,锦重重十万八千户人家。……

许自昌《水浒记》第九出《水浒赋》:

(末)……你看这梁山泊,真好一个形胜也。(杂)怎见得?(末)但见四山兀突,一水潆洄。嶙嶙若海上神山,迥迥似江皋赤壁。影浮烟水,气压云

① 参见[美]梅维恒《唐代变文》第四章《变文的形式、套语和特征》的相关论述,中西书局2011年版;此外,富世平的专著《敦煌变文的口头传统研究》对变文的口头性及其程式有详细分析,中华书局2009年版。

林。……

由上述例子可见,“赋前套语”的使用方法为——首先由“怎见得”引出叙述对象,处理方式有两种:一是运用“你看×××”,然后“怎见得”;二是直接交代陈述对象,“怎见得×××”。再由“但见”提领赋文,展开铺叙。“赋前套语”在戏剧表演中是一种十分简洁、实用的工具。通过这类提示语,表演者很自然地转换戏剧情境,引出对特定场景的叙述,在说与唱之间、叙事与描写之间轻松过渡。就句法形式看,这是一种相对固定的表达方式,它在戏剧中的作用不在于语言本身所指称的意义,而是它具有形式上的引导功能。演员在使用程式套语时事实上短暂地跳出了剧情,以局外人的身份来提醒观众,具有浓厚的说书口吻,体现出我国戏曲亦真亦假的角色扮演本质。

“但见”“怎见得”还常见于《封神演义》《水浒传》等长篇章回小说及“三言二拍”等拟话本小说之中,在《金瓶梅词话》中更是俯首皆是。此类领起语带动之下的文字板块,同样属于俗斌。① 由此可见“但见”“怎见得”等领起语与俗斌之间深厚的血缘关系。

如同变文的诗前套语一样,戏剧“赋前套语”以及小说中俗赋的领起语,均是戏剧、小说由口头讲说演变而来的证据,尽管它们的表现形态与其口头编创的原初状态已经相隔数代之久。可以推想,变文、俗赋在历史上曾经历过即兴演出的阶段,然后影响到早期戏剧和“说话”的编演方式;当文字剧本和小说阅读文本出现后,俗赋最初的表演形态被以程式化的叙说方式记录在书面文本中,并为后世创作者们所沿袭、仿效,说话艺术的赋最终演变为书面化的赋文,成为戏剧、小说中的寄生文体。总之,以变文、俗赋为代表的口头文学是口头剧本的近亲,书面剧本的形成走过了与变文、小说话本同样的道路,而赋是探明这种发展演变的重要线索。

赋介入戏曲后,主要带来三个方面的影响。首先,在舞台表演上,丰富了戏剧的表现手段,增强了戏剧的表现能力。赋长于描摹场景、铺叙情节,给观众制造真实可感的戏剧氛围,尤其可以弥补传统戏剧舞台略于布景的缺陷。其次,在戏曲创作上,促进了戏曲的雅化倾向。在明清传奇中,文人将赋的笔法运用于宾白,以引经据典、辞藻瑰丽、骈偶对仗为能事,在很大程度上脱离了舞台实际。这种创作倾向事实上是对汉赋的皈依,而偏离了俗赋的传统。最后,在剧本的生成方式上,俗赋以其实用性和程式化的优长给文化水平普遍较低的艺人提供了编创新剧的

① 毕庶春:《俗赋擅变刍论》,载《沈阳师范大学学报》(社会科学版),2004年第1期。

便利条件，丰富了剧目，促进了口头剧本的形成和繁荣。

综上所论，我们认为，戏曲中赋体文的直接源头并不是汉赋，而是我国源远流长的民间俗赋，它以说唱的形式进入戏剧，演化为戏剧表演的一种手段；体现在书面文本上，则以寄生文体的形式存在于戏文、传奇作品中，它是口头文学书面化和文人化的结果。俗赋的另一支脉出现在宋代的“说话”技艺以及在此基础上生成的白话小说中，两者形成我国俗文学史上遥相呼应的艺术图景。

第二节 戏曲套语的来源与题材内容

一、戏曲套语的来源

戏曲套语世代累积，流传久远，其创作主体是历代的民间艺人。关于元杂剧“陈词套语”的来源，唐文标认为是艺人世代相传的“留文”，“老师父把一切适用的格言名句，妙诗好词，檄书歌赋，抄录起来，等待适当时机使用。……优伶辗转抄袭、长相使用，甚至不管‘戏剧情形’是否完全恰当。”①此论甚是。考察现存元剧，诗词套语相互沿袭，面目雷同，恐怕很难归诸剧作者的原创，大部分还是出自伶人之手。

当然，也不排除某些热衷此道的下层文人参与了编创。宋元明时期，不仅戏曲中有诗词套语，在小说话本中也普遍存在。小说中的诗词有很多是书会才人所创作的。《清平山堂话本》中《简帖和尚》末段云：“一个书会先生看见，就法场上做了一只曲儿，唤作《南乡子》。”百二十回本《水浒传》第四十六回亦云：“后来书会们备知了这件事，拿起笔来，又做了这只《临江仙》词。”百回本《水浒传》第九十四回云：“亦有书会吟诗和韵，不能尽记。”胡士莹因此得出结论：“说话人说话时所用的诗词，大抵是书会先生提供的。”②我们知道，在历史上书会才人是创作戏曲、小说的主体力量，他们在为说书人编写诗词的同时，大概也要为戏曲提供一些套语吧。

作为口头流传的文学样式，要追溯套语的最初编创者无疑是困难的，不仅古代戏曲如此，后代地方戏亦不例外。如滩簧赋子的作者，大多难以坐实具体姓名，

① 唐文标：《中国古代戏剧史》，中国戏剧出版社 1985 年版，第 210—211 页。

② 胡士莹：《话本小说概论》，中华书局 1980 年版，第 70 页。

只能大致知道他们是一些地位卑下、有一定文化知识和丰富阅历的人。① 当然,也有极少数创作者留存了姓名。据传,锡剧之有独立赋篇,始自民国初年,艺人周甫艺集“段子”“唱篇”三十余个,加工成赋子。其《破庙赋》即为1919年秋演出《珍珠塔·哭庙》时所创。另,艺人黄云泉加工改造了《灯赋》《山赋》等赋篇。② 20世纪20年代,艺人刘荣炳将常州道情中的《抖乱百家姓》《金殿赋》等三十多种赋子引入锡剧,而且新编了《吃喝嫖赌败家赋》等作品。③

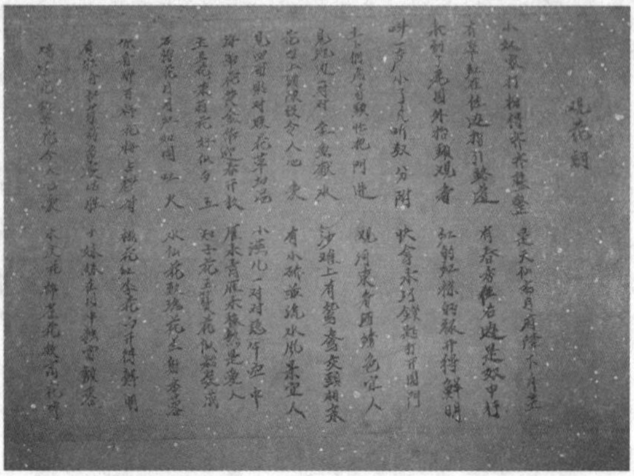

图17 衡山影戏艺人王冬林张贴在墙上的“观花词”(笔者摄于湖南衡山县)

严格来说,绝大多数情况下民间艺人只是赋子的汇编、改造者,并非真正意义上的作者。戏曲套语不同于独立的文学作品,可以将创作权归结在某位具体作家的名下,它本质上是一种群体性的创作,是无数不知名的艺人你一句、我一句拼凑起来,然后经过不断加工、完善而逐步定型的。衡山影戏中有一段有名的“观花词”,据传是以艺人向清流为首,综合易正云、曹先珍、孙文成等数人的“盲词”编创而成的。这段唱词通过试唱后反应很好,尤其是向清流用细嗓子来表演非常动听,此后逐渐在当地影戏中流传开来。④ 不妨将其摘录

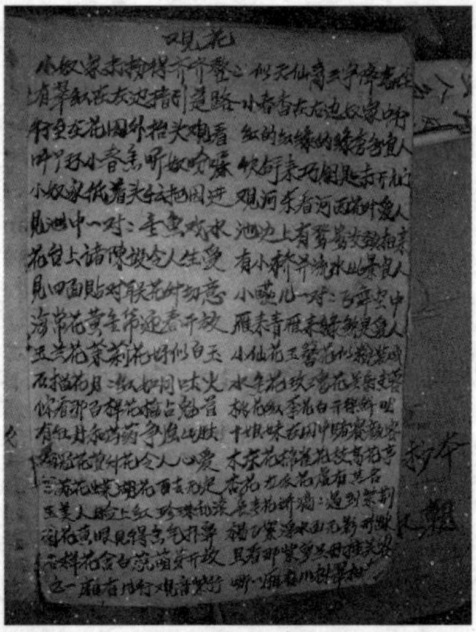

图18 衡东影戏艺人向登高抄录的“观花词”(笔者摄于湖南衡东县)

① 朱恒夫:《滩簧考论》,上海古籍出版社2008年版,第238—239页。
② 常州市戏曲研究所编:《锡剧赋子集》,内部资料,1988年,第3—4页。
③ 江苏省文化厅剧目工作室:《锡剧传统剧目考略》,上海文艺出版社1989年版,第177页。
④ 向国政:《衡山地方影子戏》,内部资料,2006年,第223页。

如下：

小奴家打扮得齐齐整整，似天仙离玉宇降落凡尘。
有翠红在左边指引道路，小春香在右边奴家中行。
行至在花园外抬头观看，红的红绿的绿秀色宜人。
叫丫环小春香听奴吩咐，快拿来巧钥匙打开园门。
小奴家低着头忙把园进，观河东看河西花草爱人。
见池中一对对金鱼戏水，池边上有鸳鸯交颈相亲。
花台上诸陈设令人生爱，有小桥并流水风景宜人。
见四面贴对联花草切意，小燕儿一对对飞舞空中。
海棠花黄金带迎春开放，雁来青雁来绿煞是爱人。
玉兰花茉莉花好似白玉，水仙花玉簪花似粉装成。
石榴花月月红如同吐火，水香花玫瑰花兰射香蓉。
你看那百样花梅占魁首，桃花红李花白开得鲜明。
有牡丹和芍药争强比胜，十姐妹在园中独赛颜容。
鸡冠花萱草花令人心爱，木棉花斑雀花枝高花亭。
紫苏花蝴蝶花飞去无定，杏子花龙爪花虚有其名。
玉美人脸上红珍珠乱滚，迎春花娇滴滴遇到紫荆。
菊花黄眼见得香气扑鼻，扬飞絮浮水面无影无踪。
各样花含白蕊萌芽开放，且看那紫罗兰丹桂芙蓉。
这一厢有几行观音紫竹，那一厢有几株翠柏青松。
小奴家观不尽花园景致，观百花望百景又往前行。

目前，这段“观花词”在衡山影戏中依然非常流行，在艺人的手抄本中经常可见，有的还将其张贴在家中墙上，以供平日习诵、把玩，足见艺人对其欣赏的程度。

除了独立编创外，艺人积累、搜求套语的渠道主要有三种。

其一，师徒间的口传心授。旧时艺人识字不多，但记忆力较强，在习艺之初便记诵了许多诗词套话。艺人掌握的套语越多，戏路越广，编创戏词的能力也越强。据越剧演员毕春芳回忆，学戏时一定要学好“上台引子坐台白”，还有许多“赋子”，如家堂赋子、游园赋子、容貌赋子等。① 在20世纪20年代，越剧科班大多采

① 寒青：《粉墨春秋五十年——记著名越剧演员毕春芳》，见《戏曲菁英》（下），上海人民出版社1989年版，第98页。

取“赋子教戏法”,即由师傅说戏,口授“赋子”和“单片”。[①] 四川土地戏、傩坛戏等傩戏剧种中,出倮倮和跳倮倮的剧本是一种“见子打子,见啥唱啥”的“条纲式”剧本。表演时即兴说一些吉利话,逗人发笑。还有见花说花、说牌名、说药名的表演形式。艺人之所以能顺口编词,原因在于,他们在平时训练中,已学会了不少现成的“段子”,如说花名、说牌名、数药名、数麻雀、数螃蟹、数蛤蟆、顺口溜等。这些段子可以随时加入表演。[②] 演员通过学艺以及平时的表演训练、舞台实践,从老辈艺人那里学会了大量的陈词套子,并传授给下一代艺人,如此循环往复,积累了丰富的套语遗产。

其二,源自历代的诗词、小说和兄弟剧种。尽管赋子属于一种口传的文学,但并非与文字无关,不少赋子恰恰是从书面文学中借用、改造而来的。文人诗作也深受艺人喜爱,被直接引入戏曲,当作套语来使用。湖北《云梦皮影楔子集》[③]中便摘录了好些古典诗歌,举凡有李白《望庐山瀑布》(第 22 页)、杜牧《清明》(第 30 页)、林升《题临安邸》(第 36 页)、白居易《长恨歌》(第 39 页)等,总计有二十余首。如在云梦县伍洛镇影戏艺人的手抄本中,便将杜牧的《清明》归诸“文官”类的上场诗。[④] 在辰河高腔戏班中,艺人也抄录有古典诗词,作为套语来使用,一般以唐宋诗居多。[⑤] 当然,总体来看,文人诗词在地方剧套语中不占多数。

古典通俗小说与戏曲有着非常密切的亲缘关系,两者均起源于民间,同生共长,诗词韵语互通互用、彼此蹈袭的现象屡见不鲜。元杂剧的上下场诗便与宋元话本、演义小说中的韵语相通。如北曲杂剧《马陵道》楔子鬼谷子的上场诗为:“暑往寒来春复秋,夕阳西下水东流。将军战马今何在?野草闲话满地愁。”《水浒传》第三回“史大郎夜走华阴县,鲁提辖拳打镇关西”入话诗为:“暑往寒来春复秋,夕阳西下水东流。时来富贵皆因命,运去贫穷亦有由。事遇机关须进步,人当得意便回头。将军战马今何在?野草闲花满地愁。”《金瓶梅词话》第九十二回“陈经济被陷严州府,吴月娘大闹授官厅”入话诗云:“暑往寒来春复秋,夕阳西下水东流。虽然富贵皆由命,运去贫穷亦自由。事遇机关须进步,人逢得意早回头。将军战马今何在?野草闲花满地愁。”两相比较,戏剧的上场诗与话本的入话诗基本

---

① 贾冀川:《二十世纪中国现代戏剧教育史稿》,中国戏剧出版社 2006 年版,第 83 页。

② 于一:《巴蜀傩戏》,大众文艺出版社 1996 年版,第 73—76 页。

③ 云梦县文化馆、民间艺人协会:《云梦皮影楔子集》,内部资料,1983 年。

④ 该抄本为 2005 年 8 月笔者同门李跃忠博士于湖北省云梦县伍洛镇老年活动中心皮影馆采访艺人徐大才(男,1949 年生)所得。

⑤ 如湖南溆浦辰河高腔艺人向克群(男,1940 年生)套语抄本中便有不少唐诗,一般只有诗句而无诗题。

是雷同的。虽然难以确定究竟是哪种艺术样式最早采用了这首上场诗，但有一点毫无疑问，诗歌韵语的交流是双向的，戏曲可以从小说中借用，反之亦然。

目前，从笔者所见到的艺人手抄本看，古典小说依然是戏曲套语的重要来源。较典型的情况是艺人将小说改编为提纲戏时，择录小说中的诗词韵语作为戏剧套语的备用资料。如在辰河高腔老艺人刘德书提供的抄本中，有一个根据小说《岳家将》改编而成的表演提纲《岳传选寄（集）》，演出场次总计六十二回（该提纲以"回"来表示场次）。第二回引述了岳飞"投笔由来羡虎头"诗（原诗见小说第三回"岳院君闭门课子，周先生设帐授徒"），第九回引述岳飞"令行阃外摇山岳"诗（见小说第九回"元帅府岳鹏举谈兵，招商店宗留守赐宴"），第十回引述对联"柳营春试马，虎将夜谈兵"（小说第十回"大相国寺闲听评话，小校场中私抢状元"）。据粗略统计，抄录自小说的诗词、对联有十余首（联）。可以预见，当这些诗词韵语被艺人熟记后，不仅在本剧目中使用，而且也可用于其他同类剧目，成为戏曲套语新的库藏。类似情形亦多见于影戏、傀儡戏。

在戏曲史上，各剧种之间总是存在或远或近的渊源关系，同一地理、文化区域内的剧种亦彼此渗透、相互交融。同时，民间一些戏班既演剧本戏，也演提纲戏。有的艺人会多种唱腔，戏班表演的剧种也不止一种。在上述种种因素的影响下，套语得以在定本戏与提纲戏之间、剧种与剧种之间的流播，形成较为复杂的套语交集现象。

先看口头剧本对定本戏的采借。一些艺人识文断字，他们在阅读文学剧本后，随手摘录其中的诗词，以备即兴演剧所用。在借用的套语中，以"引""上下场诗"居多。如湘潭影戏"团圆词"有："国正天心顺，官清民自安。妻贤夫祸少，子孝父心宽。"①该套语可能源自关汉卿《哭存孝》，《射柳垂丸记》杂剧（脉望馆钞校本），明成化本《白兔记》等文本。② 衡阳影戏里的武将上场常用："大将生来胆气豪，盖世英雄挂紫袍。南征北战功劳大，凌烟阁上把名标。"③类似词句亦见于元杂剧，如秦简夫《赵礼让肥》第四折邓禹上场诗云："少小生来胆气雄，曾将长剑倚崆峒。凌烟阁上丹青画，肯着他人第一功。"当然，也不排除这种情况，套语也许早就流传于口头，其最初的源头究竟是书面的还是口头的，已难以辨别。还有一种情况，即从本剧种的定本戏中采录一些已经定型的诗词韵语来演出提纲戏，如湖

① 吴昇平：《湘潭特色纸影戏》，内部资料，2007 年，第 38 页。

② 本书第二章第三节有详细介绍，可参看。

③ 向国政：《衡山地方影子戏》，内部资料，2006 年，第 138 页。

北黄梅戏“水戏”的上场诗,很多便源自传统剧目“三十六大本”。① 这种情形在兼演提纲戏和剧本戏的戏班中最为常见。

同样的套词大家都在使用,形成剧种之间的套语蹈袭现象。笔者发现湖南浏阳影戏的一些“引”“诗”见于辰河高腔。以元帅出场为例,影戏常用的“引”“诗”有:“二十年前挂铁衣,争与皇家立帝基”“二十年前摆战场,好似猛虎赶羊群”“一颗元帅印,本是国之宝。落与本帅手,要把狼烟扫”等。② 辰河高腔则有:“二十年前挂铁衣,文韬武略盖世奇”“二十年前挂铁牌,曾与皇王定兵灾”“二十年前气概高,时光好比杀人刀”“一颗元帅印,恰似定国宝。落在本帅手,改为杀人刀(或:要把狼烟扫)”。河南地方戏同样如此,豫剧、越调、平调、道情、二夹弦等剧种有不少共有的“串词”,如“十月怀胎”等。③

其三,源自民间说唱、民歌民谣、民间俗语。正如本书所多次论述的,我国不少剧种起源于民间说唱,或者受到了说唱技艺的滋养。当说唱演变为戏剧后,说唱中的套语便为戏剧所继承。越剧的前身是“落地唱书”,当其进入茶楼演唱后,急需大量书目来满足观众的需求。艺人们开始唱“白条书”,随编随唱,即兴编演故事,产生了许多可以通用的套子——“赋子”。早期越剧在排演新戏时,依靠这些赋子临场编词,表演“路头戏”。直到现在,它们依然在民间戏班中流传。锡剧赋子的形成史与之类似,其源头除了滩簧,还有当地的宝卷、道情等。河南地方戏“戏串”同样有不少是来自当地的大鼓书、坠子书、琴书、三弦书等曲艺。

赵景深曾谈到:绍兴高腔本《琵琶记》有大段的“四季台魂曲”,如秋季一节里有如下几句:“为人可比一间房,口为门户眼为窗,肚肠心肝为家伙,舌头可比官家郎。有朝一日无常到,闭了门户闭了窗。”幼时曾听母亲背诵类似的句子给我听过,我不知道她是从哪儿学来的。至少可以断定,这几句在宝卷、佛偈之中非常流行。④ 赵先生总感觉这几句戏词用得不很恰当。其实,这是艺人按照当时的演出惯例临时插入的套语,故与剧情不甚契合,显得有点突兀。上述唱词还见于明代万历抄本《钵中莲》第十一出“点悟”【佛经】里,字句稍有出入,语意大体相同。可见,说唱技艺很早就影响到了地方戏套语的生成。此外,民歌、民谣也是戏曲套语的重要来源。如滩簧赋子,便有学者断言,它是由民歌而来的。⑤ 河南地方戏“戏

① 笔者 2012 年 9 月在湖北黄梅县蔡山镇采访艺人洪斌。

② 湖南省浏阳市镇头镇影戏艺人罗松柏(男,生于 1929 年)抄本。

③ 马紫晨:《戏串》,中国戏曲志河南卷编辑委员会,内部资料,1989 年,第 14 页。

④ 赵景深:《绍兴高腔〈琵琶记〉》,见《琵琶记讨论专刊》,人民文学出版社 1956 年版,第 309 页。

⑤ 朱恒夫:《滩簧考论》,上海古籍出版社 2008 年版,第 10 页。

串”也有许多属于民歌，如“盼郎”“探郎”“卖杂货”“绣鸳鸯”“思春”“十月怀胎”“妓女告状”等。

需要强调的是，套语的来源非常广泛，不仅仅限于以上几种。民间艺人广采博收，凡是能运用于演出的，无不一一采集，显示出民间戏剧海纳百川般的包容性与开放性。譬如，套语的书面渠道除了章回体小说、文学剧本外，还有古代儿童启蒙读物《千家诗》《幼学琼林》等。如《千家诗》中有一首七言律诗：“大将南征胆气豪，腰横秋水雁翎刀，风吹鼍鼓山河动，电闪旗帜日月高”，这首诗便被高甲戏、豫南影戏等多个剧种用作上场诗。当然，艺人编集套语的工作离不开私塾先生、讲古先生等乡村知识分子的帮助。①

二、戏曲套语的题材内容

关于套语的题材类型，学人们已有一些研究。朱恒夫将滩簧赋子分为历史赋、行业赋、景物赋、物体赋等类别，并阐述了每种赋子的特征。② 史曼倩将锡剧赋子归纳为人事、景物、寓言、杂赋等四类。③ 马紫晨依类编排，将河南地方戏“戏串”划分为“开场类”“颂表类”“比古类”“官场类”“征战类”“夸将类”“家情类”“规训类”“闺阁类”“爱恋类”“路途类”“游赏类”“灾难类”“杂类”，总计有十四类之多。东北二人转称套语为“篇”，隋金书将其概括为描写人物、景物、动物、静物及“海篇”等六大类。④ 陕西安康道情影戏艺人冯成秀藏有一部类书性质的《通百本》，它是民间艺人从事即兴演剧的参考书。据介绍，全书分为“天地”“朝廷”“官府”“寺庙”“闺阁”“穷富”“文武”“仙佛”等八大类，每一大类又分若干子类，如“朝廷”类包括有官制、刑法、用具、名人轶事等。⑤《陕西戏曲志》的说法稍有不同，据载，《通百本》为其口述笔录而成，是一套编唱戏曲的套本，分十大类的专用诗、词、引、白、唱。⑥ 未能亲睹该书内容，可能不仅有套语汇编，大概还分门别类地编排了许多用于编剧的百科知识。

20 世纪 90 年代初，张继舜搜集整理了越剧传统说唱“落地唱书”的一些唱段，计有 48 篇，但未做归类。周乃东《越剧赋子》所收集的赋子亦洋洋大观，该著

---

① 白勇华、李龙抛：《高甲戏》，浙江人民出版社 2010 年版，第 64 页。

② 朱恒夫：《滩簧考论》，上海古籍出版社 2008 年版，第 232 页。

③ 常州市戏曲研究所编：《锡剧赋子集》，内部资料，1988 年，第 6 页。

④ 隋金书：《论二人转的篇》，见中国曲协研究会编：《曲艺艺术论丛》第 5 辑，中国曲艺出版社 1985 年版。

⑤ 黄笙闻：《陕南秘藏类书〈通百本〉初探》，载《戏剧（中央戏剧学院学报）》，1994 年第 2 期。

⑥ 鱼讯主编：《陕西省戏剧志·安康地区卷》，三秦出版社 1994 年版，第 68 页。

将赋子分为“场景类赋子”“情景类赋子”“心情类赋子”“礼仪类赋子”“人物(角色)类赋子”及其他等六大类,同时还搜求了大量的“引子”“坐白”。① 沈勇将越剧赋子总括为三大类,即“描景赋子”“角色赋子”“动作赋子”。每一类所包含的内容均非常丰富。如描景类赋子有:四季、节气、大风、大雪、路景、花景、西湖、金殿、佛殿、宫院、公堂、寿堂、庵堂、灵堂、庙堂、绣房等32个类别。角色赋子按行当划分为“小旦赋子”“彩旦赋子”“青衣赋子”“花旦赋子”“老旦赋子”等,还有按职业、品性划分的,如“巡按赋子”“樵夫赋子”“淫妇赋子”“文忠赋子”“武忠赋子”等。动作赋子一般具有动作性,如“行路”“求借”“落难”“上吊”“讨饭”“赏月”“烧香”等。②

笔者曾撰文阐述了湖南影戏“赋子”“铁词”,河南影戏“偈子”(亦称“季子”),湖北影戏“楔子”等套语样式的内容和功能,将影戏套语分为人物套语和情景套语两类。前者大多为定场诗与自报家门类,用于剧中人自我介绍、交代家世和自述心志等。情景套语是比人物套语更大的叙事单元,一般是描绘某一具体的生活场景,与口头程式理论中的“话题或典型场景”近似。这类套语提供现成的和有一定规模的典型描绘,只要略加润饰,便可适用于某一特定剧情中的表演场合。③

此外,人们还整理了一些用于说书的套语,可作为研究戏曲套语的参照系。如,山东省戏曲研究室、济南市文化局戏研室汇编了一部《说书赋赞选》,将说书歌赋赞语归纳为人物、景物、兵器、战阵及劝世箴言等类型。

总之,套语包罗万象,涉及自然和社会的各种知识,如果将我国的戏曲套语汇集起来,几乎就是一部民间百科全书。套语既是即兴创作的有效工具,也是艺人获取文化知识、提升艺术涵养的重要途径。目前,尽管人们在搜集、整理上做了许多工作,但是,民间依然散佚不少套语抄本,至于在口头流传、尚未有文字记录的恐怕已无法统计,有待我们继续发掘这一艺术宝库。

下面,我们汇集诸家的观点,综合考察各地方戏套语的内容特征,对常见的题材类型加以进一步的分类阐述。

1. 朝代历史类。这类套语带有叙事色彩,内容为朝代更替兴衰、重大历史事件以及帝王后妃、忠臣奸佞等人的事迹,可从盘古开天地一直说至故事发生的当

---

① 周乃东编著:《越剧赋子》,教育科学出版社2007年版,第1—3页。

② 沈勇:《“路头戏”赋子的程式研究——以越剧为例》,见台湾成功大学闽南文化研究中心编:《台闽民间戏剧国际学术研讨会论文集》,2013年。

③ 郑劭荣:《论我国影戏口述剧本的形态特征》,载《西夏研究》,2010年第4期。

下。湖北云梦影戏“楔子”中“历代兴亡”唱段，最长的一篇有将近一百句。叙述的历史长短不一，有的相当于一部浓缩的古代通史，如“盘古初开天地分，三皇五帝称圣明。天皇坐地皇坐，后有人皇管万民。神农治世尝百草，五谷禾苗有了名。……顺治康熙到雍正，乾隆嘉庆道光承。咸丰同治传光绪，十帝宣统小朝廷。”有的则为“断代史”，单叙一朝一代，如“昔日有个商纣王，女娲庙中去降香。风吹罗张（帐）娘娘现，纣王提诗粉壁墙……兴周灭纣丧成汤。”内容上正史、野史相杂糅，叙议结合，是非褒贬，态度鲜明，体现出底层民众特有的政治观和历史观。

朝代历史赋常用在开场戏中，用以交代故事的历史背景，引起下文，相当于正戏的铺垫、开场白。河南信阳影戏谓之“纲鉴头”，安徽影戏称作“小摆朝”，其功能与说唱中的“篇首”“开篇”相同。在河南地方戏开场词中，常以“自古兴衰从头表，一朝一帝到今朝”“一代一代表不尽，开正本，要把我往台下轰”等语煞尾，告诉观众“表古”结束，少安毋躁，马上开演正戏了。

2. 描摹人物类。用于刻画众生世相，表现社会诸色，也就是写人，包括描绘人物的外貌、服饰、品性等。这类套语细致、生动，艺术手法多样，篇幅也较长，多见于越剧、锡剧、评剧、豫剧、越调、道情、二人转等剧种。越剧中的容貌赋子比较典型，如“美人赋”：

青丝细发杨柳腰，一对凤眼来得俏。
弯弯眉毛似笔描，高高鼻梁像玉雕。
糯来牙齿雪雪白，红红小嘴似樱桃。
生得勿胖也勿瘦，身材勿矮又勿高，
走路好似水上漂，可比嫦娥下九霄。①

在传统情爱故事里，书生、小姐初次见面，一见钟情，眉来眼去，互相欣赏，开展形式审美，这段赋子描绘了小姐眼中的公子：

我将相公看分明，一表人才多英俊。
头上戴起解元巾，身上穿起缎海青，
手拿洁白檀香扇，扇中画着玉美人，

---

① 张继舜、韩国炎：《越剧传统赋子选辑》，见《越剧溯源》，浙江文艺出版社1992年版，第116页。

眉广眼阔两耳长,定是官家后代根。①

在东北二人转和影戏里,此类套语称为“夸相篇”“品貌篇”。河南地方戏描摹人物的套语亦十分丰富。男见女,夸赞一番,有各类“赞女”“夸女”词;女见男,同样也要大肆夸饰。事实上,但凡重要角色出场,对方皆可对其赞颂一番,如描绘青年将领外貌、穿戴的赞词:

××②抬头看分明,马上坐定小英雄。
头戴扎巾是白缎,白色箭袖穿身中;
白袍上边白花绣,妙手精工袍做成;
腰间系的白鸾带,粉底靴子二足蹬。
浑身缟素甚好看,衬着一付玉面容。③

对人物有褒则有贬,不全是正面的夸赞,下面是一段“贬将”词:

头上戴全家该斩的盔一顶,插两根祸灭九族草鸡毛;
瞒心昧己的连环甲,五花大绑的袢甲绦;
没有良心的护心镜,缠尸裹骨的大红袍;
掌中端哭丧棒的枪一杆,肋下宝剑好像切菜刀;
骑一匹只败不胜的老骡马,挂一缕捆死孩子的乱毡条。

语言刻薄尖酸,极尽挖苦、诅咒之能事。

有的套语侧重于从职业、行业的角度来表现社会各阶层的生存状态,叙写市井细民的百态人生。如锡剧“杵作赋”“乞丐赋”“媒婆赋”“瞎子赋”“卖膏药”,越剧“卖婆赋子”“乞丐赋子”“贼骨头赋子”等。在传统社会,伶人与这类人同处社会底层,非常熟悉其生活规律和社会处境,因而,在描绘其人生遭际时,绘声绘色,栩栩如生,有的不乏调侃、戏谑之趣。如越剧“卖婆赋子”云:

三月桃花红如火,里厢走出我卖婆。

---

① 张继舜、韩国炎:《越剧传统赋子选辑》,见《越剧溯源》,浙江文艺出版社 1992 年版,第 115 页。
② 名字或自称,即戏词中的“活扣”,可根据剧情、演出场合的不同临时变换内容。
③ 马紫晨:《戏串》,内部资料,中国戏曲志河南卷编辑委员会,1989 年,第 127 页。

头上鲜花插一朵，手里拎只小包裹。
东边做媒统是我，西边做媒也是我。
总叫铜钿银子多，活拆夫妻也会做；
只要谢媒银子多，牌坊也会抬过河。
哪怕独眼跷脚麻皮婆，哪怕瘸手驼背痴子哥，
我嘴巴里会吐莲花，讲得女像西施在浣纱；
讲得男方相貌似潘安，讲得鸭蛋会夹路爬；
讲得白鳌像箭射，讲得烂泥菩萨会唱歌。
反正双方一洞房，生米已经来煮熟，
管倷夫妻和勿和，谢媒银子总赚落。①

3. 风土仪俗类。在很多情况下，传统戏曲离不开对酬神还愿、风俗人情、仪式庆典等民俗事项的表现和描绘，这类套语主要分为两类：

一是祝赞祈祷语，用于正戏开演前或结束时。在旧时，民间为酬神还愿、祈福禳灾而演戏，在演出中，要迎请、呼唤或恭送神灵，或赞美鬼神，表达凡人的敬畏、虔诚之心。这种仪式场合的"神词"也是套语化的。如请神词"拜五方"（辰河高腔）："一拜东方甲乙木，木得生君降来临。我今请你非别事，只为××丧了命。阿弥陀佛观世音……"河南罗山影戏艺人表演"愿影"时，正戏开演前要念请神词："一请如来佛祖，眼看香烟缭绕，喜炮阵阵；二请南海观音，特择吉日良辰，演喜戏一场，还愿主心想事成。三请三方谛神……"②在一些地方，一个合格的影戏艺人不仅要熟练地掌握表演技艺，还且必须熟记这些神词，才能算正式出师。

除了酬神还愿，举凡结婚、生子、升学、庆寿、开业、造新屋等仪式场合均有相应的彩头套话可用。在以前，安庆地区庆贺新屋落成，黄梅戏艺人要演唱《赞屋》（又名《造屋》）和《贺屋》。大意是上界鲁班仙师在云端看到下界某家"新造华居"，率领众生徒前来察看。鲁班看到此屋"作造不比寻常"，于是唱起了赞歌："东边造起龙凤阁，西方造起水凉亭，前面安起万岁牌坊，中间雕起八宝美人，东园种起摇钱树，西园安起聚宝盆。摇钱树，聚宝盆，朝落黄金暮落银，一日落得三寸厚，三天落得九寸深。若还三天不来扫，不觉黄金堆满门。"③按照传统戏俗，正戏

---

① 张继舜、韩国炎：《越剧传统赋子选辑》，见《越剧溯源》，浙江文艺出版社 1992 年版，第 105—106 页。

② 笔者于 2006 年 7 月河南罗山采访影戏艺人李世宏。

③ 陆洪非：《黄梅戏源流》，安徽文艺出版社 1985 年版，第 180 页。

之前演例戏,用以祛邪禳灾,娱神媚神。常见剧目如《天官赐福》《八仙贺寿》《仙姬送子》等。例戏的唱词、宾白亦具有一定的套路化、程式化。①

另一类是对节日、庆典、仪式的描绘。传统戏曲的生存需要丰厚的习俗土壤,同时,它自身也展现了一幅幅生动的民俗画卷。不少套语表现了这方面的内容。如仪式庆典类,有祝寿、祈祷、拜堂、结拜、婚宴等。如小生、小旦洞房花烛,海誓山盟,可用“拜堂”套子:

女:走上前,双跪定。男:夫妻二人拜堂花烛红。
女:上拜泰山为媒证。男:下拜黄河久澄清。
女:泰山倒了根还在。男:黄河长流水不停。
女:磕罢头,抽身定。男:咱夫妻双双回房中。②

4. 自然景象类。这是戏曲使用最频繁的套语之一,主要用于刻画自然山水、风景名胜。如锡剧有“山赋”“西湖赋”等,越剧有“西湖赋子”“大风赋子”“大雪赋子”“节气赋子”等;河南地方戏有“盼路观景”“春景”“秋景”“山景”“雪寒”,东北二人转、影戏有“观路途景”“观山景”“观江景”“观河景”“风景篇”,河南罗山影戏有“路调偈子”等。剧中人在行路之时,“见山唱山,见水唱水”,刻画自然美景,让观众有身临其境之感。有的剧种还产生了一些专用唱腔,如贵州独山花灯“路调”、广东陆丰影戏及白字戏中的“历路曲”、河南影戏“路调”、湖南影戏“路皮”等。不妨引述几句,以见一斑。笔者非常欣赏影戏艺人李世宏抄录的这一段“偈子”:

喜的是三月天阳光普照,遍地里百花开桃枝夭夭。
相思树它开花满山遍道,桃树花红似火枝上燃烧。
清泉水止不住顺山盘绕,小喜鹊枝头上耍晒翎毛。
老渔翁在河边垂钓把钩,有樵夫持板斧上山砍柴。
老百姓在田野南腔北调,喜的是民安乐雨顺风调。

语言清新灵动,流畅自然,描绘出一幅秀丽和畅的野田风光。剧中人此时的

① 李跃忠:《演剧、仪式与信仰——民俗学视野下的例戏研究》,湖南人民出版社2012年版。具体内容参见该书第五章第三节“例戏创作的特征”。
② 马紫晨:《戏串》,内部资料,中国戏曲志河南卷编辑委员会,1989年,第327页。

心情一定是愉悦轻松的，特别适合书生赶考途中歌唱。

5. 衣食器物类。戏曲对传统的饮食和器具文化也有生动展现，如日常所见的菜肴、瓜果、茶酒、药草、骨牌、水车、灯具、铜钱等物，亦有兵器、盔甲、仪仗等为普通百姓不易亲睹的器物。这些物质文化颇能展现特定的风土人情，具有鲜明的地域特色。越剧“饭菜赋子”有这么一段：

> 第一碗　白鲞红炖天堂肉；第二碗　油煎鲫鱼放毫光。
> 第三碗　冬笋木耳炒猪肝；第四碗　劈开鸭蛋两头黄。
> 第五碗　金华火腿炖嫩鸡；第六碗　带子虾儿用油放。
> 第七碗　香旬蘑菇炖豆腐；第八碗　白菜香干炒千张。
> 第九碗　酱烧胡桃浓又浓；第十碗　酱油花椒醉花生。①

上述菜肴基本上都是绍兴的特色菜，品类丰富，色香味俱全，通过艺人绘声绘色的表演，想必能让观众垂涎三尺吧。演员每到一地演出，均可以同样的方式，把当地的美味佳肴、特色土产等夸赞一番。如果来到北方，餐桌上陈列的菜肴又不一样了：

> 今年腊月二十九，是个小进明初一。
> 过年的馒头早蒸好，荤菜素菜都做齐；
> 大锅的肉，小锅的鸡，还有红烧大鲤鱼；
> 枝里八叉鹿角菜，颤颤巍巍是粉皮；
> 窟窟窿窿红莲藕，弯腰勾背大虾米。
> 鸡鸭鱼肉样样有，只剩下饺子没包齐。②

这些“菜名赋”不仅增长了观众的见识，表演起来也一定饶有趣味。锡剧《林子文》中林子文在家吃饭，妻子陆素珍准备了这样一桌菜招待丈夫：

> 一只菜“红嘴绿鹦哥”（菠菜），二只菜“金镶白玉板”（豆腐烧豆板），三只菜“青青节节”（莴笋炒竹笋），四只菜“一对公鸡未出”（炖蛋），一个汤“八把

---

① 沈勇：《“路头戏”赋子的程式研究——以越剧为例》，见台湾成功大学闽南文化研究中心编：《台闽民间戏剧国际学术研讨会论文集》，2013 年，第 301 页。

② 马紫晨：《戏串》，内部资料，中国戏曲志河南卷编辑委员会，1989 年，第 339 页。

铲刀汤”（锅巴汤）。①

6. 场景处所类。戏剧故事有其特定的发生环境，演员无不一一加以交代和描述。如才子佳人戏一般与花园、绣楼、书房、金殿有关；公案故事的发生地多在街头、公堂、监狱、衙门等。每类场所均有相应的套语可用。越剧、锡剧等剧种多演才子佳人故事，相应地，产生了许多“花园赋子”“绣楼赋子”“书房赋子”等。尤其是描写花园的特别多，每一剧种均有好几种甚至数十种赋子可用。试举一例：

进花园，穿月洞，香风扑面，
人入景，景入画，别有洞天。
蝶一堆，蜂一群，飞舞花间，
莺百啭，燕千啼，鸟弄管弦。
桃三攒，杏四簇，枝头争艳，
高几片，低几片，落花蹁跹。②

叙述内容大多离不开花园的奇花异草、亭台楼阁、假山鱼池等。在这类故事里，书生发迹之前，要经历很多磨难，住古庙，走街坊，风餐露宿，历尽艰辛。最终金榜题名，风光无限。于是，便需要“街道赋”“茶坊赋”“破庙赋”“金殿赋”等赋子。

除了客观场所的展现，有的是描述某种具有抒情性的场面和情景，如别妻、思亲、叹贫、表家园等均为常见的一些场景。作为男人，总免不了要外出，或游学、赶考、做官，或经商、访友、逃难。在临行前，丈夫与妻儿、儿子与父母互相叮嘱，依依难舍。这就是一种典型情境。因此就有表现离愁别恨的套语，如妻子的“嘱夫”词：

听说相公要进京，妻有言语听分明：
进京求名是好事，中途一路要小心，
风大有船莫过渡，月下无伴莫孤行；
京厢寻找好客店，用心用意去作文，
愿夫名登龙虎榜，光宗耀祖显门庭，

① 常州锡剧艺人徐伯明提供。
② 常州市戏曲研究所编：《锡剧赋子集》，内部资料，1988 年，第 119 页。

莫贪人家官宦女，将妻抛在九霄云，
妻在房中将夫望，盼望喜报早临门。①

7. 行为动作类。这类套语常见于征战打斗类剧目。如东北二人转，有"打擂篇""交锋篇""破阵篇""格斗篇""点将篇"等。河南地方戏"征战类"套语有点兵、兴兵、出兵、观兵、迎敌、冲营、陷阵等名目。此外，还包括生活中的行为动作如"刺绣""观花""包饺子"等。当然，这些套语有时与场景、景物描写不能截然区分。如游花园、观花之类的套子，既有人物动作的描述，也有写景状物。

8. 哲理箴言类。戏曲套语是民间智慧的结晶，包含有不少格言、谚语以及劝世箴言，其目的在于教化世人，训导子弟，劝人向善。如在衡阳影戏中有"劝世文"，或劝人勤劳，或劝人远离酒色、鸦片、赌博，为人要安守本分，莫昧良心。如：

一劝列位兄弟们，切莫仗势欺压人。
事事应当守本分，欺压别人众不平。
昔日有个沈庭芳，仗势欺压祁巧云，
罗琨罗灿心不服，仗义打了抱不平。
……

以上所述都是具有一定篇幅和内容容量的套语。此外，还有一些形制比较短小的诗词套话。在传统戏曲的表演程式中，主要角色第一次上场要念"引""定场诗"，表明、介绍剧中人的身份、职业、年龄、家事等，同类角色所用的"引""诗"都有规律可循。这类套语一般没有很具体的内容，多是一些习惯用语。最早大量搬用此类套语的是元杂剧，本书已有论述，不赘述。后代地方戏沿袭了这一体制。如辰河高腔中元帅所用的"引"有："职(执)掌兵权，威风透胆寒""千军列队伍，万马扎大营""千军易得，一将难求"。宰相用："谋事充足，才高智多""朝务烦政，官有愚贤""赤胆忠心，一片丹心扶明君"。皇上则为："龙楼凤阁，执掌万里河山""舞凤攀龙，前呼后拥"。② "引"为上下句韵文，衡阳影戏称为"起引"，分为通用"引"和专用"引"。前者通用于某一年龄段或社会阶层的所有人物，如，凡是老人出场，可用"白发须苍似雪，青山枯树防风""日月如梭，光阴一去不再来"等，小生"引"有："苦读寒窗，不知何日跳出龙门""磨穿铁砚，一心只想为功名"。专用

① 向国政：《衡山地方影子戏》，内部资料，2006 年，第 215 页。
② 引自湖南省溆浦县辰河高腔艺人向克群(男，1940 年生)抄本。

“引”是指仅适用于某特殊人物,如皇帝、阎王、文王、药王、国太、皇后、佛祖、赵匡胤等人,身份独特,各有其专用的“引”,不能混淆。如佛祖用“道德为尊,救世人起死回生”,阎王“引”为“四界吾第二,生死皆由我掌”,二者不能互换。

“诗”多为四句,运用规则与“引”相同。依然以衡阳影戏来说明。艺人将人分为三五九等。以职业论,则有算命人、郎中、盗贼、店家、僧道、渔翁、樵夫等,论身份有皇帝、皇后、公主、龙王、佛祖、观音、武将、书生。还有的以角色行当归类,分为武生、文生、武将;或为具体人物,如张天师、关云长、薛刚、王昭君、朱元璋等。“诗”一般能突出人物的类型特点,演员念什么诗,观众便知出场的是什么人。如“白日在庙眠,黑夜用心机;一双无情手,生意冒头钱”,是盗贼出场了。如果念“打伙打伙,开店是我;山西人爱吃面,山东人爱吃馍”,便知是店家。听到“相能观三代,命可定终身;五行判生死,八卦定吉凶”,便知是算命先生。总之,“诗”是剧中人的一种形象标签,具有类型化、脸谱化的审美特征。

民间戏谚云:“世上有,戏上有。”戏曲套语亦不例外。当然,不同剧种的套语在题材上各有偏重,总体来看,它与以下两个因素相关。

其一,剧种表现的题材。套语是艺人编创戏词、表现剧情的结构单元,无疑要服务于构建剧情的需要,因此,剧种的故事取材往往决定了套语的主体内容。以锡剧为例,在对子戏和小同场阶段,以演出农民时装生活小戏为主,进入城市后,有关市井细民、贩夫走卒的题材增多。因而,锡剧早期的赋子,表现下层民众群体的较多,诸如“杵作赋”“乞丐赋”“媒婆赋”“贼赋”“瞎子赋”等。描述故事发生环境的有“街道赋”“码头赋”等。发展到大同场、常锡文戏阶段,锡剧从“宝卷”“弹词”中引进《珍珠塔》《玉蜻蜓》《孟丽君》《双珠凤》等剧目,开始搬演京剧古装戏,才子佳人故事成为热门题材,相应产生了“花园赋”“金殿赋”“破庙赋”等。河南地方戏、辰河高腔以及皮影戏等剧种有表现历史征战、绿林豪杰的戏剧传统,相应地,描写行军打仗、兵器铠甲、元帅战将的套语就比锡剧、越剧多。

其二,剧种的流播地域。正如前文所述,有些套语地域色彩浓厚,以描述当地自然人文景观、民俗风情为特色。套语形成的地域不同,题材内容也有差异。如浙江地方戏在写景时多江南风光,其中西湖是描述的一个重点,因此出现了许多“西湖赋子”。北方人喜欢面食,河南、河北、山东地方戏中关于“擀面”“包饺子”的套语就比南方地方戏多。这些套语叙述的都是民众所熟悉的生活,乡土气息浓郁,能充分满足当地观众的欣赏愿望,拉近与观众的审美距离。

第三节　戏曲套语的体式、艺术手法及其属性特征

一、戏曲套语的体式

戏曲套语一般为韵文，体裁形式多样，包含赋、诗、词、联、格言谚语、民歌民谣等多种文体样式。"赋"是其中最常见的体裁。学者们认为，"赋"最初为民间的口头文学，后来演变为韵诵文学之总名。①《国语》云"瞍赋矇诵"，"赋"的形式与内容可能均起源于民间。"铺陈"是"赋"最突出的文体特征，《释名·释典艺》曰："敷布其义谓之赋。"在宋元明时期，戏曲中的"赋体文"已屡见不鲜。后代地方戏、说唱艺术中的"赋"（赋子、赋赞）虽说不完全等同于作为书面文学体裁的"赋"，但在文体特征上有诸多相通之处，如句式整饬、讲究韵辙，以描摹事物为特色，讲究铺排、夸饰等；在传播形式上，亦与先秦时代的赋一样，属于民间的口头文学，足见其渊源之深厚。

在地方戏中，"赋"的句数一般较诗为多，短则八句、十句，长则几十句甚至上百句。句式整饬，以七字句、十字句为基本句式，在此基础上变化为六字句、八字句或九字句等杂言体。不同句式还可杂糅在一起。如二人转"十层兵篇"："一层兵一口刀刀光闪闪，二层兵二刃锋晃人眼睛"为十字句，同篇中"一口刀，二刃锋；三股叉，四楞铳"则变为六字句，句式整齐而不板滞，能充分展现艺人的嘴皮子功夫。有的套语源于词牌或俗曲，句式较为复杂，如梆子戏、人弦戏、曲剧、鼓子曲等剧种的套语。

赋在形式上讲究对仗、骈偶，尤其注重合辙押韵。词句是否有"辙"是判断艺人编词水平的重要衡量标准。用韵的基本规则与传统诗歌并无多大区别，大体上逢双句押韵，单句可押可不押。但要求一韵到底，中途不得轻易转韵。韵脚一般以"十三道辙"为基础，各地因方言不同，辙口稍有出入。韵辙有宽韵、窄韵之分，通常以选用通用的、易于编词的韵脚为宜。如河南地方戏串词常用天仙、中东、江阳三个辙，其次是人辰、依稀辙，用的最少的是灰堆、姑苏、乜斜三韵和二道小辙，

① 欧天发：《赋之名实考论——赋之风必兴义说》，见《辞赋文学论集》，江苏教育出版社1999年版，第1页。

即小人辰儿、小天仙儿。① 赋的语言雅俗错杂,较雅致的词句洗练而富有文采,明显受到书面文化的浸润。如锡剧"时运赋"有云:"文章盖世,孔子厄于陈蔡;韬略超群,姜尚垂钓渭水;颜渊短命,并非凶恶之徒;盗跖年长,岂是善良之辈?"②语言古雅,声韵铿锵,铺排故实,显系案头之作。有的肆口而出,俚言俗语相杂,不事雕琢,极富民间色彩。这类套语所占比重最大。稍后有论述。

诗词类套语多用作上下场诗,一般为四句话。其中少部分是文人诗作,更多的系模仿文人诗词编创而成,其文体规范与传统诗词并无两样,但格律要求没有文人诗那么严格。有的语意略显生硬,文理似通非通,模仿、套用之作较多。如湘潭影戏中的元帅上场白:"三尺龙泉万卷书,苍天生我意何如。山东宰相山西将,彼丈夫来咱丈夫。"元杂剧武将上场诗有:"三尺龙泉万卷书,老天生我竟何如。山东宰相山西将,彼丈夫兮我丈夫。"(见《冻苏秦》《单刀会》《五侯宴》等剧)影戏套语明显系从元杂剧改头换面而来。类似的还有越剧中店家上场诗:"肩背三尺三寸漂白布,兜来兜去兜主顾。旧年做了十缸酒,九缸变得酸如醋。"③再看元杂剧中店家的上场诗:"酒店门前七尺布,过来过往寻主顾。昨日做了十瓮酒,倒有九缸似头醋。"(《包龙图智勘后庭花》第三折)或为:"酒店门前三尺布,人来人往图主顾,做下好酒一百缸,倒有九十九缸似头醋。"(《看钱奴买冤家债主》)越剧与元杂剧上场诗的继承关系一目了然。湖北云梦影戏"将相帝王"类"楔子"有:"人之初,分天地,国政民朗;才出生,性本善,八卦阴阳;扬名声,显父母,三声炮响",显然受到《三字经》体例的影响。诗词套语一般出自下层演员的创作,风格质朴,语意直白,不事雕琢,有的非常"土气",与顺口溜没有多大区别。如越剧中强盗的上场诗:"手拿一把刀,山里做强盗。装出老虎威,专抢金银宝。"④

对联、箴言、谚语、民歌民谣也是戏曲套语的重要体裁。这类套语或独用,或夹杂于唱词、念白之中,运用灵活自如,出现的频率非常高。艺人十分重视这类韵语的积累、抄录,尤其对那些"巧联妙对"很感兴趣,诸如"井底蛤蟆穿绿袄,油中螃蟹着红袍""手掌平平,五指三长两短;宝塔尖尖,四方八面七层""门上将军,双脚不落地;朝中宰相,独手难擎天"。戏中的"诗对"以诗为戏,玩弄文字游戏,遇到金殿科考,才子"对课""对诗"等场景,这类妙语就能派上用场。民谣体在套语中亦时有所见。正如本章上一节所指出的,不少戏曲套词来自民间歌谣、时令小曲,如

---

① 马紫晨:《水词、戏串的价值》,见《河南戏曲史论文集》,中州古籍出版社 1989 年版,第 334 页。

② 常州市戏曲研究所主编:《锡剧赋子集》,内部资料,1988 年,第 57 页。

③ 周乃东:《越剧赋子》,教育科学出版社 2007 年版,第 178、180 页。

④ 周乃东:《越剧赋子》,教育科学出版社 2007 年版,第 180 页。

黄梅戏《五更调》《八段锦》《姐在园内掐菜台》等为民歌小调。试举一例"花鼓调"《送同年》:"送郎送到大堂中,抬头看到纸灯笼,莫学灯笼千只眼,要学蜡烛一条心。"在民间小戏里,艺人即兴表演时,有的还会用到盘歌这一民歌表现方式,如广西彩调、湖南花鼓戏、江西采茶戏等,艺人直接借用民歌歌词作为戏词,音乐唱腔也是民歌小调,表演风格轻松活泼,诙谐有趣,给观众带来清新、鲜活的审美感受。

二、套语的修辞技巧及表现手法

当谈到"套语"一词时,人们容易将其与"陈词滥调"画等号。如果抛开对民间创作先入为主的偏见,细心研读这些"舌尖上的文学",不难发现,不少套语具有较高的艺术审美价值。从某种意义上说,如果不是以作家文学的标准来衡量,在演员即兴编演的剧目中,戏剧文学魅力的展现无疑离不开经过无数艺人加工创作的套语,尤其是那些优秀的唱段,往往代表了一个剧种所能达到的艺术高度。虽然艺人不刻意追求文字的雕琢与辞藻的华美,亦并非全无技巧可言,相反的是,有的还表现出了较高的语言天赋,能熟练地运用文学的各种表现手法,譬如,能结合戏剧的语言特点,使用对偶、排比、夸张、比喻、谐音、双关等修辞手段,创作出具有自然混成之美的戏词来。这里我们仅重点介绍套语中的排比修辞,以见一斑。

编词水平较高的艺人一般能熟练地运用各类排比句的编创技巧,以一些公式化的句式为基础,仿照其格式,灵活地构建戏词套话。有一种常见句式,即每一个句子开头几个字都是重复的,如"我好比……""我可比……""你不看……""我也曾……"等,形成情感饱满、酣畅淋漓的大段排比句。如越剧小旦诉说冤情:

> 我可比果报禄里刁刘氏,千刀万剐四门游
> 我可比翠平山上潘巧云,刺死石秀命归阴
> 我可比买臣之妻崔氏女,马前滴水喷如珠玉……①

这种唱句的伸缩性较大,只要演出有需要,演员可以即兴唱出很多这样的"可比""好比"句。据传,著名京剧老生余三胜口才超群,能随地选词,滔滔不绝。有一次演出《探母回令》,开演时间已到,可是搭档胡喜禄还未到后台。早已装扮好的余三胜一边吩咐下人赶紧寻找胡喜禄,一边沉着上场,念完引子、定场诗后,开唱大段西皮慢板。旧本只有"我好比笼中鸟,有翅难展;我好比失水鱼,困在沙滩;

① 傅谨:《草根的力量——台州戏班的田野调查与研究》,广西人民出版社2001年版,第264页。

我好比中秋月,乌云遮掩;我好比东流水,一去不还”四句,余随口编唱,连唱“我好比”至七十四句之多。① 可见,排比句在戏曲中的广泛运用,为演员临场自由发挥留下了很大的余地。

有的排比句巧妙地利用时间、空间、季节以及数字上的更替变化来编排戏词,句式整齐,节奏鲜明。如空间上的铺排:“朝东走,东海去看日出头;朝南走,穿过云南上贵州;朝西走,西出阳关到兰州;朝北走,北国白雪几尺厚。”②季节上的排比句如“哭长城”:“正月里来是新春,拜别旧岁喜盈门……二月里来暖洋洋,紫燕双双绕画梁……三月里来是清明,芳草青青雨纷纷”③,可从正月一直唱到十二月。

使用较多的还有数字排比句。传统诗、词、曲中嵌入数词的做法由来已久,就曲而言,元杂剧已多有所见。王骥德《曲律》“论巧体第二十九”云:“古诗有离合、建除、人名、药名、州名、数目、集句等体。元人以数目入曲,作者甚多,句首自一至十,有顺去逆回者。”④数字排比句形式多样,或以数字起首,或在句中嵌入数词。既有序数,亦有数字的回环往复。有时还利用谐音、双关的手法来排比。这方面的例子很多,如锡剧《街道赋》:

一字招牌开典当
两广百货满琳琅
三洋开泰南货店
四季时鲜水果行
五颜六色绸缎店
六谷囤积是粮庄
…………
十锦名糖糕点香
十字街头人旺兴
九流三教占地场
八字柜台金银铺
七星古剑珠宝商

---

① 徐珂:《清稗类钞》第38册,商务印书馆1928年版,第38页。
② 常州市戏曲研究所编:《锡剧赋子集》,内部资料,1988年,第77页。
③ 辰河高腔艺人向克群抄本。
④ 王骥德:《曲律》,见《中国古典戏曲论著集成》(四),中国戏剧出版社1959年版,第136页。

六亲不认兰花院
乌合之众数赌场
四方来客招商店
三代名医开药方
水陆两路经商店
一本万利算盘响①

民间艺人采用这种构句方式，一方面，使得语言具有整饬之美，音韵节奏感强；另一方面，主要是为了便于演员记忆和编造戏词。在即兴演出中，艺人面临着较大的现场压力，忘词、语塞的现象是难以避免的。以数字、时空为经纬的排比句逻辑结构清晰、节奏感强，能有效地帮助艺人回忆、记诵戏词，即使不能背诵原词，也可参照原有句格临时编撰。戏曲套语的排比方式还透露出艺人逻辑思维的一些特点：注重从感性的层面去认知外在世界，把握事物存在的规则，思维多具连贯性而少跳跃性。遣词造句大多为客观存在物，主观意象运用较少。

戏曲套语运用了多种表现手法，首先值得注意的是托物起兴与铺陈夸饰，二者较能体现套语的民间特色。众所周知，起兴是民歌民谣常用手法，在我国文学史上，最早大量运用于《诗经》"十五国风"。关于"兴"的解释，历来歧义纷争。顾颉刚自述在收集歌谣的过程中无意地悟出了兴诗的意义，他认为"兴"只是引领章句，主要作用在于协韵，并例举现代民谣来佐证。认为苏州唱本中有两句话写尽了歌者的苦闷和起兴的需要：山歌好唱起头难，起仔头来便不难。② 目前，学者们对"兴"有了新的诠释："兴"作为修辞手法本身是口头性明显的证据，同时也是汉语口述传统下的即兴口头活动的产物。在即兴歌吟活动中，歌者需要一段缓冲时间来构筑参与者的"接受预期"。说白了，"兴"就是即兴短歌的"开场白""前奏"。③ 此论甚是，大体揭示了"兴"的本源意义。可以说，"兴"本质上是口头即兴创作的一种手段。不少戏曲套语同样是即兴歌吟的产物，有的原本就是民歌民谣，有的是受其影响而形成的。譬如前引越剧赋子"三月桃花红如火，里厢走出我卖婆……"、河南曲剧戏串"牡丹花开阵阵香，少年励志莫荒唐；创业鹏程看年少，错过了光景空悲伤……"等，起首句均为"兴"。再如，黄梅戏《撇芥菜》杨二女上

---

① 常州市戏剧研究所编：《锡剧赋子集》，内部资料，1988 年，第 77—78 页。

② 顾颉刚：《起兴》，载《歌谣周刊》第九十四号，见《古史辨》（第三册），上海古籍出版社 1982 年版，第 672—677 页。

③ 林岗：《口述与案头》，北京大学出版社 2011 年版，第 85 页。

场时的唱段:“天上星多月不明,地上山多路不平,塘里鱼多搞混水,奴的店房人多闹昏筋。”①类似的歌谣套语多见于民间小戏。

铺排夸饰是传统赋体文学的重要表现手段。在书面文学之先,较早运用这一手法的是先秦俳词。楚优孟谏庄王爱马、齐淳于髡以隐语说威王等俳词里,便不乏体物夸饰之语,如优孟的一段说辞:“请为大王六畜葬之。以垅灶为椁,铜历为棺,赍以姜枣,荐以木兰,祭以粮稻,衣以火光,葬之于人腹肠。”古俳优长于“诡谲饰说”,不受语言尺度约束,即兴随意,夸夸其谈,口才极佳。这一特点在后代的说唱艺人、戏剧伶人中同样得到了充分体现。如宋代说书人善于穿插敷衍,“谈论古今,如水之流”②。南戏《宦门子弟错立身》中伶人自夸道:“我说散嗽咳呵!如瓶贮水。”古典戏剧、小说中的赋体文就是这类口头技艺的产物,并形成了铺陈夸饰的艺术手法。

在地方戏中,铺排手法也是民间艺人经常用到的,用以写人状物,抒发情感,编造层次清晰、生动传神的戏词。无论是描写自然景观、地理环境,还是都市风物、楼台亭阁、室内铺陈、人物装束、征战场面,均充分利用赋体文长于形容、刻画、夸张、渲染的特点,给人以全景式的、细致化的审美映象。

其一,铺陈、堆砌名物。如越剧“花灯赋子”,对民间各种造型、品类的花灯进行罗列:

一品当朝灯,二龙抢珠灯
三元及第灯,四季平安灯
五子登科灯,六国拜相灯
七擒孟获灯,八仙过海灯③

这些花灯有的实有其物,有的可能是艺人的虚构,只是为了排比凑数而已。再如锡剧“药草赋”:

药王菩萨真苦命,
就象“黄连”苦伤心。
女儿“七叶一枝花”,

① 陈洪非:《黄梅戏源流》,安徽文艺出版社1985年版,第62页。
② 孟元老等:《东京梦华录》(外四种),古典文学出版社1957年版,第312页。
③ 嵊县政协文史资料委员会编:《越剧溯源》,浙江文艺出版社1992年版,第113页。

“木贼”抢去结“茵陈”，
为了“佩兰”“女贞子”，
“滑石”“常山”去找寻。

艺人巧妙地运用谐音、双关、假借、比喻等多种手法，将各种药名有机串联起来，极富民间趣味。类似的“药名赋(诗)”在地方戏中时有所见。从历史上看，“药名赋(诗)”较早出现在民间口头文学中，敦煌变文中即有类似的文字游戏。如《伍子胥变文》有云：“其妻遂作药名[诗]问曰：‘妾是仵茄之妇细辛，早仕于梁，就礼未及当归，使妾闲居独活。蘼膏莨姜芥，泽泻无怜，仰叹槟榔，何时远志。’”① “药名诗”亦多见于元明戏曲、散曲和小说。总之，地方戏中“药草赋”的来源相当古老。

上述套语以罗织物名为主，对事物本身一般不做具体的描述、刻画，其内容与剧情也不一定有多大关联，主要是展现艺人的博闻强记和出色的唱念技能。这种表演形式可能起源于金元院本，陶宗仪《南村辍耕录·院本名目》“打略拴搐”下载有“星象名”“果子名”“草名”“灯火名”等名目。刘晓明认为，它们是列举某类事物名称的方式进行表演，有的利用“名”所构成的特定语言进行叙事打诨。② 地方戏套语与之类似，同样以“数名”为特色。以锡剧套子为例，“花赋”数说奇花异草，“鸟赋”陈述百鸟珍禽，“茶赋”历数天下名茶，这些赋子汇集了大量专门知识，与其说是戏词，不如视作表现生活常识的口诀。当然，它不是简单地堆砌名词，艺人常用拟人、比喻等艺术手法将其贯穿起来，有的还具有一定的叙事性。如锡剧《昆虫赋》后半段，叙说蟑螂和织机娘“男大当婚，女大当嫁”，举行婚礼的当天，昆虫们纷纷前来帮忙、贺喜，“青花田鸡抬轿子，火萤虫虫提灯笼”，一派忙碌张罗的热闹景象，诙谐有趣，充满了浓浓的童话色彩。

其二，铺张之中有夸饰。即不仅有名物的罗列、堆垛，而且进行比较细腻、真切的刻画、敷衍，描述性的语言相对较多。如“花园”套子，叙说花儿的鲜艳美丽，可以这样形容：“见一朵花儿刚开放，好比新媳妇头一天；见一朵花儿刚扭嘴，好比十七八岁的女娇莲；见两朵花儿开一处，好比那一对夫妻并蒂莲……”以人喻花的摇曳多姿、千娇百媚，非常生动，鲜花仿佛如青年男女一般，情态万种，生机勃勃。铺饰手法在夸赞类套语中运用最多。如“夸将”(老年)：“催战马来到门口抬头看，见一员金甲老将象黄忠：有一顶飞虎金甲罩虎脑，那上面嵌金镶玉缀簪缨。有

① 王重民、周一良等编：《敦煌变文集》(上)，人民文学出版社1957年版，第10页。
② 刘晓明：《杂剧形成史》，中华书局2007年版，第404—405页。

几朵英雄花朵拳头大,看了看红黄白蓝配绿红。背后边四根花旗迎风展,身穿着锁子金甲透麟龙。上面有五股穿胸番甲带,下面有勒甲丝绦九股绳……”

其三,还大量运用类型化的表达方式。这一点与戏曲的美学特征可谓殊途同归。在艺人的艺术世界里,事物的共性是最为重要的,他们趋向于以理想化、套路化的方式去展现外在的图景。同一剧种中的套语,或者是处于相同戏剧文化圈及有共同传承谱系剧种的套语,其题材内容、表现形态大同小异。如描绘美人,大多具有“柳眉”“杏眼”“樱桃嘴”“杨柳腰”等特点;描绘花园,总离不开“桃红柳绿”“湖石鱼池”“轩阁回廊”“假山幽径”等意象;形容市井繁华,则要叙述街上各种商铺、市面上的各色货品、街道上三教九流的人物;叙述历史则从盘古开天地、三皇五帝开始,历数各朝帝王将相、贤相能臣的政治活动与重大历史事件。套语的表现形态也是类型化的。最典型的是数字嵌入式套语的大量运用,各地的艺人几乎均乐于选择这种表达形式。

当艺人叙述他们所不熟悉的人和事时,常以理想化的模式加以描摹,充满民间式的虚构。如“金殿”“书房”“花园”“闺阁”等场所,不是一般艺人能轻易见到的,但他们能绘声绘色地描述,仿佛亲临其境一般。但其实,许多场景是艺人根据传闻加以想象出来的,失真之处颇多。如锡剧“金殿赋”里所谓“皇帝整冠着龙袍,头戴九龙平天冠”是依照戏里人物的装扮来刻画的,“长生殿内把香烧,殿前百官分班立”也与史实不符。艺人仿佛为了打消观众的疑虑,最后还要打趣一句:“有人问我怎知道,我在其中跑龙套。”①

三、戏曲套语的属性特征

1. 实用性

套语是程式化、标准化的预制构件,具有较强的实用性。套语不是提纲戏所独有的,文学剧本中也有套语,但运用最多的还是提纲戏。就其功用而言,本质上是艺人即兴编词的工具,可在不同剧目中套用,能有效地帮助艺人从记忆的负担中解放出来。他们只要掌握足够多的套语,并能灵活运用,就能较轻松地编织和拼凑戏词,无须背诵文字剧本。就文体形式而言,也是非常便于艺人掌握和记忆。一般来说,当知识采取诗歌、格言谚语、民歌民谣等韵语体式时,便不易被人遗忘。套语易读易记,非常适合于记诵、口传,这也是其流传久远的重要原因。美国著名的传播学者沃尔特·翁便指出:“套语有助于增强话语的节奏感,同时又有助于记

① 常州市戏曲研究所编:《锡剧赋子集》,内部资料,1988 年,第 90 页。

忆,套语是固定词组,容易口耳相传。”①在他看来,口语文化中如果没有这些套语,大段口语的表达绝不可能成立,因为思想就寓于这些语言形式之中。这几乎是世界各地、从古至今口语文化概莫例外的规律。

套语蕴含的知识十分丰富,它涉及传统知识谱系的诸多层面,信息容量大,对于少有接触文字书本的艺人而言,这无疑是获取知识的重要渠道,其实用价值是不言而喻的。有的套语相当于某方面专门知识的“小百科”。以锡剧赋子为例,其“朝代赋”几乎均浓缩了一部中国古代史,“菜疗赋”介绍“韭菜”“萝卜”“青菜”等十余种素菜的医疗功效,颇具医学参考价值。“鸟赋”描述了四十多种鸟类的生活习性。“昆虫赋”则以拟人的手法,生动地展现了江南水乡一个闹嚷嚷的昆虫世界。这些套语融知识性与趣味性于一体,表演时无疑能赢得观众尤其是下层民众的欢迎,他们既能获得审美上的愉悦,又从中学到了各种常识。

2. 民间性

虽然有的套语受到书面文化的影响,显得比较雅正,但总体上属于一种庶民话语,民间色彩浓厚,不仅表现在对底层生活百态的书写,还表现在其语言风格、审美趣味也是民间化的。首先,套语里有不少方言俚语,日常口语随处可见,地域特征显著。江浙地方戏套语里充满吴语方言,如越剧“讨饭赋子”,戏词中的俚语有“呒有数”“赤屁股”“戴磨箍”(即厄运)等。② 河南戏串则夹杂中原方言,如“半拉昏来半拉明”(半个、半边)、“你看派气不派气”(气派、大方)、“看你得法不得法”(得劲、舒服)等。③ 其次,套语中有不少文字游戏,如前文所提到的各种“巧联妙对”“药名诗”“数字诗”等。有的纯粹是游戏笔墨,如锡剧《抖乱百家姓》《颠倒千字文》之类,故意打乱原义,重新组合词句,营造笑料。如前者云:“读书先生读《百家姓》,识得字还认得人。偏偏老鼠啃书本,咬断书上订书绳。一阵风吹乱纷纷,颠颠倒倒呛勿顺”,接下来开始胡编乱造:“我家爹——姓‘赵’名‘钱’号‘孙李’,官居‘岳帅缑亢’,腰束‘计伏成戴’……”语言风趣,诙谐幽默,而且颇具讥讽意味。在其他地方戏里,类似的游戏之作时有所见。

戏曲套语雅俗杂糅,不乏文人化的含蓄、典雅,但其审美趣味主要是民间的、平民化的,讲究嬉戏俚俗之趣。语言直白、质朴,语句回环往复,有的显得重复、拖沓。表情方式浓烈而直露,快言快语,敢爱敢恨。如表现男女私情的套语,女方向

---

① [美]沃尔特·翁(Walter J. Ong):《口语文化与书面文化——语词的技术化》,何道宽译,北京大学出版社2008年版,第26页。

② 张继舜:《落地唱书》,浙江文艺出版社1992年版,第8—9页。

③ 马紫晨:《戏串》,内部资料,中国戏曲志河南卷编辑委员会,1989年,第29页。

男方示爱时,态度主动、坚决:“莫嫌奴家容颜丑,有意匹配你为婚”,“天上牛郎配织女,你我正好结为婚”(见衡阳影戏套词“私许婚姻”)。有的夹杂秽言亵语,颇具粗野之趣。如《懒婆娘》:“懒婆娘,懒喳喳,三年不织经,四年不提车。……懒婆娘怀中摸一摸,摸出糍粑哄娃娃,糍粑上面麻麻点,远看象芝麻。走近前一看:哎呀咧!狗蚤虱婆爬满哒。”①尤其在表现男女嬉戏调情的套语里,有许多是属于荤段子,不一一例举。即使描述动植物,也总饶有谐趣,如“水果赋”:“白莲王子要成亲,发轿去娶水红菱。老菱婆婆把婚赖,她嫌老藕不正经……”②

3. 可变性

除了以上属性外,戏曲套语还有一个重要特征,即可变性。在具体运用中,套语自身并非一成不变,无论是句数还是具体内容,均可依据演出需要予以增删、转换、调整,具有较大的弹性和伸缩度。譬如,为节省演出时间,有的套语只需唱念其中部分内容即可;相反,如果观众喜爱,或需延长演出时间,亦可在原套语的基础上临时增添新的段落、句子。尤其是套语中的排比句、“数名”类套语等,可长可短,非常灵活。因此,同样的套语在不同的表演场合中并不完全相同,经常会产生舞台上的变异。

戏曲套语对于从事即兴演出、编创口述剧本的艺人的重要性是不言而喻的。美国学者米尔曼·帕里通过考察荷马史诗中重复、循环地出现的诗行与场景——例如“飞毛腿阿卡琉斯”或“灰眼睛的典雅娜女神”的多次使用,精辟地提出:一个不会书写的诗人,在口头表演中是必定会采用“常备的片语”和“习用的场景”来调遣词语创编他的诗作。在没有书写技术的条件下,表演者就需要掌握一种预制的诗歌语言,以支撑在表演中进行创编的压力,方能在即兴演唱成功地架构长篇叙事诗歌。③ 口传文化的共性同样体现在口述剧本中。传统艺人文化素养不高,大多不能从事文字剧本的创作,可以说,离开了预制的戏曲套语,口述剧本的编创同样难以实现。

---

① 向国政:《衡山地方影子戏》,内部资料,2006 年,第 290 页。

② 常州市戏曲研究所编:《锡剧赋子集》,内部资料,1988 年,第 167 页。

③ [美]约翰·迈尔斯·弗里:《口头诗学:帕里－洛德理论》,朝戈金译,社会科学文献出版社 2000 年版,第 2—3 页。

第五章

提纲戏剧目编创与“说戏”制

剧目与表演提纲的编创是舞台演出的基础和前提,也是整个即兴体制的有机组成部分。民间戏班一般拥有数量可观的剧目,它们绝大多数出自艺人之手,题材来源广泛,营造方式与文人戏剧迥异,属于一种“改编”式的创作。编剧的最终产品自然不是文字剧本,而是体现为即兴演剧的脚本——表演提纲。提纲的编制要综合考虑舞台内外各种因素,不仅仅是一张剧情梗概的清单。民间戏班向无导演制,但有“说戏”制,对于提纲戏而言,“说戏”既是一种戏曲的编、导活动,也是一种基于表演提纲的再创作(当然也存在无“提纲”的说戏),实际上可视为剧目编创活动的延伸。

第一节　戏班演出的剧目及其编创

在幕表制下,虽然具体的唱词、宾白可由伶人即兴发挥,编戏依然是不可或缺的一个环节。所谓编戏,包含着一部作品从最初构思到正式演出之前的所有创作环节和程序。① 即兴演出前,编剧要对剧情进行整体构思,对整台表演予以细致的安排和规划。在历史上,一些规模较大的戏班有财力聘请下层文人充任专职编剧,少数“名角”也有一些文人专门为其编制剧本,而普通的民间戏班和艺人则只能自编自演,靠自己来解决剧目问题。目前同样如此,民间班社所演的戏大多是艺人自编自创,或者传承自前辈艺人。以下拟从历史和现实两个维度来阐述民间戏班拥有的剧目及其编戏活动。

一、民间戏班演出的剧目

戏界俗语云:“戏穷人穷”,“穷在戏上”。对于戏班的生存和发展来说,剧目

① 路应昆:《中国戏曲与社会诸色》,吉林教育出版社 1992 年版,第 32 页。

的多寡具有十分关键的作用。拥有的剧目越多,越能满足观众的看戏需求,相应地市场生存空间也就越大。相较于只演剧本戏的剧团而言,能够表演提纲戏的班社无疑占据了较多的竞争优势。

目前,规模较大、实力较强的戏班掌握的剧目相对要多。以笔者考察过的常州市风华锡剧团为例,该剧团经常上演的剧目大致有三四十个。这还不是剧团所能表演剧目的全部,常见的情况是,只要戏班有艺人会某一出戏,往往就意味着整个戏班也掌握了这出戏。该剧团会戏最多的是演老旦的郑双英,她自己估计能演一百多本戏,是戏班的“说戏人”。① 毫无疑问,只要是这位老旦能演的戏,戏班也可上演其中任何一本戏,即便其他艺人不熟悉某剧目,她只需在演出前说说戏,便可将其呈现在舞台上。因此,严格来说,一个戏班所拥有的剧目量应是戏班内艺人掌握的全部剧目的总和,当然还须扣除其中重复的部分。

戏班里各个艺人的表演水平高低有别,所能演的剧目数无疑也是不同的。能戏较多的大多是戏班的主角,从某种意义上说,主角所能表演的剧目数在很大程度上决定了整个戏班能演多少本戏。在锡剧班社里,一般有了5个骨干演员就能支撑起戏班,艺人称为“四顶柱一支梁”,即小生、花旦(即小旦)、老生、老旦、小丑。上文提及的戏班中,能戏较多的除郑双英外,还有一位小生演员徐伯明,这里抄录一份他的戏单,从中可了解目前一个比较优秀的锡剧艺人究竟会多少戏。

幕表戏目录

唐僧出世　珍珠塔　方玉娘哭塔　王老虎抢亲　半把剪刀　姑嫂冤　红灯花桥　红楼夜审　玉蜻蜓　李三娘　三请樊梨花　火烧百花台　云中落绣鞋　同命鸳鸯　半夜夫妻　徐志建与白罗山　苦叔嫂　莫愁女　万花船　剪舌记　秦香莲　何文秀　雪仇记　寻儿记　情探　三拜堂　红楼镜　临江驿　贩马记　三凤求凰　断臂姻缘　雪地产子　秦雪梅吊孝　生死恋　天桥姻缘　劈山救母　腊梅纺花　荆钗记　红蜘蛛　女驸马　清风亭

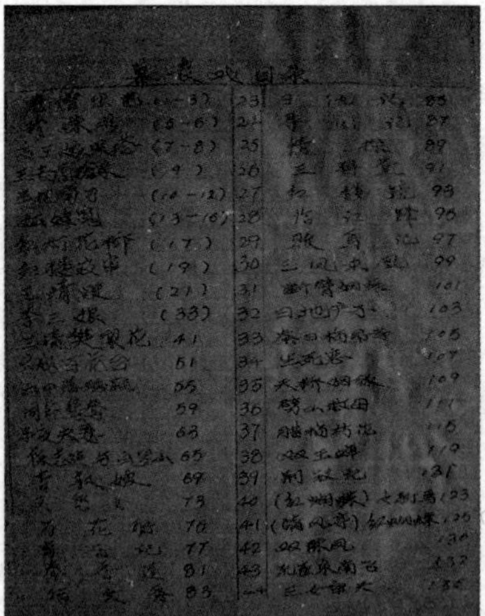

图19　江苏常州锡剧艺人的剧目单(笔者摄于江苏常州)

① 笔者于2012年6月江苏常州采访艺人郑双英(女,1946年生所得)。

双玉蝉　双珠凤　孔雀东南飞　三女审夫　合同计　母女恨　春花传　双金锭　审母斩父　闹严府　驸马出家　刁刘氏　鸳鸯镜　双珠球　荒山太子　蜜蜂计　隋炀帝看琼花　冤魂记　王华买父　盗粮奇案　批杀文　双落发　落金扇　麻风女　贞娘冤　活捉王婆　范仲华招亲　借黄糠　蝴蝶杯　文武香球　大发财　兄妹拜堂　通州奇案　三试浪荡子　梅李缘　哑女告状　孝灯记　贤妻良母　探阴山　林之文　无情女　血手印

以上每一个剧目均有相应的表演提纲，有的还抄录有重点唱段。按照这个剧目表，这位锡剧小生曾经演过的剧目有八十多个。这仅是他常演剧目的一部分，或者说只是他所擅长的一些戏。至于能演的戏可能还不止这个数目。在这个戏班里，两位主角所演出过的剧目已近200个，加上其他主演和次要角色所掌握的戏，戏班的剧目总数无疑要超出不少。在浙江台州的戏班中，一个好的演员曾经演过的戏可达三百多个。① 整个戏班拥有的剧目数可想而知。

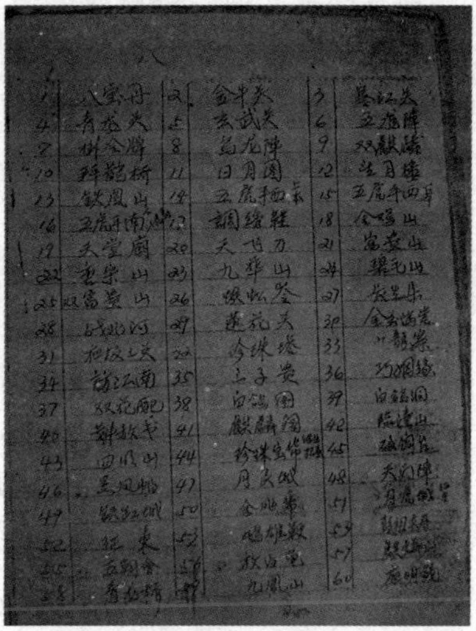

图20　湘潭影戏艺人吴昇平的桥本戏部分剧目单（笔者同门李跃忠博士提供）

为了说明问题，我们再例举一串数字：湖北黄梅县一个中等规模的黄梅戏班能演100本戏（包括水戏、本子戏）②。潜江影戏艺人刘年华提供他1979年以后所抄录的桥本（提纲戏）剧目有110多个。③ 河南信阳影戏艺人杨永庚提供的10个抄本中共有15种连台本戏、135种“小团圆”（亦称花戏、小花戏），李世宏提供的两本戏路中有1种连台本戏、105种“小团圆”，老艺人林芝梅收藏的6个抄本中有38种连台本、53种“小团圆”。④ 以上剧目多为提纲戏。湘潭影戏艺人吴昇平抄本中有90本桥本戏。在很多情况下，当问及那些能戏较多的艺人究竟会唱多少戏时，他们自己也难以回答，一般会说：太多了，没数过，给个戏都会唱。民间戏班所拥有

① 傅谨：《草根的力量——台州戏班的田野调查与研究》，广西人民出版社2001年版，第236页。

② 2012年9月，笔者于湖北省黄梅县蔡山镇考察黄梅戏青年艺术剧团所得。

③ 2005年7月，中山大学中国非物质文化遗产研究中心田野调查资料。

④ 卜亚丽：《中国影戏形态叙论》，中山大学博士论文，2007年。

的剧目总数,恐怕是目前任何一个只演剧本戏的剧团所望尘莫及的。

图21　每当演出结束前,趁观众尚未离场,溆浦辰河戏艺人要及时预告第二天上演的剧目。这块牌子上的内容几乎每天都得更新(笔者摄于湖南溆浦县辰河戏剧院)

演剧的市场化、商业化是戏班扩充剧目数量的重要动因。据黄梅戏艺人介绍:在20世纪80年代初期,湖北黄梅戏剧团大多只演剧本戏,一个剧团不过十几本、二十几本戏。剧本太少,剧团吃不开。有的地方一唱就是几个月,不能总是让观众看《天仙配》《女驸马》吧。后来剧团开始唱"水戏",常常拥有几十本、上百本戏,经营状况明显好转。① 目前,无论是流动戏班还是坐馆戏班,均需大量的剧目来维持演出。尤其是后者,更需日日出新,让那些戏院、茶馆中的老主顾每天都有新戏可看。如湖南溆浦辰河戏剧院一年演出360多场戏,湖北影戏艺人秦礼刚的梦泽皮影馆一年演出364天,基本上每天都要上演新戏。当然,仅演单本戏是难以为继的,它往往只能演出一两场(天)就得更新,必须依靠接日连演的连台本戏,一个戏至少可演三五天,多则可演数月。如洪湖市李传山的影戏戏班,在仙桃市张沟镇老年人活动中心坐馆演出时,按照朝代顺序,从西周一直演至清代。在3个月的时间里,演出了《封神榜》(具体表演天数不详)、《下南唐》(约7天演完)、《杨家将》(15天左右)、《呼家将》(时间不详)、《呼延合兵》(时间不详)、《三侠五义》(约30天)等剧。② 溆浦辰河戏剧院与此类似。一部《隋唐》唱了四十多本戏,持续演出四十多天;《薛仁贵征东》能演六十多天,《薛刚反唐》可唱一个多月。

总之,戏班特有的活动方式,决定了它必然要以较大的剧目拥有量作为生存的前提。同时,戏班限于财力、资金,很少去购买文学剧本。据闻,当前河南的专业剧团购买一个剧本要花费10万元,民营剧团无力买剧,只得自己编戏。在浙江,一个剧本亦卖到十几、二十几万元,还不包括请人排戏、谱曲的费用。即便剧

① 2012年9月,笔者采访"黄梅戏青年艺术剧团"李灿平(女,小旦,曾在专业剧团学戏、表演)所得。

② 2005年7月,中山大学中国非物质文化遗产研究中心田野调查资料。

本戏代价高昂,老百姓还不太喜欢看。福建目前尚有幕表戏演出,剧本戏占据着较高的地位。为了满足戏班的剧本需求,民间出现了剧本公司,他们胡乱拼凑、抄袭一些剧作,以每本100—120元的低廉价格出售给民间戏班,演出市场显得比较混乱。①

目前,在剧目题材的选择上,观众对戏曲的娱乐诉求没有根本性的变化。戏班上演的绝大多数属于古装戏,现代戏很少有。比较常见的题材有历史演义、英雄传奇、家庭伦理、男女爱情、公案豪侠、神佛妖魔等。总体来看,各剧种的题材构成在很大程度上受到自身传统的影响。譬如,一些比较古老的大剧种,保留的古典剧目就比较多。辰河戏是明代弋阳腔的后裔,便留存了不少南戏、传奇剧目。影戏、傀儡戏也有很多传统老戏。至于相对年轻的剧种、民间小戏,则偏重于表现日常生活题材,关注普通人的生存状态。历史上的经典老戏大多已是定本戏,有的虽然形式上是提纲戏,其实与定本戏并无多大差别。问题在于,经典老戏并不能维持其永恒的艺术魅力。譬如黄梅戏,笔者原以为《女驸马》《天仙配》之类的老戏肯定比较受观众欢迎。但其实,这些戏不太常演,主要原因是戏太"冷"了。观众喜欢看热闹的或者悲剧性的剧目,如《莫愁女》等。有的喜欢看新戏,图新鲜。②

提纲戏有两种演出形式,即单本戏和连台本戏。③ 单本戏的剧目一般作一本或上下本演完。如上所云,连台本戏少则三五本,多的达几十本甚至更多,一部戏可以连续演出很多天。目前,民间表演的连台本戏基本属于幕表戏,不少戏是由演义小说改编而来的,情节曲折,故事性强,深受观众的欢迎。

二、编戏人与剧目的编创

(一)编戏人

在中国戏曲史上,从事编戏工作的主要有两大群体:其一,下层知识分子。在传统时代,虽然明清时期有不少士大夫文人参与剧本文学的创作,但总体来看,下层知识分子是戏剧创作的主体。宋元南戏的作者绝大多数是不知名的书会才人,如《张协状元》为"九山书会"才人编写、《宦门子弟错立身》为"古杭才人新编"、《小孙屠》为"古杭书会编撰"等。随着清代地方戏的勃兴,文人逐渐丧失作剧的

---

① 笔者于2013年5月在台湾成功大学"闽南民间戏剧国际学术研讨会"期间访谈马紫晨、沈勇、林瑞武等学者所得。

② 2012年9月,笔者采访湖北省黄梅县"黄梅戏青年艺术剧团"艺人刘凯所得。

③ 提纲戏中没有折子戏,因为折子戏几乎都是定本戏。

热情。近代以后,一些有实力的戏班专门吸收了一些下层文人入班,充任专职编剧。[①] 不少名角也聘请了专职编剧,为演员量身打造剧目,他们被称为"开戏师爷",大多是民间知识分子,譬如私塾先生之类。这些人识文断字,熟悉舞台艺术,不少提纲戏剧目便出自他们之手。如旧时在辰河高腔科班中,设有"打剧本先生"一人,专为艺徒抄写剧本,编制"条纲",兼作文字解释工作。[②]

近现代以来,不少新式知识分子参与口头剧本的编剧工作。以粤剧为例,民国以后,许多失业文人进入了戏行,专为戏班"开戏"(编剧),较著名的有黄不废、黎凤鸾、蔡了缘、丁英等人。[③] 据载,在粤剧红船时代,为当时红极一时的演员编戏,每套戏需五百元港币的稿费。[④] 许多编剧是文人、学者或革命家,如陈少白、黄鲁逸、姜魂侠、黎凤缘、麦啸霞、陈天纵、唐滌生等人。值得一提的是,20 世纪初至新中国成立前,上海是提纲戏演出的大本营,当时不少著名编剧深受中西方文化熏陶,他们既了解传统戏曲,又熟悉话剧、文明戏、电影等外来戏剧形式;有的还能躬践排场,亲自参与演出。这批知识分子的创作极大地推动了提纲戏的发展。20 世纪初,文明戏演员范志良、宋掌轻、徐醉梅、王梦良等陆续担任过申曲班社的"说戏先生"。[⑤] 欧阳予倩、朱国梁等人同样也参与过幕表戏的编创、表演。

其二,艺人兼任编剧。在民间戏班里,艺人无疑是编戏的主体,尤其是新时期以来,现代知识分子总体上脱离了编剧队伍,编创提纲戏的更是鲜有所闻。历史上一些知名的演员同时也是优秀的编戏人,如晚清京剧艺人卢胜奎为三庆班创作、排演了《三国志》《法门寺》《龙门阵》等剧。粤剧界懂得编剧的著名伶人有邝新华、肖丽康、梁垣三、马师曾、廖侠怀、薛觉先、陈非侬等人。评剧奠基人成兆才也是非常出色的剧作者,早期评剧的经典之作不少出自其手,不过当时他所创作的主要为文学剧本。周信芳、盖叫天均参与过京剧幕表戏的编剧与演出工作。1943 年,昆剧著名艺术家周传瑛加盟"国风"演出,亦编过不少"路头戏"。当然,绝大多数的编剧者都是不知名的普通艺人。目前,民间戏班真正能编戏的人不是太多,尤其是具有独创才能的人很少。他们在戏班中的重要性已大不如前,主要

---

① 路应昆:《中国戏曲与社会诸色》,吉林教育出版社 1992 年版,第 32—33 页。

② 湖南省戏曲研究所编:《湖南地方剧种志丛书》(二),湖南文艺出版社 1989 年版,第 151 页。

③ 刘国兴:《戏班和戏院(粤剧史话之二)》,见广东省戏剧研究室编:《粤剧研究资料选》,内部资料,1983 年,第 355 页。

④ 陈卓莹:《红船时代的粤班概况》,见广东省戏剧研究室编:《粤剧研究资料选》,内部资料,1983 年,第 325 页。

⑤ 上海辞书出版社:《中国戏曲剧种大辞典》,上海辞书出版社 1995 年版,第 366 页。

体现在编戏收入低微，编一出戏甚至只有 1 元钱的报酬。①

无论是文人还是艺人，作为编剧，必须具备相应的专业素养。首先要有一定的文化根基，诸如必要的阅读、书写能力，较强的故事叙述能力和情节组织能力等。同时，还要有较广的知识面，对传统文化有较全面的了解。其次，要熟悉舞台规律，掌握基本的编剧技巧，这一点尤其重要。著名粤剧演员陈非侬对此有较全面的论述：“怎样学习编粤剧？学习编粤剧，首先要有一定的文化水准，戏剧修养和写作能力，更要懂得粤剧的排场、音乐和锣鼓等有关粤剧的技术知识。学编粤剧，应先学撰曲（粤曲），再学编戏。想学编粤剧，要多看粤剧，多和粤剧界人士接触，熟悉粤剧，只有这样，才能有编写粤剧和创作好剧本的能力。”②有的艺人认为：编提纲的人要有天赋，懂戏、派戏、编导等均要内行，实际上，这人集戏剧的编、导、演于一体，不是一般人所能做到的。③

（二）提纲戏剧目的编创

提纲戏剧目有五个主要来源：一是来自兄弟剧种；二是移植改编小说、说唱艺术；三是来源于艺人或文人的原创；四是移植于电影、话剧或其他叙事艺术；五是源于社会新闻、真人真事。艺人的编戏工作，主要集中在“改编”“移植”上，真正原创性的作品不是太多。据周传瑛回忆，他在“国风”演出期间编了很多“全本”大戏，多数是改编的，“不是根据昆班演出本编，就是根据评弹、京戏、话剧本编，或者将听来的故事来编”。④

图 22　湖北云梦县南门河影戏茶馆艺人将这些小说改编成戏剧（本资料由中山大学中国非物质文化遗产研究中心提供）

① 如湖南溆浦县辰河戏剧院的编剧即是如此。

② 陈非侬口述，伍荣仲、陈泽蕾重编：《粤剧六十年》，中山大学出版社 2007 年版，第 124—125 页。

③ 笔者于 2011 年 8 月采访溆浦辰河戏剧院艺人向克群。

④ 周传瑛口述，洛地整理：《昆剧生涯六十年》，上海文艺出版社 1988 年版，第 90 页。

下面,拟以改编小说、社会新闻为例,阐述艺人编戏的方式、原则及其透露出来的艺术观。

古典小说是戏剧最重要的题材渊薮,尤其以历史演义、英雄豪侠、公案传奇、才子佳人等题材的小说居多。就笔者考察所见,艺人改编小说的过程分为三个环节:首先是通读全文,了解小说故事大意,厘清故事发展脉络,掌握情节的基本要素,如人物、家庭住址、名字、官职、职业以及人物之间的关系等。然后将上述内容摘录下来,形成剧目纲要,完成主干剧情的构建。最后,在此基础上设置表演场次、戏剧动作、人物角色、音乐唱腔以及一些重要的唱词、科白(有时也不写),编制表演提纲。至此,一个剧目的创作便算完成。这里我们以辰河高腔条纲戏为例来说明。

辰河高腔剧目主要源自传统小说、民间传说以及历代口传的戏剧故事,尤以改编历史故事居多,如《隋唐》《杨家将》《征东》《征西》等。改编小说一个总的原则,要取舍得当,抓住故事中有"戏"的人物和情节,删削枝蔓。为说明问题,试以《说岳全传》第九回、第十回为例详述之。以下是溆浦辰河高腔老艺人刘德书阅读小说后摘抄的要点:

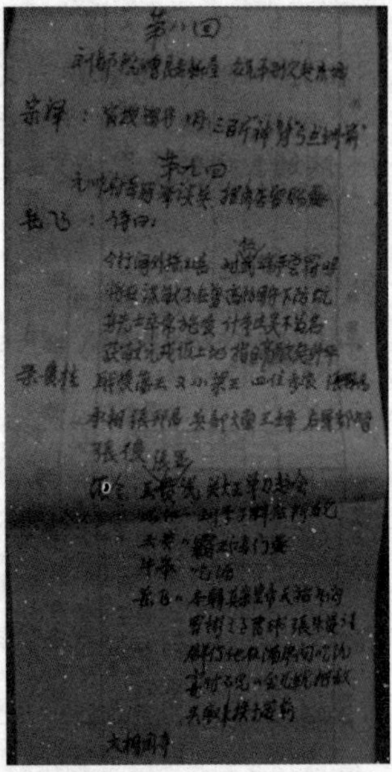

图 23 艺人阅读《说岳全传》摘录的故事要点(笔者摄于湖南溆浦县辰河戏剧院)

第九回 元帅府岳鹏举谈兵 招商店留(宗留守)赐宴

岳飞诗曰:

令行阃外摇山岳,队伍端严赏罚明。

将在谋猷不在勇,高防困守不防坑。

身先士卒常施爱,计重生灵不为名。

获献元戎恢土地,指日高歌定升平。

柴桂 职受藩王 又小梁王 四位考官

承(丞)相张邦昌 兵部大堂王铎 右军都督张俊

酒令 张显说关大王单刀赴会

汤怀:刘季子醉后斩蛇

王贵:霸王鸿门宴

牛皋:吃酒

岳飞:本朝真宗皇帝天佑(禧)年间 曹彬之子曹纬 张乐宴请群僚 他在酒席间吃酒 霎时不见 一会儿就把敌头取来掷于筵前

大相国寺

第十回 大相国寺听评书 小校场中私抢状元

杨再兴 罗延庆 杨是山后人 罗是湖广人

岳飞说对联:柳营春试马 虎将夜读书 乃是唐朝李晋王赠与周德威的

周三畏

与小说对照,可以探寻到艺人提炼小说故事的一些规律。首先,删削无关宏旨的枝蔓情节,突出故事主角和精彩关目。如第九回,选取岳飞与宗留守谈兵、与张显等喝酒行令两个中心场景,而此前的过渡性情节均被省略。第十回择取杨、罗商议如何抢夺状元及岳飞去周三畏处买剑等场景。其次,对人物的姓名、籍贯、官职等背景材料记录详细。再次,注重提炼“有戏”的故事场景,如行酒令、猜字谜等体现民间智慧的情节往往会令观众津津乐道,容易形成戏剧看点,故被艺人重点记录。同时,还喜抄录小说中的诗词、对联,留待艺人演出时直接套用,如岳飞所云之诗在提纲戏中便能用作他的上场诗,并可为同类角色借用。①

接下来的工作,是参照小说摘要来编制表演提纲。为看清楚小说与提纲之间的关系,我们选取老艺人刘德书提供的表演提纲《岳飞传大纲》第一本、第二本来做一些分析,将其与小说相关章节进行比照(见表4):

表4 《岳飞传大纲》第一、二木比照

小说《说岳全传》相关章节	表演提纲《岳飞传大刚(纲)》
第一回 天遣赤须龙下界 佛谪金翅鸟降凡	第一本:第一场 岳和妻姚氏为了缺嗣对天焚香求子
小说中无相关情节	第二场 送子天仙观凡到西天求佛
第一回 天遣赤须龙下界 佛谪金翅鸟降凡	第三场 跳四金刚四小和尚和大鹏鸟 佛祖临殿讲经说法 大鹏三次扰乱佛殿 下红尘
小说中无相关情节	第四场 大鹏金枝(翅)鸟上 送子天仙传旨脱化

① 郑劭荣:《辰河高腔“条纲戏”编创及其演剧形态探究》,载《文化遗产》,2012年第4期。

续表

小说《说岳全传》相关章节	表演提纲《岳飞传大刚(纲)》
第一回　天遣赤须龙下界　佛谪金翅鸟降凡	第五场　驼背囚(虬)龙和蚯蚓仙上表白　带四小水旗走圆场　对龙虎笑大鹏　过场　抓驼眼睁(睛)蚯蚓两断表白　水淹汤阴　下
第二回　泛洪涛虬王报怨　抚孤寡员外施恩	第六场　姚氏叹场　水族引驼背囚(虬)龙二次过场　生子　道人上留名　下　家院上报江水范(泛)滥　岳和夫妻别水淹汤阴　下
第二回　泛洪涛虬王报怨,抚孤寡员外施恩	第七场　王明上(启河北大名府内黄县麒麟村)乡老上报信　河里涨水　王明摇船救姚氏母子　圆场　(完)
第十五回　金兀术兴兵入寇　陆子敬设计御敌	第二本:第一场　哈迷蚩登场　表白与千岁拜寿下
小说中无相关情节	第二场　哈里强排朝会哈迷蚩对白　连场乌骨达坐殿计义(议)游山打猎
小说中无相关情节	第三场　粘罕喇罕答罕乌骨达等人上表白登殿游猎下
小说中无相关情节	第四场　火龙星叹大宋江山被夺　接着玉帝传旨火龙下凡脱化连场　乌骨达等人梧桐树下收子(下)
第二回　泛洪涛虬王报怨　抚孤寡员外施恩	第五场　姚氏训子岳飞砍柴下
第三回岳院君闭门课子　周先生设帐授徒	第六场　(吹过场)岳飞沙地写字,王贵、汤怀、张显暗上涂字　岳飞打三小孩(下)
第三回岳院君闭门课子　周先生设帐授徒	第七场　姚氏上三小孩告状　岳母教子(下)
第三回岳院君闭门课子　周先生设帐授徒	第八场　周侗出路从东京去内黄访友(陕西人)
第三回岳院君闭门课子　周先生设帐授徒	第九场　王明上表白小二拜师周侗上故友从(?)留周教学,王、汤、张三人,听到计议打师下

续表

小说《说岳全传》相关章节	表演提纲《岳飞传大刚(纲)》
第四回　麒麟村小英雄结义　沥泉洞老蛇怪献枪	第十场　周侗上表白开学　王明　张达　汤文仲带王贵、汤怀、张显上对介三小孩打师被擒周侗下　岳飞暗上会三人题诗
第四回　麒麟村小英雄结义　沥泉洞老蛇怪献枪	第十一场　姚氏表白周侗和王明上劝读书
第四回　麒麟村小英雄结义　沥泉洞老蛇怪献枪	第十二场王明上表白乡岳(约)上报内黄开武考调周侗上计议带徒赴考(下)
第五回　岳飞巧试九枝箭　李春慨缔百年姻	第十三场　李春坐堂　周侗会县主(下)
小说中无相关情节	第十四场　李翠竹上梅香报信私看武考
第五回　岳飞巧试九枝箭　李春慨缔百年姻	第十五场　李春登教场从考生开弓　岳飞连开九榜　李翠竹和梅香偷看(下)
小说中无相关情节	第十六场　李翠竹思春得病　梅香报县主连场　李春上知其女意　请周侗为媒
第五回　岳飞巧试九枝箭　李春慨缔百年姻	第十七场　姚氏上周侗报信县主送女完婚(完)

比照小说来看,戏剧的情节结构有不少改造和调整。首先,故事内容有增有减。一方面,戏剧故事有的是小说中没有的,如第一本戏第二场、第四场中“送子天仙”情节,以及第二本戏中第二场、第三场、第四场、第十四场、第十六场中的相关内容。如第十六场戏增设了李翠竹、梅香主仆等人物,多出了李翠竹偷看岳飞武场射箭,恋上岳飞以致相思成疾等情节。这部分内容可能是提纲编制者的凭空虚构,或者另有所本也未可知。另一方面,戏剧提纲也有对小说情节的删削,譬如小说第一回陈抟老祖叙述岳飞与秦桧夫妻的前世因果、化身道人点化岳家等,在戏曲的前五场均未出现。其次,对故事情节进行了嫁接与重组。表演提纲并不严格按照小说的章节来设置演出场次,情节的顺序可以根据需要颠倒、穿插。如第二本戏第一场至第四场的剧情,大致相当于小说第十五回(有的情节小说中也没有)的故事,产生情节上的跳跃,至第五场、第六场戏又回归到小说原有的章节秩序。应该说,这种调整适应了舞台艺术的要求。按照戏曲的表演惯例,主角一般

要尽可能安排在戏剧的头几场亮相,金国的哈迷蚩、乌骨达、粘罕、兀术等人是戏剧矛盾冲突的主要对立方,无疑需要及早出场,以便尽快展开剧情。此外,就小说摘要与提纲关系而言,前者只是提供故事的一些基本信息,每条摘要与提纲的表演场次并无一一对应的关系。换言之,小说摘要可能只是作为编剧的前期资料,具体剧情的构建依然是以小说为依据。

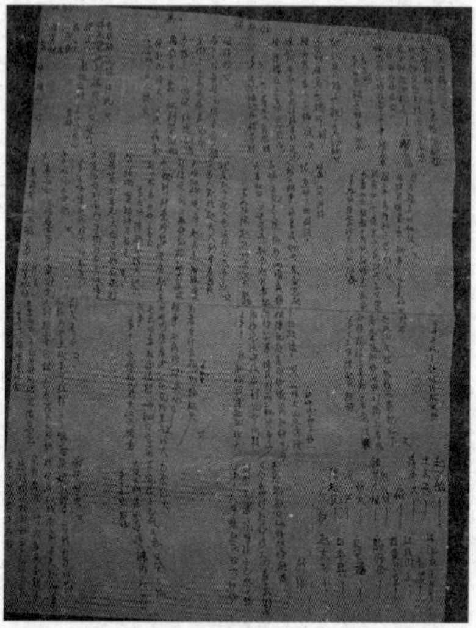

图 24　锡剧现代戏《褚凤娣》提纲（郑双英供）

尽管不同剧种、不同艺人改编小说的技法和程序并不完全相同,但遵循的原则大同小异。“改编式”创作不是简单地照抄小说,事实上包含了许多创造性的工作。一方面,要实现文体形式的转换,将第三人称叙事改造为代言体叙事;另一方面,必须以戏剧的方式来重新演绎故事,其中既包含有叙事单元的重组、整合、提炼,又有故事的嫁接、重塑,有的还可植入小说之外的情节。在具体操作上,最关键的是要突出主要事件和主要人物。作为书面叙事的小说,读者有充裕的时间去阅读文本,无论情节多么曲折、头绪如何繁杂、人物如何众多,均不影响其审美效果的实现。作为视觉艺术的戏剧表演与此不同,它必须在有限的时间内完成故事或情感的呈现,并要借助演员的唱、念、做、打来塑造人物、演述故事,因而情节必须要凝练集中,人物的设置应符合表演行当的要求,而且要充分考虑戏班的规模,主要演员的特长、舞台布景、道具配置等诸多客观因素。因此,在改编小说时,情节与人物的取舍、剪裁显得十分重要。辰河戏艺人认为,在“开条纲”(编制表演提纲)时,小说中的故事要取长补短,要记完整,有“戏”的部分留下,没“戏”的部分丢掉,或者一句话就过去了。① 常锡滩簧艺人总结出戏曲剧本创作“十六字”要诀:“写戏写人,写人写情;有戏则长,无戏则短。”②可谓深中肯綮,道出了艺术的真谛。

社会新闻、真人真事也是提纲戏的一大题材来源,尽管在整个传统剧目中不占多数,但就某些剧种来说,它具有引人注目的地位,有的还产生过广泛的社会影响。近现代的沪剧、锡剧、越剧、评剧等剧种便出现了不少现实题材的作品。沪剧

① 笔者于 2011 年 8 月采访溆浦辰河戏剧院老艺人刘德书所得。
② 朱恒夫:《滩簧考论》,上海古籍出版社 2008 年版,第 193 页。

从20世纪30年代末到50年代初的十余年时间中，大量上演现代戏，当时称为时装戏，又俗称西装旗袍戏，据统计有250出左右。① 锡剧亦有一批根据当地发生的真实事件改编而成的剧目，如《卖花带》《一条黄瓜三扁担》《借披风》《王百万叹穷》《纱裙记》等。据载，《一条黄瓜三扁担》系1944年发生在无锡的一件实事。当地养媳妇张金妹平日受凶婆母蒲邱氏虐待，一天她在田中偷吃邻家黄瓜，婆母苛责儿子蒲阿狗管妻不严，出于一时气愤，蒲阿狗痛打妻子三扁担致死。张氏的哥哥张金生诉至县法院，法院被蒲邱氏收买，张金生反被拘押。艺人对此事大为不平，遂由邹鹏将此编成滩簧演唱，竟至轰动四乡，观者如云。②《褚凤娣》在民间反响也很大，该剧演述的是20世纪40年代抗日战争时期发生在常州的一桩公案：褚凤娣被婆婆和小姑子害死，法官受贿枉法，当地民众冲击法院，法官被打。最初由滩簧艺人演唱该故事，后被搬上锡剧舞台，以幕表戏的形式演出。目前，该剧依然在当地盛行，很受欢迎。③

那么，这类现实题材的剧目是如何创作的？申曲著名编剧宋掌轻对此有详细的论述：

图25　锡剧《褚凤娣》中褚凤娣（范红珍饰）和丈夫徐焕兴（徐伯明饰）的舞台形象（本资料由徐伯明提供）

“我们最初写幕表是怎么写的呢？如果某天早上，看到报纸上有段谋杀亲夫的社会新闻，我们知道这类风化案件观众是喜欢看的，于是就动脑筋把它作为素材来编写幕表。报纸上的新闻只是素材，编成幕表要安排故事情节，对素材哪一部分要，哪一部分不要，要有所取舍。为了充实情节，看了新闻以后，还要到案子发生的现场去做些了解，仔细听一听事情发生的前因后果。谋杀案必有奸夫，案中必有不明之人，这就要到出事地点的左邻右舍及周围群众中去打听，把各种各样的说法搜集起来。为了吸引观众，往往实事中的案情还未

---

① 周锡山：《改编自外国名著的沪剧剧目》，见《中华艺术论丛》第2辑，上海辞书出版社2004年版，第204页。

② 江苏省文化厅剧目工作室编：《锡剧传统剧目考略》，上海文艺出版社1989年版，第21页。

③ 笔者于2012年6月江苏常州采访艺人郑双英（女，1946年生）。

弄清时就急于上演,事态发展到哪里就演到哪里。”①

可见,时事剧的创作,特别注重故事的真实性、时效性,在上海这样的商业环境下,幕表戏需要借助社会事件的轰动效应来吸引观众,以增强戏剧的市场号召力。对故事素材要适当加以裁剪、提炼,使之适合于舞台演出。即使是客观事件,也要充分发掘它的戏剧性,满足观众的猎奇心理。应该说,在这类题材的表现上,提纲戏具有天然的独特优势,它能在较短的时间内将社会事件搬上舞台,有的还能形成强大的群体舆论,干预现实,产生审美娱乐与社会批判的双重效果。

作为一种艺术传统,中国戏曲具有鲜明的程式化、类型化特征。艺人在编排新戏时,要遵循这些固有的审美规律,才能满足观众对传统戏的欣赏需求。梅兰芳曾说道:“旦角戏的剧本,内容方面总离不开这么一套,一对青年男女经过无数惊险的曲折,结果成为夫妇。这种熟套,实在腻味极了。为什么从前老打不破这个套子呢?观众的好恶力量是相当大的。”②因此,艺人总是跳不出这类熟套,人物一律是脸谱化的,只要是同一类型的角色,其性格、遭遇大致相同。日本学者波多野太郎曾这样综合和归纳广东粤剧的角色:

> 书生必定落难,小姐必定有情,师爷必定尖刻,公子必定逍遥,皇帝必定好色,贵妃必定弄权,和尚必定淫乱,盗魁必定侠义,官僚必定贪赃,仆人必定衷心。③

粤剧如此,其他戏剧也不例外。故事情节也都是老套的,大多离不开“私定终身后花园,落难公子中状元”“大团圆结局”“富岳母(丈)嫌贫赖婚,穷公子投亲落难”“恶有恶报,善有善报”等叙事模式。衡阳影戏艺人对此有很好的总结:“养儿必读书,读书必赶考,赶考必得中,得中必做官。”按照这一情节规律,就可编制出“教子”“嘱妻”“嘱夫”“途中吟”“科考”等情节关目,每一戏剧情境均有相应的唱词、对白可用。衡阳影戏类似的情节套子还有很多,举凡有:(一)奸臣专权,假传圣旨,公报私仇,陷害忠良,奸臣陷害忠良的手段如强逼状元文挂武帅,或是限时完成无法完成的工程;(二)子仗父势,大多是霸人产业,强抢民女,狐假虎威,随便栽赃杀人,无恶不作;(三)贪官枉法,冤屈无辜,苦打成招;(四)立寨为王,兴兵造

① 宋掌轻口述,范华群记录整理:《漫话幕表戏》,见中国戏曲志上海卷编辑部编:《上海戏曲史料荟萃》第二集,上海艺术研究所,1987年,第21页。

② 梅兰芳述,许姬传记:《舞台生活四十年》第二册,中国戏剧出版社1961年版,第48页。

③ 转引自蒋星煜:《波多野太郎与中国戏曲》,见《中国戏曲史钩沉》,中州书画社1982年版,第300页。

反,男败投降,女败许婚;(五)江湖侠士,绿林好汉,行侠仗义,济困扶危,除暴安良;(六)投桃报李,“一饭一粥之恩,知恩图报”;(七)辅正除邪,“邪不犯正”。遇到戏剧矛盾无法解决,或要惩恶扬善,则搬出神灵,所谓“戏不够,神仙凑”。影人艺人谓之“影子戏冒路,全靠神仙渡”。①

(三)表演提纲的编制

编写提纲是编剧工作的重要组成部分,在很多情况下,剧目的最初体现形式只是提纲,没有唱词、宾白(或是不完整)以及音乐唱腔和科介提示(有的提纲不写)。提纲的编写有一些基本的要求和规则。作为一部戏的剧情梗概,原则上应将故事的基本要素均包括进去,譬如人物、地点、名字、官职以及事情的缘由、经过、结果等。换言之,就剧情这一层面而言,无论是“叙述”式或者“条列”式的提纲,均要求有较完整的情节构架,故事前后连贯,线索清晰。前者对剧情的描述相对细致、具体,而后者往往粗陈梗概,寥寥数语。

衡山影戏艺人认为,摘“桥路”(即编制提纲)的时候,关键人物要写清楚、仔细,次要人物可一笔带过。如《薛仁贵征东》中薛仁贵是主要人物,需要交代其籍贯、父母、年龄、家产、长相、穿戴等,不能马虎。尤其当其作为第一场戏的登场人(即报台人)时更要如此。按理说,在提示剧情时,提纲要尽可能完整、细致,全剧所有重要的信息都要写出来,以便于剧目的传承和表演。但是,一些民间艺人出于行业的保守性,以前老师傅有埋“鸡脑壳”的做法,即在故事紧要之处留下空白,不写桥路,只用省略号代替。如《薛仁贵征东》第一场“投军别窑”条纲:“(唐朝贞观年间)薛仁贵登场叹家,男,年方20岁,祖籍山西绛州府,龙门县太平庄,祖父薛恒,祖母×氏,生父叔二人,父名薛英,叔名薛雄”,当提纲写到薛仁贵15岁以后的故事时,用省略号代替,再无具体内容。在这种情况下,其他人即便抄写了该桥路,如果没有读过薛家将小说,便不知后事如何,就得请教老师傅,一般人不会轻易告知,谓之“技不外传”。②

有的“条列”式提纲还编排一些习见的情节单元,用以提示剧情,便于艺人临场发挥,如粤剧、高甲戏、正字戏、邕剧等剧种的提纲。扬剧幕表戏同样如此,根据艺人的经验,“在每一出戏里要有几场为大家都熟悉的、都会演的戏和唱词,以便把全剧的情节串连起来,如常用的‘公堂’‘行路’‘宿店’‘抢亲’‘花园’,等场子,

① 向国政:《衡山地方影子戏》,内部资料,2006年,第199—201页。
② 以上资料为衡山影戏艺人欧阳新年提供。

演员在演出时只须换换名姓改改称呼就行了”①。有的在编制提纲的同时，预先为戏班的主角编写一些重点唱词。这一点前文已有论述，可参看。

图 26　演出结束后，辰河戏艺人尚未卸妆，开始编制第二天的表演“条纲”（笔者摄于湖南溆浦县辰河戏剧院）

编制提纲时，如何分场分幕、设置上下场次是一个十分重要的工作（主要指“条列”式提纲），需要综合考量多方面的因素。提纲中“场”或“幕”的划分，一般依据情节发展的需要及故事的先后顺序，以人物上下场为限，一场戏就是一个相对独立的戏剧场景；或在一场戏的提纲末尾注明“下”字，提示演员下台，表示一场戏结束。一本戏（指单本戏）究竟以分多少场为宜，无定规可循，需依具体情况而定。

一般来说，表演时间的长短决定了场子的数量。以前锡剧幕表戏每场戏需三小时，甚至更长。现在，戏班考虑到观众年龄偏大，看戏劳累辛苦，就缩短成两个半小时，或两小时一刻钟。随着看戏时间的缩短，剧目的场数趋于减少。在戏院茶馆演出时，每场戏的持续时间是约定俗成的。以辰河高腔为例，目前一个单本戏大致分 10 场左右演完，场数不能过少，否则难以达到规定的演出时间（三个小时）。如果提前结束演出，观众会认为艺人偷工减料；场次太多，则增加了演出的工作量，亦非艺人所愿。因此，他们会充分利用提纲戏的伸缩性，随机增减表演内容，准时结束演出。为此，戏班在剧场某个醒目的地方悬挂钟表，便于掌握表演时间。

戏班规模的大小、演员人数的多寡也是确定剧目场数的考量因素。如果演员人手较多，可适当增加戏的场次，反之则减少。

我们不妨以黄梅戏《梁赵姻缘》提纲为例②，看看艺人如何灵活调整表演场次：

---

① 宋词：《扬剧》，见华东戏曲研究院辑《华东戏曲剧种介绍》第一集，新文艺出版社 1955 年版，第 36 页。

② 笔者于 2012 年 9 月采访黄梅戏艺人田春风（男，1963 年生）所得。

1. 喜堂　梁员外　夫人　梁素珍　梁大珍　二珍　家院　丫环
2. 退婚　梁员外　夫人　赵玉林　梁素珍　等
3. 互吐真情　梁素珍　赵玉林
4. 店铺　梁大珍　梁大珍　夫人　赵玉林
5. 凉亭耻笑　梁大姑爷　二姑爷　赵玉林
6. 寒窑　梁素珍　梁大珍　二珍　丫环
7. 得中　赵玉林　校尉
8. 寿堂　梁员外　夫人　梁素珍　二珍　二姑爷等

在正常情况下，该提纲可以演出两个半小时，如果需要延长时间，可在第四场戏后增添“送夫上京”或“夫妻离别”一场戏。或在第七场前加上“科场”戏，增添考试、拜师等情节。如需缩短时间，可将第七场戏处理为过场戏。一般而言，演出两个半小时的戏需要安排8—9个场次。① 此外，提纲的繁简还要视主家的经济实力而定，钱多则多安排几场戏，多一些剧情的枝蔓，钱少则相应地删减剧情和场次。

最后，要考虑剧情的复杂程度与艺术审美。剧情曲折、场景变化较多的剧目，场次相对要多，尤其当过场戏较多时，场次明显增加。如有些越剧艺人，常将过场戏独立为一场戏，而在辰河高腔中，过场戏一般不单独安排场次。据粤剧艺人陈非侬回忆：“最早的传统粤剧，场次很多，每出起码有三十场以上，其中过场戏、闲场戏很多。到了清末，粤剧新戏的场次已减为十多场，到了民初更减为八场，到了现代更缩为五六场，很多剧情用暗场和用言语交代。闲场戏、过场戏逐渐减少，缩短了演戏时间，令剧情更加精练和紧凑，是一种进步。”②

编制提纲时，安排哪些演员出场以及出场人物的多少也是颇费思量的事情。最重要的是要因人度戏，充分发挥戏班骨干演员的特长，这可说是一个普遍规律。如在京剧历史上，三庆班以程长庚、徐小香、卢胜奎、杨月楼等为主；四喜班以梅巧玲、时小福、杨朵仙等为主；春台班是以俞菊笙等为主。于是三庆班就多编排须生戏，四喜班就多编排旦角戏，春台班多演武生戏，余者依此例推。③ 总之，编剧者一定要突出主角、名角，让其担纲重头戏。

① 笔者2012年9月采访黄梅戏艺人田春风所得。

② 陈非侬口述，伍荣仲、陈泽蕾重编：《粤剧六十年》，中山大学出版社2007年版，第121—124页。

③ 景孤血：《从四大徽班时代到解放前的京剧编演新戏概况》，见《梨园往事》，北京出版社2000年版，第20页。

提纲编制者在分派戏剧角色,确定每场戏由哪些演员出场以及出场的顺序时,不仅要满足剧情的需要,而且要全面考虑戏班成员的数量、演员身体状况等因素。如果戏班演出阵容较大,出场人物相应也要多。譬如跑龙套,戏班成员少只用两个丫鬟、两个差役登台,人多则每类角色可增至四人,以增强舞台效果。出于节省演出成本和人手的考虑,剧中人不宜设置太多。民间艺人大多具有"一专多能,一人多角"的本能,登场人物能省则省。有时还要考虑演员的身体状况。假如某位主演嗓子出现问题,就要临时更换剧目,或者减少其戏份。同时,要科学合理地分派演员每天的演出任务,做到劳逸均匀,张弛有致。比如,今天某演员担纲主角,戏份较重,明天就给安排次要一点的角色,承担较为轻松的演出任务。或者每天安排不同的主角轮流登场。

总之,要编制好一张小小的幕表,绝非易事。当然,如果熟悉舞台艺术规律,也并非想象得那么难。在欧阳予倩看来,"编剧也没有什么困难,拼着一晚不睡或者一下午不打麻将、不上茶馆,就可以赶出一张幕表来"①。目前,如果不苛求提纲的质量,有的艺人花上一袋烟的功夫就能完成编写任务。这也是提纲戏高产、速成的重要原因。

第二节 提纲戏的"说戏"制

在民间戏班里,一部戏在正式搬上舞台之前,除了必要的物质准备外,通常要经历说戏、排戏等环节,以确保演出顺利进行。尤其是提纲戏演出,在无文字文本依据的情况下,需要有专人介绍表演内容,启发演员去理解编剧的创作主旨,确立每位演员在戏剧中的地位和扮演任务。演出前,建立良好的舞台协作关系也很重要,譬如协调演员与演员之间、演员与乐队之间的关系,做到各司其职、配合默契,以实现舞台艺术的完整性。因此,在戏剧开场前,往往离不开"说戏"。

一、"说戏"的内涵、场合及"说戏人"

"说戏"是中国戏曲传统的编导和传承方式。徐珂《清稗类钞》云:"说戏者,以此伶所能,告之彼伶之谓也。盖戏中忽缺一脚,欲某伶充数,或贵官特欲令演,而适非所习,故就能者乞教,告以唱词台步,俾临时强记,率尔登场。"②作为一个

---

① 欧阳予倩:《欧阳予倩戏剧论文集》,上海文艺出版社1984年版,第135页。
② 徐珂:《清稗类钞》第37册,商务印书馆1928年版,第22页。

专门术语，现代研究者认为，“说戏”是指教戏、学戏时，由戏师傅口述“总讲”，解说剧情，带领念唱，并作示范动作的一种戏剧活动。①

与“说戏”相关的演剧制度是“排戏”。一般认为，古代戏曲虽无导演之说，但“排戏”很早就出现了。在宋、元南戏和北杂剧的演出中，教坊色长和书会才人承担着组织和排练演出的职责。元陶宗仪《南村辍耕录》云：“教坊色长魏、武、刘三人，鼎新编辑，魏长于念诵，武长于筋斗，刘长于科泛，至今乐人皆宗之。”所谓“鼎新编辑”，大概指戏剧的创新、编排之类的工作。以关汉卿为代表的书会才人兼擅创作和表演，他们躬践排场，面傅粉墨，集编剧、排演于一身。明清时代，一批文人剧作家、家班班主不仅创作剧本，而且亲自指导排戏，李渔还撰写了专论排戏的《闲情偶寄·演习部》。清代地方戏勃兴后，形成了“攒戏”“说戏”“排戏”等“主角制”下的排演方式。负责“排戏”的一般是谙熟戏曲表演的剧作家或艺博识广的演员，他们注意整体的表演，还进行唱腔设计，近似于专职的导演。比如，王瑶卿在排戏时经常启发演员：“认认人儿，找找事儿，捉摸捉摸心里劲儿，安腔，找俏头。”②尽管“排戏”是戏剧演出前的重要准备工作，但民间草台班真正按照程序排戏的并不多，艺人习惯于直接“台上见”。因而，我们这里只重点阐述“说戏”，有时兼及“排戏”。其实有时两者是融为一体的，难以截然分开。

“说戏”有其固有的发生场合。上引《清稗类钞》指出了两种情形：一是戏班某位演员缺席，由其他演员临时替补时需要告之被顶替者的唱词台步；二是观众所点之戏恰好非某位演员所习，亦需有人“说戏”，传授演技。除了以上因素，从戏班运行的角度看，还有以下几种情况需要“说戏”。其一，上演新戏。排演提纲戏新剧一般不需要演员背诵台词、练习唱段，但必须熟悉剧情大意和各自的角色扮演、上下场次等。这些需要“说戏先生”讲解和安排，而且新戏“说戏”时间相对要长，有的需要一天甚至更长的时间。其二，演出久未上演的旧剧。一些传统老戏出于各种原因，已长时间没有上演。有时恰好观众点到这出戏，一般情况下戏班难以拒绝，不能以“不熟悉、没演过”等理由来推辞表演。因而，戏班得想方设法找来提纲，或请演过该戏的人来讲解。有时还得求助外援，从其他戏班请人说戏。其三，戏班人员流动。最常见的情况是，当戏班有新成员加入或调换新角时，“说戏人”要单独为其讲戏，让艺人尽快熟悉剧目，确定其角色扮演任务等，使之尽快

---

① 上海艺术研究所、中国戏剧家协会上海分会：《中国戏曲曲艺词典》，上海辞书出版社 1981 年版，第 85 页。

② 朱文相：《中国戏曲从“主角制”向“导演制”的过渡》，见《亚洲传统戏剧国际研讨会论文集》，中国戏剧出版社 1993 年版，第 131 页。

融入整个表演团队,与其他成员建立良好的协作关系。所以,对于上演提纲戏的班社来说,在一定时期内保持演出阵容的稳定性尤其重要。如果戏班人员长期不变,艺人之间合作久了,便无须说戏,演出的质量也会越来越好,能将提纲戏演得像剧本戏一样流畅、规范。在戏班里,各成员的技艺水平高低有别,年轻艺人舞台经验有限,能戏相对要少,也需要戏师傅的传、帮、带。

传统戏班里,"说戏人"多为后台具有丰富舞台经验的老伶工,他们是戏班里会戏最多的人,满腹春秋,民间形象地称之为"戏篓子""戏母子"。一方面,"说戏人"需要具有较为丰富的舞台经验,熟悉各种板腔、曲牌、锣鼓经以及舞台扮演,集戏剧的编、导、演于一身;另一方面,要掌握戏班的整体情况,熟悉每位演员的优长和不足,并具备一定的组织协调能力。在京剧传统戏班中,说戏或排戏人非"六场通透、文武昆乱"全才不可。他既要懂得剧中人各自应唱的音乐声腔,是西皮还是二黄,是昆曲还是拨子,是用胡琴、笛子还是唢呐;又要懂得每个剧中人从上场到下场的唱、念、做、打的每个动作应该用什么锣鼓;还要懂得各种把子的用法和打法;更要懂得每位剧中人的服装、扮相、脸谱、身份等。①

图27 笔者在后台采访溆浦县辰河戏剧院老艺人刘德书(1916年生),他能自己编戏,以前经常为戏班编戏

豫南影戏戏班离不开带"路子"的人,这位艺人的演出水平在戏班是一流的或德高望重的人物。所谓"带路子",工作的内容包括讲述故事情节,安排影人、安插头茬,分配角色、依据艺人的能力安排任务等。② 湖南湘潭、衡阳等地影戏的演出,每一场戏均有"掌桥"的,由其负责掌控演出内容、演出节奏、人物上下场的安排。无论是带"路子"的还是"掌桥"的,都属于"说戏人"。在旧时,只有那些规模较大、财力较为雄厚的戏班配备有专职"说戏"人,普通戏班通常由戏班的主角、鼓师等兼任。

① 李洪春述,刘松岩整理:《京剧长谈——李洪春口述历史》,中国戏剧出版社1982年版,第22页。

② 笔者于2006年7月河南罗山县采访影戏艺人李世宏所得。

目前，绝大多数“说戏人”都是在行内摸爬滚打多年的老艺人，他们肚子里戏多，有演出经验，资格老。这些人绝大多数是演员，乐队艺人很少有说戏的。一般没有专职“说戏人”，通常是谁会戏，谁说戏。需要补充的是，在大多数情况下，“说戏人”与编剧者不是同一人，只有当戏班上演新戏时，才可能出现“说戏”者亦是编剧者的情况。

二、“说戏”的内容

“说戏”涉及的内容非常广泛，几乎涵盖了舞台上的所有艺术要素。对于提纲戏而言，首要的是介绍剧中人的基本情况和剧情梗概。如沪剧艺人解说幕表时，要求把“人物的身份、经历、身世、职位，甚至年龄都要讲清楚”。① 湖南衡州花鼓戏早期传统剧目多无固定脚本，大多只有故事梗概，艺人叫“乔路”。每晚演出之前，先由有声望的老艺人讲“乔”，即分配角色，讲述故事梗概、出场先后、包袱扣子等。② 虽然“乔”（提纲、幕表）确定了戏剧的大致框架，但是，对于即将上台的演员来说，这是远远不够的。演员需要了解并记住故事的来龙去脉和剧情细节，寻找自身与剧中人的情感共鸣，完成身份的转化和戏剧情境的进入。“说戏人”对剧情叙述得越是细致、生动，越能提高表演的效果。在“说戏人”那里，往往几十字的提纲可以说上半小时、一小时，尤其是演出连台本戏，说戏时间更长。下面看看“说戏人”究竟是如何讲说剧情的。

在豫南影戏中，按照惯例，戏班在上演新剧前必须要“带路子”，以下是艺人李世宏使用的《张四姐闹东京》全剧的“戏路子”：

崔文瑞，祥符县，牧羊巷，上山打柴。七仙女集仙桥倒四孔，四姐下凡，三拦路，到家，破屋，四姐做法，张良鲁班造楼，崔满街，天下（上）神仙府，人家（间）第一家。王半城知，拜望，见四姐美，和文瑞结拜，叫去吃夜饭，走后，丢银，告文瑞偷，陈龙屈打成招，家人见四姐，大闹县衙，救出文瑞，打陈龙四十板，走了。陈龙开封告状，包带王马查，张知吊起，王马抢回，奏主，杨呼二将，张吐火烧，二将见主告包，王命百日查妖，过阴，太白见玉帝，七圣捉，火烧，杨请孙，火烧，观音救，叫见王母，说走四公主，王母下凡，召回四姐，百日夫妻，留龙凤扇，进宝，封状元，大夫张义许女，圆场。

---

① 宋掌轻口述，范华群记录整理：《漫话幕表戏》，内部资料，1986 年，第 23 页。
② 湖南省戏曲研究所编：《湖南地方剧种志》（三），湖南文艺出版社 1989 年版，第 340 页。

接下来,是艺人根据这一表演提纲讲述的剧情,我们摘录艺人谈话的部分内容来做说明①:

> 崔文瑞是个穷书生,自幼父母双亡,家住在东京牛头街牧牛巷。家道贫寒,上山砍柴。(没事,走一场)。
>
> 上界斗牛宫的七仙女,在集仙桥游玩,猛然一声响,七孔桥塌了第四孔桥。大姐说:第四孔桥一塌就该四妹下凡。(四姐说)该我下凡,我早有思凡之意,天庭中父王和母后也不给咱们选驸马,没有男女之事,我也想下凡找一个如意郎君了了劫愿。姊妹分手。
>
> 下凡,山下拦住崔文瑞,说:咱俩有亲戚,我是你哪哪的表妹,你不认识我我认识你,你叫崔文瑞吧。我父母画有你的像,长得像崔文瑞。你双亲亡故,你一人孤苦伶仃,咱从小父母指腹为婚,这个事没告诉你啊?(崔文瑞)他不相信,认为她是妖怪:我不跟你多说。就走。
>
> 第一次拦路是妖怪。第二次认为是良家妇女,我不能让人家吃亏,我家道贫寒。第三次七说八说动了心,人家也是无依无靠,领回家去吧。回到家中,对天地一拜,家道贫寒就这样结成为夫妻。四姐说:你住在牧牛巷这破屋里,想不想住高楼大厦?崔说:当然想,怎奈家道贫寒,盖不起楼房。四姐说:我管盖起楼房,我有的是钱,我来请人盖房。
>
> 晚上,四姐趁崔睡着时,作法,把手一指,请来黄金力士,鲁班仙师,张良先生看地,一夜之间盖好楼房。第二天早上起来,崔文瑞发现就在高楼里住着,大吃一惊。四姐骗他说,昨晚我花了大钱,请好多人,已走了。骗住了崔。……

限于篇幅,未能完整征引艺人的口述记录,但大体上能窥见艺人"说戏"的大致情形。通过艺人的讲述,基本呈现出了故事的全貌,提纲中破碎的情节变得首尾连贯,脉络清晰;尤其是人物对话比较详尽,初步揭示出了剧中人的心理活动及其性格特征。在此基础上,戏班艺人借助唱念及影人的舞台动作,运用即兴表演的技巧,即可将故事搬上影窗。

一般来说,唱词、念白、唱腔等交由伶人即兴创作,但有时也需要"说戏人"做具体的交代和解释。譬如,有的提纲戏经过长期演唱,一些重点唱段基本定型,观众对此非常熟悉,不宜轻易变更;有的提纲戏事实上已经演变为"铁本戏""肉子

---

① 笔者同门卜亚丽博士据影戏艺人李世宏口述录音整理而成。

戏”,亦需按本(口头剧本)演唱。对于演员不熟悉的戏,不“说戏”几乎无法上演。著名越剧表演艺术家尹桂芳首次出演《何文秀》时,对这出戏一无所知,非常焦虑。尽管整出戏为路头戏,但主角何文秀的唱与白基本上有准词,尤其是戏剧的下本“桑园访妻”“哭牌算命”等关目是观众非常熟悉的“骨子老戏”,不能随便发挥。演出前的当天,说戏师傅从开场何文秀下官船私访开始,一直说到“哭牌”“算命”“团圆”,连说白带唱一口气说到底。① 尽管如此,年轻的尹桂芳因为没有记熟唱词,依然遭受了平生第一次重要的失败,没有完成演出任务。

在一些剧种里,编剧者往往为戏班的主角特意编写了专门的唱段,这部分唱词也需要说给演员。著名评剧演员新凤霞指出:“无论是现代或古代题材的提纲戏,都必须做到一点:一定要给剧中主人翁安排重点的唱、做、念、打的场子,也就是一定要有主要角色的重头戏。这样才能压得住台,要不然,观众头一个就不答应。”②因此,“说戏人”对提纲戏中已经固定的台词、曲牌及身段动作等需要一一传授,以保证演出的质量,维持艺术上的固有风格。应该说,这种“说戏”活动是延续戏剧谱系、传承表演技艺的重要保障机制。

“说戏”先说什么,后说什么,也有定例可循。早期越剧以演“路头戏”为主,在上演之前,由派场师傅向参加演出的艺人说戏。先说故事梗概,再说明本戏中的全部人物,并依据行当要求,把每个角色落实在每位演员身上。③ 分派角色是说戏、排戏非常重要的内容。安排角色任务、上下场次时,“说戏人”要考虑多方面的因素,除了要符合剧情需要外,主要考虑如何突出戏班主角特长、如何兼顾演员的劳逸均匀等因素。

“讲戏人”稍有疏忽,便会影响演出的顺利进行,导致演员上下场出现混乱。红船时代某粤剧戏班便曾出现过这样的失误。有一次,编剧者在说排(行话叫“讲戏”)中排到某一场时,出场的人物较多,连编者也弄不清楚,竟然连当时老站在场上看着别人演唱某一个人物的演员也被编者忘记了。及至该场“下幕”,这个人物也没交代。当时饰演该剧中人的演员挖苦编剧说:“我到底怎样下场的啊?”④其实,粤剧的编导体制算是比较健全的,比如旧戏班每班必有一“提场”,负责派戏、监戏,其职能近似于导演。具体任务有:撰写并悬挂表演提纲,按剧本要求指派演员扮演剧中各人,并依戏班成员多寡增加或减少场上角色。开演前及演出中,督

---

① 尹桂芳口述,卫明记录:《谈谈越剧〈何文秀〉》,载《中国戏剧》,2001 年第 10 期。

② 新凤霞:《新凤霞回忆录》,百花文艺出版社 1980 年版,第 185 页。

③ 嵊县文化局越剧发展史编写组:《早期越剧发展史》,浙江人民出版社 1983 年版,第 54 页。

④ 陈卓莹:《红船时代的粤班概况》,见《粤剧研究资料选》,广东省戏剧研究室,内部资料,1983 年,第 325 页。

促演员做好上场准备,提示各自的上场时间,及时指出演出中的错误及补救方法等。尽管如此,还是难以避免发生"舞台事故",可见"说戏"的内容一定要周密、细致,对舞台表演要有科学合理的安排和设计。

三、"说戏"方式及其体制新变

"说戏"方式因剧种、因时代而异。传统时代,"说戏"虽然承担了部分导戏、编戏的功能,但主要是一种戏剧知识、表演技艺的传授活动,而且是单向度的知识传递,它以老艺人或角儿为主导,口说指画,"说戏人"与"听戏人"少有互动交流。换言之,"说戏"主要采取师傅教徒弟的方式,师傅教什么唱词、唱腔,徒弟就得跟着学唱,师徒之间几乎没有平等对话和切磋的余地。戏班一般也极少正式排戏,至多在演出前对对台词、拉拉场子,在台上顺着走几遍就算排戏。清末民初以来,有的"说戏"采取集体讨论的方式,说戏人将戏班所有的演职员聚集起来,包括演员、乐队、灯光、检场等。先由说戏人介绍大致的演出思路,大家一起讨论,反复修改,并将"说戏"、排戏、"攒戏"等结合起来,出现了现代导演制的萌芽。

对于粤剧传统戏班而言,"说戏"不仅仅是技艺的传授、讲述,而且也是一种有效的集体创作方式,粤剧艺人将这种创作方式称为"度戏"(即讲戏)。即在创作新戏时,班主集齐主要演员讲戏。每人发一剧本,由开戏师爷先讲,分析戏的内容如何,再由各主要演员提出修改意见,音乐锣鼓的使用则要与掌板师傅研究。① 这是一种与文人独立创作完全不同的戏剧生产方式。作为表演艺术的戏曲,除了文人化的案头之作外,理应是集体智慧的结晶。原因很简单,戏曲是一门综合的表演艺术,包含文学、音乐、舞蹈、美术等诸多艺术门类,除非是通才,一般来说凭一己之力很难创作出文学与表演兼美的作品来。因此,编剧者、说戏人需要汇集戏班各方面的人才,尤其要与戏班的主角共同商讨,在很多情况下,需要为主角量身打造作品。在这一点上,身为演员和大剧作家的周信芳有深刻的理解,他编戏时,习惯于把角儿找来,先说戏,从头到尾说透了,演员回去创作各自的唱腔、设计自己的动作,最后由其汇总、合成。② 事实上,清末以来,京剧和地方戏习惯采取这种群体性创作方式,戏界称为"攒戏"。所谓"攒戏",就是教戏师傅、戏班主角及票友们聚集一班写词、谱曲的人,共同经营策划编创一个新戏,然后大家分头撰写"单片",将单片"攒"起来后谱上曲子,再经过演出和反复的修改,最后定型并被记录下来,形成剧本。因而,实际上民间戏曲不存在文人剧作家意义上的创作,

---

① 陈非侬口述,伍荣仲、陈泽蕾重编:《粤剧六十年》,中山大学出版社 2007 年版,第 72 页。

② 顾聆森:《矛盾的周信芳》,见《京剧丛谈百年录》,中华书局 2011 年版,第 587 页。

真正有舞台生命的作品都是这样“攒”出来的，或者是“说”“度”出来的。

众所周知，在传统社会，戏曲向无导演制度，大多由演员自编自导，“攒戏的”“说戏人”被认为是有导演之实而无其名。正如焦菊隐所指出的：“戏曲导演的职责，以往都是由世世代代的演员集体，打本子的作者、老师傅们、主角们，乃至戏提调们来执行的。”①近现代以来，受文明戏“幕表制”及外来戏剧、电影的影响，说戏和排戏相结合，呈现出明显的导演化趋势。

上海的戏剧家们可谓领风气之先。沪剧著名编剧宋掌轻将文明戏幕表制引进沪剧，采取一种比较规范的“说戏”方式：

> 编好幕表之后，把有角色的演员全部集中起来，将幕表一场场内容讲清楚。说幕表时，要求演员（不管是主角还是跑龙套的）眼睛都要朝我看，如果发现有人眼睛不朝我看，我就不讲下去，我不允许演员在听我说幕表时思想不集中。因为听幕表要全面听，一场也不能缺，缺了演起来就前后不连贯。一个演员粗枝大叶就会影响整个戏的演出。……说幕表，由于只讲剧情的主要情节，细节也拣主要的讲，不象剧本那样固定，就要求演员要有很好的记忆力和即兴创作的能力。否则是无法把戏演好的。②

民国年间的海派京剧在编排幕表式连台本戏时，同样也借鉴了文明戏的“幕表”方式，排戏人根据“幕表”向演员说戏，启发、引导演员表演。如著名鼓师赵嵩绶编排了《铁公鸡》，王鸿寿编排《火烧第一楼》，《申报》称王鸿寿为“排戏”。这些人实际上是早期的京剧编导。汪笑侬、夏氏兄弟、潘月樵、周筱卿等亦编排了大量新戏。此时的排戏出现了一些新特点，比较注重舞台美术，建立了镜框式舞台，使用开幕、闭幕，用二道幕，加强了音乐、灯彩、机关布景在剧中的作用。③ 真正尝试在戏曲剧团中建立编导制，废除“说戏”制和幕表制的是20世纪40年代初期袁雪芬在上海倡导的越剧改良。在当时，越剧剧目大多为“路头戏”，没有固定的脚本，由老戏师傅说戏，演员在台上随意发挥。她意识到，越剧要在大都市中扎根，必须要向话剧、电影等外来艺术学习，将现实主义表演和民族戏曲的传统结合起来。

---

① 焦菊隐：《略论话剧的民族形式和民族风格》，见《焦菊隐戏剧论文集》，上海文艺出版社1962年版，第334页。

② 宋掌轻口述，范华群记录整理：《漫话幕表戏》，见中国戏曲志上海卷编辑部编：《上海戏曲史料荟萃》第二集，上海艺术研究所，1987年，第20页。

③ 《上海文化艺术志》编纂委员会、《上海京剧志》编辑部：《上海京剧志》，上海文化出版社1999年版，第211页。

改革的第一步就是请编剧，建立正规的导演制，编演新剧目，改掉幕表制，建立剧本制，强调有准词准本。在此前后，越剧名伶姚水娟、尹桂芬等人亦纷纷聘请新式知识分子担任编剧，编排导演新戏，与袁雪芬的越剧改良运动遥相呼应。

相关资料显示，“说戏”的导演化不仅出现在上海剧坛，包括河南豫剧、广东粤剧在内的不少城市戏剧均出现了导演制萌芽。旧时豫剧戏班授徒，很少有剧本，戏词都在心里；演出时大多是“十字路口等齐”，登台以前不对词，上台后只要互相能接上茬口就行。① 至20世纪30年代，一些豫剧剧作家在编排新戏时，编戏与导戏相结合，在说戏时，往往先不编词，仿佛说书一般，将演员们聚在一起评讲故事梗概和每场戏的情节，以及人物的性格、穿戴，不同人物之间的关系、场面的铺排等，其中既有剧本的大纲，亦有导演的阐述。② 依据粤剧的传统惯例，新戏上演前只有“说戏”的习惯，无排戏制度。1941年，粤剧艺人薛觉先在香港演出《西施》时，决定革除“讲戏”习惯的积弊，借鉴外国话剧的经验，采取排戏的新方法。每晚演完戏后将全体演职人员集中起来，讲明戏的编写立意和要求后，根据剧本的场次安排，逐场在舞台上走位排练，反复排演戏中的大场面，直至满意为止。③

四、民间戏班“说戏”现状及“说戏”制的成因

目前，在很多情况下，“说戏”依然是提纲戏编演活动的重要环节。民间的草台班一般不排戏，但需要“说戏”，主要原因倒不是艺人不熟悉这些戏的演出。现在演员流动性较大，戏班成员每年都会发生变动，有许多还是临时组建的季节性戏班。在这种松散的组织中，艺人必须彼此熟悉各自的演出习惯和套路，艺人之间的磨合需要说戏人来统一协调安排。

图28　晚餐期间，锡剧戏班“说戏人”郑双英（左立者）向新来的艺人（右立者）说当晚的戏（笔者摄于江苏江阴）

① 常香玉口述，张黎至、陈小玉等整理：《常香玉回忆录——戏比天大》，中国戏剧出版社1990年版，第120—121页。

② 韩德英、杨扬、杨键民等：《中国豫剧》，河南人民出版社1999年版，第359页。

③ 赖伯疆：《薛觉先艺苑春秋》，上海文艺出版社1993年版，第144页。

譬如，常州一锡剧草台班有一次要上演现代戏《褚凤娣》，该出戏在草台班很少演出，戏班里的演员有的是十几年前演过，有的根本没有接触过这出戏。曾经演过该戏的艺人也记不清幕表的细节，因而戏班特意请来老艺人口述该戏的幕表，由说戏人记录下来。然后演员每天下午三点集中说戏，上下两集连说了四天，才最终将一出消失已久的经典戏重新搬上舞台。①

笔者曾多次目睹过戏班“说戏”，艺人一般采取比较随意、自由的方式来完成这项工作。譬如利用演出前的就餐时间，利用全体艺人聚在一起的机会，一边吃饭，一边讲戏。有的在临开演前一小时左右，艺人在后台边化妆边听“说戏人”分配演出任务、讲述剧情大意。“说戏”时间不长，通常不到一顿饭的功夫就可说完。当今民间戏班真正具有原创性的剧目只占少数，大多数还是一些艺人熟悉的剧目题材。以笔者所考察的辰河高腔戏班为例，尽管有的剧目看起来是艺人新编的，其实也是一些翻新之作，譬如将剧目名称变换一下，通过记忆再将以前演出过的剧目以提纲的形式记录下来。这些戏在上演前，编剧者简单介绍一下戏情即可，有时根本不用说戏，演员各自看一下提纲即可。当然，如果要演出一些经典剧目，亦颇费功夫。

图 29　上台之前，艺人要熟悉一下戏剧“条纲”（笔者摄于溆浦辰河戏剧院）

在大多数情况下，经过“说戏”以后，演员可以正式粉墨登场了。就目前而言，戏班一般不排戏，至多是唱对手戏的演员相互核对一下重点的唱词、说白，商量采用什么韵辙，便于舞台上的配合。一些有心的艺人开场前还要翻开自己的手抄本，温习各自在戏中的重点唱段，熟悉表演提纲，记住上下场次序、服装、道具等。有时还要商讨表演提纲，对说戏人的戏剧构思提出质疑。笔者于 2011 年 8 月 4 日在溆浦辰河戏剧团考察时便见证了这一过程。当天演出剧目为《棺材产子》，剧情为：苏州府杨春玉有女明珠，妹妹杨春金家住杭州，子郑世成。春玉携女明珠前往贺喜侄儿郑世成与数月结婚。明珠爱上表兄世成，嫉恨表嫂数月。世成上京赶考后，明珠设计诬陷数月有奸情，被婆家

① 本资料的提供者为锡剧演员徐玉春先生。

打死埋葬。其实数月并未死，只是被打昏，并在棺材中产下一子，母子后为盗墓贼所救。第一场戏开的“条纲”为：杨春玉上场表（家住苏州夫早亡所生女明珠）训女同去杭州妹妹家贺喜。第二场为：杨春金出场（一家念对介叫阿熊站礼）郑世成与数月拜堂连场，要儿上京求名（姐姐告回家）明珠留在家中陪姨妈。演员化妆前查看条纲时，一位细心的女艺人提出了异议，认为第二场戏使用“连场”（演述一天内发生的事情）不合理。她认为：郑世成拜堂成亲的戏结束后，所有演员均要下场，将杨春金训儿赶考改为第三场明场戏。因为郑世成不能在结婚拜堂后马上去赶考，与妻子至少要同住一晚上，要不哪有儿子？否则后面“棺材产子”的戏说不过去。应该说，这建议是合理的，后来的演出也按此做了调整，弥补了原条纲的破绽。

戏班中类似的讨论、争议应该不是个别现象。因为演出前没有经过反复的排练，即兴表演中难免会出现各种纰漏、失误，譬如演员与乐队、演员与演员之间的配合，演员上下场的时机，以及剧情的处理、韵辙的使用等，都容易产生一些衔接上的问题。同时，艺人各自的艺术修养不同，对同一出戏的艺术处理也会产生歧见，尤其是老一代艺人与年轻艺人之间，很容易出现观念上的碰撞。老艺人觉得年轻人学戏不肯下功夫，学一点皮毛就想挣大钱，投机取巧，心态浮躁，演戏越来越没有章法。新一代艺人认为老艺人思想守旧、僵化，不懂得现代观众的审美需求，希望以市场为导向，变革传统。以音乐唱腔运用为例，老艺人习惯上用戏剧的基本调演唱，认为这样才不失地方戏的本色，而新艺人感觉作曲家的曲子更好听，强调要花样翻新。艺人之间的分歧一般要在演出前解决，达成共识，避免在舞台上互相拆台。

在传统戏班中，说戏结束后，说戏人的任务还没有完成。在演出过程中，说戏师傅坐在上场门后侧，密切注视台上演出，督促演员做好上场准备，或者及时指出演员在舞台上的错误等。这种工作称作“把场”“监戏”，其职责近似现代的舞台监督。

“说戏”制的产生有着多方面的原因。

首先，是由戏曲的传播方式所决定的。从历史上看，民间戏曲的传授、流播以口头为主，除昆剧和少数乱弹梆子外，多数剧种无工尺谱、身段谱可资依据，相关的文字或符号记录也不多见。戏剧的台词、剧情也是口口相传，以活人为传播媒介。作为舞台表演艺术的戏曲，原本十分注重言传身教，通过当场的示范、讲解来授徒传艺。因此，口耳相授式的“说戏”便成为戏曲传播的应有之义。

其次，与艺人的文化素质及戏班活动方式相关。民间艺人对戏剧的文学性理解普遍有限，有的甚至一字不识，无论是学戏还是演戏，主要不是依赖文字，而是倚重声音和肢体语言，通过“说戏”这种面对面的交流方式来掌握表演技巧。在传统时代，剧本、“总讲”一般掌握在戏班的主角或管事人手中，普通艺人只熟悉自己的台词，客观上也需要有人统管舞台全局。

最后，“说戏”之所以成为民间戏曲的有效编导方式，还可从戏曲自身的艺术特质找到一些根源。徐珂云：“盖词皆俗语，又皆不出其类，场面台步，各有定式；习戏既久，举类可通。”①也就是说，无论是戏曲的语言、情节、唱腔还是舞台扮演，均有一定的程式规律可以遵循，每个行当均有其特定的表演规范。只要熟悉了这些规范，就可举一反三，触类旁通。而且，演员从小练就一身“童子功”，舞台经验丰富，肚中都装有几十出上百出戏。因此，“说戏人”只需交代一下戏剧主题和剧情，艺人按照行当的扮演要求以及各自的表演经验去表现角色，便可即兴编演戏剧。

可以说，戏曲的程式性特征是不同戏班的艺人实现协作交流、集体创作的基本前提，也是“说戏”体制存在的重要基础。与西方戏剧注重戏剧的文学性不同，自地方戏勃兴以来，中国戏曲无论是剧本还是各种舞台要素，均要服从于演员表演的需要。在表演至上、演员至上的戏剧体制下，对戏剧文学性的追求退居于次要地位，客观来说，传统戏曲产生不了也无须注重发掘戏剧文学意蕴的现代导演制，而是重视阐述戏剧故事、表演技巧和规范的“说戏”制。

---

① 徐珂：《清稗类钞》第37册，商务印书馆1928年版，第22页。

第六章

口头剧本的演出形态

口头剧本是如何在舞台上形成的？艺人要遵循哪些形式规则，运用什么样的编创技法？台上的演员又是如何协作沟通、共同完成表演创作？即兴演剧具有怎样的属性特征？这些均是探究口头剧本演出形态（包括提纲戏体制）要回答的重要问题。坦率而言，如能找到更精准的表达方式，我们并不愿意用“即兴创作”“临场发挥”等字眼来作为口头剧本的形态标签，因为这比较容易让人将其理解为一种随意的、缺乏规则约束的表演。实际上，作为一种传统的表演形式，提纲戏（口头剧本）具有一套比较完备、系统的创作演出机制。换言之，口头剧本的表演，是在既有规则之下的一种舞台创作，整个即兴系统包括三个组成部分：其一，编戏、说戏；其二，台上的表演创作；其三，台上的交流协作。其中第一部分在上一章已有阐述，本章重点论述口头剧本的台上创作、演员协作及戏剧的稳定性与变异性问题。

第一节　戏词的舞台编创与即兴运用

戏词的编创无疑是整个口头剧本创作的核心和重点。处于即兴环境下的演员，要充分调动自己的记忆，以戏剧化的语言来演述故事，抒发情感。所编之词不仅要契合剧情，而且须符合戏曲语言的形式要求。在这种表演体制下，即兴虽然也有兴之所至的成分在内，但总体来说，是一种以经验为基础、有规律可循的即兴。

一、念白、唱词的临场编演

在戏曲作品中，唱词、说白是构成戏剧台词的两个主体部分，演员临场现“抓”的戏词有两个基本的要求。一是要表现规定的戏剧情景，将剧情交代清楚。一般来说，表演中不容许有过多的离题太远的废话、空话，即使暂时偏离、跳出了剧情，也要想办法“圆”回来。当然,如果出于娱乐的需要,可以即兴插入一些与剧情关联不大的唱念。二是要符合戏剧语言规范。戏曲用语是一种经过提炼、修饰、美化的语言,句子的平仄、韵脚、句格等方面有着特殊的要求,在舞台上还必须以戏剧化的方式来吟诵、歌唱。

（一）念白的临场编演

传统戏曲的念白有两种主要表现形式,即韵白和散白。韵白即合辙押韵的道白,是一种韵律化和富有音乐性的舞台语言。在戏曲剧目中,正面人物、身份较高的剧中人一般用韵白,声调抑扬顿挫,节奏性强,语气平稳缓慢。散白是戏曲说白的主体,广泛用于旁白、独白和对白中。散白亦分为两类,即格律化散白和口语化散白。在即兴表演中,这两种念白的编创技法各有不同。韵白的音乐性、韵律性和节奏感较强,广泛用于戏剧的“引”“上、下场诗”和一些描写人物、景色的“赋”“赞”之中。在这里,我们主要以“引”“上场诗”为例,阐述提纲戏韵白的编创艺术。

自宋元以来,我国戏曲积累了大量陈套熟语,它们可以在相似的情境下反复使用。如元杂剧中的上场诗、下场诗,相互踵袭,陈陈相因,有的稍加变化,即能反复套用。前辈时贤对此所论甚多,本书亦有相关阐述,不再重复。陈词套语虽然文学性不强,但通俗简约,容易为文化水平偏低的观众所理解和接受,也易为伶人所承袭和记诵。古典戏剧所建立起来的套语传统无疑影响到了后世口头剧本的编创。

按照传统戏曲的演出程序,戏中的重要角色在首次登场时,先要念“引子”（或称“打引”）,接下来念定场诗（上场诗）,以及散语形式的定场白,表明人物的身份、地位、职业等,让观众清楚戏剧角色的家世、性格、品性、胸怀等内容。不同身份的人物上场,都有相对固定的“引”“诗”,只要出场的人物属于同一类型,这些套语便可彼此通用。在河南罗山影戏开场中,人物出场一般是两句出场白（“引”）,说完后坐下讲四句安身白（亦称“坐词”,即定场诗）,然后是道白,自我介绍。按照艺人的说法,人物的唱词文的是文的,武的是武的。工、农、商、学、兵、才子、佳人、帝王、将相各有各的词。如才子出场的唱词:读书人如一似吹箫引凤,得中时又一似变化成龙。有纱帽和圆领人人尊重,到现在才显得读书有功。

佳人出场:孝子数王祥,贤良似孟姜。在家敬父母,胜于远烧香。

帝王出场:太阳一出万道霞,平顶冠前一鲜花。殿上诗联千百对,孤是万民第一家。

将相出场:剑戟冲霄斗牛寒,为官容易读书难。齐家治国安天下,大学中庸仔细观。

武将出场:文官提笔安天下,武将掂刀定太平。三枪二刀得了胜,热闹还是武将门。①

辰河高腔的"引"一般为两句或两句以上的韵语,"诗"为四句以上韵语,有时两者混合一处,不做明确区分。如元帅出场使用这样的"引"和"诗":

引:龙争虎斗,干戈何日罢休。

诗:忆昔领旨把兵建,苦争恶战许多年。只望一战平贼寇,做不得将军备马还。

县令上场则用:

引:堂鼓震天响,升堂问端详。

诗:头戴乌纱两只圆,身穿蟒袍紫罗兰。虽然未打龙凤鼓,遮住皇王半边天。

早期的民间小戏与昆剧、京剧等大戏不同,人物上场时一般没有引、定场诗及自报家门等程式,演员一上场就直接开唱。在大戏的影响下,后来小戏也产生了类似的出场程式。目前,锡剧在演出时,偶尔也有说上两句定场白的,如书生出场:一颗明珠土里埋,不知何日放光华;状元:一声金锣天下响,潜水鲤鱼跃龙门;坏人上场:脸上笑呵呵,心里毒蛇蝎;坏和尚:我做和尚不吃荤,连毛猪头囫囵吞。黄梅戏里的角色第一次上场称为"大登场",先说"引子""赋"(即上场诗),自报家门,然后开唱。如老人出场:

引:老迈年高,白发苍苍似银条
赋:老汉今年七十多
好比路旁草一颗
过了今冬残腊月
不知来春又如何

如果是丞相出场,可用这样的"赋":"执掌乾坤,调和鼎鼐;官居极品,位列三台"。"引子"和"赋"采取吟唱的方式,似唱非唱,与京剧相仿佛。说完引子、赋

① 2006年7月笔者采访罗山影戏艺人林芝梅所得。

后,接着是自我介绍,自报家门。① 越剧的"上台引子""坐台白"按照角色行当分类,只要角色行当类似,就可以通用。每一行当均有数量不等的诗句可供选用。周乃东编辑的《越剧赋子》收录了大量"引""白",其中帝皇的"引""白"有14种、元帅有16种、文忠有23种、奸臣15种、文生24种,少的亦有一两种。有的属于各行当通用的赋子,有的专用于某一人物,如包公、严嵩、刘备、张飞等历史人物有其特定的出场引、诗。②

在提纲戏体制下,这种定型化、套语化的"引""诗"的功用是显而易见的。艺人只需记诵足够多的现成诗句,并能在演出中灵活运用,就可临场编词。在具体运用时要注意两点:一是所用的"引""诗"要与角色行当相匹配,不能张冠李戴;二是尽量避免同一剧目中使用雷同的"引""诗"。需要补充的是,目前在民间小戏的即兴演剧中,"引""诗"用得并不多,人物上场时直接开唱,如锡剧、黄梅戏、花鼓戏等。

实践证明,散白的记诵要比韵白以及唱词困难得多。因而,作为一种表演传统,除文人戏剧之外,曲中之白大多交由伶人临场发挥。如果说"引""诗"尚有现成的语句套用,散白则完全出自艺人的机杼。与文人重曲轻白的戏剧观不同,艺人历来重视话白艺术的营造,所谓"千斤话白四两唱"。我认为,"千斤"之说,恐怕主要源自其艺术表现上的难度,换言之,艺人需要在缺乏音乐伴奏的情况下,赋予说话以音乐性、戏剧性,达到"无声不歌"的审美境界。对于提纲戏而言,营造说白的技术难度还不仅仅在于此,在没有文字剧本依凭的情况下,要实现戏剧曲白相生、唱与说相辅相成的艺术整体性,不是一件容易的事情。尤其在表演对白的时候,需要对话双方建立良好的默契关系。关于这一点,艺人们普遍强调对手的重要性,以下是笔者访谈锡剧艺人的一段记录:

> 有时说比唱难,尤其在对话的时候,它需要双方配合默契,及时接上话头。譬如表现这样的戏剧情节:秦香莲在官府告状,官府问告什么?秦香莲就必须流利地回答:"告陈世美,逼死寒妻,杀妻灭子……桩桩件件,为我伸冤。"演员之间配合很重要:一是不能抢话。别人话没说完,你就抢话,最可恨了。二是要及时接上话头。我的话讲完了,对方却不接你的话,容易导致冷场。(对话时演员)出场的时机也要把握好,早出场、晚出场都不好。有的演员实在找不到词,就开始胡说了。现在戏班中有个扮演老生的演员很搞笑,

① 采访黄梅戏艺人黄英所得。

② 参见周乃东编著:《越剧赋子》,教育科学出版社2007年版。

一到没词了,就说“你一个人,我一个人”。①

在即兴演剧中,演员忘词、没词的情况是难以避免的,权衡利弊,倒是觉得这位锡剧老生的权宜之计不无可取之处。与其在台上呆若木鸡,哑口无言,不如索性“胡说”几句,敷衍过去。原因很简单,相较于冷场而言,演员的“胡说”更不易为观众所觉察,露出破绽。湘潭、衡阳等地的影戏艺人有句名言:“只怕无说,不怕胡说。”又云:“不怕忘腔烂板,只怕停锣现眼。”有的艺人实在没词了,便说:“远看是一堆灰,近看是一堆灰,扒开一看,还是一堆灰。”②其应急措施与那位锡剧老生同出一辙。像这类“瞎抓”戏词的舞台轶事还有很多,艺人们大多将其作为笑料来谈。其实,从另一侧面来看,“胡说”既是提纲戏的瑕疵,也是戏剧富于创造性和生命力的重要源泉。正因为艺人在表演过程中十分自由,才可能会营造出一些意想不到的娱乐效果,“胡说”之中也许孕育着神来之笔。

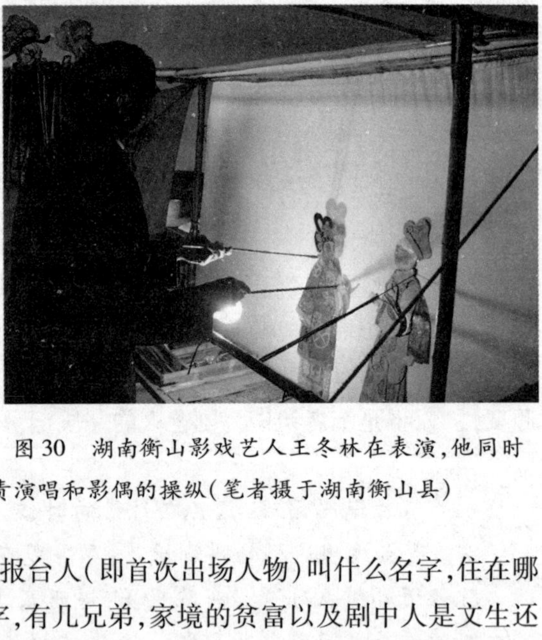

图30 湖南衡山影戏艺人王冬林在表演,他同时负责演唱和影偶的操纵(笔者摄于湖南衡山县)

当然,如果艺人合作演出的时间较长,形成了较良好的默契,台上失误的几率就少得多。事实上,戏班有一些约定俗成的分工协作,以保证即兴表演的顺利进行。在衡山影戏戏班中,前台由一人负责唱念兼操纵影偶,后台一人(或两人)帮唱。常见的情形是:在演出前,如果遇到主家所点之戏是“生戏”,前台艺人便赶紧翻阅该戏的“桥路”(即表演提纲),并马上告诉后台艺人该出戏的报台人(即首次出场人物)叫什么名字,住在哪个省哪个县哪个村,父亲叫什么名字,有几兄弟,家境的贫富以及剧中人是文生还是武生等信息。正式演出时,一般以前台为主唱、主说,负责说(唱)“母路”;后台配合前者对唱、对答,负责说(唱)“子路”。尤其当只有一个影偶出头场戏时,必定是前台艺人演唱,原因在于,他有“桥路”可看,了解剧情,并负责出“菩萨”(安排影人出场并操纵表演)。总之,前台艺人要交代剧情、人物,处于整台戏的支配

① 采访锡剧艺人郑双英所得。

② 笔者采访影戏艺人吴昇平所得。

地位，对答时是发问的一方；后台艺人在前台的提示、指引下唱念，不能与前台争词争戏。如果分不清“子母路”，就会发生争唱的现象。如，以下的对手戏中，父亲陈登的表演为“母路”，儿子陈清表演为“子路”：

陈登（登场念白）：为人多积善，天保福寿长。老汉陈登，年过花甲，稍有田地家产，早年安人亡故，膝下一嗣，名曰陈清，年有十八，每日操文习武。自安人去世后，未去内弟府上报丧。眼前儿已长大，应求取功名，有心命儿扬州府他舅父家去，一则探亲报事，二则安居府第攻读，三则中秋将近，内弟半百寿期，不免唤儿前去。说话之间我儿陈清何在？

陈清（登场念白）：叩见父台（下跪）。

陈登（白）：我儿起来。

陈清（白）：谢父台。但不知父台唤儿有何教训？

陈登：儿呀！（唱）：昨夜灯下观古文，突然想起事一桩。今岁八月十五日，你的舅父他生辰，有人命儿把身动，扬州府上走一程。一则府上去拜寿，二则报丧记罪名。三则府上去攻读，好得日后出前程。

陈清（唱）：父台言语听得明，要我扬州拜生辰。但求父亲你教训，不知何日儿启程。

此时，前台艺人要接上话头，告诉后台艺人哪日动身，还有何事需要交代，并可唱一段“训子”词（有“铁词”可用）。①可见，只有前台艺人唱得明明白白，后台艺人才能顺势而为，两者一唱一和，主次明确。

图 31　安徽宣城影戏三人一台戏，前台艺人唱兼操纵，后台二人负责乐器（中山大学非物质文化遗产中心提供）

提纲戏的说白戏有时比唱功戏要难。沪剧在滩簧、申曲时期，演员重唱不重白，宁愿多唱不愿说白。唱主角的女演员遇到说白处，含含糊糊一带而

① 笔者采访衡山影戏艺人欧阳新年。

过,情节交代不明。戏班只好临时让一些男女佣仆上场重复唱一遍,再次向观众交代剧情。① 沪剧老艺人施春轩却两者兼重,两者兼擅,尤其是其白工的造诣深受同行推崇,也为观众所赏识。其白工的功力主要表现在:一、对生活细心观察,能迅速捕捉生动有趣的生活语言,并加以溶化,在戏里巧妙穿插,把人物演得诙谐、风趣,突出性格特征;二、会多种方言,能在适当的场合,运用方言技巧来突出人物身份和性格,有画龙点睛之妙。②

(二)唱词的舞台编创

提纲戏的表演,固然有许多即兴的成分,但其实,演员所用的唱段,并不是完全由演员自己创造的,他们有许多现成的词句可以套用,也有现成的手法可以借鉴。现编现演的提纲戏中有不少戏词、唱段是固定的,尤其是那些传统老戏,或者是戏班的常演剧目,它们的重点场次、唱段都是唱"铁"了的,有的甚至整本戏都已基本定型。

在唱词的即兴编创中,最常用的手法是套演、因袭现成的唱段,不少民间小戏形成了"规定情境+赋子"的表演模式。正如本书曾论述的,我国地方戏在历史上积累了大量的陈词套语,内容极为丰富,几乎任何场景、人物均有通词可用。如越剧、沪剧、锡剧中的"赋子",河南豫剧、梆子、罗戏等剧种里的"戏串""戏套子",河南信阳影戏中的"牌子""偈子",东北影戏和二人转中的"篇"。为表述方便,下文统称为"戏曲套语"。

从本质上说,"戏曲套语"是帮助伶人临场编词的工具,它们犹如搭建房子的预制件,只要遇到相同或类似的戏剧场景,就可直接套用或化用。以影戏为例,冀东、东北历史上的"流口影"演出的剧目没有剧本,全凭口传心授,戏剧的常见情境和情节均有固定的词篇,如妇女多用坐楼篇、思夫篇;赶路时用行路篇、行车篇;出征时用的行兵篇;打猎时用的行围篇,及其还有观花篇、观书篇、讲情篇、夸奖篇等。锡剧与此类似,如表现小姐游园可用"花园赋":"进花园,春意浓,蜂蝶飞舞在花丛。燕剪绿柳千条线,曲径幽谷路路通。金紫竹,大扶松,绣球花开玉屏风。九曲河桥桥九曲,玲珑假山山玲珑。穿回廊,过月洞,栏杆巧刻古夔龙。金鱼池内鱼戏水,鹦鹉架上舌簧弄。"亦可这样唱:"进花园,花满园,鸟语花香袭五官。精心铺起曲径道,纵横镶石如棋盘。东边种起天竺子,开花结果红煊煊。西边栽上万年

① 宋掌轻口述,范华群记录整理:《漫话幕表戏》,见《上海戏曲史料荟萃》第二集,中国戏曲志上海卷编辑部编,上海艺术研究所,1987 年,第 24 页。

② 汪秀英口述,陈德一记录整理:《沪剧前辈施春轩艺事片断》,见《上海戏曲史料荟萃》第二集,中国戏曲志上海卷编辑部编,上海艺术研究所,1987 年,第 68 页。

青，万年如意讨人欢。南边对对梧桐树，梧桐落叶秋声传。北边一棵老古松，朱藤自下向上缠。"其他如书生游春可念"春光赋"，描绘皇宫用"金殿赋"，描写"西湖"有"西湖赋"；写人的"赋子"则有"杵作赋""乞丐赋""媒婆赋""贼赋""瞎子赋"等。锡剧赋子大致分为两种形式：一种是唱赋，大部分用簧调演唱，一种是念赋，用干板念出，如《贼赋》就是用干板念的。① 其中唱赋是艺人表现其功力的地方，有的赋子有一二百句之多，需要有很好的记忆力方能一口气唱完。唱赋时先慢后快，越来越快，同时要口齿清晰。②

当然，在舞台实践中，戏剧唱词并非"套语"的简单组合与拼凑，它们相当于一些标准化的艺术构件，需要通过系列的转换、重组和变通，才能有机融入随情即景编就的戏词之中。譬如，艺人可以截取原有套语中部分词句来演唱，根据剧情以及表演时间的需要，长短随意。亦可将同类套语的语句拼接在一起，组合成新的套词。

在当今民间戏剧演出中，套语的艺术传统正在逐渐淡出提纲戏。笔者在考察中总是期待艺人在表演中能吐出一段段精彩的套词，探究一下艺人究竟如何运用这一编词技巧，但遗憾的是，这样的机会并不是很多。锡剧幕表戏比较具有代表性。据闻，锡剧赋子的使用在20世纪五六十年代尚较普遍，如传统剧目《珍珠塔》，仅"出殿"一出中的"金殿赋"，便可唱十几分钟。赋子的逐渐消失，原因是多方面的：一是现代审美风尚的改变，观众不喜慢节奏的演出，耐不住性子听演员细吟慢唱。二是剧本篇幅缩减，剧目演出的单元时间减少，极大地限制了赋子的存在空间。以前一本戏演出三小时，现在为二个半小时甚至更短；以前的连台本戏现在压缩为单本戏演出，如《珍珠塔》原本要演出三四晚，现在演出一晚。而被删省了的内容很大一部分就是传统赋子。三是年青一代的演员心态趋于浮躁，不太去记诵赋子，戏词中赋子所占的比重越来越小。③

这是一个值得警惕的变化趋势。作为口头表演的艺术，提纲戏的艺术魅力在很大程度上来源于赋子的表演，尤其在经典老戏中，这些历代积淀的唱段往往是戏剧的看点和精彩之处，观众看戏，在很多情况下也恰恰是欣赏赋子。赋子的逐渐流失，不仅会降低艺人的即兴发挥水平，更可能降低整个表演的艺术品质，至少戏剧的文学性会大打折扣，并导致戏剧的民间意蕴趋于淡化、消亡。

---

① 李祺：《从滩簧到锡剧》，见《中华艺术论丛》第2辑，上海辞书出版社2004年版，第67页。

② 朱恒夫：《论滩簧中之昆剧》，见《中华艺术论丛》第2辑，上海辞书出版社2004年版，第158—159页。

③ 2012年6月，笔者在江苏常州锡剧戏班的采访。

在一般的研究中，学者们强调套语在即兴表演中的功能，容易给人产生一种误会，似乎提纲戏就是套语的大杂烩。应该说，套语不是万能的，也不是每一句唱词都是套话，它只运用于戏剧中某些特定的场合。套语表现的大多是静态的、一般化的内容，甚至可以说，在演述剧情、推动情节方面，套语的作用是有限的。有的时候，如果运用不恰当，反而会迟滞剧情的发展，延缓戏剧节奏，使得表演沉闷、乏味，导致观众反感。因此，艺人的即兴编创，还有许多是非套语化的台词，唱词可长可短，但必须词意妥帖，并与剧情相关，尤其要符合基本的韵辙、句格要求。在下文的论述中，我们将重点阐述即兴编词的形式规则。

二、韵辙、句式规则的运用与即兴编词

追求唱词的合辙押韵，是包括提纲戏在内的所有戏剧形式遵循的规则。所谓合辙押韵，就是按语言和歌唱的规律来运用声韵，使唱词既朗朗上口，又和谐动听，通过周期性同韵字的出现，使唱词更有抑、扬、顿、挫的旋律，容易听懂、记忆和传诵，并产生听觉上的美感。①

传统戏曲一般使用“十三道辙”，即：中东辙、江阳辙、一七辙、灰堆辙、油求辙、梭坡辙、人辰辙、言前辙、发花辙、乜斜辙、怀来辙、姑苏辙、遥条辙。地方戏的用韵，或直接采用“十三道辙”，或以此为基础，根据所在区域方言的特点，做不同的归类。豫剧常用的韵辙便为十三道辙，艺人们将其编成口诀：“佳人小姐出房来，东西走，南北坐。”每板唱词往往是一道辙到底，如《三上轿》中的崔金定和公婆告别时头段唱词全是梭钵辙，二段唱的是发花辙；《见皇姑》中秦香莲的全部唱词是江扬辙。这样不但使演员容易记忆，容易上口，而且听起来也优美。② 锡剧大概在清末形成了自身的声韵系统，据传系白秋荣所创，确立滩簧腔系的十八个半韵脚和编词规律，并选了十八出戏作为范本，每出戏都一韵到底，便于艺人传习并知声用韵。这十八出戏及韵脚有：金清韵——《摘菜心》；香常韵——《摘木香》；堂皇韵——《双夺郎》……③豫南影戏唱词正常用韵有十二个，即轻声、空同、天仙、创伤、磨托、鸟条、排才、处女、八叉、支持、丑牛、批西。越剧根据嵊县话的发音，形成了多种音韵，如“临清”“堂皇”“阳羌”“铜锤”“腰晓”“流求”“依稀”“来彩”“翻

---

① 顾乐真：《戏曲唱词浅谈》，中国戏剧出版社1986年版，第86页。

② 冯纪汉：《豫剧源流初探》，见《豫剧源流考论》，内部资料，中国民族音乐集成河南省编辑办公室，1985年，第156页。

③ 江苏省文化厅剧目工作室：《锡剧传统剧目考略》，上海文艺出版社1989年版，第2页。

阑”“拉柴”“天仙”“团圆”“呜呼”“六托”“知痴”等。① 演员只要掌握了韵辙的基本规律，就可以得心应手地选用词句，随心所欲地编词。对于现代艺人来说，戏曲音韵知识已相当普及，而旧时代的某些戏班里，凡是有韵书的人，都把它藏在箱子里，因为“吃饭本钱不能借”，以致刚刚入道的艺人经常用错韵脚，闹出笑话。②

具体而言，提纲戏唱词的用韵，遵守的基本原则有三个。

其一，不能“出韵”。对于音乐文学的戏曲而言，押韵是营造唱词声韵美、音乐美的重要手段。在艺人看来，唱曲最忌“出韵”（即不押韵），不押韵便不合规矩，唱词显得别扭。黄梅戏艺人在介绍这一问题时，向笔者当场做了示范，譬如有这样的唱词：“且听老夫说分明，自从你母丧了命，是我把你养成人，如今你不听我话，怎不叫我把气生”，如果将第三句改为“是我把你养大的”，便出韵了。③ 在即兴演剧中，唱词既要合辙押韵，还要兼顾词意贴切，不偏离剧情。尤其在唱对手戏时，要仔细聆听对方艺人的台词，同时肚里编词，及时做出回应，确非易事。即便是那些老到的艺人，有时也难免“出韵”，糟糕的时候甚至一整段唱词都落不到韵脚上。因此，即兴表演时，艺人必须全神贯注，巧为应答，特别是运用窄韵时，更要小心应对，否则会当场“献丑”。曾有两位滇剧老艺人比拼即兴编词，用的是窄韵“二儿”韵。一人扮丞相，一人演皇帝，两人按剧情依次轮唱：“喜吾王坐江山有一无二”，“愁只愁孤膝下有女无儿”，“有为臣忠吾王俯首贴耳”。轮到“皇上”唱第四句，急得转了几个圆场，横直凑不成句，最后憋出一句挖苦对方的词：“莫非是贤爱卿愿当皇儿？”台下哄堂大笑。④ 将错就错之间，还营造出了意外的娱乐效果。可以说，在戏词的内容与形式之间，二者不能兼顾时，艺人遵循的是形式优先，即押韵优先的原则。

在即兴场合下，这类急中生智“憋出”的唱词是在所难免的，只要句子押韵，句意大体前后连贯，都不算是硬伤。即使唱词有的文理不通，除了行内人，普通观众并不容易看出破绽，因为人们欣赏戏曲，在很大程度上欣赏、关注的是演员的唱腔、身段。尤其在音乐锣鼓的掩饰下，偶尔出点纰漏更不易让人发觉。其实，民间观众似乎早已对此见怪不怪，在平常的观演中，很少有“死抠”戏词的现象。如在京剧老辈艺人的唱词中，词意不明、语欠妥当的词句比比皆是，如“你再怎讲”“言

---

① 姚水娟：《我是怎样演旦角的》，见《越剧演员谈表演》，东海文艺出版社 1957 年版，第 8 页。

② 吴剑芳：《十年心酸话武生》，见《越剧演员谈表演》，东海文艺出版社 1957 年版，第 28—29 页。

③ 笔者采访黄梅戏艺人黄英所得。

④ 亢宏编著：《云南戏曲音韵》，云南人民出版社 1980 年版，第 71 页。

得即是"之类。① 人们照常能理解、接受。

其二,一韵到底,不宜随意转韵。

演唱时要保持同一韵脚的相对连续性、稳定性,几乎所有演出提纲戏的艺人都要反复强调这一规则,强调对方配合的重要性。作为戏班不成文的规定,在一段唱词或剧情中,两人唱对手戏时,对方开口用什么韵,那么接唱的一方也得用相同的韵。否则,唱词听起来既不协调,也显得艺人技艺不高。表演中艺人一般会选择剧种常用韵、戏班所熟悉的韵,如需中途"翻韵"(换韵),按照惯例,在上台前要与对方商量,否则,会视为一种不友好、不讲艺德的行为。这方面的舞台轶事很多。一位锡剧"头牌"小生曾谈到自己的亲身经历,戏班有次请来一位幕表戏高手担任"二牌"小生,这位"高手"心中不服。当晚二人同台演出《云中落绣鞋》,头牌扮"忠义",二牌演"小白龙",剧情是"小白龙"被妖怪杀伤而为"忠义"所救。按理二人应用"景清"韵,"小白龙"先唱:"眼前来了一年青,飞箭射妖救我命,请问恩公名和姓,大恩大德永记心。""忠义"对唱:"蛇妖作恶害百姓,相救公子理该应。"但是这位二牌小生却用韵脚中最难唱的"完焕"韵来唱:"眼前来了一条汉,飞箭射妖不一般,相救白龙恩德宽,英雄且把姓名传。"结果这位头牌小生措手不及,被弄得张口结舌。② 因此,演员在与对方合作时,如果有意为难对方、考验对方,常用的方法就是故意转换韵脚,或使用窄韵,看对方的韵脚是否对路。当然,演员出现"死口"(语塞)等情形,可以临时更换韵脚。根据艺人的经验,即便独自演唱,同一本戏中的韵脚亦不宜频繁变韵,尤其在一段戏中更不要转韵,换韵之处一般在感情有起伏或告一段落时。这样,戏词才易于记诵流传,演唱时流畅顺口,观众听了也舒服。

其三,韵脚的选择要利于表情达意和"找词"。

艺人在确定韵脚时,要考虑多方面的因素。在姚水娟看来,不同的韵脚表达的情绪是不同的,要根据人物的情感、戏剧氛围的变化而选择相应的音韵。如"团圆""铜锤""腰晓"较适合表达愤怒激动的情绪,尤其是"腰晓"韵,声音洪亮,喷口有力,最宜表达激昂的感情;而"依稀""翻阑""拉柴""六托"较适合表达喜悦情绪。③ 传统戏曲的韵脚有宽韵和窄韵之分。宽韵一般是常用韵,演员比较容易发音、演唱,同韵脚的词句较多,临场"找词"的余地较大;相反,窄韵发音较难,也不太好"找词",演员都希望少用。因此,在选择韵脚时,什么韵好唱就选什么韵,一

① 陈彦衡:《旧剧丛谈》,见《清代燕都梨园史料》(下),中国戏剧出版社 1988 年版,第 857 页。

② 笔者访谈艺人徐玉春所得。

③ 姚水娟:《我是怎样演旦角的》,见《越剧演员谈表演》,东海文艺出版社 1957 年版,第 8 页。

般尽可能用宽韵、熟悉的韵。譬如，越剧多用“临清”“来采”韵，而“知痴”“六托”等使用较少。黄梅戏常用韵有“人云”“江洋”韵等，锡剧的常用韵为“景清”“香长”等。衡山影戏七大韵脚中使用较多的为“怀来”“言前”韵。辰河高腔多用“庚青”“寒山”等，“中东”“怀来”韵则较少用。当然，对于水平较高的艺人而言，不同韵脚可以信手拈来，出神入化，妙语连珠，能将“死句”变为“活句”，化腐朽为神奇。①

即兴编制的唱词还应符合一定的句格要求，如板腔体戏剧以七字句、十字句等正格句式为主，形成以上下句腔为结构单元的唱腔。艺人须遵守基本句格规范，兴之所至，亦可添加衬字，变换句式。其规则与剧本戏相同，不赘述。需要补充的是，曲牌体剧种同样也可即兴编词，辰河高腔是其中的代表。一般认为，曲牌体戏剧唱腔复杂，受曲格的限制，唱词长短不齐，韵辙、词格要求较严，不易临场编词。其实，辰河高腔艺人在这一点上表现出了很大的灵活性，除了唱词“头子”和“梢腔”部分基本符合曲牌的音乐与词格要求外，中间部分的唱词趋于板腔体化，以整齐的上下句为主，无音乐伴奏，干唱，形成长段“放流”。

“放流”在长沙高腔、衡阳高腔、祁阳高腔、常德高腔中亦存在，又称数板或数句，句式长短参差，灵活自如，词意通俗，不尚拖腔而口语化。② 辰河高腔“放流”当源自明代弋阳腔滚调。张庚认为：“弋阳腔滚调到畅滚，再到清代高腔剧种的放流，其发展线索是可以追寻的。”③尤其在青阳腔滚调影响下，高腔某些曲牌近似板式变化。

“放流”的出现，使得大量七言、五言和自由句式唱词穿插于曲牌之中，改变了曲牌体长短句唱词的基本结构，从而具有板腔体上下句对仗结构的性质。“放流”部分不受句数和每句字数的限制，与正体曲牌的辞格相距甚远，在这部分唱词中，艺人可以淋漓尽致地即兴发挥。如“桥路唱铁”剧目《竹节山搬兵》中，狄龙首次出场唱【新水令】达44句之多：

---

① 所谓“死句”，即接唱一方的唱词按照惯常的语意已无法落到既定韵脚上的唱词；“活句”，即为了押韵而灵活地变换词语或语序的唱词。锡剧戏班有段佳话：一次演出，对方唱“帮忙帮过多少次，再要帮忙不可能”，用的是“景清”韵；另一艺人不假思索接唱：“我们弟兄交情深，请你帮忙帮到……”最后一句便是“死句”，因为按照习惯，一般会唱成“请你帮忙帮到底”，就不是“景清”韵而是“鸡西”韵了。但该艺人是幕表戏高手，唱为“请你帮忙帮到底底层”，又落到了“景清”韵脚，“死句”变成了“活句”。注：本资料提供者为锡剧演员徐玉春先生。

② 湖南省文化厅：《湖南戏曲音乐集成》(一)，湖南文艺出版社2009年版，第4页。

③ 张庚、郭汉城：《中国戏曲通史》(中)，中国戏剧出版社2006年版，第587页。

头戴一顶紫金冠,黄绫马褂身上穿,
腰挎三尺龙泉剑,乔装打扮上竹节山。
催马前走,直奔上阳关。
追思自检,想起从前事一番。
宋王有道坐江山,全凭文武两班官,
这几年东不反来西不乱,尧天舜日乐丰年。
不料南方造了反,宋王闻知怒冲冠,
当即擂动龙凤鼓,聚集文武上金銮。……①

自"宋王有道坐江山"句开始,明显插入了大段"放流",这应该是艺人即场演绎的结果。再如同剧段红玉唱:

公子宽心坐一坐,当年事儿说一番。
想当初,刚见面,夫妻双双许姻缘,
我为你受过爹爹打,
我为你反出芦堂关,
我为你破过阴沙阵,
我为你又把王铁头斩,
我为你杀了戴金花,
我为你奔上竹节山,
我为你朝朝暮暮来想念,
我为你茶不思来饭不餐,
我为你行不宁来坐不安,
每夜里想到五更天。②

唱段中间部分同样也是句式整饬,一连用了 9 个"我为你"唱句,即便剧本已经定本化、文字化,依然留下了口头编创的痕迹。有的学者认为,辰河高腔条纲本的唱段由"铁词"与"水词"两部分构成,曲牌头子部分是"铁"的,相对固定,语言

① 湖南省戏曲研究所编:《湖南戏曲传统剧本》(总第六一集,辰河戏第十四集),内部资料,1986 年,第 300—301 页。
② 湖南省戏曲研究所编:《湖南戏曲传统剧本》(总第六一集,辰河戏第十四集),内部资料,1986 年,第 329 页。

较雅；后面的唱词逐渐整齐化，用上下句，语言较俗，为“放流”部分，演员在此可以自由发挥。经过长期发展，“放流”部分与本腔水乳交融，其实已难以截然区分。①

三、即兴运用举隅

即兴不仅存在于提纲戏，剧本戏中也有即兴，但两者的性质和意义不同。提纲戏中的即兴是一种整体的、结构性的即兴，它虽然也是一种表演方式，但主要还是一种创作方式，因为戏剧的全部内容都要依靠它来产生。剧本戏中的即兴是修饰性的、局部性的即兴，它是在原剧基础上的一种细节性发挥，主要体现为表演方式。② 换言之，戏曲中的“即兴”具有两个层面：其一，体现于整本戏、整出戏的演出、创作；其二，体现在具体的戏剧要素上，如某些戏词、动作、唱腔以及剧情的临时改变或者是凭空营造。对于剧本戏来说，当然只有第二层面的即兴，而提纲戏兼有两个层面的即兴。陈守仁在讨论粤剧的即兴问题时便提出：“粤剧的即兴运用存在于不同层面。演出者可以根据提纲即兴演出一出戏、一场戏，或加入一个唱段、说白片段，功架或运用装饰音以及增减衬字。”③在此基础上，他进而提出“一出戏架构”发挥、“一场戏架构”发挥以及音乐的即兴概念。这里我们不打算再面面俱到地讨论提纲戏各层面的即兴，仅阐述其在剧情构建上的运用及其舞台上的一些表现形态。至于余下的问题，本书其他章节大多有所涉及。

提纲戏的大致剧情，一般来说在演出之前已经基本确定下来，演员所要做的是按照提纲的指示、说戏人的安排将故事以舞台化的方式呈现在观众面前。换言之，即兴发挥要按照既定的戏路、“桥路”来表演，不能偏离剧情主线。如山东影戏表演时，艺人要记住“大纲纲”（演出提纲），在遵循“大纲纲”的基础上可自由添加唱词。譬如演出《西游》《封神》等神话剧，要记住每出戏都出现什么洞、什么山、什么人、什么兵器和宝贝、什么事儿等。不能按“大纲纲”演出叫作“崩大梁”。④衡阳、湘潭、浏阳、望城等地影戏形象地称提纲戏为“搭桥戏”，“桥”者，即故事的主题与骨架，按照艺人的说法，其演唱特点是“前台掌桥的架起桥，后台一步一步

---

① 笔者采访湖南省怀化市文化馆学者李怀荪；另，以上内容参见笔者的论文《辰河高腔“条纲戏”的编创及其演剧形态探究》，载《文化遗产》，2012 年第 4 期。

② 关于“即兴”的含义，容世诚在评价陈守仁《香港粤剧研究 · 下卷》粤剧“即兴运用”问题时，主张区分“即兴”的不同层面和意义，提出“结构性”即兴和“装饰性”即兴两个角度。见《戏曲人类学初探——仪式、剧场与社群》，广西师范大学出版社 2003 年版，第 199—200 页。

③ 陈守仁：《香港粤剧研究》（下卷），广角镜出版有限公司 1988 年版，第 155 页。

④ 中山大学中国非物质文化遗产研究中心朱钢博士 2005 年 8 月山东枣庄市山亭区山亭街道花泉村采访影戏艺人马清法。

搭上桥”，同样说的是要按戏路表演。

笔者在戏班采访时，谈及究竟如何在台上即兴表演时，经常听到的一句话是“见到什么唱什么”。譬如人物从甲地去乙地，沿途见到什么景，遇到什么人，来干什么事，都要一一交代清楚。实则这是中国传统的叙事方式，无论是戏曲还是古典小说，故事要有头有尾，脉络清晰，属于一种典型的直线性、单向度的叙事模式。有的艺人认为，在故事开始时，先要尽量散开，引出许多线索和曲折，结尾时再想办法收拢。① 我们知道，传统戏曲的叙事，习惯于采取“合—离—合”的结构手法，尤其是人物分离期间的故事，更是戏剧浓墨重彩的刻画内容。从这一层面看，民间艺人对传统剧情结构的把握确实相当到位。优秀的提纲戏艺人在演述故事时，善于抓住一些重点细节、场景，极力铺排，出口成章，一个细微的心理活动、一个普通的生活场景，均可演绎出大段的唱词，体现出口头创作的高度自由性。

尽管表演提纲、说戏人为舞台上的艺人提供了故事梗概，规定了基本的情节单元，但如何将其演绎为有血有肉、结构完整的戏剧故事，依然要面临许多挑战。尤其在编构一部新戏时，戏班的艺人如何能默契合作、共同演述一个只有情节框架的故事？应该说，这与传统戏剧的模式化、套路化有很大关系。众所周知，戏曲中的故事大多是类型化的，人物的性格特征、行为方式、情节发展等都有相对固定的程式，一些典型场景也是大同小异。譬如，“进京赶考”是常见的戏剧情节，经常用到的关目无外乎“训子”“辞行”“行路”之类。“辞行”时还有“别父母”“嘱妻”“嘱夫”等叙事单元。“行路”可以描绘路上景色、心情感想等，如果故事再曲折点，可加上强盗打劫、贵人搭救等插曲。可以想见，编排新戏时，只要出现类似剧情，上述戏剧片段均可搬用。因此，对于一般剧目而言，艺人总是能从以往演过的戏中找到可资借鉴的场景，而这些典型场景往往也总有相对应的定型化的唱词、对白可用。艺人凭借对传统的共同记忆，无论他来自哪个戏班，均能携手合作，借用现成的表演套路，再加上出色的口才和演技，能将任何故事呈现在舞台之上。

提纲戏的情节具有较大的弹性，根据演出需要可随时变更。既可化繁为简，压缩剧情，也能添枝加叶，丰富、扩充故事细节。除了增减场次外，最常见的手法是明场、暗场的灵活转换。如需延长演出时间，便加快演出节奏，简化剧情，明场改为暗场处理，将主场戏变为过场戏。这样，就可减少上场角色，减省台词和身段表演，演员简单交代几句就下场。反之，则暗场改为明场，延长演出时间。当然，相应的手法还有很多，以短戏长唱为例，可通过增加人物的心理活动、抒发人物的矛盾心情等来延长剧情和表演时间。原定剧情缩短，有多方面的原因，如演出中

① 笔者采访锡剧艺人郑双英。

途天气恶化，需要提前结束；有时因演出节奏没有很好地控制，导致前松后紧，前闲后忙，快到点时不得不加紧赶戏，甚至于草草收场。剧场的情况确实难以预料。笔者一次考察锡剧戏班，演员以为天快下雨，加快演出进度，一小时后，戏接近尾声。不料此时风吹云散，雨停了，而戏只剩下一小段，演员遽然紧张起来。因为按惯例，当地一场戏需唱两小时一刻钟。戏班在头牌小生的带领下，开始施展即兴功夫，将全剧三分之一的戏拉长成一个多小时来唱。最后一场戏的大意是：书生中状元，相爷奉旨要招其为女婿，否则罢官杀头。书生陷入两难境地，一方面，相爷逼迫，圣命难违，性命难保；另一方面，夫妻情深，不能忘恩负义，抛弃糟糠之妻。头牌小生围绕这样的心理冲突大段抒情，一口气唱了二十几分钟，观众听得有滋有味，不时传出叹息之声。结果整本戏唱了两小时二十分钟才结束。

除了主干内容外，提纲戏的剧情是变动不居的，同一剧目的演出时间往往也不同，一本戏有的演一晚，有的演两晚。艺人要依据主家的要求和演出环境合理调整剧情。如衡山传统影戏《望烟楼》，剧情大意是彭祖洪人穷心善，一次在洪水中救起一高官之女，与之结婚成家。婚后家贫，在女子的帮助下，河中捞取许多金瓜子变卖，一夜暴富，后来四处散财，救济穷人。这出戏一般是民间修造新房时所演，属于小传戏，可以唱两晚，也可只唱一晚。如主家需唱两晚，可以增加一些后续情节，如女子与父亲团圆，彭祖洪生子，送子读书赶考，儿子得中状元、做了高官。子子孙孙的故事可以连续不断地演绎下去。但有一点要注意，故事要有伏笔，要留有余地，便于后续情节的发挥。① 像这种满足民俗需求的演出，尤其要注意编制合适的剧情，避免出现与民俗环境不协调、有冲突的情节。如在喜庆场合演出，原有剧情中的“哭灵”“戴孝”之类的情节必须临时删除，结尾一般要有团圆戏。

图 32　头顶烈日欣赏黄梅戏的观众（笔者摄于黄梅县蔡山镇“99 购物中心”，时值该大型商场开业）

舞台上经常出现一些临时状况，同样需要艺人随机应变，及时调整剧情，并能按照变化了的剧情随口编词。在这方面，老一辈艺人留下了许多佳话。据传，谭鑫培唱《昭关》被人暗算，正当该

① 笔者采访衡山影戏艺人欧阳新年所得。

唱快板"过了一天又一天,心中好似滚油煎,腰中空悬三尺剑,不能报却父母冤"时,不料管箱的人递了一把刀给他挂在腰间。暗算老谭的人在旁窃喜,以为老谭必栽,明明身边挂的是刀,只要你一唱剑,马上就有人喊倒好。谁知老谭迅速把"言前"辄改为"苗条"辙,唱道:"过了一朝又一朝,心中好似滚油浇,腰中空悬三尺刀,眼看仇人杀不了。"天衣无缝,获得了满堂彩。①

即兴还常用于戏剧的插科打诨。较常见的是为了活跃戏剧氛围,拉近与观众的距离,将当地观众熟悉的事物纳入剧情中,营造笑料。如,故意将戏剧中故事发生的地点说成演出所在的村子;或者在唱词、对白中加入一些粗俗、诙谐的词句。如,笔者在观看锡剧幕表戏《水红绫》(又名《凉亭双产子》)时,虽然因方言隔阂没有听懂全部内容,但至少听出了这么一些科诨——故事说的是富家公子负心,抛弃有孕在身的采莲女水红莲。这位女子与父亲去公子家讨要说法未果,父女返家途中,身无分文,陷入困境。一穷秀才出场,自报家门,说自己是皮弄村人(演出地点)(观众大笑)。原来秀才是外出借债的,中途收留了父女俩,回到家中对秀才娘子说:"银子未借到,借了两个人回来。"(观众又大笑)后来秀才穷而卖婴,娘子不答应,秀才安慰说:"我别的本事没有,养崽的本事有"(观众又笑)。戏班的丑角更能即兴发科。如广西彩调班演出时,一般都在戏的开头由丑角来一段与剧情无关的长课子。② 这方面的论述较多,不重复。

在运用即兴时,演员唱错词、说错话,或者艺人之间配合出现漏洞等也是经常发生的,只要仔细观察,不难发现一些明显的纰漏。笔者在湖北省黄梅县观看黄梅戏时,听到扮演大家闺秀的女艺人说:"生是他的鬼,生是他的人。"艺人发现不对,马上改口为"死是他的鬼"。当然,这属于口误,观众一般并不十分在意。如果在一些特殊场合唱错了词,就可能带来不少麻烦。譬如,一次戏班喜庆演出,扮演太监的艺人本应唱"披红带彩来上朝",不小心唱成了"披麻戴孝来上朝"。主家为此十分恼怒,戏班非但没有戏金,还要赔礼道歉,罚戏。③ 最难堪的是在舞台上忘词,或者是根本不会唱这出戏,只能干立在台上,在京剧、越剧界称之为"吃螺蛳""立台板",邕剧称之"食包"。主要原因是艺人经验不足或能戏不多造成的,有时是遭受同行故意刁难。著名越剧艺人尹桂芳在15岁时即因遭头牌小生陷害,有过痛苦的"立台板"经历。④ 因此,在实际演出中,为应对舞台上的意外情

① 徐暮云:《梨园外纪》,生活·读书·新知三联书店2006年版,第155—156页。

② 蔡定国:《彩调艺术研究》,广西人民出版社1988年版,第106页。

③ 笔者采访黄梅戏艺人洪斌所得。

④ 陈华兴、黄宇:《德艺双馨——尹桂芳传》,浙江人民出版社2006年版,第292页。

况,既需要艺人集中精力投入表演,更需要平时练就一身过硬的基本功。

第二节　音乐声腔与舞台动作的临场运用

在即兴演剧语境下,如果说戏剧的文词在很多情况下需要艺人凭空编创的话,那么,提纲戏中的音乐唱腔、做功身段等与其说是现编的,不如说只是一种临场运用而已。因为,艺人在演出中所用到的唱腔、身段都不是他们站在舞台上表演这一刻创造出来的,实际上,它们早已存在。对于从事提纲戏演出的艺人而言,音乐唱腔是相对固定的,他们所要做的,就是从中选择适当的曲牌、腔调、板式来歌唱。同样,在表演上,戏曲也有一套系统的、现成的身段和舞蹈程式可以利用,一般来说也无须艺人在舞台上独出心裁地创造。

一、音乐声腔的临场运用

台上的演员主要是用音符来说话的。作为戏曲的音乐语言,无论是曲牌还是板腔,均有其特定的表现功能。它们利用音乐的旋律、节奏、速度以及音高上的变化来抒发不同的情感,营造不同的戏剧情境。一个熟练的提纲戏艺人,在一场戏或一段唱词中,能够依据戏剧情节、人物情感、戏剧冲突的需要,考虑使用何种曲牌、唱腔最贴切恰当,最能表现剧情,就可以充分自由地即兴演唱了。当然,演员对各种曲调必须非常熟悉,尤其要掌握本剧种的基本调。旧时彩调戏班中,一个演员记熟并能演唱传统彩调剧中的36个"江湖调"就算是"出师",有了36个"江湖调"的"功底",演员沉着配合好乐师就能应付演出时的意外情况。① 关于演员与乐队之间的协作关系,后面有专节论述,暂且不论。一般来说,演出中使用何种唱腔,除少数预先有规定、协商外,大多由表演艺人自行决定。就运用规则而言,各剧种大同小异,以下我们拟结合具体剧种来阐述唱腔的即兴运用。

在目前所见的提纲戏剧种中,使用曲牌体音乐的比较少见,辰河高腔是其中之一。作为明代弋阳腔的后裔,辰河高腔遗存了不少古老的曲牌唱腔,总计约有四五百支,目前已挖掘出两百多支。它的基本腔调分为七个母调,即【驻云飞】【风入松】【锁南枝】【汉腔】【红衲袄】【锦堂月】和【新水令】。另,【汉入松】母调则是以两种不同宫调的基本腔调组合而成,共八个母调。各个母调中分别包括若干子类,每一类又包括若干曲牌。同一个母调中的曲牌都是同一宫调,它们的基本腔

① 阙真:《广西彩调音乐与民俗文化》,载《东方丛刊》,2007年第3期。

调都来自母调牌子之中。因此,艺人只要掌握了母调牌子,其他同母调的曲牌就比较容易学会。如:学好了【驻云飞】母调牌子,可以触类旁通,学会【四朝元】【江儿水】等同类牌子。辰河戏艺人常常根据不同的环境、不同的人物和不同的情绪选用不同类型的曲牌来加以表现,演艺界有"走路【驻云飞】、奏本【玉芙蓉】、发气【风入松】、开打【混江龙】"的说法。其他曲牌也都有一定的性能,适合表现某一方面的情绪。如【红衲袄】多用于深沉、愁叹之处,【懒画眉】多用于观景、抒怀之时,【江儿水】有思念、温和之情,【新水令】和【汉腔】有雄壮、激昂之感。①

辰河高腔音乐的传播主要借助于师徒间口传心授,没有曲谱,艺人创造了"圈腔点板"的方式来记录音符。所谓"圈腔点板",即以各种带圈的曲线符号表示腔句形态;用点、线等符号表示腔句的长短及节奏变化,而标于词旁,叫"圈腔点板"。② 这些名称符号如下:

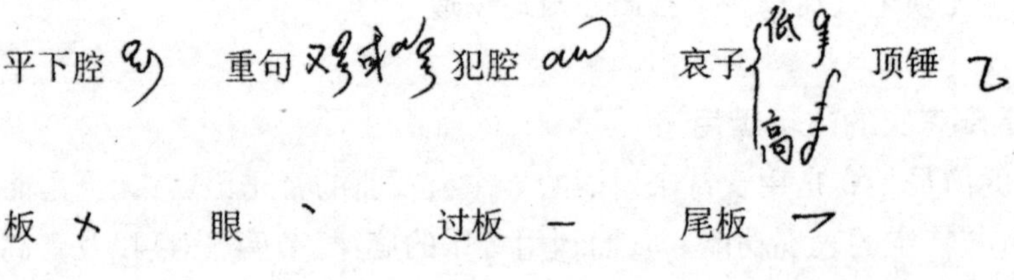

这些特殊唱腔符号虽没有工尺谱那样详尽细致,却也起到了标示板眼,并规定某些唱法和暗示某些旋律的作用,相当于曲谱。它为我国高腔剧种所常见,如浙江松阳高腔中的"曲龙"、新昌调腔"蚓号"、安徽岳西高腔"箍点"等,湖南常德湘剧、祁剧亦称"圈腔"。这些曲调,具体如何演唱,全仗艺人口口相传。③

众所周知,曲牌体是一种历史悠久的戏曲音乐结构形式,其唱词属于长短句的曲律体,有着严谨的格律、平仄、句格要求,曲牌的音乐结构、组合也十分繁杂,对于民间艺人而言均是相当繁冗、不易掌握的音乐样式。尤其在即兴表演时,要在很短的时间内创作出符合其文体规格的唱词,更为不易。板腔体音乐不同,其基本结构简约得多,在以上下句对偶的基础上,通过板式的灵活变化,表达不同的情绪,在节奏和旋律上存在许多自由发挥的空间。只要遵循基本的乐句格式,掌握七字句、十字句上下句对仗方法和一定的声韵知识,即使文化水平不是很高,也能获得相当大的创作自由度。总之,板腔体乐句的编词难度明显较曲牌体要低,

① 陈依白:《怎样学唱辰河戏高腔曲牌》,见湖南省辰河戏教学演出会、湖南省戏曲研究所:《辰河戏教学纪念册》,内部资料,1982 年,第 44—45 页。

② 吴宗泽:《论辰河高腔"圈腔点板"度曲法》,载《中国音乐》,1993 年第 1 期。

③ 黄天骥、康保成:《中国古代戏剧形态研究》,河南人民出版社 2009 年版,第 624 页。

这恐怕是提纲戏剧种多为板式变化体戏曲的重要缘由。

在即兴演剧体制下,主导台上音乐的是演员,譬如何时唱、唱什么调、歌唱时间的长短等主要由演员定夺。当然,演员也必须遵循既定的舞台规律。譬如,何时开口唱,何时由歌唱转为念白,除了戏班形成了某种默契外,主要还是由剧情以及说与唱各自特定的表现功能所决定的。黄梅戏艺人认为,表演"水戏"时:"言之不足,则咏歌之。"演员上台后一般是先说后唱,以唱来深化、加强情感和戏剧氛围,先唱后说的较少。表演的基本模式为:唱—说—唱(以唱来掀起下一个戏剧、情感高潮),即唱完三句后开始"迈腔"(唱句的意思没有表达完,中间插入说白),然后接唱。如果对唱一方的艺人嗓子出问题,则少唱,或"唱"改为"说"。①

在整个表演格局中,乐队要以演员为中心,紧跟演员走,时刻关注剧情的进展和演员的唱念、舞台动作及其发出的种种暗号、提示,及时提供所需的伴奏音乐和锣鼓。与曲牌体音乐一样,每种板腔体音乐均有其特定的音乐特性和表达功能,戏剧中常见的场面场景、动作程式、情绪氛围都有相应的音乐锣鼓来表现。

一般来说,各剧种均形成了传统的用腔规律,曲调与剧情表演、人物情绪之间存在比较稳定的对应关系。在衡阳影戏中,即用不同的音乐唱腔来营造不同的戏剧氛围。如发火称"骂皮",此时需用"喊板",人物高兴时用"四平腔",悲哀时用"四平悲腔"。此外还有"数板"和"倒板"等,两者交替循环使用。② 黄梅戏早期艺人在正戏演完后,常用【花鼓腔】即兴表演,向观众"讨彩"(一种讨要的艺术方式)。因此该腔又称【彩腔】。③ 黄梅戏音乐唱腔主要为【平词】与【花腔】。【平词】分为男、女平词,是黄梅戏正本戏中使用频率最高的唱腔。平词还有快平词与慢平词之分,两者用来表现人物情感的变化。如"劝人"之类的情节多用慢平词。使用频率仅次于【平词】的是【八板】【火攻】等,前者唱得较慢,适用于人物苦闷、失望、焦虑等情绪;后者唱得较快,用于惊慌、愤怒、训斥、恼恨等。④ 按照艺人通俗的说法,剧中人有火气时用【八板】,火气更大时用【火攻】。【二行】适用于简短的叙事、回忆,或表现人物的不安。凡是仙人登场时,则用【仙腔】(又名【道腔】【道情】),表现伤心绝望之情用【阴司腔】;人死之后鬼魂演唱,用【还魂腔】。【小调】用于男女之间的调情,比较热闹,多用于喜剧色彩浓厚的戏剧。目前,在黄梅戏"水戏"中,用得较多的是【平词】【八板】【花腔】等基本曲调。

---

① 笔者采访黄梅戏艺人黄英所得。

② 笔者采访衡山影戏艺人王冬林所得。

③ 时白林:《黄梅戏音乐概论》,人民音乐出版社 1989 年版,第 5 页。

④ 时白林:《黄梅戏音乐概论》,人民音乐出版社 1989 年版,第 227 页。

同样,在锡剧幕表戏中,艺人以演唱基本调、基本唱腔为主,包括“簧调”“大陆调”“铃铃调”“南方调”等四种。每种调子各有其特定的叙事、抒情功能。如一般性的叙事常用“大陆调”或“簧调”;行路时用“行路调”;表现欢乐气氛时用“南方调”或“新大陆调”;表现悲伤情绪时用慢簧调、老旦调、玲玲调、哭调;表现紧张情绪则用流水板、行路板、倒板、散板、摇板等。某些固定的角色也有固定的曲调,如反面角色就用三角板、慢簧;媒婆等小丑角色,则用老旦调、反弓簧调等。①

即兴歌唱时,在每一基本唱腔的基础上可进行变化。一般而言,在保持基本唱腔过门不变的基础上,腔可变,不同的演员可对唱腔做一些修饰性的变化。戏曲基本调熟在人口,艺人容易掌握,便于临场发挥。对农村观众来说,他们并不需要花哨华丽的唱腔,就爱听原汁原味的“老滩簧”。演员在台上唱,观众也能跟着哼上几句,台上台下互为呼应。与此不同,锡剧专业剧团的演员开口就是作曲家的音乐,到后来连一句清板都没有了,也听不出到底是什么剧种,丧失了锡剧音乐的本来特色。一些专业剧团出身的、年轻的演员初到锡剧草台班演出时,习惯上用专业作曲家的曲子,结果乐队拒绝为这些演员伴奏,原因很简单,那些业余的鼓师乐手们根本就没接触过那些新曲调。②

当然,所有的规则不是一成不变的,即兴演剧时,艺人可以根据自身的特长、对戏剧的理解以及演出场景的变化打破惯例,或者采用不同的音乐表现形式。首先,表现大致相同的剧情或者唱段时,基本曲调的选择往往因人而异。如越剧“方玉娘祭塔”上塔七层、下塔七层的唱词基本定型,但使用的音乐唱腔出入较大:有的演员“上塔”唱“四工调”,“下塔”唱“尺调腔”;有的“下塔”唱杭剧“大陆调”,甚至还有唱锡剧的。③ 即使同一艺人演唱相同的唱词,使用的腔调前后也不一致。锡剧艺人徐玉春在 2011 年 3 月、2012 年正月均演出过《玉蜻蜓》。以“游庵”中“双脚踏进头山门,眼前又见佛一尊”一段为例,2011 年版用的是“簧调中急板”演唱,2012 年版用“簧调”。其次,草台戏班除了演唱本剧种的传统唱腔,为活跃演出氛围或迎合观众喜好,艺人不时即兴穿插本地流行的其他剧种的音乐声腔。如上引锡剧“游庵”,2011 年版“金贵升”有两段唱词用的是越剧“长腔中板”,2012 年版用锡剧基本调“大陆调”。此外,锡剧艺人还即兴运用京剧、黄梅戏、沪剧以及民间小调等不同的音乐唱腔。尤其以“锡夹越”居多。④ 河南梆、罗、卷等剧种混

---

① 朱恒夫:《滩簧考论》,上海古籍出版社,2008 年版,第 75 页。

② 2012 年 6 月,笔者在江苏常州锡剧剧团的采访。

③ 沈勇:《路头戏赋子的程式研究——以越剧为例》,见《台闽民间戏剧国际学术研讨会论文集》,内部资料,2013 年,第 302 页。

④ 笔者采访锡剧艺人徐伯明所得。

合演出的情况下,演唱的随意性、自由性亦很大,一出戏同样可以同时夹杂几个剧种的腔调。类似情形在当今越剧"路头戏"中也较常见。

舞台上各种场面、动作程式、情绪氛围等都有相应的音乐锣鼓来表现,形成一定的锣鼓程式。以京剧为例,发兵行军和皇帝起驾的时候,要唱各种曲牌,常用的有:【泣颜回】【醉太平】【五马江儿水】【朝天子】【普天乐】【朱奴儿】【一江风】【六幺令】【粉孩儿】【出对子】等。① 其他如表现行围射猎的【醉太平】【普天乐】【朝天子】的连用,设伏诱敌的【寄生草】【鹊踏枝】,排兵布阵的【将军令】,风尘仆仆的【八仙会蓬莱】,游目骋怀的【耍孩儿】,不胜枚举。②

清末民初以来,高甲戏开始改演幕表戏,其器乐曲牌的运用场合亦有定规可循。如【文弟子】用于文官坐场的整服、理冠、理领;旦角坐场的整服、整袖,理发、理鞋、理襟领,以及较慢的出入台;【武弟子】用于武将坐堂或武角紧急出、入场或文官紧急出场。其他还有【文点绛】【武点绛】整服;【得胜牌】凯旋;【家住在】拜寿;【月眉寺】饮酒专用;【千秋岁】饮酒、过场、追赶;【哭板】报丧、报被捕;【走双亲】游赏。③ 衡山地方影子戏中,各种人物出场的固定"起煞"有:"文出",文生、文官、文人等的出场锣鼓;"武出",武将、武生、武旦等有武功的人物出场的锣鼓;"小生出",书生的出场锣鼓;"旦出",即青衣、花旦、老旦等人物出场的锣鼓;"丑出",即花子、探马、浪子、风流公子以及袍、戴丑等人物的出场锣鼓。④

综上可见,提纲戏音乐的即兴运用具有三个基本特点:其一,以本剧种的基本调为常用调;其二,表演中选择的音乐、锣鼓点,其特性与表达功能要符合特定的戏剧氛围、人物情感与舞台行为的需要;其三,音乐即兴的空间主要体现在具体曲牌、唱腔的选择上。⑤ 当然,音乐即兴表演是由演员与乐队共同完成的。如果戏班成员比较稳定,乐队艺人对戏班的演出剧目、剧情已了然于心,加上与台上演员建立的默契关系,要实现音乐与戏剧整体内容的和谐统一,并非难事。

二、即兴舞台上的身段动作与排场

提纲戏的编剧者很少事先设计舞台动作、舞台效果等,演员主要依靠戏曲成套的科介体系和行当规范来表演,根据剧情的要求,完成规定的表演动作。总体

---

① 马连良:《跑龙套》,见《京剧丛谈百年录》,中华书局 2011 年版,第 430 页。

② 翁偶虹:《说脸谱　谈曲牌》,见《京剧丛谈百年录》,中华书局 2011 年版,第 462 页。

③ 白勇华、李龙抛:《高甲戏》,浙江人民出版社,第 81 页。

④ 向国政:《衡山地方影子戏》,内部资料,2006 年,第 622 页。

⑤ 还包括音高、节奏、音色等方面的即兴变化,只是笔者水平有限,未能获得足够的声音文本来比较分析,有待贤者进一步研究。

上看,提纲戏的做工、身段动作在技术上的要求及舞台呈现与剧本戏没有本质上的区别。

戏曲经过长期发展,形成了一系列表现传统生活场景的动作程式,无论是吃饭、饮酒、脱衣、摘帽、开门、闭户、游园、逛街等生活琐事,还是喜、怒、哀、乐等情感表现,无不有一定的表演定式。这些程式化动作为口头剧本的演出提供了丰富的艺术语汇,在即兴舞台上只要遇到类似的生活场景,便可套用它们。同时,戏曲中的传统程式,一般从属于角色制的表演规范,每一个行当的做工也有其大致的规范和程式,演员只要遵照各自所属角色的家门规范,即使剧本没有对戏剧科介做出明确说明,演员也能按"章"演出。① 京剧名伶钱金福曾传抄一表演秘笈《身段谱口诀》,从中可见,行当不同,表演规范亦不同:"旦角云手搭于腕,底手垂,上手够于鼻。""小生云手搭于肘,小生无拳。""云手如抱球,左手对肚脐,花脸右手举过顶,老生右手齐眉毛,武生右手齐脑门。""旦角拿枪如抱琵,左肩对人鼻。""生行前手指人鼻,后手对肚脐。""老生弓,花脸撑,武生在当中,小生紧,旦角松。""前冲武、后贴文,左狂、右稳。""旦起净落,花脸要美不会媚。"②总之,对于普通演员来说,强调的不是舞台表现手法的创新,而是要恪守规范和程式,并能娴熟地运用于舞台上,以营造视觉美感。

图 33 辰河戏女艺人的身段表演(笔者摄于溆浦辰河戏剧院)

在旧时,艺人从小就开始学习某一行当的表演技艺,进行过较系统的、专门的基本功训练,大多具备了一定的"童子功";加上经年累月的舞台观摩与表演实践,各种表演程式无不顺手拈来,演出时一般不用事先排练,直接"台上见"。而且,许多艺人强调,一般先要经过剧本戏的演出实践,掌握基本的演技后,才能承担提纲戏的演出。因而,艺人在即兴演剧中可以照搬剧本戏的诸多表演技法和程式。对于大多数演员来说,相比于对剧本文学性的理解和把握,他们更擅长于在舞台上

---

① 解玉峰:《"角色制"作为中国戏剧结构体制的根本性意义》,载《文艺研究》,2006 年第 5 期。

② 邹慧兰:《身段谱口诀论》,甘肃人民出版社 1982 年版,第 8—9 页。

展现一招一式。此外,在传统戏曲艺术格局中,戏剧表演对于剧本具有相当大的独立性,这也是提纲戏舞台即兴的重要基础。

当然,不同剧种在表演上的规范性、精致度还是有所不同。那些历史悠久、传承深厚的老剧种一般有成熟的、系统的程式体系,各剧种也有一些风格独特的表演程式。除了已经定型的、唱成固定剧本的老戏外,多数提纲戏的表演技法相对比较简单、随意,较之那些精益求精、千锤百炼而产生的"骨子老戏"、折子戏,其艺术精致度和达到的审美高度无疑也是有限的。尤其是民间小戏在发展的初期,在做工、身段表演上与大戏剧种比较,显得比较简单,随意性较大,此时的即兴表演非常缺乏规范性。如越剧过去演老戏,在表现人物受到极大刺激时,演出的基本套路是:随着"叭、嗒、呛"的锣鼓点,人物喊出"哎呀"一声,随即做出斗鸡眼,装着昏倒的样子。表演死板、僵化,没有真实感情。① 早期的豫剧剧目,同样多为提纲戏、活词戏,表演动作随意性也很强,做工较为粗糙,台位无定准。如旧时演出传统戏《失子惊疯》一折,为表现胡氏失子后疯疯癫癫扑叫儿子的情状,演员头一次表演是冲着舞台上的桌子、椅子喊儿子,数次扑叫,下次演出又可拉着台柱子上的铁环叫儿子;再次演出则可能冲着检场人呼喊"儿啊"。② 这种为迎合观众一时之乐而罔顾剧情的表演,凸显出民间戏剧的即兴本质和原初态。

随着表演形式的日臻成熟,民间小戏以大戏为参照系建立起自身的表演体系,开始具备成套的动作程式,艺人亦有章可循。其演出技法大多源自兄弟剧种。以黄梅戏为例,直到新中国成立后才有较为系统的身段做工训练。在20世纪50年代,艺人学艺时,一般有两类老师,一是京剧老师,传授基本功,即表演身段、动作程式等。黄梅戏以前无所谓文武场,都是从京剧学来的。二是黄梅戏老艺人,传授唱腔、道白。总之,在相当长一段时间内黄梅戏的表演风格非常生活化,没有形成如昆剧、京剧等大戏系统严谨的表演程式。③ 在我国新兴剧种的即兴演出中,表演身段的规范性、艺术性还与演员个人的专业背景相关。在这方面,专业剧团出身的演员表现出了一定的优势,他们受过专业训练,表演比较规范,在即兴发挥时,能使用富有程式美的表演手段来塑造人物。如表现剧中人匆匆赶路的情境,具有专业剧团背景的艺人便知道借用京剧《徐策跑城》中徐策跑城的动作来表现。而民间艺人的表演明显缺乏必要的形式美,趋于生活化、写实化,同样展现赶路场景,有的只会在舞台上简单地走个圆圈。

---

① 袁雪芬:《越剧革新之路》,见《戏曲菁英》(下),上海人民出版社1989年版,第10页。

② 谭静波:《豫剧表演艺术的历史状态与发展衍变》,载《戏曲艺术》,1991年第4期。

③ 笔者采访黄梅戏艺人黄英所得。

传统戏曲的情节、舞台动作大多是千篇一律的,形成了不少较固定的表演套路——排场。关于"排场"的概念,《中国戏曲曲艺词典》解释为:戏曲演出的场次安排和舞台调度。如主帅升帐,先由众将"起霸",造成声势,然后主帅在吹打声中"四记头"出场,念大"引子",归座,"自报家门"。又如次要情节用一个"过场",甚至"圆场"交代。再如大开打前安排敌对双方主将会阵,开打中由势均力敌的双方主将相互"夸将"等都称为"排场"。① 曾永义认为:"排场"是指中国戏剧的角色在"场上"所表演的一个段落,它是以情节关目的轻重为基础,在调配适当的角色、安排相称的套式、穿戴合适的穿关,通过演员唱做念打而展现出来。②

在即兴演剧中,很多地方戏要用到这种专门的舞台艺术套路,较典型的有正字戏、粤剧、邕剧、高甲戏等。各地方剧种的解释又有不同。正字戏艺人认为:排场就是用一定程序和一定的舞台调度来表现一定的生活内容及斗争形式。③《正字戏志》解释为"排场由特定的场面,特定的吹打牌子和特定的锣鼓点构成"④。粤剧艺人陈非侬认为:排场是粤剧的基本演技,粤剧的一切演出,都是从各种粤剧排场变化出来的。⑤ 麦啸霞认为,粤剧优伶所习之"排场""曲白"一本师承,各有公式可遵,靡得妄加改易。⑥ 尽管"排场"的内涵稍有出入,总体来看,它是一种指示舞台调度时形成的综合性表演程式,通过比较固定的表演、唱念、音乐等程式,表现某一特定的场面、情节。演出提纲戏时,任何剧目中只要出现某个规定情境,即可选择相应的通用排场来表现。排场之所以成为提纲戏主要结构元素和基本的舞台艺术套路,是由其固有的形态特点所决定的。

首先,排场是具有情节性的特定表演形态,每一种排场均表现某一规定情境或情节。正字戏艺人创造了不少反映古代军事生活斗争的古老排场,如运用于大规模出兵的"祭纛场",用于会师或边将欢迎钦差的"二楼会场"等,表现青年男女战将在战场上一见钟情而眉来眼去开打的"弄金枪场",计有近三十种。其他方面

---

① 上海艺术研究所、中国戏剧家协会上海分会编:《中国戏曲曲艺词典》,上海辞书出版社1981年版,第85页。

② 曾永义:《说排场》,见《中国古典戏剧的认识与欣赏》,正中书局1991年版,第202—203页。

③ 陈春淮:《海陆丰提纲戏探索》,见《正字戏大观　谈艺录》,花城出版社2001年版,第58页。

④ 陆丰县正字戏志编写组:《正字戏志》(修改稿),内部资料,1987年,第106页。

⑤ 陈非侬口述,伍荣仲、陈泽蕾编:《粤剧六十年》,中山大学出版社2007年版,第50页。

⑥ 麦啸霞:《广东戏剧史略》,见《粤剧研究资料选》,广东省广州市戏剧改革委,年代不详,第29页。

还有“闹庄场”“杀嫂场”“闹花灯场”等诸多种类。① 粤剧排场除了表现一般性生活场景的排场外,也有不少具有特定内涵、情节化、故事化的排场样式。如“花园会”“书房会”“拜月”“献美”“分妻”“杀忠妻”“不认妻”“追夫”“搜宫”“写状”“扇坟”“表功”“杀岳丈”“读家书”“产子写血书”“借兵”“过桥”“过山”等,总计达二三百个。邕剧的排场、基本程式与粤剧大多相通,如“搜宫”“乱府”“杀奸妻”“拜月”“写状”“拗箭结拜”“碎銮舆”“斩四门”“斩三帅”“公关破寨”等,运用比较普遍的有六十多个不同程式的排场。高甲戏套路戏有“金殿戏”“别妻戏”“法场戏”“公堂戏”“绣房戏”“大臣排班”“皇帝坐殿”“金殿谏君”。同时,因高甲戏擅长武戏,还包括各种武打套路。②

其次,经过艺人长期的表演实践,所有的排场都形成了套路化、固定化的程式群和表演片段。排场结构与单一的表演程式不同,它是综合了锣鼓、唱腔、音乐曲牌、功架、舞台调度等诸多因素在内的程式组合。按照传统惯例,每个排场的应工行当是比较固定的,甚至每一行当有其独有的排场。以粤剧为例,《山东响马》中“跑马”专属生行,《金莲戏叔》中“搓烧饼”专属旦行。类似情形很多,如“写状”排场中代写书状的一般为须生,“花园会”“书房会”排场须小生行当应工,“分妻”排场属小生和花旦,“双映美”为武生、小生、小武、花旦共同完成的排场。邕剧“乱法场”中,由大花面饰奸相,小武饰其子,正旦或散发旦饰皇娘,小生饰太子,公脚与花旦饰忠相及其女。每一排场的舞台陈设,也有一定之规。如“乱法场”即为台中纵置一桌,桌两旁各置一椅,桌面另置一椅。③ 每一排场的表演程式均有其特定的套路规范和演出程序。如正字戏表现大规模出师的“祭纛场”,其程序为:“先由大将趟马过场,然后龙套、将校引主帅‘分门’列队,主帅手执令旗居中,吹打牌子奏【雁儿落】,大将分别从左右过场,然后齐集两旁;之后,由主帅发号令往校场祭旗兴师,众在【慢江南】的牌子伴奏中先后摆对过场;接着笛套击乐转【走鼓】,龙套‘双龙出水’引大将、主帅冲‘巷仔门’;下场后旋即上场‘分门’祭告天地——由检场人于台前正中置桌设香案,吹打牌子转【吹鼓尾】,主帅面向观众焚香,四将校执戈分列桌旁,大将侍立内面,祭告在急促、雄壮的【大尾序】牌子中进行,此际龙套从前沿分左右两次过场。祭告毕,吹打牌子转【紧吹鼓】主帅下,俄顷复上,检阅两旁兵将,然后坐下念英雄白,传令发炮启程。一支浩浩荡荡的队伍在【大起兵】

---

① 陈春淮:《浅谈正字戏的表演艺术》,《正字戏大观 谈艺录》,花城出版社 2001 年版,第 110 页。

② 白勇华、李龙抛:《高甲戏》,浙江人民出版社 2010 年版,第 46 页。

③ 中国戏曲志编辑委员会:《中国戏曲志 · 广西卷》,中国 ISBN 中心,2000 年,第 325 页。

牌子中昂首、阔步绕场下。"①该排场的构成要素非常丰富,包括了队形变化、场面调度以及音乐锣鼓等多种程式内容。在海丰县档案馆保存的正字戏武戏剧目中,《射颖叔》便运用了这一排场。

最后,排场是历代戏剧艺人艺术实践与创作的结果。有的是在某剧目中演出获得成功后,艺人从中撷取出来,作为经典的表演片段,套用于新创剧目之中。如粤剧"风流战"排场原本为《虹霓关》中的一场,后被套用于《下南唐》《穆柯寨》《打破洪州》等剧中;再如《西川图》中"骂曹"排场,即取自《白门楼》中"陈宫骂曹"一折。有些"排场戏"甚至套用了几个排场,像《西番莲》就套用了"拜月""献美""表忠""弑奸妻""劫法场""弑白面"等排场,《牛栏封宫》则套有"扑雪""表忠""弑奸妻""搜宫""过山"等排场。② 有些排场学会后,实际上就能演出相应的折子戏。例如学会粤剧"击掌"排场,便会演折子戏《西蓬击掌》;学会"别窑"排场,便会演《平贵回窑》。有的排场本身就是传统剧目中的一折,剧目即为排场名,如邕剧《六国封相》《仙姬送子》《八仙贺寿》《武松杀嫂》《西河会》《鸿门宴》《芦花荡》等。③

在提纲戏演出中,艺人对排场的特点以及运用场合非常熟悉,只要略加提示,他们就会按例演出。正字戏武戏(提纲戏)表演提纲中一般会对重点排场做出提示,至于具体如何演出,伶人自会。如《昭君和番》全剧的排场提示:第三出有"生子场"、第四出"考试场"、第五出"点江"、第七出"四状元场"与"点江"、第九出"熟场做"与"二列会场",第十一出有"走不尽场""点江""打五燕场"。④ 各排场均有其特定的舞台调度和演出程式。其中所谓"熟场做",因这一出戏经常演出,形成了固定的演出套路和排场,艺人非常熟悉,按照惯常使用的排场即可。具体是什么排场,艺人自知。在演出时,除有传统规定外,使用何种排场一般都由旗军头(龙套首)根据演出时间等具体情况临时决定;有的排场,还有动作信号,由旗军头发出。乐队指挥(鼓头)一看龙套首的"信号",就心中有数了。⑤

上演提纲戏时,排场或是整场套用,或根据剧情的需要,加以适当改造,择取排场中的部分内容营造新剧。"过山"排场是邕剧的传统表演特技,常用于表现剧

① 陈春淮:《浅谈正字戏的表演艺术》,见《正字戏大观　谈艺录》,花城出版社2001年版,第110页。

② 王兆椿:《论粤剧排场》,载《南国红豆》,1997年第6期。

③ 南宁市文化局戏曲编辑委员会编:《南宁戏曲志》,南宁市文化局戏曲编辑委员会,1987年,第95页。

④ 见海丰县档案馆存正字戏武戏剧目。本资料由中山大学中国非物质文化遗产中心提供。

⑤ 陈春淮:《浅谈正字戏的表演艺术》,见《正字戏大观　谈艺录》,花城出版社2001年版,第111页。

中人翻越高山的惊险情节。表演时，舞台正中区用方桌、椅子、竹杠叠起“大山”，男角背负女角（一般为小武和旦行）作攀登状至“山顶”，在椅背和斜竹竿上作“金鸡独立”“晒腰卧鱼”等，然后做失足跌下状，滚落竹竿。此时，男角双手紧抱竹竿，女角双脚紧缠男角腰腹部，头朝下落腰，做左右亮相等动作后翻落台面。之后，男角在竹竿上做转圈打滚、用腹部顶着竹竿头做“乌鸦晒翼”、在椅子上“起虎尾”（即倒立）、空翻下椅落于台面等高难动作。或男角背负女角攀握藤蔓（粗绳），从高台上荡入场内。整个过程要求表演者动作逼真、准确、利索，艺人须反复训练，配合默契方能完成。传统剧目《霸王归天》《七状纸》及新编神话剧《百鸟衣》中均运用了“过山”排场。① 据国家级非物质文化遗产邕剧项目传承人洪琪介绍，“过山”排场为《百鸟衣》剧高潮部分，表现壮族青年古卡从土司衙门营救依娌被土兵追赶、翻越高山脱险的剧情。演出时，舞台杂边一方桌充当“矮山”，舞台后部中央三层方桌叠成“高山”，“山顶”有竹杠。古卡内唱“困谷口”曲牌，携依娌杂边上，跑圆场，“擘一字”（劈叉），“跪步”，“甩发”。土兵追上，打斗。古卡与依娌攀上“矮山”，翻下，再跃上；然后抓住“长藤”，向“高山”“山顶”攀登，跌扑，滑下，互相搀扶上“山”。古卡腹部顶在竹杠顶端做平衡动作，依娌在“山顶”做“拗腰”“甩发”；双脚勾住古卡腰部、古卡双脚勾住竹杠悬空倒挂。最后，翻越高山，土司率土兵追上，围山，“雁儿落”曲牌，土兵投枪，古卡挥长刀击落，弯弓搭箭，射杀土司，吓退土兵，“扎架”，“煞科”。②

综上所述，提纲戏无论是音乐唱腔还是舞台动作，均有系列现成的预设程式可以利用，艺人只要掌握了表演的基础材料和技艺，几乎能满足一切演出所需。从本质上说，艺人每一次的即兴演出，实则只是在重复戏剧固有的一些程式技艺，多数情况下并无真正意义上的新创。换言之，所有即兴剧目的编演并不是从零开始，传统艺术的深厚积累为艺人临场创作提供了十分便利的条件，这恐怕也是提纲戏生成和兴盛的重要前提。

第三节　舞台上的协作与交流

传统戏曲特别强调演职员在舞台上的协作、交流。演艺界流传一句谚语，叫作“一台无二戏，台上无闲人”，就是指戏曲演出是一个整体，每一个演员都要在戏

---

① 中国戏曲志编辑委员会：《中国戏曲志·广西卷》，中国 ISBN 中心，2000 年，第 336 页。

② 洪琪、洪珏：《浅析邕剧排场戏》，载《南宁职业技术学院学报》，2011 年第 5 期。

剧的规定情境下行动,集中精力,互相配合,为戏剧艺术的完整、统一而尽力。既不能在舞台上懈怠松劲,也不要为表现自我而与同场演员乱抢戏,造成喧宾夺主。① 著名京剧演员萧长华认为:什么是"一台无二戏"?那就是要大家"抱团"演戏,把一台戏完完整整、整整齐齐地演出来。最重要的是把戏演好。牡丹绿叶,要相得益彰。② 此论甚是,就表演而论,在传统戏曲舞台上,无论是演出剧本戏还是提纲戏,必须依靠全体演职员的共同努力和通力协作,才能演好一台戏。尤其是演出提纲戏时,演职员的密切配合显得特别重要。因为,它没有文字剧本来限定、统一戏剧的舞台行为,各演员只负责戏中自己的部分,对于其他角色的戏词、动作往往不是很清楚。旧戏班没有导演,也很少有戏的彩排。在这样的表演体制下,如果没有建立良好的舞台合作关系,实现有效的沟通,很难创作出完整的舞台艺术。

下面,主要结合提纲戏的表演特点,阐述舞台上的协作、交流与即兴演剧的关系,以及艺人在舞台上沟通信息的方式、手段,进而增进对即兴演剧体制的理解。

一、舞台上的协作与即兴演剧

(一)演员与演员之间的合作

俗语云:一人难唱一台戏,戏曲的表演是由台上艺人集体完成的,在很多方面需要演员相互之间密切合作。尤其在唱对手戏的情况下,更需要艺人具有团队精神。在即兴演剧体制下,戏词、唱腔以及动作均为临场发挥,艺人需要灵机应变,随时接腔。因此,要求所有的艺人必须遵守约定俗成的艺术规则,恪守行内的职业道德,不能在场上有意制造混乱,逞才使气,互相"比狠"。

演员之间的合作涉及多方面的内容,比较重要的有三方面。首先,两人或多人对唱、对话时,要见机行事,配合默契,及时接上话头。关于这一点,本书已有讨论,不赘述。在即兴演出时,演员一般不清楚对方将要唱、念的具体词句,也不清楚他何时需要唱或者念,以及唱、念时间的长短。在粤剧艺人看来,在这种情况下,应注意避免同时开口说白或唱曲。拟欲说白或唱曲之演员须用相应之"影头",如前走一步、挥动水袖、低叫一声或略整衣冠等示意其他演员。③

其次,几个角色在同一唱段中应使用相同韵辙,中途不能随意转韵。这一点是提纲戏艺人最为看重的表演规则,也是衡量一个艺人是否有艺德的重要标准。

---

① 黄钧、徐希博主编:《京剧文化辞典》,汉语大词典出版社2001年版,第820页。

② 钮骠:《萧长华艺术评论集》,中国戏剧出版社1990年版,第211页。

③ 陈守仁:《香港粤剧研究》(上卷),广角镜出版社有限公司1988年版,第41页。

如需中途转韵,事先要与对方协商妥当才能登台,否则,被视为不友善、有损艺德的行为,其他艺人亦惧怕与之配戏。因此,遇到艺人故意为难或考验对方的演技时,往往在对唱中突然更换韵脚,或者使用不太常用的韵辙。著名越剧艺人戚雅仙回忆学艺生涯时谈到:20 世纪 40 年代演出绍兴文戏,两个演员对唱时不能出韵,还要对唱如流。有次与小白玉梅搭戏,也许她有意要考我一下,就和我对唱起来,而且每唱几句,就换个韵,可我竟然对唱了下来,虽然紧张得出了一身汗,还算没有当场丢丑。①

最后,舞台上遇到某些突发情况时,同台的艺人需要相机行事,及时解除对方的困境。作为当下创作的戏剧形式,舞台上难免出现各种突发事故,如果演员处理不当,不仅影响剧情的艺术呈现,而且可能导致演出脱节、冷场;演出破绽过大,为观众所觉察,很容易引发台下的不满、喝倒彩。因此,在这种情况下,演员的精诚合作显得尤其重要。最常见的舞台事故是艺人嗓子出现问题,譬如演唱苦情戏时情感过于投入,以致哽咽难言,不能出声;或者演员分神,突然忘记了戏词,一时语塞。此时,与之搭档的艺人应赶紧接腔,或者临时改变剧情,要对方"暂且去书房歇息",暗示他提前下场。尤其当唱念卡壳时,需要同台艺人在旁及时提词。这种处置方式粤剧艺人称之为"医戏"。所谓"医戏",就是演戏时,对手忘记曲词,或者表演有错漏时,替他掩饰,使观众不发觉他的错漏,亦俗称"兜戏"。②

从某种意义上说,戏班成员之间的合作协调能力在很大程度上决定了即兴演出的质量,也决定了一个戏班的整体创作水平。在笔者的考察中,听到过不少成功处置舞台事故的案例。以下是一位锡剧小生叙述自己和某花旦(下文称"花旦")密切合作,成功化解舞台"危机"的亲身经历:

> 有次我们在×村演出《三看御妹》,在"庙堂偷看"一场戏中我和花旦的配合出了一点问题。剧情是这样:我演的封加进为了要看御妹,改扮成乡民模样,躲在东岳庙神台底下被搜出。御妹问封为何看到皇榜还要到庙里来,封假说不识字。御妹又问难道你的耳朵也聋了吗,封加进一时语塞,御妹大怒:"来啊,把他拖出去杀!"接下来我就要接唱"连环句":"啊呀娘娘嗳——你杀了小民不要紧,可怜我那八十三岁老娘,白发苍苍,病倒床头,孤苦零丁,无人侍奉,好不伤心——"但此紧要关头花旦思想开小差,没有及时说:"来呀!把他拖出去杀!"她不把我拖出去"杀",那我下面的连环句也就不能唱

---

① 戚雅仙:《我的学艺生涯》,见《戏曲菁英》(下),上海人民出版社 1989 年版,第 90 页。

② 陈非侬口述,伍荣仲、陈泽蕾重编:《粤剧六十年》,中山大学出版社 2007 年版,第 73 页。

了。当时已冷场了三秒钟,我此时脑子飞快地转动,我想:如果再拖下去花旦也不会让舞台冷场下去,一定会开口说话,既然现在不杀,那就要把我放,但她要一放,我下面的求娘娘的好戏都要被"隔"去,那怎么行呢。紧要关头我想到了暗语,我立即用暗语向花旦轻说:"你快杀我呀!"花旦 14 岁就到草台班学唱幕表戏,锡剧"村店"(注:行话、暗语)早就娴熟于心,立刻领会了我的意思,"分明是油头光棍,巧莲、玉梅(身边的丫头),把他拉出去杀!"我松了一口气,赶紧唱:"阿呀娘娘嗳——"戏总算又顺利地往下演了。①

当然,并非所有的演员都能做到戮力齐心、精诚合作,舞台上亦不乏互相拆台,借机作弄对方、开玩笑等情况。陈守仁考察香港粤剧剧团时,曾听到不少文武生演员作弄其他演员,相互"整蛊",借以突出自己,吸引观众眼球的情形。②这自然不是戏班所提倡的。据齐如山介绍,梨园行的规矩不许翻场,什么叫翻场呢?"就是几个脚同在场上,倘有一人说错或唱错,别的脚非但不许笑场,并且而得要替他遮盖。可是谭鑫培最爱翻场,一日演《斩马谡》,李寿山去马谡,于问斩下场的时候,大笑三声。盖旧规矩本没有这三声大笑,鑫培嫌李寿山胡来,于是便说道:'招回来',手下便将马谡带回,诸葛亮问马谡:'你为何发笑?'李寿山无词,大窘,台下给以倒好。一日演《回荆州》,麻穆子去张飞,白中有'俺大哥东吴招亲,为何不叫俺老张知道?'麻穆子念成'为何不叫俺老张知大'。盖花脸张嘴音容易得好,所以麻穆子把'道'字念成'大'字,台下并不理会。乃鑫培说'叫你知大也要前去,不叫你知大也要前去',也把'道'字念成'大'字,台下便知是因麻穆子念错,所以也如此,于是大乐。"③应该说,目前这种演员之间互相揭丑的现象在舞台上并不多见,总体来看,传统戏俗、行规对演员保持着相当大的约束力,鲜有违背基本职业规则的行为,这也是演员们在舞台上协同创作、表演的基础和前提。

(二)演员与乐队之间的协作

戏谚云:"一台锣鼓半台戏","三分唱家,七分场面"。戏曲乐队是辅助演员表演、加强戏剧表现力的重要手段。音乐和表演的完美统一是戏曲艺术所追求的一种审美境界,它要求乐队伴奏与演唱、表演的配合水乳交融,以充分发挥音乐刻画戏剧人物、烘托表演、渲染气氛的作用。在戏曲舞台上,一个优秀的演员,仅仅

① 上述资料的提供者为锡剧演员徐玉春先生,文中的花旦为该戏班艺人范红珍。

② 陈守仁:《香港粤剧研究》(上卷),广角镜出版社有限公司 1988 年版,第 147—151 页。

③ 齐如山:《京剧之变迁》,辽宁教育出版社 2008 年版,第 14 页。

依靠个人的表演技艺,而没有后台乐队的通力协作,要想在演出中获得成功是非常困难的事情。相反,如果演员与乐队之间建立了融洽的合作关系,既能让演员充分展现其演技,也能极大地提高整台演出的艺术质量。

在传统戏曲舞台上,演出方式不同,乐队与演员在舞台格局中所处的地位以及关系也不同。剧本戏有定谱定腔,乐队尽管也要服务于演员在台上的唱和表演,但是必须按照剧本所规定的音乐曲调来伴奏。换言之,演员并不能完全支配乐队的演奏行为。与此不同,演出提纲戏时,演员在两者中处于主导、支配地位,所有的音乐唱腔均由演员临时决定,演员需要什么唱腔,乐队须及时提供相应的音乐伴奏和锣鼓,为演唱托腔保调。以下拟从技术层面对即兴戏剧中的演员、乐队的协作交流问题做具体阐述。

一个合格的提纲戏艺人,在开口演唱时,最重要的是要学会如何“交代乐队”,即向乐队发出某种暗示、信息。乐队的鼓师(指挥)、主胡收到信号后就知道演员要开口演唱、唱的是什么调子,然后指挥整个乐队提供所需的音乐伴奏。在艺人看来,掌握发信号的技巧需要长期的实践和较高的悟性,也能体现出演员水平的高低。经验丰富的演员发出的信号非常准确,要什么调子乐队就给什么调。反之,往往导致乐队产生误解,演员原本需要甲调,而乐队却演奏出乙调,这就说明演员还没有学会交代乐队的本事。①

为便于协作交流,戏曲演员与乐队之间形成了许多约定俗成的沟通方式,举凡有“叫板”、眼神、身段动作、手势、行话等。其中最常用的是“叫板”。齐如山云:“皮簧的规矩,话白说完,将要起唱之时,必须先叫板。……叫板的法子不一样,有时将话白之末一字声拉长,有时用一字,如呀、哎、哦,等等,有时一抖袖,一笑,或一种特别举动,音乐组一见一听,便预备奏乐随唱。将唱完时,歌者将末一音拉长,行话名曰唱散,音乐组一听,便知已完,便预备停止,此定例也。”②在地方戏中,不同形式的“叫板”表示不同的曲调唱腔。辰河高腔称“叫板”为“叫头”,演员在开口唱句的前两字时,通过不同的语气、声调来提示后场演奏某一曲牌。如“哎——”(长叹一声),暗示乐队将唱【一江风】;如果拉长声音唱“可恼——”,表示将唱【二流】【风入松】等调。类似的音乐提示在黄梅戏、锡剧、越剧等剧种的提纲戏中也很常见。在黄梅戏“水戏”演出中,演员同样以“叫头”提示乐队。如演员出场时在“九龙口”(上场门)叫一声“呃——”,说明将唱“导板”;说一声“可恼”,并作出生气、恼怒的样子,便是提示乐队演奏“八板”“火攻”;如果听到演员

① 2012年6月,笔者在常州市风华锡剧团的采访。
② 齐如山:《国剧艺术汇考》(一),辽宁教育出版社1998年版,第97页。

图 34 唐山影戏掌板的(鼓师)要时刻关注整个演出进程(笔者 2005 年 7 月摄于唐山玉田县)

语气平缓地说一句“你听我慢慢道来”,表示戏中人物的心情比较平和,将要开始叙事,暗示乐队演奏“平词”;倘若演员面带笑容,说一声“小人好喜哟”,则表示将唱“花腔”。① 锣鼓点的提示同样需要“叫板”。以锡剧演员出场为例:“小生”出场,轻叫一声“走呀”,场面上就会打出“小锣特头”;“皇帝”在后台叫声“摆驾”,打“长锤”;“将军”出场时“嘿”一声,则打“四击头”等。

演员运用“叫板”提示乐队时,还需要结合其他手段,诸如面部的表情、手势以及甩动水袖等。熟悉京剧的人都知道,每逢元帅一类人物“升帐”出场时,或唱【点绛唇】(用唢呐伴奏的曲牌),或打“引子”(无伴奏的半念半唱的念白),只要看演员是否有“挡袖”(即以左手水袖挡住面部)的动作,便可知道是唱还是念(“挡袖”为唱,否则为念);乐队以此为“暗示”而做出相应配合。② 在锡剧幕表戏演出时,演员的手势、水袖也是非常重要的信息符号,水袖甩动的轻重缓急代表着不同的音乐曲调。如轻柔摆动水袖,一般就是“中急板簧调”;重急甩动一般为“大陆调”,抖动水袖就是紧拉慢唱。演员轻轻一声叹息就是“簧调”开篇,剧中人逢到喜事说“好喜呀”,就是“南方调”或“新簧调”加“快长三调”,演员要“行路调”只要“哦——”一声即可。需要强调的是:演员和乐队都要非常熟悉锡剧基本调,才能来唱幕表戏,这一点至关重要。③

总之,舞台上每种曲调和锣鼓点的运用,在演员和乐队之间都有特定的沟通方式。演员和乐队在一起磨合的时间越长,配合得就越好,有的戏经常演唱,乐队已非常熟悉,即便演员不交代,乐队也会自动送出演员需用的曲调。

如上所述,戏班良好的协作关系是即兴演剧的重要前提,舞台各个层面要有机地组织、配合,有条不紊地为演出服务。演员之间要实现有效的舞台合作,需要

① 2012 年 9 月,笔者采访黄梅戏艺人黄英(男,1943 年生,老生)得知。

② 蒋锡武:《京剧精神》,见《京剧丛谈百年录》,中华书局 2011 年版,第 628 页。

③ 注:上述关于锡剧演员与乐队之间配合的资料,均为艺人徐玉春提供。

有系列的前提条件和基础。首先，民间戏班需要具有一套历代传承、为全体艺人所通用的信息交流工具，也就是各种舞台语言、肢体语言，譬如暗语、行话等。其次，戏班成员需要长期配合、磨合，才能彼此熟悉对方的演出习惯，做到只要对方稍有暗示，便能心领神会。最后，需要强调的是，台下所建立的私人情感也在很大程度上制约着舞台协作关系。戏班作为社会的小团体，个体成员之间往往存在这样那样的利益关系，各种私人矛盾亦在所难免。如果将私人罅隙带到舞台上来，极有可能影响到演员情感的投入与戏剧的演出质量。因此，演员之间互相尊重、信任是实现舞台协同创作的重要保证，可以说中外任何即兴式戏剧概莫例外。英国著名剧作家特里弗·R. 格里菲斯指出：在 19 世纪西方即兴戏剧中，完全即兴表演的演出需要剧团演员充分信任对方的能力，因为他们必须在没有现成剧本的情况下进行舞台协作，即使是事先练习得很不错的即兴表演也往往在演出中卡壳。① 这同样也强调了演员之间相互信任的重要性。

在戏班内部关系中，戏班主角与主角之间、主角与乐队鼓师的关系尤为关键。越剧、锡剧、黄梅戏等小戏里，小生花旦通常是戏班的台柱子，两人能否配合得当，是关系到整台戏能否顺利演出的主要因素。小生小旦经常演绎男女情爱戏，需要演员双方全心投入，进入角色，以营造温情脉脉、缠绵悱恻的动人场面。如果演员心存芥蒂，面和心不和，很难在舞台上达到“假戏真做”的艺术效果。在戏班里，主角和鼓师（包括主配乐器的乐师）是舞台的核心，主角要对鼓师表现出足够的尊重，否则，鼓师、乐师就可能在舞台上给他们颜色看。傅谨谈到，越剧、锡剧等剧种的主配乐器是主胡，整个乐队的音高音准全靠乐师掌握。演员在舞台上跑调时，假如主胡想捉弄他，那么乐师非但不帮助他纠正，反而故意顺着演员的音调走，跟着他跑调，让演员当众出丑。②

鼓师在民间戏班中历来具有崇高的地位，民间尊称为“打鼓佬”。在舞台上他既是演奏者，也是文武场面的指挥者。在黄梅戏演出现场看到，司鼓指挥着包括电子琴、琵琶、主胡在内的所有乐器演奏，在指挥当中，他总是带有浓厚的表演性。当剧情、音乐进入高潮时，鼓师情不自禁地站起身，眼睛紧跟台上的演员，全神贯注，表情丰富，时而面露微笑，指挥乐队演奏“花腔”，时而做出生气、愤怒、着急的样子，演奏“火攻”“八板”曲调。③ 戏曲舞台上锣鼓的配合非常重要。朱文相认

---

① ［英］格里菲斯：《舞台艺术：舞台实践之完备指南》，中国纺织出版社 2000 年版，第 174 页。

② 傅谨：《草根的力量——台州戏班的田野调查与研究》，广西人民出版社 2001 年版，第 129 页。

③ 2012 年 9 月，笔者在湖北黄梅县的考察。

图35 黄梅戏鼓师激情指挥,情不自禁站起身来(笔者摄于湖北黄梅县)

为:锣鼓不仅打气氛、打节奏,还能打人物、打情绪、打内心。它犹如人体的神经系统,有之则知疼知痒,反应敏锐;无之则麻木不仁,反应迟钝。① 舞台上一招一式的表演、一板一眼的演唱都是经过锣鼓节奏处理的。正如李渔所云:"戏场锣鼓,筋节所关",锣鼓犹如筋节一般地支撑着戏曲表演的节奏,使舞台演出成为一个有机的整体。如果鼓师想帮助你,会令戏剧增色不少,否则,不管轻重缓急,乱打乱敲,会给表演制造许多麻烦。一位小生演员曾向笔者谈及,有次戏班来了一位老资历鼓师为其伴奏,在舞台上亮相时总感觉锣鼓拖泥带水,最后一下锣与亮相往往差那么一点时间,让人很不舒服。但又不能说是鼓师出错,后来得知鼓师好点小酒,送去两瓶酒后,问题马上得到解决。可见,演员对于鼓师的倚重程度是非常高的,与之建立融洽的关系显得多么重要。

二、舞台上的沟通方式

在旧时的戏班中,搭班的艺人一般没有时间排练,演员们往往因师承不同,各有其演出路数和唱法,需要通过一定的方式在演出中互通信息,防止表演出现纰漏。我们知道,戏曲舞台是一个开放性的活动场所,演员的一举一动均处在观众的密切关注下,决定了演职员的交流要采取异于日常生活的方式和手段。换言之,舞台之上不能用明语交流,必须采取具有一定隐秘性、只能为戏班内部成员所理解的交流方式。为此,传统戏曲形成了系列特殊的舞台交流手段,除了上述所论及的"叫板"、舞台动作等艺术化的沟通形式外,最常见的是手势和行话。

(一)舞台手势

手势是演员在台上交流的重要肢体语言,艺人运用手指和手掌的形态、位置的变化,形成各种具有特定含义的"手语"。在舞台协作中,手势主要用于演员与乐队之间以及乐队内部的信息沟通,演员之间较少用手势。各剧种用于沟通的手

① 朱文相:《朱文相戏曲文集》,中国戏剧出版社2004年版,第458页。

势比较丰富,不同的手势代表不同的音乐声腔,有的表示演员要开口演唱,有的代表不同戏剧人物出场。下面以表演提纲戏的几种地方戏为例,考察手势的种类及其运用。

图 36　辰河戏艺人周建斌向笔者示范"头子"手势(笔者摄于湖南溆浦县)

辰河高腔艺人常用手势有六种(演员向乐队做出的手势):①跷起大拇指,称为"头子",暗示自己将要开口唱曲;②大拇指朝下,意为唱【倒板】;③伸出食指,代表"接头"(即【前腔】);④同时伸出食指和中指,唱【二流】,加快节奏,比一般的节拍快一倍;⑤伸出中指、无名指和小指,意为弹腔【放流】;⑥中指搭在食指上,唱【扑灯蛾】,这是一种节奏性的韵板,属于讲说类,不是演唱。

粤剧演出"爆肚戏"时,演员通过手势向"棚面"(乐队)暗示需要什么锣鼓、音乐,何时开始、何时停止等,戏行称为"打手影",专门的手势叫作"影头"。粤剧常用"影头"有 11 种:

①左手食指向前伸出是"慢板"。

②左手食指和中指同时伸出是"中板"。

③左手拇指向上,食指向前成八字形,即"二王慢板"。

④左手食指和中指同时伸出,然后二只手指同时反一反,即"反线中板"。

⑤左手食指伸出,同时向下动几动,即是"滚花"。

⑥左手五指微张,手掌向下,几个手指一齐向下动几动即"扑灯蛾",亦即"数白榄"。

⑦双手的拇指和食指连成圈状,同时相对动几动即"冲头"(锣鼓名)。

⑧左手食指屈成钩状即"叹板"。

⑨左手食指向下伸直即"地锦"(锣鼓名称)

⑩左手食指和中指齐向下屈,作叩首状即"哭相思"。

⑪左手张开立即收合,成握物状,为"收掘",即"道白"。

这些手语是向"掌板"提示的。"掌板"看见影头,便会敲出相应的棚鼓,其他乐队成员便会跟着锣鼓奏出所需的音乐。一般来说,棚面和演员因此便配合得天衣无缝,演员们多数喜欢和某一"掌板"固定合作。①

广西彩调剧幕表戏的手势:演员将右手抬起,伸出大拇指,乐队便奏"大锣鼓";若将大拇指上半节往下按,乐队便奏"赶板"(也就是"诉板头");单出一个食指,乐队便奏"一条龙"(又名"长锣");单出一个小指,乐队便奏"小点子";若伸出四个指头(大拇指除外),乐队便奏"四钹";食指与大拇指勾成一个圆圈,这叫"煞圈",乐队见此状即停止演奏;若手掌朝下连摆两次,乐队即将演奏的速度放慢;若是五个手指伸直并合拢,乐队便收锣鼓,全剧演出告终。②

桂剧演员与乐队在台口招呼的手势有:演员拇指上指为"大吉头",下指为"倒板",食指中指并起来为"二流",三个指头并起来为"赶板",食指与中指成圆形暗示"戏要闭幕"了,食指勾起来暗示"煞皮"等。③ 海南地方剧上演提纲戏时,常用"勾钱"手势暗示鼓师、乐师,"勾钱"即为小曲鼓介。④

图 37 豫南罗山影戏老艺人林芝梅示范"喊板"手势(笔者摄于河南罗山县)

影戏的舞台格局与真人扮演的戏剧有所不同,演职员由前台的演唱者、影偶操纵手与后台的乐队构成。有的影戏剧种集演唱者与操纵者为一身,有的分由不同艺人承担。其舞台协作关系主要存在于操纵者与乐队之间,发出手势者为操纵艺人。河南罗山影戏多演提纲戏,常用手势有五种。①"大场"手势。操纵艺人握拳伸出大拇指,同时拍下惊堂木,提示后台将演出"大场",即一些比较热闹的、气势宏大的戏剧场面,诸如山大王、国王、奸臣等角色出场。②"小场"手势。握拳用小手指往后一指,表示开始"小场"戏,如书生、文官等出场。③喊"波子"(或喊板)手势。同时伸出大拇指与食指,作"八"字形。一般用

① 陈非侬口述,伍荣仲、陈泽蕾重编:《粤剧六十年》,中山大学出版社 2007 年版,第 90—91 页。

② 蔡定国:《彩调艺术研究》,广西人民出版社 1988 年版,第 31 页。

③ 黄淑良:《谈桂剧》,见《广西戏剧史论文集》(上),广西壮族自治区戏剧研究室、中国戏剧家协会广西分会,1981 年,第 117—118 页。

④ 中国戏曲志编辑委员会《中国戏曲志·海南卷》编辑委员会编:《中国戏曲志·海南卷》,中国 ISBN 中心,1998 年,第 591 页。

于人物出场前的“喊板”，依据演唱句数不同，分为“一句波子”“二句波子”“三句波子”等。④上下场“手势”。竖起大拇指表示人物下场，小拇指表示人物下场。⑤“捏板”手势。五指并拢，示意后场乐器暂停，或者表示全剧结束。①

如前所述，舞台手势主要用于提示音乐唱腔，演员唱、念的起止以及上下场等。此外，舞台上出现意外事故时，也要用到手势。1934 年 5 月，著名京剧武生盖叫天演《狮子楼》时折腿，当时痛彻心扉，但为了保持武松的英武形象，忍痛一脚独立。舞台上的人不知道出了什么事，只见他伸出三指一捏，暗示打鼓佬切断锣鼓，赶快落下大幕。②

图 38　豫南影戏艺人李世宏示范“捏板”手势（笔者 2006 年 7 月摄于河南罗山县）

尽管各剧种的舞台手势表现形式不同，指法、手型与板式、声腔也各有其对应关系，其实，手势的形成是有规律可循的。如利用指头数量、大小的变化来代指不同的曲牌、锣经。如广西彩调，艺人伸出一个食指表示“一条龙”、伸出四个指头为“四钹”。罗山影戏中大拇指为“大场”、小指头为“小场”。其他还可利用手指的方位、形状的不同指示不同的含义。有的手势非常生动形象，如辰河高腔和粤剧中“扑灯蛾”手势，仿佛是一只飞蛾在舞动；彩调剧“煞圈”与罗山影戏“捏指”手势，一看就是圆满结束之意；环县道情影戏艺人用左手大拇指和食指分开成“V”形，意为“倒八锤”。有学者称之为“象形法”，非常准确。③ 总之，舞台手势简单直观，易学易会，变化灵活，非常适合于临场演出中的信息交流。

（二）舞台行话（暗语、隐语）

旧戏曲行里有着各种行话，用于演艺圈内部的沟通和交流。旧时艺人出身贫贱，地位卑微，他们为维护自身以及行业的利益，编制出许多有特定含义的秘密用

① 笔者及同门张冬菜、张军、卜亚丽等于 2006 年 7 月访问艺人李世宏所得。另可参看张冬菜专著《中国影戏的演出形态》，大象出版社 2010 年版，第 78—85 页。

② 龚义江：《江南活武松盖叫天》，见《戏曲菁英》（上），上海人民出版社 1989 年版，第 100 页。

③ 张冬菜：《中国影戏的演出形态》，大象出版社 2010 年版，第 85 页。

语。戏曲艺人一般称为"切口""春点""黑话"等。作为行业隐语,"行话"一般不轻易传人,艺人常说:"宁舍一锭金,不舍一句春","台上不认父,台下不赠春","春"即"春点"(有的称"春典"),即行话、暗语。戏曲行话非常丰富,依据使用场合、功能的不同,分为几种类型:演唱行话,用来代指与舞台表演相关的动作、事物,如音出弦外为"黄腔",台上忘词叫"吃螺蛳"等;行当行话,即角色行当的代名词,如越剧将某一行当中最重要的戏班演员称"头肩",次者为"二肩",以此类推。其他还有砌末行话、戏园行话、戏票行话等。此外还有大量的属于日常生活交际的专用暗语。

行业用语广泛存在于传统社会的亚团体中,有学者认为:"民间秘密语(或称民间隐语行话),是某些社会集团或群体出于维护内部利益、协调内部人际关系的需要,而创制、使用的一种用于内部言语交际的,以遁辞隐义、谲譬指事为特征的封闭性或半封闭性符号体系,一种特定的民俗语言现象。"①可见,秘密性是行话隐语最主要的特征,它不容易为圈外人所识破,有利于内部人员的对话和沟通。在即兴演剧的舞台上,演员正是利用行话的这一特点,互相交流,防止表演出错,或者弥补疏漏。以下介绍地方戏一些常用的舞台隐语、行话及其运用场合。

在彩调习俗里,旧戏班在台上演出提纲戏时,常用行话、暗语来沟通后台演员(或者舞台监督)与前台演员的联系,以及台上演员之间的交流。后台人员通知司鼓以及前台演员的暗语有:起鼓叫"捶皮",提示演员少唱点或少讲点叫"拘点",演员进场叫"倒钹"。演员与场面人员常用暗语:打开台叫"操铃子",司鼓"撑扛子",拉胡琴"筛盖",扎板"摇子",唱叫"开皮",道白叫"海"。演员之间联系也有暗语:如甲正在唱或道白,下面接着应是乙,但乙的唱词和道白一时还没想好,叫甲多唱一点或多讲一点,称之为"拉广点";演员出场唱大段"诉板"叫"开板",唱一段为一板,唱两段为两板;等等。②

民间影戏的舞台行话、暗语也非常丰富,这里仅介绍与表演现场相关的一些例子。豫南影戏:"搭台"叫作"造望乡子"③(如要搭台,就说"望乡子造一下子");"戏帐子"(影窗)作"幔天子";"锣"为"四围子"或"大块";"鼓"为"三通子"等。"口万"表示开始演唱,"捏万"为结束演出。④ 冀东影戏艺人相传戏曲暗语为徽宗"坐井观天"时所创,故谓之"徽宗语""露八分",试举几例:"散影"(影

① 曲彦斌:《中国民间隐语行话》,新华出版社 1991 年版,第 7 页。

② 蔡定国:《彩调艺术研究》,广西人民出版社 1988 年版,第 29 页。

③ 民间戏班的暗语均为口传,有音无字,没有确定的文字与之对应。本文所涉及的行话、暗语均为拟音。

④ 笔者及同门张冬菜、张军、卜亚丽等于 2006 年 7 月访问罗山影戏艺人所得。

戏剧终)为“速要”,“你唱”为“鸟赤”,“你吹”(喇叭)为“鸟揣”等。① 在湘潭影戏中,各种表演动作、乐器、影偶等均有特定称谓,如“打仗”称“冲斗”,“产子”为“圈累”,“修书”称“做拜”;乐器类:“锣”为“金”,“鼓”为“通”,“胡琴”为“横欠子”;影偶类:“老生”为“都根子”,“老旦”为“都波子”,“书童”为“滚身子”,“花脸”为“月光子”等。②

暗语的作用还在于,当舞台上以及演出过程中出现意外情况时,艺人需要与其他成员互通信息,及时处理,但又不能让观众知道内幕。如在露天演出下雨时,需要赶进度,提前结束表演,戏班执事便对台上说一声“马前”,暗示演员赶戏,减省剧情或唱词;反之,则说“马后”。晋南影戏遇到这种情形,通常是班主向“说戏的”(前台负责演唱的艺人)低声说“摆紧”,艺人马上将戏缩短。锡剧戏班称“唱”为“央”,“快点”叫“弯坤”,如要对方快点唱,就说“弯坤央”。

在具体的演出中,手势与暗语往往是配合使用,以确保信息畅通,保证演出正常、有序地进行。民间演戏,有时会遇到长久未演的戏,如果戏班中有人演过该戏,或者了解剧目的提纲,只要该艺人说说戏,便能在较短的时间内将戏搬上舞台。在这种情况下,演员之间的协作、配合显得非常关键,相互的交流也比较频繁。以湘潭影戏为例,当戏班遇到上述情况时,熟悉戏情的艺人要临时担任演出的总指挥,负责说戏,并协调和指挥整台戏的演出,俗称“掌桥”。戏班中无论是操杆的(操纵影偶的艺人)还是文、武场面艺人,均可承担这一任务。如果该戏只有做文场面的熟悉,艺人间的协作、配合的任务就比较繁重。其操作程序为:文场询问武场“提示”,武场用锣鼓和“行话”指挥操纵艺人。如操杆的说声“马来”,做武场面的就知道是出探马了,急忙转唢呐锣鼓牌了,文场拿出唢呐,吹“风入松”或“急三枪”。如说“开道”或“掌灯伺候”“带路”等,武场便知要出影偶唱“流水板”。若艺人叫声“哎咳”,操杆的马上准备两个“滚身子”(指书童)下山打抢掠,武场面马上转小出场。③

目前,除舞台手势外,民间戏班其实已很少用到暗语、行话,绝大多数年轻的艺人对行话知之不多,能够讲一口流利“春点”的人更是少之又少。在艺人看来,只有在万不得已的情况下才偶尔使用。笔者在考察时明显感觉到,行话大多成为艺人的一种谈资、趣闻,基本丧失了固有的隐秘性和行业性,多数艺人可以毫无保留地将行话告诉外人。随着戏班生存环境的变迁,行业封闭性、保守性的破除,行

① 2005 年 7 月,笔者在唐山滦南县采访影戏艺人所得。

② 2012 年 5 月,笔者采访湘潭影戏艺人吴昇平所得。

③ 吴昇平:《湘潭特色纸影戏》,内部资料,2007 年,第 21—22 页。

话也必将丧失其存在的土壤,退出戏剧舞台,从艺人的口头中渐渐消失。

第四节　即兴演剧的稳定性与变异性

在口头剧本的表演中,经常会有一些重复上演的剧目,每一次演出都包含着“变”与“不变”的艺术因子。一方面,它具有一些相对恒稳的艺术要素,维持着戏剧的基本传统和艺术风格,使戏剧的传承和流播得以成为可能;另一方面,口头剧本又是流动易变的,每次演出均包含着难以复制、重现的再创作,即便同一表演者演出同一剧目,也存在不同程度的差异。稳定性与变异性还广泛存在于其他口承文学中,学者们在这方面的探讨已相当深入和全面,本文不打算重复人所熟知的论断,拟重点探究口头剧本究竟是如何展现这种特性的。

具体来说,一个剧目由不同的演员来表演,或者由同一演员重复演出时,究竟什么是重要的、大致稳定的?什么是可变的、易变的?换言之,我们要追问的是口头剧本的弹性、即兴空间在哪里?为什么在这里而不是在那里?什么地方适合即兴,什么地方不适合即兴?戏剧的台词、音乐、脸谱、动作、布景等因素,哪些是可变的?哪些是不可变的?按理说,这些问题均值得深入探究,因为它们是揭示口头剧本表演机制、活动规律不可或缺的命题。然而,要一一解答这些问题并非易事,最主要的原因在于很难找到合适的、足够的演出样本,尤其难以在自在状态下获得既定剧目的多个演出版本来进行比较分析。在流动戏班中,也许能幸运地遇到这种机会,至于在固定台基演出的戏班,短期内重复相同剧目的情况很少见,就笔者所知,有的需要一年甚至更长的时间才有可能。而且这些剧目必须是经典老戏,或者是戏班的拿手好戏,对于追求日日出新的戏班而言,即兴编创的剧目往往随演随丢,演过一次就不再上演。在这里,我们以黄梅戏、锡剧的几个演出版本为主要个案,考察口头剧本的定数与变数,以期管窥见豹,进一步揭示即兴演剧的形态特征。

一、口头剧本的稳定性

从宏观上看,尽管口头剧本的舞台形态变动不居,具有很大的不确定性,然而,它不能脱离历代积淀的戏剧传统,从某种意义上说,艺人只有遵循固有的规则和套路,即兴创作出来的作品才能为观众所认可,才可能进入戏剧的传承谱系。在即兴演剧体制下,艺人每一次演出既有新的创造,也要融入习见的、固定的表演内容,恪守传统格范,延续戏剧的遗传基因,这是口头剧本生成、传承的重要基础,尤其对提纲戏的定型化、剧本化具有关键作用。考察戏剧演变流程中的承袭性和稳定性，比较可靠的办法是分析同一剧目不同演出版本的异同。

在口头剧本体制下，当演出某一剧目时，不管是由同一艺人演出还是由不同戏班的艺人来演出，虽然可能在故事的篇幅、枝节等方面有些出入，但故事的性质、剧情的梗概基本维持不变，诸如时间、地点、主要人物与场景等。在艺人看来，尤其是人名、人物关系等关键性内容不能出错。剧中人的最后结局也是不能随便改易。当说戏人定下表演提纲后，每一本戏的幕表和情节就有了一一对应的关系，不能颠倒错乱。从事即兴演剧的艺人需要熟悉整个剧情框架，并记住一些关键性的细节。一般来说，无论是演出剧本戏还是提纲戏，均无须演员在故事层面别出心裁地创新，或对剧情进行结构性的调整和变异。

《皇帝媒》（又名《仁义状元》）是黄梅戏传统剧目，目前民间戏班一般做“水戏”（提纲戏）演出，具体唱词因戏班而异，甚至完全不同，演出时用字幕机显示，而对白由演员即兴编说。笔者手头有署名“安庆市百花黄梅戏剧团”（以下简称“安庆本”）、“湖北青年黄梅剧团”（以下简称“青年本”）、“湖北和谐黄梅戏剧团”（以下简称“和谐本”）演出的三个剧本①，我们不妨来比较一下三者的剧情结构（见表5）：

表5　三个剧本比较

版本	安庆本	青年本	和谐本
剧中人	王凤鸣、李文忠、王凤英、张正清、张夫人、张孝男、王老爷、王夫人、丫环、家院、皇帝、媒婆、店家	王凤鸣、王凤英、王老爷、王夫人、媒婆、李文忠、张天成、张大人、张桂兰、万岁、店家	李文忠、王凤英、王凤鸣、家院、丫鬟、县令、工大人、张秀英、张大人、万岁、内侍
第一场	投亲：叙王老爷寿辰，凤鸣、凤英、夫人等祝寿，女婿李文忠落魄，前来投靠，欲借银赶考，遭岳父母辱骂并逼迫退婚。	寿堂：王老爷寿辰，凤英、凤鸣姐弟祝寿，女婿李文忠穷困前来投靠，欲借银赶考，遭到辱骂并逼迫退婚。	寿堂：王老爷大寿之时，走投无路的李文忠前来投靠，王家悔婚，毒打李。

① 上述剧本为笔者2012年9月于湖北省黄梅县蔡山镇采访“黄梅戏青年艺术剧团”所得。此外，还有署名“湖北省黄梅县《华雨》黄梅戏剧团”“湖北省红叶黄梅戏剧团”两个演出本，后者有比较完整的对白。

续表

版本	安庆本	青年本	和谐本
第二场	绣楼:凤英从小弟凤鸣口中得知李郎突然来到,担心李家遭遇变故,心神不定;以为李郎前来提亲,结果“竹篮打水一场空”。	花园:凤英与丫环游园观花,小弟前来报信,得知李郎投亲遭拒,并被毒打;凤英与李郎后花园互诉衷情。	楼台报信:凤英正在担心李文忠之际,小弟凤鸣前来报信,告知李的遭遇。
第三场	花园:凤英与李郎后花园互诉衷情。	绣楼①:李郎上京赶考后,凤英绣楼抒发闺怨之愁。	花园会:凤英与李文忠在花园相会,海誓山盟。
第四场	出逃:凤英从丫环处得知父母拟逼嫁他人,在丫环建议下逃婚。	出逃:凤英因父母逼迫改嫁,逃出家门,上京寻夫。	得信外逃:丫环前来报信,父母要逼迫凤英改嫁豪门,凤英外逃。
第五场	得病投店:李文忠途中得病,一路得到凤鸣照顾。	得救:凤英逃难途中跳河觅死,为张丞相与夫人搭救,收为义女。	得病落店:文忠半途病倒在店、误考,得到凤鸣照料。
第六场	得救结拜:凤英途中昏倒,为丞相张正清与夫人所救,收为义女。	投店:李文忠中途染病,凤鸣陪同照料。	途中收女:凤英饥寒落魄之际,为张大人救助、收留。
第七场	洞房:李文忠得中状元,凤鸣加封“仁义状元”。张丞相讨来圣旨,逼文忠为婿,与凤英重逢;小姐孝男许配凤鸣。(全剧终)	洞房:李文忠一病不起不能赴考,凤鸣携李的文章替考高中状元;文忠得官,皇帝得知真相后表彰凤鸣加封为“仁义状元”,下旨赐婚,文忠、凤英团圆,丞相女桂英配与凤鸣。(全剧终)	张府:张夫人与女儿张秀英在家牵挂老爷;王凤鸣决计代替李文忠赶考。②

由上表可见,三个演出台本的剧中人除人名有细微出入外,出场人数、戏剧主

① 注:自本场开始,“湖北本”原本未注明场次与场名,为笔者依据唱词内容所增补。

② “和谐本”后还有四场戏,依次为:第八场“科场”,张凯主持科考;第九场“龙门调考”,张凯上奏皇上考试结果,李文忠、王凤鸣同时受封;第十场“拜府许婚”,皇上下旨,命李、王娶张凯二女;第十一场“洞房”,李与王凤英、王凤鸣与张秀英成婚。

角基本相同。“安庆本”分为七场演出，每场均有标题；“湖北本”只标注了前面四个场次，自第三场开始未注明标题；“和谐本”则分为十一场演出。从演出场次来看，上述台本的主要关目、情节无疑是一致的，戏剧场景亦无多大区别。故事均从“寿堂”起端，经过“王府悔婚”“花园诉情”之后，剧情进入传统的生旦双线发展模式。旦角演绎了“逃婚”“跳河”“得救”等情节，生角则有“投店染病”“金榜题名”“丞相逼婚”等，最后以两对新人入洞房、生旦团圆结局。三个版本虽然在场次安排以及序列上略有差异，但对故事的主体结构并无多大影响。

在笔者所考察的这个戏班中，不少“水戏”剧目具有多个演出版本。如《寻儿十八年》有署名“湖北红叶黄梅戏艺术团”“湖北省青年黄梅戏艺术团”“安庆市百花黄梅戏剧团”等三个演出本，《婆与媳》有署名“安庆市百花黄梅戏剧团”“湖北黄梅戏剧院”两个演出本，《荞麦记》有署名“九江县文化馆黄梅剧团”与未署名剧团的两个版本，《四姐闹东京》有署名“安庆市百花黄梅戏剧团”与未署名剧团的两个版本。① 上述剧目除了《寻儿十八年》《荞麦记》属于“水陆两用”，即兼唱“水戏”和剧本戏外，均为目前民间戏班常演的“水戏”。剧团选择舞台版本时，主角熟悉哪个剧本，就采用哪个本子演出。虽然版本形态有异，戏剧台词也各不相同，但故事的总体框架相当稳定。

陈词套语是口头剧本传承的另一重要内容。我们已知，在即兴演剧中，并非每一句台词均需艺人临场现编，有许多现成的程式化韵文、套语可供演员套用，只要遇到类似的戏剧情境，艺人便可按照传统惯例来刻画人物、描摹景色、叙述故事等。这些程式化的戏词历代传承，彼此沿袭，互相借鉴，形成一种相当稳定的表达方式。尤其在表现一些典型场景时，艺人使用的唱词具有高度的相似性。如上引黄梅戏《皇帝媒》“庆寿”一场戏中王凤鸣的第一段唱词，“安庆本”为：“今日二老把寿升，女儿上前把酒斟。二老饮下这杯酒，但愿爹娘寿百春。”“青年本”为：“一杯寿酒敬双亲，祝福二老意绵绵。二老寿山并寿海，春秋不老永常青。”“和谐本”为：“爹爹今日做大寿，女儿上前敬寿酒。但愿二老饮下去，福如东海水长流。”“红叶黄梅戏剧团本”为：“爹爹今日做大寿，女儿上前敬寿酒。爹爹喝下此杯酒，福如东海寿悠悠。”比较这四段唱词，相互之间的差异并不是很明显。尤其是“和谐本”与“红叶本”，除了个别词句有出入，几乎是雷同的。剧中人李文忠投亲，遭到势利的岳父母百般抢白和辱骂。在“安庆本”中，这段“骂婿”词为：“一见穷鬼寒酸相，我有言来听端详：穷鬼若想把官当，除非黑猪变白象；穷鬼若想把官当，除非鸡窝出凤凰。”“湖北本”为：“你若能把高官做，主考大人瞎了眼睛；你若能把高官做，

① 电子剧本中仅注明了剧团团长的名字“胡胜全”。

满天太阳一颗星;你若能把高官做,黄鹤楼顶把船行;你若能把高官做,滚油锅里结成冰;你若能把高官做,稻草成灰又发青;你若能把高官做,除非换皮换骨又换筋。”两段唱词尽管具体词句不同,但唱词的句式大同小异,表现手法亦无本质区别,都是用自然界不可能实现的事情来挖苦、讥笑李文忠。

当剧目由同一艺人表演时,剧中的核心唱段也少有变化。正如本文所曾论述的,民间戏剧中的经典老段经过反复的演唱,在表演中逐渐趋于定型,这类唱词熟在人口,属于剧本中的“铁词”,艺人要尽可能保持其原貌,不能随意发挥。《玉蜻蜓》是锡剧的传统老戏,目前一般做幕表戏演唱,其中“游庵”一场戏是该剧的骨子老戏,笔者有幸找到该场戏两个演出版本的现场录像,主演者均为徐玉春(饰演小生金贵升,而旦角演员不同)。① 一个版本是该艺人 2011 年 3 月在江苏武进洛阳镇的演出(以下简称“武进本”),另一个版本为 2012 年正月于常州遥观乡上王村的表演(简称“常州本”)。“游庵”剧情为:一日,金贵升欲到法华庵私会尼姑菩善,不想菩善尚未回庵,由智贞接待贵生,陪同一起游逛庵堂。贵生见智贞貌美,借景百般调情,智贞一路巧妙应对,始终不允。游至芸房,贵升欲强成好事,被佛婆冲散,只得怏怏而回。这场戏的重点是描摹庵内景物,贵生每见一景,借题发挥,话中有话,趁机调弄引诱尼姑。按照传统演法,“游庵”的全过程要观赏八个景物场所,即嘻嘻佛、韦陀佛、四脚香炉三脚灯、三世菩萨、琉璃灯、送子观音、灶间,最后是游芸房,每处均有大段的唱词,试举几段来比较(见表 6):

表 6 两次演出比较

游庵过程	武进本	常州本
观嘻嘻佛	升(唱):踏进山门抬头看,眼前又见佛一尊。你看他拍出肩,露出胸,左脚卷,右脚伸,嘻拉嘻拉笑不停,不知他在笑啥人。 贞(唱)…… 升(唱):我看他不是笑天下不公平,他是笑你们尼姑出家人,年纪青青做尼姑,枉费一世好青春,到不如还俗做平常人,重新找一个好郎君。	升(唱):双脚踏进头山门,眼前又见佛一尊,只见它嘻拉嘻拉笑不停,我到有点好奇心,但见它露出胸,拍出肩,左脚卷,右脚伸,问师太不知此佛叫何名,它嘻嘻哈哈啥原因。 贞(唱)…… 升(唱):笑你个尼姑出家人,年纪青青来出家,枉费一生好青春,倒不如还俗去嫁郎君,欢欢喜喜过光阴。

① 在笔者的协助、要求下,这两个演出本由徐玉春先生依据其演出视频记录而成,戏词不做任何的改动。据云,以前从未有人将其写定为文字剧本。

续表

游庵过程	武进本	常州本
观韦陀佛	升(唱):行行来到后山门,眼前又见佛一尊,真奇怪别的菩萨朝南坐,这尊菩萨朝北蹲,手里拿根大木棍,不知他要打啥人。 贞(唱)…… 升(唱):菩萨不是打妖精,为了尼姑出家人,日里响一本正经唸佛经,夜里向庵堂相会有情人,菩萨想想不放心,拿着木棒来看后门。	升(唱):将身来到后山门,抬头又见佛一尊,别的菩萨朝南坐,此佛偏偏朝北蹲,挺胸叠肚弹眼睛,手里拿根大木棍,问师太这尊菩萨叫啥名,它手拿木棒要打啥人。 贞(唱)…… 升(唱):日里响你们一本正经来念经,到夜里开开后门要迎情人,菩萨想想不放心,拿仔木棒来看后门。
观三世菩萨	升(唱):踏过山门到天井,紫金炉香烟燎绕上天庭。走过天井步石阶,大雄宝殿到来临,又只见十八扇长窗开八扇,五色长幡似彩云,当中菩萨有一尊。 贞(唱)…… 升(唱):不要前来骗啥人,说啥尼姑不吃荤,一定是要想吃肉吃不到,夜里厢偷吃螺丝暗开荤,要是你不相信,螺丝壳倒到菩萨头顶心。	升(唱):走过山门到天井,又只见古柏森森好幽静,这边一只放生池,鱼儿戏水碧波清,当中一只万年灯,炉火燎绕上天庭。步过天井上石阶,大雄宝殿到来临,又只见十八扇长窗开八扇,五色长幡似彩云,三世菩萨当中坐,我再来与她寻开心。 贞(唱)…… 升(唱):不要来骗我读书人,说什么尼姑不吃荤,一定是想吃鱼肉吃不到,夜里厢偷吃螺丝暗开荤,若然你还不相信,(你来看)螺丝壳倒到菩萨头顶心。

由表可见,两次演出的时间虽然相隔近一年之久,唱词主体部分并无多大变化。原因其实很简单,这些关键性的唱词已大致固定,演员对此烂熟于心,并且还有文字抄录,每次演出不过是重复过往的词句而已。譬如"观嘻嘻佛"一则,这位小生演员便抄录有一段十分完整的唱词:"双脚踏进头山门,法华寺三字嵌中心。举目抬头仔细看,一副对联上下分。上联是:九条大龙盘佛地,下联是:五佛结拜在禅林。抬起头来用目看:只见菩萨佛一尊,皆大欢喜四个字,一副对联上下分。上一联:一腹包藏全世界,下一联:两眼笑破整乾坤。又见他,露出肩来拍出胸,左脚卷来右脚伸,嘻啦嘻啦笑不停。嘴巴笑到耳朵根。问这菩萨叫何名,一天到晚笑啥人?罗汉菩萨笑不停,我看其中有原因。他笑你年纪轻轻入空门,白白耽误好青春。恭喜我们巧相会,痴男怨女配缘姻。"很显然,这是该段戏的"足本",艺人在此基础上可依据演出时间的长短以及搭档演员戏路的不同做出灵活的调整,临时增删、改换个别字句,但基本的语句与戏情不变。

同类现象在其他地方戏中也很常见。演员长期固定扮演剧目中某一角色时,他所使用的戏词便趋于稳定。这些戏词有的是从前辈演员传承而来,有的是从其他戏班学过来的,还有的是艺人在表演实践中的创作。刘南芳在考察台湾歌仔戏“活词戏”时,曾比较分析了一位女艺人在2010年和2012年演出《孟丽君》“留图”一折的两个不同的演出版本,同样发现前后两次使用的唱词变动性并不大,仅仅在篇幅上稍有区别。第一次演出三本,时间比较长,唱词相对多一点;第二次是上下两本,唱词相应缩短。另如歌仔戏《雪梅教子》,其中许多唱词都已经是固定的。如雪梅“哭五更”之后,接下来是爱玉以一首“七字调”出场:“五更落雷天渐光,手捧盆水入房门。卜请小姐通洗断,也好准备来梳妆。”①

总之,当反复演出同一剧目时,演员要按照既定的表演提纲、戏路来演出,不能偏离剧情主线,故事的总体框架是不变的。而唱词中比较稳定的主要是陈词套语和一些核心唱段,尤其是后者具有更高的恒稳性,它们实际上是提纲戏中的“死词”“肉子”“铁词”等,这些经过艺人千锤百炼的唱段已脱离了即兴的范畴,不再是临场发挥的对象,而是需要传承的内容。这种特征亦常见于其他口头文学。日本学者井口淳子考察乐亭大鼓书时发现,在书词的重复演出中,“不作变化的首先是故事的情节,在语句的层次中则是形容人物的韵文”。说书人每次的说书词和演出文本都没有超出故事梗概,都是在梗概(梁子)的基础上增加一些具有现场感觉的具体内容和修饰而已。现成的韵文(成词)被认为是价值高、必须被传承和记忆的部分,在演出时按照书词所写的那样来演唱。②

当然,处于定型状态的口头剧本还有许多其他恒稳的要素,在即兴舞台上一旦剧目演出成熟、定型,便形成了特定的演法和舞台格局。我们知道,戏曲表演是一个艺术整体,当故事梗概、核心唱段确定后,整出戏的艺术格局也就基本成型,人物的上下场次序、表演程式、音乐唱腔、舞台布景、人物的脸谱等均有了定规。譬如身段表演,每出戏都有一些规定的动作程式,艺人表演要到位。辰河戏艺人谈到这一问题时,以京剧《拾玉镯》为例向笔者做了说明:孙玉娇绣花时咬断线头后,必须有吐出线头的动作,否则观众就说你不对。③ 另如,音乐唱腔的选择主要取决于唱词、戏情,一旦两者确定后,便有相应的音乐声腔。以上引锡剧“游庵”为例,演员每次使用的唱腔便少有更改,如贵升初见尼姑“世上哪有这样人”一段均

① 刘南芳:《活戏的即兴表现与定型书写》,见《台闽民间戏剧国际学术研讨会论文集》,内部资料,台湾成功大学闽南文化研究中心,2013年。

② 井口淳子:《中国北方农村的口传文化》,厦门大学出版社2003年版,第108—109页。

③ 笔者访谈辰河戏艺人周建斌所得。

唱“新簧调”、观嘻嘻佛时的“双脚踏进头山门”(“踏进山门抬头看”)均用“簧调”。

二、口头剧本的变异性

我们知道,口头剧本的演出无本可依,相较于剧本戏,即兴表演中存在的变数无疑要大许多,同一剧目的每次演出几乎都有一些变异,无论是由不同戏班、艺人来演出,还是相同戏班、艺人的演出,概莫例外。

其一,剧情细节的变异。剧本提纲都是口口相传,不同戏班、艺人演起来,大致情节可能出入不大,因艺人师承不同,亦各有其演出路数。此外,戏班中说戏人或者主角换了,戏也会变化。这种变化首先体现在表演提纲上的差异。《王佐断臂》是辰河戏的传统条纲戏,下面是溆浦辰河戏剧院在 1998 年和 2011 年编写、使用的两个条纲,前者由老艺人刘德书编写,后者出自李行健艺人之手。①

刘德书本(简称“刘本”):

1. 兀术发兵朱仙镇　下
2. 岳飞闻报　连场　二比大战兀术败　下
3. 兀术上表白修书　回朝请粮搬兵　下
4. 余文龙接书请出乳母　同行　下
5. 文龙乳母押粮出路下
6. 兀术闻报父子会传令文龙出战　下
7. 岳飞闻报差岳云严成方出战　下
8. 众小将战下　连场　岳飞王佐观山　连场　二将杀文龙回下　岳飞对介　下
9. 王佐断臂　岳飞见书　下
10. 兀术上　王佐上献苦肉计　下
11. 乳母上会王佐说书　连场　文龙射书　岳飞观书
12. 兀术闻报和文龙对介　下
13. 大会战　文龙刺父　岳飞等人上对介　(完)

李行健本(简称“李本”):

① 2011 年 7 月,笔者在湖南省溆浦县的采访。

1. 金兀术起霸发兵攻打潞安州
2. 陆登坐场　听报会战打阵败下
3. 夫人叹会陆登对介尽忠　金兀术收子
4. 金文龙习武　讨令出战
5. 岳飞猜将　张宪　岳云出战　与王佐观阵　众将会战
6. 王佐断臂过营
7. 金兀术坐场会王佐对介
8. 乳娘叹会王佐对介再与陆文龙讲书说根本
9. 大会战陆文龙归宋

分析上述条纲,不难发现,两者的故事梗概基本相同,剧情的主体部分相当于小说《说岳全传》第55、56回,部分剧情涉及第15、16和第57回。两者在具体情节、出场人物、表演场次上存在明显区别。就剧情而言,"刘本"第6场至第13场戏大致与"李本"第4场至第9场戏相当,叙述陆文龙首次出征,大败岳家将;王佐断臂,假意投金,借说书之机告知陆文龙身世,成功策反,使其反戈一击,归顺宋朝。其他场次的情节则不相同:"刘本"第1场至第5场戏从宋、金两军在朱仙镇对垒开端,叙兀术大败,向朝廷请求增援兵马粮草,金文龙携乳母奉命驰援乃父兀术。而"李本"前部分叙兀术攻破潞安州,陆登殒命,将文龙收为义子。两个提纲的出场人物也有出入,"刘本"剧中人有金兀术、文龙、乳母、岳飞、岳云、严成方、王佐、手下八个角色,而"李本"则设置有十个角色,分别为金兀术、陆登、陆夫人、乳娘、王佐、陆文龙、岳飞、岳云、张宪、众兵。不难看出,同一个剧团演同一出戏,时隔13年后,剧情细节上的变化十分明显。从对戏班的了解来看,这两个提纲之间并无传承关系,其差异的产生很可能源自艺人各自师承的不同,或者仅仅是艺人在编制条纲时对故事的取舍、偏好有异导致的。

在维持故事框架不变的前提下,不同演出版本在旁支细节上的变异是经常发生的,较常见的情况是根据演出场合、表演时间的改变对原剧情进行调整,增加或者删节戏情。如在喜庆场合下,要删除悲剧戏,避免出现血腥情节,以悲剧结局的要改为喜剧戏、团圆戏。如黄梅戏《春江月》第一场戏原本有柳明月父亲被气死的情节,作为头场戏,便不宜出现在开业庆典、祝寿生子等民俗场景,需要跳过"哭灵""戴孝"等舞台场面。① 演出当中需临时延长或缩短演戏时间,亦会导致原有戏情的变更。如红船时代粤班所演剧目,"几乎只有一个戏名、角式姓名、关系、性

① 2012年9月笔者采访黄梅戏艺人李灿平(女,20世纪70年代生)所得。

别和简单情节向演员草草交代,至于唱词、念白则全由演员各自发挥。有时,如看看还差很多时间才天亮,彼此就示意'马后'(其意是尽量地拖慢),于是游花园、问身世等等,什么慢板、大调都大段大段地唱个不停。"①当然,这种临时添加的情节大多无关宏旨,对主干剧情而言,可有可无。

类似情况亦见于其他剧种。在旧时,桂剧传统戏《玉蜻蜓》同样是搭桥戏,节外生枝,拖沓烦琐,常掺入无关主题的情节。比如,按照传统演法,该剧"三搜法华庵之前,有一段算命的戏,长达四十多分钟,演出效果不错,但游离于主题之外"②。游离剧情的表演未必均有预先的构思,有的是艺人即兴为之。据当地观众口述,旧时武安县平调落子班社在村里唱高台,可以离开剧本,随便加水词儿。如演《贾金连拐马》便加了这样一个小段:

> 主家从山东要账回来了,丫环对女主人说:"奶奶,老爷要账回来了。"女主人两眼一瞪,说:"又看错了吧?"丫环说:"奴婢看得真切,哪能错?""我怕你又诓我。""奴婢啥时诓过奶奶?""上回你说老爷回来了,我慌忙迎接。可睡了一夜才知道,错了。""怎么错了?""接来的不是你老爷,是石北口一个卖煤的。"③

这种现场抓哏、插科打诨式的表演是即兴演剧的传统和惯例,相关例子很多,不赘述。当然,在具体演出中,如果剧情偏离主题太远,艺人就得设法将其"拉回来"。

传统戏剧中有许多大众化、套路化的情节场面,如"送别""嘱妻""嘱夫""训子""践嘱""游园""逛街""对阵""观战""算命""观灯""攻读""赴考""审案"等,这类戏没有多少实质性的叙事内容,演员可以灵活处理,依据实际需要决定其取舍。表现上述场景情节时,经常要用到描绘性的、知识性的赋赞,通过演员艺术化的展现,不仅可以演述故事、烘托气氛,而且能增加观众的知识趣闻,强化娱乐效果。如锡剧《珍珠塔》,以前老艺人的演唱较现在的情节复杂得多。在老戏里,方卿做官后乔装打扮,唱道情见姑妈,有初见姑妈、二见姑妈。方卿自夸走过"五湖四海",姑妈便要询问是哪"五湖四海",对方一一回答,比如说见了"四大名镇"

---

① 陈卓莹:《红船时代的粤班概况》,见广东省戏剧研究室编:《粤剧研究资料选》,1983 年,第 313 页。

② 广西艺术研究所编:《尹羲表演艺术谈》,中国戏剧出版社 1990 年版,第 131 页。

③ 杜学德主编:《中国民间文学集成　邯郸市故事卷》(上册)》,中国民间文艺出版社 1989 年版,第 428 页。

“四大名楼”“四大名山”等。每“四大”名景中还有若干细节，如“四大名山”上见了“四大名猴”之类。每样景物、事物都要用赋子来铺排刻画。再如老艺人演述陈翠娥赠送方卿珍珠塔一事，亦有大段描绘珍珠塔的唱词：“一座珠塔共七层，金丝银丝来编定。大的宝珠一百颗，小的珠子数不清。乌金一块当底板，方木一根做塔芯。一层宝塔六只脚，只只脚上挂金铃，定风珠一颗做塔顶。我到戥子上称一称，一共是十三两三钱零七分。”①这类赋赞并不是所述故事必不可少的结构要素，艺人唱多唱少或者唱不唱均无损于剧情的完整性。

值得一提的是，目前只在草台班中还能见到这些传统唱段，国营专业剧团已难觅其踪迹。即如《双珠凤》中“十八进楼梯”一段戏，按照传统演法，文必正送花上楼时，丫头秋华要试其才华，要他说出每一进楼梯上古人的故事。一般唱的就是：忠孝节义、琴棋书画、渔樵耕读、楼台亭阁等。比如第一进楼梯：

一忠：岳飞保国美名扬，他本是大鹏鸟转世从天降，可恨秦桧通番贼，英雄屈死受冤枉。

二孝：只为母病吃鱼汤，孝子卧冰是王翔，一片孝心惊天地，天赐鲤鱼救亲娘。

三节：节妇堪称小孟姜，千里寻夫送衣裳，听说夫君遭不测，哭倒长城万里长。

四义：历尽艰辛终不改，福同享来难共当，人间千古传佳话，桃园结义刘关张。

如此算来一进楼梯唱十六句，十八进要唱几百句。② 当然，这些经典老段属于幕表戏中历代传承的内容，需要按照既定套路演出，不能轻易改动。

其二，唱念上的变异。在口头剧本的编演中，同一剧目的演出除了那些定型化的唱段外，戏词总是变动不居，尤其当戏班更换演员时，唱词可能大不相同。如锡剧《杀子报》，第一场戏的剧情叙夫妻分别、丈夫出门做生意，此时妻子有一大段“嘱夫词”，演员不同，唱词就有很大的区别。③ 如一个好演员腹中有很好的肚才，就能编唱出很贴切的唱句：

---

① 笔者采访锡剧艺人郑双英所得。

② 本资料由徐玉春艺人提供。

③ 据锡剧艺人徐玉春先生口述资料整理。

丈夫今日出门庭，为妻前来送一程，夫君啊！出门不比在家时，桩桩件件要当心，天上风云有不测，一时阴来一时晴，莫要贪凉受风寒，衣衫宜添要留神。天未断暗先投宿，错过客店无处寻，千年古庙不可宿，荒村野店莫留停，人在外铜钱银子顶要紧，要人不离包包不离身，日间当他板凳坐，夜间当他枕头困，倘若遇到陌生人，话到嘴边要留三分，常言道画龙画虎难画骨，知人知面不知心……

本事大的演员后面还要唱很多，而腹内肤浅的演员只有三言两语就把丈夫打发了："丈夫今日出门庭，千万千万要当心，赚了铜钱回家来，我在家中将你等。"

随着唱词的变化，韵脚亦要做相应的调整，如上述唱段用"景清"韵，但对方如开口唱"香长"韵，唱词就得改为：

丈夫今日去经商，为妻临别话来讲，出门不比在家时，事事当心要提防，天上风云有不测，一时热来一时凉……

这种情况在同一个演员身上也会出现，再以上引"游庵"一场戏的两段唱词来对比。

"武进本"：

其一："一见尼姑就动心，莫非我与她有缘分。若能与她配成对，睏梦头里也笑醒。让我来旁敲侧击说俏话，影子头闲话动她心。"

其二："我把师太叫一声，听我贵升诉衷肠。你我生死(身世?)相仿样，都为家当起祸殃。今日里命薄薄命聚一堂，莫非是老天与我做红娘？我欲与你配鸳鸯，不知智贞怎么样。"

"常州本"作：

其一："我越看这尼姑越欢喜，恨不得马上与她配婚姻。我这里打破水缸隔壁印，让我来影子头闲话来动她的心。"

其二："你身世与我相仿样，也为家产起祸殃。今日里命薄薄命聚一起，看起来与你师太缘分长。到不如与你配鸳鸯，我救你师太出火坑。"

不难看出，两个演出本的唱词韵脚相同，每次都有同样的关键词，如第一段中的"影子头闲话"、第二段"相仿样""起祸殃""命薄薄命""配鸳鸯"等。次要的词句属于"放流""淌水"的部分(加着重号的部分)，则不必拘泥原有的唱法，句数可长可短，只要大致意思契合剧情便可。在艺人看来，唱词的多少还与当天的情绪有很大关系，高兴时多唱几段，不高兴时少唱几段。

陈词套语的变换也较自由。我们知道,戏曲套语是一些类型化、程式化的戏词,每一类套词中都有若干种唱法,它们属于同一类型,可以替换着使用,而不影响剧情的表现。因此,演员在顺口编词时,这次运用甲唱法,下次可能改为乙唱法。譬如黄梅戏《寻儿十八年》中店家的上场诗,目前有几种演法:"今天天气晴又晴,大街小巷色色新。别人招牌早挂起,我的招牌未出门。用手儿端招牌来挂起,烧茶弄饭等客人";或作:"我开店房真辛苦,每天忙到二更鼓。客人进店要吃饭,我忙着下锅煮。客人进店要吃菜,桌上有菜谱。客人要玩耍,墙上有锣鼓。客人玩的不开心,隔壁有个小寡妇。小寡妇,二十五,去年死了个亲丈夫。小寡妇,长得好,细细的腰来是大屁股,嫩得像个水豆腐,水豆腐。"①这类戏词与特定剧目的戏情没有必然的、内在的联系,是提纲戏中典型的"水词"。相关实例本书其他章节已有不少,不再重复。

相较于唱词,在对白上艺人具有更大的发挥空间,只要不脱离基本剧情,并能与对方接上话头,具体说什么,如何说,均无所拘泥。如"游庵"男女主角在芸房中的一段对白:

"武进本":

升(白):师太呀,尼姑睏觉一个人,为啥要用鸳鸯枕。

贞(白):大爷,你再仔细看看,绣的乃是鸯鸯枕呀。

升(白):啊,鸯鸯枕?噢,原来两只都是雄的。

贞(白):都是雌的,雄为鸳,雌为鸯,两只雌的就为鸯鸯枕。

升(白):是啊,两只雌的叫鸯鸯枕,两只雄的叫鸳鸳枕,小生倒是第一次听到。啊,师太,我看你举止言谈十分优雅,不像普通百姓人家出身,我倒要来问你,为什么要出家做尼姑呢?

"常州本":

升(白):啊呀,师太,我来问你啊,夜里相几个人睏觉啊。

贞(白):当然是我一个人了。

升(白):一个人睏觉为啥要用鸳鸯双人枕呢?

贞(白):啊呀阿弥佗佛,那不是叫鸳鸯枕那是鸯鸯枕。

升(白):啊!何为叫鸯鸯枕啊?

① 以上所引分别为"安庆市百花黄梅戏剧团""湖北省青年黄梅戏艺术团"的演出本。

贞(白):鸳鸯枕是一雌一雄,鸯鸯枕么乃是都是雌的。

升(白):啊呀,还有这样的说法,让我来看看两只到底是雌的还是雄的。啊呀倒是不错,两只都是雌的。哈哈。啊呀,我在这里说了半天,她在门外就是不肯到房里相来,那我一人在房里有啥个劲呢。啊呀师太呀,我看你面容十分的美丽,出言吐语又有文才,为什么年纪轻轻不在家中,要到庵堂里来做尼姑呢?

其三,音乐唱腔的变异。音乐唱腔的运用亦可机动灵活。一般情况下,由戏情所决定的唱腔大体上是固定的,有什么样的戏剧氛围、情绪就使用什么样的唱腔。但是,有时艺人为了迎合、讨好观众,有意改变传统唱法,以新人耳目。如上述唱段“其二”,“武进本”用的是越剧【长腔中板】,而“常州本”用锡剧本腔【簧调中急板】。艺人或者根据自己对剧中人当时心情的体会,在原有的唱词中加上新的词句,从而突破了本来的唱腔。如黄梅戏《游春》演王乾妈看到赵翠花与吴三保在郊外交换白扇,各回家中,相思成病。她抱着成人之美的心情来到赵家,高兴地唱:“叫一声赵翠花妈妈我来着!”原本用“彩腔”:

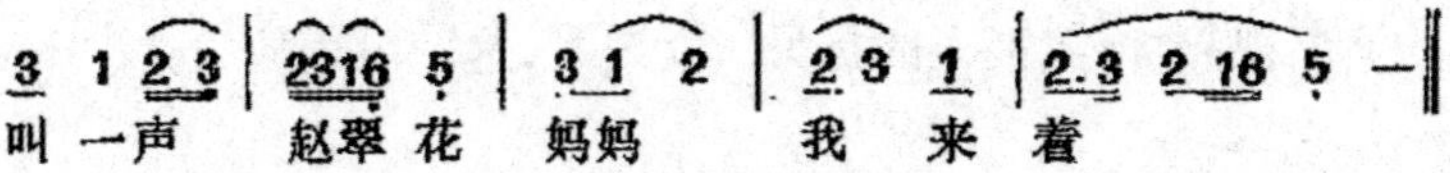

丁永泉饰演王乾妈时,认为这种唱法不能充分展现人物热心快肠的性格,也反映不了她同赵翠花的亲密关系和当时的迫切性与高兴劲头,于是将原词扩展为:“叫一声赵翠花,儿子宝贝,快快开门,妈妈我又来着!”添上新的词句,突破原有“彩腔”的唱法,变成:

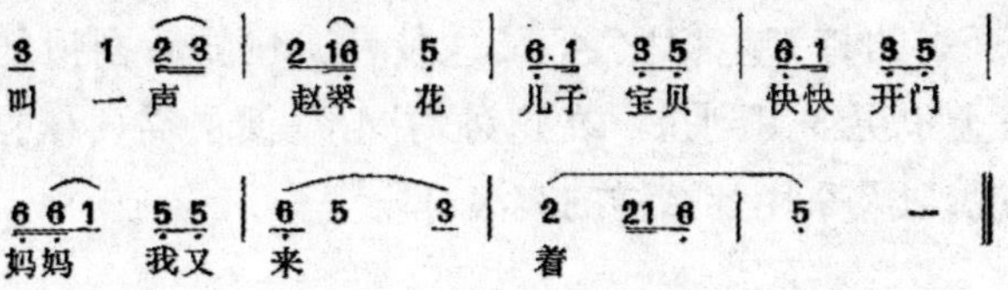

这里既有个人的创造,也是对传统的继承与灵活运用。① 目前同样如此,相同的唱腔每位演员的处理方式也有出入,如用“平词”,有的花样多一点,有的少一

① 陆洪非:《黄梅戏源流》,安徽文艺出版社1985年版,第229页。

点,但总体而言大同小异。① 此外,在音乐的节奏、旋律、音高、伴奏等层面亦充满了变数,演员在即兴表演时受现场气氛、情绪变化的影响,音调时高时低,节奏时快时慢,有的剧种音乐还形成了独特的即兴创作方式。②

其四,舞台表演上的变异。这种情况容易出现在戏班成员有调整的时候,因演员对剧情处理方式不一致,从而带来舞台表演上的变化。如锡剧《寻儿记》中一段戏:叙老夫人沈淑林寻子到洛阳,碰巧来到失散十八年、已改名换姓的儿子周志清家。周夫人听老人叙说身世后,得知眼前的是婆婆,暂未挑明关系,拟待老爷回府后一同前往兄长常天宝家认母,并为常祝寿。老夫人刚离周府,老爷回家。笔者见到的这段表演为:

(老夫人退场,后台:"老爷回府")周夫人(白):"请进。"(老爷上场)周夫人(白):"见过老爷。"老爷(白):"请少礼。夫人,你怎么还不打扮打扮出门去兄长家拜寿?"

据饰演"老爷"的演员介绍,当时他在上场门等候出台,"老夫人"退场后,见扮演夫人的演员没向乐队交代过门,明白她不打算唱,因而紧接登场。查看该剧团以前录制的演出视频,饰演夫人的是另一女艺人,这一段表演为:

(老夫人退场)周夫人(唱):"见她匆匆离户门,不由叫人暗伤心。待等老爷回转来,夫妻双双尽娘亲。"(后台:"老爷回府")周夫人(白):"请进。"老爷(上场)(白):"夫人莫非忘记了,今天是我兄长大寿之时,你怎么还不去更衣呀?"

两段戏最明显的差异,是后者多出了一段唱词,用以交代人物此时悲喜交加的心理活动和接下来的打算。相比之下,这段表演在前后剧情的衔接上更为紧密,在情绪的抒发上也更细腻到位。在这种情况下,演员需要依据对方的舞台行为决定是唱还是说,以及采用什么样的表演身段。

三、稳定与变异的成因、意义

综上所见,作为口头剧本的主体构成要素,故事性质、主干剧情、程式化的成

---

① 2012年9月,笔者在湖北黄梅县的采访。

② 周显宝:《论"加滚"——皖南民间戏曲音乐的即兴创作特征与仪式背景》,载《中央音乐学院学报》,2005年第3期。

词套语以及关键场次的核心唱段均为比较稳定的因素，它们呈现出两个主要特点。其一，是特定剧目的有机构成。对于表演者来说，一个剧目中重复出现的必然是其舞台呈现不可或缺的。“戏曲者，以歌舞演故事也”，在民间，观众欣赏戏曲在很大程度上主要是看故事。毫无疑问，对于大多数剧目而言，剧情的构建居于十分重要的位置，剧目之间的差异首先体现在剧情上。因此，同一剧目无论是哪次演出，每次必然只能讲述既定的故事。关键性唱词、身段动作和音乐声腔一旦定型，并得到表演者与观众的价值认同，也被认为是剧目的有机组成部分，不能移易。其二，是比较容易记忆、模仿和学习的。即兴创作出来的东西只有被记忆后才能不断重现。这一点在戏曲套语、固定化的唱段等方面表现得比较突出，它们是一些固定的词组、语句，富于韵律节奏，表现的内容也是类型化、公式化的，非常适合于口传记忆，便于艺人的学习和传承。

促使口头剧本稳定的因素有很多，作为不立文字的戏剧形式，确实与其他口头文学存在诸多的共性。刘魁立在探讨民间文学作品何以稳定时，认为存在四个主要原因：群体的约束力、人们的历史记忆具有顽强和顽固的特点、受制于作品生存的社会历史土壤和现实生活环境，以及传统的情节、母题、形象与艺术原则和手法所形成的自律性、习惯性。① 从宏观和深层次来看，上述结论同样适用于口头剧本。当然，也要注意到，戏曲有着自身的活动特点和存在方式，导致口头剧本稳定性的产生还存在一些具体原因，从历史和现状来看，至少以下几点值得关注。第一，重复表演。正如本书所曾论述的，提纲戏在反复的表演实践中趋于定本化，艺人如果长期演出一些现成的剧目，必然会形成自己的演出路数，唱词、唱腔以及身段表演逐渐定型。如果戏班成员长期合作，同样也会产生类似的结果。第二，文字记录。为了减轻记忆负担，延续传统，避免技艺的失传，或者出于传授徒弟的需要，部分艺人将那些优秀的表演成果用文字记录下来，极大地促进了口头剧目的稳定。这从当前民间艺人的手抄本中看得很清楚，他们记录的重点是剧目的条纲、幕表以及已经固化的唱词。相较于口耳相传的容易变形走样，文字文本的传播无疑更为精准。第三，表演技艺的职业化。对于大多数艺人而言，戏剧表演是他们谋生的手段和职业，而不仅仅是一种业余爱好。尽管艺人不乏即兴编剧、演剧的才能，相较于每一次演出都要出新剧、编新词来说，重复自己熟悉的剧目和表演套路无疑更为便捷、轻松。而且，并不是每一位艺人均具有即兴创作的天赋，他们更需要有相对稳定或者现成的口头剧本。第四，商业化的生存环境。民间戏班商业化的演出是提纲戏剧目趋稳的又一重要动因。为了占据有利的市场地位，戏

① 刘魁立：《刘魁立民俗学论集》，上海文艺出版社1998年版，第97—98页。

班不仅要追求剧目出新出奇,而且要保证表演具有一定的质量,推出一些品牌剧目来吸引观众。客观上要求戏班加强艺术积淀,将受到观众喜爱的唱段和演法固定下来,打造一批有市场号召力的精品剧目。其实,民间艺人内心崇尚的还是定本定腔的剧本戏,认为唱“流水词”是一种无奈之举,表演上努力朝定本戏、剧本戏靠拢,以提振自身的艺术地位。

容易产生变数的大多是枝节性的剧情、说白以及次要的唱句,音乐唱腔和身段表演也比较自由;在陈词套语的运用上,因同类套语不止一种,艺人具有多种选择性,也表现出较大的自由度。总之,可变性较大的因素通常与剧情主体部分关联不太紧密,与特定剧目的舞台表演也无必然的归属关系。换言之,剧目中凡是细节性的、没有形成定规的表演技艺就较少受到约束。如小戏二人转,艺人经常把段子和剧目唱得较活,除了剧情骨干部分没有变化,在枝节、语言、唱段方面经常有变化。基本规律和变化方法有“摘挂”“加词”“搬家词儿”“扔词”“编加故事”“添加小曲”“大扒皮”等。在这些变化中有两个趋向:一是地方化,二是民间化。① 舞台上的演员拥有充分的自主权,可以依据各自的专长灵活编词。如锡剧《赠六件》,叙男女相约互赠表记信物定情,全剧在男赠女六件、女赠男四样上铺排大量知识性唱段,赠送物品诸如木梳、花粉、胭脂、头油、手巾、头面等。在具体演出中所赠物品却因演员不一而各有不同,由各演员任选自己所熟悉的事物,尽情加以发挥。与此类似,《游码头》除“首尾之词略有定规外,通常男角多唱自己所熟悉的名胜古迹风土人情或名特土产,有时唱《游虎丘》《游西湖》,有时则唱《游泰山》《游洞庭》《游上海》,不一而足;旦角在唱《十劝郎》时,‘十劝’的内容也不尽相同”②。锡剧演员之所以能选择不同的歌唱对象,原因就在于剧目对此并未做出明确限定,演员有多少本事,就能出多少“戏”。同样,在表演上只要不违背基本的剧情,演员亦可依据自己的演出路子自主设计舞台动作。如锡剧“游庵”开头一场戏中游历的场所,不同戏班演得并不一致,或直接从庵堂里开始,或从门口开始,甚至有的在庵堂大殿中唱“观音”(按照艺人的说法,这种演法不对,大殿只有弥勒佛,只有观音堂才有观音)。即便同一艺人的演出也不同,如金贵生入庵前,一次是书童画圈后径直去敲庵堂门,一次是尼姑大段抒情后才敲门,原因是该旦角演员自己有这个戏路,喜欢演唱,善于抒情,因此强化了一下。③ 结言之,在表

① 张紫晨:《中国民间小戏》,浙江教育出版社 1989 年版,第 159—161 页。

② 江苏省文化厅剧目工作室编:《锡剧传统剧目汇编》,上海文艺出版社 1989 年版,第 43、41 页。

③ 笔者在常州锡剧团的采访。

演同一出戏时,即兴的部分往往是没有进入表演传统、无惯例可依的内容。

导致变异的因素有很多,除了口头文学所具有的一些共性化原因外,还有三个原因。其一,戏剧的生存环境与表演场合。演出场所发生变化,要在剧情繁简、唱词篇幅、音乐唱腔等方面做出相应的调整,或根据观众的现场反应临时改戏。其二,戏班成员的流动。如上所云,艺人各有其师承和表演路数,当原有的成员构成发生异动,通常会导致业已稳定的戏剧结构趋于解体,产生新的表演格局,形成新的演法和套路。其三,演员个体的差异。艺人的技艺水平有高有低,对戏情的理解、演技的掌握程度高下有别,甚至演员的情绪、身体状况也会极大地影响其技艺的展现,使得每次表演均有或大或小的差异。

稳定性与变异性是口头剧本相辅相成的两大基本特征,两者互为前提,彼此依存。表演中没有重复出现的、传统的东西,就谈不上变异性、差异性,反之亦然。前者的意义在于,它使即兴舞台上一些杰出的表演技艺和创作成果具有传承的可能,因为,只有具有规定性的内容才能成为后代艺人学习、沿袭的对象。同时,这也是民间经典剧目生成的必要前提,在民间艺人即兴演出的剧目中,能够流传后世的都是经过无数次表演实践然后定型的作品。变异性是口头剧本稳定的基础和必经之途,艺人只有通过不断的舞台尝试,才能发现、提炼和保留口头剧本中偶然成功的艺术要素,并形成新的传统和典范;其价值还突出地体现在为艺术的创新提供了诸多的契机,为艺人留下了充分展现个人才华、体现自身艺术造诣的空间,从而极大地丰富了中国的舞台艺术。可以说,两大属性之间的对立与融合为戏曲艺术的发展、创新提供了源源不断的驱动力,这也是把握民间戏剧发展规律的一个重要切入点,值得我们认真思考和持续的探究。

第七章

表演技艺传习及幕表戏的活动现状

长期以来,受正统文艺观的影响,主流知识分子鲜有留意提纲戏这一演剧形式,遑论有文献典籍的正面载录。因此,目前很难探寻古代即兴戏剧的传承情况。幸运的是,目前这种演剧形式在很多地方依然较活跃,我们除了借助老辈艺人的口述资料、回忆录以及戏曲史志等文献,主要通过现场考察来研究戏剧在民间戏班的内部传承。与剧本戏比较,在传承内容、方式上既有重叠的地方,亦存在不少独特之处。这种内部传承的研究能有助于更深入地了解提纲戏的活动方式与表演体制。

从宏观层面来看,提纲戏在现代的社会传承也是一个颇具剧史价值的命题,可以见到文化生态是如何深刻地制约和影响着戏剧体制的生存和演变。20 世纪 50 年代初期,戏曲“幕表戏”广受批评①,随着戏曲导演制的建立,“剧本制”取代“幕表制”,“幕表戏”总体上陷入生存困境。其经济土壤的流失加剧这一趋势。戏曲口头剧本的大规模整理、记录以及由此产生的“剧本戏”挤压“幕表戏”的舞台空间。50 年代后期,传统剧目逐渐解禁,“幕表戏”处境有所好转。目前,全国有数十个剧种采取这种即兴演剧的方式,其艺术质量、戏剧形态发生不少引人注目的变化。“幕表戏”重返当今舞台主要取决于其艺术机制上的优长和民间戏班特定的活动方式。

下面,拟从技艺在民间戏班的内部传习及表演体制在现代的社会传承两个维度做具体阐述。

---

① 现代研究者受文明戏的影响,又习惯上称“提纲戏”为“幕表戏”。为适应这种表达方式,这里我们主要使用“幕表戏”一词。

第一节　提纲戏的技艺传习

提纲戏有着较为独特的演出形式，从事表演的艺人需要具备专门的职业技能和素养。在梨园行中，尽管许多艺人兼擅剧本戏与提纲戏，但在很多情况下，一位优秀的剧本戏演员未必能胜任提纲戏的演出，反之，习惯于临场抓词、即兴编演的艺人也不一定能演好剧本戏。就技艺传承的历史和现状来看，能演提纲戏的艺人一般需要经历专门的习艺历程，掌握一些专门的戏剧知识与表演技法，同时，技艺传授的途径与方法与剧本戏也不完全一致。目前，从业艺人的结构和来源产生不少新变化，对口头剧本的传承带来不小的影响。

一、习艺历程与内容

按照传统教育规律，艺人在学徒阶段需要练就比较扎实的童子功，吊嗓子，练身段，学唱腔，教戏师傅经过一段时间的观察，根据学徒的长相、嗓音、性情、形体等先天条件，确定其所属角色行当，再加以专门的训练。对于学习提纲戏表演的艺人而言，除完成这些通识性功课、练好基本功外，还需依据提纲戏的表演特点进行有针对性的练习。

黄梅戏艺人指出，学演提纲戏，首先得从学习剧本戏开始，循序渐进，通过这个阶段打好基础，学会该剧种的唱腔、身段动作，增加知识积累和舞台阅历。从一开始就要规范表演行为，路子不能走"野"走"偏"。① 辰河戏艺人亦认为，学演条纲戏要从演出本子戏开始，演熟了"娃娃戏""开蒙戏"，才能正式登场。② 湖南望城影戏艺人的看法相似，学艺一般都先学"铁本"，再唱"桥本"。③ 上述观点颇具代表性，也比较符合戏曲技艺的传承规律。客观来说，剧本戏（包括没有文字记录的定本戏）确实在很多方面较提纲戏要规范、严谨，文学与表演上的造诣也较高。文学剧本一般经过了文人的润饰、加工，有的原本就是文人剧作家的作品，相较于民间创作更讲究表达上的技巧和语言的雕饰，尤其是那些经典老戏，经过无数次的舞台实践，表演技艺被研磨得相当精致。有的剧本戏是由提纲戏定型演化而来，凝聚了历代艺人的舞台智慧，不仅有了准词准谱，而且包含的技艺门类较为完

---

① 2012 年 9 月，笔者在湖北黄梅县采访艺人黄英所得。

② 2011 年 7 月，笔者在溆浦县采访辰河戏艺人周建斌所得。

③ 2005 年 7 月，笔者同门李跃忠博士采访湖南望城影戏艺人张建中（男，1943 年生）所得。

备,代表着某一剧种所能达到的艺术高度。

因此,在民间戏班中,艺术造诣较高的剧本戏、定本戏通常被视为提纲戏的表演范本,成为即兴演剧仿效、借鉴的对象,也是艺人汲取艺术养料的重要来源。艺人从中选择一些表演难度适中的剧目作为学徒的"开蒙戏""入门戏",如辰河戏《安安送米》。据云,艺人通过这类剧目的表演习练,可学会一些基本的身段表演、唱念技巧,以及常用的牌子,如【驻云飞】【新水令】【汉腔】【红衲袄】等。一段时间之后,开始登台演出。作为新手,最初以担任配角为主,如二生、二旦、草鞋花脸、把把花脸等。表现突出的可进入一线演出阵容,加大演出难度,并且根据个人行当的不同,学会一些拿手戏。如武生要学会《白门楼》《夺三关》《薛家将》等剧,文小生要学会"苏、刘、潘、伯""三山六袍"以及四十八本目连戏,然后开始登大台演出。① "苏、刘、潘、伯"即辰河戏的四大本看家戏《黄金印》《大红袍》《一品忠》《琵琶记》;"三山"即《九里山》《楚荆山》《烂柯山》,"六袍"即《老绿袍》《少绿袍》《大红袍》《青袍缘》《碎龙袍》《白袍记》。它们均为辰河戏中的传奇古本戏。目连戏则有"戏娘"之称,几乎包括了辰河高腔所有原型曲牌和大鼓戏的锣鼓点子,演出排场也十分丰富。民间艺人根据历史故事、民间传说编演条纲戏时,往往从《目连》中借用曲牌、唱词与排场。②

很多艺人都谈到了在学艺之初需要从本剧种的基础戏开始,以戏教戏,结合具体剧目的演出来掌握基本的技法、表演手段以及某一行当的艺术规则。如排场是粤剧提纲戏的重要表现手段和基本演技,学排场是粤剧演员学艺的必经之途。著名艺人陈非侬认为:"学排场可由'问情由'学起。因它较浅和易学。'书房会''柴房会''击掌''别窑''写分书''抢子'等是必须学识的基本排场。很多排场差不多便是折子戏,例如学会'击掌'排场,差不多便会演折子戏《西蓬击掌》;学会《别窑》排场,便会演《平贵回窑》了。"③他还提到,除了这些折子戏外,《三娘教子》《金莲戏叔》《酒楼戏凤》《打洞结拜》《貂蝉拜月》《五郎教弟》《凤仪亭诉苦》等都是必须学习的传统粤剧剧目。不难看出,只要学会了这些传统老戏,便可举一反三,得心应手地演出其他剧目。

当艺人学会"开蒙戏"后,接下来要学演行当戏,由通识性的学习阶段向专业化方向发展。在此时,意味着艺人开始成为一位成熟的戏剧演员,真正跨入职业

---

① 笔者采访溆浦辰河戏艺人所得。

② 湖南省戏曲研究所编:《湖南地方剧种志丛书》(二),湖南文艺出版社 1989 年版,第 26 页。

③ 陈非侬口述,伍荣仲、陈泽蕾重编:《粤剧六十年》,中山大学出版社 2007 年版,第 50 页。

化的道路。这一点与昆剧、京剧等大剧种是相通的。著名京剧演员陈德霖指出："青衣学戏,先学《三娘教子》《芦花河》。能此二出,则轻重疾徐,抑扬高下得其大半,其余各戏则不难迎刃而解。"①京剧各行均有这样的戏,如武生戏《挑华车》《铁笼山》《落马湖》《恶虎村》,武净戏《铁笼山》《芦花荡》,老生《空城计》《洪羊洞》《李陵碑》《定军山》《战太平》《打棍出箱》等。需要补充的是,"基本戏"与"开蒙戏"不同,京剧研究家刘曾复认为,前者是高难的好戏,到了能唱这样戏的"份"才能算真正会唱戏。② 此论甚是。地方戏中普遍存在这样的基本戏、骨子老戏,它们往往是艺人赖以谋生的基础,也是演好提纲戏的重要前提。在旧时,早期彩调剧本均靠艺人心记口传,艺人中流传一种说法:"能唱三十六出江湖调,衣食住行不操劳。"这三十六出江湖调,是彩调演出最基本的节目。③ 早期越剧师傅教戏,同样遵循从易到难、由浅入深的教学原则,要求学员先学会《拣茶叶》《绣荷包》《卖夏布》《后游庵》等几出小戏,然后学演《双珠凤》《后游庵》《四季缘》《五连环》《琵琶记》《玉蜻蜓》等大戏。④

戏曲套语是学演提纲戏的基础内容,艺人只有在熟记大量陈词套语的基础上,才能练就顺口编词、出口成章的本领,不少剧种将这类现成戏词的学习作为一门必修课。20 世纪 20 年代初期,王金水、金荣水等人在浙江嵊县创办了第一个越剧女子科班,科班运用"赋子教戏法",由师傅说戏,口授一些常用"赋子",然后学"单片",学会行当角色必备的台词,让学徒尽快找到"路头戏"的诀窍。⑤ 老一辈越剧艺人普遍经历过这一学艺过程。据毕春芳回忆:学艺时一定要学好"上台引子坐台白",还有许多"赋子",如家堂赋子、游园赋子、容貌赋子等。演出"路头戏"时就按照师傅讲的情节在台上把"赋子"配上去,自由发挥。⑥ 张桂凤年轻时代学艺时,师傅传授的戏本子中有"肉头戏"、有老生角色常用的各种"引子"和"赋子"。⑦ 此外,还需"大量背诵老戏的唱段唱腔,只有老戏段子记得多,底子厚,

---

① 陈志明:《我的祖父陈德霖》,见《梨园往事》,北京出版社 2000 年版,第 188 页。

② 刘曾复:《京剧新序》,见《京剧丛谈百年录》,中华书局 2011 年版,第 508 页。

③ 阙真:《论广西彩调剧目的传承与创新》,载《广西师范大学学报》(哲学社会科学版),2010 年第 3 期。

④ 嵊县文化局越剧发展史编写组:《早期越剧发展史》,浙江人民出版社 1983 年版,第 104—105 页。

⑤ 贾冀川:《二十世纪中国现代戏剧教育史稿》,中国戏剧出版社 2006 年版,第 83—84 页。

⑥ 寒青:《粉墨春秋五十年——记著名越剧演员毕春芳》,见《戏曲菁英》(下),上海人民出版社 1989 年版,第 98 页。

⑦ 张桂凤:《忆青年时期的演戏生活》,见文化娱乐编辑部编:《越剧艺术家回忆录》,浙江人民出版社 1982 年版,第 77 页。

方可在舞台上移花接木穿插运用。"①

民间戏剧特别强调综合技能的训练。传统戏班是一种非常经济的小团体,为节省人手,每位成员必须具有"一专多能"的职业素养,是舞台上的"多面手",能够承担戏班的多种工作,或能扮演多个角色行当。因此,初入梨园行的艺人需要通晓戏剧的各个层面。这一点在影戏戏班中表现得比较典型,如前台艺人不仅会唱念,而且要熟练地掌握影偶的操纵技艺。许多影戏剧种的唱念与操纵由同一艺人承担,如山东枣庄影戏、湖南影戏、湖北影戏、豫南影戏等;除滦州影戏、东北影戏等少数剧种外,大多没有专门的行当演员,艺人要兼演生、旦、净、丑等各种角色。以环县道情影戏为例,要成长为一名合格的前台艺人,学徒要背戏词、记人物、记常识、记曲牌、记人物动作;学会辨认影人,了解其所属角色,并知道在哪些戏中可以扮演何人。② 豫南影戏多演提纲戏,艺人学戏的程序大同小异。据桐柏艺人岳秀良自述:他在15岁开始学艺,最初是学打击乐,如大鼓、打镲等,再学吹唢呐,了解影戏音乐的板式、节奏;唱戏要"咬板",即有板有眼,所以学唱必须先懂得板眼;还要学会辨认影偶的各种造型、角色行当,掌握一些操纵影偶的基本功等。尤其要多记"牌子""偈子""纲鉴"(均为影戏中的陈词套话),一般要记住上千个"偈子",了解唱词的用韵以及十字韵、七字句、六字句、五字句等句式,才能唱好"流水词"。③

学艺过程中先学什么,后学什么,梨园行内并无统一的规程,不同传授者有不同的教学方法和理路。譬如多数艺人主张应先学剧本戏,再学唱提纲戏,也有人认为提纲戏唱多了,跟班演出一段时间后,同样也能演好提纲戏。④ 但总体而言,讲究按部就班、循序渐进。以京剧唱念为例,王瑶卿授徒的方法是:"先说角色,再抄本子,念熟了背诵;在背诵时随带纠正字音,和上下句的分别,某字如何念,如何唱,都交代清楚,然后由他自唱一两遍,学生再随着他唱。"⑤王先生采用的是讲授加示范的教学方式,强调戏曲"字正腔圆"的特点,注重表演技巧的传授。具体到提纲戏身上,亦各有各的教法。老辈湘剧艺人肖金祥(彭俐侬的师傅)教一出戏时,总是先给学生讲故事,激发徒弟的兴趣。第二步才教本子,台词滚瓜烂熟后才教唱腔。凡吐字不清,行腔不稳,就不进入教表演的阶段。⑥ 这种方法强调了对

① 邵滨荪:《从艺岁月》,见《戏曲菁英》(下),上海人民出版社1989年版,第196页。
② 笔者于2006年7月甘肃环县采访道情影戏艺人史呈林所得。
③ 笔者于2006年7月河南桐柏采访影戏艺人岳秀良所得。
④ 笔者采访湘潭影戏艺人吴昇平所得。
⑤ 周贻白:《回忆王瑶卿先生》,见《京剧丛谈百年录》,中华书局2011年版,第578页。
⑥ 以之:《彭俐侬》,湖南文艺出版社1989年版,第54页。

故事的理解、传承,与说书艺人的传艺理念颇为接近。如乐亭大鼓艺人授徒时,第一年徒弟跟班、侍候师傅,不传艺;第二年“跑梁子”,即教故事梗概,及主要故事情节“坨子”;第三年授“穰子”,即教场景的描述。①

评剧演员新凤霞其师的教法为:先教台词,再教唱腔。先是一段一段的学,等整出戏学会了再连起来。师傅从来不讲剧情,不讲人物。学会了唱以后,最后学身段,身段学好了,就算学会了这出戏。② 彩调艺人每教一出戏,要求徒弟学会戏中所有的角色,能文能武,能生能旦,还要会左右场,以适应“七紧八松九快活”的精悍演出班子。③ 张紫晨在论及二人转等民间小戏的传承时亦指出:师傅教徒弟,方式不尽相同,主要有三种。一种是在晚上教词,每晚教一段。一个小戏,教好几个晚上。师傅念词,徒弟背诵;或师傅演出时,徒弟在旁现场观摩学习。另一种是只带不教,全靠徒弟自己用心观察模仿,逐步掌握。再一种是只教骨架,掌握小戏基本情节和本体结构。演出中的各种灵活变化靠自己在实践中去发挥。但不管哪种方式,基本教法是口传,或口头传授与现场示范相结合。④ 二人转的传习过程、方式颇具代表性,可以视为民间戏剧传承的缩影。

总之,无论何种教法,总体来看,传统戏班强调学艺的系统性、全面性,既要掌握唱、念、做、打各种表演手段,又要熟悉舞台表演的基本套路与艺术流程,尤其要记诵大量现成戏词、骨子老戏,并能融会贯通,学会加以灵活套用和变化。这涉及一个重要问题,即提纲戏艺人的即兴功夫究竟是如何形成的?艺人自身对此不一定说得清楚,倒是王元化先生正面回答了这一问题:“即兴创造能激发起演员的激情和灵感,就像音乐家演奏乐曲,诗人即兴赋诗,不是临时张罗,事前盘算,而是凭借平时的训练和积累,一旦上台表演,即可豁然有悟,于无意之中得之。……演员的即兴发挥,不等于是胡来,不等于没有事前准备,它是演员多年下功夫琢磨,苦学苦练,积在胸臆的技法和技能所形成的一种如别林斯基说的‘创作的直接性’。”⑤这里强调了经验积累的重要性,艺人要日积月累,不断丰富舞台经验,才能熟能生巧,具备即兴演剧的职业素养。陈守仁的看法与之类似,他认为:“即兴演出的技巧并不是从老师处学来的,而是透过演员本身的观察、体验及实验累积而来的。”“即兴常是无师自通的,它的运用常源于一种‘冲动’,也每每产生自对

① 刘向权主编:《滦南民俗文化》,作家出版社 2002 年版,第 395 页。
② 新凤霞:《新凤霞回忆录》,百花文艺出版社 1980 年版,第 279 页。
③ 蔡定国:《彩调艺术研究》,广西人民出版社 1988 年版,第 24 页。
④ 张紫晨:《中国民间小戏》,浙江教育出版社 1989 年版,第 169—170 页。
⑤ 王元化:《京剧的即兴表演》,见《清园谈戏录》,上海书店出版社 2007 年版,第 104—106 页。

一个偶像的模仿。"①可见,即兴功夫大多不是天赋自成的,艺人在学徒阶段所有的技艺学习和表演训练,都是未来即兴演剧的基础,他们所接触的一系列的表演程式、套路实质上均是即兴演剧的规则,具备这些基础、掌握这些规则后,再加以长期的舞台实践,即兴功夫的形成是顺理成章的事情。

二、传习的途径与方法

在传统时代,艺人学艺的主要渠道有家班教育、科班教育、跟班学艺、偷戏等。考察戏曲教育史,明清家班是否系统传授即兴演剧技艺,已难以稽考。在清末,出现了学艺与演出相结合的新型教习机构——科班。科班虽然不一定专门传授提纲戏演技,但如果所学剧种存在这种表演形式,无疑会重视相关演技、知识的教授。据载,清咸丰至光绪乃至民国初期,广东海陆丰地区有二三十个白字戏班,大都是科班。科班采取童龄制,俗称"奴仔班",也叫"白字仔",学员为未成年儿童,学艺年限为五年零四个月。学戏的剧目以白字戏的"连戏"为主,即传奇故事。艺人成年上大班之后,再个别分行当拜师,进一步习演武戏(提纲戏)和昆腔戏。②比较典型的是20世纪20年代浙江嵊县越剧艺人举办的女子科班,教戏师傅依据越剧"路头戏"的表演特点开展有针对性的训练,从学赋子入手,再教唱白台词,分角色教走场步,摸索出快速成才的教学方法。③ 上文已提及,不赘述。

比较常见的途径是跟班学戏。学徒拜师后,跟随师傅和戏班活动,一边学艺,一边演出,在舞台实践中提高表演技艺。梅兰芳在《舞台生活四十年》中提到,初学戏的演员们,要靠时常出台练习才能成熟。④ 艺人们一直强调要多学、多看、多练,所谓师傅引进门,修行靠自身。如辰河戏艺人谈到,刚入戏班时,师傅在台上唱,自己在旁认真听,并干一些小活;师傅有时也抄写一些重要唱段让其背诵。⑤锡剧艺人认为:学习幕表戏主要靠反复观摩演出,演员一般文化水平不高,不会用文字记录,所有的东西都要靠自己慢慢去领会。⑥ 粤剧艺人陈非侬回忆:年轻时虽然正式拜了靓元亨为师,但师傅在台上教基本功和排场的时间很短,总计不到一个月;徒弟学粤剧,主要靠自己,或者说主要靠"偷师"——在台上自己观摩和学

---

① 陈守仁:《仪式、信仰、演剧:神功粤剧在香港》,香港中文大学粤剧研究计划,1996年,第84页。

② 陈泽如:《海丰路白字戏今昔谈》,见《海丰文史》第7辑,广东省海丰县委员会文史资料研究委员会,1989年,第27页。

③ 丁一:《越剧诞生风云录》,见《嵊县文史资料》第六辑,内部资料,1989年,第159页。

④ 梅兰芳:《舞台生活四十年》第一集,中国戏剧出版社1961年版,第148页。

⑤ 笔者采访辰河戏艺人周建斌所得。

⑥ 笔者采访锡剧艺人王渊渊所得。

习，不明白时才向师傅请教。① 这种情况在传统戏班中很常见，一方面，师傅每天忙于演戏，传徒授艺的时间非常有限；二则有的师傅比较保守，对同行"秘技不宣"，不是每人都能做到倾囊相授。因此，学徒只能采取"偷师"或"偷戏"的办法。"偷戏"在旧时戏班被认为是一种不正当的行为，倘若被人发觉，轻则遭呵斥，重则受罚挨打。尽管如此，还是有不少艺人、票友冒着风险去"偷"名角或其他班子的戏。著名越剧演员尹桂芬、傅全香都曾是"能学善偷"的艺人，"人家有什么好的东西，能学就学，不能学就'偷'"②。通过"偷戏"，艺人可以转益多师，博采众长，还能缩短学艺时间。王文娟正是通过这一途径，不到两年的功夫，便练出了扎实的基本功，熟练地背诵所有的"赋子"，未出师已学会了好几出骨子老戏。③

在戏曲的传承活动中，"口传心授"无疑是最重要也是最常见的一种教学方法。关于"口传心授"的特点、含义，演艺界和学术界众说纷纭，有学者在综合诸家看法的基础上提出："戏曲的口传心授是一种以师徒间的口耳相传为主要手段的、以传授者的个人经验为主要内容的、以声音和动作的示范与模仿为主要方法的传承方式。从另一个角度来看，戏曲的口传心授具有以下特征：不依赖于文字手段、缺乏系统理论总结、依靠学习者的个人领悟来掌握表现对象内在规律。"④这一归纳大体上揭示出了"口传心授"的特点、内涵，也符合传统戏曲的传承规律，尤其与口头剧本的传承方法相契合。本文不打算重复已有的研究，仅介绍提纲戏脚本的口传特点与相关内容。

"不依赖文字"是"口头剧本"与"口传心授"关键结合点。传统戏班之所以采取口头传授的方式，众所周知的原因是艺人的文字认知水平低，决定了剧目的创作与传承方式必然是口头的，而不是文本的。早期豫剧多演提纲戏，"伶工多不识字，向无脚本，师弟授受皆以口传"⑤。常香玉亦云："过去，老艺人教徒弟，很少有剧本，戏词都在心里。"⑥而且，在传统戏班中，即便某些艺人粗通文墨，出于行业的保守性，教戏师傅也比较排斥学徒用文字来记录教学内容。京剧老辈艺人朱洪福向学徒口传身段谱时，特意强调只许用心记，不许拿笔写，更不许传给别人。⑦

---

① 陈非侬口述，伍荣仲、陈泽蕾重编：《粤剧六十年》，中山大学出版社 2007 年版，第 21 页。

② 李惠康：《一代风流尹桂芳》，上海文艺出版社 1995 年版，第 402 页。

③ 红枫：《著名越剧表演艺术家王文娟》，见《戏曲菁英》（下），上海人民出版社 1989 年版，第 67 页。

④ 吕珍珍：《戏曲"口传心授"内涵浅说》，见《戏曲研究》第 87 辑，文化艺术出版社 2013 年版。

⑤ 邹少和：《豫剧考略》，见《豫剧源流考论》，内部资料，1985 年，第 72 页。

⑥ 常香玉：《戏比天大》，中国戏剧出版社 1990 年，第 121 页。

⑦ 钱宝森：《朱洪福与身段谱口诀》，见《京剧丛谈百年录》，中华书局 2011 年版，第 440 页。

另一方面,取决于口头剧本不立文字的特点。在表演剧目的师徒相授中,虽然也有文字抄本,主要还是靠口口相传,包括固定的戏词、剧情以及音乐唱腔等。

为便于教学,老艺人们还创造出一些特殊的符号作为口头传授的辅助手段。以白字戏为例,20 世纪 50 年代以前,文盲的童伶学戏全凭教戏师傅口传心授,音乐唱腔以口授的方式代代相传,很少有完整记录的曲谱。教戏先生在戏目抄本中用几个简单符号作为演唱提示,如"△"或"○"表示唱,"8"表示重复句,"L"表示翘板(即弱拍或后半拍起唱),"\"表示拖腔或散板等。① 早期正字戏亦无曲谱流传,全靠师承。为了记住曲调高低起伏走向,艺人在唱词下方记以各种符号,形成一种传统谱式,后人称为"曲线谱"。如"××"表示唱,"∧"表示翻高,"○"表示走低,":"或"《"表示重复等。② 这类符号形象生动,容易理解,便于记忆,比较适合文盲、半文盲艺人的学习。其中也有艺不外传的用意在里边,一般只有业内人士才知晓符号的含义,一定程度上可以防范外人偷艺。

口头传授并不是技艺传承的唯一方法,有时也会用到文字本子,教戏师傅将抄有谱曲、唱词、身段谱的本子传给学徒,作为口头传授的重要补充。如京剧名丑刘斌昆幼年学艺全靠师傅口传心授,戏词、唱腔、锣鼓点全得死记硬背。在徽班学艺出师时,其师赵桐顺便送了他好几百个戏本子,除单折戏外,还有不少戏的"总讲"(整本戏的唱词、说白、角色及表演提示等)。③ 目前,民间艺人手头亦有不少类似的抄本,用于提纲戏演出所需,抄写的内容包括剧目的表演提纲、各种戏曲套语、固定化的唱段、唱腔音乐等。其中有的是老辈所传,有的是艺人自己的积累,主要还是前者。一方面为防止遗忘,减轻记忆负担,另一方面便于艺人自己习艺、演出,而且能将其传给后人,使艺术薪火相传。显然,艺人们所抄写的往往是他们十分重视、必须传承的内容,也是提纲戏中的主体部分。

口传心授有其固有的局限性。在焦菊隐看来,传统戏班基于口传心授的技术训练方法,是一种应该弃除的极端灌注式的教法。④ 此说不无道理。如果运用不恰当,学徒只是被动接受,这种传艺方式确实容易导致艺人墨守成规、故步自封,尤其当传授者夹带私心的时候,可能使得许多表演绝技失传。口传心授的缺陷还突出表现在只是强调生硬记诵和亦步亦趋的模仿,至于如何让艺人真正理解戏剧的文学与艺术内涵,往往被人忽视。因此,许多人在拜师学艺时甚至根本不懂戏

① 詹双辉:《白字戏研究》,中山大学出版社 2009 年版,第 212—213 页。
② 彭美英:《正字戏》,浙江人民出版社 2009 年版,第 41 页。
③ 方月仿整理:《刘斌昆谈京剧丑角表演》,见《戏曲研究》第 49 辑,文化艺术出版社 1993 年版,第 169 页。
④ 焦菊隐:《旧时的科班》,见《焦菊隐文集》第二卷,文化艺术出版社 1988 年版,第 29 页。

词的含义。梅兰芳回忆:“从前教戏的,只教唱、念、做、打,从来没有听说过有解释词意的一回事。学戏的也只是老师怎么教我就怎么唱。好比猪八戒吃人参果,吃上去也不晓得是什么味儿。”①这种情况很普遍。在旧时,高甲戏艺人大多是文盲或半文盲出身,对文言白一窍不通,同是文盲老师傅就口头传授类似《父生母养》这样的文言白,使学徒熟读,然后再依据文章的内容进行情绪化的读、念、说训练,培养演员的口才、表情以及“文化水平”等。在没有剧本规定台词的幕表戏当中,文言白学得越多,在舞台上即兴发挥的空间就越大,可让观众、同行赞为“饱腹”。② 不少艺人对戏词一知半解,容易导致戏曲传承的变形、走样,产生诸多的讹误。在以前,湖南衡山影戏的艺人以文盲居多,在“盲词”(即兴发挥的唱词)中有不少讹错,师父怎么唱,徒弟就照葫芦画瓢,一代一代往下错,不管谬误。艺人只记字音,不识字形,也无人纠正。如《途中吟》:洒开大步往前走,哪管前途路不平。不觉行至中途路,随口念首古诗文。孔子本是鲁国人,三日无粮困在城(应当为“陈”,即陈国)。坐在床前诗一首(应为作了藏头诗一首),不是才子念不成。路途景致无心看,一心只想奔京城。③ (注:类似例子还有不少,略)有的还因此闹出不少笑料。一位锡剧艺人向笔者介绍其姨妈的舞台轶事:以前老艺人不识字,完全靠死记硬背来记忆赋子、唱词、剧情。后来要求艺人唱剧本戏,问题出来了。一次,剧本中要求姨妈唱“多快好省总路线”,唱成了“多快好省自留地”。因为在老艺人心中,没有“总路线”的概念,完全不知道它的含义。“水电站”唱成“水连台”。唱现代戏,敌人来了要“隐蔽”,老艺人总是唱成“隐瞒”。还有一次姨妈演出《刁刘氏》,丈夫姓刁,妻子刘淑娥,刘氏与情人合伙谋害丈夫,她写情书给情人,其中有“一口六丨寸肠断”诗句,姨妈总是不知道其含义。④ 毋庸讳言,艺人文化素养的普遍偏低,也在很大程度上限制了戏剧品质的提升。当然,这一局面的产生不能全部归责于艺人,它是具体历史条件下的产物。

三、余 论

艺人专业背景、文化水平不同,技艺传习方式亦表现出不小的差异。目前,民间戏剧传承人主要有两类成员。

其一,民间职业与半职业演员。就其从业历程来看,他们一般没有经过现代

---

① 梅兰芳:《舞台生活四十年》,中国戏剧出版社 1961 年版,第 173 页。

② 白勇华、李龙抛:《高甲戏》,浙江人民出版社 2010 年版,第 61 页。

③ 向国政:《衡山地方影子戏》,内部资料,2006 年,第 202 页。

④ 笔者采访锡剧艺人郑双英所得。

的专业的演艺训练,依靠传统的师承关系完成技艺的传习。在这种教学模式下,师傅教授的主要是技能,而不是一种审美的、文化的教育,艺人可能掌握了表演的基本规则、技艺,但未必能真正领略艺术之美,对识字教育的忽视也使得艺人很难理解戏词的文学意蕴。目前,通过这种传统方式完成戏曲教育的民间艺人不占少数,尤其是20世纪三四十年代出生的艺人更是如此。

其二,具有国营专业剧团、艺校背景的艺人。这部分成员有专业剧团退休人员,或者曾在专业剧团(或者艺校)学习或工作过一段时期,后来加入民间剧团表演。以湖北黄梅县"黄梅戏青年艺术剧团"为例①,全团总计17人,专业剧团退休演员2人,年龄在60—70岁之间;曾在各级专业剧团、戏校学习或工作过的演员有3人,年龄在45—60岁之间;"70后""80后"的演员有7人,其中5人毕业于戏校;2人没有任何专业训练背景,负责电子琴和音响效果;5人属于纯粹的民间艺人,年龄在40岁以上。相比之下,这部分演员得到过比较专业的、系统的学习和训练,学习内容除了表演基本功,还有正规的文化课程,如了解一些戏曲常识,熟悉韵脚,编写台词等。

具有专业剧团背景的中老年演员因同时接受了传统和现代的戏曲教育,表演上既具剧本戏的规范性、严谨性,又有提纲戏的灵活性、即兴性,大多是戏班的骨干成员。毕业于戏校的年轻艺人经过专业训练,在舞台实践中逐渐转型,学习即兴演剧的技巧,一段时间后亦能适应无剧本的表演。这批艺人传承戏曲的方法、手段趋于多元化、现代化。他(她)们识文断字,熟悉现代生活方式,因此,技艺传承除了口传心授一途,还能综合运用文学剧本、电子文本以及音像制品来学习表演艺术。譬如,不少年轻演员利用MP3、磁带、光盘、电脑等设施来学习唱段、表演,可以无师自通,习艺更为便捷、高效,并将一些现代的娱乐形式呈现在传统舞台上,如在开演前后播放、表演流行歌曲,或插演一段火爆、时尚的现代舞等。

与此同时,新生代演员在诸多层面与传统的艺术规程渐行渐远,为满足当今观众的娱乐需求,往往追求感官化、娱乐化的表演形式,突出地表现在即兴编词水平的下滑,对传统唱段的陌生,身段表演的生涩、凝滞。例如,按照传统演法,提纲戏常会用到大量的通用老套,而在年轻演员的表演中已不易见到,他们不愿花功夫去背诵这类戏词,满口的白话、水词。当然,观众审美趣味的改变也是重要原因,他们已不耐烦去听那些冗烦的唱段。总之,随着技艺传承人的换代更新,传统戏剧的艺术形态正在悄然变革,必然会极大地影响着戏曲未来的走向和命运。

---

① 2012年9月,笔者在湖北黄梅县的调研。

第二节 “幕表戏”的历史困境及其活动现状

在新中国成立初期,幕表戏这种为底层民众最为熟悉的艺术样式遭遇到了前所未有的生存危机,随着文化政策、社会制度的巨变,“幕表戏”自然状态的发展历程几乎被中断。在当下,“幕表戏”重返舞台,又成为民间戏剧的主要表演手段。在短短的几十年里,它经历了颇为曲折的生死轮回,对这一段历史及其生存现状的阐述,既有助于深入探究“幕表戏”的现代传承史,亦能见出社会变迁对戏曲体制至为重要的影响。

一、“幕表戏”的历史困境

新中国建立伊始,建立导演制被视为改革旧戏曲、建设新戏剧的重要举措,直接危及了“幕表戏”的生存。1950 年,戏曲改进局京剧研究院、新中国实验剧团相继成立,率先采用了导演制。这两大剧团是在新形势下成立的新的演出实验机构,以京剧改革为主要任务。在当时,它们对全国其他剧种、剧团的变革无疑具有一定的示范性和政策引导作用。这年 8 月底,戏曲改进局召开戏曲导演座谈会,与会人员一致认为,建立旧剧的导演制度是当务之急。田汉在会上特别指出:新时期戏曲必须变“看人不看戏”为“看戏不看人”,“凡此是改革戏曲的重要纲目,也是它成功的保障,要做到这样便须建立有效的导演制度”①。1951 年,“戏改”中的“改制”开始触及戏曲艺术体制的改革。1952 年 12 月 26 日,文化部在《关于整顿和加强全国剧团工作的指示》中首次以行政命令的方式明确指令:“戏曲剧团应建立导演制度,以保证其表演艺术上和音乐上逐步的改进和提高。”随后,中央、省以及地、市级的多数剧团先后建立了导演制,配置了专职导演。

众所周知,导演制是西方戏剧理论与实践的产物,在导演制度之下,文学剧本是戏剧演出的前提和基础。“导演是文学剧本的二度创作者”,它最重要的职能是将平面的文学剧本转化为立体的舞台演出。正如焦菊隐所指出的:“剧作家运用文学手段在纸上写出的作品,我们称之为‘文学剧本’。导演把它运用艺术手段在舞台上再度创作出来,它才被确定为‘舞台剧本’。到这时,作家写作的社会意义,

---

① 《如何建立新的导演制度座谈会记录》,载《新戏曲》,1950 年第 1 卷第 2 期。

才算全部完成;戏剧创作实践过程,也才算全部完成。”[①]这种艺术生产模式完全不同于传统戏曲,尤其与“幕表戏”相距甚远。在传统戏班里,演出“幕表戏”并不需要文学剧本,多数情况下是由“说戏人”编制一个剧目的大致框架,具体的念白、唱词则由演员视剧情需要自由发挥。有的采取“攒戏”的方式来排演剧目,其方法主要是“搭架子”,即确定每个演员的上、下场式和舞台调度以及所用的程式身段、锣鼓点子。至于细致的表演,则由演员个人去“叠折儿”(即根据戏情戏理和人物性格去推敲表演)。戏中的武打部分则另由“武行头”去组织编排。[②] 一句话,“幕表戏”先有演出,后有戏剧作品。而在导演制度之下,意味着所有的演出必然是以文学剧本为前提的,以“剧本制”取代“幕表制”。倘若没有剧本,导演就失去了艺术创作的对象。从这个意义上说,幕表制陷入了站在导演制对立面的不利境地。

随着“戏改”的展开,各地剧团纷纷限制、取缔了“幕表戏”。1952 年,广西各剧团“搭桥戏”逐渐减少,开始建立导演制,一些新文艺工作者调入戏曲团体担任编剧或导演工作。[③] 1954 年,河北省在国营剧团、重点民间职业剧团和部分民间职业剧团建立或健全了导演制度。[④] 同年,江西南昌市文教局在各剧团建立了正规的排练制度,逐步改变了过去那种上演剧目没有剧本,由导演说戏,剧团演“条纲戏”和“幕表戏”的做法。[⑤] 浙江是一个“幕表戏”大省,越剧、台州乱弹、滩簧等剧种均以“路头戏”为主要演剧形式。在这一时期,该省全面革新舞台艺术,戏曲专业剧团普遍实行导演制,剧本有了定本,不再演提纲戏和路头戏。[⑥] 总之,全国范围内建立“导演制”与破除“幕表制”几乎是同时展开的,“幕表戏”总体上丧失了演剧制度上的合理性和正当性。

与此同时,“幕表戏”所依存的经济土壤急剧流失。新中国建立后,开展了如火如荼的社会主义改造运动,变生产资料私有制为社会主义公有制。相应的,在戏曲“改制”中,重点变革戏班所有制和废除不合理的规例,将旧时代私人所有的戏班改造为“共和班”。在私有制时代,戏剧的市场化、商品化是应有之义,而演出成本相对低廉、更易适销对路的“幕表戏”往往是戏班非常青睐的演剧方式。尤其

---

① 焦菊隐:《导演 · 作家 · 作品》,见《焦菊隐戏剧论文集》,上海文艺出版社 1979 年版,第 6 页。

② 张庚:《当代中国戏曲》,当代中国出版社 1994 年版,第 352 页。

③ 中国戏曲志编辑委员会:《中国戏曲志 · 广西卷》,中国 ISBN 中心,2000 年,第 21 页。

④ 中国戏曲志编辑委员会:《河北省第一届戏曲观摩演出大会工作报告》,见《中国戏曲志 · 河北卷》,中国 ISBN 中心,2000 年,第 725 页。

⑤ 万里鹏:《回忆南昌市的戏剧工作》,江西省文化厅、江西省老年文艺家协会:《江西文艺史料》第十一辑,1991 年,第 181 页。

⑥ 中国戏曲志编辑委员会:《中国戏曲志 · 浙江卷》,中国 ISBN 中心,2000 年,第 28 页。

是连台本"幕表戏",经常因其火爆的上座率而被视为抢占市场的"拳头产品"。

视艺术为商品、以演出来牟利的资本主义经营方式无疑与新社会的基本价值诉求背道而驰,那些坚持上演商业色彩浓郁"幕表戏"的剧团受到严厉批评。1952年6月,中南区在武汉举行戏曲观摩演出,在老艺人座谈会上,粤剧演员反映:资本家所经营的剧团只知道营利,新中国成立后编了一千七百多出戏,光怪离奇,迎合小市民的低级趣味,他们编一曲戏只演上三五天又换新的。① 问题暴露后,粤剧受到大会的点名批评,成为戏曲商品化的反面典型。能在如此短暂的时间内上演近两千出新戏,且每个戏只演三五天,当然绝大多数是"幕表戏"。受到批评的还有湖南的剧团,如衡阳上演神怪连台戏,长沙各剧院经中央、中南文化部通报批评以后,仍普遍上演连台搭桥戏及淫荡神怪节目,如《周武革命》(即《封神榜》)、《吕洞宾》《天宝图》《齐天大侠》以及《十美图》等。②

随后不久,周扬公开指责粤剧"丧失了自己原有的民族传统,而染上商业化、买办化的恶劣风气,把艺术变成商品,竞尚新奇,迎合小市民的落后趣味,将艺术引导到堕落的道路。……剧本创作粗制滥造,追求离奇的情节,每个剧目中都要凑足六个主角同时登场,并不适当地以奇异服装相炫耀,这一切不但不是艺术,而且恰恰是破坏艺术。"③20世纪二三十年代以来,粤剧新编剧本大多属于"提纲戏",编剧者按照戏班"六柱制"(即戏班六个主演)来"度桥写戏"(编排剧情),演员根据剧情即兴表演,俗称"爆肚""撞戏"。粤剧走的是典型的商业化路子,频繁上演新剧,经常模仿、改编欧美商业电影,以离奇的故事情节、台上"噱头"以及服装布景等来吸引观众,应对激烈的市场竞争。

平心而论,粤剧这种舞台风格确实与戏曲的民族传统相距甚远,更不符合20世纪50年代初期文艺高层所希望倡导的艺术纯粹性与戏剧整体化的要求。在随后的整改工作中,广东戏剧界把澄清剧目乱象、革新舞台艺术作为工作重心。1953年6月,广东省、广州市戏改会召开粤剧剧团代表会议,反省1950年以来粤剧剧目存在的问题:舞台上一千七百多个不同剧名的剧目中,许多剧目内容相同而剧名不同;不少剧团日夜换新戏,粗制滥造;剧目内容杂乱荒芜。会议决定把粤

① 《中南地区老艺人座谈会记录》,见中南军政委员会文化部编:《进一步贯彻"百花齐放,推陈出新"的方针——中南地区第一届戏曲观摩会演大会专集》,中南人民文学艺术出版社1953年版,第84页。

② 《中南地区老艺人座谈会记录》,见中南军政委员会文化部编:《进一步贯彻"百花齐放,推陈出新"的方针——中南地区第一届戏曲观摩会演大会专集》,中南人民文学艺术出版社1953年版,第152页。

③ 周扬:《改革和发展民族戏曲艺术——1952年11月14日在第一届全国戏曲观摩演出大会上的总结报告》,见《周扬文集》第二卷,人民文学出版1985年版,第173页。

剧剧目小组提出的二百八十个长短剧目，作为各剧团选择上演的剧目。① 1952年，湖南亦根据本省的实际情况，在剧目工作上批判了专搞搭桥戏、追求机关布景、粗制滥造的资本主义的单纯营利观点。②

“幕表戏”在遭到制度性挤压的同时，又因其异常丰厚的剧目资源而备受关注。新文艺工作者们迫切希望抢救文化遗产，记录、整理流散民间的口头剧本，使之服务于新戏剧的建设。早在1948年，《人民日报》发表的《有计划有步骤地进行旧剧改革工作》中便提出：“各种地方戏的剧目是很多的，应当有计划有组织地加以搜集。这些戏许多是口头传授的，保留在旧剧人的脑子里，应当把它们记录下来，加以研究、审定与修改。这部分遗产的发掘，对于改革与建设中国民族的新歌剧，将是极为珍贵的。”1951年，《政务院关于戏曲改革工作的指示》再次强调：“应广泛搜集、记录、刊行地方戏、民间小戏的新旧剧本，以供研究改进。”这一政策在全国得到了较好的执行，并充分考虑到了剧本口述者的权益。

口头剧本的记录和整理无疑是一项意义重大的文化工作，它使得不少散佚民间的优秀剧目得以传世。然而，人们可能没有意识到，在获得大量剧目遗产的同时，一定程度上也损害了戏曲的生命活力，挤压了“幕表戏”的生存空间。因为，“幕表戏”以文学形态定格后，民间戏班往往易于将文字剧本视为剧目的权威文本，并以此为演出依据，从而可能放弃即兴式的演剧方式。更重要的是，口头文本转化为书面文本之后，意味着演员口中活态的戏词变成了僵死的文字，即兴表演原本具有的艺术活力将戛然而止，戏剧发展的无限变数就此中断。问题还不止于此。一个“幕表戏”剧目通常具有多种舞台版本，每次演出均可能有新的创造，正所谓“十戏九不同”；整理者所记录书写的其实只是某次特定的演出，难以体现戏剧的整体风貌，甚至遗漏掉表演中某些精华部分，其结果是“收获了一棵树而失去了大片森林”。

理性来看，这场大规模、有组织的剧目发掘工作对中国戏曲史的影响并非没有值得反思的地方，至少对“幕表戏”带来了不容小觑的冲击。某些口头剧本与其使之案头化，不如维持其原生态，这样，也许更能见出民间戏剧的生命本真。

“幕表戏”还面临着“剧本戏”新的挑战。毋庸讳言，即兴式戏剧的艺术瑕疵和局限性与其优长一样明显，无论是表演上的规范性还是其文学性，在很多情况下要逊于定本定腔的“剧本戏”。从新中国建立后的戏曲格局来看，民间口头形态的剧目经过优秀剧作家整理、加工为文学剧本后，迅速在舞台上脱颖而出，并形成

① 中国戏曲志编辑委员会：《中国戏曲志·广东卷》，中国ISBN中心，1993年，第25页。

② 中国戏曲志编辑委员会：《中国戏曲志·湖南卷》，文化艺术出版社1990年版，第704页。

后发优势，使得前剧本时代的艺术呈现相形见绌，深化了“幕表戏”的舞台危机。越剧传统戏《梁山伯与祝英台》是当时剧目挖掘、改编的卓越成果。早在越剧“小歌班”时代，便以“路头戏”的形式演出《十八相送》《楼台会》等，唱词、场次均不固定。1945 年，经过雪声剧团南薇、吕仲等编导修改和整理，剧本结构比较完整的《梁祝哀史》产生了。1951 年，徐进根据袁雪芬、范瑞娟的口述剧本，重新执笔整理、改编为《梁山伯与祝英台》，由黄沙导演，华东越剧实验剧团上演此剧。改编重排后的《梁山伯与祝英台》结构完整，艺术感染力大为增强，由范瑞娟、傅全香在第一次全国戏曲观摩演出大会上联袂演出，获得了极大成功。《梁山伯与祝英台》之所以大放异彩，除了历代表演名家的不断锤炼外，南薇、徐进等剧作家功不可没。其他如花鼓戏《刘海砍樵》、川剧《柳荫记》等均是 20 世纪 50 年代初期在新文艺工作者的直接参与下由“幕表戏”整理、改编而成的。总体而言，它们的艺术质量要优于早前的口头剧本。这些优秀传统剧目在各级戏曲会演中展演后，被视为成功的范例而加以推广，加速了中国传统戏剧演出“定本时代”的来临。

然而，对“幕表戏”自在状态的人为改变，并不像想象中的那么迅速、有效。相关资料表明，“戏改”运动之后，“幕表戏”在一定范围内依旧活跃于舞台之上，尤其在广大基层剧团还颇为盛行。这有几个方面的原因。首先，当时的民间艺人仍然以文盲、半文盲居多，不少人习惯了“幕表制”，难以遽然改易演剧方式。尽管新政权致力于提高艺人的文化水平，开办各种学习培训班，但要在较短的时间内使这部分艺人的文字能力达到演出、编写文学剧本的水准，显然比较困难。其次，观众对“幕表戏”的消费需求并未消失。一些地方在“禁戏”过程中产生了严重偏差，旧戏不能演，新戏无人帮助改编，致使不少剧团出现“剧本荒”。艺人只得自己动手编剧，以“幕表戏”来满足市场需求。以云南为例，直至 20 世纪 50 年代后期，戏曲舞台上《封神榜》《猪八戒招亲》等连台大本的“条纲戏”还占有着相当大的比重。① 正因为“幕表戏”颇受民众喜爱，符合他们的欣赏趣味，戏班一直将其作为比较理想的赢利手段，这也是它在制度夹缝中得以残存的重要原因。

1956 年以后，传统剧目逐步放开，“幕表戏”的处境开始好转，表现在戏曲表演界、理论界开始对其采取比较宽容的态度。1957 年 4 月，第二次全国戏曲剧目工作会议召开，文化部副部长刘芝明作了题为《大胆放手，开放戏曲剧目》的大会总结发言，提出要“大放手”，进一步开放剧目，让“鲜花与毒草展开竞赛”，正面提出了要正确对待“连台本戏”“幕表戏”的问题，认为“这也是花，应允许它们存在。

---

① 云南省文化局：《云南省第一次戏曲观摩演出计划（草案）》，见《戏曲志·云南卷》，中国 ISBN 中心，2000 年，第 664 页。

对它们的缺点应该帮助他们提高,而且要以好的代替它。剧作者也应考虑采用这个传统形式。"①会议清晰地释放出一个信息:"幕表戏"不应该一棍子打死。

在上述背景下,这一年里,人们开始公开探讨它的优缺点、发展前景以及如何改造、利用这种演剧方式。《戏剧报》发表署名文章《关于提纲戏》,针对剧目开放以后各地大批上演"提纲戏"的状况,提出"需要研究一下,'提纲戏'应该永远是'提纲戏'吗?"作者在分析了它的若干局限后,得出结论:"'提纲戏'逐步转变为'剧本戏',是发展的必然趋势。"②应该说,该文的分析总体较为客观,至于"提纲戏"是否一定会演变为"剧本戏",还值得商榷。1957 年 8 月,《湖南文化报》编辑部召开专题座谈会,探讨如何正确对待连台戏、搭桥戏的问题。与会人员一方面肯定了"连台戏""搭桥戏"的优长,如故事完整、明白易懂、具有较高的市场号召力,能激发演员的创造力、加强年青演员的艺术锻炼等。另一方面,也分析了其缺点:容易使青壮年演员荒废表演基本功,分散挖掘整理传统剧目的精力,个别剧目拖沓冗长。认为改造"搭桥戏"不能离开"继承戏曲遗产,提高演出质量"的指导方针,有的艺人提出"搭桥戏"应"剧本化",或者用幻灯来固定台词。③ 此次会议尽管不太受人关注,但是,从中可见当时戏剧界对"幕表戏"颇为复杂、微妙的心态。艺人们既小心翼翼地表达了"幕表戏"具有创造较高票房收益的好处,又害怕触犯当时较为严厉的文化政策而虚与委蛇。针对前一种思想,这次会议的主持人阎金锷后来撰文提出批评:"许多剧团上演'搭桥戏'的目的是不明确的,若说明确的话,那就是为资产阶级个人主义服务。"同时强调:选择题材要慎重,要有中心思想。好的演出要记下来,使之"由水变铁"。④

总之,20 世纪 50 年代后期,对"幕表戏"形式上的批评已趋于缓和,"剧本化"依旧是许多人所希望发展的方向,同时力图在题材内容、思想主题等层面来规束它。当然,并不是所有的人对"幕表戏"采取比较理性的态度。1957 年 8 月,欧阳予倩撰写《谈幕表戏》一文,逐一批驳了"幕表戏"可以迅速反映现实、对话自然、帮助作者丰富戏剧内容等看法,声称把"幕表戏""作为一种创作方法,我根本不能理解",认为"舞台上的事情,主要是靠演员来完成的,但是绝不能没有剧本,没有

① 刘芝明:《大胆放手开放戏曲剧目——在第二次全国戏曲剧目工作会议的总结发言》,载《戏剧报》,1957 年第 9 期。

② 黄文虎:《关于提纲戏》,载《戏剧报》,1957 年第 3 期。

③ 《湖南文化报》编辑部:《应该怎样正确对待连台戏、搭桥戏?》,载《湖南文化报》,1957 年第 9 期。

④ 阎金锷:《关于上演搭桥戏问题》,载《新苗》,1958 年第 1 期。

剧本就没有依据"①。尽管这里主要是针对文明戏而言,无疑也适用于戏曲。

二、"幕表戏"的活动现状

从1977年至1979年,我国戏曲进入恢复期。与"幕表戏"命运攸关的生存条件有两个方面的转变:一是传统戏逐渐恢复上演,二是曾被撤销的剧团纷纷重建,民间剧团大量涌现。以江苏为例,至1979年年底,已有22个剧种的155个剧团活跃在全省各地。这一年上半年演出传统戏327个,而现代戏只有22个。全省"民间剧团"(或"演唱小组")约60个,艺人2243人,绝大多数是自发组成的。② 江苏省的情况可说是当时全国的缩影。

1980年7月,全国戏曲剧目工作座谈会召开,加速了戏曲的复苏。20世纪80年代初,除了国营专业剧团,业余、半业余剧团迅速发展,城乡戏曲相当活跃,"幕表戏"随之重返民间舞台。据不完全统计,仅湖北即有三千多个半职业、业余剧团。上演剧目大多为传统戏,连台本戏亦日渐增多。很多剧团在"等米下锅"的情况下,剧目未加整理或稍加整理、排练就上演。不少半职业剧团热衷于翻老箱底,唱活词,拼凑情节。③ 至80年代后期,"幕表戏"差不多已完全走出此前的政策阴影。洛地先生曾提到,截至1988年9月,浙江各地都有很多职业、半职业性的路头戏班、半路头戏班在演出,仅缙云县便有职业路头戏班二十余副。④ 虽然我们还没有全国范围内的统计数据说明整个80年代到底有多少戏班在表演"幕表戏",但可以肯定,大多数剧种已恢复了这种演剧方式。

目前,据笔者目力所及,依然有数十个剧种在沿袭这一古老的表演传统,如锡剧、越剧、正字戏、白字戏、高甲戏、琼剧、粤剧、黄梅戏、辰河戏、牛娘戏等,此外还大量存在于陕西、河南、山东、湖南、湖北、广东、福建等地的影戏、傀儡戏之中。

演出"幕表戏"的绝大多数是民营戏班。除了豫南、湖北、湖南一些影戏班子之外,一般兼演"幕表戏"和"剧本戏",而前者往往是最主要的演剧方式。以笔者考察过的戏班为例,溆浦辰河剧院一年演出360余场,"搭桥戏"占90%以上;湖南衡阳影戏、湘潭影戏同样较少演出铁本戏。类似情况亦存在于苏南锡剧、浙江越

---

① 欧阳予倩:《谈幕表戏》,见《欧阳予倩戏剧论文集》,上海文艺出版社1984年版,第136、137页。

② 梁冰:《解放思想　立志改革》,见中国戏剧家协会研究室编:《戏曲剧目工作座谈会文集》,中国戏剧出版社1982年版,第52—55页。

③ 《传统剧目工作座谈会纪要》,见《中国戏曲志·湖北卷》,文化艺术出版社1993年版,第635页。

④ 洛地:《戏曲与浙江》,浙江人民出版社1991年版,第329—330页。

剧戏班中。从各地考察情况看,民间戏班只有在比较特殊的场合才上演“剧本戏”,诸如参加政府组织的会演、“申遗”,以及各类示范性、汇报性表演。当然,也有应观众点戏要求而演出剧本戏的。

为何经过20世纪五六十年代政府强力的限制、改造后,“幕表戏”依然是当今民间戏班至关重要的演剧方式?除了剧种传统使然之外,在笔者看来,至少有这么一些重要原因。首先,是由观众的消费需求所决定的。相比于对剧本戏精湛表演技艺的鉴赏,普通观众更愿意欣赏长于演述故事的“提纲戏”,尤其是鸿篇巨制式的连台本戏,诸如历史演义、公案传奇、烟粉灵怪等题材的剧目一直深受民众的欢迎。其次,戏班为节约演出开支,更乐意编排费用低廉的“幕表戏”,其成本甚至可以忽略不计。以溆浦辰河高腔班为例,“扯条纲的”(编剧)只需一二十分钟就可编成一出戏的“幕表”,为此他可额外获得一元钱的报酬。而上演新的剧本戏所要投入的资金显然要大大高于“幕表戏”,如支付演员的工资,添置服装道具、布景以及购买剧本等均代价不菲。再次,“幕表戏”剧目更新速度快,市场适应性强。一本戏如果卖座,戏班会反复上演或推出剧目的“续集”,有的连台本戏少则演出三五天,多则数月。其实,即便戏班需要演出剧本戏,他们也很难获得合适的本子。如果说在五六十年代还有文艺干部帮助艺人们改编、创作新戏,目前,处于自生自灭状态的民间戏班已无人关注其新的“剧本荒”。即使有现成的剧本,艺人们还是不太愿意演。在他们看来,演唱固定剧本需要熟记台词,唱工相对繁重,一板一腔、一招一式均有定规,对演技的要求较高,相较于即兴发挥,艺人付出的工作量和面临的舞台压力明显大得多。这也是民间戏班青睐“幕表戏”的重要动因。

当下“幕表戏”的演出形态出现了一些值得关注的变化。这种变化首先体现在某些传统演技大量失传,演出水准趋于下降。尽管这是民间戏剧整体趋势,但在“幕表戏”中表现得尤为突出。以锡剧为例,“赋子”是传统锡剧戏词最为重要的戏剧构成要素,艺人记诵的“赋子”越多,临场“编词”的水平越高;同时,它也是老一代观众欣赏的主要对象之一。而实际上,目前锡剧草台班的艺人已不太经常使用它们。其中一个重要原因是年青一代艺人日趋浮躁,疏于表演基本功的锤炼,不愿花功夫去记诵那些繁杂的词篇。“赋子”逐渐淡出舞台,令人担忧该剧种能否继续维持其固有的神韵和风采,至少,戏剧的文学性要大打折扣。这种情形不同程度地出现在越剧、豫南影戏、湖北影戏、黄梅戏等剧种中。与此类似,“幕表戏”音乐唱腔的流失也比较突出。在即兴表演中,艺人习惯于选择那些易于临时“装词”的基本唱腔,而避免使用演唱难度较大、生僻尖新的曲调。如辰河高腔曲牌约有四五百支,目前已挖掘出两百多支,但在“搭桥戏”中听到的不过十来种,有的艺人甚至只会唱一支“汉腔”。鄂东黄梅戏“水戏”使用最多的唱腔是“花腔”

“平词”,其他腔调如“二行”“阴司腔”“送行曲”“打彩调”等则运用较少。可以预见,越来越多的传统唱腔将会成为“广陵散”。

“幕表戏”艺术水准的下降还表现在很多方面,诸如艺人即兴编词能力趋低,能戏减少,某些表演“绝活”的消失等。上述现象的出现与部分演员“童子功”的缺乏有很大关系。尤其在新一代艺人身上表现得尤为显著,他们大多没有国营专业剧团的从艺背景,亦无传统“科班式”的严格训练,便匆忙登台献艺。从学艺程序来看,演员一般先得通过演出“剧本戏”来掌握基本演技,熟悉若干出传统老戏的唱词、曲调以及身段动作,或者现场观摩足够多的“幕表戏”并辅之以一定的舞台实践,才能胜任出口成章、见轴转舵式的即兴演出。很多中青年艺人显然缺少必要的专业历练。当然,我们这里并非意在责难民间艺人,值得深思的是当下需要建立一种什么样的机制来激励他们自觉地传承和提高台上技艺。

“幕表戏”的演出程序也有变化。在传统老戏班里,戏剧“幕表”编好后,要张贴于后台,供艺人了解剧情和上下场次、明了各自表演任务。目前,戏班已经很少张贴“幕表”,大多将其书写在戏班公用的记录本上,供演员们上台前翻阅。有的艺人则自己抄录表演条纲,供平时查看。事实上,经常上演的剧目已经不需要“幕表”,戏早已烂熟于心,至多由“说戏人”说说戏。上述变异似乎微不足道,其实透露出艺人对传统规程的漫不经心。“幕表”是整个戏剧演出的纲要,具有全盘统筹、协调各艺人演出行为的作用,它的退隐幕后意味着戏剧的整一性趋于弱化,表演的随意性增大。当然,并不是所有的剧种均需要公开张贴“幕表”,如在影戏演出中,戏班规模小,往往只有一两位主唱的演员,演出协调上的难度相对要小。

图39　豫南盛行“愿影”,图为桐柏影戏艺人在演出前主持请神仪式(笔者摄于2005年7月)

又一个新动向是,物质手段的现代化引发了“幕表戏”的剧本化。民间艺人为应对强势娱乐形式的冲击,期待以电子手段来维持日渐萎缩的演出市场。为解决新一代观众听不懂唱词的问题,不少剧团购置了字幕机。按理说,剧无定本的即兴表演是很难以字幕的形式固定唱词的。出于对专业剧团剧本戏的推崇,一些剧团将演员即兴吐出的词句记录下来,演出时打上字幕,形成所谓的“剧本戏”;或者采取“扒碟”的办法,把别的剧种的戏完整地从电视、碟片上“扒”下来,写成剧本,排戏上演。① 值得警惕的是,这种做法尽管一定程度上顺应了市场需求,对于演剧体制自身却是一种伤害和倒退。因为临场发挥原本就是“幕表戏”的特长,一旦当场公示唱词,演员必须严格依照字幕演唱,不能随意增减戏词或者出错,结果艺人们不得不“戴着镣铐跳舞”,大大缩小了即兴创作的余地。

“幕表戏”剧目以传统故事为主,尤以历史演义、公案传奇、家庭伦理、才子佳人、神仙道化等方面的题材居多,真正的现代戏微乎其微。剧目来源有两大途径:一是历代艺人口耳传授。这些戏长期流传于艺人口头,虽然大多没有文字剧本,但基本上已形成了比较稳定的演出套路,一些关键性的唱词也已固定,形成所谓的“骨子老戏”“肉子戏”;另一类剧目则来自当前艺人的新创,通过改编、移植传统小说、曲艺、民间传说以及其他剧种的剧目来编排新剧。

图40　湖南溆浦辰河戏剧院开办的梨园茶厅。观众大多是老人,门票2元,免费提供茶水、麻将桌、牌桌(笔者摄于湖南溆浦县辰河戏剧院)

“幕表戏”无论是作为一种戏剧表演体制还是剧目创作方法,似乎与其特定的表演场合没有太多的关联,但在某些情况下恰恰是其生存空间决定了这种演出方式存在的必然性。民间演戏名目繁多,或偏重于对戏剧的仪式性诉求,为酬神还愿、禳斋祈福、婚丧嫁娶等而请戏;或出于纯粹的娱乐需要而看戏,如茶馆戏院、街头广场、旅游景点等场合的表演。不少地方还盛行剪彩戏、开业戏、庆典戏等具有商业广告目的的戏剧活动。上述诸多演戏场合中,趋向于选择“幕表戏”的以茶馆戏院、街头广场的娱乐性表演居多。在当下,尽管影视、歌舞、网络等现代娱乐方式是大部分人的消费首选,但依然有为数不少的民众愿意欣赏传统戏剧,尤其是老年人。戏剧茶馆便是这些观众乐于消闲看戏的场所。以影戏

① 沈勇:《来自民间的声音——浙江地区路头戏现状调研》,见《戏曲研究》第85辑,文化艺术出版社2012年版。

为例，自20世纪90年代以来，湖北仙桃、云梦、天门、安陆等地悄然兴起不少影戏茶馆。尤以云梦县为盛，较为典型的如该县的梦泽影戏馆、云台影戏馆等。其经营特点是：顾客只需交纳一定茶水费，看戏免费；茶馆内还免费提供麻将、纸牌、录像等娱乐设施；有的还兼营食宿、小吃等。坐馆演戏的艺人常演历史戏，故事题材从殷周时代一直演至清朝，几乎每天上演新剧，剧目在三四年之内不会重复。① 溆浦县辰河戏剧院所属的梨园茶厅与此类似。1997年，该剧团体制改革，人员分流，部分职员开办了这家茶厅。他们以演连台本“搭桥戏”为主，每年演出三百多场次，一个剧目可演十几天甚至几个月，如2011年新编剧目《赵家天子杨家将》持续演出四个多月。茶馆的顾客绝大多数是有余闲的老人，且以回头客为主，有的老人甚至常年待在茶馆里，非常熟悉戏班的“家底”。显然，要满足这些观众的看戏需求，有限的几个表演节目无疑留不住客人，剧团每天必须花样翻新，不断推出新作，以牢牢拴住观众的心。

图41　图为湖北仙桃市张沟镇皮影茶馆（中山大学中国非物质文化遗产研究中心提供）

图42　江苏常州、江阴等地一般由当地私企老板赞助，演出广场戏（笔者摄于江苏江阴市）

---

① 郑劭荣：《中国影戏特征及其姊妹艺术》，大象出版社2010年版，第147页。

图43 “家谱戏”也是目前苏南锡剧的重要活动方式(本资料为徐玉春先生提供)

以娱乐为目的的街头广场演出同样需要“日日出新”。傅谨先生在20世纪90年代考察浙江台州民间戏班时曾谈到:为了使每次演出都能让观众看到尽可能多的剧目,应对观众随时提出的点戏要求,戏班到每个台基,一出戏永远是只能表演一场的,每天演出的剧目都不能重复。① 目前,这种情形在浙江其他地区以及苏南锡剧草台班中依然如此。因此,戏班需要拥有几十上百个乃至数百的剧目才能应付演出,这是目前任何一个上演“剧本戏”的剧团所难以完成的任务。需要提一句,从理论上说戏班的每一个剧目均有演出的机会,但实际上,真正常演的只是其中一部分。因为戏班经常会变换不同的台基,一出戏可在不同台基重复上演,尤其是那些为观众所喜爱的经典剧目,上演的频次更高。而且,在很多情况下,除了观众点戏,往往是艺人推荐或干脆自行决定剧目,而戏班更倾向于表演他们擅长的看家戏、经典戏,这样就大大缩小了剧目范围。因此,我们看到,苏南锡剧草台班戏单上的剧目并没有想象中的那么多,应景式的戏剧更少。

三、小结

综上所述,新中国成立以后很长一段时间内,戏曲“幕表戏”随着文化、经济、社会体制的变革而举步维艰,臻于式微,这种变化无疑不是戏曲自然演变的结果。新中国建立后,文化领域百废待兴,急于重建戏曲的艺术大厦,将其改造成为符合主流意识形态的艺术样式,这原本无可厚非。问题在于,其指导思想不是基于戏曲固有的艺术传统,而是希望通过引进外来理论来变革其传承上千年的艺术营造方式。这不仅有悖戏曲创作的群体性,而且没有充分考虑到戏曲从业人员的文化素养、民间戏班的活动特征以及民众的娱乐需求。

“幕表戏”是极具草根性的艺术言说方式,也极能体现一个时代的民智和价值

① 傅谨:《草根的力量——台州戏班的田野调查与研究》,广西人民出版社2001年版,第239—240页。

观。从某种意义上说,禁锢“幕表戏”是对民间话语权的一种剥夺。任何艺术均有其内在的发展规律,人为干预戏曲进程的努力同样将事与愿违。所以,尽管文化主管部门一再批评、压制,但它始终潜藏于民间,屡禁不绝。

一旦外在的文化生态趋于改善,“幕表戏”的复苏、兴盛是必然的。改革开放之后,随着民间戏班的重新出现,它又成为最常见的戏剧形式。当然,这种回归不是简单的历史还原,事实上也很难还原。受制于现代文化空间的“幕表戏”,无论是艺术质量、戏剧形态还是活动方式都必然发生新的变化,形成新的艺术规范和文化传统。当今幕表戏默默活在民间,虽然享受不到新中国成立初期那种关注,这对它也许是一件幸事。在笔者看来,让其拥有自由发展的空间就是对底层民众艺术最大的尊重和最好的呵护。

主要引用文献

一、典籍

(汉)司马迁:《史记》,中华书局 1982 年版。

(唐)段安节:《乐府杂录》,中华书局 1985 年版。

(五代)刘崇远:《金华子杂编》,四库全书本。

(宋)欧阳修:《新五代史》,中华书局 1974 年版。

(宋)高承撰、李果订:《事物纪原》,中华书局 1985 年版。

(宋)马令:《南唐书》,中华书局 1985 年版。

(宋)杨亿口述,李裕民辑校:《杨文公谈苑》,上海古籍出版社 1993 年版。

(宋)张世南:《游宦纪闻》,中华书局 1981 年版。

(宋)吴曾:《能改斋漫录》,上海古籍出版社 1979 年版。

(宋)文莹:《湘山野录》,中华书局 1984 年版。

(宋)洪迈:《夷坚志》,中华书局 1981 年版。

(宋)吴自牧等:《东京梦华录》"外四种",上海古典文学出版社 1958 年版。

(元)马端临:《文献通考》,中华书局 1986 年版。

(明)冯梦龙:《古今谭概》,天津古籍出版社 1995 年版。

(明)张岱:《陶庵梦忆》,中华书局 1985 年版。

(明)陆粲、顾起元著,谭棣华、陈稼禾点校:《庚巳编·客座赘语》,中华书局 1987 年版。

(明)冯梦龙著,魏同贤主编:《冯梦龙全集》,上海古籍出版社 1993 年版。

(明)都穆:《都公谭纂》,中华书局 1985 年版。

(清)昭梿:《啸亭杂录》,中华书局 1980 年版。

(清)俞洵庆:《荷廊笔记》,国家图书馆藏本。

(清)徐珂:《清稗类钞》,中华书局 2010 年版。

二、专著

蒋伯潜:《小说与戏剧》,世界书局 1947 年版。

孙楷第:《也是园古今杂剧考》,上杂出版社 1953 年版。

胡忌:《宋金杂剧考》,古典文学出版社 1957 年版。

姚水娟等:《越剧演员谈表演》,东海文艺出版社1957年版。

王重民、周一良:《敦煌变文集》,人民文学出版社1957年版。

王国维:《王国维戏曲论文集》,中国戏剧出版社1957年版。

青木正儿著、王古鲁译:《中国近世戏曲史》,作家出版社1958年版。

阿英:《晚清文学丛钞》,中华书局1960年版。

梅兰芳述,许姬传记:《舞台生活四十年》,中国戏剧出版社1961年版。

隋树森:《全元散曲》,中华书局1964年版。

鲁迅:《中国小说史略》,人民文学出版社1976年版。

冯沅君:《冯沅君古典文学论文集》,山东人民出版社1980年版。

胡士莹:《话本小说概论》,中华书局1980年版。

新凤霞:《新凤霞回忆录》,百花文艺出版社1980年版。

徐沁君:《新校元刊杂剧三十种》,中华书局1980年版。

徐扶明:《元代杂剧艺术》,上海文艺出版社1981年版。

萧长华述、钮骠记:《萧长华戏曲谈丛》,中国戏剧出版社1980年版。

亢宏编著:《云南戏曲音韵》,云南人民出版社1980年版。

[英]马丁·艾思林:《戏剧剖析》,中国戏剧出版社1981年版。

任二北:《优语集》,上海文艺出版社1981年版。

周绍良、白化文编:《敦煌变文论文集》,上海古籍出版社1982年版。

李洪春述、刘松岩整理:《京剧长谈》,中国戏剧出版社1982年版。

周信芳:《周信芳文集》,中国戏剧出版社1982年版。

蒋星煜:《中国戏曲史钩沉》,中州书画社1982年版。

嵊县文化局越剧发展史编写组:《早期越剧发展史》,浙江人民出版社1983年版。

[日]河竹登志夫:《戏剧概论》,中国戏剧出版社1983年版。

任半塘:《唐戏弄》,上海古籍出版社1984年版。

欧阳予倩:《欧阳予倩戏剧论文集》,上海文艺出版社1984年版。

陆洪非:《黄梅戏源流》,安徽文艺出版社1985年版。

唐文标:《中国古代戏剧史》,中国戏剧出版社1985年版。

韩德英、赵再生选编:《豫剧源流考论》,中国民族音乐集成河南省编辑办公室,内部资料,1985年。

焦菊隐:《焦菊隐戏剧散论》,中国戏剧出版社1985年版。

路工编:《梁祝故事说唱集》,上海古籍出版社1985年版。

顾乐真:《戏曲唱词浅谈》,中国戏剧出版社1986年版。

徐扶明:《元明清戏曲探索》,浙江古籍出版社1986年版。

傅璇琮主编:《唐才子传校笺》,中华书局1987年版。

周传瑛口述、洛地整理:《昆剧生涯六十年》,上海文艺出版社1988年版。

赖伯疆、黄镜明:《粤剧史》,中国戏剧出版社1988年版。

郭秉箴:《粤剧艺术论》,中国戏剧出版社 1988 年版。
蔡定国:《彩调艺术研究》,广西人民出版社 1988 年版。
陈守仁:《香港粤剧研究》,广角镜出版社有限公司 1988 年版。
周良:《苏州评弹艺术初探》,中国曲艺出版社 1988 年版。
宁希元:《元刊杂剧三十种新校》,兰州大学出版社 1988 年版。
齐如山:《齐如山回忆录》,宝文堂书店出版 1989 年版。
马紫晨:《河南戏曲史论文集》,中州古籍出版社 1989 年版。
马紫晨:《戏串》,中国戏曲志河南卷编辑委员会,内部资料,1989 年。
张紫晨:《中国民间小戏》,浙江教育出版社 1989 年版。
常香玉口述,张黎至、陈小玉等整理:《常香玉回忆录——戏比天大》,中国戏剧出版社 1990 年版。
韦苇、向凡:《壮剧艺术研究》,广西人民出版社 1990 年版。
钮骠:《萧长华艺术评论集》,中国戏剧出版社 1990 年版。
王季思:《王季思学术论著自选集》,北京师范学院出版社 1991 年版。
曾永义:《中国古典戏剧的认识与欣赏》,正中书局 1991 年版。
路应昆:《中国戏曲与社会诸色》,吉林教育出版社 1992 年版。
张继舜:《落地唱书》,浙江文艺出版社 1992 年版。
徐朔方:《徐朔方集》,浙江古籍出版社 1993 年版。
赖伯疆:《薛觉先艺苑春秋》,上海文艺出版社 1993 年版。
黎键:《香港粤剧口述史》,三联书店(香港)有限公司 1993 年版。
汪景寿:《说唱:乡土艺术的奇葩》,北京大学出版社 1994 年版。
张庚主编:《当代中国戏曲》,当代中国出版社 1994 年版。
石昌渝:《中国小说源流论》,生活·读书·新知三联书店 1994 年版。
周光培:《历代笔记小说集成》,河北教育出版社 1995 年版。
周育德:《中国戏曲文化》,中国友谊出版公司 1995 年版。
孙崇涛、徐宏图:《戏曲优伶史》,文化艺术出版社 1995 年版。
陈守仁:《仪式、信仰、演剧:神功粤剧在香港》,香港中文大学粤剧研究计划,1996 年。
李昌集:《中国古代曲学史》,华东师范大学出版社 1997 年版。
赵康太:《琼剧文化论》,中国戏剧出版社 1998 年版。
北京市艺术研究所、上海艺术研究所:《中国京剧史》,中国戏剧出版社 1999 年版。
洛地:《说破·虚假·团圆——中国民族戏剧艺术表现》,吉林美术出版社 1999 年版。
韩德英、杨扬、杨健民:《中国豫剧》,河南人民出版社 1999 年版。
程毅中:《宋元小说研究》,江苏古籍出版社 1999 年版。
施德玉:《中国地方小戏之研究》,(台湾)学海出版社 1999 年版。
王兆乾:《在假面的背后——安徽贵池傩文化研究》,安徽大学出版社 2000 年版。
郑振铎:《郑振铎说俗文学》,上海古籍出版社 2000 年版。

王胜华:《云南民族戏剧论》,云南大学出版社2000年版。
孙崇涛、黄仕忠笺校:《风月锦囊笺校》,中华书局2000年版。
吴承学:《中国古代文体形态研究》,中山大学出版社2000年版。
赖伯疆:《广东戏曲简史》,广东人民出版社2001年版。
孙崇涛:《南戏论丛》,中华书局2001年版。
陈春淮:《正字戏大观谈艺录》,花城出版社2001年版。
傅谨:《草根的力量——台州戏班的田野调查与研究》,广西人民出版社2001年版。
路应昆:《戏曲艺术论》,北京广播学院出版社2002年版。
傅谨:《中国戏剧艺术论》,山西教育出版社2003年版。
黄天骥:《黄天骥自选集》,广东高等教育出版社2003年版。
康保成:《中国古代戏剧形态与佛教》,东方出版中心2004年版。
周贻白:《中国戏剧史长编》,上海书店出版社2004年版。
叶明生:《福建傀儡戏史论》,中国戏剧出版社2004年版。
朱文相:《朱文相戏曲文集》,中国戏剧出版社2004年版。
[美]阿尔伯特·贝茨·洛德:《故事的歌手》,尹虎彬译,中华书局2004年版。
周贻白:《中国戏剧史长编》,上海书店出版社2004年版。
周绍良:《绍良文集》,北京古籍出版社2005年版。
庞彦强、张松岩主编:《河北皮影木偶》,花山文艺出版社2005年版。
颜全毅:《清代京剧文学史》,北京出版社2005年版。
万建中:《民间文学引论》,北京大学出版社2006年版。
俞晓红:《佛教与唐五代白话小说研究》,人民出版社2006年版。
卢前:《卢前曲学四种》,中华书局2006年版。
陆萼庭:《昆剧演出史稿》,上海世纪出版社集团2006年版。
向国政:《衡山地方影子戏》,内部刊印,2006年版。
贾冀川:《二十世纪中国现代戏剧教育史稿》,中国戏剧出版社2006年版。
徐慕云:《梨园外纪》,生活·读书·新知三联书店2006年版。
吴昇平:《湘潭特色纸影戏》,内部出版,2007年。
陈非侬口述,伍荣仲、陈泽蕾重编:《粤剧六十年》,中山大学出版社2007年版。
刘晓明:《杂剧形成史》,中华书局2007年版。
伏俊琏:《俗赋研究》,中华书局2008年版。
曾永义:《戏曲源流新论》,中华书局2008年版。
朱恒夫:《滩簧考论》,上海古籍出版社2008年版。
齐如山:《京剧之变迁》,辽宁教育出版社2008年版。
俞为民:《南戏通论》,浙江人民出版社2008年版。
李跃忠:《影戏》,中国社会出版社2008年版。
[美]沃尔特·翁(Walter J. Ong)著,何道宽译:《口语文化与书面文化——语词的技术

化》,北京大学出版社 2008 年版。

钱南扬:《汉上宦文存续编》,中华书局 2009 年版。

詹双晖:《白字戏研究》,中山大学出版社 2009 年版。

黄天骥、康保成:《中国古代戏剧形态研究》,河南人民出版社 2009 年版。

范丽敏:《互通·因袭·衍化——宋元小说、讲唱与戏曲关系研究》,齐鲁书社 2009 年版。

俞为民、刘水云:《宋元南戏史》,凤凰出版社 2009 年版。

伊维德著,张惠英译:《朱有燉的杂剧》,北京大学出版社 2009 年版。

康保成:《中国戏剧史研究入门》,复旦大学出版社 2009 年版。

孙楷第:《沧州集》,中华书局 2009 年版。

刘红娟:《西秦戏研究》,中山大学出版社 2009 年版。

纪德君:《在书场与案头之间——民间说唱与古代通俗小说双向互动研究》,文化艺术出版社 2009 年版。

富世平:《敦煌变文的口头传统研究》,中华书局 2009 年版。

刘怀堂:《正字戏研究》,中山大学出版社 2009 年版。

钱南扬:《元本琵琶记校注·南柯梦记校注》,中华书局 2009 年版。

刘志群:《中国藏戏史》,西藏人民出版社 2009 年版。

胡来宾编著:《台州乱弹》,浙江摄影出版社 2009 年版。

张冬菜:《中国影戏的演出形态》,大象出版社 2010 年版。

白勇华、李龙抛:《高甲戏》,浙江人民出版社 2010 年版。

钟敬文主编:《民间文学概论》,高等教育出版社 2010 年版。

郑劭荣:《中国影戏特征及其姊妹艺术》,大象出版社 2010 年版。

王凤霞:《文明戏考论》,广东高等教育出版社 2011 年版。

王平:《安庆戏剧文化》,合肥工业大学出版社 2011 年版。

梅维恒:《唐代变文》,中西书局 2011 年版。

林岗:《口述与案头》,北京大学出版社 2011 年版。

胡忌、刘致中:《昆剧发展史》,中华书局 2012 年版。

李跃忠:《演剧、仪式与信仰——民俗学视野下的例戏研究》,湖南人民出版社 2012 年版。

三、戏曲志、文献史料与作品

华东戏曲研究院:《华东戏曲剧种介绍》,新文艺出版社 1955 年版。

匡耀良、王嘉大、梅兰珍等编:《珍珠塔(锡剧)》,上海文化出版社 1957 年版。

吉林省戏曲研究室编:《二人转史料》第一集,吉林人民出版社 1962 年版。

天一阁藏明代方志选刊:《衡州府志》(卷四),上海古籍书店 1963 年版。

中国戏曲研究院编:《中国古典戏曲论著集成》,中国戏剧出版社 1959 年版。

袁雪芬、范瑞娟口述，徐进等改编：《梁山伯与祝英台（越剧）》，上海文艺出版社 1979 年版。

上海艺术研究所、中国戏剧家协会上海分会编：《中国戏曲曲艺词典》，上海辞书出版社 1981 年版。

王利器：《元明清三代禁毁小说戏曲史料》，上海古籍出版社 1981 年版。

广西壮族自治区戏剧研究室、中国戏剧家协会广西分会编：《广西戏剧史论文集》，内部资料，1981 年。

湖南省辰河戏教学演出会、湖南省戏曲研究所编：《辰河戏教学纪念册》，内部资料，1982 年。

广州市文艺研究室编：《戏剧研究资料》第 6 期，内部资料，1982 年。

刘书琴、刘济祥、刘琳：《长篇章回大书呼家将》，山东文艺出版社 1983 年版。

中国民族音乐集成河南省编辑办公室：《豫南皮影戏音乐》，内部资料，1983 年。

云梦县文化馆、民间艺人协会：《云梦皮影楔子集》，内部资料，1983 年。

山东省戏曲研究室、济南市文化局编：《说书赋赞选》，内部资料，1983 年。

顾学颉、王学奇：《元曲释词》，中国社会科学出版社 1983 年版。

中国艺术研究院戏曲研究所《戏曲研究》编辑部、吉林省戏剧创作评论室评论辅导部编：《戏剧工作文献资料汇编》，内部资料，1984 年。

龙潜庵：《宋元语言词典》，上海辞书出版社 1985 年版。

孟繁树、周传家编校：《明清戏曲珍本辑选》，中国戏剧出版社 1985 年版。

中国曲协研究会编：《曲艺艺术论丛》第 5 辑，中国曲艺出版社 1985 年版。

湖南省戏曲研究所、中国艺术研究院《戏曲研究》编辑部：《目连戏学术座谈会论文选》，内部资料，1985 年。

《承德戏曲全志》编辑部：《承德戏曲全志》，内部资料，1986 年。

唐山市戏曲志编辑部：《唐山戏曲资料汇编》第 3 集，内部资料，1986 年。

《中国戏曲志·上海志》编辑部：《上海戏曲史料荟萃》，内部资料，1986 年版。

陆丰县正字戏志编写组：《正字戏志》（修改稿），内部资料，1987 年。

常州市戏曲研究所编：《锡剧赋子集》，内部资料，1988 年版。

张次溪：《清代燕都梨园史料》，中国戏剧出版社 1988 年版。

中国人民政治协商会议上海市委员会、文史资料委员会：《戏曲菁英》，上海人民出版社 1989 年版。

蔡毅编：《中国古典戏曲序跋汇编》，齐鲁书社 1989 年版。

湖南省戏曲研究所编：《湖南地方剧种志丛书》，湖南文艺出版社 1989 年版。

重庆市川剧研究所编印：《四川目连戏资料论文集》，内部资料，1990 年。

王季思主编：《全元戏曲》，人民文学出版社 1990 年版。

嵊县政协文史资料委员会编：《越剧溯源》，浙江文艺出版社 1992 年版。

鱼讯主编：《陕西省戏剧志·安康地区卷》，三秦出版社 1994 年版。

中国戏曲剧种大辞典编委会:《中国戏曲剧种大辞典》,上海辞书出版社 1995 年版。

臧懋循:《元曲选》,中华书局 1996 年版。

查双禄主编:《南京曲艺志》,江苏文艺出版社 1996 年版。

邬国平、黄霖:《中国文论选·近代卷》,江苏文艺出版社 1996 年版。

温州市政协文史资料委员会编:《温州文史资料》第 11 辑,1997 年版。

齐森华、陈多、叶长海主编:《中国曲学大辞典》,浙江教育出版社 1997 年版。

洪昇:《长生殿》,人民文学出版社 1998 年版。

中国戏曲志编辑委员会:《中国戏曲志·海南卷》,中国 ISBN 中心,1998 年。

中国戏曲志编辑委员会:《中国戏曲志·江西卷》,中国 ISBN 中心,1998 年。

《上海文化艺术志》编纂委员会、《上海京剧志》编辑部:《上海京剧志》,上海文化出版社 1999 年版。

泉州地方戏曲研究社编:《梨园戏·小梨园戏》,中国戏剧出版社 1999 年版。

《彩调剧辞典》编辑委员会:《彩调剧辞典》,广西民族出版社 1999 年版。

陆采撰、张树英点校:《明珠记·南西厢记》,中华书局 2000 年版。

中国戏曲志编辑委员会:《中国戏曲志·黑龙江卷》,中国 ISBN 中心,2000 年。

中国戏曲志编辑委员会:《中国戏曲志·河北卷》,中国 ISBN 中心,2000 年。

中国戏曲志编辑委员会:《中国戏曲志·广东卷》,中国 ISBN 中心,2000 年。

中国戏曲志编辑委员会:《中国戏曲志·广西卷》,中国 ISBN 中心,2000 年。

中国戏曲志编辑委员会:《中国戏曲志·辽宁卷》,中国 ISBN 中心,2000 年。

中国戏曲志编辑委员会:《中国戏曲志·吉林卷》,中国 ISBN 中心,2000 年。

中国戏曲志编辑委员会:《中国戏曲志·云南卷》,中国 ISBN 中心,2000 年。

北京市政协文史资料委员会选编:《梨园往事——北京文史资料精华》,北京出版社 2000 年版。

陈历明,林淳钧:《明本潮州戏文论文集》,艺苑出版社 2001 年版。

黄钧,徐希博:《京剧文化辞典》,汉语大词典出版社 2001 年版。

钱德苍编撰、汪协如点校:《缀白裘》,中华书局 2005 年版。

石汝杰:《明清吴语和现代方言研究》,上海辞书出版社 2006 年版。

钱宏主编:《中国越剧大典》,浙江文艺出版社 2006 年版。

俞为民、孙蓉蓉:《历代曲话汇编》,黄山书社 2009 年版。

四、重要论文

陈光垚:《最近西安之戏剧》,载《剧学月刊》,1932 年第 1 卷第 12 期。

李家瑞:《由说书变成戏剧的痕迹》,见台湾“中央研究院”:《历史语言研究所集刊》第七本第三分,1937 年 11 月。

尚小云:《略谈戏曲的表演艺术》,载《陕西戏剧》,1959 年第 7 期。

周信芳:《谈谈连台本戏》,载《上海戏剧》,1962 年第 9 期。

程毅中:《关于变文的几点探索》,载《文学遗产》增刊第十辑,1963 年 7 月。

钱南扬:《宋金元戏剧搬演考》,见《宋元明清戏曲研究论丛》(第二集),香港大东图书公司 1979 年版。

王利器:《〈水浒〉留文索引》,见《文史》第十辑,中华书局 1980 年版。

范瑞娟:《我演焦仲卿》,载《戏文》,1982 年第 4 期。

顾颉刚:《中国影戏略史及其现状》,见《文史》第 19 辑,中华书局 1983 年版。

李少霆口述、徐世康等整理:《"五字歌"——说书技法散谈之二(上)》,见《曲艺艺术论丛》第八辑,中国曲艺出版社 1987 年版。

寒声、栗守田等:《〈迎神赛社礼节传簿四十曲宫调〉注释》,载《中华戏曲》,1987 年第 3 辑。

陈炳良:《话本套语的艺术》,见《小说戏曲研究》第 1 集,(台湾)联经出版事业公司 1988 年版。

洛地:《关目为本、曲为本,掌记为本、正为本——元刊本中的"咱""了"及其所谓"本"》,载《中华戏曲》,1988 年第 5 期。

俞为民校注:《明·成化本〈刘知远还乡白兔记〉校注》,载《艺术研究》第 3 期,浙江省艺术研究所。

任光伟:《敦煌石室古剧钩沉——〈下女夫词〉考证》,见《戏曲研究》第 33 辑,文化艺术出版社 1990 年版。

吴宗泽:《论辰河高腔"圈腔点板"度曲法》,载《中国音乐》,1993 年第 1 期。

朱文相:《中国戏曲从"主角制"向"导演制"的过渡》,见《亚洲传统戏剧国际研讨会论文集》,中国戏剧出版社 1993 年版。

周兆新:《"话本"释义》,见《国学研究》第二卷,北京大学出版社 1994 年版。

黄笙闻:《陕南秘藏类书〈通百本〉初探》,载《戏剧(中央戏剧学院学报)》,1994 年第 2 期。

何建青:《粤剧唱词、剧本略说》,载《南国红豆》,1994 年第 6 期。

曲六乙:《中国戏曲史里一种怪现象——说唱文学输入戏曲》,载《中国戏剧》,1995 年第 11 期。

陈多:《〈白兔记〉和由它引起的一些思考》,载《艺术百家》,1997 年第 2 期。

李天生:《〈唐乐星图〉校注》,载《中华戏曲》,1998 年第 13 辑。

欧天发:《赋之名实考论——赋之风必兴义说》,见《辞赋文学论集》,江苏教育出版社 1999 年版。

王兆乾:《〈天仙配〉和〈女驸马〉的发掘和改编—答陈荣升同志》,载《黄梅戏艺术》,2000 年第 2 期。

尹桂芳口述,卫明记录整理:《谈谈越剧〈何文秀〉》,载《中国戏剧》,2001 年第 10 期。

伊维德:《我们读到的是"元"杂剧吗——杂剧在明代宫廷的嬗变》,载《文艺研究》,2001 年第 3 期。

文忆萱:《湖南“目连戏”演出本辩证》,载《艺海》2002 年第 4 期。

陈多:《古代戏曲研究的检讨与展望》,见《戏史辨》(第三辑),艺术与人文科学出版社 2002 年版。

赵逵夫:《我国唐代的一个俳优戏脚本——敦煌石窟发现〈茶酒论〉考述》,见《古典文献论丛》,中华书局 2003 年版。

解玉峰:《元曲杂剧“题目正名”推考》,载《民俗曲艺》,2003 年第 140 期。

[韩]吴秀卿:《从“文本”问题看中国戏剧研究的本质回归》,见《戏史辨》第四辑,艺术与人文科学出版社 2004 年版。

洛地:《“摊簧”名义、结构及其他》,见《中华艺术论丛》第二辑,上海辞书出版社 2004 年版。

李祺:《从滩簧到锡剧》,见《中华艺术论丛》第二辑,上海辞书出版社 2004 年版。

任光伟:《谈传统戏剧之剧目营造》,见《戏史辨》第四辑,中国戏剧出版社 2004 年版。

刘晓明:《论古代戏曲中的插演》,载《戏剧艺术》,2005 年第 3 期。

宋俊华:《中国古代剧本的生成与分化》,载《中山大学学报》(社会科学版),2006 年第 4 期。

汪诗佩:《从元刊本重探元杂剧———以版本、体制、剧场三个方面为范畴》,台湾“清华大学”中国文学研究所博士论文,2006 年。

汪晓云:《民间狂欢仪式:黄梅戏的相对原生态》,载《中华艺术论丛》,2006 年 10 月。

卜亚丽:《中国影戏形态叙论》,中山大学博士论文,2007 年。

俞为民:《南戏文本形态的特征及其演变》,载《戏曲艺术》,2007 年第 4 期。

张育华:《论戏曲“口传心授”之传习内涵》,载《戏曲研究》,2008 年第 3 期。

小松谦、金文京撰,黄仕忠译:《试论〈元刊杂剧三十种〉的版本性质》,载《文化遗产》,2008 年第 2 期。

刘晓明:《中国古典戏剧形式的限制、突围与理论意义》,载《中国社会科学》,2008 年第 3 期。

赵逵夫:《论瞍矇、俳优在俗赋形成中的作用》,载《陕西师范大学学报》(哲学社会科学版),2009 年第 3 期。

郑劭荣:《论我国影戏口述剧本的形态特征》,载《西夏研究》,2010 年第 4 期。

李扬、齐晓晨:《清中期以前“戏中戏”的发展》,载《文化遗产》,2010 年第 2 期。

杜海军:《〈元刊杂剧三十种〉的刻本性质及戏曲史意义》,载《艺术百家》,2010 年第 1 期。

石艺:《文明戏对中国传统戏曲的继承——以幕表为中心》,载《文艺争鸣》,2010 年第 10 期。

刘南芳:《台湾内台歌仔戏定型剧本的语言研究——以拱乐社剧本为例》,台湾“清华大学”中文系博士论文,2011 年。

孟昭连:《宋代文白消长与小说语体之变》,载《中国社会科学》,2011 年第 3 期。

倪彩霞:《一个人的艺术盛宴——高州单人木偶戏艺人梁东兴专访》,载《文化遗产》,2012年第1期。

洪琪、洪珏:《邕剧"提纲戏"初探》,载《南宁职业技术学院学报》,2012年第17卷第4期。

林鹤宜:《歌仔戏即兴戏剧研究的田野资料类型与运用》,见《台闽民间戏剧国际学术研讨会论文集》,台湾成功大学闽南文化研究中心,2013年5月。

刘南芳:《活戏的即兴表现与定型书写》,台闽民间戏剧国际学术研讨会论文,2013年5月。

沈勇:《"路头戏"赋子的程式研究——以越剧为例》,见《台闽民间戏剧国际学术研讨会论文集》,台湾成功大学闽南文化研究中心编,2013年。

后 记

2004年至2007年在中山大学中文系读博其间，我参与了中国非物质文化遗产研究中心承担的教育部重大项目“我国皮影戏的历史和现状”的研究，与同窗学友在全国不少省份实地考察了皮影戏，首次接触到了没有文字剧本的演出。在此之前，关于剧本与演出的关系，一直深受“剧本，剧本，一剧之本”权威理论的影响，在民间戏班眼见亲睹后，才知这并非“普遍真理”，由此引发对口头剧本的研究兴趣。

口头剧本是在舞台表演中生成、使用，以口头为传播媒介的剧本；从表演形态上看，即兴演剧是其最突出的特征。纵览戏曲的历史和现状，口头剧本的编创、演出与传承是一个非常重要而普遍的戏剧现象。本书着重研究口头剧本的源流、形态结构、编排与表演、生存现状、技艺传承等问题，力图透过书写文明的壁障与误解，揭示戏曲史的口传潜流，重新认识我国戏剧史。实事求是地说，尽管书稿即将出版，有些问题的探讨尚欠深入，如：口头剧本的形成演化史、古代即兴演剧的具体形态、即兴表演的稳定性与变异性等问题。至于一些延展性的课题更多，如口头剧本与文字剧本的互动关系、中外即兴戏剧比较、不同剧种口头剧本的异同等。上述问题还有待进一步研究。

本书是我所承担的国家社科基金课题的最终研究成果。如果需要致谢，其实此时我最要感恩的是国家这一惠泽学林的文化政策，它不仅为本书的研究提供了必要的经费，也让我再次受到了系统的专业训练，获益良多。自本课题立项以来，我与课题组成员为掌握戏曲口头剧本的活动现状，进入戏剧第一活动现场，开展了细致深入的田野调查。走访民间艺人，观看现场演出，探寻口头剧本艺术体制及其生存环境。其中重点考察了湖南、江苏、湖北、台湾、广东、福建等地口头剧本的活动现状。此外，2005年夏季至2010年，在项目启动之前，我们陆续进行了系列的前期考察工作，赴福建、广东、河南、河北、北京、陕西、甘肃等地，深入演出现场，寻访民间影戏踪迹。在整个考察期间，我们获得了大量的口碑材料、图像与声像资料。这些源自民间戏剧自然状态的材料为本研究提供了较为坚实的基础。

在课题研究过程中,得到过众多师友、艺人及社会贤达的帮助。首先,要诚挚感谢恩师康保成教授。老师的鼓励、支持始终是我在学术道路上前行的动力,感谢他为学生创造了一些难得的机会和条件。感谢傅谨教授耳提面命的指导。记得2011年暑假,在北京拜访他时,我担心把握不好这个课题,他说:"别急,做学问就像编箩筐,边编边像样。"短短一句话,让我丢掉了大半个思想包袱。要感谢党圣元教授十分宝贵的关怀,这几年,我在学术上取得的一点成绩大多离不开党老师的鼎力支持。要感谢跃忠、张军、冬菜与亚丽等同门师兄师妹的情谊,尽管大家天南海北,但只要我张口求援,无不慷慨相助。此外,我的研究生谭研同我多次外出田野考察,中山大学彭敏哲博士不厌其烦,为我复印、拍摄了不少参考资料,一并致谢!在田野考察期间,我还得到了许多社会贤达和艺人的无私帮助,限于篇幅,未能一一列名致谢,但在本书行文中均有所提及。对于民间艺人,我总是心怀感激与敬仰之情!

2014年,是小喜又大悲的一年。小喜,是终于还清了一份学术"债务",完成了本书的写作,并顺利通过国家社科基金课题的验收。大悲,是我最敬爱的父亲与世长辞。在病室陪伴他最后的七天七夜里,我经历了平生最刻骨铭心的苦痛与悲伤;看着生命之光一点一点地从父亲眼中消失,真切感受到了与亲人生离死别的无助与残酷!屋漏偏逢连夜雨,其后,本人在谋食之所接连遭遇"躺着中枪"的诡异风波和系列不公,一度使人心身俱疲,激愤难忍。好在伴随新年脚步的临近,一切悲伤与不快均将雾霾散去。浮云岂能遮望眼,风雨过后见彩虹!

本书的完成,最离不开内子丽娟的辛苦操持。每当撰稿的关键时刻,她总是尽可能包揽家务;当我心身懈怠时,她便充当起"家庭监工",督促我信守科研承诺,如期完工!三年来,我常常要承受一些精神压力。每当熬至深夜,洗漱休息时,总怕惊醒了熟睡的妻女,不敢开灯;在黑暗中蹑手蹑脚、四壁摸索,结果越是小心谨慎,越是东撞西碰,使人紧张兮兮,惶恐不已!

最后,要说明的是,书中的不足与纰漏在所难免,恳请读者、专家批评指正!一并致谢!

郑劭荣
于长沙理工大学金盆岭校区